南宋

长篇历史小说系列

王祥立 著

倔强的抵抗

SOUTHERN SONG DYNASTY
Stubborn Resistance

上

辽宁人民出版社

© 王祥立　2024

图书在版编目（CIP）数据

南宋：倔强的抵抗 / 王祥立著 . —沈阳：辽宁人民出版社，2024.3
（长篇历史小说系列）
ISBN 978-7-205-10849-6

Ⅰ .①南… Ⅱ .①王… Ⅲ .①长篇历史小说—中国—当代 Ⅳ .① I247.5

中国国家版本馆 CIP 数据核字（2023）第 164613 号

出版发行：辽宁人民出版社
　　　　　地址：沈阳市和平区十一纬路 25 号　邮编：110003
　　　　　电话：024-23284191（发行部）　024-23284304（办公室）
　　　　　http：//www.lnpph.com.cn
印　　刷：河北朗祥印刷有限公司
幅面尺寸：165mm×235mm
印　　张：31.5
字　　数：380 千字
出版时间：2024 年 3 月第 1 版
印刷时间：2024 年 3 月第 1 次印刷
责任编辑：贾　勇　赵维宁
封面设计：人马艺术设计·储平
版式设计：一诺设计
责任校对：吴艳杰
书　　号：ISBN 978-7-205-10849-6
定　　价：128.00 元（上、下册）

目　录

第一卷　早岁那知世事艰　中原北望气如山

第一章　伪楚归政康王登基　时局难稳风雨飘摇…………………002
第二章　建炎南渡内外皆乱　宋金逐鹿战和不定…………………060

第二卷　斩除顽恶还车驾　不问登坛万户侯

第一章　韩世忠黄天荡传捷　岳鹏举接连复故疆…………………110
第二章　中兴之将屡战屡胜　绍兴和议委曲求全…………………178
第三章　顺昌城刘锜战兀术　岳家军剑指黄龙府…………………213
第四章　杨再兴身殒小商桥　北伐大计再次夭折…………………247
第五章　慷慨返京视死如归　奸佞当道错铸奇冤…………………275

第三卷　八百里分麾下炙　五十弦翻塞外声

第一章　金国南侵义军四起　采石大捷振奋民心……………326

第二章　偏安一隅壮志难酬　文韬武略报国无门……………372

第三章　开禧北伐再度失利　迁都汴梁金国衰败……………431

第四卷　人生自古谁无死　留取丹心照汗青

第一章　志专恢复拼死抵抗　战败被俘宁折不屈……………472

第二章　以身殉国南宋灭亡　崖山暮色浩气长存……………486

第一卷

早岁那知世事艰　中原北望气如山

第一章

伪楚归政康王登基　时局难稳风雨飘摇

靖康二年（1127）三月，大宋东京城内一派萧瑟的景象，昔日的繁华盛景似乎已成过往云烟，不复存在。

此前城中那几场大火烧掉的不只是那些建筑，更烧掉了东京城中大宋百姓心中的倨傲。在这座大家心中认定永远不会陷落、繁荣程度堪为天下第一的城池被金人攻破后，大家心中那来自上邦大国之民的骄傲被摔得粉碎。

九桥门街市上平日里再口舌伶俐的茶博士们，现下站在茶摊前招揽客人时也喊不出往日的气势。

原本每天在汴河上往来翕忽的客船渔船，近些天来多数都停泊在码头上，哪怕是数日都未曾揽到生意，苦得一家人只能喝上稀薄的米汤，这些船家也不敢轻易再出东水门外，生怕一个不小心再遭到乱哄哄劫掠的金兵。

若是丢了赖以为生的船只，一家人便是只能躲着府衙的衙役们去沿街祈祷，若是再一个不小心丢了项上人头，那就亏大发了。

处江湖之远的贩夫走卒尚且如此，居于庙堂之上的那些大人物，更是分外惶恐。

前段时间在金兵围城期间曾经几次出入金兵大营为使，却侥幸并未被金人劫掠北归的大宋观文殿大学士、中太一宫室使张邦昌，在金人以屠东京城作为要挟的情况下，被迫登基为帝，立国号为楚。

张邦昌即位后不以皇帝自居，而是以代君主主政的方式辖制东京城中军民。

虽然被迫居于皇宫之内，但张邦昌不睡龙床，不入紫宸殿与垂拱殿，而是将办公地点设在了文德殿，更是严厉禁止朝廷官员跪拜自己，以区别他这个代君并非正统，只是暂行君事。

在张邦昌授意下，陈越带着皇城司残部将他的做派在东京城中广为流传，加上金兵已退，朝廷张榜安民，接连几日下来东京城中的骚乱终于逐渐平息。

但无论是朝中诸位"大楚"的臣子还是东京城中那些有心之人都很清楚，这种平静不过是浮于表面，潜藏在水下的那部分湍急涡流才是重中之重。

张邦昌以大宋臣子身份登基为帝的事情足以被史书狠狠地记上一笔，哪怕他此举并非自愿而是被金人胁迫，但也属于大逆不道之举。

几日之内城中各种大小势力、民间组织之间暗流涌动，不知道多少有志之士跃跃欲试想要将张邦昌斩杀于皇宫之中，以求将自己的忠义之名录于帛书史册。

前些日子金人实在势大，十数万大军兵临城下，月余时间，城中一直都人心惶惶，那些有志之士纵然是有千般的想法也只能暂避锋芒。

如今金人暂退，原本潜伏在民间的诸多能人志士便纷纷崭露头角，对皇宫内院的张邦昌及"大楚"朝廷打起了主意。因此哪怕东京城中的局面已经初步稳定，皇宫之中却仍然紧张无比。

文德殿之中，张邦昌与朝中留守的诸位大臣围坐一处，表情都极为凝重。

皇城使陈越肃手站在不远处的柱子旁，眯着眼睛看着眼前这一幕，神色不定。

大殿之中香烟袅袅，伴随着时不时吹拂而入的寒风时而化作狰狞或是轻柔的姿态，却始终不肯安定哪怕一瞬，正如这大殿之中诸位大臣的心头思绪一样难以捉摸。

张邦昌身穿大红衣袍，端坐在正座之上，表情格外严肃，目光在众人脸上逐一扫过，眼底闪过了道道寒意。

众官入殿落座之前，陈越已经将皇城司散布消息之事一一告知，同时也说明了此时东京城之中的激昂民情。

近日来皇城司残部在他的手中完成了整合，并且重新建立起了比较完整的情报网，更恢复了暗中对东京城的掌控。

但眼下的情况却不容乐观，民间的各种论调汹汹，饶是他率着皇城司上千人手在城中四处奔忙，想要将民情给疏导压顺，最终也只落得个疲于奔命，并没有得到想要的结果。

此时的陈越已经足足三日没有睡过觉，纵然身强体壮如他，站在柱子旁也要时时伸手在殿柱旁借力扶持，否则恐怕一时不察就要站着昏睡过去。

为了不在这殿上懈怠甚至出丑，陈越在掌心之中藏下了一根银针，随时都可刺入自己的腿侧，如此就可以借痛意自醒。

之所以如此谨慎，是因为陈越很清楚，眼下大殿之中众人的这次会议将决定接下来东京城甚至于大宋整个北疆的命运。

作为专司护卫皇室职责的皇城司使，无力护卫两帝以至于两帝北狩一事就足以他割了自己的脑袋。

倘若再无力护佑东京城这上百万百姓的安全，那他也只能在城墙之上自戕，面北谢罪了。

两帝北狩，宫人尽数被掳，虽说金人并未屠城，也未在内城中大肆烧杀抢掠，但外城各门处都受到了不同程度的破坏，有些来不及依宵禁令离开街面上的百姓都被就地砍杀。

城外民居、驿馆、坟茔墓穴都被发掘焚烧，东京城内百姓受扰受惊者十有四五。

虽说随着金军缓缓北撤，东京城内外已经逐渐恢复了日常秩序，但此时依旧人心惶惶。

没有金人支持，张邦昌这个"大楚"皇帝究竟要如何自处，是面北称臣还是恢复大宋？朝堂之上剩下的这些大臣如何作想？

这些问题才是东京城中如今至关重要的问题。

朝着陈越微微颔首以示感谢之后，张邦昌转头看向下面围坐在一处的诸位大臣，缓缓开了口。

"皇城司有报，金人大军已经尽数北归，目前已过真定府，旬日便会重归金境，而且在沿途之中并未留下兵马，显然并没有长久驻守的想法。"

"诸公对此，有何意见？"

此话一出，下面的诸位大臣顿时面面相觑。什么叫有何想法？是对大楚朝廷的想法，还是对大宋朝廷的想法？是对他张邦昌"叛国"行为的想法，还是对众人追随张邦昌一起"叛国"的想法？

张邦昌的问题看似宽泛，实则直接切到了这些大臣心头的痛处。他们这个所谓的大楚小朝廷，连金人扶持下的傀儡都算不上。

金人北撤走得干净利落，在城中只留下了一小队百十来人的军伍，一不做城防守护，二不管城中的琐碎事务，每日只知道饮酒作乐，对所谓大楚朝廷也是听调不听宣的态度。

但这一支军伍，却无视宫廷规矩，驻扎在大宋宫墙之内。时不时还要巡视宫廷，同时也拒绝张邦昌外出。

这等于是将张邦昌等人的命彻底拿捏在了他们的手中。

除了少数几个人之外，剩下的大臣都很清楚所谓大楚不过是金人玩的一个小手段，想要让宋人自己内耗罢了。

这个小朝廷若是真的起了势，打算与宋廷隔江而治的话，对宋廷算得上极大的打击。

又或者是小朝廷转而想要复归宋廷，这些小朝廷的人在大宋朝堂之上与那些宋臣也必然要出现隔阂。

金人最多不过消耗这一支百十人的军伍就能起到如此大的作用，何乐不为？

当时权知枢密院事的东京留守王时雍站起身来，朝着张邦昌拱手一礼："臣以为金人北撤，于我大楚来说并非好事。"

"眼下宋廷已没入金军军伍之中，南方各路府群龙无首，正是我大楚迅速掌政招抚各处的大好时机，但眼下东京城中可动用兵马稀少，勉强可供守城驱使，不足以南下……"

"倘若遣一人北上与金人商谈，求得金人留下万余金兵以供驱策，以东京城为基，逐步南下……"

当初金人决意北归，商议要再立一个汉人皇帝，再年年从江南之地筹措岁贡的时候，王时雍与宋齐愈等人尽皆不顾张邦昌反对，力挺他上位。

后来张邦昌手中无人可用，无奈只得提拔王时雍权知枢密院事，这让王时雍颇为飘飘然。若是宋廷尚在，以他的资历能力还需再熬上个十年八年才有望登上这层楼。

所以当下的王时雍已经将自己的身份划入张邦昌麾下心腹，以及这个大楚小朝廷的死忠行列。

比起周围这些人的沉闷压抑，王时雍眼下可谓口若悬河，滔滔不绝，却丝毫没有注意到，随着他越说越慷慨激昂，大殿之中的气氛却越加沉闷。

坐在下首位置的吕好问等人这时候看向他的眼神也越发凌厉，那种眼神已经绝非同僚之中的争强斗勇，反而有种要生啖其肉的狠意。

张邦昌注意到场中气氛变得有些焦灼，心头微微一颤，连忙挥了挥手打断了王时雍的发言。

王时雍悻悻地闭上了嘴巴，没有违拗张邦昌的命令，而是坐回了自己的座位上。

不等张邦昌再次开口问询，吕好问主动站了出来，抬手指向王时雍直接怒斥："乱臣贼子，狗奸贼！竟然妄图与金贼讨饭吃，你吃的是我大宋的粮食，穿的是我大宋的官衣，却有如此大逆不道的念头，卑鄙至极，无耻之尤！"

方才听着王时雍侃侃而谈时，吕好问早已经憋了一肚子火气，这会儿光是大声叱骂仍旧觉得不过瘾，撸起了衣袖从旁边抄起一把椅子，便朝着王时雍砸了过去。周围众人都被他这举动吓了一跳，纷纷上前阻拦。

但在场众人都是地道的文官出身，近日来又寝食难安，一时都力有不逮。

眼看着吕好问手里的椅子就要扔出去，还是原本站在角落里的陈越大步上前，一把抓住了吕好问的胳膊。

"吕公急公好义，若放在平时倒是尚可，但放在今日，若是再引朝堂之乱，吕公岂不是成了千古罪人？"陈越声音虽然低沉，这句话却犹如当头棒喝，将吕好问逼得倒退一步，放开了手中的椅子。

陈越将椅子随手放下，朝着吕好问拱手一礼，转身再次退避到了角落。

场中的气氛逐渐和缓了下来，吕好问面色阴沉地坐回了座位，不再暴跳如雷，但依旧对王时雍等人嗤之以鼻。

陈越在阴影处抬起手揉了揉额角，忍不住叹了口气，心中满是忧虑不安。

作为皇城司使，在现场众人之中他的官阶地位最为低下，哪怕这几日张邦昌对他极为倚重，于情于理在这大殿之中也没有落座的资格。

方才他贸然出手的行为，若是放在昔日朝堂之上已经算是鲁莽僭越，但今日谁也没有觉得他这个举动有何不妥。

原因十分简单，无论是王时雍等人心怀不轨，妄图借势自立，还是吕好问等人心系大宋，意图复起宋廷，其实双方心中都有些忐忑不安，不敢孤注一掷。

金人实在势大，虽然已经徐徐北归，但此时东京城外已无可战劲旅，若是金人再度归来，谁也不知道他们的前景将会如何。

此时此刻他是现场之中唯一的武官，手中更是掌握着残余皇城司劲卒，自然越发炙手可热。

倘若再有危险的话，众人想要脱离东京城唯一的倚仗便是陈越！也正是因此，哪怕是愤恨奸佞又嫉恶如仇的吕好问，此时面对着陈越的阻拦也要礼让三分。

眼看着在场的众人全都安静了下来，张邦昌原本逐渐冷冽起来的目光这才逐渐恢复了正常。

而潜伏在暗中的人影也缓缓退下，重新消失在黑暗之中，场中的气氛重新变得平和安然，只不过原本表面上还能维持住的融洽气氛此时彻底消失。

场中这十数位大臣再次站队时，已经泾渭分明地分成了两个派系，相互间时不时投以冷眼。

大臣们之间的争执纷乱并未影响到这皇宫之中的正常运作，几位侥幸躲过之前大劫的小内侍悄无声息地入了殿，将香炉内的星点香焰扑灭，换上了安南王国进贡的上好真腊沉香。

沉香一物最是安神助眠，陈越在角落里静待片刻之后，嗅着沉香的袅袅烟香，有些扛不住困倦之意，大步走出了文德殿。在安排了仅剩的几位心腹盯紧大殿内的情况后，他转身倚靠在殿外的一处角落沉沉睡去。

"吕公对降金自保之策深恶痛绝，由方才之举动可见一斑，但眼下东京城及京畿各处数百万军民，却未必有吕公之高风亮节。"

"眼下二帝北狩，恐难有回返之日，宋廷已无掌局之能，更无国本稳定局势，倘若不绥靖地方以求安定，暂附金人以求和平，难道我们要眼睁睁地看着金人卷土重来，以至于京畿战火再起，遍地流民？"

宋齐愈朝着吕好问拱了拱手后站了出来，开口便口若悬河，舌灿莲花，一转眼的工夫就给吕好问扣上了一顶罔顾天下百姓，不顾社稷安危的帽子。

吕好问斜瞥了宋齐愈一眼，对他的说辞嗤之以鼻，甚至就连做出回答的兴趣都没有，而是径直转头看向了坐在上首的张邦昌："张宫使临危挺身代君执政，以求京畿数地安稳，此为泼天壮举。"

"但张宫使莫非是在龙椅之上坐得太过流连，以至于真将自己当作了大楚的皇帝？"

与宋齐愈、王时雍等人吵了一架后，吕好问此时再无虚与委蛇的兴趣，开口便单刀直入，先以宋廷官职称呼张邦昌，又喝问张邦昌的心思，直接扯掉了双方之间的遮羞布。

王时雍、宋齐愈等人立刻就跳了起来，直斥吕好问目无君长，双方再次剑拔弩张。

张邦昌脸色阴沉，猛地在身侧的桌子上拍了一巴掌："全都给我闭嘴！"

非常时刻当用非常之法，张邦昌的这一声吼效果比之前的温和笑脸好了不知道多少倍。众人都是一愣，随后纷纷扭过头去看向了一脸愠怒的张邦昌。

"昔日完颜宗翰传金廷之命，要立个狗屁大楚皇帝，诸君无一愿意承其重责，生怕一个不小心就会遗臭万年，若非金人以屠城相胁迫，邦昌宁死也不愿做这大逆不道之事！"

"而今金人北撤，邦昌诚心请教诸公当何以自处，诸公不为邦昌建言献策，偏偏在这文德殿中互相攀扯争斗，莫不是把邦昌看作死人？"

张邦昌之怒并非无的放矢，场中众人作为东京之乱的幸存者无一不是得了他的恩惠，昔日金国主帅完颜宗翰扯着众人商议要扶持伪帝的时候，众人尽皆退避，引得完颜宗翰大怒，险些杀了众人再去屠城。

若不是张邦昌最后戴了这顶不忠不义的帽子，众人早已化作城下的亡魂，此时在庙堂之上争吵的人还指不定是谁呢。

"张宫使若是真以为金人卑劣，不愿做金人走狗，好问倒是有一言愿献！"吕好问听到了张邦昌借机吼出的肺腑之言，心中顿时一定，立刻再次出列朝着张邦昌拱手道。

张邦昌坐回了座位，微眯双眼朝着吕好问颔首："既然吕公有话要说，邦昌愿洗耳恭听。"

一旁的王时雍本来正要上前呵斥吕好问，忽然听到张邦昌如此说来，只能是悻悻地闭上了嘴巴。

吕好问站直身体，负手侃侃而谈："二帝北狩，金人又将宫中府中皇亲国戚尽数掳走，我大宋宫廷之内确无宗室子弟，方才让东京城中成了这群龙无首之局。"

"但难道张宫使与诸公忘了，此时康王已在山东境内开大帅府，节制山东各处兵马八万余人，更有不少忠臣良将纷纷前往拥护。"

"大宋根基尚未动摇，康王更是汇集各处兵马严阵以待，张宫使代君领政实属无奈之举，何不立刻差遣人手前往山东处，迎康王回京继承大统？"

今日廷议吕好问也是早有准备，相关的消息走的照旧是皇城司的路子，但在他与陈越的商议之下，两人将这事情给压了下来，并未汇报给张邦昌以及王时雍等人，为的便是此时作为重点抛出，进而趁机观察众人反应！

眼下大宋时局大乱，就连皇帝都已经被金人掳走，朝堂之上的众人各自心怀鬼胎，到底是谁也无法尽信。

大殿之外的陈越在睡梦之中隐隐约约地听到了康王、大统的字眼，立刻就从昏沉的状态之中清醒过来。

他扶着廊柱站起身来快步走到了门旁，并未入门却一手按在了佩刀上，面色肃然严阵以待，按照他之前与吕好问商量好的，倘若此时有人跳出来大肆攻击康王，或有言语上的不敬，陈越与皇城司众人便会立刻抽刀入殿，将其乱刀砍死以震慑宵小！

康王赵构受任兵马大元帅，在济州开府收拢各处兵马的事情他早就知晓，但这件事情他并未告知张邦昌，而是只告诉了吕好问，自然是有他自己的考量。

两帝蒙难，宋廷几近覆灭，纵然康王赵构在山东处开了大元帅府，但响应者寥寥，并未形成振臂一呼天下归心的情况。

此时京畿之地的态度便显得极为重要，倘若张邦昌真的生了异心，得知此消息后做出什么不明智的举动，大宋局面必将更加混乱，到时候便是太祖再世恐怕也难以力挽狂澜。

所以早在一日前，陈越便主动找到了吕好问与之商议今日廷议的事情，他的身份特殊，纵然眼下手握兵权但在廷议之上依旧无法畅所欲言。

若是此事以吕好问之口讲出，效果便会截然不同，纵然无法直接震慑住在场所有大臣，也能试探出这些人的真实想法。

此时大殿之上的局面看似都在张邦昌的掌握之中，实则能够决定今日廷议走向的，还是陈越或者说是陈越手中的这把刀！

大殿之中的众人并没有注意到陈越已经醒来，更没有意识到此时他们都已经站在了悬崖边上，只要一步走错便是万劫不复的境地。

张邦昌霍然起身，看向吕好问的时候眼神之中带着一抹激动："吕公此言可有旁证？康王可否真的已经开府，真的挂印率军？"

被众人推举，又在金人胁迫之下当了这个大楚皇帝之后，张邦昌终日惶惶不安，心里面一直都没有一个主心骨，其实暗中也曾经多次安排自己的心腹人手去打听有关宋廷的消息。

但他此前官位虽然不低，手中可动用的人手却不多，打听来打听去也不过是在京畿附近探听到一些流言蜚语，实在是难以验证。

吕好问忽然给出来的这一席话，如同突然扯开了他的心结让他激动不已，甚至一时间忘记了眼前的吕好问跟自己一般无二，只是寻常朝臣，根本没有什么信息来源！

倒是一旁的王时雍、宋齐愈等人，在听到了吕好问的说辞之后，稍作沉吟便转头看向了门口的陈越，心知此事跟陈越脱不开关系。

陈越休憩了盏茶的工夫后，虽然精气神并没有完全恢复到巅峰状态，但此时已经不再疲惫不堪，右手压在佩刀之上，双目炯炯有神，面对这几个大臣对自己的打量毫不退缩，淡然平视。

从他的身上勃然散发出一阵莫名的威势，竟然让那些身居高位的大臣们一个个不敢再与他对视，在气势上完全输给了这个地位低卑的武夫！

吕好问听到张邦昌的问题心头一喜，原本的紧张情绪也舒缓了不少。

随后便是按照他跟陈越之前约定好的方式低声道："吕某愿以项上人头担保此事绝无虚谬！张公就算信不过我，难道还信不过皇城司，信不过陈皇城使？"

张邦昌闻言心头一惊，立刻抬头朝着大殿外面看了过去，正好与陈越来了个隔空对望。就这么短短一瞬的工夫，张邦昌就觉得自己的心头闪过一阵寒意，立刻就把刚才发生的事在脑子里过了一遍，恍然明白过来。

在大殿的争吵中，陈越方才悍然出手，眼下按刀而立……这一切的一切其实都是两人合伙在给自己做戏。目的就是要让自己在大殿之上当众表态！

倘若他方才的表现稍有不如陈越之意，或者现在的回应让陈越和吕好问心生不满，陈越怕是会立刻抽刀。

张邦昌想明白了这其中的关键之后不由得苦笑连连，他原以为陈越愿意辅助自己稳定东京局面，意味着陈越已经站在了自己这一方。却没有想到陈越暗中竟然还准备了这一手。

吕好问眼看着张邦昌神情数次变化却并没有当场暴怒，心中感慨着陈越所料精准的同时，再次开口："如今遭受金兵劫掠的各处地方义军四起，各方仁人志士纷纷举起义旗，纵然金兵再次南下，也有一战之力！"

"值此面对大是大非的关键时刻，张公若是再有迟疑，岂不是真的要遗臭万年了？还是说我等看错了人，张公真的打算自立为帝，先前种种，不过是在做样子给天下人看？"

这几句话并不在吕好问和陈越的商议之内，但是起到的效果绝佳，几乎直接戳到了张邦昌的心窝子里。

"吕公这是何意，邦昌身为大宋臣子一日便要尽忠尽责，此生绝无异志！"

张邦昌深吸了一口气，慨然朝着吕好问拱了拱手："邦昌此前踌躇不决，是担忧我大宋现无国本，二圣北狩难以迎归，天下不知该何往，京畿数百万黎民危若累卵，觉得邦昌虽然不才，倒也愿意一肩担之！"

"既然吕公探听到了康王的消息，我大宋朝堂自当归政皇室，只不过康王如今尚在山东，听闻东京城内的事情，恐怕一时之间不愿意回来称帝。"

"还望吕公教我！"

吕好问心头一震，从廷议开始到现在为止，张邦昌所有的反应，全都被他跟陈越猜中了。

正如陈越前一日所言，张邦昌此人并非沽名钓誉之徒，更非贪图享乐之辈，之所以当上这个大楚皇帝确系为金人逼迫所至。

但此时张邦昌心中却并非一片坦诚，反而对迎皇室归京有所忌惮，这期间恐怕是有什么了不得的事情发生过。

吕好问明白此时再不能拖沓下去，必须趁着张邦昌思想尚未完全转变立刻将此事敲定，否则迟则生变！

他立刻躬身道："张公所虑，某也曾思虑再三，现有上策一条，愿献与张公。"

张邦昌问出问题之后，本来还心存疑虑，但是看吕好问的态度如此端正，表情顿时一凝："请吕公告知！"

王时雍与宋齐愈等人见状都急不可耐，恨不得立刻扑上来将吕好问带走，然而就在他们蠢蠢欲动的时候，却看到原本站在大殿外面的陈越不知道什么时候已经将刀抽出刀鞘一截儿，跨入了大殿之中。

虽然只有一抹寒芒，却让人胆战心惊！

毫无疑问，若是他们两个此时真的愿意跳出来反对此议，下一刻便要人头落地。

在自己的小命儿与前途之间，众人虽然心有不甘，但还是选择了前者，一个个全都闭上了嘴巴怒目看着吕好问。

"张公所虑者不过是臣远君疑，京畿之地又无明证可表心意，就算是派遣使者迎接康王，也未必能让康王相信张公之忠心。"

"此事正有一计可解，我宋廷皇室之人尽数为金人掳走，但尚有哲宗皇帝朝元祐皇后孟氏居于瑶华宫中，不若恭迎元祐皇后入朝，以大宋太后之名临朝以示张公之忠心。"

"太后临朝后，朝廷必可稳定如常，再请太后下令诏康王归朝称帝，此为上上之策！"

这条所谓上上之策也是吕好问与陈越前一天晚上深思熟虑之后所想到的唯一办法。

既可以让张邦昌打消疑虑，更能让康王赵构放下戒心，又可以让宋廷彻底恢复，稳定朝局。

唯一需要担心的一点就是，张邦昌未必愿意按照他们的说法去做。

果不其然，随着吕好问这肺腑之言说完，张邦昌并未直接答应下来，而是蹙起了眉头，缓缓坐了回去。

大殿之中的气氛顿时再次变得有些压抑，一时间没有人敢再开口说话。

直到片刻之后，张邦昌再次抬起头的时候眼睛里面闪过了一抹决绝："此计甚好！邦昌愿意一试，倘若康王不愿归京登基，邦昌便自缚军中亲自前往山东谢罪！"

此话一出便将今天的廷议直接拍了板，在张邦昌的决绝之下，此事没有了回转的余地。

张邦昌下定决心之后神情颇为疲惫，朝着众人挥了挥手便径直离开了这里。

一众大臣面面相觑，两派之人虽彼此怒视拂袖，却各自心思沉重，再没有当庭撕扯的情况出现。

出了文德殿，众人纷纷拱手为礼相互告别，唯独吕好问驻足殿前久久未动，直到等到陈越出现。

"今日之事若不是陈皇城使鼎力支持，恐怕吕某绝无成功可能，皇城使近日受累良多，让吕某汗颜。"

吕好问注意到陈越此时脸上再次泛起疲倦之意，不由得感慨道。

陈越朝着吕好问看了一眼："朝堂之上的事情，我一介武夫无法影响推动，无非在暗中持刀做做样子罢了，今日首功还是吕公的。"

两人脾气颇为相投，虽然年龄相差不小但已成忘年之交，此时相互赞许一句，都露出了夹杂着些许慨然的笑容。

"昨日陈皇城使登门拜访，险些吓得吕某倒履奔逃，以为张公决意反叛，先要将我等逐一剪除。"

"谁能想到皇城使竟然胸有如此城府，不过略作教诲便让吕某今日劝动张公开悟，真是让吕某佩服无比。"

吕好问接连吹捧之下，陈越非但没有飘飘然，反而干笑了起来："吕公若是有什么问题尽可发问，何必羞臊我这粗鄙武夫？"

被陈越戳穿了心中想法，吕好问面不改色："张公虽是被迫担了这伪楚皇帝之名，但心系大宋忠心耿耿，近日来却犹犹豫豫不愿归政，若非今日你我联手恐怕月余内都未必会下定决心，皇城使可知为何？"

饶是吕好问在大殿之上将张邦昌成功说服，稳稳地赢下了这一场，他依旧对此事耿耿于怀。

之所以向陈越发问，正是因为陈越这个皇城使的身份。

皇城司职责所在不只是要拱卫皇城安全，更是只对皇帝负责的密探机构，对百官皆有监察权力，虽然平日里见不到皇城司的察子四处抓人闹事，但若是有需要的时候皇城司使往往可以列出大把臣子罪证。

张邦昌对登基为帝极为抗拒，恨不得当时便将二圣迎回，近日又对迎宗室归京还政一事频频推诿，若非他与陈越一同发难，将张邦昌推到如此境地，恐怕此事还要再拖下去。

这种前后态度的变化必然另有缘由，他人或许无法知晓其中奥秘，但陈越必然不在这他人之列。

否则陈越也不会突然找上自己联手逼迫张邦昌就范。

陈越沉默片刻，朝着吕好问深深地看了一眼："吕公对此事果真好奇？事涉皇家机密，若是我说了出来，吕公所担责任怕是又要重上一分。"

吕好问闻言脸色一变，后退了半步，拂袖道："既然事涉皇家，皇城使便当吕某从未问过。"

"迎康王归京一事已然落定，吕某这便前往瑶华宫迎回元祐皇后！"

话音落下吕好问转身就走，不多时就消失在了陈越面前。

事涉皇室之秘，无一不是动辄牵涉九族的大问题，稍有不慎就会将自家老少全都送上刑台。

吕好问虽然为人刚直却并非莽夫，比起昔日为相却屡屡遭黜的李纲要圆融许多，此时稍作思量就听得出来陈越话里有话，立刻不再揪着这个事情不放。

陈越默然地看着吕好问的身影离开，摇了摇头。

方才与吕好问所说的"皇家之秘"倒不是他空口白牙胡说八道，也并非搪塞之辞。

金人在皇城之中闹了这么一遭之后，皇宫大禁内外都惶恐不安，就连宫内得以幸免的宫女妃嫔也是如此。

张邦昌被扶上帝位后，哪怕没有行皇帝之实，又不愿行篡夺之事，但着实吸引了后宫妃嫔的注意力。

为求自保，宫中女眷多次朝张邦昌自荐枕席，都被张邦昌严词拒绝，但百密一疏，前些时间被金人胁迫入主后宫，原是徽宗嫔妃的靖恭夫人李氏醉酒后找到了张邦昌……

此事随后被张邦昌勒令压下，并未传出后宫，但作为皇城使的陈越，还是第一时间就听闻了此事。

倘若归政宋廷迎立康王，论及被迫登基为帝一事，念在张邦昌态度端正不敢逾越的姿态，或许可以得饶性命。

但一旦后宫之事为人所知，张邦昌的脑袋定然要搬家，张邦昌所虑无非便是此事。

明知归政便是死路一条，最终张邦昌仍然决意归政，饶是经过多方权衡百般思虑，依旧可以见得张邦昌忠心可嘉。

陈越思虑再三，打算先行力保张邦昌，已经命人将皇城司架阁库之中记载此事的档案销毁，此举也算冒了大险。

纸里终究包不住火，此事终究是要传入他人耳中，到时候张邦昌是死是活也只能听天由命！陈越思绪飞转，沉思良久后，将目光转向不远处的垂拱殿院内。

彼处声音嘈杂，那支金人军伍正聚拢篝火，宰羊喝酒，将这皇宫禁庭当成了自家地界。陈越的眼底闪过了一抹寒芒，身上杀意渐起……

吕好问将陈越所说的话抛在脑后不再多想，当即就率人前往瑶华宫将元祐皇后孟氏给接了出来，以大宋太后之称迎入宫中，随后秘密改称元祐皇后，临朝听政。

所谓临朝听政其实并无实际意义，眼下京畿各地都已经安稳下来，皇城司与殿前司各部收拢了原本各道府驰援东京又被打散的残兵，得到了一支六千余人的兵马，四处奔走维持秩序，虽然辛劳但收效不错。

大楚朝堂的命令只能影响到京畿地区各处，朝中一派祥和之景，不过月余的时间便再也看不到昔日金军入境的恐慌情绪。

但是有大宋太后临朝坐镇，民间的汹汹情绪立刻受到了影响，月余时间内再无刺杀之事发生，张邦昌等人紧张的情绪也彻底安定下来。

四月初，孟太后在张邦昌等人的授意下，任命吏部尚书谢克家与康王的舅父韦渊做迎奉使，直接将大宋国玺带上，直奔济州迎接康王还朝登基。

皇城司使陈越并未受命，却潜身藏在了迎奉使团之中，随行的更有数十名皇城司精锐察子。

迎奉使团上下百余人，半数执刀披甲，一人备两骑，看似轻松实则每个人的心中都是紧绷着一根弦。

此番北上济州对他们来说是个极大的挑战，对于大宋来说则关系到国运生机。平日里再放浪形骸之人，此时也都紧张不已。

唯独队伍最末端的两骑极为自由散漫，纵马跟着队伍的同时，马背之上的两人还在不停地讨论着什么事情，状况颇为激烈。若不是两人都骑在马上，此时怕是要厮打起来。

其中一人穿着青色官袍，明明是个文官却长得孔武有力，此时纵马而行姿态自如，没有半点扭捏，正对着他身旁的人怒目而视。

在他身旁的人虽然也是穿着青布长衫，但并非官服，而是粗布麻衫，此时脑袋上顶着范阳笠，腰间悬着一柄兽吞腰刀，作军中都头打扮。

比起官袍之人，都头打扮模样者年龄略长但此时却一脸嬉笑，全然没有作为年长者的沉稳自觉。

"景思，若是你脱了这身官袍的话，要是在大街之上碰到你，我都会将你当作军伍中人，谢老相公何等温文儒雅，生出来的儿子怎么就长成了你这模样？"

"听闻你家中还有三个弟弟,难不成全都跟你长得一样五大三粗?谢老相公可曾想过要将家中儿郎送入军中?"

陈越斜瞥着身旁的谢伋,嘴里絮叨个不停,丝毫不管谢伋此时脸上已满是愠怒之色。

谢伋正是此行迎奉使者现吏部尚书谢克家家中长子,现任集英殿修撰。

原本谢伋在集英殿任职数月后,便会被外放地方,哪承想竟然遭遇到了金兵破城一事,如今朝廷上下乱成了一锅粥,官员任职选派都处于停滞状态,若不是他主动请缨与父一起迎奉康王归京,此时怕是还在集英殿内对着书架发呆。

不料才出了城,便碰到了陈越这厮!

为了确保这个迎奉使团内部不出乱子,一路上更是要尽可能确保安全,张邦昌与吕好问和陈越再三商议之下,从殿前司与皇城司之中选出了七十名好手,加上陈越本人在内一同负责使团前往济州一事。

陈越最近数月时间在东京城之中忙前忙后,几乎将前些年懒散下来的时间全都补了回来。

自从皇城司取缔司尊为主的规矩,三个皇城使作为皇城司的主持者向来都是任务分摊,比之前可是清闲不少,如今突然只剩下他一个人忙前忙后两个多月的时间,着实有些吃力不住。

正逢着劝动张邦昌归政,迎奉使团之中又需要人手,陈越干脆将自己算在了其中。

迎奉使团的成员不过百余人,除了三十余人是谢克家与韦渊的随从人员外,剩下的全都是陈越麾下皇城司与暂辖殿前司内人员,一路上各种大小事都要以陈越马首是瞻。

如此一来陈越本以为此行路程会枯燥无聊，却没想到才出得城门见到谢伋，便被此人的容貌外形给吓了一跳。

随后更是以此为引跟谢伋连连攀谈，惹得谢伋羞恼不已。直到使团队伍走出了十数里后，谢伋听闻前面有几个察子提起宫中尚有金人驻扎的事情，顿时转头看向了陈越。

"皇宫锦苑之中尚有金人驻扎，陈皇城司数月来忙碌到底为谁，是为了我大宋朝廷还是为了金人？"

"皇城司之责，乃是拱卫皇城守护皇室，如今皇室被掳北上，皇城内驻扎着外敌，陈皇城使却在城外嬉笑，真不知这是我大宋之幸，还是大宋之耻！"

大宋崇文抑武，向来人人以读书为荣，不愿常习武艺，谢伋一介读书人自小崇文弃武，奈何天生形容俊伟，这么些年常常为同窗所取笑，近日来在集英殿之中更是屡遭同僚指指点点，此时心情积郁太多，又被陈越捉住痛点取笑，心思愤懑之下说话乱了方寸，直接戳到了陈越的心窝子里。

此话一出，原本还算热闹的队伍顿时安静了下来，走在他们二人前面的数个皇城司察子齐刷刷地回过头来，表情都有些阴沉。

谢伋的话戳的不只是陈越自己的心窝子，更是连一众皇城司乃至殿前司的众人全都算在了其中。陈越扭头看向谢伋，发现此时谢伋丝毫没有触犯众怒的自觉，反而是死盯着他，一脸莫名的愠意。

很显然在谢伋的心中，此事并非仅仅是拿来嘲讽陈越的由头，他心中还是有些芥蒂。

他朝着前面众人挥了挥手，皇城司的察子们纷纷回过头去，不再盯着谢伋，但一众人分明都竖起了耳朵打算听听陈越如何与谢伋分说。

陈越的目光在谢伋身上扫了两眼，并没有急着给谢伋回话，而是扭头朝着身后看了一眼，虽然远隔十几里，但东京城仍然遥遥在望。

"谢编撰所言也是我皇城司数百儿郎日夜所思之事，我大宋臣民无不恨金人入骨，若是得了机会谁人不想生啖其肉？"

"不过那留驻皇宫的一队金兵，并不是那么好杀的，谢编撰莫不是以为我们这些武人终日只知道偷奸耍滑，被金人站在头顶欺辱也不敢挥刀相向？"

反问了谢伋两句之后，陈越缓缓抬头朝着悬在头顶的太阳瞄了一眼，嘴角翘起了一抹笑意："日上三竿，若是没有什么特殊情况的话，此时皇宫之中的那些金人，都已经成了刀下亡魂！"

与此同时在垂拱殿院子周围的矮墙之上，百余名皇城司与殿前司的察子士卒们冒出头来，上百把神臂弩被架在了墙头上。

殿前大院之中围坐在篝火旁的百余名金兵此时大多数都已酩酊大醉，在大宋皇宫之中住了两个月的时间以后，他们早已经对周围失去了警惕。

漫说是那些皇宫中的内侍和宫女对他们造不成任何威胁，就连号称拱卫皇城能力极强的皇城司与殿前司的士卒，在面对他们的时候也是唯唯诺诺。

这让他们早就产生了一种飘飘然的错觉，那便是自己可以完全凌驾于宋人之上，可以将所有的宋人当作帐下奴隶呼之即来，挥之即去。

所以此时完全放松了警惕，完全没想到周围会忽然亮出来这么多的神臂弩！

躺在最外围的一个金兵醉眼惺忪地抬起头来，恰好跟围墙上一个皇城司察子杀意腾腾的眼神对上，让他的酒意瞬间清醒了一大半，连忙坐了起来。

"敌袭，有敌袭！"金兵反手抓起扔到了一旁的骨朵大声嚷嚷了起来，还没等他将身边同伴叫醒，一道寒芒闪过，在他的喉咙上便多出了一个拇指粗细的窟窿。

神臂弩的威力极强，算得上宋军之中少有的大杀器，平地射程最大甚至可以达到三百四十多步。

此时双方距离不过百十来步，弩矢穿透了金兵的脖子之后还稳稳地钉在了地面的青砖之上，深入两寸有余！

金兵抬起双手下意识地想要捂住脖颈，然而那伤口之中的鲜血奔涌而出，任凭他如何遮掩也挡不住，转眼的工夫他便重重摔在地上，再没了声息。

大片鲜血漫延开来，在垂拱殿前的青砖石面上画出了一副极为鲜艳的彩画。

直到此时剩下的那些金兵才总算反应过来遭遇敌袭，纷纷抄起身边的武器或者盾牌，想要组织起一场有效的反击。然而在这庭院之中毫无遮挡，在如雨般射出的弩矢之下他们全都成了活靶子。

短短盏茶的时间后，四轮箭雨结束，垂拱殿前的庭院之中尸横遍野，金兵的尸首躺了一地，殷红的鲜血取代了原本的砖青色。

方才还熊熊燃烧的篝火已经被地面之上肆意流淌的鲜血浇灭，原本满院子的叫骂声与喊杀声逐渐稀落消失，只剩下偶尔起伏的惨呼声。皇城司察子们悄无声息地打开院门，将里面还未死透的金兵一一补刀杀死，随后尽数拖出。

就算是将这些金兵挣扎的时间也算上，整个过程也不过是花费了不到两盏茶的时间，从头到尾都是行云流水，没有任何迟滞。

地面上的血迹还未干涸，便已经有拎着水桶与抹布的内侍和宫女匆匆赶来。

大桶清水泼洒在地面上将大部分的鲜血冲散，顺着青砖之间的缝隙沟壑流入墙边的水沟内，随后汇入汴河之中彻底消失不见，剩下的那些血迹也被抹布尽数擦净。

一起被收拾干净的，还有那些堆积在庭院之中的金人营帐火堆，待到内侍宫女们从庭院之中离开时，垂拱殿外已经恢复了清冷，仿佛金人从未在这里驻扎过。

皇城司察子们所用的神臂弩尽数被收缴，随后各自回到了原本的职务之中。

饶是这帮察子全都是眼下皇城司之中最为精锐的一批，在做完了此事之后，表面的冷静之下却依旧隐藏着极深的狂喜，做起寻常的职务来都越发轻快。

让这些金人狗贼压得久了，他们心中早就积聚了无数的愤怒，此时一朝爆发出来颇有些畅快！

不过那种激昂的情绪在他们身上也只持续了不到盏茶的工夫，随后就在宫廷内外的萧瑟氛围之中逐渐退散。

皇宫内除了少了一支百人的金兵队伍之外，再无任何变化。

张邦昌直到一炷香的时间之后，才在几个慌里慌张的内侍嘴里听到这个消息，立刻赶往垂拱殿。嗅了嗅空气之中仍然残存着的血腥气，张邦昌脸色变得复杂无比。

旁边的内侍们小心翼翼地看着张邦昌，紧盯着他脸上的神情变化，生怕稍有不慎惹得这位大楚皇帝心生不满。

这位皇帝近日来心绪一直不宁，虽然此前作为大宋朝臣的时候以性子温和著称，当上了这大楚皇帝之后更是屡屡降恩于宫中宫女内侍，但是就在前几日，后宫慈元殿之中的十几个内侍不知道是犯了什么罪过，竟然一夜之间全都被赐死！

金人在皇宫之中劫掠这一遭，本来就已经让这些宫人们心头惶惶不已，发生了此事之后更是越发惶恐，此时看着张邦昌宛若看着洪水猛兽！

张邦昌攥紧了拳头在院子里面踱了一圈儿，看着周围地面和墙壁上那些神臂弩射出来的凹坑，脸色变了数变，最后逐渐恢复了平静，现在是在某种程度上已经接受了眼前的局面。

"这个陈越实在过分，竟然在皇宫之内做出了这种事情，简直是没有将陛下放在眼里！"一直跟在后面的王时雍见状，快步走了上来愤声说道。

"前段时间宣赞舍人吴革率亲信百余人在东门外闹事，若非范琼将军虚与委蛇诈其合谋，顺利将其擒下，恐怕陛下与我等人头不保。而那吴革及其部署被送入皇城司密牢之中后便是下落不明，这分明是陈越从中作祟之举。"

"近日来陈越做事越发孟浪，一心想要与陛下作对，如今更是杀了这么多的金人，还亲自率队前往济州迎康王归宫，这是要将陛下置于何地？"王时雍一边观察着张邦昌的反应，一边试探性地说道："不如臣这就安排一支兵马追上他们，伺机将这些人全部格杀……"

不等王时雍说完这些话，本来负手而立不知道在想些什么的张邦昌猛然转过头来，看向了王时雍："休得胡言！"

"难道你忘了我之前曾经跟你们说过，不可用'陛下'一词来称呼我？今时我暂行君事，不过是为我大宋皇室鞠躬尽瘁，忍辱为之罢了，就算没有他陈越在，假以时日我也会还政于皇室之人。"

"长居皇宫锦苑之内已经是大逆不道之罪，这'陛下'一词却是万万不能再用在我的身上了。"

被张邦昌呵斥了一句之后，王时雍的脸色一沉，略略朝着张邦昌一拱手便向后退下，不敢再多说什么。谁都能看得出来此时张邦昌说出的这些话并非完全心甘情愿，但此时他已在盛怒之中，若是在这个时候去触他的霉头，那便是找死了！

将身边那些碍眼的人全都轰了出去之后，张邦昌脸上的怒容逐渐和缓了下来，随后忍不住叹了几口气。

对于陈越的做法他并未感到惊讶，自从选择了支持吕好问之说，想要将康王迎回皇城登基之后，他就意识到这皇宫之中的金人肯定是留不得了，或早或晚，迟早会被皇城司的人杀掉。

真正让他生出了恼意的是陈越此举竟然并未与他照会，甚至就连杀了人之后向他禀告的程序也被免了。

难道说在他付出了如此之多后，陈越依旧没有将他当成自己人？还是说陈越已经知道了什么事情……

张邦昌在垂拱殿的院子里负手而立，良久都未开口说话，更是纹丝不动，直到日渐西沉有内侍战战兢兢地上前为他披上一件外袍，他才终于回过神来，叹了口气后随内侍回到了文德殿。

王时雍深知张邦昌的脾性，更是知道张邦昌前后态度转变的原因，所以心中仍有算计和把握，更何况此时陈越等人离开东京城不过半日时间，想要抵达济州将一切事情敲定还有些许时日。

他不管还想做些什么暗手，都尚有大把的时间，倒是并不急于一时。

饶是如此，出了皇宫之后王时雍依旧招来了家中的几个小厮，许以百贯钱财后将他们放了出去远远跟上迎奉使团，时时回报消息。

殊不知他才做过这些事，记录着他一举一动一言一行的信笺就被皇城司的人送了出去。

而此时早已到了三十里外，回首已经看不见东京城的迎奉使团处，此前与陈越吵得不可开交的谢彶此时再面对陈越，已经再无此前的倨傲。

眼看着飞马而来的皇城司察子毕恭毕敬将浸了油的密信交给陈越，谢彶的眼睛顿时就亮了起来："陈皇城使，这密信说的是何事，莫非是皇宫之中有了消息？"

随着问起这个问题，谢彶忍不住拨马朝着他凑了过来，方才两人争执之时，陈越已然将皇城之中发生的事情全都讲给了他，所以此时谢彶也清楚在皇城之中那些金人恐怕已经殒命。

但最近月余他不止一次见到金人在皇宫之中飞扬跋扈的场景，一时间还没有办法接受陈越这狠辣的手段，眼见着皇城司竟然传来了消息，下意识地就想将那信笺拿过来一睹为快。

信笺之上不过短短数句话而已，陈越扫了一眼后嘴角便挂起了一抹笑意，随后反手将信笺递了过去。

谢彶将信笺接过后立刻逐字逐句地念了出来："垂拱殿外金贼九十七人尽数伏诛，谋克勃堇吾古孙验明正身，司内轻伤三人。"

精简至极的三句话，没有半点赘余甚至就连半句修饰都欠缺，但被谢彶读出来时，仍然盖不住他的激昂情绪。

"以三人轻伤换取金贼九十七人尽没，皇城司果然都是我大宋精锐，可敬可叹也！"谢彶深吸了一口气，攥紧了那信笺之后按捺不住心中的激动，竟然一拳砸在了自己座下的马鞍上。

他座下的那匹枣红母马受了惊吓，立刻前蹄乱蹬，要不是这家伙反应极快，马上抱住了马脖子，恐怕会被立刻摔下马背。陈越看着激动到有些得意忘形的谢仮，轻轻摇了摇头。

这厮已经年近而立，又是个书生出身，偏巧长得极其雄壮魁伟，这性子又暴烈得很，让人看着总觉得有些古怪。

若不是这家伙出身太高，官道运途必然亨通无比，陈越都打算把他拉到皇城司之中供职了。

如此有意思的家伙，就算是空长了一身魁伟的腱子肉，放在身边也颇为有趣，总好过眼下司里面那些沉闷到要冒烟的货色。

不等这家伙将马儿重新驯服，陈越劈手就把那张信笺给夺了过来，随后吹燃火折子直接烧掉。直到那张油纸烧到了最后一点，几乎将陈越指尖点燃，他才轻轻一搓彻底松手。

从头到尾他都没有表现出半点儿惊讶，皇宫之中的事情是他一手策划的，除了居然还有三个受伤的在他预料之外，剩下的事情都顺理成章。与谢仮的激动完全不同，此时的陈越心态可谓晦暗无比。

这一次在皇宫内所驱使的那些皇城司察子到底不是他最嫡系的精锐，在完全以有心算计无心又占据了绝对优势的情况之下，竟然还能被对方伤了三个人，若要是换了他之前的皇城司下属，怕是要被他用脊杖打个皮开肉绽。

"竟然用百余人的队伍就能将金人一个百人队尽数诛灭，而且己方更是无一人折损，这种战力在我大宋军中上下求索，怕是再也找不出第二份了。"纵马走在陈越身旁的一人一把拉住了谢仮的马头，脸色阴沉地看向了陈越，低声道。

"既然皇城司有这份战力，为何之前金兵围城的时候没有出战？为何又要眼睁睁地看着皇帝被金人劫掠？"

"据我所知，皇城司之人怕是也被俘虏了上千之数，难道说在那些精锐的外表之下，竟然藏着一群被我大宋朝廷用金钱养出来的胆小鼠辈？"

此人说起话来比起谢伋更要过分，哪怕自己身上也是穿着一身皇城司的衣裳，却丝毫没有把自己当成皇城司的一员，反而对皇城司耿耿于怀。

听闻这几句话，谢伋颇有一种恍然的感觉，趁着马儿恢复了平静，立刻掉转马头朝着陈越的方向看了过来，眼神之中同样充满了疑问。

说话之人冷冷地朝着谢伋看了一眼，声音又冷了几分："皇城司不以死谢皇室北狩之罪，已然当得上懦夫之名，今日就是杀了那些金贼又能如何？"

"朝堂之上那张贼与范贼、王贼犹然活得潇洒自在，皇城司却不加以斩杀，反而将其拱卫于皇宫之内，简直可笑至极！"

谢伋脸色微微一变，想到这数月来那王时雍、范琼等人所作所为之后深以为然地点了点头。

张邦昌虽然立意为民，百般申明自己是无奈之下才当了什么大楚皇帝，但近段时间来却一味恭顺金人，并未有什么正当建树。

而王时雍、范琼等人更是个个不当人子。

当时金兵在城外驻扎，多次向宋廷索要贿买赔偿，多达数百万两，宋廷早被金人洗劫一空，想要一时间凑齐那么多银钱根本就不可能。

为了满足金人的条件，王时雍不知从何处受到启发，竟然想到了一个无耻到家的馊主意，在城中可以大肆抓捕大宋女子，并原本皇宫与各处大臣府邸内的侍者宫女送入金军营中，以抵消赔款。

虽说彼时有传言此举也是王时雍受到了皇室指使，意图尽快送走金人，乞二帝顺利归京，但在这件事情之中王时雍却不遗余力，嘴脸分外难看。

京中受此事牵连者，无不痛恨王时雍此人，更是暗中为其起了个"金人外公"的称呼。

范琼眼见宋廷失势后便暗中转投金人，促使金人掳走二帝，更是为王时雍抓捕民间女子一事提供了不少助力，可以说是狼狈为奸。此时东京城中最为百姓痛恨的，自然就是这两个人。

偏巧陈越重整皇城司之后，安抚民情的同时所拱卫的临时大楚朝堂之中，这两人都是身居高位！

也正是因此，说话之人才会抓住话柄讽刺连连，开口闭口只管痛斥陈越不作为。

陈越瞄了说话之人一眼："奉然兄出了皇城后，状态恢复得可好？"

"先前在咸丰门外我奉然兄险些为范琼那贼子诛杀，若非我皇城司救护，此时已经成了刀下亡魂。"

"彼时奉然兄并未护住吴公，后吴公入我皇城司密牢，还是陈某帮忙为其收殓了尸身厚葬，奉然兄痛哭之后决然隐姓埋名入我皇城司，难道就是为了此时讥讽于我？"

跟此人对话，陈越一点也没客气，上来直接戳穿了对方表面上的伪装，顺手还在对方的伤疤上撒了把盐粒。

被他叫作奉然兄之人本名吴青，原本是宣赞舍人吴革家中小厮，自小被吴革当作亲子抚养，拳脚功夫不错，更有一腔血勇，所以此前被吴革带在身边，直到密谋刺杀张邦昌一事被范琼利用反过来重伤了吴革，这吴青奋力救护吴革，身中十余刀仍然死战，被随后赶到的陈越借故擒下，才算保住了一条小命。

此时陈越提起为吴革收殓尸身，又帮助吴青治伤的事儿，有挟恩为难之嫌，但却效果极佳，总算是让吴青闭上了嘴巴。

"范琼那贼子向来以金人的命令为尊,而今我命人斩杀了那百余名留守皇城的金贼,倒也算是帮奉然兄报了些许仇怨,奉然兄非但对我没有感激,竟然还要冷嘲热讽,真是让陈某人分外痛心!"

陈越的话听似随意,实则却如同利刃一样直接刺入了吴青的心尖,吴青脸色陡然一变,冷哼了一声之后将头转到了旁边,不再理会陈越。

吴青从小就冲动鲁莽,偏又不是浑不吝的莽撞人,最吃死理。

陈越几日相处下来早就将他的脾性摸得清清楚楚,但凡此人表现得不如人意,陈越便将此前的恩情拿出来说事,几次下来直接把吴青拿捏得死死的。

"陈皇城使若是频频以这恩情相挟,实在算不上君子所为,那吴青脾气火暴,若是一朝不慎之下拔刀自刎以命回报,陈皇城怕是要得不偿失了。"

谢伋是个直来直去的性子,跟陈越的关系略为改善之后,此时说起话来便没有了之前的芥蒂,眼看着吴青愤然拨马离开之后,立刻朝着陈越说道:"虽说吴青脾气太过火暴,难以担当大任,但是不失为一员猛将,陈皇城日后用得上他!"

陈越撇了撇嘴,斜瞥了谢伋一眼之后,摇头道:"就算要拔刀自刎,吴青也要等到亲自手刃了那范琼之后才会这么干。"

"若不是时刻提醒他一下他还欠了本官恩情,这厮转身就能回到东京城中去送死!"

谢伋沉默了片刻之后再次恍然,陈越的话似乎比起方才吴青所说的话要有道理得多……

而陈越在说完了这几句话之后,则如心有所感一样,看向了大路南侧不远处的密林。在那些密林之中,他隐隐看到了一些影子,对方十分敏感，在注意到陈越的目光之后，立刻转身潜入了密林深处消失不见。

陈越立刻就明白过来，对方恐怕是"大楚"朝堂之上那些人安排追踪监视他们这支迎奉使团的。

张邦昌纵然并非彻头彻尾的忠义之人，观其行止明显还有一些私心，但除了在心中算计一二外，未必有胆量安排人来插手迎奉使团的事情。那些暗中之人，极有可能是王时雍与范琼等人安排的，这些人到底有什么目的，自然是不言而喻。

一是要盯着陈越等人，将他们所做的事情时时回报给东京城之中的王时雍等人，二则是在他们周围伺机而动，随时都有可能做出一些对迎奉计划的破坏！

若是一路之上一直都被他们盯着，使团之人难以放开手脚，说不定还会被对方设计引来金人留下的散兵游勇，到时候迎奉康王的大计为金人所知晓，他们的任务恐怕即刻就会失败。

甚至连康王赵构都会陷入危险之中！

康王虽然以大元帅的名义聚集了数万兵马在身边，但那各路兵马之间怕是很难团结一致，若是真有金人杀到山东处，北狩的二帝恐怕就要变成三帝……

陈越沉思片刻之后，将跟在队伍之中的数个心腹招呼到了身边，随后指着远处的林子低低叮嘱了几句，将他们放了出去。

十几个皇城司的察子硬碰硬之下战力并不算强，但极为擅长暗中的战斗，若是在密林之类的环境之中与人战在一处，便是百十精锐也不是他们的对手。

光是以武力威胁不足以彻底规避掉那些暗中之人的危害，陈越将那些心腹放出去之后并未继续盯着他们，而是直接掉转马头从队伍的后侧直奔最前沿那几辆马车而来。

此番迎奉使团表面上的主使谢克家，此时就坐在最前面的那辆马车之中闭目养神，忽然听到有人提起陈越前来顿时就吃了一惊，立刻就将车窗帘拉开，随后探出了半个脑袋。

自从陈越在文德殿之上几次打算抽刀，将王时雍等人死死压住之后，朝堂之上的这些大臣在面对陈越的时候态度都越发温和。

再也没有人敢将这个动辄抽刀砍人的家伙当成一个七品的小官儿，在他们眼中此时的陈越甚至比阎王爷都让人敬畏，毕竟阎王爷收下大家小命的时候，还要遵循那生死簿上的寿数命理。

而眼前这个家伙说抽刀就抽刀，说杀人就杀人，干什么事儿的时候似乎从来不会考虑后果，就连讲道理的机会都没有。

饶是谢克家自认忠君爱国能力卓然，更是长了一副好口舌，但是这会儿面对陈越的时候也不敢有丝毫的怠慢，生怕迎头而来的是直接一刀。

"陈皇城此前曾经百般叮嘱过我，在路上不可轻易将你的身份暴露出来，如今竟然主动找上我，是不是有什么事要说？"谢克家看着已经纵马跟到了近前的陈越，笑呵呵地问道。

陈越瞄了一眼谢克家，有些意外地发现这位时任吏部尚书的能臣竟然一改平日的倨傲态度，在面对自己的时候显得分外和蔼可亲，心中不由得生出了一丝好奇。

要是换在平时的话，他说不定要与这位谢老相公好好地聊上一聊，搞清楚这种没来由的态度变化是怎么回事，否则他在心里面总是揣着糊涂，颇有一种大祸临头却只是悬而未决的感觉。

但是此时陈越却没有了那种闲情逸致，在马背上朝着谢克家拱了拱手之后，陈越立刻说道："正有一事需要与老相公商议，刚才陈某在密林之中发现了一些端倪，唯恐有人在暗中跟踪我们，便直接安排了一些兄弟前去查看，虽然此时尚未归来，但几乎可以确定是有人在跟踪我们。"

"若只是一些山贼流民欲行不轨倒也罢了，如果这些人是东京城之中来的，或者干脆就是金人安插在这里的眼线，那对于我们，接下来的行程将会变得极度危险，恐怕我们必须要改换一下路线了！"

此时他们已经远离城池，纵然走的是大路，但是路面之上也已经变得凹凸不平，一路走来车子极为颠簸，陈越想要纵马跟上马车的节奏十分困难，说话间马头稍稍一偏径直朝着车窗撞了过来。

这个举动吓得谢克家立刻将脑袋缩了回去，随后根本不用陈越再多说哪怕半句话，连连摆手道："既然如此，这件事情便交给陈皇城定夺便是！"

"出发之前我们便已经商量好了，若是碰到类似的情况一切都由陈皇城定夺，无需再来问我！"说完这句话之后，他便将车窗帘给放下，似乎生怕陈越再用什么话题来跟他搭茬一般。

一旁的侍从见状连忙快步跟上，凑到陈越的身边之后说道："陈皇城，我们家老相公年纪毕竟是有些大了，这一路上舟车劳顿早就已经十分疲乏，像这种事情，既然你可以定夺，那就按照你的意思去办。"

"接下来我们老相公就要休息片刻，还请陈皇城短时间之内不要再打扰老相公休息，小子冒昧进言，陈皇城切勿见怪！"

谢克家身边的侍从年纪不大，但是这心思倒是机敏得很，更是极为懂事儿，说完这几句话之后根本不等陈越再开口，抬手照着自己脸上就是两记小小的耳光，更是直接赔起了一张笑脸。

虽然说宰相门子七品官，谢克家的贴身侍从就算比不得宰相家里面的门子那么夸张，但是在很多时候于那些低品级官员的眼中，却是极为重要的角色。

但此时这家伙却在陈越面前卑躬屈膝，不惜自辱面门以求陈越谅解他方才所说的话，在某种意义上来说，其实也已经代表了谢克家的态度，谢克家只想老老实实地完成这次任务，将康王赵构迎回宫中继承大统。

至于说这期间的过程到底如何，他并不在意，恐怕就连这一次任务谁居首功这件事儿，他也没有太当回事，尤其是当下他的想法更是极为单纯，那就是避开与陈越这个家伙的正面沟通！

一是要尽可能维持自己正使的威严，二也是怕一个不小心在陈越面前露怯。

他好歹也是一个堂堂的吏部尚书，就算对陈越这等粗鄙武夫再尊敬，也决不能在他们的面前有所失态，否则一旦产生了类似的污点，怕是一辈子都没办法清洗掉这种耻辱！

陈越看不穿那道充当车窗帘的帷幔，自然也就看不明白谢克家的真实想法，不过他也是个心思聪明之人，从这个代为传话的侍从身上也能看得出来谢克家的大致想法。

看着侍从满脸堆笑，似乎又有抬手抽自己耳光以娱乐陈越的想法，陈越不由得摇了摇头，不再与谢克家继续进行沟通："既然谢老相公已经应允，那接下来我们的路程就由我来安排。"

扔下了这句话之后，陈越拨马就走，这一次直接跑到了队伍最前面，与领头的几个殿前司的都头闲聊了数句，随后用刀鞘在其中一人的后背上拍了拍，笑骂几句之后这才转身重新回到了队伍的侧后方。

这些殿前司的都头并非他的嫡系，也早已脱离了皇城使的辖制，金兵攻入东京城之后，殿前司为保二帝安危，三分之一被格杀于当场，三分之一被掳走陪伴二帝。

剩下的三分之一又有一半四处奔逃不见了踪影，唯独剩下的这五六百人被陈越暂时收拢在手边留用，却没有想到在他们之中有几个都头本来便是济州人士，对来去的路途极为熟悉，陈越干脆便让他们做了向导和斥候。

此时决意临时改换路线，自然也要与这帮家伙商议一下。随后的结果倒也让陈越十分满意，这几个都头果然知道好几条十分隐秘的小路可以前往济州。

说是隐秘的小路，其实距离大路仍然不远，但胜在时不时需要钻林子或者是入草甸，可以将他们一路上的行踪隐藏起来，不至于被后面的有心人跟踪。

而且就算半路上再碰到值得怀疑的跟踪者，还可以趁机在隐秘的地方杀了对方而不至于引起周围村镇或者城池的惊慌。

几个都头商量了片刻之后，便定下了一条新的路线，随后简单叙述之后便获得了陈越的首肯。

半个时辰之后，迎奉使团从大路脱离，同时改变了之前的作息计划，绕过了一座小山之后一头扎到了大片的密林之中，才转眼的工夫就消失不见，若是从外面观察起来就仿佛钻进了鬼魂出没的地方一样。

与此同时，之前被陈越安排出去的十几个皇城司察子也已经归来，个个身上都是带着股血腥味，很显然刚才遇见了不够配合的敌手，双方狠狠地做了一场，至于胜败如何自然可见一斑！

为首的皇城司察子将一小袋从那些跟踪者脑袋上割下来的左耳扔到了陈越脚下，脸色有些阴沉："陈皇城，这件事情恐怕没有那么简单，刚才我们与他们交手的时候竟然发现在他们之中有几个家伙是金人！"

"虽然那帮家伙也是穿着我大宋的服饰，但无论是身形姿态还是说话的语调，分明跟我们在战场之上曾经见到过的金人没有多大区别，看样子你猜得很对，他们真的跟金人还有往来。"

"只可惜这帮家伙嘴里面都含着毒药，一旦被我们击败之后立刻就服毒自杀，根本没有给我们留下审问他们的机会，否则的话我们肯定能从他们的嘴里问出来到底是怎么回事儿！"

陈越微微颔首，表面上古井无波，实际上心里面已经翻起了惊涛骇浪。

为了确保这一次护送印玺顺利，他带来了这些皇城司察子，虽然不全是自己手中的精锐，但绝对算得上他的心腹人手，在实力上肯定比一般的察子更强上几分。

在双方人数相差不多的情况之下，对方竟然能够在他们的眼皮子底下自杀，可见对方的精锐程度已经不下于他手下的这帮人……

一般的金兵精锐士卒或许在小规模的短兵相接之中强过大宋士卒，甚至于连皇城司的察子这种精锐都不是他们的对手，但是尺有所短寸有所长，金人战力再强也无法面面俱到。

纵然来的是金军精锐，也根本没有办法在林间追逐战之中胜过他手下的这帮皇城司精锐察子。

除非这帮人并非金兵士卒，而是来自金国上京皇城司！

想到这种可能，陈越的心头顿时就是一沉，昔年大宋皇城司于大宋内外诸多大事之上皆有助益，作为一个只对皇帝负责的机构颇有建树，以至于无论是辽国还是西夏都曾经仿照皇城司设立过类似的机构，但无一不是无疾而终。

唯独金国在上京立国建都之后，十分干脆利落地给自己也安排了一个上京提举皇城司，虽然无论是在职能还是权力范围之上，受到了诸多掣肘，根本没有办法跟大宋皇城司相提并论，但是在某种意义上来说也已经开始了某种正确的尝试。

金军此番南下之前，大宋皇城司就曾经发现过疑似金国上京皇城司的活动痕迹，只不过当时大家并没有将那些人当回事儿，还曾经一起取笑对方不过是在东施效颦而已。

如今看来，虽然对方的实力暂时还不如大宋皇城司数百年的底蕴积累，但是也已经培养出了一批可用的察子，甚至能够深入大宋境内对他们进行袭扰跟踪，或者起到联系东京城中那些贼子的作用。

光是这些举动，就足以证明对方现在不容小觑。短短的一瞬间，陈越的脑子里却翻江倒海，以至于勒紧了马头站在原地有些失神。

"头儿？您这是怎么了？"看到他忽然间愣住了神，周围的皇城司察子们立刻紧张起来，纷纷冲上前关心道。

陈越听到了这些手下的叫声，立刻回过神来，扭头朝着众人看了一眼之后，摇了摇头："不用担心我。"

"立刻将咱们皇城司在使团周围的游哨放到十五里开外，以焰火与哨箭相互传信，时时保持警惕，千万不可松懈分毫！"

"另外，让弟兄们注意一下，我们之前忽略的那个对手恐怕已经到了，此行若是稍有不慎的话，很有可能会让我们大宋皇城司毁于一旦！"

原本周围的这些察子们眼看着陈越并无大碍，还在笑呵呵地互相打趣，忽然之间听到陈越如此严肃的命令之后，顿时全都紧张了起来："陈皇城，您的意思是金国那帮狗贼把那些杂碎也派来了？"

"怪不得我们之前与他们在林中拼杀的时候如此吃力，原来是那些狗崽子！"之前带队冲入密林之中解决跟踪者的那个察子冷起一张脸来，看着自己手背上裹着的布条，闷声说道。

平日里陈越的判断从来都不会出错，所以此时他们对于陈越极为信任，既然他们的皇城使说对方是金国的皇城司，那对方肯定就是！

一股战意从这些察子们的身上冒了出来，陈越看着众人越发热忱的眼神，心头不由得升起了一丝异样，仿佛眼前这些人很快就会彻底消失在他的视野之中，恐怕再也没有办法见到了一样。

但紧接着他就将这种怪异的情绪压了下去，朝着众人微微颔首道："不错，应该就是金国上京的那帮家伙，虽说有点儿东施效颦的意思，但是这十几年来对方似乎也有所发展，已经不再是之前的花拳绣腿，所以我们接下来的行程要更加紧张认真，绝不可有任何懈怠！"

周围那些察子一听，纷纷点头称是，随后在陈越的安排下，各自回到了自己的职司岗位之上。

陈越此时还不知道，随着他做出这次断言，金宋皇城司之间的明争暗斗彻底拉开了帷幕，双方兵马在正面战场之上多年拼杀战斗的同时，暗地里的较量也在不断进行，直到金国灭亡……

虽说发现了金国皇城司察子的事儿算不上多么惊险，但还是让陈越有些惴惴不安，在绕路而行的情况之下，愣是把速度提升了数倍，付出了沿途驿馆十上百匹马倒地身亡的代价之后，使团提前两日抵达了济州城。

出乎所有人意料的是，康王赵构并没有大张旗鼓地欢迎他们的到来，使团进入济州城中的时候并未受到任何礼遇。

一行人被安排在济州城内的驿馆之中，随后负责迎送的内侍便悄然离开不知所终，与之一起离开的还有康王的舅父韦渊。

找寻韦渊无果之后，谢克家反倒放下心来，不再那么紧张。

韦渊虽说与他同为迎奉使，但毕竟是康王的舅父，从血缘关系上来说，他们才是真正的自家人，比起他这个外人臣子来说亲近了不知道多少倍，像这种事关天下安危的大事儿，自然是自家人先关起门来商量一番。

至于他们这些外人就老老实实地在驿馆之中等待结果便是。

而一直隐藏着身份的陈越此时也有些坐立不安，身为皇城使，他本该第一时间找上康王，以皇城司身份行效忠之礼，如此，才能够顺理成章地继续保证皇城司作为皇帝近臣的权益和资格。

但他将皇城司使的腰牌递上去之后，竟然如同石沉大海一样，并无回应，这种事情就算是在徽钦二位不太靠谱的皇帝身上都从未发生过，那两位皇帝虽说做事极为随心，但到底还算清楚皇城司对于皇帝的意义，所以虽然明里暗里经常在皇城司内玩削权和制衡，但是从来都没有疏远过皇城司。

但赵构的第一反应却截然不同，这让他隐约产生了一种不好的念头……若是真的由赵构继位的话，恐怕皇城司会接连失权，无法继续作为皇帝的喉舌爪牙存在，这在东京之变后，对于皇城司来说又将是一次极大的打击！

与此同时，在济州城内的河北兵马大元帅府之中，才将舅父送走的赵构坐在椅子上，心中也开始了挣扎。

虽然身为皇家贵胄，但赵构自小就与权力中心没什么缘分，一直以来从来都没有想过自己能做皇帝，甚至就连这个兵马大元帅也是被临时推举上来的。

至于为什么是他被推举为兵马大元帅，原因十分简单，就因为他眼下是大宋皇室唯一一支嫡系血脉的持有者。

无论是之前被安排着跑到金人大营之中谈和，还是现在就任兵马大元帅，乃至接下来居然要被迎奉成为大宋皇帝，这些事情没有一件是赵构自己所愿的，几乎每一次都属于被赶鸭子上架。

生于皇室之中，他自然很清楚自己生下来便没有办法完全决定自己的命运，但眼下他的命运仿佛在跟他频繁地开着玩笑。

短短数月的时间里，竟然让他从一个不受待见的王爷一步步走上大宋权力中心，甚至即将被推崇为大宋皇帝，换作任何一个人都很难快速适应这种身份上的变动。

现下赵构不过是一个刚到及冠之年的青年而已，对于这种动辄牵扯到家国天下的大事，一时间根本没有办法做出最恰当的决定，听到舅父说过的种种之后，他脑子里几乎乱成了一锅粥。

这也是为什么他明知道迎奉使团已经来到了济州，却一直都没有前去迎接，更是有意无意地假装并不知道此事。

独自坐在元帅府正堂之中待了足足一个时辰，赵构才恍然抬起头来，看着外面逐渐暗淡下来的天光，随后朝旁边一招手。立刻有内侍小跑着凑了上来，低眉顺耳地躬身等候吩咐。

赵构抬起来的手在半空中悬停了许久之后，轻轻地放在了桌子上："将黄潜善与汪伯彦给我叫来！"

内侍躬着身向后退了三步，这才转身离去，表面上看内侍波澜不惊，实际上这内侍此时心里面已经升起了滔天巨浪！

方才康王舅父韦渊与康王殿下之间的谈话，他早就听了个一清二楚，自然也就清楚了，如今他所侍奉的这位王爷，眼看着就要变成皇帝了。

正所谓一人得道，鸡犬升天，他这个小内侍可是从康王府中就一直跟在康王殿下身边，这些年来一直忠心耿耿，忙前忙后，帮着康王殿下做了不少事情，就算没有功劳，也有苦劳。

康王殿下真的当了皇帝，他就是第一批受益的人！这种事情在之前可是有旧例的，当年徽宗陛下从端王府入宫为帝后，府上的那些下人无一不是得了天大的好处，甚至就连府上养的几条狗都成了御犬，终日的吃食比起寻常的大臣都要好上不少。

但是眼下看起来康王殿下似乎没有立刻答应此事的意思……这自然是不成的！内侍当即决定在找到黄潜善与汪伯彦这两个殿下的心腹臣子后，一定要将此事添油加醋地说上一遍，让这两个人促使康王殿下回返京城登基！

黄潜善与汪伯彦两人一个是高阳关路安抚使，一个是相州知州，都并非济州府官员，却因为深受赵构宠信，所以一直都随着赵构在山东各处行走。

两人从内侍那里听到了韦渊带来的消息之后大喜过望，在面见赵构的时候根本没有丝毫的犹豫，直接便陈说利害，为赵构分析起了天下局势。

种种说辞之中所蕴含的意思一言蔽之，就是国不可一日无君。

徽钦二帝北狩之后，大宋朝廷被伪楚代替，并没有对地方各处形成有效的统治，而眼下赵构这个河北兵马大元帅无论是从身份上还是名义上，除了多了一层皇亲国戚的关系之外，比起诸路拥兵自重的那些家伙也没强到哪儿去。

这就意味着如果他不能在短时间之内继位做这个皇帝，很快，全天下就会陷入分崩离析之中，到时候原本被大宋击败的那些中原各国的散落后代子孙们，很有可能会纷纷跳出来复国。

一旦真的任由这种遍地草头王的局面形成，遍地狼烟的情况下赵构再想振兴大宋可就难了，而金人所期望的便是这样的结果，到时候金人只要居高临下从北向南一冲到底，沿途将各个势力轻易扫平，大宋危矣！

听自己的心腹二人陈说利害之后，赵构那原本还有些动摇的想法彻底坚定了，随后当机立断召谢克家等人会面。

此时距离谢克家等人赶到济州府，已经过去了足足三个时辰的时间，哪怕是一直不骄不躁的谢克家，此时也是一肚子的牢骚和不安。

要不是随后就听到了康王的召见，这个谢克家恐怕都会忍不住冲到大元帅府直接去见赵构了。

三番两次问询之后，确认是赵构要召见他们，谢克家原本有些懈怠的神情立刻严肃了起来，随后叮嘱身后众人整饬好自己，一起直奔大元帅府而来。

宣布归政于赵构的诏书，是张邦昌以孟太后的名义，让翰林学士汪藻所写，谢克家双手举着诏书，慷慨诵读，声音平稳，却让周围众人无一不激动万分。

《代皇太后告天下手书》：

比以敌国兴师，都城失守，袲缠宫阙，既二帝之蒙尘，祸及宗祊，谓三灵之改卜。众恐中原之无主，姑令旧弼以临朝。虽义形于色，而以死为辞，然事迫于危，而非权莫济。内以拯黔首将亡之命，外以纾邻国见逼之威，遂成九庙之安，坐免一城之酷。乃以衰癃之质，起于闲废之中，迎置宫闱，进加位号，举钦圣已还之典，成靖康欲复之心，永言运数之屯，坐视邦家之覆。抚躬犹在，流涕何从？缅维艺祖之开基，实自高穹之眷命，历年二百，人不知兵，传序九君，世无失德。虽举族有北辕之衅，而敷天同左袒之心。乃眷贤王，越居近服，已徇群情之请，俾膺神器之归。缵康邸之旧藩，嗣宋朝之大统。汉家之厄十世，宜光武之中兴，献公之子九人，惟重耳之尚在。兹惟天意，夫岂人谋？尚期中外之协心，同定安危之至计，庶臻小愒，渐底丕平，用敷告于多方，其深明于吾志！

汪藻之笔锋才名可谓当朝之最，其文中将赵构比作汉光武帝刘秀，又借晋文公重耳的典故夸赞赵构，极尽辞藻华美的同时也玩透了阿谀奉承的小手段。

在两大心腹的开导之下，此时赵构的心结已经打开，也做好了继承大统的准备，此时对于这篇诏书之中毫不遮掩的奉承全盘接受，皇权至高无上，天下万民皆为臣子，恭维奉承几句贵为天子的皇帝，实在是再自然不过的事情。

更何况他现在已经是大宋皇位的唯一继承人，用两个心腹的说法便是众望所归，天命之人！

随后赵构双手接过了大宋的国玺，虽然还没有继承大统，没有坐上皇城之中的那把椅子，但是此时此刻他赵构已经接过了大宋的权柄，成为大宋天下当之无愧的继承人。

这个不过才二十岁的青年，从接过玉玺的一刹那开始，总算意识到成为大宋皇帝意味着什么，一种叫作权力的东西忽然出现在了他的心头，随后便如旷野之中的野草一般开始疯狂生长，不过短短几十息的时间而已，站在角落之中的陈越也从这个年轻人的身上看到了数种突然爆发出来的情绪。

陈越静静地看着拿到了玉玺的赵构，神情有些恍惚，打消了想要上去与之沟通的想法，随后缓缓地重新站在了阴影之中。

直到他恍然之间听到了场中的众人正在商议准备南下应天府，到太祖皇帝发祥地去登基，陈越这才逐渐回过神来，默默地朝着场中的众人看了几眼之后便转身离开。

走出大元帅府之后，陈越站在大门外远远地朝着深处看了一眼，心中不知道为何突然生出了一个大逆不道的想法。

将代表着大宋最高权力的玉玺交给这个叫赵构的年轻人，让他成为大宋最高权力的掌控者，到底是对是错？

一时间陈越只觉得自己的脑子有些糊涂，竟然是不知道自己亲身参与，可谓亲手打开的局面将会给大宋带来什么样的结果。

身为大宋臣子，竟然对天子产生疑问，陈越只觉得自己的后背忽然一凉，立刻就把那些不靠谱的念头全都甩出了脑子，若是这种大不敬的想法被人得知，他就算是长了九个脑袋都不够砍的！

清醒过来之后，陈越立刻就赶回他们下榻的驿馆，随后招呼驿馆的差役找到了本地皇城司的据点所在，将一封信交了出去。

这封信是他专门写给张邦昌的，要走的也是皇城司的秘密渠道，除记载此时在河北兵马大帅府之中所发生的事情之外，陈越重点提到了有关金国上京皇城司的事情，让张邦昌格外注意！

陈越在这封信里面还专门强调了众人所商议要随赵构前往应天府登基一事。只有这样才能让张邦昌提前做好一切应对准备，按照他们之前的设想顺利将皇位让渡到赵构的手中，将东京城内皇宫之中'大楚'政权身上的罪孽赎干净！

陈越此举并非有意包庇张邦昌等人，更多的还是在为大宋江山考量，除了王时雍、宋齐愈等甘愿成为金人走狗的一派人外，张邦昌等人纵然有千般不对，但对于稳定局面还是有极大贡献的，如果赵构能够合理任用他们，原本已经动荡不安的大宋江山很有可能有机会迅速恢复平静，甚至趁着军民愤慨万众一心的机会图谋北伐，将二圣迎回，抑或收复失地也未可知！

虽然他的这些考量并没有在书信之中详细写出，但是在接到他这封信之后，张邦昌却立刻就明白了他的意思，当即决定亲自前往应天府，一是迎奉康王赵构登基为帝，当面归政；二则是适当地表一表忠心，以此求活。

正如陈越所料的一样，拿到玉玺之后的赵构并没有急着迅速返京，而是待在原地继续收拢各处来援的兵马，同时大肆以国本的身份笼络人心，不光山东各地自发组织起来的民勇义军，就连各地前来勤王的兵马也日益增多，一时间号称百万之数。

这个让人意想不到的举动，使所有人都产生了一种错觉，那就是以为康王殿下似乎野心勃勃，甚至打算在自己登基为帝之前，率军北上夺回父兄一雪前耻。

短短旬月的时间之内，聚集在山东境内的各处兵马情绪激昂，无数将领武官纷纷上疏请战，尤其是在靖康二年（1127）正月率军在开德连挫金人十三阵，名声大噪的老将宗泽，更是接连上疏恳求赵构锐意进取，其中数道书信更是直接斥责在东京城之中代掌君事的张邦昌为逆贼，强烈要求赵构率军回归东京，将张邦昌拉出城外斩杀，以儆效尤。

此劝谏太过激进，非但没有让赵构心生慨然之气，反而让他坚定了去应天府登基的想法，手握玉玺的感觉让他逐渐生出了一种念头，那就是无需再听从任何人的建议和意见，完全可以一言而动天下，翻手为云覆手为雨。

当然这种想法的转变也少不了他身边那几个主和派的怂恿纵容，这同样也导致了陈越在整整一个月的时间之内,竟然都没有机会找到赵构单独述职。

百万大军齐聚山东却都原地休整待命,一不去打仗二不平叛,短时间之内或许没有什么问题,但是时间一久,立刻就出现了种种矛盾。

尤其是这百万之众,对于粮草的消耗极大,山东一处调配粮草再快,短短月余时间就有些吃不消,一些义军兵勇的营地之中屡屡出现断粮的情况,这让那些兵卒怨声载道,军心开始涣散。

这里不比庙堂之上,百万大军各处军营之中陈越带来的百十人泼洒出去便如同滴水入海,只能随波逐流。任凭他们在各处军营之中奔走往来,却根本无法起到预想的效果,除了搞清楚宗泽和韩世忠等一众领兵大将对大宋忠心耿耿并无三心二意,其他各路都是心怀鬼胎各有谋划外,竟然再无收获。

而这些消息,全都被赵构身边的那些家伙堵在陈越的手中,完全无法直达天听,这就意味着他在这一个月之中的奔走忙碌迅速付诸东流,等于是做了无用功。

直到月底,赵构忽然下令除受他直接节制的十余万兵马随行外,其他各路兵马原路返回,据守各处紧要关防等候调遣。这个命令一宣布出来顿时让各路兵马都有些意外,谁也没有想到自己奔波劳碌了数个月的时间,最后居然扑了一场空。

诸多领军将领纷纷赶往济州城内的大元帅府,打算请见赵构这个准皇帝,然而他们却没有想到自己紧赶慢赶,还是来晚了一步,赵构此时已经率众南下,前往应天府了。

陈越依旧是都头打扮,在赵构的随行队伍之中隐藏身份,陪同一路南下。看着远处赵构乘坐的车驾,陈越心中百感交集,山东的朝廷兵马接连离开之后，原本受到节制的各处义军兵勇就要失去约束。

赵构南下称帝一事看似稳妥之策，但在各路义军的眼中却是胆小怯懦，如此一来，他们未必还会愿意受到朝廷节制，到时候中原各处必然要乱成一锅粥。

各处义军为勤王而来，却又没有受到应有的节制和封赏，聚是一团火、散是满天星的情况怕是不会存在，那些义军之中的将领若是心生歹意，转眼间就能占山为王，到时候纵然金兵不再南下侵占这些地方，大宋朝廷也会对这里失去统治力。

如此显而易见的事情，赵构却充耳不闻，视而不见，这让陈越隐隐产生了失望的念头，也正是因此才会一直保持观望态度，没有急切地找上赵构。

四天之后，赵构及随从的数千兵马先一步抵达了大宋南京应天府，提前接到了陈越密信的张邦昌比赵构早到了五日，却一直都藏身在城中驿馆内隐而不出。

直到赵构抵达后张邦昌这才露头迎接，当街跪行数十米，三拜九叩高呼万岁，同时口称罪臣该死，以头抢地恳求责罚，这个举动也正是他与陈越在密信之中商定好的，可谓给足了赵构这个准皇帝面子。

此时围绕在赵构身边的近臣都是心腹之人，众人在对待张邦昌的时候，态度褒贬不一，一时间都没有什么合适的进言，这就导致赵构一时间也不知道该如何处理张邦昌是好了。

稍作沉吟后，赵构翻身下马亲自扶起了张邦昌："张卿在东京城中所为，虽然有僭越之疑，但是功在社稷与黎民，何罪之有？便是有些罪过也可以功劳抵消了！"

他这话说得精巧，话里话外却并没有彻底宽恕张邦昌的意思，张邦昌毕竟是个人精一样的人物，立刻就意识到这话里话外的责备，再次主动跪到地上痛哭流涕："张邦昌岂敢贪天之功，如今陛下归京，邦昌已无遗憾，唯有请死而已！"

号了几嗓子之后，张邦昌便开始接连叩头，看那样子对自己的额头倒是毫不爱惜，似乎恨不得将自己的脑袋磕碎在那青石砖上。

与此同时，一直藏身在军伍之中的陈越站了出来，在向赵构表明了身份之后，与张邦昌跪于一处："陛下，张公被金人胁迫掌政，实在是无奈之举，并非他自愿之事，如果因为这个就将他定为死罪，那日后我大宋岂不是遍地都是冤假错案？"

陈越慷慨陈词，看上去义愤填膺，公心昭然没有掺杂一点儿的个人情感："与坊间传言恰恰相反的是，张公对于我大宋江山社稷非但没有罪过，反而还有极大的功劳！若非张公挺身而出甘愿背上这骂名，恐怕我东京城中百万百姓都将受辱，中原之地也将生灵涂炭。"

此时此刻，他颇有一点儿强词夺理的意思，但是既然他已经开了口并且越说越顺畅，周围那些人再想插嘴也没办法做到，只能是静静地看着他在那儿唱独角戏。而陈越也没客气，将之前东京城之中的种种一一述说，不偏不倚，实事求是地将张邦昌近段时间的所作所为全都禀明，并且强调了张邦昌只是代君掌政的说法。

当街出迎康王的百姓们听闻之后，虽然仍有不少人斥责张邦昌不当人子，但是绝大多数都开始趁势称赞起赵构乃是天命所归，理应威加海内，所以张邦昌这个被金人扶植起来的假皇帝才会顺应天时跑过来谢罪归政。

这些听起来不似吹捧的吹捧，将赵构吹得有些飘飘然，随后大手一挥暂时将此事搁置到了一边，虽然没有当场赦免张邦昌这个罪人，但是也没有立刻就将张邦昌治罪。

张邦昌立刻就松了口气,接连叩头谢恩之后,抬起头朝着陈越看了一眼,之前的种种揣度与心中的愤懑不满全都消失不见,取而代之的则是诚恳的感激之情。

谁也没有注意到,在周围簇拥的人群之中,有不少百姓打扮的壮汉悄无声息地离开,转而钻到了小巷子里,随后默默地换上皇城司的制式衣袍,又从后面绕进了队伍之中。

在应天府皇城司的人手极少,短时间之内也没有办法达成沟通进而调用他们,再加上这种事情可以说是欺君之罪,一般人根本不敢这么干,所以陈越干脆把自己的那百十来号心腹安排了出去。

纵然有暴露的危险,但是不得不说,在如此乱糟糟的人群之中,起到的效果却是绝佳,只不过是起了几个哄便达到了一箭双雕的效果。

将张邦昌挥退之后,赵构满意地朝着周围那些欢呼的百姓看了两眼,随后转头看向陈越:"刚才你说你是皇城使陈越?本王对你有一些印象。"

赵构这突如其来的话让陈越微微一怔,但并没有表现出过多的惊讶,只是微微躬身,脸上挂起了一抹笑容,作为皇室子弟,赵构听到过他陈越的名字并不奇怪,毕竟皇城司的主要职责便是拱卫皇宫,护卫皇族子弟。虽然之前赵构不过是一个不怎么受待见的康王,但终究还是皇族嫡亲子弟,更是个正儿八经的王爷。

饶是他之前手中无权,从来都没有跟陈越这种人有过交集,但怎么也该对他有所耳闻。

然而下一刻赵构说出来的话却让陈越不由得打起了冷战。

"前任皇城司尊顾基是你师父。"

"崇宁元年的时候,你以一个十七岁少年的身份跻身皇城司三使之一的位置，却从来都没有人怀疑过你的能力，而今二十几年过去了，你现在也已过了不惑之年，竟然还在做皇城使！"

"昔年顾家数代人明里暗里掌控皇城司，一直对皇室忠心耿耿，虽然到你师父的时候顾家血脉断绝，却为我大宋皇室培养出了你这样一个优秀的后继者，说起对我大宋皇室乃至对我赵氏一族的忠诚，恐怕天下无人能比。"

赵构在这里侃侃而谈，将他的底细一一说出，竟然如数家珍一般！这让陈越已经提起来的一颗心开始迅速下沉，原来的那份淡定和从容也彻底消失不见，取而代之的是某种莫名的惶恐。

"臣……惶恐！"沉默了片刻之后，陈越深吸了一口气，抬起双手朝着赵构深深地施了一礼，随后嘴里面嗫嚅着也只说出来了这三个字。

"陈皇城不必惶恐，既然你舍得从暗中走出来了，按照惯例，本王……朕以后的安全，可就要靠你护卫了，陈皇城万万不能懈怠，否则若是再出一次东京之危，朕这脑袋还不得被金人借走？"

赵构背负双手，虽然本身的个子并没有陈越高，但此时的姿态和身形都以居高临下的状态面对着陈越，随着他越说越多，对面陈越的腰身也越发向下，几乎要跪俯在地。

就这么短短几十息的时间，陈越只感觉自己的后背湿了又干，干了又湿，竟然一瞬间出了好几身冷汗。

赵构看似在赞赏陈越对自家的忠诚，又以皇家性命相托，但实际上话里话外无不在敲打着陈越，更直接将东京之变堂而皇之地摆在台面上说起，同时并没有朝他问责。

几句话的工夫便把陈越的心态拿捏到了极点，这已经不是一个二十来岁毛头小子能说出来的话、做出来的事儿，更与之前这段时间赵构的表现极其不符。

自从济州城见面之后，陈越就从来没有让这个皇帝从自己的视线当中消失过，就算在大帅府中，他也有办法时刻注意到赵构的行动。

所以他能百分之百确定眼前的赵构绝对就是本人，而不是其他人易容而成……果然不愧是皇家之人，此前二十年间他似乎都是在隐藏自己的内心。

赵构毫不在意陈越是否通过他的话猜到了他的内心，眼看着陈越越发紧张，知道自己在某种意义上已经将陈越压服，脸上不由得露出了一抹得意之色。

"张卿一事，便是没有你这一招，朕也会想办法保他性命，不过你倒是帮朕省下了不少口舌……"赵构目光朝着后面的张邦昌瞟了一眼之后，笑着再次说道。

这句话如同一记重锤，砸得陈越倒抽了一口冷气，随后径直跪在地上，额头触地不敢再抬起分毫。

看到这一幕，赵构背负起了双手："此前之事朕无意追查苛责，但若日后再将这种小心思放在朕的身上，陈皇城的忠义之名在朕的心中可是要大打折扣了！"

淡淡地说完这句话之后，赵构径直越过陈越，继续朝着城内走去，他身后跟着的那些人纷纷从陈越身边经过，没有一个人上前搀扶，就连张邦昌此时也不敢躬身帮忙，只能亦步亦趋地跟着人群离开。

直到数百人鱼贯而过，陈越身边甚至听不到嘈乱的脚步声之后，这才缓缓直起了身子，随后有些颓然地朝着远处的队伍看了一眼。

此时的陈越只觉得头脑有些发昏，一时间根本无法醒过神来，方才在他面前似乎不经意展露出了另一面的赵构，实在是太过可怕了。

不但轻而易举地就说出了他的身份来历和经历，甚至还将他暗中的一些小手段、小计划拆穿，随口敲打两句都正中陈越的心窝，似乎这些事情他早有预料。

才到及冠之年而已，赵构的心思竟然就已经如此深沉，若是假以时日……这对于大宋来说究竟是好事还是坏事？他一时之间不敢直接断言。

但陈越十分清楚，等到翌日赵构祭天登基之后，大宋的朝堂之上将不再是以张邦昌为中心的一潭死水，而会变得热闹起来……

赵构进了应天府府衙之后，抬头看向天空，此时整个应天府的上空万里无云，除却刺眼的太阳外再无他物。

翌日登基之后，他便会成为大宋这片天地之间的掌控者，如日中天……

倘若没有东京之变的话，他或许还要一直隐藏下去，直至垂垂老死，但此时乘着这个机会，赵构已然一飞冲天！

对于其他人来说，不过是换了个皇帝，换了个精神寄托，而对于他本人来说，便是大鹏一日同风起，扶摇直上九万里！

陈越从街道上站起身来，强行平复了自己依旧有些起伏不定的心情，缓缓走到了街边，不知道从什么地方冒出来的吴青双手伸出，帮着陈越稳住了身形："陈皇城聪明机敏，一向不曾将其他人放在眼里，就算是金人也只能被你玩弄于股掌之中，怎么今日近处面君后竟然变成了这副德行？"

面对着吴青的冷嘲热讽，陈越压根儿就没有当回事，只是甩开了吴青搀扶自己的手臂，随后扭头看向已经到了远处府衙的人群，心中思绪翻飞，之前种种想不通的事情如同悄然绽放的花蕾，逐一在他面前舒展开来。

也难怪之前赵构在河北、山东各处时，虽然身边聚集了不少兵马，甚至屡次接到诏命，但是哪怕听说自己的父兄还有姊妹母族都被金人劫掠而走，却依旧只是在原地悲恸痛哭，而不是率军立刻驰援追讨。

不是他不敢率军北上攻打金人，也不是因为他胸无点墨知道自己并非金人对手，而是因为他本来就想借着这个机会一步青云，坐稳这个位子。

只是这么短短一转眼的工夫，陈越脑子里面之前对于赵构一些行为举止不理解的症结所在全都直接开窍，再无半点疑虑，而一旁的吴青本来还想再出言嘲讽陈越两句，这会儿才张开嘴，却忍不住一怔。

他发现方才神情有些萎靡的陈越，此时表情之中忽然多出了一抹释然，似乎已经想通了什么了不得的大事一样。

两人默然对望了片刻之后，吴青朝着陈越拱了拱手，收起了方才的嬉笑神情，转而肃然问道："皇城使虽说行事孟浪不着边际，但终是忠君爱国之人，这一点吴青近来已深有领会，再无怀疑。"

"但今日一事，吴青着实难以理解……那张邦昌在东京时纵然与皇城使关系不错，但毕竟当了伪楚的皇帝，手下又养了那么多的乱臣贼子，实在该死之至，为何皇城使要在君前力保？"

陈越轻轻摇了摇头，没有向吴青解释，而是再次朝着府衙的方向看了过去，心中升起了一抹焦躁，实际上此时他自己心中也是多出了几分忐忑，实在无法确定此前的举动到底有无意义，更是不知道赵构接下来又会作何反应！

常言道伴君如伴虎，行事须小心谨慎，不可稍有松懈，这句话百多年来一直都是悬在各代皇城司掌事人头顶的利剑，但自从陈越掌事以来历经三位皇帝，却还从未有过这种感觉，直到方才那短短几十息的时间。

"因为张邦昌此罪并不至死,何况天下人皆知张邦昌并非自愿登基为帝,更从未行僭越之事,若非金人以东京城百姓相胁,恐怕张邦昌彼时已经以身殉国。"

一个听起来洪亮有力的声音从人群之中响起,紧接着一个身量中等,面白无须,小眼睛高鼻梁,身材壮硕穿着青灰戎衣的汉子排开众人走了过来。

对方虽然身量不高,但此时神采奕奕,身上带着一股莫名的气势,一眼看过去比对方高了半头的陈越,竟恍惚有种在仰视对方的感觉。

"宗老相公帐下武翼郎岳飞见过陈皇城。"壮汉稍作打量后,不卑不亢地朝着陈越一礼,欠身拜见:"卑职随宗老相公护康王殿下入南京,一路之上与陈皇城小有缘分见得几面,方才见到陈皇城拦驾谏言,这才知道陈皇城身份。"

"方才卑职正欲归营,听到陈皇城与这位兄台所言小有所感,一时有些孟浪,还望陈皇城见谅。"

大观年间皇帝重定武臣官阶,皇城使为武功大夫,在五十二阶之中是第二十六阶,而岳飞的武翼郎则是第四十二阶,双方在官阶上差了足足十六阶,何况此时岳飞看上去才过而立之年,正当青壮,而陈越却过了不惑之年,于情于理于公于私岳飞主动见礼都属正常。

偏巧此时陈越看着岳飞,心中不知为何生出了一丝异样情绪,稍稍撤了半步后,还了半礼,这让对面的岳飞与他身旁的吴青都为之一愣。

陈越摇头笑了笑:"不必多礼,既然是宗老相公帐下听命之人,想来这武翼郎的官阶是用金人的头颅换来的,比起我这不称职的武功大夫更受得尊崇,何况方才你的回答更是深得我心。"

听到陈越这坦诚随性的回答,岳飞再次一愣,随后朗声笑道:"岳某在军中常常听人说起皇城司,无不避之如蛇蝎,畏之如虎豹,此前还曾有人传言陈皇城年少得志,却在这皇城使的位置上待了二十余年,并非不贪慕富贵,而是……"

陈越听到岳飞提起这个话茬,此前愁思杂绪顿时随风飘散,忍不住放声大笑:"而是因为我这个活阎罗喜欢在皇城司的密牢之中折磨罪人犯官,甚至生啖人肉,痛饮鲜血,倘若升了职务岂不再没有皇城司密牢这个便利了?"

"岳武翼郎今日来见,难道是想要看一看我陈某人是不是真的生得青面獠牙,身高八尺以人为食?"

眼见着陈越非但没有羞恼,反而顺势搭话乃至自嘲了起来,岳飞再次拱了拱手:"如今看来,这些倒的确是一些无稽之谈,坊间蜚语了。"

有了这个话茬作引,双方之间的关系被迅速拉近,岳飞更是再无拘束,同样朝着府衙的方向看了一眼:"只可惜陈皇城今日力保张邦昌虽然奏效,却也为他埋下了一道祸患,日后若是有人在朝堂之上弹劾张邦昌,陈皇城又当如何自处?除了陈皇城外,可还有人愿为张邦昌仗义执言?恐怕张邦昌时日无多也……"

听到岳飞的扼腕之言,陈越心头一震,诚如岳飞所说,他与赵构这个新帝之间尚未拉近关系,仅仅作为一个武功大夫,除皇帝特召轻易不可入议政厅堂,而张邦昌就算立刻告老,也挡不住朝堂之上的弹劾刽子。

至于东京朝堂之上真正愿意为张邦昌上疏直言的大臣们,更是自身难保!陈越心念至此,脑子里再次混沌一片,竟然呆立在了原地。

"君意臣死,臣岂能不死?"岳飞的声音再次传来,这一次却已经是在数步开外,"宗老相公有令归营,岳某不敢轻怠,他日再请陈皇城一叙。"

陈越循声望去，正看到岳飞挥了挥手与同行数人隐入人群之中，不见了踪影，心头不由得微微一动。

"当局者迷旁观者清，今日若不是被宗老相公帐下此人提醒，恐怕我一时间还无法想通此事之中的症结，此前种种努力都要付诸东流。"陈越摇了摇头，唏嘘不已道。

一旁的吴青从头至尾都未插话，但此时听到陈越近似自嘲的喃喃却冷笑了起来："便是想通了这其中的症结又能如何，难道陈皇城打算与那帮乱臣贼子站在一处，但求速死？还是说陈皇城有信心可以扭转帝王心意？"

陈越默然无语，心中平白生出几分无力之感，但旋即又想到了方才那个武翼郎岳飞："待到此间事了，或者可以到宗老相公帐下寻这岳飞一叙，此人虽然年轻，但眼界之开阔绝非常人能比，若是与他相商，说不定可以得到一二破局之法？"

吴青看着陈越脸上的迟疑之色，一时间也沉默了，两人相对无言，片刻后便被街上那些四处奔走相告，准备见证康王登基祭天典礼的百姓卷入其中……

筹备了数日后，赵构在应天府府衙之中登基，改元建炎，尊钦宗为孝慈渊圣皇帝，此时仍于东京城中垂帘坐镇的元祐皇后为隆裕太后，同时大赦天下。

一路追随他从山东南下，已然成为他心腹肱股之臣的众人皆有升迁，黄潜善任中书侍郎，汪伯彦升同知枢密院事。而已经抱了必死决心前来归政，本以为时日无多的张邦昌，竟然并未获死，虽然被直接罢了左相职务，却被封为太保、同安郡王。

此举引起朝堂之上一片哗然，众多大臣蠢蠢欲动想要上疏弹劾张邦昌此前的僭越之举，却没想到赵构接下来的任命更是超出了大家的预料。

将自己的近臣心腹一一封赏之后，赵构竟然下诏宣昔年因为过于刚直得罪过两任皇帝，最终被贬南下长沙的李纲入应天府拜相。

这一安排直接打乱了所有人的节奏，一时间上疏反对李纲拜相的劄子如同雪花般飞到了赵构的桌子上，甚至当朝廷议之时，御史中丞颜岐当朝谏言，直斥李纲为金人厌恶，若是以此人为相的话，恐怕会让金人震怒，进而再度南侵，右谏议大夫范宗尹更是刀锋直指李纲那刚直不阿的性子，认为李纲此前名高震主，太过刚直，若是任用为相的话很有可能会引起朝堂之上的纷争。

对于朝中的异议，赵构的回复近乎轻描淡写："金人最不想看到的，是我这个大宋皇帝登基，难道我还要为此退位不成？"

此话一出，将朝中的反对派吓得再无一人敢站出来反对李纲为相，同时赵构更是多次表示要重用宗泽，朝中的主战派因为赵构此举，燃起了极大的信心。

随着李纲抵达应天府，朝中呼声已经达到了顶峰，谁也没想到，李纲的到来为当下略显颓唐的大宋新朝堂带来了极大的改观，但仅凭李纲一人之力带来的这种改观，却无法根本改变已经风雨飘摇的宋廷……

第二章

建炎南渡内外皆乱　宋金逐鹿战和不定

大宋的新天子登基为帝已过去月余时间,南京应天府场内却依旧是一派欢腾情景。这里毕竟是大宋太祖龙兴之地,多年来一直未曾荒废,城中的建设虽然比不上东京城内大气磅礴,但比起其他城池来说更加适合作为大宋中兴之都。

六月初一日,原本从长沙一路舟车奔劳想要返回东京城的李纲,在接到了赵构的命令之后更改了自己的路线,来到了已经晋升为临时国都的应天府。

走在宽敞的官道之上,看着周围一派热闹的景象,李纲的心情十分复杂。这一次皇帝突然将他召唤到此处,目的十分明显,必然是要重用他,但已经注定要飞黄腾达的李纲,此时心中却没有半分升官发财的念头。

眼下他所希望的不过是早些见到皇帝,可以将自己心中积聚许久的话一吐为快，若是真的得到了赏识，那便鞠躬尽瘁死而后已，就算是当下这位皇帝并不认可他的想法，他也要为大宋百姓，为这赵家天下搏上一搏。

李纲被皇帝召唤回来的事情其实在朝野上下已经尽人皆知，但出城甚至于只是在官道之上迎接李纲的人却寥寥无几。只有在赵构的命令之下，代表皇帝前来迎接的陈越此时陪伴在李纲的车队之旁。

两人之间并不陌生，李纲在被贬黜出京之前就跟陈越之间有过几番交集，双方之间的关系虽然算不上极好，但在大部分理念都十分贴合的情况之下，两人之间能谈的话总是比朝廷之中那些主和派要多得多。

"李相公此番归京注定是要拜相掌权，在这种天下大乱的时节或许可有一番作为。"陈越看着掀开轿帘儿，此时看着周围那些百姓一脸感慨的李纲，半是诚恳半是恭维地说道。

听到陈越的话，李纲立刻转头看向这位许久未见的老朋友："陈皇城说笑了，你我虽然算不上莫逆之交，但对于我的为人想来你还是很清楚的，升官发财之类的事儿一向不在我的考虑范围之内，所以哪怕这次回来皇帝是要将我贬为平民，有些话我也是要先说完才行。"

陈越看着李纲那一脸毅然决然的表情，心头顿时一紧，突然间明白了过来。这一次李纲慨然归来显然抱定了必死之决心。哪怕在这位新皇帝的身上看见一丝一毫的希望，他都会鞠躬尽瘁，一展生平之所学为大宋江山的稳固再次拼命。

透过轿帘儿的缝隙，陈越敏锐地注意到在李纲身旁摆放着一个小小的木箱子。此时那木箱子开着，里面居然堆积了厚厚的劄子，很显然这一路之上，李纲为了此次赴任已经做了万全的准备。

如果朝中的大臣每一个人都能像李纲这样尽职尽责，将一切想法、心念全都用在为国尽忠之上，这大宋朝堂怎么可能会变成如今之场景？

陈越在马背上朝着李纲拱手："既是如此，李相公千万保重身体。若是此间有什么事儿需要驱使人手，我大宋皇城司义不容辞。"

说完这句话之后，他便抬手在马背上轻轻拍了拍，纵马离开了李纲的官轿，李纲被他这突如其来的话给吓了一跳，随后眼神变得更加复杂。

皇城司身为皇帝近臣，向来只充当皇帝的耳鼻喉舌和爪牙鹰犬，几乎从来不会过问朝堂之上的事情，哪怕是之前的几任皇城司长官都曾经插手过一些大事件，但几乎没有出现过皇城司之人主动向哪位大臣靠近的事情。

而陈越此人年纪轻轻的就成为皇城司的司使，虽然很多与他有过接触的大臣都知道他是外冷内热的性格，但"活阎罗"这个称呼一直承袭到现在，并不比他的那些前任长官们好到哪里去，也绝不是一个偷奸耍滑钻营取巧的小人。

现如今就连这个"活阎罗"都要找到自己暗中表达此意……恐怕眼下这大宋朝廷之中的问题已经大到了极点，乃至皇位之上的那位主子恐怕也比他之前所想象的更不一般，李纲微微闭上了眼睛，开始在脑子里回想起之前与还是亲王的赵构之间的那些交集，神情几度变化之后再次化作一抹决绝。

此前经历了两代皇帝，朝堂之上的纷争实在让他筋疲力竭，否则他之前也不会屡次辞官想要归老，但这一次毕竟是皇帝亲自命他入朝，倘若这位皇帝真的是大宋的中兴之主，或许他也可以效仿昔日先贤范仲淹与王安石，虽然遭逢几次起落，却仍然可以为大宋朝廷呕心沥血，奠不世之基业。

作为一名文臣，李纲从来不缺少忠君报国的想法，甚至比一般的文人更多出几分想要上阵杀敌的勇武气概，但经历了这么多的坎坎坷坷之后，就连心智强坚的李纲，此时竟然也产生了一丝动摇。

直到官轿在陈越的引导之下，来到暂时作为办公之用的应天府府衙外。看到亲自出府衙迎接的赵构，李纲心头一热，立刻命人将轿子停下来，随后抱着他那已经写满了各种建议奏章的箱子，压住自己激动的心情从小轿子上走了下来。

两人上一次见面的时候，眼前的皇帝还只是一个亲王。如今再次见面恍若隔世，双方已经成为君臣关系，一时之间两人相对无言。

原本李纲积攒了一肚子的话要说，但是突然想到之前陈越跟他所说的那些话，他的眼神定了定，之后上前以大礼参拜。随后不等皇帝下令，便站起身来，看着赵构说道："陛下，此番招我归来，想来是要委以重用。而臣在路上曾经听说过许多传言，许多人都觉得如果朝堂之上要重用臣的话，必然会遭受到金人的厌恶。并且以此为由劝说陛下不可任用我。对于这些传言，老臣不知陛下作何感想？"

"如今陛下初登大宝，身边可用之才恐怕并不算多，倘若人人都如此畏惧金人，日后这朝堂之上恐怕便是一边倒的局势，老臣就算将这一腔热血为我大宋朝廷全都泼洒出来，也毫无意义。"

"陛下此番若是想要重用臣，就请陛下早早做下决断，万万不可一变再变，使得老臣这腔热血空空泼洒！"

听到李纲的话，在场的众人全都吃了一惊，谁都没有想到这位以刚直不阿著称的老臣竟然刚直到了这种程度，居然在眼前这种场合之下，直接给了皇帝一个下马威。这已经不是功高震主、居功自傲的事情了，换作其他各朝各代，单凭他方才所说的这几句话，恐怕就已经犯了欺君之罪，要抄家杀头了！

赵构的脸色变了数变，深深地朝着李纲看了一眼，虽然心中生出无限不满，但是并没有直接表现出来，他之所以将李纲召回来，可不是为了全力倚重此人，手下有这么一个骨子里都硬邦邦的家伙，对于一个皇帝来言并不是什么好事。

但李纲此人虽然在朝臣之中并不那么受欢迎，但是在民间和士子之中的声望却高得不得了，只要将他请回来坐镇朝廷，足以让赵构省下一大半的心，不用每日担心那些百姓和士子吵嚷着要闹事。

不过是才做了一个月的皇帝而已，此时的赵构却已经学会了很多东西，喜怒不形于色，胸中自有城府这种最简单的道道儿，他自然是得心应手。

所以此时面对着李纲的责难，他非但没有不高兴，反而露出了一张欣慰的笑脸："果然是真正的国之重臣，朝廷肱股，如今朝堂上下数百人，也就只有你才敢与朕如此说话，也就只有你敢如此正直。"

"若是此番不能重用于卿，朕心何安，朕绝不会让老相公失望！"

几句承诺的漂亮场面话甩出来之后，君臣二人携手进入府衙之中，一副君臣友爱，励志进取，锐意丰盈的景象。

陈越完成自己的任务之后，便按照惯例一直站在暗处观察着府衙门口的景象，看着眼前这无比和谐的场景，心里面却犯起了嘀咕，皇帝的表现太过热情，让他产生了一种荒诞不经的感觉。

直到他随后看到了不远处的街头巷尾，那些正在朝着这边观望的百姓，心中才骤然明白过来。无论皇帝与李纲心中是怎么想的，刚才那一幕都是在认真演戏。看似复杂的举动，其实目标都是很简单，那便是稳定民心。

应天府虽然是太祖皇帝的龙兴之地，但是已经许久都没有皇帝在这里长久居住，此地的百姓对于府衙之中住了自家皇帝这个事儿还是很新奇。哪怕是已经过了一个多月的时间，也不时会有人在周围打量，总想着能不能近距离看一看皇帝的容颜，甚至还怀着点儿小心思，想要窥探一下皇家的生活。

更有甚者，有些民间自认为有绝色容貌的女子会将自己打扮得花枝招展，在附近流连忘返，心中对这位年轻皇帝充满了无限期待。

倘若这位皇帝真的如传闻中一般风流倜傥，说不定哪一天就会穿着便服出门，如果真的能与其邂逅说不定就能成就一篇传颂千古的美事，就算不能进入皇宫成为皇后妃嫔，只要能给这位皇帝留下一子半女，日后母凭子贵，荣华富贵岂不是永远也享受不尽？

这些民间之人的小心思自然登不得大雅之堂，却可以让人感受到民间之人对于大宋朝堂依旧抱有极大的希望。

尤其是刚才看到那君臣和谐的一幕之后，这些百姓顿时开始议论纷纷。才短短半天的工夫就将此事衍生出了无数的版本，但每一个版本都还算基于事实，并未太过荒谬。

核心思想全都是李纲即将拜相，而如今的天下共主、新的皇帝是个明君，竟然知道应该重用李纲这样真正众望所归的人才，看样子大宋中兴有望了！

赵构之所以在外面这般表现为的便是这个结果，但同样的他也知道做戏要做全套，所以在李纲面前也并未失态，直到君臣二人把臂进了后院之后，这才分君臣而坐，赵构脸上的笑容却丝毫未减。

"爱卿一路舟车劳顿，想来也想好好歇息两日，但如今朝堂尚未稳定，你我君臣二人怕是要再劳累一日了。卿受朕诏命已有月余时间，这一路之上恐怕是早就对当下大宋的局面有所判断，想到了不少策略？"

赵构盯着李纲热切地问道，此时此刻他如此发问倒是出自真心。既然登上皇位当了这个皇帝，赵构自然也有些许雄心野望想要完成，而他身边的那些心腹，其实没有一个算得上大才，这个事实他十分清楚，所以从来没有将希望寄托在那些心腹的身上。

如今李纲总算跻身朝廷中枢，哪怕他再不情愿，也要好好地求问一番，更何况李纲此时还当壮年，日后若是能够学会朝堂之上所需要的圆滑，兴许能成为他手下的肱股之臣、中流砥柱。若是在此人的辅佐下能让自己成为一代中兴之君，他自然不会拒绝。

李纲并没有让他失望，立刻就将自己随身带着的小箱子给递了上来，其中洋洋洒洒全都是他在途中的所见所闻所感，无法一一列举叙说，真正需要面呈皇帝的，不过是最上面的那一本劄子其中所书的"十议"。

赵构通读这论政十议的同时，李纲也没有闲着，开始在一旁不断地说明补注。

一、议国事，即议定基本国策。李纲觉得马上反攻金国虽然可以壮大本朝声威，但是眼下大宋朝堂不稳，看似已有中兴之相实际却是实力不足，和议也不可靠，只能以防守为基本国策。

二、议巡幸，选择新的都城。李纲觉得应立刻回返东京城，趁着金人还未再次南下而巩固城防，静待再与金人决战。但若要暂时放弃东京城另做打算的话，长安为首选，襄阳次之，建康是最后的选项，至于当下的应天府只能作为临时都城，不可一味在此浪费时间。

三、议赦令，李纲觉得张邦昌等人在东京所颁布的伪敕应当尽数废除，不可使天下人对伪楚政权仍然留有念想，而应正本溯源。

四、议僭逆，李纲觉得张邦昌等人在东京为国家大臣，不能临难死节，而屈服金人的命令，易姓改号，应当处以极刑，以此展示大宋朝堂的威严，告诫金人大宋朝堂与皇室不可轻辱。

五、议伪命，这一条针对的便是东京城内那些受到了金人好处的士大夫们，对接受张邦昌等人在东京伪政权任命的所有官员大臣都加以惩罚定罪，以激励士风。

六、议战，这一条算得上十议之中的重点，毕竟国不可一日无君，更不可一日无军。李纲觉得要严格军纪，对当下各地纷杂无比的义军和各路兵马进行系统性的整备，同时一定要信赏必罚，以振作军队的士气。

七、议守，李纲觉得金人近期意图不明，时常有金人在东京城以北出现滋扰，肯定会再度南下，应该调集军队沿黄河、淮河、长江布置防守，占据险要，以备不时之需。

八、议本政，李纲觉得现在大宋朝堂虽然已经重新建立了起来，但是并未团结一心，甚至政出多门，需要集中权力到中书，这样一来可以集权到宰相与皇帝手中，方便朝廷尽快稳定。

九、议久任，这一条并非针对新朝堂，而是对以往的回顾，李纲觉得从前大臣升降太快，不能久任，导致各个部门没有办法高效运转，如今新朝要任命官员的话需要谨慎选择大臣加以久任。

十、议修德，最后这一条也算得上是老生常谈，仅仅是针对皇帝本人，无非是建议赵构广修德行，以求上天护佑，如此才能成为一个天下人都崇敬的君主，如此才能让大宋朝廷欣欣向荣。

这十条内容虽然看似十分精简，但是其中的针对性非常强，有很多都是直接将剑锋对准了以张邦昌为首的那群伪楚的大臣，而眼下跟他们有关联的人在大宋新朝堂之中占据了将近三分之一。

最为重要的一点则是，此时赵构的本意是放过那些愿意悔改的朝臣，以求朝堂之上迅速安稳下来，而不是大肆株连导致朝廷再次不稳。

看完了这十条议论之后,赵构只觉得自己的脑袋都变大了,与此同时心中对李纲的热情也消减了一大半,他将这个声望极高的家伙拉回来许以高官打算重用,最重要的一点就是想要让李纲帮自己压住台面,好让他做好这个皇帝。至于朝堂之上的乱子,赵构的目标是能不出问题就尽量不出问题。

谁能想到这家伙回来之后竟然让他大刀阔斧地在朝堂之中"砍"人,砍的那些还都是他已经许诺要放过的人,这让赵构觉得十分头疼。但此时在李纲面前他自然不能将自己的不满说出来,而是笑呵呵地表示这十条议论都极有道理。但君臣二人不能就这么直接将此事定下来,最好还是将此事拿到朝堂之上进行议论后敲定施行。

这话说得极有道理,李纲此时还沉浸在自己的慷慨激昂之中,误以为皇帝是被自己直接打动了,真的打算按照这十条之上的要求逐一去做,所以此时没有完全听明白赵构话里话外的其他意思,当下朝着赵构行了大礼后,便慨然离开了府衙,住进了城中的驿馆之中。

至于原本专门为他腾出来的宅院则被他拒绝,理由更是十分简单,那就是他觉得朝廷在这里不会待太久,完全没有必要浪费这样一个宅院。

直到此时,李纲的心中还是对朝堂充满了希望。他却不知道,在他离开府衙之后,赵构就立刻将自己的心腹大臣黄潜善等人全都拉到府衙之中开始商议对策。

张邦昌他根本就不想杀,之前在所有人面前表现出对张邦昌的不满或者是后面的宽容,其实都是在施展帝王手段。如此一来不但是收服了张邦昌,还将东京城里留任的那些大臣全都拉拢到了他手下,这也是他的这个新朝廷能够迅速重新建立起来的重要原因之一。

倘若真是按照李纲的说法,将牵扯到此事的大臣全都清查一遍,他好不容易建立起来的这个朝廷班子会立刻崩散，到时候又会陷入无人可用的境地。难不成他堂堂一个大宋皇帝到时候就只能任凭一个李纲指手画脚？

所以君臣众人商议了许久之后，最终敲定了一个方案。那就是第二天在讨论这个事情的时候，大家一起反对李纲。

到时候作为皇帝的赵构，再将其中几条比较夸张又不符合心意的决策剔除，同时再一部分认可李纲的想法。如此一来，便能在几派之中维持稳定，也算是应了他多年以来被教导过的帝王之道。只要朝中大臣可以维持平衡，那便是天下太平。

然而谁都没想到李纲这一次的信心和决心根本不是他们能轻易撼动的，第二天在廷议此事的时候，任凭这些大臣如何反复劝说，甚至开始人身攻击李纲，最终也全都被他驳斥了回来。

李纲面对这些家伙的套路不但应付得游刃有余，同时顺手还给这帮人每个人都扣上了一顶大帽子，斥责他们根本就没有将赵氏皇家给放在眼里，否则绝对不会维护张邦昌等人。

当着皇帝和朝堂之上文武百官的面，如此大的一顶帽子扣下来谁也扛不住。黄潜善就算是身为皇帝的心腹臣子，这时候也招架不住，直接败下阵来。

随后赵构专门安排了朝堂之上出了名的老好人吕好问前去说项，哪承想李纲连吕好问的面子也没打算给，坚决表态谁的面子都不行，自己耻于与张邦昌这种乱臣贼子同朝为官。

吕好问很清楚李纲的性情，在他的眼里，黑就是黑白就是白，绝对不会容忍第三种颜色存在，更是绝对容忍不了有人朝自己的眼里揉沙子，再三尝试之后吕好问无奈败退。

赵构看着舌战群儒获得最终成功的李纲实在是没有办法，最终只能退而求其次，将张邦昌的官职和荣誉全都免除，贬去了潭州。

至于剩下那些本来追随张邦昌的大臣，虽然没有立刻就获罪，但经过此事之后都是人人自危，以至于张邦昌从应天府离开的时候，竟然没有一个人敢前去送别。而之前在皇帝面前力保张邦昌的陈越，此时早已经被李纲以宰相的身份安排任务离开了应天府，根本不知道此事。

诚然，就算他知道此事也是毫无意义，虽然说他因为皇城使的身份在大宋群臣之中颇有一些面子，但毕竟受限于身份地位，在这种大是大非的事情上根本没有办法力挽狂澜。

谁也没有想到，就在所有人以为张邦昌不过是一时之间的失意，不过是短期之间没有办法回到大宋权力中心的时候，张邦昌却做了一件让所有人都意想不到的错事儿。

从应天府离开之后，他并没有直接前往潭州，而是绕路又回了一趟东京。此举立刻就引起了有心人的注意。如果张邦昌此举只是因为他觉得故土难离，想要回东京暂歇两日，甚至是去暗中悼念自己在这里代表皇帝掌权，几乎成为真正的大楚皇帝的那些时光，在赵构的眼里恐怕都是无妨。

然而他在回到东京之后却安排了一个比较隐秘的小院儿，在那里待了一天的时间，并且利用这一天的时间见了两个人。正是他在皇宫之中当那个大楚皇帝的时候，曾经与他稀里糊涂有过露水姻缘的两个女人。

张邦昌本意是将当初这两个女人送给他的东西返还，从此再也不相见，彻底斩了这段孽缘，如此一来或许双方都能得个善终。

但他这么做终究是失了算计，完全没有想到自己这个举动有多么孟浪，更没有想到哪怕他已经离开了应天府，哪怕当初皇城司的陈越已经决意替他保守秘密，但是在他离开应天府之后，他身边仍然跟着几个察子，这些人在搞清楚情况之后，立刻就将此事添油加醋地汇报给了应天府的赵构。

赵构没有想到张邦昌这家伙居然敢染指后宫的嫔妃，这就直接侵犯了皇家威严，是实打实的死罪。

哪怕赵构不想杀了这家伙，单纯为了维护大宋皇室的脸面，张邦昌也已经必死无疑。所以这一次赵构甚至不用其他任何人督促，直接派人直奔潭州而去。同时带过去的还有一把尖刀，一条白绫。

张邦昌来到潭州不到两天的时间，还没有等到完全安顿下来便接到了这两样东西，一时间还没有反应过来到底是因为什么。

毕竟如果赵构想要弄死他的话，根本不需要拖这么久，前些天在应天府的时候就可以将他当众斩杀以正典刑。如此一来，反而能给他个痛快。

送来这两样东西的人都是皇帝的心腹人手，面对着这种伤及皇家颜面的事情，自然不会有丝毫怠慢。一边跟张邦昌解释清楚，一边立刻动手用白绫将张邦昌的脖子勒住，随后把他挂上了潭州城外的一棵歪脖子树，整个过程毫无迟滞。

这个消息很快就传回了应天府，一时之间朝堂之上的大臣们议论纷纷，很多人不由得生出了兔死狐悲的情绪。接下来的一段时间之内，之前曾经跟张邦昌一起在东京城内掌权的那些大臣们无一幸免，一个接着一个，全都被揪了出来。

以吴开、徐秉哲、王时雍、宋齐愈这些顽固分子为首的一帮大臣接二连三栽了跟头，或被赐死，或者被抓后斩首，在短短一个月的时间之内竟然全都授首，出人意料的是他们的死并没有给大宋朝廷带来太大的影响。

经过李纲的奋力维持，还有陆续入京述职的官员补充，原本七零八落的朝堂架构日趋完善，逐渐恢复了正常。

这种欣欣向荣之景，非但没有让赵构觉得满意，反而让赵构越发觉得朝堂已经开始脱离他的掌控，一时间竟对朝政怠惰起来。

但赵构在朝堂之上的表现却让人看不出任何端倪。李纲还以为自己的决定让皇帝十分满意，在成功将张邦昌扳倒之后仍然意犹未尽，随即开始策划举荐人才进入朝堂之上，将那些他眼中的卑躬屈膝之人尽数替换，同时更与老将宗泽几次秘密商谈，大有一言不合就打算北伐的架势。

短短一个月的时间，这些或明或暗的举动在本来还算寂静的大宋朝堂之上掀起了一阵阵的轩然大波。原本因为皇帝宠幸，所以并没有太过敌对李纲的黄潜善等人忽然嗅到一丝不太对的味道。

倘若任由李纲如此下去的话，再过几个月皇帝身边岂不都要换成李纲的人？到时候他们这帮家伙又该如何自处？黄潜善等人暗中找到赵构，将自己心中的苦水全都倒给了这位皇帝，更以此试探起赵构的想法来。

将近一个月的时间里赵构什么都没做，完全是任凭李纲做事。除了一时之间没有想好该怎么对付李纲之外，更重要的便是在等着这些大臣压抑情绪的爆发，眼看着这个小团体当中已经不只是自己的几位心腹臣子，就连张浚等人也纷纷加入了这个行列，原本还有些手足无措的赵构顿时大为安慰。

此时此刻风风火火，恨不得将所有的心血全都投入大宋中兴事业中的李纲，完全没有意识到自己所效忠的皇帝，还有同朝为官的那些大臣们此时已经开始一起商量如何对付他的对策。

老将宗泽一直都想北伐，收复之前丢掉的国土，一雪之前的耻辱。所以跟激进派的李纲可以说一拍即合，两人密谈几次之后便打算一起上疏，请求皇帝准许他们开始厉兵秣马。

在做好万全的后勤工作之后，将大宋的都城重新迁回东京城，为接下来进行的北伐做最后的准备。

然而没过几天，赵构便主动提起了东京城如今的状况，言语之中满怀担忧，认为经过金人洗劫还有张邦昌等人的临时管制后，此时东京城已经不适合即刻作为都城使用。

最重要的还是如今金兵有实时调动的迹象，倘若他们现在就将皇城重新迁移到东京的话，很有可能会引起金人的注意，到时候他们还未站稳脚跟，就容易被金人再次从东京城逼得南下。

这种情况对于大宋朝廷的威严是极大的损害，很有可能会动摇大宋统治的根基，如果真的发生这种事情的话，就算再努力弥补，恐怕也无济于事。

这些近乎痛定思痛的考量，让李纲与宗泽两人都极为赞同，商议之后立刻就做出了最正确的选择，那就是在李纲的推荐之下将宗泽派到东京，作为东京留守重建东京城，为接下来的皇上北归做准备。

宗泽深感重任在肩，几乎毫不犹豫就接受了这个任命，带着自己随行的数营兵马北归东京城，随之而来的便是对北归乃至北伐的庞大筹划任务，宗泽率部北归看似只是要重建东京城拱卫北方，实际上已经在为他们北伐的宏伟蓝图进行试探和奠基。

所以无论是以守为攻还是以攻为守，接下来大宋朝廷最重要的事情，便是大力筹措军费！而此时大宋朝廷几乎一穷二白，原本百年积累下的各种财帛宝物早就被金人在东京城席卷而走。除了应天府府库之中存有的一些银钱之外，赵构这个皇帝，现在穷得叮当响，对于筹措钱粮的事情更是一头雾水，这个重担立刻就压在了李纲的身上。

李纲是纯粹的文人出身，几乎从来都没有去了解过有关商业钱财之类的事情，所以此时一时之间也找不到突破口，最终还是在之前的庆历新政和王安石变法的影子当中找到了一些可以借鉴的经验，当即提出要精简机构，裁撤冗员。

　　这个办法虽然是老生常谈，但也不是完全没有意义。只不过这么一来，能够省下来的费用在面对着庞大的军费开支和其他的费用支出时，如同杯水车薪，无奈之下李纲想到了另外一个办法，那便是动用朝廷的威望，在民间筹资以赞助军费。

　　这个做法实在是无奈之举，但是在没有其他更好办法的情况之下，依旧推行了下去。朝廷之上的众多大臣都很清楚这种事儿在饱受战乱的民众之中，肯定会产生极坏的影响，却没有一个人站出来反对，纷纷默认了此事，作壁上观。

　　尤其是他们还纷纷授意底层的那些官吏，趁着这个机会对百姓敲诈勒索无所不用其极，还不忘把李纲的名义给搬出来，如此一来才不过十余日的时间，这个政策便搞得民间怨声载道。就连之前一些极为推崇李纲的百姓，此时也开始纷纷怀疑起李纲来。

　　趁此机会，转运使梁扬祖立刻出手，将他们暗中早就做好的策略呈递了上来，既然普通百姓之中没有办法压榨出更多的钱财来，反而会让朝廷的名声受损，不如将目光放到那些大商户、大地主的身上，暂开盐禁，将一定时间之内的贩盐权力出售给那些大商户大地主。

　　如此一来，虽然会导致一段时间之内朝廷对于盐务的掌控力度削弱，却能暂缓燃眉之急，作为一项应急之策也算是合情合理，赵构当即拍板将此事定了下来，果然在短时间之内就筹措到了百万缗的费用。随后在另外几项事务上，主和派的这帮人竟然又想到了好几条得力的策略来解决眼下朝堂所面临的问题。

此消彼长之下，在这些迫在眉睫的朝廷财政问题之上，李纲的作用几乎被主和派的那些家伙们给完败，赵构的态度也在逐渐转变，朝中没有了宗泽的支持后，李纲的立场越发窘迫，一时间居然陷入了进退维谷的境地之中。朝中那些本来还处于中立位置的大臣们在看明白了局势后，纷纷倒向了主和派这边。

不到两个月，来时满心激昂，接连施展铁腕手段，可以说意气风发的李纲，身边竟然人丁稀落。纵然身为当朝宰相看似大权在握，但是手中竟然已经无人可用，原本站在他这一方的吕好问等人也是心生戚戚，吕好问主动上疏向赵构请辞，以之前顺从张邦昌就任伪楚官员一事为引，请求外放，最终离开了应天府这个大宋暂时性的权力中心。

时至今日，李纲仍然没有放弃最后一线希望，再次颁布了新军制二十一条，强行整顿军务，协同宗泽一起上疏请求在沿江各处设置军营帅府，进行广面的纵深防御，如此一来以攻为守或者是以守为攻的对金策略都可以有所依托，不至于成为满纸空文。

然而赵构此时已经失去了基本的耐心，在投降派们的影响下再也没有之前的雄心壮志，随后接连任命心腹的投降派大臣出任要职，同时将李纲提拔起来的张所、傅亮等人尽皆罢免，削掉了李纲最后的小团体，将他的抗金部署破坏殆尽。

张浚在赵构的授意之下，当朝列举十几样罪状弹劾李纲，满朝文武无一人为李纲辩驳，李纲环顾朝堂内外，心中最后的一丝希望也已破灭，不等赵构问责便主动请辞。

朝堂之上众人几乎要弹冠相庆，连端坐在上首的赵构也并未做挽留，而是大手一挥，将李纲降为观文殿大学士，提举杭州洞霄宫。李纲对于这个安排没有异议，谢恩后便离开了应天府的府衙。

此事一出，朝堂之上欢呼声一片，大部分大臣庆祝终于赶走了这个铁腕宰相，等同于扳倒了原本压在心头的一座大山，甚至当晚在黄潜善府上，十几位投降派、主和派的官员聚集一堂欢饮达旦。

这种欢乐的气氛，在朝廷之中并未能持续多久，才不过三两日的时间，宗泽才驻守没多久的东京城内，便传来了一个消息，金国听闻张邦昌已死的消息之后，立刻就派了使臣到东京城出使。

说是出使，其实就是问责！毕竟张邦昌这个所谓的大楚皇帝是金国人所立，如今张邦昌一死，金人自然觉得颜面扫地，问责不过是试探虚实而已，无论大宋一方给出什么样的回应，恐怕最终都只能换来金人再次南下。

这个消息，让本来就一直担心金人再次南下的赵构心里打起了响锣，朝中那些投降派的人更是个个心怀鬼胎，一时间满朝文武竟然不知道该以什么姿态来应对此事。

比起他们的进退维谷，宗泽的反应倒是干脆得很，在将消息传到应天府的时候，他已经大开城门将金人的使者给迎进了城门。

原本金国这几个使者听说张邦昌已死，来到这里的时候还有些紧张，毕竟此地此时已经回归了大宋的掌握之中，倘若大宋的守将对他们不满，不等他们靠近城门，恐怕就已经被射成了刺猬。

但他们紧接着就发现城门已经四敞大开，似乎在欢迎他们的到来，这让几个使者立刻就产生了某种异样的情绪，颇有些骄傲自满。

在他们的心里已经将宋朝的臣民当成了下等人。眼下宋朝的前两个皇帝还在一路北上，城中居民恐怕早已经吓破了胆，看见他们这几个使者说不定要将他们当作神灵一样对待。

怀揣着这个想法，金使立刻就兴冲冲地进了城门，同时大声喊着让大楚的臣民出来迎接，态度极为嚣张，可谓趾高气扬到了极点。

让他们意想不到的是，迎接他们的并非什么大楚的臣民，而是几十个如狼似虎早就急不可耐的大宋士兵，这帮士兵冲出来之后直接就把金国这帮使者全都掀翻在地，随后绑到了囚车里面。

待到他们回过神来，东京城曾经受到过金人欺辱的大宋臣民纷纷从各处涌了出来，一时间，无论是随手捡来的烂菜叶还是路边的土块，全都被他们扔到了这些金国使者的身上。

连带着那些在一旁看押的大宋士兵们，也落了个劈头盖脸，差点被那些杂乱的东西埋了起来。

若不是这些大宋士兵极力阻止，恐怕那些百姓都能冲上来把这些金人直接生撕了！

到最后，这帮已经被砸得晕头转向的金人使者只来得及见了宗泽一面，转头就被押入了大牢之中，看宗泽的意思似乎要将这些人关押至死。

随着宗泽两道劄子送到应天府，得知了这件事情前因后果的赵构，差点儿气得直接从应天府跑到东京城中指着宗泽的鼻子破口大骂，随后立刻下诏让宗泽放走那几个金人使者。

而他自己，则召集了黄潜善和汪伯彦等人开始商议起跑路的事情。

在李纲主政的这段时间里，赵构过足了皇帝的瘾，但同时也因为李纲的举措太过激进，反而消磨光了他心中的那点骨气，若不是宗泽一直在不断上疏，请求他前往坐镇东京，恐怕他早就带着人从应天府南下了。

这一次宗泽忽然间的冲动之举，让赵构胆战心惊，再次产生了想要跑路的念头，不过这一次因为他太过慌张，以至于府衙内外的内侍宫女甚至民间征召来的仆役纷纷看出了些许端倪，将此事宣扬了出去。

好事不出门，坏事传千里。像这种小道消息，自然在极短的时间之内就得到了广泛传播，还不到两天的工夫，整个应天府甚至包括远在北面的东京城内，都开始流传起自家皇帝想要南逃的消息。

前段时间李纲被贬黜的事情一经传播就在民间掀起了轩然大波，此时又加上皇帝要跑路的事儿，顿时激起了民愤！

此前曾为李纲在东京城被罢免一事而上疏的抚州乡贡进士欧阳澈听闻此事，徒步北上入南京，找到了昔日一起上疏力保李纲的太学生陈东，两人商议半日，上疏痛骂黄潜善、汪伯彦等人误国误民，同时强烈要求赵构立刻前往东京，号召天下兵马北伐金人。

与此同时，仍在宗泽麾下任职，此时正在应天府公干的岳飞也听到了这个消息，也不管自己的等级低微，当即就在军驿之中挥笔写下了洋洋洒洒的数千字札子递交了上去。

纵然其中有许多的看法欠缺考虑，但其中气度恢弘，笔力遒劲，可为一观：

陛下已登大宝，黎元有归，社稷有主，已足以伐虏人之谋。而勤王御营之师日集，兵势渐盛。彼方谓我素弱，未必能敌，正宜乘其怠而击之。而黄潜善、汪伯彦辈不能承陛下之意，恢复故疆，迎还二圣，奉车驾日益南。又令临安、维杨、襄阳准备巡幸。有苟安之渐，无远大之略，恐不足以系中原之望。虽使将帅之臣，戮力于外，终亡成功。为今之计，莫若请车驾还京，罢三州巡幸之诏，乘二圣蒙尘未久、敌垒未固之际，亲帅六军，迤逦北渡。则天威所临，将帅一心，士卒作气，中原之地，指期可复。

原本以岳飞这等低级武官的身份就算往上递了，札子也根本送不到皇帝面前，甚至连中书省都未必能到就会被直接扣下。

但自从李纲离开之后，各级官员一直都在忙着准备跟皇帝跑路的事儿，居然疏漏了这种事儿，岳飞的这道札子愣是递交到了中书省内，还被投降派的黄潜善众人看到。

这些家伙早被太学生陈东和欧阳澈的事儿弄得焦头烂额，眼看着竟然还有低级武官也敢递上这种札子，还指名道姓地骂自己，顿时暴怒，当即批复了八个字。

小臣越职，非所宜言。

在这之后，更是直接追查到了岳飞所处，直接将岳飞开除了军籍，革除公职驱出了军营。

此事一过，黄潜善与汪伯彦顿时觉得自己受到了威胁，若是士大夫和百姓真的迫使皇帝去了东京城，他们这帮家伙有一个算一个都要受到宗泽节制。

宗泽手握军权，此时在东京城可谓一呼百应，就连赵构的要求也敢无视，可不是李纲能比得了的，到时候众人怕是会有性命之忧。

想到这种可能，他们自然不敢再有丝毫的怠慢，立刻找到赵构，将太学生上疏一事细细剖析了一遍，同时再提南迁之事，赵构本来就已经有想法打算拿钱了事，听到他们的建言献策之后更是蠢蠢欲动。

尤其是这帮人拿着陈东奏章里面单独的几句话向赵构提出了质疑："上不当即大位，将来渊圣皇帝来归，不知何以处此？"这句话反复细读之后，顿时就让赵构后背冒出了一身冷汗。

很显然，这帮站在李纲身后的士大夫们所想的仍然是将两位皇帝从北边接回来。到时候他这个临时被送上来的皇帝合法性就成了问题，已经当了数个月皇帝的赵构自然不可能答应此事。

否则早在他从金营脱身之后，就已经聚拢各处兵马驰援东京之围，甚至于抢夺二帝南归了，何至于拖到此时？

倘若这些话只是一个普通的太学生所说，赵构也未必会把此事放在心上，顶多会斥责几句小子狂妄无知，不懂事儿罢了。

但是这个上书的陈东却不是一般人，当初东京第一次被围困，李纲被罢免的时候，此人与欧阳澈一起在皇宫宣德门外带着几百名太学生与成千上万百姓声讨朝中奸贼，逼迫皇帝恢复李纲的相位，当时的事情闹得无法收拾，将宫中的侍从都打死了数十人。

倘若这一次他们还能将当年的事重演一遍的话，到时候赵构这个皇位岂不是要做到头儿了。

旧事重提之后，黄潜善、汪伯彦等人立刻想起了当年童贯等人的悲惨下场，心头顿时一颤，立刻说道：“陛下此番不可心软，那李纲看似早就成了众矢之的，实际上却是在暗中操控，以至于让这些太学生之流有机可乘胡作非为！”

"李纲相位绝对不可恢复，甚至此二人也应该立刻抓起来，流放充军以正典型！"

黄、汪等人很是清楚，这个时候绝对容不得他们退缩，否则一个不小心便是你死我亡的结果，他们身居高位这么久，还要继续享福，自然不想成为被弄死的那一方，如此一来也就只能请那两个布衣去死了！

果不其然，随着他们说出了这样的话来，赵构霍然站了起来，背着手原地走了几步之后，脸色阴沉地发起了狠：“眼下金人虎视眈眈，虽然还未开战，但已是乱世，乱世之中需用重典，朕之父兄都是贤明有道的君主，但是平日里太过倚重那些士大夫了，以至于在如此关键的问题上都变得如此软弱，竟然被那些士大夫吓住，以至于后来有被掳掠之祸！"

"朕不可当亡国之君，更不可被士大夫们操控！"赵构低低地说了几句话，愣是将自己给说服了，直接跨过了心中最后的那道坎儿。

昔年太祖立国的时候，曾经再三申明不可妄杀士大夫，更不可妄杀言官，所以才会有那么多的台谏官敢于直言进谏。

而此时的赵构，已经将这条祖训弃之脑后，朝着下面众人看了两眼之后，狠声说道："将这两个不知好歹之人抓起来，斩首示众。"

"若是以后再有敢妄言阻拦朕南巡，或者是妄图修改朝廷政令，强求官员留任的，以此为例！"

此时的赵构语气之中充满了寒意，将黄潜善与汪伯彦全都吓了一跳，剩下众人更是纷纷倒抽了一口冷气，谁也没有想到皇帝居然会下达这样的命令。

在惊喜之余，他们心中也是生出了一丝忌惮的想法，倘若眼前这皇帝真的杀疯了，怕是会将他们一起清算掉……

但是眼下的情况正如赵构自己所说的一样，乱世之中当用重典，若是不以这种重手将那两个小子直接诛杀，恐怕接下来还会麻烦不断，所以哪怕他们心中有些不敢想象，却依旧是一拍而合。

等到陈东与欧阳澈的人头被挂在城头上后，所有知晓此事的人，全都震惊了。

李纲此时才刚刚离开应天府不久，在路上就听说了相关的事情，本来就担心这些太学生会受到牵扯，所以立刻转身回头就朝着应天府赶了过来，然而令他没有想到，任凭他日夜兼程紧赶慢赶，最后还是慢了一步。

站在城墙之下，看着那上面高悬的两颗头颅，李纲悲从心中来，忍不住当街垂泪。与此同时，还有另外几个人此时也都站在街边看着那两颗人头默然无语。

岳飞被撤了军籍之后暂时还未离开应天府，此时背着行囊坐在城外的茶摊上，神情犹疑不定。

就在距离他不远处的一辆牛车上，陈越正在一个年轻人的搀扶下走了下来，先是看到城墙周围围着一群人，不由得怔了怔，随后方才注意到那两颗人头，同时也注意到了城墙下的岳飞和李纲。

片刻之后，陈越上前与李纲见礼，接着又将岳飞介绍给了李纲，此时在场之人尽皆失意，李纲也不复之前的浑身锐气，哪怕是见到气度不凡的岳飞，却也只是眼前一亮，随后就没了念头。

而陈越看着岳飞身上的便装与背后的背囊则有些意外："鹏举是要出公差？怎么换上了这身衣服？"

岳飞端起茶碗喝了一大口茶，摇头笑了笑："陈皇城有所不知，岳某如今已经没有了军籍，眼下正是布衣草民，自然要做布衣草民的装扮。"

他三言两语就将自己之前的遭遇说给了陈越和李纲，惹得两人一阵唏嘘，陈越随后也知道了李纲被贬黜，还有那两颗人头的事情，不由得越发沉默。

"只可惜了那两个布衣义士，竟然为奸贼所害，那黄潜善、汪伯彦等人实在该杀！"岳飞将茶碗放到一旁，朝着桌角敲了敲手指头，自有茶博士跑过来续茶。

李纲听到岳飞的话，嘴角露出了一抹苦笑，陈越也默然无语，比起此时还未踏入高层的岳飞来说，他们两个一个是刚被贬黜的宰相，一个是自身品级不高但终日与贵胄皇室牵扯在一起的家伙，对于高层之上的那些事情极为清楚。

这种破坏祖训，以至于诛杀士大夫的事情除非是皇帝首肯，否则黄潜善等人就算长了一百个脑袋也不敢做这种事情。所以此事的罪魁祸首，还是赵构本人！

"李相此番南下，恐怕不知道再有多久才能回来，李相可能想过要再起复……"陈越沉吟了片刻之后，试探性地朝着李纲问道。

此时此刻，陈越已经可以从李纲的身上感觉到一种颓然之气，这种东西在李纲这种人身上几乎不可能出现，除非此时的李纲已经失望到了极点，日后未必还能再如此情绪激昂地为国效命。

不等他说完这两句话，对面的李纲就摆了摆手："李某已然老朽，日后难堪大用，此番离京之后恐怕是不会再回来了，便是有那机会……"李纲最后只是微微一顿，叹了口气便是不再多说。

而对面的岳飞，则是笑了笑道："陈皇城若是问起岳某来，岳某自然是闲不住的性子，这次既然丢了军职军籍，留在这里也是无用，不如北上去寻一支还在与金兵作战的部队，再立战功！"

"我听说宗老相公眼前身体抱恙，在东京城内暂歇，我在老相公军中丢了军籍，一时间没脸去见他老人家，干脆再往北走上一走，碰到还在抗金的队伍就拉上，用不了多久便能与金人再战上几场！"

陈越深深地朝着岳飞看了一眼，心中生出了无限感慨，同样都是青壮的年纪，面前的岳飞虽身陷困境，依旧浑身战意，而府衙内的那位皇帝却一直都在想着怎么逃跑……

"此处无酒，便以茶代酒，祝鹏举此行可以多杀一些金贼，行止由心，万事通达！"陈越举起了面前的茶碗，慨然说道，但不知道为什么他却并没有提到建功立业之类的字眼，随后更是不等岳飞回应，便将自己面前的茶水一饮而尽。

岳飞注意到了陈越在情绪上的些微变化，微微一怔，随后双手捧着茶碗，将里面的茶水一饮而尽，用袖子擦了一把嘴后，岳飞看向陈越："陈皇城日后有什么打算？我观陈皇城方才行动之间似有不适，莫不是出去办事的时候受了伤？"

此言一出，一旁的李纲也朝着陈越看了过来，陈越苦笑了一声，抬起手在自己的肩头按了按，一阵刺痛传来，让他忍不住叹了口气。

随后陈越再次扭头，朝着城门之上悬挂的那两颗头颅看了一眼，眼神之中的某些迟疑立刻转为坚定："稍后入了府衙，我会向陛下请辞，去南方养老。"

"这副残躯已然无力再为朝廷、陛下效忠，陈某历经三朝，为大宋朝堂、为赵氏皇族鞠躬尽瘁，也算是尽忠了，接下来这十几年残生就算不能做一个儿孙满堂的富家翁，陈某倒也愿意采菊东篱，躬耕度日。"

这些话里面多少带了一些心灰意冷的意思，听得李纲与岳飞唏嘘不已，但此时李纲的心境并不比陈越强多少，岳飞更是一心报国，一时间竟然不知道该如何劝慰陈越。

陈越哂然一笑，随后忽然想到了什么，扭头朝着自己身后不远处的位置看了过去，之前搀扶他下了牛车的那个年轻人，此时正站在牛车旁，不知道与那车夫在攀谈什么。

注意到了陈越的目光之后，年轻人立刻就朝着这边走了过来，随后恭恭敬敬地给桌上的三个人见了礼。

"这小子叫王诚，也算是我的弟子了，此前随皇城司大部一起被掳北上，这一路之上吃了不少苦头，后来找机会杀了几个金人看守，这才抢了一匹马逃了回来。"

听到王诚竟然是从北面逃回来的，李纲和岳飞的眼睛全都亮了起来，随后十分严肃地朝着王诚问起了问题，随着他们问的问题逐渐朝着那两位被劫掠走的皇帝身上转移，两人的表情也越发难看。

"从东京城到金国会宁府足有四千里之遥，金人故意拖慢行程，此时方才走了千里而已，无论王公贵族还是余众都是步行北上，一路之上困苦不堪，饶是诸位大臣处处为两位陛下着想，却仍然力有不逮，我杀了金人看守之时原想带两位陛下脱逃，奈何金兵随后蜂拥而至……"

王诚的声音逐渐降低，脸上生出了一抹惭愧之色，显然是对自己未能将两位陛下带回之事极为自责。

"此事非你之责，二位陛下若是尚在北上途中，纵然万般困苦却还能保全性命，倘若真个被王兄带回来，这一路上东躲西藏加之金兵搜捕，恐怕还要更加危险。"

"想要将二位陛下安然救回，只能我大宋君臣一心，时刻不忘北伐而上，只要时机成熟，接连攻城略地，金人必然为之胆寒……"李纲微微皱眉，忍不住侃侃说出了自己的想法。

但他紧接着就闭上了嘴，苦笑连连，方才他才说过已经不打算再过问朝堂之上的事情，此时却依旧无法控制情绪，以至于忽然接了这么两句。

不过在场这几个人心中思绪飞转，都并未注意到李纲此时的情绪变化，直到片刻之后，砰的一声巨响，岳飞一拍桌子竟然硬生生将桌角给直接砸断了："金贼欺人太甚，竟然如此辱我大宋皇室，金贼不灭，此恨难平！"

陈越的目光在岳飞和王诚的脸上扫过，心中忽然升起了一个念头，回来的路上他听到了诸多消息，加之前段时间的经历，此时有些心灰意冷，不愿再在皇城司中奔波劳碌，但此时皇城司之中并无可以继任之人，缺乏砥柱之才。

王诚虽然为人谦和，行事妥帖，但缺少功劳傍身，出身又极不好，再加上这段从金人手中脱逃回来的经历，从一个察子直接提拔上来恐怕会有不妥，容易被人诟病，更是难以将皇城司收拢妥帖，但若是能让王诚先去北边历练一二，顺便再立下些功劳，此事就大有可为了！

　　岳飞与王诚年岁相仿，但于军伍之中却早已浸染四五年的时间，更是屡次建功，若是能让他照拂自己这个弟子一二的话……

　　陈越目光一转，看向站在一旁的王诚，师徒二人并肩多年早已经养成了足够的默契，此时只是对望了片刻，便已经知晓了对方的意思，王诚默然点了点头没有半丝抗拒，陈越立刻开门见山，朝着岳飞说明了自己的想法。

　　"我这徒弟才从金国回来，对于一路之上的金人安排、兵马布置、军务调动都有记忆，若是岳贤弟将他带在身边一段时间，想来会对岳贤弟此行有所臂助！"

　　岳飞闻言微微皱眉，有些想不到陈越居然会提出这种要求，沉默了片刻之后，他朝着陈越一抱拳："陈皇城，岳某此行前途未卜，身边未带一兵半卒，令徒既然好不容易才从金国逃出来，我看就不必让他再跟我回到金国去了吧？"

　　陈越早就料到岳飞会说出这种话，下意识地想再争取一二，但紧接着原本站在他身后的王诚，却是立刻主动凑上前来。

　　方才与师父之间双眼目光交汇，根本不用多说什么他立刻就明白了陈越的意思，也清楚这是陈越对他的考验，倘若他能够经受住此番考验，恐怕这皇城司掌事人的位置便非他莫属了。

　　虽说这皇城使按照惯例，一向都是由皇帝亲自任命，但皇帝一般都会注重上一任皇城使的建议，而且多半不会另择他人。

尤其是近年来皇城司改制后，原本的皇城使由一尊两使改为了三使并立，这个代代相传的传统自然也就顺理成章。

王诚懂得了师父对自己的栽培之后，神情之中只是闪过了些许犹豫，随后便一把抽出了自己腰间所佩戴的短刀，在自己的左手掌心之中划了一刀。

随着他握紧手掌，淅淅沥沥的血水从他的掌心中流出，滴在了陈越面前的茶碗里，大半碗淡黄色的茶水瞬间被染得通红。

紧接着王诚拿起茶碗，一饮而尽："岳大哥，我知道你对我从金国逃回来的事情很是不齿，身为皇城司之人不能保护好皇帝安危，更不能拱卫好皇城，这对于我来说也是莫大的耻辱。"

"但二帝北狩已成定局，我就算是留在北行的队伍之中，想要见到二位陛下也是千难万难，与其留在队伍之中等死，倒不如留着有用之躯，为我大宋尽忠！"

"而今康王继位，大宋朝廷已然稳定下来，正是我等抛头颅洒热血，报效国家之时，岳大哥，既然要北上抗金，还想让我为岳大哥效犬马之劳！南归之前我这条命便是大哥你的，只要你有所指使，就是让我上刀山下油锅我也绝不会多吭一声，若违此誓天地共诛之！"

王诚态度极为诚恳，任由掌中的鲜血滴滴滑落却丝毫不为所动，只是眼神炯炯地看着岳飞，等待着岳飞的回应。

众人都被王诚的举动给惊住了，陈越看着自己这个得意门生眼底忍不住闪过了一抹赞赏，方才那种场景，倘若他有半点犹豫，那么岳飞就绝对不会再收他入麾下，至于现在……

岳飞的眼底同样划过了一抹赞许，随后立刻拉起了王诚的手臂，在自己的衣服下摆上猛地一撕，扯下了一条青布，亲手帮着王诚把手上的伤口给缠好，随后在王诚的肩膀上拍了拍。

"能杀了金兵逃回来，仍然不丧失胆气本色，听说我要北上杀敌也敢有赴死的勇气，倒是个好儿郎！"

"既然你不怕死，那接下来便跟在我身边一同杀敌，倒也快哉！"

岳飞说完这句话后，再次朝着城楼之上的两颗人头看了一眼，随后抱拳看向陈越："陈皇城，既然如此那你这爱徒我便带走了，他日若是王贤弟在我麾下马革裹尸，为国尽忠，还望陈皇城不要见怪！"

"说不得若是王贤弟先行一步，岳某随后就到，若是陈皇城尚在人世，莫忘了逢年过节的时候，为我等备上一壶好酒！"

慨然留下了这两句话，岳飞对身后的应天府再无留恋，转身便走，而一旁才刚刚回来不久，还未来得及同陈越到府衙之中述职的王诚，下意识地朝着岳飞看了一眼，默然抱拳朝陈越施了一礼，随后同样转身，跟上了岳飞。

眼看着这两人一前一后汇入了出城的人流，李纲慨然将碗中的茶水饮尽："陈皇城即将入城述职，本官却要南下赴任，今日一别不知道何日才能相见，这碗茶便权做送别之酒了。"

李纲缓缓起身，随后根本不等陈越做出反应，便朝着他的那辆牛车走了过去，站在车辕前面，李纲缓缓站定，接着展开衣袖，朝着城门的方向将合拢的双手高高举起，又低低落下，十分恭谨地施了一礼。

片刻之后，李纲的那辆牛车缓缓动了起来直奔官道而去，不多时同样汇入到熙熙攘攘的人群之中。

正如李纲自己所预料的一样。随着他这一次离开大宋的权力中心，从此以后便再没有机会涉足大宋朝堂，在黄潜善等人的百般打压之下，李纲的职位一贬再贬，虽然李纲因此心灰意冷，却从来没有忘记上疏陈述抗金大计，从未放弃对命运的抗争。

相比较起李纲的悲惨遭遇来说，身在东京城内做留守官的宗泽同样也是百般无奈，在听说了岳飞因为官职太低，上疏议抗金和南巡一事而被开除军籍后，顿觉义愤填膺，随后更是听说朝廷下诏让荆襄江淮各处都做好准备，随时等待皇帝巡行，顿时就意识到那位年轻的皇帝已经准备好了将朝廷南迁以避战祸。

此举让宗泽几乎对赵构失去希望，在短短时间之内，接连上疏二十几道，向赵构说明当前东京城内市场居民都已恢复正常，无论军伍将士，还是黎民百姓都是对皇帝抱有忠义之心，翘首盼望皇帝归来，军心民心都可一用。

一边催促皇帝返回东京城抚慰军民之心，一边则是督促皇帝和朝中大臣做好准备进行北伐，同时在奏折中始终没有放弃对黄潜善、汪伯彦等人的斥责，甚至直接骂他们是像张邦昌一样的金人走狗，言辞激烈毫不客气。

赵构虽然对宗泽的种种说辞十分不满，但是也很清楚这位老将在北面为他守着第一道防线，更是因为之前的种种战功让金人忌惮不敢南下，倘若真是把这位老将给惹毛了，说不定这位老将会将北方门户放开，放几队金兵进来磨砺他这个不靠谱的皇帝，所以赵构并不敢轻慢宗泽的奏疏，每次都要与黄潜善、汪伯彦等人一同商议如何应对，长此以往回复给宗泽的信笺越来越薄，内容也是越发敷衍，让宗泽对朝中的几位奸佞越发痛恨！

同年十月，任凭以宗泽为代表的朝中抗金主战派如何劝解，赵构依旧一意孤行，带着临时拉起来的朝廷，一路向南跑到了扬州城。早就蓄势待发，虎视眈眈的金国听到了这个消息之后，立刻再次发动了南侵。

经过了一年多的休整和调控，此时宗泽在东京城周围已经联络起各处的抗金队伍，早就已经构筑了足够完善和强大的抗击防线。无论是民间的义勇军还是陕西两河的其他兵马，都愿意接受宗泽的协调和命令，一时间反抗浪潮颇有声势。

而此时的岳飞在接连经历了几次战斗和事故后已经再次回到了宗泽麾下，对于这个年轻将领，宗泽十分欣赏，才将其收归麾下便委以重任。

金国西路军统帅完颜宗翰率军攻打大宋西京洛阳，一路攻城略地后向东京逐步逼近，宗泽为确保东京城西侧最后一道关口汜水关安全，特意将岳飞派往此处。

此时的岳飞虽然在宗泽手下已经崭露头角，但在金人的眼中，仍然只是一个小角色，所以在听说了泗水关守将竟然是一个名不见经传的年轻将领之后，完颜宗翰嗤之以鼻，甚至连劝降的动作都没有，而是直接派大军进逼汜水关，此时岳飞被提拔为踏白使，手中不过有五百骑兵与千余步兵，面对着金人大军没有半点优势。

当晚在汜水关之上，看着远处金人大营内的星点营火，众将士都心惊胆战，一时间关内人心惶惶，军心颇有些不稳。

然而岳飞并未因此气馁，而是亲自挑选了三百名最为心腹要紧的精兵，当晚背着以火油浇灌过的柴捆偷偷出关，在金营侧后方偷偷潜入，等到夜半时分便开始放火，一时间整个金兵大营四处起火，此时跟在岳飞身边的王诚，正善于夜间突袭，率领几个身手了得的士卒把火直接放到了金军营地的中军大帐周围，大火一烧起来，金人顿时乱了阵脚。

此时负责指挥本路兵马的金军大将，正是本名兀术的金国皇族大将完颜宗弼，从中军大帐走出后，兀术环视一周立刻就看明白了此时营中之乱并非受袭，而是宋人虚晃一枪故意放火，当即下令亲兵弹压营中之乱，虽然这种夜半遇袭的纷乱比起营啸来说弹压起来要容易些许，但一时间也难以完全掌控，直到兀术命人连斩几十个惑乱军心的士卒，这才让金兵大营逐渐平稳下来。

大营外远处略高位置纵观全局的岳飞，远远看到中军大帐周围发生的一切，心中隐隐生出了几分警惕，这金军大将处乱不惊，临阵不慌，竟然能这么迅速地将大营之中的乱子处理，显然也是一员不可多得的将才。

如此敌手若是换在其他的时候，或许可以让岳飞产生惺惺相惜之念，但此时若是留得此人，日后对于大宋来说便是一个极大的威胁，岳飞自然不可能让这种事情发生。

所以他只是稍作犹豫，立刻就聚拢起刚刚回返的三百精锐，随后抽剑向下，直指金兵大营！

还不等这些金兵摸清楚情况，三百名精锐宋军从夜间袭营的谍子换装成为骑兵，纵马居高临下直冲中军大营。一路之上有试图阻拦的金军士兵，全都被裹挟到了马蹄之下，纷纷化作肉泥。

三百精兵队形整齐气势如虹，直奔兀术而来，更是在途中冲散了第一支被兀术召集起来的金兵队伍，随着震天的喊杀声，金兵再次大乱！

火光冲天，喊杀阵阵，仓皇之间金兵根本就来不及去查探宋军到底有多少人，还以为这三百骑兵只是先锋部队，后面将有大批宋军掩杀而来，一时间再也收束不住，彻底乱了套。

兀术远远看到岳飞率军冲杀入营，心中大骇但很快就调整好了状态，打算将自己聚集起来的一百多名精兵拉上，与岳飞在营中对冲一战！

然而乱军之中金兵不愿冲杀，本部兵马才刚刚聚集起来的一百多号人，立刻就被乱军冲散，一时间兀术身边就只剩下了十余名侍卫，如果继续朝着宋军冲击的话等于自寻死路。

无奈之下兀术也只能是暂避锋芒，带人从大营之中撤出，重新聚拢散兵，而岳飞在搜寻兀术无果之后并未直接放弃，而是趁着这个机会率军在金兵大营之中来回冲杀数次，直到马力疲乏之后，这才率军回返。

是役，宋军折损百余，阵斩金兵七百余人，夜半受惊自伤者，乱军冲撞死于大营者不计其数。

而岳飞并没有满足于这个战果，将汜水关内守军拉出之后，趁着金兵还没有重新站稳脚跟，立刻再次冲杀而来，直接将金兵的阵脚再次冲散，逼迫金兵只能连连后撤，短短两日内岳飞三战三捷，将金兵打得丢盔弃甲，不得不放弃了此次东进。

而作为本路兵马阵前大将，完颜宗弼也彻底记住了这位原本名不见经传的对手。

此次岳飞战功颇丰，极大地振奋了宋军士气，更是取得了彪炳的战绩，在确定金兵短期之内不会再次东进之后，他回到了东京城中，因为此战功绩被任命为统领，随后升任统制。

汜水关随岳飞一路拼杀征战的士卒，也是就此归于他的麾下，一时间投奔者无数，硬是为岳飞打出了一个"岳家军"的称号。

随着这次大胜，岳飞在东京站稳了脚跟，原本在他军中效命，与岳飞一起经历了十几次生死之战的王诚，也接到了陈越的书信。

陈越与皇城司一直都在密切关注着东京城宗泽处的动向，只不过与皇帝所命不同，陈越更加关注的是北伐相关事项，而赵构则是在不断地担心宗泽一家坐大，不听指挥，反复劝他南下。

在得知岳飞已经在宗泽处获得赏识之后，陈越立刻命王诚携书信请见宗泽，随后回返应天府就任。

当晚王诚便带着陈越亲笔手书的书信见到了宗泽，宗泽对于陈越这个皇城使本来并不待见，对方身为皇帝近臣，却无法将黄潜善等奸臣与皇帝隔绝，没有雷厉风行之举反而经常做一些小动作，这让宗泽分外觉得不齿。

直到他将陈越的书信通读了几遍之后，这才放下心中的芥蒂。

陈越的信笺之中并没有过多的废话，只是简简单单的几句话，就将此时朝廷之中的情况说明，黄潜善与汪伯彦等人已经将皇帝劝动，不假时日皇帝就会以南巡的名义南逃，作为皇城使他无力阻拦，只能任由此事发展。

同时更是十分大胆地跟宗泽说明，作为皇城司现任的皇城使，他对于抗金一事绝无二心，只不过因为身份的限制所以根本没有办法如同宗泽一样振臂高呼挥舞大旗聚拢人心，所以日后但凡宗泽有所差遣，即可联系王诚这个继任的皇城使，只要事情是有关抗金大计的，皇城司必然倾力相助！

这封书信无异于给了宗泽一颗定心丸，皇城司虽然衙门不大，但是手中所掌握的权力可是不小。如果整个皇城司都能为他所用，饶是皇帝只知道一味退却南逃，那抗金大计也绝不会受到多大的影响，反而会逐步将权力移交到抗金群臣手中。

虽然这个举动有大逆不道的嫌疑，但事关大宋朝堂的安危，宗泽已经管顾不了许多，痛定思痛之下，他立刻就答应了陈越的建议，接着修书两封交给了王诚。

王诚心知此事事关重要，当晚便同岳飞拜别辞行，接着直奔应天府南下而归。

三天后陈越卸任皇城使一职，王诚继任皇城使，与此同时，在原本的皇城司的那些押司之中，被赵构选拔出了一位提拔为左皇城使，他自己更是将内侍之中跟随他良久的一位内侍都知推到了右皇城使的位子上。

如此一来皇城司之中三方势力相互博弈，大大地牵扯了原本皇城司的力量，也让王诚有些疲于奔命，一时间竟然无法再顾及宗泽一处的事情。

好在金兵接连受挫后，并未再次举大军攻击，只是时时以小股兵马突袭各处城池，双方之间倒是借机练了练兵。

直到次年四月，因为天气开始逐渐炎热起来，金军大多都是北人，对偏南地区的气温无法适应，只能选择暂行撤退，而此时的宗泽也抓住了机会，再次上疏准备北伐。

这一次宗泽并没有将所有的希望全都寄托在赵构的身上，除了不断上疏请求之外，自己也是开始进行兵马调配，号称"八字军"的王彦所部被他安排到了滑州附近等待下一步调命，五马山首领马扩也在信王的授意之下，加入了北伐一事的商议之中，一时间东京城周围所聚集的宋军越来越多，北伐之望也近在眼前。

然而接连数道上疏被皇城司的王诚用种种手段绕开黄潜善等人的阻拦，直接送到了赵构面前，却并没有得到赵构的容许和支持，宗泽便是再有心北伐，在没有皇帝的支持和默许之下，也不敢逾越君权擅自行动。

时间拖到了六月底，天气炎热无比，宗泽更是急火攻心，后背上的陈年痈疽发作，痛苦了数日之后含恨而终。

悉心筹划，百般期待，宗泽可以说为北伐金国耗尽了毕生心血，最终却只换来了赵构的无视，这让宗泽在临终前扼腕三次高呼"过河"，方才郁郁而终。

这个消息传到应天府之后，滞留在应天府的王诚遥遥地向东京城焚香礼拜，恭送老将宗泽，而卸任之后以商贾身份北上金国藏身于民间的陈越，则立刻就意识到自己此前以皇城司为本，与宗泽所谋划的北上策略再次流产，恐怕日后再没有机会实行，顿时忍不住痛哭流涕，足足数日都无法进食。

而早已经悄然离开应天府，抵达了扬州的赵构，在听到了这个消息之后，却忍不住松了口气，甚至于暗中有些庆幸宗泽之死，随后任命杜充为东京留守，接着便安稳地留在了扬州城中。

以扬州城为行在，赵构纵然有多方考虑，但其实最大的原因不过是此时在大宋疆域之中，只有扬州城这江南锦绣地，才能算得上真正的富贵温柔乡。

做了皇帝已经年许的时间，他却一直都在应天府提心吊胆地待着，自然应该找个好地方好好地享受享受！

此时的赵构已经全然忘记了刚开始当皇帝的时候心中的激昂情绪，也早已经忘记了恢复疆土的志气，若不是有宗泽等主战派强行维持，此时他说不定会向金国递交降书，成为金国属国也未尝可知。

他丝毫没有意识到，在他这种推诿退缩的种种表现之下，朝堂之上的主战派已经心生不满，甚至有人已经起了要行废立之事的念头。

这个火苗在诸多臣子的心中愈演愈烈，紧接着金人听闻赵构跑路的消息，被金人喊作宗爷爷的宗泽也已经去世，似乎大举南下的机会已经来临，便再度选择南下侵宋！

这一次赵构的腿脚绝对够快，这就从扬州出发直接跑到了杭州，又以杭州为行在临时驻扎。

杭州毕竟是在长江以南，有长江作为天险，到底是可以防住金军一段时间，赵构还以为可以在杭州清闲一段时间，在这段时间内更是好好地享受了一下杭州的盛世繁华，更是隐隐有打造园林景观，修建亭台楼榭的意图。

后来有一位叫林升的诗人，专门做了一首《题临安邸》来讽刺赵构这种自欺欺人的行径。

山外青山楼外楼，西湖歌舞几时休。
暖风熏得游人醉，直把杭州作汴州。

除此之外，为了安抚民心，赵构还自作聪明地在抵达杭州之后，将汪伯彦和黄潜善罢免了职务，本以为这一举动可以换来民心，却没有想到他这屡次逃跑的举动，已经将朝中大臣心中的不满彻底引燃。

被赵构裹挟着一路奔逃的众多文臣武将之中不乏图谋不轨之人，其中以御营司的武将苗傅与刘正彦两人为首，在三月二十六日神宗忌日，百官焚香祭祀的时候，悍然发动了兵变。

这两人的计划虽然算不上缜密详细，但是胜在出其不意，兵贵神速，先是将勾结宦官夺权掌权的王渊在城北桥上砍杀，随后提着这家伙的脑袋便冲进了皇宫之内，悍然逼宫。

而此时对赵构心怀不满者，已经不只是苗刘以及所率两部那么简单，就连守护宫门的中军统制吴湛也顺势打开了城门，一边在前面引路，一边率军在城中高呼："苗刘并非反叛，只是为了清扫皇帝身边的祸害，为天下尽忠！"

这个口号效果卓然，很快就引起了一些不明所以的臣子呼应，皇宫周围顿时乱成了一锅粥。

赵构听闻消息之后，倒是并没有直接逃走，而是在杭州知州康允的陪同下，登上了城楼朝着苗傅与刘正彦问责。

对待金人的时候，赵构宛如绵羊一样柔顺卑微，但是在面对本朝将领士卒的时候，他倒是拿出了皇帝该有的模样，也记起了当初文武双全，敢悍然进入金营为使的手段心绪，站在城墙之上看着下面蜂拥而至的叛军，竟然面不改色。

"卿等何事喧哗，若是有事要奏，现在便可说与朕听，若是无事要奏，便即刻退下！"随着他这淡然的呵斥声传来，下面的士兵们得见天颜，顿时安静了下来，随后竟然齐刷刷地跪在了地上，开始山呼万岁！

苗傅脸色一变，朝着周围看了一眼之后，顺势也是跪在了地上，按照臣子的礼节，朝着赵构行礼跪拜，随后再站起来之后，则是沉下了脸："臣等领兵闯宫，自然是有事要说。"

"陛下一再南逃，途中信任宦官和胆小鼠辈，汪伯彦和黄潜善等人误国误军却一直都受到重用，王渊因为跟内侍交好就能得到高官，而一众有功之臣却没有办法得到应该的封赏，这些事情难道陛下都不清楚么？"

这些话如同是当头棒喝，不但是重重地砸在了墙头上众人的心头，更是砸在了下面那些兵卒的心尖，无数人纷纷抬起头来，随后更是站起身不再跪拜。

赵构的心头一沉，立刻朝着外面探出身子，义正词严地说道："卿等所言有些道理，此前朕已经将黄潜善与汪伯彦这两个迷惑朕心之人罢免，以儆效尤，此事朝中内外都已经知晓，难道卿等还看不出来朕的决心吗！"

"这是朕受到了蒙蔽，倘若是内侍真的有过错，我会让皇城司究其罪证，并且将他们流放到偏远地区以儆效尤！"

"至于王渊等人，既然已经为卿等所杀，也算是他们死有余辜，此事朕不会再追究，卿等速速归营便是！"

朝着下面看了两眼之后，赵构更是立刻宣布："朕知道卿等忠义无双，并非是想要胁迫朕，而是为江山社稷考虑，朕这就封苗傅将军为承宣使及御营都统制，刘正彦将军为观察使及副都统制，剩下所有参加这次举事的士卒，都可以免罪！"

此时此刻，作为皇帝的赵构给出来的解决方案完全是顺着这些叛军的要求，更是不惜许诺免罪封赏，为的就是尽快将此事压下，以待后效。

赵构的脑子转得飞快，在这种危急形势之下，他脑子里的聪慧处倒是被成功激发，眼看着下面众人仍然不为所动，干脆将内侍康履用吊篮放了下去，交给叛军处置。

不出所料，这些叛军抓到了康履之后毫不客气，竟然在城墙之下就将这家伙直接腰斩。

见识到了这些叛军的手段之后，赵构立刻就意识到情况有些不太对，这些人居然敢当着他的面儿如此孟浪，显然没有把他再当成皇帝的意思。

还不等他继续要求下面的两人率军回营，苗傅便是主动上前再次说道："陛下原来不过是一个亲王，只不过是机缘巧合之下才登上皇位，日后如果两位陛下北狩归来，陛下又要如何自处？"

这句话一说出来，就意味着他们已经跟皇帝站在了对立面之上，以北狩的二帝作为托词问责，等同于置疑赵构这个帝位的合法性，就算方才并非有逼宫的嫌疑，此时也已经将此事坐实。

城墙之上的众人顿时全都意识到，眼下的情况已经难以顺利解决，必须采用非常之手段才能将下面众人安抚住，赵构思来想去之后，将时任宰相朱胜非用吊篮送到了城墙下，与苗傅谈判。

朱胜非与苗傅等人密谈了几刻钟之后带回来的消息，却是要求隆祐太后垂帘听政，同时要求赵构准备与金国主动沟通议和，不能再一味退避忍让。

这些要求听起来极为合理，似乎只是在宣泄他们对赵构这个软弱皇帝的不满，但是赵构却在这些话里面听出了一些其他的意思，但眼下并不是迟疑的时机，赵构只是稍作犹豫之后，立刻就将隆祐太后给请了出来。

隆祐太后一生坎坷，虽然并不是赵构这个皇帝的亲生母亲，但是自从赵构将她尊为太后，心中便是生出了一份依托情感，将自己当成了赵构的亲生母亲，平日对于赵构极为疼爱，甚至还经常亲手为赵构制作羹汤饮食，在宫中一度传为美谈，都说太后与皇帝母子和睦，母慈子孝。

此时听说皇帝有难，隆祐太后毫不迟疑地立刻就赶到了城墙处，随后更是不听赵高的劝阻，执意亲自出了城墙跟苗傅等人谈判。

"卿等率军逼宫，将皇帝置于危险境地，难道是臣子应该做的事情吗？"隆祐太后虽然是女流之辈，但此时出城却是抱着慨然决心，就连与苗刘二人对话的时候，也是没有半点气馁，反而义正词严，态度端庄。

只是简单的一句话，便将苗刘二人震得脸色变了数变，随后俯身在地上，恭敬请安："陛下南巡无妨，却是苦了百姓，如今金人再度南下，我大宋境内生灵涂炭，这难道不是臣子应该考虑的事情？"

隆祐太后看着下面跪着的苗刘二人，心头一震，但仍然淡定自若地说道："这些事情，都是因为昔年渊圣皇帝任用奸臣，胡乱改动祖宗的法度，加上被金人挑唆坏了宋辽盟约，才导致了如今的局面。"

"此事与当今皇帝关系不大，何况当今皇帝是被奸臣汪伯彦、黄潜善等人所误，才会一再做出错误决断，如今这两个奸臣全都被贬黜了，难道你们还不满意？"

苗傅与刘正彦等人相互看了一眼，在隆祐太后的问责下反倒有些无所适从，最后只能咬紧牙关道："此事已然至此，我们不能再犹豫了。"

隆祐太后眼看着没办法劝退这些人，只能退而求其次："既然诸位将军心意已决，陛下又确实有过在先，不如由我垂帘听政与陛下一同掌权，或许可以让天下人满意。"

此话一出，大部分叛军都松了口气，有太后垂帘听政便意味着赵构放权，同样也就意味着他们此番举动成功了大半。

但作为此事的主事人，苗傅略作沉吟之后，却立刻就改变了主意："太后愿意垂帘自然是再好不过，但陛下既然已经过了及冠之年，思想通达自主，那太后就算垂帘也未必有效，不如再效仿道君皇帝事禅位于皇太子，再以太后垂帘，方可让天下归心，勉励团结！"

这个说法，顿时让他身后的众人连连点头称是，如今事已至此，他们若是仓皇退去，日后等待着他们的必然是雷霆之怒、杀身之祸。

除非效仿当年董曹之流，扶持幼主同时手握大权，或许还有成功的可能性。

隆祐太后并非孱弱妇孺，一下子就明白了他们的意图，当即回应道："就算是昔日承平之时，以我一年迈老妇与年幼皇子也难以执掌政权，何况如今金人屡次南下，大宋危急时刻，倘若真是如此施为，恐怕大宋危矣！"

这个说法听似柔和，其实是直接拒绝了他们的建议，苗傅和刘正彦自然不会顺从，立刻就看向了一旁的朱胜非："朱相下了城墙之后一声未吭，却不知道作何想法？"

事关皇权变更，皇位更迭，朱胜非自然不敢胡乱答应，只能支支吾吾，这让苗刘等人更加坚定了自己的想法。

"太后若是不答应臣等，三军将士恐怕将要生变！"苗傅此言，已经不是臣子应该说的话，而是赤裸裸的威胁，这让态度端正果敢的隆祐太后也忍不住闻言色变。

无奈之下，她也只能继续与苗、刘等人据理力争，同时将朱胜非放了回去，向皇帝禀明此事。

朱胜非回到宫中后，在赵构面前痛哭流涕，随后将苗刘等人的要求一一述说，听得赵构咬牙切齿，却又无可奈何。

君臣二人商量许久之后，发觉此事已经没有转圜的余地，无奈之下只能先行答应了这个要求，随后拟定了几条要求向苗傅宣布。

其一，既然赵构选择了主动退位，那苗、刘等人就必须像对待之前退位的道君皇帝一样对待禅位的赵构，给出来的供奉绝对不能太过轻慢。

其二，等到赵构禅位之后，朝中大事必须要听从垂帘听政的太后和继位的幼君安排，不可妄自定夺越权。

其三，如果答应了这些条件，等到退位诏书下达之后，他们就必须将军士解散归营，不可以再兵犯皇宫。

其四，则是要求二人必须将军营管束住，绝不可以趁机抢劫放火，骚扰城中的百姓。

前面三条的出发点全都在皇室身上，或者说是对赵构本人有利，只有最后一条才算得上是明君所言，虽然有亡羊补牢之嫌，但仍然起到了一定的宽慰人心作用。

这些条件还算符合苗、刘等人的想法，所以他们并未提出反对意见，而是极为爽快地答应了下来。

当天赵构就下达了退位诏书并且当众宣读，随后被苗、刘二人送到了显忠寺当中暂时居住，同时身边只保留了十五个内侍，以确保在有足够多的服侍人员的情况下，赵构也绝不可能做出什么反抗之举。

改弦更张之后自然也该改变年号，苗、刘二人当即要求更改年号，却被朱胜非巧言拒绝。直到苗、刘二人打算迁都建康，玩一玩挟天子以令诸侯的把戏，无奈之下隆祐太后只能退而求其次，先答应了改变年号的要求，将建炎年号改成了明受元年，内外文书都开始以明受标注。

这个变化立刻就引起了在外的那些将领的注意，随后皇帝退位的诏书也公示天下，赵构才当上皇帝没多长时间竟然就立刻宣布退位这件事儿怎么看都透露着些许古怪。

与此同时，苗、刘二人在掌权之后开始得意忘形，很快就把自己毫无学识的一面暴露了出来，不但想方设法地追杀起了昔日的对手，更是政令多出、频繁出错。

这让被软禁在显忠寺内的赵构大为不满，十分愤恨自己竟然败在了这么两个混账的手中，立刻将皇城使王诚秘密召入了显忠寺之中，随后下了几道诏命。

就当诸位大臣将领都觉得事情不太正常的时候，皇城使王诚安排的察子们纷纷带着密信来到了各处将领、大臣的营帐或者府邸之中。

这些从皇城司发出的密信之中，清楚地写明了杭州城中兵变的始末，并且传达了王诚代皇帝发布的诏命，号召各地兵马勤王，斩杀叛军。

此密令之中，不但有赵构的亲笔签名，更有皇帝的印玺和皇太后的印章，可信度极高，具有充分的调度权。

一时间驻守平江的张浚、驻守吴江的张俊、驻守江宁的吕颐浩都得到了这个消息，相互商定之后，便约定好了起兵会合的时间，同时写信将此事告知韩世忠与刘光世等人。

韩世忠与刘光世率军迅速到达平江，等候张浚的调遣。

这件事情很快就被苗刘二人察觉，但是朱胜非与王诚却合伙向苗刘二人说这是正常的兵员调动，各处将领打算北上伐金，暂时安抚住了苗刘二人。

但苗刘二人此时也多长了几个心眼，暗中找到了韩世忠在杭州城中的妻子梁红玉以及儿子韩亮，打算以此二人相挟，让韩世忠投效自己一方，但在两人动作之前，朱胜非与王诚抢先一步，将梁红玉与韩亮放出城去了。

韩世忠的妻子梁红玉早年流落风尘，算得上见过世面之人，心中更是极有城府，绝对算得上女中豪杰，此番历险之后，立刻就将杭州城之中的情况摸透，出城找到丈夫之后，便将城中事项一一述说给了韩世忠。

与此同时，苗、刘二人再出昏招，竟然敦促隆祐太后贬黜张浚为黄州团练副使，如此大的官员变动却没有合理的理由，实在是不符合常理，顿时就将他们谋逆的事情全都抖落了出来。

张浚立刻就纠集了刘光世、张俊、韩世忠各路兵马联名传檄各处，要求各路兵马勤王，随后率领大军从平江出发直奔杭州城！

听到这个消息之后，苗、刘二人顿时大惊失色，几经商议之后立刻扶持赵构复皇帝位，意图亡羊补牢，同时苗、刘二人不知道是从何处听到的戏文，竟然请求赵构为二人颁发丹书铁券以免死罪，防止日后为平叛军所诛杀。

虽说这丹书铁券一说本就是戏说，但赵构在被迫为他们制作铁券的过程之中，仍然留下了后手，故意写下了"除大逆外，余皆不论"的字样。

这两个家伙完全没有看出来字眼儿之中的猫腻，还以为自己身上多了一层保护壳，却没有想到自己所触犯的正是大逆不道之罪，就算这丹书铁券有意义，也保护不了他们周全。

随着讨逆大军兵临城下，苗、刘二人斗着胆子率军出城应战，却没有想到他们手下率领的叛军在讨逆军面前几乎不堪一击，与对方稍一接触便溃不成军。

无奈之下两人只能放弃之前的所有计划，退到城中四处放火，打算以此拖延讨逆军的速度，却没有想到他们这边火势才起，竟然天降大雨，直接将所有的火势全都浇灭。

这近乎天意的结果让两人深感天命不可违，拿着丹书铁券仓皇逃离，却没有注意到在他们带着随从匆匆逃出城门的时候，城墙之上的王诚已经注意到了他们，只不过大手一挥，立刻就有皇城司的察子跟了上去。

虽然为了不打草惊蛇，这些察子只是隐在暗中跟踪，但只要时机成熟，他们立刻就能将这两个逆贼直接擒拿！

吴湛、张奎等人没有来得及逃离，一一被捉，而张浚、韩世忠、刘光世等人也率军浩浩荡荡地开进了杭州城。

张浚此番勤王算得上首功，所以第一个得到了封赏，除知枢密院事，成功跻身手掌重权的高层之中，此时的张浚才过了而立之年，三十三岁成为朝堂执政的，除了大宋名相寇准之外他还是头一份！

如此优渥的待遇让张浚不由得感激涕零，自此肝脑涂地成为赵构龙袍之下的首忠之臣。

但同样在此次事件之中前后奔波卖力，功劳同样居于前列的朱胜非，却被赵构故意冷落到了一旁，同时在朝堂内外也开始有人传言朱胜非与张邦昌关系匪浅一事。

朱胜非眼看着张浚等人掌权，心中生出了惴惴不安之感，想起自己跟张邦昌作为同门女婿的身份之后立刻警觉起来，痛定思痛后，他直接找到赵构痛哭流涕，细数自己此前平叛之中的罪状。

他之所以这么做，无非是看穿了赵构此前种种手段颇有点首鼠两端的意思，心知肚明若是继续站在权力中心，稍有不慎就会被赵构送到断头台上，此时生怕被赵构秋后算账，干脆借故请辞。

赵构明知道朱胜非所想为何却并未立刻答应他的请求，而是假意挽留朱胜非，直到朱胜非再三请辞这才在三日后将其降职为观文殿大学士，贬到了洪州去当知府。

比起张邦昌来说，朱胜非已经算是人生赢家，虽然远离了权力中心，却保住了性命！

一个月后，苗傅和刘正彦在逃亡的路上被捉住，而此时的行在已经从杭州转为建康，两人一路被押到了建康，当街凌迟。

苗、刘兵变结束之后，大宋朝堂暂时安稳了一段时间，但紧接着金人便再次南下，这一次没有宗泽在北方镇守，接任宗泽的东京留守杜充是个庸才，最擅长的是窝里斗，面对金兵的时候却是屡屡错命。

马家渡一战宋军以不到两万之数面对六万金兵精锐，饶是军中有已经初见雏形的岳家军在内，也是力有不逮，在马家渡附近大败。

除却岳飞所率残部数千人成建制撤退外，其余兵马尽皆溃散，岳飞的顶头上司陈淬率亲兵数百人与金兵死战，最终力竭，在其子搀扶下坐在胡床之上刀指金将骂不绝口，最终慷慨就义。

岳飞经由此战看穿了杜充的无能，率领已成规模的岳家军四处收拢残兵游勇，退守建康东北的钟山，原地整军练兵静待时机。

在这个过程之中岳飞也没有闲着，一路上接连转战，在完颜宗弼的大军后面不断搅和，时而切断粮道时而收复丢失的城池，逼迫金人减缓南下的脚步，随后在广德境内接连打了六场战斗，连战连胜，气得完颜宗弼几次亲自率大军围剿，都是以失败告终。

而杜充在马家渡战败后，竟然直接率领亲兵三千人弃守东京城，躲到了江北的长芦寺，随后被完颜宗弼派出杜充旧友唐佐劝降，杜充早有二心，稍作迟疑后归降金国。

此事传到赵构的耳中让赵构悲愤异常，接连几天都没能吃下东西，随后下令削去了杜充此前的爵位，并且将其全家都流放到了广州。

这两年对于大宋朝堂君臣来说，可谓多事之秋，赵构接连遭受被臣子背叛、被金人威吓、丢土失地的打击，几近抑郁。

最让赵构痛心疾首的，却不是朝中与战局之乱，更不是他再无法安然享受做皇帝的荣华富贵，而是丧子之痛。

当初从扬州城出逃的时候赵构本正在温柔乡之中，突然遭受惊吓后竟然失去了生育能力，此前他虽然沉迷温柔乡却并未留下太多子嗣，唯一的一个皇子便是短暂当了几天皇帝的明受帝。

此子尚且年幼，一路上跟着赵构奔波劳累身体越发羸弱，饶是赵构寻访天下名医想要为儿子保住性命，也难以为继，直到皇室流落越州附近时，皇子已然奄奄一息，在春末时分也浑身发冷，只能在房屋之中点燃数个火炉取暖。

一位侍从在进门送东西时，发现皇子气息微弱顿时心生恐惧，想要跑出去找御医前来查看，却没有想到自己仓皇之下，竟然不小心绊倒了旁边的铜炉，巨大的声响将皇子从睡梦之中惊醒，随后脸色骤变，竟然是被生生吓死。

此事一出赵构痛苦不已，下令将当日皇子宫中的侍从全都杖责而死，随后大病一场，于病中对金人南下的事态越发担忧，开始与众位随行大臣商议到海上避难之事。

……

与一退再退的大宋朝堂不同，金人南下的过程之中，民间却涌现出了不少仁人志士，随着东京城与建康、临安等地接连被攻陷，金人剑锋直指作为大宋皇室临时行在的越州。不过他们的速度到底是慢了半步，待到金兵攻破越州时，大宋皇室已经乘坐临时征召来的海船跑到了海上，再次让金人扑了个空。

确定了此事之后，金人对越州便失去了兴趣，哪怕是派军入城接手，也只是随便安排了一支千人队随从大将海金琶八受降。

金人入城，越州百姓心中充满了羞恼愤怒，却也只能在路边欢迎这些敌军，而原本已经投降的宋军，则是在两侧维持秩序。大宋越州太守李业纵马跟在海金琶八身后，毕恭毕敬。

此时宋军手中兵器都已缴械，手中不过是临时充作维护秩序所用的水火棍，面对着装备精良的金兵根本无力反抗。

偏巧在宋军之中有一个叫唐琦的士卒，在假意维持秩序的时候，瞄准了金人头领海金琶八，将怀中准备好的砖头扔了出去。

这一击算准了时机和力道，却没计算好准头，砖头擦着金人头领的头皮飞了出去，只给对方留下了一道血痕，并未能要了对方的命。

此举将周围众人吓得不轻，金人更是一拥而上将唐琦当场抓住，金人头领看着唐琦，脸上满是好奇的神情："越州城已经投降于我大金国，你一个小小的士卒竟然不服从命令，用这种粗莽的手段来对付我，难道你就不怕死？"

唐琦被抓之后面容淡定，冷冷地看着这个金人武将，义正词严："我唐琦虽然只是一个普通的士兵，但是自小便知道忠义二字，既然生下来便是大宋的臣子，那死了也要做大宋的鬼，怎么可能向你们金贼跪拜称臣？"

听到唐琦的言论，海金琶八心生感慨，转头看向身后跟着的越州太守李业，一脸的鄙夷："身为太守，你的气节竟然远不如手下的一个小小士卒？"

唐琦冷笑连连，同样看向了一旁的李业："我每个月的俸禄只有一石米，不过是一个最卑微的士卒罢了，尚且知道上报皇恩浩荡，而你世世代代都受到国家的优待，却不敢一死以求名节，真不知道等你死了之后有何面目去见你那地下的列祖列宗！"

李业脸色难看，一时之间竟然不知道该如何回答眼前这小卒的质问，而旁边的海金琶八却是忍不住低头问道："你虽为一小卒，却是义士，可堪重任，若是能降我大金，必当平步青云，得以重用！"

说完这句话之后，海金琶八朝旁边的李业一指："便是此人的官职，也会在你之下，你可愿降否？"

这种忠义之士，如果金人能够收为己用，对于金国来说是极大的收获，虽然失去一小卒对大宋来说无关痛痒，但其忠义之名与投降之事同时传出，对大宋朝臣的士气打击极大，可谓是一石二鸟。

唐琦冷冷地朝着海金琶八看了一眼："金贼，要杀便杀，何须聒噪？"随后更是骂不绝口，连李业带海金琶八骂得体无完肤，眼看着收服不了此人，海金琶八派人将其拖走斩杀。

……

得知南宋皇帝南逃入海之后，完颜宗弼对此嗤之以鼻，随后下令搜山检海，势必要活捉赵构。

此时的大宋朝堂，又到了危急存亡之秋，距离上一次倾巢覆灭，不过是短短数年时间。大宋濒临灭亡，饶是各地奋起反击的那些义军，也渐有归附金国者……

第二卷

斩除顽恶还车驾　不问登坛万户侯

第一章

韩世忠黄天荡传捷　岳鹏举接连复故疆

金国搜山检海都要抓住赵构的豪言壮语并非空口无凭，将临安攻陷之后，金国大军一路南下攻城略地，对一直都在南逃的赵构可谓步步紧逼，最终将其逼到了海上暂避锋芒，饶是这样作为金军统帅的完颜宗弼仍然没有放过赵构的意思。

他随后便搜寻了数十艘战船商船，组成了一支临时船队，打算以自己手下最为精锐的一批队伍出海去捉住赵构这个大宋皇帝，颇有一番痛打落水狗的意思。

但令他意想不到的是，自家金国士卒虽然久经战阵精锐无比，却全都是北人，一路之上攻城略地平地战斗都是十分顺心，等到了海上却一个个头晕脑涨，想要站起身来都极为困难，倘若强行带着这样的军队前去跟宋军作战，怕是要被宋军反过来打得溃不成军。

完颜宗弼纵然一路上连战连胜，心态已经飘飘然，但并未张狂到可以忽视自己以及部下的性命，眼见事不可为便干脆利落地放弃了率军入海的念头。

纵然北人不善海战，但完颜宗弼仍然没有彻底放弃追索赵构的念头，最终还是以投降的南人作为主力，组建了一支小型船队，沿着海岸南下了三百余里，有几次都差点摸到赵构的船队，虽说最终无果而归，但依旧将赵构吓得够呛。

此时赵构这个大宋皇帝在他们的驱赶之下，已经如同丧家之犬一样，被他们赶下了海不说，几次海上追逐差点将赵构逼得跳海！

要不是大宋水军将领张公裕率所部战船及时出现在台州附近的海面进行几次阻击，恐怕赵构此时不是做了落水鬼便是成了第三个被金人俘虏的大宋皇帝。

他们已经深入南方太久，完颜宗弼手下的金兵陆续出现了水土不服的情况，而且各地大宋军民开始陆续集结山寨水寨，拒绝向金军纳粮，更有甚者还敢聚众袭击金兵的小型巡逻队伍和运粮队，非正面战斗导致的折损人数不断上涨。

在这种全民皆敌的情况下，若是强行撑下去有害无利，抓不到赵构，再向南也没有了战略意义，所以完颜宗弼干脆挥师北上打算回返金国。

回返金国的路上，金兵一改此前南下时装出来的伪善嘴脸，从明州北上一路都是烧杀抢掠，直到临安城后，水陆并行经由秀洲平江等地，将一路上劫掠来的金珠宝贝装在船上向北撤退。

伴随着沿途不断劫掠民用船只用来装载宝贝，这船队随着北上越发浩荡，最终竟然是逶迤连接了十数里，三四百条船几乎将江流都给截断。

这么大的阵仗自然瞒不过任何人的眼睛，皇城司的察子迅速拿到了相关的情报，呈交到了王诚手中。王诚在明州与赵构分开，此时已经抵达秀洲主持各地情报往来。

此时正值上元节，秀洲城内百姓张灯结彩，歌舞欢庆节日，府衙更是宣布接连三天解除宵禁，效仿东京城彻夜不休。

此时此刻，在秀洲的人不止王诚一个。

坐在秀洲城内潘家茶楼的顶层，王诚接过手下察子递过来的纸筒，简单看了两眼之后，便将纸筒递给了坐在对面之人。

跟王诚对坐饮茶之人，正是数月以来一直都在海口附近操练水军且小有成绩的大宋浙西制置使韩世忠与其夫人梁红玉。

双方的官身等级相差极大，加上王诚年岁远远小于韩世忠，按理说双方此时不该对坐饮茶，但此时无论是韩世忠还是王诚，脸上的表情都是极为凝重，完全没有在乎这些细枝末节。

韩世忠接过王诚手中的纸筒之后迅速看了一遍，脸上的表情顿时变得十分复杂，其中掺杂了一半喜悦，还有一半则是紧张、期待甚至担忧间杂。

梁红玉端坐在一旁眼波流转看着自家官人，顺手也拿过了那个纸筒，将上面的内容细细观看了一番之后，梁红玉忍不住坐直了身体，随后将纸筒重新递给了王诚。

王诚取出了一根火折子，在韩世忠与梁红玉面前从容不迫地吹燃，接着把那纸筒凑了过去。

伴随着一抹火光闪过，纸筒化成了一抹黑灰，翻滚着飞上半空，随后混入了窗外暮冬已过的春风之中逐渐消散。

"皇城司做事，果然别具一格，便是这种随时都会传檄江南各地的消息，竟然也要在一览之后便焚毁，王皇城是不是有些谨慎得过了头了。"

韩世忠的目光从那一抹飞灰之上缓缓挪回，有些意外地朝着王诚看了一眼，笑着问道。

梁红玉并未说话，起身拦住了就要上前的茶博士，亲自为两人各添了一杯茶，随后缓缓地坐了回去，看她眼神之中的好奇神色，明显也对王诚的做法有些意外。

王诚笑了笑道："这个习惯倒不是皇城司教会我的，而是我那个师父，也就是上任皇城使教会我的，追随师父多年下来，这便成了习惯。"

"皇城司原本在东京城之中的案牍库里，向来是我们这一支皇城使的格子里典册最少。"

简单说了这么一句之后，王诚立刻就将话题切回到了那纸筒上的消息本身："完颜宗弼在我大宋境内横行了这么久，总算是有了势疲的意思，陈思恭的水师虽然都是大船，但毕竟数量少且武备松弛，此人竟然敢率领水军冲向势头正盛的完颜宗弼，显然是抱有决死之心，能够小胜已经不易，不过这也为我们探出了完颜宗弼的虚实。"

"看样子，韩将军此前做好的种种准备，倒是有了用武之地了。"

王诚看着坐在对面的这对中年夫妇，心中生出了些许感慨，自从从师父手中接过皇城司之后已经过去了将近三年的时间，这些时间里他就一直在各处奔波，只有极少的时间跟在赵构身边。

那位皇帝的表现，让陈越和他乃至于整个皇城司的人都十分失望，所谓拱卫皇室是皇城司第一职责的这个规矩，竟然都被冲淡了许多。

所以之前发生的几件大事，乃至于赵构带人接连南逃的时候，王诚多半都没有在场，而是一直都忙于执行师父的遗志，不停地在各处抗金队伍之中游弋勾连，试图找到抗金之法。

至于皇城司拱卫皇帝的职责，则被王诚巧妙地推到了另外两个皇帝所提拔的皇城使身上，虽说对方在皇城司之中等于无根之萍，不过在王诚的授意之下，皇城司在皇帝身边的那一部分倒是也愿意配合他们演演戏。

一来二去赵构在仓皇南逃的时候，甚至都忘记了自己的皇城司还有王诚这么一个人……

此时此刻的王诚早已经意识到，大宋衰败至此后，想要通过之前的变法图强来拯救国家颓势几乎已经不可能，救亡图存的希望并不在朝廷，而在民间，在于普天之下心系大宋的忠义之士。

只有想尽办法，依托长江之天险将金国人彻底抵御在长江以北无法再次南侵，大宋才能有机会逐步恢复，再图中兴。

王诚在各处抗金队伍之中奔波良久，并非只做了无用功，韩世忠所聚拢本部八千人马，都有将近一千人是皇城司各路察子帮忙由各处招募，这也是为什么各处抗金队伍的将领都对王诚以礼相待，双方之间的关系早就超越了朝堂之上的同僚情谊。

韩世忠与梁红玉之所以会出现在这里，是众人商议好的结果，两人入城之前曾经大张旗鼓地宣告过大宋浙西制置使韩世忠与其夫人梁红玉莅临秀洲赏灯过上元节一事。

由此秀洲城内外还组织了好几场欢迎仪式，比起往年的上元灯节要热闹许多，这种消息自然是瞒不过任何口舌探子，想必用不了两三天就会传到完颜宗弼的耳朵里。

如此大张旗鼓的举动，正是要让完颜宗弼知道这里的消息，误以为韩世忠和梁红玉这对夫妻是要避战所以才会跑到秀洲来，进一步瓦解完颜宗弼的戒备提防之心。

苗、刘二人作乱之时，韩世忠居功甚伟名声大噪，其妻梁红玉更是得封安国夫人，同样也是跃然出现在朝野内外的视线之内，而后韩世忠受封浙西制置使领兵镇守镇江，正在完颜宗弼兵马往来的要道之上。

完颜宗弼突破江防一路南下之后，韩世忠率军暂避其锋，从镇江退守江阴郡，随后更是将自己所部的八千余人分别放在了松江、江湾和海口三处，枕戈待旦伺机而动，更是备好了战船无算！

在他携夫人一起秀洲观灯的这几日里，三处兵马早已经悄悄开拔由水路回归镇江，随时准备与完颜宗弼拼死一战。

"为了等待这家伙率军北上，我们已经等待了年余时间，终日听到他在江南各处大肆烧杀劫掠的消息，军中早已急不可待要将他生擒活捉，军心可用！"韩世忠神情逐渐转冷，慨然说道。

"马家渡一战之后，我大宋各处兵马都是备受震惊，哪怕是我部下那些好儿郎也渐渐心惊，要不是得了你们的消息暂时撤离镇江，恐怕彼时便已经遭受重创，今日看来退守江阴休养生息之策，实在是再妙不过。"

联想起之前的经历，韩世忠不由得朝着王诚赞叹了几句，彼时他已经做好了退守的准备，但是仍然有所犹豫，自觉在金军大举来犯之时没有率军迎击是为畏战，还是王诚前来帮他下定了决心。

方才皇城司传讯再次确定了完颜宗弼北归的消息，更是印证了完颜宗弼沿途烧杀抢掠，以至于队伍臃肿行动迟缓的消息，当然最重要的还是给了他们极大的信心。

金人攻入平江府之后，在太湖处受到了挫折，太湖水师一战闹得沸沸扬扬的，实际却只是陈思恭悍不畏死后的小胜，所得斩获只是几艘金人小船，杀伤了几十个不擅长水战的金兵士卒。

但纵然只是如此小胜，也是挫败了此前金人一往无前的气势，更足以让大宋军民充分意识到，金人并非战无不胜！

尤其是在水战之上，大宋更是有着充分的能力与之一战，或可大胜，毕其功于一役也未可知。

韩世忠厉兵秣马数月终于有了大展拳脚的机会，自然感慨万千。

梁红玉在一旁听着自家夫君侃侃而谈，眼底闪过了一抹忧虑，忍不住说道："虽说王皇城消息灵通，妙计频出，足以抵消一大部分我军与金人之间的数量差别，但那完颜宗弼麾下毕竟仍有数万兵马，一路北上收拢散兵游勇，更是号称十万之众，我们手中可战之兵不过八千余众，又多数都是水军……"

"那完颜宗弼深知北地之人不善水战，除却水上的兵马之外，更有陆路兵马随行，沿途金兵驻留兵马各处虽然不多，但一旦纠集起来也是不可小觑的一股力量，我们若是水战稍有不利，恐怕转眼便会功亏一篑！"

此话一出，旁边的韩世忠与王诚都眉头一皱，心头恍然。

王诚扭头看向了梁红玉，拱了拱手道："安国夫人果然是巾帼不让须眉，此时心思缜密周详，竟然想到了这处关键。"

"如此看来，倒是我等有些得意忘形了！根据消息来看，金人的确是兵分两路，虽然陆路之上人数并不是特别多，但仍然有致命威胁，尤其是沿途更是能收拢之前的驻扎军队，如此一来说不定也能形成数万人之规模，倘若如此的话，我们仅凭韩将军手中的八千人马再加上周遭的义勇，确实难以与其为敌！"

高度认可了梁红玉的话之后，王诚忍不住站起身来，在原地踱了几步，心中生出了几分焦躁，而原本端坐在对面的韩世忠，此时也是忍不住眉头紧蹙，陷入了沉思之中。

梁红玉秀眉蹙起，沉吟了片刻之后，悄声说道："朝中诸多大臣都已随陛下奔赴海上，对于原本手中兵马掌控之力减弱许多，而此前诸多兵马又都不在沿江，我们就是临时募集人手或者传檄各处怕是也来不及了。"

"为今之计，只能是在现有的成型军伍战力之中遴选出一两支可靠的队伍出来加以任用，或许可在陆路形成袭扰牵制……"

梁红玉所说的话，正中韩世忠与王诚下怀，王诚猛然回头朝着韩世忠看了一眼，两人四目相对，不用多言便是看出了对方心中所想。

在这一刻，两人都是想到了同一个人。

"昔日宗老相公麾下踏白使岳飞岳鹏举，此时正在宜兴处，虽然并未得到朝廷诏命，只以义勇身份四处聚拢人手，但此时手中队伍已经初具规模，可堪一用！"

王诚一砸拳头，低声说道，对面的韩世忠抚掌大笑："王皇城与韩某却是想到了一处，那岳飞虽然年纪不大，但数次与金人相敌皆有优势，昔年宗老相公多次提起其人都是赞许之词，想来可堪大用！"

"只不过，我处虽然可以协从之命求取宜兴岳飞处兵马来援，但此人未必会相信一纸空文，此时各处义勇都是各自为战，朝廷政令不足为信，恐怕还是需要有一个岳飞信任之人前往，方才可以。"韩世忠眼神炯炯地看着王诚，意思已经十分明显。

王诚笑了笑："我在秀洲的事情已经办妥，也正好要沿江再走上一走，刚好之前我曾与岳兄之间有过些许交情，这件事情便交给我吧！"

事关军机大事，无论是王诚还是韩世忠夫妇都不愿再三耽搁，只是片刻之后王诚就与这对夫妇拜别，带着十几个随从径直骑马出城，沿着官道直奔宜兴方向而去。

在他下了茶楼之后，韩世忠夫妇二人站在高层看着他远去的背影，神情有异，梁红玉牵着韩世忠的手，不无担忧地说道："方才这王皇城所说的话里，似乎有些意犹未尽，妾身百思不得其解，此前妾身听到过一二传闻，这位王皇城昔日曾经为金人俘虏北上，后来是斩杀了几个金人看守才得以逃脱归来……"

梁红玉的话并未说完，但是其中所包含的内容，却让韩世忠心头一动，忍不住转过头来看向了妻子："夫人所忧者，无非是这王诚与金人之间有所牵扯。"

"此子方才二十几岁，未及而立之年，之前连遭打击，身为皇城司之人，却不愿近旁保护陛下安危，宁愿沿江拉扯各路义勇协防，的确有些可疑。"

"若是换作其他出身，说不得连为夫也要怀疑他了。"韩世忠微微一笑，拉着梁红玉一同朝着楼下走去，周围各处假扮成茶客，或是在暗处藏身的卫士纷纷跟上，韩世忠则是低声继续说道："不过此子的师父，却是此前历经三朝的皇城使陈越，在此人的教导之下，绝不可能出现背叛我大宋朝堂之人。"

"至于说王诚不愿意随同陛下南巡一事，若非迫不得已，任何一个有血性的大宋男儿都不愿意一逃再逃！此事可以理解！"

梁红玉微微一怔，随后立刻就明白了自己夫君的意思，不由得点了点头，深以为然。

不只是大宋男儿，便是她这女流之辈也不愿意一退再退，甚至被人撵到海上，哪怕日后大宋可以北伐成功，此事恐怕也要成为终身的污点，赵构作为皇帝自然无人触其逆鳞，但是其追从之人必然要为史书所诟病。

大丈夫生于天地之间，又正值战乱年月，自然要搏一个赫赫威名，不求流传千古也要正名正声，王诚宁愿在各处战场游弋，向死而生，也不愿意做逃亡之辈，自然也是正常举动。

稍作沉吟之后，梁红玉便不再纠结于此，而是不顾周围众随从的目光，轻轻靠在了韩世忠的肩头，韩世忠为人爽朗开明，也知道夫人脾性，此时面对着夫人的亲昵举动并不避讳下属，十分自然地将梁红玉肩头揽住，随后抬头看向了镇江方向。

"既然此事已经商定，我们也要回返镇江了，却不知道兀术那贼子如今已经到了何处，是否有所准备！"

在韩世忠的心中，对于此番暗中协从前后夹击金兵之策，其实隐隐有些抗拒，作为领军之人他自然更愿意正面与金兵厮杀相搏，不假他人之手乃至亲手擒杀兀术，方能从了他这名入史册的夙愿。

只可惜大宋如今式微，饶是他整训兵马积极备战，在金人绝对的数量和实力压制下，仍然不敢妄言必定功成身退，也只能是退而求其次。

张浚、刘光世之流虽然现在与他齐名，但在他心中从未将其人放在心上，倒是那个岳飞，眼下功名不见但势头正猛，如果此番能够一同诛杀完颜宗弼此贼，倒也算得上一件美事！

王诚出了秀洲城之后便风雨兼程，沿途不惜马力，只用了不到三日的时间，就坐在了岳飞在宜兴处军营的中军大帐之中。

见到王诚来访，岳飞意外之余喜不自胜，立刻让亲从取来好酒好肉，两人无需过多言语，在大帐之中随即痛饮。

酒过三巡，岳飞精神抖擞看不出丝毫醉意，倒是王诚这一路上未曾休息得当，感觉到有些头晕脑涨不胜酒力只好讨饶，惹得岳飞放声大笑："明阳连日奔波身体疲惫，今日为兄便放过你了，待到明日你歇息过来，定要再次痛饮一场！"

王诚苦笑不已，随后让岳飞的亲从烧了一碗茶饮灌下，这才稍稍缓过神来，看着案几上的酒肉回过神来："岳大哥平素治军极严，向来从不饮酒，怎么今日……"

岳飞微微一笑，随手一挥让亲从将桌上的杯盘收拢下去，随后席地而坐，面色之中多出了一抹倨傲："近日军中连番遭遇金兵，已经连战七场，尽皆全歼敌军，顺势将探马放到了五十里外。"

"军中兄弟们接连警惕年许，总算是可以略略喘口气，我自然不能太过收束，所以下令军中可放松半日，但饮酒不可多过半斤，更不可随意离营。"

"至于说你我兄弟二人，前者在东京城内我可记得你我曾连饮十几坛，方才酩酊而醉。"岳飞此时还不及而立之年，纵然胸腹之中自有块垒，但性子仍是豪爽慷慨，喜好饮酒吃肉，又喜好壮怀激烈，此时说起这些话来十分坦然，反倒让王诚不由得自嘲起来。

按常理说，在敌占区无论遭逢何等事项，军中都不该饮酒作乐，岳飞治军更是极严，今日虽然解禁，但他一路入了军帐却并未看到有饮酒作乐之人，岳飞能喝了这坛酒，也是因为他来访之故，他这番问询反倒显得有些多余了。

两人闲谈数句之后，王诚便将此番前来的意图说与岳飞，此时岳飞麾下兵马数量已经达到五千之众，放在金国占领区已然算得上一支举足轻重的队伍。

虽说这人数之上与此前王诚所听闻的消息相差无多，但在营地之中所见，这五千自称岳家军的兵马在精锐程度上远超一般军伍，令行禁止秩序井然，若是拉到战场之上发挥出来的作用恐怕远超普通士卒。

王诚对于岳飞的军队本就抱有厚望，此时一见更是满心欢喜，眼看着联合韩世忠一事有望成行，王诚顿时松了口气，不出他所料的是岳飞听闻此事之后立刻应允了下来，旋即更是直接召来了军中的几位将领直接商议起了接下来的军队行止。

而王诚难得在岳飞军中落脚，又见岳飞应下了此事，心中顿时一松，竟然当着几位将领的面直接睡了过去。

入了岳飞军帐后，王诚心绪就全都放在了此次联合岳飞与韩世忠夹击完颜宗弼一事之上，在岳飞的盛情邀请之下，干脆把皇城司一应事项办理全都放在了岳飞军中，随后一起拔营朝着镇江府的方向迤逦而行。

按照岳飞与众将的谋划，大军分作两队前后照应，将速度压了下来，并未急着赶路，而是计划在常州附近与金人陆路兵马相遇。

两地之间不过相距两百余里，若是直接前往必然提前暴露目标，所以众将一路之上不停安排探马沿江侦查，顺便不断搜寻周围各城附近疑似有金人屯扎的地点，倘若是碰到了小股金兵，便会驱兵前往，直接歼灭！

待到十数日后临近常州附近，岳家军已拔除金人屯扎营寨四五处，士气正是高昂之时，军心可用，士气可用！

与此同时，韩世忠已经自秀洲归来，将帐下三部兵马整合完毕，陈兵镇江！

金兵水路数百条船只浩浩荡荡横江而过，速度极为缓慢，此时也刚刚接近镇江处，正因为一路之上都是顺风顺水并没有大宋兵马敢于阻拦，所以此时正处于懈怠之时。

便是沿着水路放出来查探沿途安危的随军探马，也不过只是懒散地跑出十余里便不再深入，自以为大宋各处守军义勇全都是望风而逃，再无一人敢迎其锋芒。

完颜宗弼坐在充为旗舰的缴获战船之上，看着沿途各处被金兵所点燃的村庄烟尘火光，脸色傲然："南人皇帝软弱至此，民间更是无一人可抗我大金锋锐,虽然此番南下并未竟全功,但我大金灭宋之日已然不远!"

"可惜这万里沃土,繁盛的江山美景,居然属于赵氏那些废物的脚下,实在是可惜!"

作为此次南下主帅,完颜宗弼早已经在金军之中赚足了声望,一众金军将领听闻此话,纷纷上前恭维,生怕动作稍慢被同僚抢了先机。

完颜宗弼听得下属战将纷纷献媚恭维,非但没有觉得声声刺耳,反而颇为受用。

大船正在向前之际,却忽然听到了前面充作斥候的小船之上忽然传来号角声,紧接着船队绕过一道水湾,便看到远处河道平缓之处出现了一座水寨。

"大帅,前军回报,前方河道金山、焦山两处已经为宋军把控,沿江渡口都有宋军战船巡视,江口之下也已被凿船堵塞,我军所用战船虽然吃水都浅,但在宋军袭扰之下恐怕无法通过!"

下属武官将前船消息汇报之后,一众金人将领全都冷了脸,若是无法顺利通过,那便只能先战上一场方能离开。

众人才讥讽过宋人无能懦弱,转过头来便是被宋军围堵,一时间大家的脸上都有些挂不住。

唯独方才还一脸鄙夷的完颜宗弼忽然抚掌大笑:"可知前方宋军是谁的部属?此地已经临近镇江府,此前我大军南下之时途经镇江府可并未遭到拦截,如今此人敢率军上前,胆子倒是不小!"

片刻之后,金人探马回报:"前面水路之上宋军旗帜自明身份为韩家军,应该是浙西制置使韩世忠的部队。"

听到韩世忠的名字后,完颜宗弼眼底立刻一亮,燃起了汹汹战意:

"韩世忠此人向有谋略,虽然几次为我方挫败,但屡次有所斩获,倒也算是一员不可多得的将才。"

"今日他敢陈兵于前,怕是想要与我当面一战,我便给他这个机会!"

完颜宗弼当即下令,全军停靠岸边,选择了一处比较平缓的水面临时扎下水寨,同时接连派出斥候探马,开始就地绘制图形典册,以备战事。

此时的韩世忠,正率着部下数位将领站在焦山寺处遥望江边,眼看着金军的大小船只接连不断,竟然顺着江面足有十几里之远,而且大小船只之上都是堆积如山,船身吃水不浅,心中顿时升起了阵阵恼意。

金人一路劫掠至此,那船上所装载的东西自然都是大宋百姓的血汗之物!一路之上途经不过数座城池而已,竟然就搜刮了如此多的金银珠宝,沿途大宋臣民怕是尽数被掏空了家底,日后又是饿殍遍野的惨状。

一时间众人都看出了端倪,尽皆无语。

韩世忠此前与完颜宗弼曾有过几次交手的经历,但从未如此当面锣对面鼓地针锋相对过,但韩世忠早就将此人的脾性给琢磨透了,眼看着金兵果然据地屯扎之后,心中顿时升起了一个念头。

他猛然转身,看向周围众将:"我方水寨之下十余里都是平阔江面,适合水战却不适合用来观察敌情,站在大船之上纵然高耸,却无法纵观全局,据我所知兀术此人心思缜密,每逢战前必然要想办法窥探敌军动向,纵览战场全局以探定我方虚实。"

此时在韩世忠帐下用命的将领不少,其中不乏才思敏捷之人,立刻就明白了韩世忠的意思:"将军之意,是此人必然要选取一处高地纵览全局,方才会排兵布阵……"

众人无需多言，同时朝着东侧银山看了过去，此处数座山峰坐落于大江两岸，焦山与金山都在宋军一侧，而不远处的银山正在金军扎营处不远，最为适合金人登高望远。

也适合用来瓮中捉鳖！

部将苏德、苏胜二人相互看了一眼，同时出列抱拳："末将愿率军前往金山，活捉贼子献于帐前！"

此时众人都情绪激昂，恨不得立刻就能将完颜宗弼生擒活捉。

金人之中以主帅为尊，完颜宗弼之所以能汇拢这数万大军，几乎全凭一己之力，倘若他要是被捉或者被杀，金军自己就会乱成一锅粥。

到时候金军数万人分成几派，群龙无首之下甚至很有可能会陷入自相挥刀的境地。

宋军若是乘势而动，挥军掩杀过去，以八千之众杀破敌军数万不成问题，到时候在场众人尽皆都是不世之功！

韩世忠本意如此，听到帐下部将请命，立刻应允了下来。

片刻之后，苏胜、苏德二人分别率二百精锐下山，于隐秘处绕路直奔银山而去。

苏德一部上山之后布下口袋阵，在半山腰的龙王庙悄悄等待，而苏胜则是率领另外二百人马候在山后密林之中，伺机而动。

两支人马在山上山下静候了足足大半日的工夫，直到天色渐晚众人心中都是焦躁之际，才忽然听闻在小路之上出现了一小队人马直奔山腰龙王庙而来。

苏德埋伏在庙后的林子之中，借着月色看过去，正好看到领先一人身上披着大红色的披风，心头不由得微微一颤，立刻意识到此人必然就是金军主帅完颜宗弼本人！

跟在此人身后的竟然只有其他四骑，一行不过五人却毫不遮掩，取路直奔龙王庙，似乎将这里当作了自家地盘。

"好一个金兀术，果然胆大妄为，狂妄至极！"苏德瞳孔一缩，握紧了手中长刀，心中暗自想到。

与此同时，他身后的几个宋军士卒，也发现了这一小队人马，都有些吃惊，谁也没想到完颜宗弼身为金军主帅跑到山上来窥探敌情的时候，身边居然只带了四个随从，此等气魄一般人还真比不上。

眼见着对方身边竟然只有四人陪同，大家的心都有些痒痒起来。

倘若对方带了数百人马陪同上山，他们这些人或许还要苦战一番也未必能竟全功，所以前来之人都是抱了必死之决心，不成功便成仁。

但是奈何这金军主帅居然如此孟浪，仅仅以五人之数就敢上山，无异于是在老虎面前捋须子，便是再沉稳的性子也有些按捺不住。

"稍待片刻再动手，或许这是金人故作疑兵之计，作为金兵大帅，他兀术不可能仅以五人之数就前来登山，或者后面还跟着大队人马，或者此人是伪装的替身！"

苏德压低了嗓音不断朝着自己身边士卒说道，力求稳住军心待时而动。

但是此举毕竟事关重大，便是苏德自己都无法掌控心态，更何况是下属那些士卒，还不等他的命令逐一传递下去，远处抱着神臂弩的一个士卒看着越来越近的金军主帅便激动得手足无措，不经意间扣下了弩机。

嗖的一声，弩矢闪着寒芒从完颜宗弼的肩头飞过，在肩甲之上擦出了一道火光，随后不知道飞向了何处，完颜宗弼立刻勒住了马头。

苏德低骂了一声，此时也顾不得深究到底是谁射出了这一箭，猛然抽刀朝着外面喊了一声，便率先冲了出来，身后的二百士卒有样学样，纷纷抽刀冲出，气势如虎。

完颜宗弼立刻调转马头，带着身后四个随从转身就走！

这五人毕竟是骑着马，速度比起后面的人跑步要快得多。转眼的工夫便跑出去了十余丈，眼看着要被他们走脱，苏德立刻从身边的士卒手里面抢过一把神臂弩，抬起瞄准了那红披风便是一箭！

此前大家都是抱着必死之心而来，同时决意要活捉金军主帅，所以做的是短兵相接的准备，二百人之中带着神臂弩与弓箭之人不多，倒是带了不少挠钩绊索。

眼看着接连几箭都是不中，苏德咬碎银牙，一发狠直接从旁边的陡峭处直接跳下，抄起了近路。

宋军士卒们眼看着大鱼逃走，心中都愤恨无比，随后就注意到了自家主将的做法，立刻一个个都跟着跳了下去。

二百来人顿时全都变成了滚地葫芦，但这方法效果倒是极佳，转眼的工夫他们便落在了下面的路面之上，竟然比起骑马而下的金人快了几步。

顾不得身上还有各处疼痛，大家立刻就将手里的绊马索和挠钩纷纷亮出，朝着金人甩去。

下山的过程之中那四个随从两前两后将完颜宗弼护在了中间，此时冲势太猛根本来不及刹住，只能硬生生地朝着那些挠钩绊索撞了上来。

前面这两个家伙倒是也抱了必死之心，撞上来的同时张开了双臂，有意将所有的挠钩绊马索全都揽到自己身上，为后面三人开辟一条生路。

而完颜宗弼这时居然趁机再次勒住了马头，朝着这边狠狠地看了一眼之后，纵马直接调转了方向，带着剩下两人同样冲向了陡坡。

也不知道是胆大心细骑术了得，还是因为上天注定，这三个人即便是纵马而下，竟然在那陡坡之上都没有摔倒，才转眼的工夫就冲下了数十米高的山坡，回到了下面大路之上，而且刚好绕过了山下伏兵所在。

待到山下伏兵听到山上的叫嚷声之后涌了上来，那三人已经不见了踪影。

苏胜看着山上被捉住的两个金人骑兵，顿时瞪大了眼睛朝着这边冲来："方才上山之人不是五个吗？怎么此时才抓住了两个？其中可有金兀术？"

苏德悻悻地将方才发生之事一说，苏胜将手中佩刀摔在了地上，满脸无奈，尤其是安排手下士卒突击审问了这两个被活捉的金军士卒之后，两人更是忍不住捶胸顿足，仰天叹息。

这两个士卒正是金国中路兵马元帅兀术的亲随……方才红披风之人，便是兀术本人！

眼看着这泼天之功从手中溜走，众人都激愤不已，但此时再后悔也是没有了用处，两人汇总了手下士卒，除却几个滚落山坡的时候受了轻伤，倒是并未折损一人。

金兀术已然回归本阵，用不了多长时间就会派大军前来围剿，他们自然不能在这里多停留，所以立刻就带着本部人马赶紧回了宋军水寨。

远远地看到他们回来之后，韩世忠立刻主动来迎，此前虽然距离太远完全看不清银山之上的场景，但是他们在本寨之中仍然看到了银山龙王庙附近的火光闪动，知道双方肯定是有了遭遇战。

如今己方之人率军归来，应是有所斩获，这让韩世忠心头难掩激动之情。

然而等到苏德两人将详情说起，又把两个俘虏押了上来之后，韩世忠也同样忍不住仰天长叹。

随后方才在山上不小心放了空弩的士卒，自己站了出来请罪，韩世忠看着这个脸上尚有几分稚嫩却一脸坚毅的士卒，摇了摇头安慰道："此事怪不得你。"

"对方毕竟是金军大帅，便是我亲自前往说不定也要紧张一二，而且此番前往尔等都是抱了为国为民而死之决心，虽然并未毕其功于一役，但终究是有些斩获。"

年轻士卒闻言顿时泪流满面，跪在地上不住地给韩世忠磕头，他仓皇之间的失误让同僚前功尽弃，倘若是放在其他的情况之下说不定就会全军尽没。

怎么看起来这都算得上是极大的罪过，结果本军主帅竟然并未问责，惊疑之余此子心中除了感激便只有一个想法，日后一定要为韩世忠肝脑涂地，死而后已！

剩下的那些士卒也没有料到，事情最终的处理结果竟然会是如此，虽然心有疑惑，但还是感恩戴德。

毕竟人非圣贤，孰能无过，倘若下一次犯了这种错误的是自己，除非大家能当场就义，否则事后定然也是希望能得到宽容。

韩世忠轻描淡写地将此事揭过，同时给众人尽皆发了赏赐，这才把众人挥退，接着则是亲自前往水牢，连夜审问起了那两个金人俘虏！

这两个俘虏虽然是完颜宗弼的亲兵，但是并非忠勇死硬之人，都不需要严刑拷打，便将金军的虚实一一道来，其中绝大多数的情况跟韩世忠通过各种渠道弄来的消息几乎一致。

这让韩世忠心头一稳的同时，立刻让传令兵于营中各寨开始迅速传递命令。

既然兀术此番险些被捉，狼狈到几乎滚落马下，回到金军大营之后恐怕会立刻暴怒，说不定会立刻起兵来攻，虽然提前准备了各种险要之处阻拦金军，但双方实力悬殊，差距太大，若是不提早做好准备的话说不定会被对方一路掩杀而过，到时候便是追悔莫及。

直到将各寨全都安排好随时都可以应战后，韩世忠这才稍稍松了口气回到了主帐之中，梁红玉此时正在主帐之中帮忙处理一些军中琐事，眼看着夫君归来，立刻就迎了上去："官人可曾捉住那金兀术？"

韩世忠看了一眼妻子，忍不住苦笑了起来："此事虽然有些遗憾，但还是我太过痴心妄想了。"他随后便将此前所发生的事情逐一告诉给了梁红玉，听得梁红玉忍不住扼腕叹息。

"没想到这金贼竟然如此命大，官人派出去的士卒虽然不是百战精锐，但也不是火头军，此事倒是只能归结于天命了！"

听到妻子竟然也是如此作想，并没有如同那些普通士卒一样怪罪那个失手的小卒，韩世忠忍不住伸手揽住了梁红玉，慨叹连连："果然知我者夫人也！"

"便是那些自诩为英雄的男儿，恐怕也没有夫人这般心胸见地，方才还有不少人要怪罪那小卒，真是可叹可悲！"

随后他忽然间想到了什么，连忙对梁红玉说道："待到明日，那兀术怕是要大举进犯，到时候乱军之中为夫怕是顾及不到夫人，为夫这便安排人手将夫人送下水寨，以防误伤。"

梁红玉深深地朝着自家官人看了一眼，并未反驳，只是眼波流转之间心事重重，不知道是在想着什么。

军伍之中向来都不欢迎女流之辈，虽然她身为主帅妻子享有了这一时间的特权，得以出现在军营之中，而且住了这许久的时间，但是不代表她可以一直都在此间待着。

韩世忠将她送出军营也算正常之举，她根本无力反驳，但作为实打实的女中豪杰，梁红玉怎能甘心在大战之前退缩。

当初嫁给韩世忠之前，她曾经流落风尘数年时间，也是经历过大风大浪之人，甚至还曾经手刃敌人，便是一些英伟男子的经历、能力都远远不如她，这乱军之中她或许无需躲避，甚至还能手刃几个金贼也未可知……

韩世忠并没有料想到自家夫人心中所想，奔波半日之后他倦意上头，转而在梁红玉的服侍下宽衣入睡。

主帐之中的烛火渐渐暗淡，梁红玉方才小憩之后起身剪下已经泛黑的烛芯，看着韩世忠睡梦之中微微蹙起的眉头，心中有些怜悯，抬起手便是要帮自家官人将这眉头抚平。

然而瞬息之间，外面便传来了一阵急促的脚步声，接着传令兵那高亢的声音便是直接响起："大帅，金人已经攻上来了！"

韩世忠瞬间从睡梦之中惊醒，立刻爬起身来，朝着窗外瞄了一眼之后微微一怔，随后忍不住笑了起来："人道是君子报仇十年不晚，这兀术贼子倒不是君子，竟然不过个把时辰就起了报复之心！"

他朝着外面朗声说道："传令各寨，依照此前安排出列本阵，不可轻举妄动，等待金军来攻！"

话音落下，传令兵转身跑开，韩世忠则是不慌不忙地在梁红玉服侍下穿上了全身甲胄，随后戴上头盔，朝着一袭红衣的妻子看了一眼："原想的是待到清晨派人将夫人送到岸上，如今看来倒是来不及了，夫人且在营中稍待，为夫去去就来。"

梁红玉为韩世忠紧了紧披膊下的束带，眼底满是柔情："水战尤以箭矢为重，战场之上流矢无眼，官人万万注意，妾身等官人得胜庆功！"

韩世忠怔怔地看了一眼梁红玉，随后笑着持枪出了主帐，直奔旗舰而来。

月色虽好，但江面之上依旧是灰蒙蒙的一片，远远地朝着对面看去，韩世忠隐隐能够看到对方阵营之中的点点火光，分明是整只船队都在朝着这边靠拢，心头顿时一震。

显然金人在太湖水面吃瘪之后已经学聪明了，竟然知道了如何变演水军船阵，倘若此时让他们靠近的话，宋军必然要吃亏。

宋军水寨敢以多敌少，全仗着船只更大更好，外加有险可守，倘若双方船只混杂在一起短兵相接，对方人数上的优势立刻就会显现出来，到时候他手中这八千人根本就没有办法跟对方的数万人相抗衡。

所以韩世忠立刻就大手一挥，下令各寨早就准备好的艨艟战船驶出了水寨。

虽说这种外表覆盖着生牛皮与木质竹质挡板的冲撞战船在宋军之中算不上大船，但是相对于金人的那些杂乱船只，仍然十分壮观，百余艘艨艟同时冲撞而去，带去了一股子一往无前的压迫。

确实正如韩世忠所想的一样，金兵之前吃过宋军大船的亏，所以此时面对着宋军的大船，并没有直接横冲直撞，而是远远地就开始放箭。

然而在特殊的艨艟撞船面前，这些箭矢大多数都是被挡板和生牛皮挡下，根本没有办法起到杀伤敌人的作用，反倒是宋军这边开始进行还击，给他们带来了不小的伤亡。

双方的船队很快就撞在了一起，宋军艨艟比起大多数的金兵船只都要高大，这就导致了双方混杂在一起的同时，宋军几乎是居高临下，无论是使用枪矛向下攻击还是用弓箭弩矢攻击，都占据了先机。

不过金人之中善射之人极多，再加上船只数量更多，每每都是两三艘小船从周围围堵一艘宋军艨艟，纵然以下对上，竟然也能与宋军战个平手，一时之间，双方纠缠在一起打得难解难分。

看到远处水面之上的场景，韩世忠顿时在心中感叹，幸亏自己反应极快，将金军压制在了远处，否则一旦给了这些金兵可乘之机，数百艘小船冲到了营寨之中，到时候任凭他指挥如神，大宋士兵人人悍勇，恐怕也是要死在对方的人数优势之中。

但是此时在水面之上，百艘艨艟已经陷入僵持阶段，虽然占据了居高临下的优势，但是他们的人数比起对方来说实在是处于劣势，哪怕是能够将对方给顶在中间，恐怕时间拖长了也要功亏一篑。

眼看如此，韩世忠立刻挥动令旗，指挥着一旁的传令兵接连射出带火的鸣镝，以声音传递命令。

听闻水寨之中传来的鸣镝之声，那上百艘艨艟立刻将风帆降下，同时调转船舵，开始朝着中间汇集。

一旦他们完成了汇拢，中间的那些小船儿必将被挤垮，到时候金兵定然死伤无数！此刻大船的优势终于完全被发挥了出来。

而那些金军士兵顿时也意识到了情况不妙立刻想要撤退，但他们的船只毕竟太小，在艨艟大船的挤压之下已经没有办法转圜，无奈之下，很多金军士兵立刻弃船跳水。

还有一些悍勇之士竟然拿出了挠钩，纷纷抛上宋军的大船，想要登船一战。

此举有些超人预料，引得宋军有些震惊，一时间竟然进退失序。

眼看着远处的宋军艨艟阵型竟然开始乱了阵脚，韩世忠脸色顿时一变，接连挥动令旗下令，然而那些艨艟却无法再依令行事。

在没有船高优势的情况之下短兵相接，宋军的战力相对于完颜宗弼派出来的金兵精锐立刻相形见绌，尤其是这帮金人士卒居然在船上还穿着重甲，摆出了一副疯狂的架势，竟然隐隐约约有扭转局势的趋势。

就在此时，韩世忠身后的水寨内一艘大楼船缓缓驶出，转眼打横漂在了艨艟与水寨之间的水面上。

而楼船高处的战鼓前，一袭红衣悄然出现，手握鼓槌猛地朝着鼓面砸了下去。

咚！咚！

从最开始的沉闷杂乱，到随后的激昂鼓声，不过短短十几息时间后，宋军士卒们的注意力就全都被这战鼓的声音吸引了过来。

紧接着他们便意识到，此时正在擂鼓助战的正是主帅的夫人，当今太后亲自敕封的安国夫人梁红玉！

一袭红衣在巨鼓前淡定自若，对于身边时不时出现的流矢置若罔闻，纵然身形纤细但此时所击打出来的鼓点却极为有力，杀气凌然！

那一袭红衣与梁红玉所擂出来的鼓声如同带着仙术道法一般，迅速让宋军士卒方才有些低沉的士气鼓舞了起来。

一时间艨艟之上喊杀声不断，宋军士卒纷纷拿出了玩命的架势，转眼的工夫竟然将那些冲上大船的金军士卒全都给压了回去，甚至连同那些抛上来的绳索也全都砍断。

伴随着阵阵喊杀声，原本已经乱了的船阵队形重新齐整，随后将那些小船尽数碾压而过，上百艘艨艟并到了一处，在江面之上形成了一堵船墙。

此时鼓声稍缓，韩世忠的令旗再次挥舞下去，艨艟大船升起大帆，借风势而行，硬是将金人的小船又碾碎了十几艘。

金国士卒虽然精锐强横，但毕竟大部分是北人，饶是这段时间已经

133

逐渐适应了船上的生活，但是不会水的占了大多数。

剩下的那些人之中还有一多半儿都穿着甲胄，落水之后根本来不及脱下身上的铁甲，只能在仓皇之中纷纷沉入水底，剩下那些运气好的或者是跳入水中被宋军俘虏，或者是摸到了散碎的船只碎片，顺流向下靠了岸。

远处的金兵船队之中，完颜宗弼坐在大船船头，看着远处的情况一张脸阴沉得仿佛像要滴出水来一样。

"大帅，我们的船只折损了二十余艘，虽然都是小船，但船上的勇士尽没，共有三四百余勇士殉国，另有百余人为宋军所获……"一旁的将领听到报上来的消息，满脸的愤恨与痛心疾首。

周围那些金兵士卒在看到了方才那一幕之后，更是受到了极大的打击，他们这些人已经算是金国之中的精锐翘楚，花费了足足半年的时间，才学会了在船上生存与战斗，然而面对着那些善于水战的宋军士卒简直就如同刚出生的婴孩，根本没有可战之力。

方才他们之中有从宋军那边逃回来的人，甚至看到了有些宋军士卒居然可以单手拖拽落水的金人，一半身子浮在水面之上，如履平地。

这等手段他们连想都想不到，这辈子更是没有可能学会，倘若宋军士卒人人都能像那样一般的话，就算是没有大船，他们依旧不是对手。

眼看着宋军艨艟并没有冲进金军大寨，而是耀武扬威地在他们面前纷纷转舵，回到了宋军水寨之中，完颜宗弼的脸色恢复了少许，随后深深地朝着宋军水寨看了一眼："方才那楼船之上，擂鼓之人似乎是一个穿着红衣的女子？"

虽然双方相隔甚远，但是空荡的水面之上，为了让宋军士卒看清楚梁红玉的身影，楼船内灯火通明，所以不但宋军士卒看见了梁红玉的身影，就连金军这边也看得十分清楚。

金人将领之中有对宋军将领有所了解的，立刻凑上前来："大帅，那红衣女子似乎是韩世忠的夫人，此前在他们宋廷内乱之时，被隆祐太后封为安国夫人的梁红玉。"

完颜宗弼怔了怔，随后面露恍然之色："原来如此，怪不得眼见此人擂鼓助阵，宋军士兵忽然间换了个人一样竟然人人都愿意拼命力战！"

"如此风姿绰约之女竟然还有如此豪气，那韩世忠倒是运势不错，竟然能够得到如此女子垂青，便是本帅都有些羡慕了。"

完颜宗弼背着手回到了舱内，面露慨然之色，对于之前的短暂失败，他并没有当回事儿，甚至连提都没有提起，而是若有所思地朝着自己身后的众位将领说道："若是攻破宋军水寨，那韩世忠杀了便杀了，万万要留得梁红玉一条性命，若是谁要将此女子给杀了，本帅定斩不饶！"

后面的诸位将领相互看了一眼之后都忍不住笑了起来，看样子大帅这是动了恻隐之心，毕竟这等奇女子，天下少有，倘若是能让大帅带回去做了金国的王妃，说不定能成为大帅的得力臂助。

方才出声的将领立刻上前，神情有些怪异地道："大帅，此事怕是不妥，那梁红玉此前曾经流落风尘，用宋人的说法便是曾经当过官妓……是韩世忠为其赎身之后，方才有了今天的地位。"

"作为一个大宋将领的夫人，或许还绰绰有余，但如果要作为大帅的女人的话，此女出身实在不足，很难服众！"

听闻此人的言论，完颜宗弼扭头朝着他看了一眼，神情之中只有一片淡漠："那韩世忠不过是一个普通将领罢了，尚且能有胸襟接受此女，我兀术身为皇族之人难道连这种胸怀都没有？"

"更何况我大金国向来不喜欢那些繁文缛节，就算日后我得登大宝，

135

让她做了皇后又能如何？"

此话一出，周围的那些将领顿时全都闭上了嘴巴，谁也不敢再多说话。完颜宗弼身为皇子的确有资格争夺皇位，但这种话哪怕是在金国也属于大逆不道。

如果这件事传出去，完颜宗弼会不会有杀身之祸大家并不知道，但是在场的这些人有一个算一个都逃不掉被砍头的下场！

片刻之后，完颜宗弼微微闭上了眼睛开始假寐，似乎对之前的话题已经不再感兴趣，但是周围的这些将领谁也不敢离开，在没有大帅具体命令的情况之下，他们只能老老实实地待在这里，等候下一步的指令。

果不其然，片刻之后完颜宗弼立刻睁开眼睛朝着他们看了过来："那韩世忠似乎出身卑微，并非王侯世家，如今取得这等成绩，全凭一己之力，倒也算得上是个人才。"

"不过他能受到宋廷如此恩宠，想要将他招降到本帅手下似乎并不简单……"

完颜宗弼稍作迟疑之后，还是起了爱才之心，此前在太湖之上的一战，那宋军将领不过是一腔血勇，加上运气不错才让金军损失了几条战船而已，完颜宗弼完全没有将对方当回事儿。

但是眼前这韩世忠却不同，此人有勇有谋能力极强，身边又有一个梁红玉作为贤内助，若是不及时解决掉这个问题，恐怕会给金军带来极大的损失。

早在回师北上的时候，完颜宗弼就已经归心似箭，此时哪怕是被韩世忠挡在这里半日，他都有些忍受不住。

众将领对于此议明显都是不太认同，但一时间没有人敢反驳完颜宗弼的话，只是悻悻地相互看了一眼。

紧接着便有人说道:"大帅若是想要不战而屈人之兵,招降此人未必能够成功,不如换一种思路。"

完颜宗弼手下猛将无数,但是愿意在这种计谋之上花费心思的人却是不多,此时陡然听到有人出谋献策,他顿时扬起了眉毛,朝着这边看了过来。

此人压低了嗓音,笑着说道:"只需我们将此行得到的那些金银财宝分出部分,交给此人,诱导他为我们网开一面,放开一条通道……"

"无论他是否答应此事,只要他同意和谈,此事到底是个把柄,我们事后随时都可以以此事威胁于他,接连几次用力,此人必然会被宋廷怀疑,到时候将其收入麾下也未必不可能!"

此项计策一出,完颜宗弼的眼睛顿时亮了起来。

当天晚上,还未等双方全都偃旗息鼓,宋军水寨外面便忽然闪过一艘快船,船上之人显然是善于水性之人,操纵小船在水寨前面横贯而过,随后射出了一支带着帛书的羽箭,钉在了前船的柱子之上。

韩世忠拿到书信之后看也没看,直接将众多将领召集到一起,随后当众宣读了其中的内容,众人听到了其中内容后面面相觑:"这金贼倒是舍得钱财,竟然要用二十船的金银宝贝买路?"

"什么买路,这二十船的金银宝贝买的可是他们这几万人的性命,何况这些宝贝都是从我大宋民间劫掠而来,若是真个答应了他们,岂不是将我大宋臣民当成了笑话?"

众将之中不乏头脑清醒之人,瞬间就将这其中的问题指了出来,韩世忠看着说话之人,点了点头:"金贼看似诚意满满,实则是欺我无力歼其部队,于我们面前耀武扬威罢了!"

此话让众人纷纷恍然,随后同时看向了韩世忠,等待韩世忠接下来的安排，韩世忠微微一笑，当众修书一封，言语之间犀利无比，直接驳斥金人为强占大宋国土偷盗大宋财帛的贼人，并且提出确实可以放过金人一马，但是那些从大宋国土之上劫掠来的财物却要尽数留下。

金国兵马也可以尽数撤走，但是完颜宗弼本人却要束手待毙，等待韩世忠亲自擒捉！

完颜宗弼看到此信之后不怒反笑，将这封信直接放在了船中书房内最显眼的位置上。

随后当即下令，再次进攻宋军水寨！此时已经天明，经过短暂的休憩之后，大部分金兵已经从此前的舟马劳顿之中恢复了过来，战斗力也恢复了不少，在白天视线清晰的情况之下，攻势比起前夜更加凶猛。

然而经过了前一次的对战之后，韩家军已经获得了与金人水师作战的经验，此时再一次对敌的时候所爆发出来的战斗力也不可同日而语。

接连三天的战斗之中，他们一共打退了金兵足足十七次的进攻，每一次最少也要让金人留下百余具尸体。

而宋军仗着船高弩利，伤亡的数量竟然只有金人的三分之一。

相对比起宋金两军多年以来的交战经验，双方的战损比例达到了这个标准，可以说大宋已经获得了空前的大捷。纵然此时将完颜宗弼直接放走，韩世忠也能凭借着这个成绩直接获得朝廷的封赏。

十几次连战连胜，让宋军感觉到了空前的荣耀，同样也让金兵感觉到了空前的挫败。就连盛怒之下，决意要将韩世忠亲手毙命的完颜宗弼，也觉察到了情况有些不太对。

如果再继续这么打下去的话，金兵的士气将会一再跌落，到时候他手下聚拢起来的这几万人将会被拦死在镇江处，平白为韩世忠增加名垂青史的功勋。

眼下留给他选择的似乎只有两条路，第一条是率军弃船，由陆路回返金国，如此一来，必然是畅通无阻，沿途之中不可能再有宋人拦截他们，就连此时不可一世的韩世忠也只能是在江面之上望而兴叹。

但那样他们就必须要放弃大部分劫掠来的金银财宝。

第二个办法就是再次想办法跟韩世忠讲和，借路。

在大宋境内一路喊打喊杀，顺风顺水惯了的完颜宗弼，实在是舍不得将到手的宝藏放弃，最终还是咬着牙选择了第二条路。

除了原本许诺的百船宝贝之外，完颜宗弼更是在条件之上又叠加了美姬十名，宝马十匹，连自己随身佩戴的宝刀也拿了出来，算作借路之资。

但他确实没有意识到。这一封信交到韩世忠的手里，就等于承认了，他此时已经无计可施。韩世忠立刻义正词严地回绝了这个要求，并且慨然在回信之中写道："欲借路北归，须将二圣送归，奉还所侵占疆土，否则一切免谈！"

这种要求完颜宗弼自然没资格也不可能答应。眼看着这条路也没有办法走通，完颜宗弼只能召集起属下将领、谋士，足足商量了一整日，才总算是想出来一条不算是计策的计策。

第二天一早，金军再次驱船进攻宋军水寨，只不过这一次声势更大，金军一多半的小船，齐刷刷地全都出了阵，似乎打算拼死一搏，毕其功于一役，数百条船声势浩大奋勇向前，一时间让整个宋军水寨全都紧张起来。

韩世忠立刻亲自登上楼船，带着梁红玉一起擂鼓助阵，指挥战船进退，愣是再次将金人阻拦在了水寨之外。

然而此战金人虽然一直在喊杀放箭，甚至连工程云梯这种东西都亮了出来，不断地跟宋军近身搏杀，但是明显有雷声大雨点小的意思，第一次冲突水寨失败后，便开始跟宋军缠斗。

这种打法对于金兵极为不利，此前数日当中，双方已经缠斗数回。金兵早就熟悉了这种战法，并且不再用这种几乎是十换一的比例来跟宋军拼杀，如今忽然又用起了这种办法，显然其中藏着一些端倪。

果不其然，随着这边的战斗越发胶着，水军探子立刻就来回报，此时在大江南岸处，正有几十艘金兵的船沿着南岸不断西进，似乎是想要绕过宋军的水寨寻找出路。

此前为了方便水寨之中战船行动，韩世忠专门将宋军水寨放在了江北岸，仅凭半片水寨就足以拦住大规模的船队通航，但是他们手中的士卒与战船毕竟没有那么多，所以在南岸的防守还是有些缺漏。

今日一战他并未看到完颜宗弼，就连金人的主将也未曾见到几个，显然对方是使用了调虎离山之计，在以正面攻击来吸引宋军目光的同时，完颜宗弼转而亲自绕路想要找到离开宋军封锁的办法。

就算后面找不到其他离开的路，他们也能转过来以这支小规模的船队作为策应，给宋军水寨来一个前后夹击，按照双方的人数和战力对比，足以给宋军水寨造成无法挽回的伤害。

韩世忠对此也早有准备，远远看了过去确定水军探子们回报的消息属实之后，立刻将令旗朝着另外一方一挥，水寨的后门立刻就被打开，三十余艘海鳅船立刻冲出，直奔南岸的兀术船队而去。

双方的船只数量相同，人数上宋军反而在劣势之中，但兀术船队在发现了这些海鳅船之后，还是立刻就直接转舵，朝着西面水域急奔！

因为他们忽然发现这三十多艘宋军的快船船头之上都装了撞角和拍竿！

这两样水战利器，可以说是宋军水师的精髓所在，双方之间此前的战斗之中，宋军并没有使出这两样大杀器，如此一来双方之间的战斗才会显出胶着的状态，否则恐怕金军根本就留存不了这么多完整的战船。

原本完颜宗弼还以为宋军之所以没有动用这两样东西，是因为战船建造急切，准备不足，所以只能退而求其次抢占水寨与金兵对敌。

但现在看起来却是他想错了，这两样东西并非没有，只是还没有到动用的时机，而眼下他们绕路奔逃，正属于这个最佳的时机。

完颜宗弼眼睁睁看着那些装着金属撞角的快船迅速靠近，几乎被吓破了胆，在这种情况之下被撞上一下的话，他们座下的船会立刻碎裂进水，就算一下子不会沉没的话，接下来也会被随之而来的拍竿给拍碎。

此时他所率领的船队之上全都是金人自家的精锐，并没有北地汉人，可以说是清一色的旱鸭子。

如果这些船真的全都被拍碎的话，他们落到水中就只能是等待死亡降临，怕是连挣扎的机会都没有。

惊慌之余，完颜宗弼已经来不及等待与后面正在吸引宋军注意的大部队会合，开始疯狂地打起了旗号，整个小船队开始疯狂加速，朝着西面夺命奔逃，而宋军的海鳅船则在后面紧追不放。

与此同时本来跟大宋水军纠缠在一起的那些金人也立刻发现了这边发生的情况，自家大帅被人追得如同丧家之犬，这些金人自然不可能容忍这种事情发生，立刻就发了狠，从与宋军之间的胶着对战之中，挣扎了出来，随后驱使战船准备绕过水寨朝西面直追。

此时此刻他们已经忽略了所有的阻碍，任由宋军的大船将自己一方的各种小船持续碾压，也是丝毫不顾，而是盯准了绕路这一条，疯狂地朝着前面已经跑出老远的完颜宗弼船队接近，打算在拯救他们的同时歼灭那一支海鳅船队。

宋军水寨周围立刻就乱成了一锅粥,哪怕是心中早有谋算的韩世忠,此时也是有些指挥不明白了,无奈之下他也只好放权,任由自己一方的战船来回冲突。

直到半个时辰之后,原本粘在一起的双方才总算是纷纷脱离出来,金人在付出了将近三分之一战船和半数载货船只的代价之后,成功绕过了宋军水寨,朝着西侧冲去。

而宋军水寨前面的江面之上,宋军的大船正在不断集结,紧紧地咬在了金人船队的后面,双方也是一追一逃疯狂西进。

在追逐的过程之中,双方还在不停地纠缠拼杀,这种缠斗在江面之上各处随时发生,足足持续了大半天的时间,直到夜色再次覆盖住了整个江面。

夜间行船的视距极短,需要时刻小心随处可在的暗礁和河边崖壁,甚至于顺流而下的战船残骸,再加上双方一直都处于缠斗的状态,这就导致他们的速度变得极低。双方之间的态势也变成了犬牙交错,一时之间很难分清楚谁是谁。

无奈之下,韩世忠只能让自己手下的船只不停向外并拢,防止自己人打到自己人,即便是旗号鲜明无比,并且匹配上了鸣镝和鼓声相互配合,这个过程也是花费了足足两个时辰才完成。

等到双方彻底摆脱之前的交互状态,恢复到各自相对独立的船队编制后,时间已经来到了第二天黎明时分。

直到此时,韩世忠才突然间发现了一个极大的问题,那就是在他们让开了半条路之后,金军船队竟然抛弃了跟在后面的同僚,直接将前面的船队给拉出了老远。

一时之间他们周围所能找到的金兵船队只剩下了零零散散的几只小船，而金兵的大部队却已成功消失不见。

前后船队主官纷纷朝着旗舰楼船靠拢过来，紧接着孙世询和李选等将领都从各自座船之上露面，将自己的发现汇报给了韩世忠。直到此时韩世忠才彻底确定，金兵果然已经趁着夜黑风高的机会逃走了！

韩世忠此时还是有些不敢相信，金人那些船只虽然小巧但是在速度之上并不比他们的大船快多少，在面对海鳅船的时候甚至还要差了许多。

在这种情况之下，对方竟然能够摆脱他们的追踪，消失在大江之上，这简直就是天方夜谭。

纵然如此，在他接连安排了几艘快船朝着西面不断跟进之后，却不得不承认，此时已经找不到金兵的踪迹。

韩世忠猛然一拳砸在了身旁的船舷之上，脸色阴沉无比，他在镇江先是避战撤离，后又等待完颜宗弼数月时间，这才得到了这样一个酣然一战的机会。

结果到最后在他比较擅长的局面之下，还是让对方跑了！对于他来说，这简直就是奇耻大辱。

但是事已至此，他也不好太过纠结，只能立刻让自己的手下开始汇集之前的战斗损伤，准备调整军中状态。

一夜的江面缠斗之后，无论是金兵还是他们自己损伤都很大，之前的八千士卒此时恐怕已经只剩下了不到六千之数。

这些士卒毕竟是他韩家军的底子，韩世忠可不打算把所有人全都折损在这里，若是能通过汇拢周围的散兵游勇，甚至再吸纳一两支义勇进来，对韩家军来说也算是好事一桩。

然而就在他已经开始为以后做打算的时候，远处的江面之上忽然闪过了一艘海鳅船,紧接着之前一直都不知道跑去了哪里的苏德从这艘船的船头站了出来。

看到这边韩世忠的旗号之后,苏德脸上立刻就露出了一丝兴奋之色,将海鳅船停靠到了旗舰旁边之后,苏德跳上了甲板,大声嚷了起来:"大喜,恭喜大帅,大喜呀!"

他这突如其来的恭喜,直接把在场的所有人全都给唬住了,众人都一脸疑惑地看着他,不知道他葫芦里卖的是什么药。

苏德抚掌而笑,指着远处的江面大声说道:"在我军的包抄和围堵之下,金军慌不择路,竟然跑到了黄天荡之中!"

"黄天荡是什么地方?那可是一条死路!你们说难道这算不上是一条好消息?算不上是大喜?"

苏德的反问,引起了众人的迟疑,这其中有大部分人并不知道黄天荡所谓何处,纵然知道苏德所说,肯定是实打实的好消息,但此时依然一脸茫然。

无奈之下,苏德只好是就地取材,在一旁拿过了几块碎木片,在地上稍加摆弄了几下,将敌我态势和周围的水势山势全都展示了出来,这才慨然道:"距离建康府东北七十里的地方有一处大洼地,原来名字叫作白鹮嘴,此处洼地不去绵延纵横足有三十余里,秋冬之际芦苇丛生,一派金黄颜色,所以当地人给它起了一个名字叫黄天荡。"

"最重要的一点便是此地只有一个出入口,而眼下金军船队数百艘误打误撞,竟然全都跑到了此处!"

周围众多将领这才明白苏德为什么会这么高兴,纷纷欢呼雀跃,根本不敢相信他们竟然会有如此好的运气。

"若真是如此的话,我们岂不是要瓮中捉鳖?完颜宗弼这条金国大鱼还真是够大的！"

韩世忠更是喜不自胜，猛然朝着天空看了过去，心中感慨万千。

在他想来这恐怕是上天要保佑他成不世之功，以八千士卒屡次击败完颜宗弼的数万兵马，最后将对方围追堵截到黄天荡之中，倘若真是能将对方尽数剿灭，或者是活捉了完颜宗弼的话，青史留名便是板上钉钉之事。

周围这些将领立刻转头看向韩世忠，若是这个大功劳被拿下的话，韩世忠可以居首功，而他们就算只是喝一些汤水，也足以获得极大的奖励。

韩世忠看出大家都想建功立业的想法，齐整好船队之后，立刻大手一挥，全军进入黄天荡！

数十艘大战船配合上几十艘中小号战船，井然有序地逶迤而行，很快便赶到了黄天荡附近。

韩世忠站在楼船最高层，看着不远处黄天荡外的唯一出入口，脸上神情越发复杂，梁红玉站在他旁边，已经听说了方才所发生的事情，出乎韩世忠的预料，自家夫人竟然并没有如同众人一样狂喜，而是十分淡然地为他倒了一盏茶。

随后跪坐在他的身后，为他轻轻地揉捏起了近日来一直都十分酸痛的后背和颈肩，让韩世忠忍不住放松了下来。

在整个人的精神状态全都放松下来之后，韩世忠在考虑问题的时候明显变得淡定了不少。

金兀术这一次的中路大军可以说是金军南下进攻大宋的主力军。表面上号称有十万之众，实际上去掉了那些随行的民夫之后，可用之兵不过五六万人。

而刚才被他们驱赶到黄天荡之中的金军数量正好五六万，恐怕是金兀术手中最后一批比较强横的兵马。

如果他韩世忠真的能够将这一批金兵尽数斩杀在黄天荡之中，整个宋金战局将会发生翻天覆地的变化。

先不说其他几路金兵都会逐渐转入劣势，这五六万的金兵精锐一旦全都折损在这里，对于金国上上下下的百姓与朝臣，都会是一次极大的打击。

而韩世忠之名也将彻底彪炳千秋，流芳百世，成为大宋真正的中兴之臣。

梁红玉在后面看着自家官人脸上神情不定的模样，心中立刻就有了定计，随后根本就不等韩世忠招呼，便主动将帐下众将全都招呼了过来，给韩世忠留下了议事的空间，自己则来到楼船的甲板之上，远远地观望起了黄天荡。

此时此刻，几十艘宋军的战船已经成功将黄天荡内外出口直接堵住，里面的金军船只发现了情况不对，回返此处的时候，哪一艘想要穿过这个出入口的战船都会同时面对三艘以上的宋军大船攻击。

再加上金军战船本来就偏小，此时此刻，所有的优势已经全都转到了宋军手中。

黄天荡周围方圆百里都是芦苇丛，他们那些船进得去，出不来，在那一大片水洼之中，想要来回腾挪也是不容易，除非那数万人转而以小船载人，弃船而逃。

但如此一来，他们的行踪立刻就会被宋军斥候发现，只要宋军派出两支千人队伍，就可以将他们散出去的兵马逐一击破。

完颜宗弼仓皇之间的这个举动，等于将他和自己手下的那些金军直接送上了断头台！

等到金军终于发现了这个情况之后，已经过了大半日的时间，此时韩世忠已经带着宋军在黄天荡的出入口搭建起了水寨，将此处牢牢堵死。

任凭完颜宗弼安排了六七次的试探性攻击都被他们直接打了回去，甚至比之前在江面之上的战斗更加一边倒。

接连被困六七日之后，完颜宗弼眼看着突围无望，彻底恼羞成怒，一边接二连三地安排自己手下的人冲突宋军水寨，一边则同时安排人手找到韩世忠再次恳求和谈。

这两个手段看起来一明一暗，是完颜宗弼在为自己积极谋取后路，实际上只不过是在为他真正的行动做掩护。

在被困第五日的时候，他就已经看出来想要从黄天荡出入口闯出去几乎不可能，所以立刻就趁夜安排了心腹手下乘坐小船从黄天荡另一侧跑了出去。

这些心腹被他安排出去之后的目标极为精准鲜明。

那就是求援！

完颜宗弼这一次南下，一路之上汇集了不少兵马，除了自己随身带着的这数万人北归护送劫掠来的财物之外，另外还有几支兵马在陆路跟进。

虽然这几支兵马的数量并不是很多，但加在一起也有万人之数，只要能够调命他们再次聚集前往镇江绕路黄天荡处，由南岸进击宋军水寨，就算不能将韩世忠生擒活捉，也极有可能将宋军击退，夺取水寨！

但是让他万万没有想到的是，他足足派出去了三四支心腹人马，其中大多数折损在半路，或者是在寻找目标无果之后，为沿途遇到的义军所截杀，最终竟然没有一个人能够回返黄天荡，为他传递消息。

唯一一条确定被发出的求救信,迅速被递交到了江北一处金军屯扎营地之中,虽然第一时间并没有能够调集大军,但是这消息很快也通过金军自己的渠道层层向上,最终送到了金国另一路兵马主帅左监军完颜昌的手中。

比起完颜宗弼的一路风风火火畅通无阻,完颜昌这一路的南侵行动算不上多么顺心,此时更是深陷各地义军的袭扰之中自顾不暇,一时间根本没有办法亲自率领大军前来接应。

但完颜宗弼的军队之中毕竟裹挟着无数金银财宝,足以抵消大金此番南侵的军费,同样更是有数万精锐随同完颜宗弼,不可不管,所以完颜昌对于此事也极为重视,立刻就安排自己的部将移剌古率五千精锐从天长南下。

移剌古此人虽然不齿南人懦弱的行止,但是对于南人的兵法倒是极为推崇,率军南下之后并未直奔黄天荡所处,而是杀到了扬州城,意图效仿当年孙膑围魏救赵的手段,逼迫韩世忠沿江来援。

但移剌古显然是有些过度相信自己的实力了,挥兵杀到扬州城后,移剌古手中兵力不足,无法用以围城,便暂时屯兵城外,派人不断叫嚣,却没想到城中宋军连遭败绩后反而被激起了血性,此时面对金兵表现得十分悍勇。

不但敢于在城上叫嚣,甚至在夜间还派出了两千余人袭营!虽然最终并未给金人带来多大的伤亡,而是在匆匆给对方留下了十几具尸体之后便结束了此战,但依旧是让移剌古意识到,自己效仿孙膑之举恐怕并不妥当,甚至可能会因此沦为笑柄,便当机立断,连夜沿江西进,直奔镇江而来。

此时的常州城外,听闻金军水师连战不利,就连完颜宗弼也已经陷入危险之中后,完颜宗弼所部几支路陆军已经从各路聚集到了一起。

原本集结后驻扎在此处的上万金兵已经溃散,营地周围尽皆都是金人尸体,粗略数下来怕是有上千人之多,营地外的一角在数十个岳家军士卒的看守之下,正有百余名金兵俘虏被收押在一处,此时神色都极为不解和惶恐。

他们方才完成了集结,还未等开拔前往黄天荡处,便被一支如同神兵天降般的宋军突袭,措手不及之下军营瞬间被破,上万人直接被冲散,随后军营更是被前后切割成了数块,各部完全无法相互呼应,等到他们察觉到来袭击的宋军人马不过三四千人后,大部分金兵已经溃散,再想反击也已经来不及了。

是役,金人死伤七百余人,被俘虏一百余人,俘虏之中甚至还包括一名万夫长,两名千夫长等十一名金军将领。

王诚朝着火光四起的常州城城头看了一眼,收刀入鞘,心中充满了感慨。

从他随皇室被金人北掳开始到现在数年的时间之中,他大大小小与金人遭遇作战不下二十余次,却从未有过这么轻松的时候。

上万金人一触即溃,甚至连一次有效的反击都没能组织起来,虽说有很大的原因是己方的攻击出其不意,外加金军之中并无高级将领指挥,但此番战况仍然是让人为之精神振奋。

此时围拢在王诚周围的,除了皇城司的十几个精锐察子,还有三千余岳家军的士卒正在打扫战场,清理那些还未死去的金兵士卒,同时也在陆续将阵亡的袍泽兄弟从金人营地之中抬出。

剩下的千余岳家军士卒则是在岳飞的亲自率领之下一路向北,一夜的时间接连数次将那些还想重新聚拢的金兵击溃,直到天明之后金兵接连溃败几十里，再次折损了数百人之后彻底失去了战意，化作数股残兵仓皇北逃。

常州城中的军民在看到城下金军大营被破之后情绪激昂，当晚在城中几大家族带领之下冲上城墙，将城中残留守城的百余名金兵尽数殴死，随后为岳家军打开城门。

岳家军在岳飞巧心经营之下，此时已经形成了规模，以"冻死不拆屋，饿死不掳掠"的军纪逐渐在各地声名鹊起，听闻击溃金军收复常州城的军队竟然是岳家军后，常州城中的窦孟蒋干四大家族欣喜过望，可谓箪食壶浆迎王师，接连庆贺了数天。

眼看着岳家军唯恐惊扰百姓，竟然将营帐扎在了城墙上下的各处空地上，连带着岳飞的帅帐都是如此，四大家族连同常州城中的百姓都慨然感动，随后由四大家族出钱出力汇集百姓，只用了五天的时间，就为岳飞建好了一座帅府，并且在德胜河上为岳家军建了一条十二丈长，一丈余宽的大坝，以方便岳家军的训练和水陆进出。

"倘若各地义军与朝廷王师都能如同岳大哥的军队一样与民秋毫无犯，军民如此和睦，我大宋何愁不北定中原，乃至于远伐金国？"王诚亲眼见证了几日内常州城中的处处变化，不由得心生感慨。

早在几日之前，他就将周围的皇城司暗桩察子们全都调用了起来，并且将此处战况以密信的方式呈报到了海上。

完颜宗弼北归之后，赵构在海上也得到了消息，却一直不敢登临沿岸，而是让自己扶持上来的两位皇城使频频联系远在常州的王诚，再三确定完颜宗弼的消息。

在接到了王诚有关岳飞常州捷报的密信之后，赵构大喜过望，立刻就将此密信展示给了海上朝廷的诸位大臣。

原本在海上折腾了数个月早已经昏昏沉沉的大宋朝堂，总算看到了一丝曙光，赵构当即下令，让岳飞率军前往镇江附近，伺机配合韩世忠部，再次击溃完颜宗弼，同时准备收复建康！

拿到了诏令后，王诚进了帅府之中，随后便看到岳飞正端坐在正堂之上，面前的桌子上已经摆满了各式菜肴，王贵、张宪两人在一旁作陪，表情都有些无奈。

"明阳，你来得倒是正好，快来尝尝本地这特色的拐子肉，竟然能以豚豨的膝盖处筋骨肉做出状似湖蟹形状的菜肴，滋味也是极为鲜美，实在是难得！"眼看着王诚入了院子，岳飞立刻就招呼起了他来。

看着作陪二将脸上的无奈神情，王诚立刻就明白过来，这些肉食菜肴想来又是常州城的百姓送来犒军的。

这种事情，在这十余日内经常发生，不但各级将领武官，就连普通的士卒也会时常被热情的本地居民塞上一两个炊饼，一小壶酒水乃至于一大碗东坡肉之类的食物。

岳飞每次收下东西的时候却又都将送来东西的乡民信息详细地问个清楚，让随军书手一一记下，第二天便会让人带着相应的银钱交给此前馈赠之人。

岳家军与民秋毫无犯的作风，自主帅岳飞始，到任何一个普通士卒，都在严格执行！

拿到了王诚手中命令后，岳飞却并未立刻照令行事，而是将那命令搁置到一旁，随后看向了王诚与军中数位将领。

"陛下之命，与我等此前所想一致，看样子明阳倒是有点料敌先机，运筹帷幄的能耐还没用出来啊！"听到岳飞出言打趣王诚，众将都哄笑起来，正厅本来十分凝重的气氛逐渐松缓。

王诚无奈地朝着岳飞摊了摊手，随后语气有些低沉地说："岳帅就不要打趣我了。"

"这道诏令来得正是时候，方才我从皇城司的探马处拿到了一条很重要的情报，被韩世忠将军围在黄天荡已有四十余天时间不得脱逃的金兀术，怕是找到离开的办法了。"

他这话一说出来，在场众将的眼神瞬间全都变得犀利无比，朝着他看了过来。

岳家军之所以会在这里停留一是为了整顿，二则一直在密切关注着黄天荡的动向。此时黄天荡之内的十来万金兵都被堵在那个大水洼里，一时之间根本就出不来，他们就算是跑过去也不会起到太大的作用，反而会给人一种想要争功的感觉。

此地距离黄天荡不算太远，不过是百余里的路程，他们随时都能赶到，也足以在绝对安全的时间之内影响战局。

王诚带来的消息实在是让人有些吃惊，岳飞皱起了眉头低声问道："怎么？那黄天荡不是只有一个出入口，且已经被韩大帅给守住，接连四十余天的时间金人已经尝试过数十次冲突都没能出来，怎么会忽然……"

这问题问出了在场所有人心中的疑惑，王诚不由得苦笑了一声，摆了摆手："如果是正面冲突的话，韩大帅的八千人足以将他们封死在黄天荡之中，眼下金兀术船队内的存粮都已经消耗殆尽，正是危急存亡的关头，除了拼死正面冲击水寨外，更是计策百出，竟然是派出了几支小队伪装成商贾，四处寻找本地渔人打探消息。"

他一边说着，一边将早就备好的附近舆图展开，用手在黄天荡附近划了一道线："重赏之下必有奸贼，他们还真的在本地找到了一个愿意给他们引路的人。"

在黄天荡的周围原本曾经有一条古河道,可以直接连通到长江之中,只不过这条古河道因为常年没有动用过,周围水势又连年变化,所以早就被淤泥拥堵,外人根本看不出来。

但如果安排人将这古河道清理开,金军立刻就可以从此处离开,不但可以避开韩世忠在黄天荡出入口的围追堵截,甚至还可以绕到大后方,反过来将上韩世忠一军。

这个消息是皇城司潜伏在黄天荡周围的死士用命换来的,恐怕此时在韩世忠的水寨周围也已经密布了金兵的人手,防止他们得到消息,如此算下来,此时韩世忠的水寨正岌岌可危。

岳飞在舆图之上看了几眼后,眉头蹙得更紧:"此处河道足有三十余里,想要重新挖开可不是轻易之间就能完成的,韩大帅处也不可能一直都无法发觉。"

"明阳你如此紧张却是为何?"

韩世忠能够将金兵围困在黄天荡之中足足四十余天的时间,此事已经传遍了江南各地,宋人士气大振,皆以此事为荣,无不将此事视为宋金大战之中的难得大捷,翘首以盼等待着完颜宗弼等人被生生围死的消息。

就连岳飞也觉得此番完颜宗弼已经再无逃生的可能,情绪激昂无比,他手下的这些将领也有相同的想法,所以一众人谁也不能理解为何此时的王诚竟然如此紧张。

王诚苦笑了一声道:"那古河道虽然已经被彻底淤堵,想要在短时间之内挖开并不可能,但诸位似乎是忘记了一件极其重要的事情。"

"金人所用船只多半都是浅底小船,吃水不深,纵然有几艘大船也是可以临时弃用,倘若他们清理河道的时候化繁就简,只清理上层的淤泥,开出一条不过一两米深的水道,任凭两侧水道贯通后再带走一些表面的淤泥……"

他的话还未说完,就已让众人全都倒抽了一口冷气。

追随岳飞的这些武将个顶个都是打仗的好手,对于一些战机的把控和揣度也都算得上超越常人。

所以在听到了王诚的话之后,他们立刻就意识到了这条信息的重要性!

"三十里河道而已,若是完颜宗弼敢于孤注一掷,汇集十万大军全力挖掘,再悄悄征集数万民夫……恐怕三两日的时间就能清理出这样一条通道来!"

"倘若是这样的话,韩大帅的兵马岂不是已在危险之中!"

王诚立刻上前一步:"岳帅,若是完颜宗弼真的挖开了这条古河道,只会做出两种选择,一种是转身袭击韩大帅所部,二则是奔赴建康处补充给养,无论哪种情况我们恐怕都要先到建康城一探究竟,若是再在这里等待下去只会贻误战机!"

众人再也坐不住,纷纷站起身来,神情紧张无比,同时看向了岳飞。

不用大家催促,岳飞立刻就意识到了此事的严重程度,当即不再犹豫,大手一挥:"命令全军立刻开拔,前往建康,另派三十骑探马前往黄天荡附近查探情况,倘若有所发现,立刻回报!"

"明阳,你立刻让皇城司的察子再去一趟黄天荡,务必将此消息报给韩大帅,倘若金兀术胆敢杀上一记回马枪,韩大帅所部恐怕就危险了!"

几句话将局面理清做好安排之后,岳飞当先一个走出了这临时帅府,开始调配兵马。

而与此同时在黄天荡处，韩世忠正站在水寨的高处，远远眺望着黄天荡之中的百里芦苇丛，脸上满是倨傲之色。

凭借不到八千人的水军，就能将近十万金兵堵在黄天荡四十几天，这份儿功绩可谓大宋第一人，饶是韩世忠生性并无张狂，此时也难免有些骄傲。

梁红玉从他的身后轻移莲步而出，看到韩世忠一脸倨傲的神情，不由得微微蹙眉。

将手中的罩袍为身披将甲的韩世忠裹上之后，梁红玉柔声说道："金人在黄天荡之中被困许久，虽说近日来冲突攻击不断，但也要提防金人另有变故，官人连日在这高处眺望，心中怕是也有相同的担心，不若再派出几支小队去查探一下。"

听到梁红玉的话，韩世忠偏过头来朝着妻子看了一眼，稍作沉吟后摇了摇头道："近日来贼人连番冲突，我军折损人数也在增加，所有派入黄天荡的探马也都一一被杀，再有过多伤损，对我军士气不利。"

他凝神再次看向黄天荡，右手一挥："况且这上百里的黄天荡便是天赐宝地，定能让我竟全功于此，他完颜宗弼已是煮熟了的鸭子，还怕他飞走了不成？"

梁红玉神情一凛，意识到自家官人此时已经为执念所伤，恐怕一时间没办法回过神来，随后听到远处传来阵阵鼓声，又有金兵来犯，便不再上前劝解韩世忠，而是欠身退下，回到房中后她便命人取来了纸笔，在外面如常的喊杀声中缓缓落笔。

自家官人的表现实在是让她有些忧心，倘若一味放任下去，怕是要应了古人的那句话——骄兵必败！

梁红玉自知眼下已经无法劝动韩世忠，便将这个希望寄托在王诚的身上，以当下韩世忠的心绪和执拗，除非朝廷下令命他主动出击，否则怕是只有这位皇城使能稍有办法将自家官人劝动了。

与此同时，就在宋军水寨前打得热火朝天的时候，数万金兵裹挟着秘密征调胁迫来的数万百姓，已经开始沿着黄天荡另一侧的古河道紧锣密鼓地动起了手。

古河道之中虽然沉积了不少淤泥，但长年累月经两侧河水漫灌冲刷，除了中间一段河道之外，两侧只是形成了大片的半干沼泽，并未完全干涸。

这给河道的挖掘工程提供了不少便利，再加上金兵刀剑相胁让沿岸百姓不得不用心尽力，竟然只花了一天一夜的时间，就将三十里的河道彻底挖通。

虽然只有不到一米的深浅，但是两侧的水流已经贯通，翻腾的江水不断带走下面沉积的淤泥，才半天的时间而已，这河道就已经可以通行一些吃水不深的中小型船只。

完颜宗弼大喜过望，立刻分出了一支精锐船队，亲自率领三万多人由河道进入长江，顺流而走直逼建康！

只要他这一支船队能够抵达建康，黄天荡之围便形同虚设，韩世忠的水寨就再无用武之地。

然而让完颜宗弼万万没有想到的是，就在他这一支船队抵达建康城附近水域，整编队伍迤逦而上准备前往建康时，在建康南三十余里的清水亭处，忽然出现了一支打着"岳"字旗号的宋军。

岳飞接到黄天荡的传信后，几乎是马不停蹄地赶往这里，此时虽然将士们鞍马劳顿，但战意盎然，正是士气可用之际。

因为此时双方都是临时转路此处，所以双方的探马都没有来得及探听对方虚实，甚至金兵一方还以为远处突然杀出来的这支队伍是来自建康方的接应守军，而岳家军此时却早就算计好了会在建康城外有一战，岳飞帅旗一挥，立刻率军掩杀而至，打了金军一个措手不及。

为确保此行顺利，完颜宗弼带出来的这十万人的精锐有一多半儿全都是女真人，只有三分之一是北地汉人，所以下船之后尚且需要一段时间进行调整，尚未恢复最佳的状态，骤然被气势正盛的宋军掩杀而来，完全招架不住。

清水亭一战，岳家军几乎是将金军压着打，以不到万人的兵马一路顶着三万多的金兵精锐奋力拼杀，双方拼杀的战场足足辗转了十多里，一路之上金兵丢盔弃甲，沿途散落了上千具尸体。

直到双方打到了牛头山附近，受限于地形转变，岳家军后继乏力没能继续追赶，金兵这才得以喘息一二。完颜宗弼从乱军之中冲出，站在一处小山坡上，看着远处的岳家军旗帜，心中怒意翻腾而起，这已经不是他第一次碰见岳家军了。

岳家军接连几次挫败金军，早已经在周围地界扬名，而上一次完颜宗弼看到这个旗号的时候，同样也是正遭败局，月余时间来在韩世忠那里他早已经憋屈得不行，眼看着此时有翻盘的希望，却又被岳飞横插了一杠子，此时完颜宗弼只觉得火冒三丈，恨意难平！不由得扬鞭直指远处的宋军旗号："岳家军！岳飞，我完颜兀术誓要杀汝！"

话音还未落下，极远处的宋军阵营之中，便是有一道寒芒闪过，紧接着一支弩箭飞过了三百米距离，擦着完颜宗弼座下战马的身子，钉到了地上。

"是神臂弩！"周围几个亲随顿时吃了一惊，能在二百步外还如此精准，甚至仍有力量穿透地面的长兵，就是只有宋军之中偶有配备的神臂弩了。

神臂弩复装极快，第一箭虽然并未命中目标，但对方肯定已经调整好了望山，下一箭随时都有可能来到！此时的完颜宗弼正在危险之中，随从们不敢怠慢，连忙将完颜宗弼的战马牵下了山坡，一袭大红披风重新隐入了金军之中。

岳飞站在"岳"字旗号之下，看着那一袭大红披风逐渐消失远去，不由得有些遗憾："二百余步尚有余力，可惜这神臂弩我军尚未列装，否则方才那金兀术怕是要直接授首了。"

王诚将已经重新填装上弦的神臂弩放下，同样是有些可惜："如今岳帅的旗号已经为朝中所知，陛下对岳大哥你颇为赏识，想来很快就能将这一营兵马归入正统行列，到时候漫说是神臂弩了，便是全套的步人重甲也能列装，届时岳家军的战力必将大大提升，斩杀甚至生擒金兀术指日可待！"

他扣着弩机，将弓弦缓缓放开，随后扭头看向了岳飞："更何况，虽然方才一战我军追赶金军十余里，斩杀千余敌首，但对方人数仍然优于我方，纵然是败退也未失序，我们接下来还有几仗要打！"

岳飞笑了笑，对王诚的话深以为然，当即下令全军暂停追击，就地在牛头山半山腰安营扎寨，同时又将探马放出警戒，随时准备与金人再次战斗。

而完颜宗弼一行被岳家军一通乱杀，此时却不敢冒险直入建康城，唯恐岳家军衔尾追杀，只能是在对面山侧临时扎营，与岳家军隔山对峙。

当天夜里，完颜宗弼生怕岳家军趁夜偷袭，勒令帐下各营提高警觉，几乎是五步一岗十步一哨，然而不等月上三竿，金营之中便是一阵大乱，有几处营帐都起了火。

金军大营之中顿时再次乱了阵脚，一队穿着金军服装的岳家军正在大营之中拼命厮杀。

这支队伍不过百余人而已，此时趁势乱杀竟然是让整片大营都陷入了阵脚不稳的状态之中。

金军之中足有三分之一都是北地汉人，双方此时装束又都相同，很难辨别敌我，一时间死在自己人乱刀之下的金人竟然也有不少！

完颜宗弼问清楚了缘由之后，立刻觉察到这是岳家军做的手脚，很有可能后续还会有夜袭发生，稍作思量之后立刻就下了一个令人意想不到的命令。

"凡金军士兵，见面皆传大帅令，摘下头盔验证顶发！"

这个命令下得极为及时，也起到了极为关键的作用。

金人对于所统辖地区倒是并未要求全民剃发，但凡金国之人想要从军，无论是女真人还是北地汉人，都需要按照同一制式削光顶发，所以摘下头盔之后立刻就能分辨出谁是金国人谁是宋人！

除此之外，金军之中女真人与北地汉人都可以用女真语相互沟通，而岳家军的敢死队之中却少有人会说女真语，如此一来敢死队立刻就陷入了危机之中。

百余人在无所遁形的情况下，于万人规模的军营里所能掀起的风浪不大，不过个把时辰就被尽数找到——格杀。

一些北地汉人武官还想活捉这些岳家军的敢死队员，试图劝降其人，趁机从他们嘴里套取出一些有用的情报。

然而百余名敢死队员或力战而亡，或引颈就戮，竟然没有一人归降！

与此同时，距离金军大营不过两里外的一处山坳里，三千岳家军正严阵以待，岳飞远远地看着金营之中的杂乱火光逐渐暗淡，神色微微一凝，将自己手中拿着的酒碗横着倾斜，酒碗之中的酒水浸透了他脚下的土地，遥以为祭。

随后在众人期待的目光之中，岳飞抽出了佩刀，遥指金兵大营，向下一挥！

三千人从山坳之中冲杀出来，两里的距离转瞬即至，根本就没有给金兵大营反应的机会，便冲垮了外围的营寨，冲入金军大营之中，拼死砍杀！

不过三千人而已，愣是杀出了上万人的气势。

金兵此时虽然已经在完颜宗弼的指挥之下逐渐恢复了大营之中的秩序，但是准备毕竟不够充分，大部分士卒还未从之前的惊惧之中恢复过来。

骤然听到了大营外面漫山遍野的喊杀声，这些士卒顿时再次陷入了震惊和慌乱之中。

饶是完颜宗弼连续斩杀了四五个慌了神的士卒，依旧没能挽回颓势，只能在亲兵的簇拥之下，于乱军之中左冲右突想要从大营之中撤出。

而与此同时，岳家军前排的士卒已经举着木质圆盾撞在了金兵寨墙之上。

先前那一百多陷阵勇士在金兵大营之中拼杀的同时，还顺手点燃了一部分的大营寨墙，这些木制的寨墙虽说经过了特殊的处理，但是在小罐桐油的助燃之下，连接处都被烧得薄弱无比。

随着上百名刀盾手径直撞在了寨墙之上，那些寨墙的连接薄弱处瞬间被冲垮，岳家军数千人蜂拥而入，此时此刻已经再也没有了什么阵型可言。

一方是有备而来，另一方正处于慌乱之中，双方此时所能展现出来的战力立刻见了高下，岳家军的士卒们只要见到金人发式的脑袋便一刀劈下。

转瞬间的工夫，就将刚刚聚集起来的两处金兵阵列砍成了遍地的血葫芦，与此同时还陆陆续续有一些未反应过来的金军将领从自己的营帐之中走出来，提着刀四处追问情况。

然而迎接他们的并不是自己下属的回答，而是一柄旋即砍在脑袋上的宋军朴刀。

此时的岳家军虽然已经整备到了五千多人，可以说是一支难得的精锐部队，但是其中绝大部分人所能使用的武器也都是从民间征集而来，只有少部分使用的是大宋军制武器，还有不少是从金兵手中缴获的杂七杂八的武器。

如此一来，在金兵的视角当中便是看到了一支精锐无比异常悍勇的杂牌军。

眼看着四五样不同的兵器同时落下，将自己平日来关系最好的同袍脑袋直接砸碎，一个金兵士卒再也扛不住心中的压力，扔掉了手中的弯刀，开始大声嚷嚷起来。

有第一个就有第二个，从最开始毫无意义的乱嚷乱叫，逐渐变成了全军溃败的提示音，无数金兵士卒大声喊叫着逃命，同时纷纷扔掉了手中的武器，卸下了身上还没穿齐备的盔甲，朝着四面八方跑路。

这其中绝大多数是北地汉人士卒，他们之中有一大部分都是临时征调入伍，无论是军事素养还是心智都远远比不上之前在军伍之中待了许久的老兵。

乱兵越来越多，甚至就连那些身经百战的女真族士兵也受到了这些乱兵的裹挟，根本来不及做出有效的集结和抵抗。

等到他们好不容易将身边的那些乱军给清理明白，后面岳家军的刀锋就已经压到了他们的头顶。

一时间整个金军大营乱成了一锅粥，完颜宗弼此时已经在亲兵们的护送之下离开了金军大营，远远地看着大营这边儿的情况，不由得捶胸顿足。

但紧接着他就意识到，如果放任岳家军如此砍杀下去的话，他的金军大营恐怕会彻底覆灭，所以一咬牙，立刻就让手下的人打起了他的旗号，一边朝着西南方撤退，一边开始不断地收拢残兵溃兵。

说到底，金军大营之中都是完颜宗弼手下的精锐，虽然一时之间被打了个措手不及，但是在逃出了乱纷纷的大营之后，他们立刻就恢复了一定的秩序，开始不断朝着完颜宗弼的大旗之下汇拢。

完颜宗弼在亲兵们的护送之下离开此地已有五里的时候，在他身边重新汇集起来的金兵数量已有万数。

眼看着身边的那些将领和士兵军心已定，完颜宗弼心中立刻产生了一个大胆的念头，他当即率领着自己手下已经汇集起来的万余名金兵，转头朝着大营的方向再次杀了过去。

五里多的路，在他们反身冲杀的过程之中不断有散兵游勇加入到队伍之中，等到他们回到了大营周围的时候，身边已经聚拢起了足足两万余人，气势汹涌澎湃，声势震天。

与此同时，完颜宗弼也通过一路上的探马回报，确定了前来袭击大营的宋军数量不会超过万人，此时心中的愤慨终于找到了发泄的方向。

将手中的令旗朝着大营的方向一挥，完颜宗弼面目狰狞地下达了必杀的指令，竟然丝毫不管大营之中还有数万金兵，打算以自相残杀为代价，将那数千宋军士卒彻底碾碎在营地之中。

然而就在这些金军士卒准备冲锋的时候，意外再次出现。

不知道从什么时候开始，在这些金兵士卒之中，竟然又多出来许多岳家军装扮成的金军士卒，就在完颜宗弼下令冲杀的一瞬间，这些人纷纷拔刀砍向了自己身边的金人。

虽然这些岳家军的士卒数量加在一起也不过还是只有百余人，但愣是将才刚刚团结起来的两万多金军阵脚再次打乱。

与此同时，一支不过三四百人的宋军骑兵从黑夜之中杀出，在金兵侧翼掠过，带走了上百名金兵士卒的性命。

这支骑兵部队如同鬼魅一般来回冲杀，每一次绝对不恋战，冲杀一阵之后便转身就走，远远地消失在了黑暗之中以后才会再次转身杀出，根本没有给金人留下反应的机会。

不过是短短一刻钟的时间，便是带走了三四百名金军士卒的性命，而原本正在金军大营之中胡乱砍杀的那数千宋军步卒也迅速集结，一边清理路上的散兵和帐篷栅栏，一边朝着金兵迅速逼近。

才刚刚整备起来的两万多金兵再次溃败！

完颜宗弼扬鞭指着天空大骂了数声，无奈之下，只能在亲兵的保护之下再次朝着西南方逃去。

这一次他逃跑的过程当中，再也没有机会将金人重新收拢起来，只要他手下能够聚拢起超过五千人的队伍立刻就会被后面追上来的宋军击溃，始终没有办法形成有效的战斗力。

一路打一路追一路逃，双方在路上不断胶着厮杀，竟然打了足足半个月的时间，这才收敛兵锋。

这一战，岳家军斩杀女真士卒三千余人，北地汉人金兵四五千人，生擒上千人，活捉到的万户千户军官都有二三十名！

虽然岳家军也付出了将近两千余人的代价，但是这种伤亡比在各路兵马接连战败的情况下，可以说是前所未有的大胜！

最为重要的一点是他们不但将已经做好了渡江准备的完颜宗弼又打回到了黄天荡附近。如此一来，也算是彻底粉碎了这家伙想要渡江北上的想法。

完颜宗弼一路退到黄天荡周围的水面之上，远远地竟然看到了韩世忠率领的八千水军顺流逶迤而下，顿时再次陷入了惶恐之中。

跟韩世忠与岳飞接连几次大战之后，他手中的士卒已经从原本的近乎十万人削减了四分之一，剩下的那些士兵也个个惶恐不安。

要不是因为他在军中有着绝对的威望，恐怕此时已经无法弹压下面各营的逆反情绪，无奈之下完颜宗弼再次下令将此前献策的福建商贾带来，再次以重金相贿，寻求活路。

此人虽然未经战阵，对兵法也不甚了解，但对战船海船却是极为了解，在搞清楚了事情原委之后，立刻给完颜宗弼提出了几条建议。

一是要在目前金军的小船之中填土，并且在土上铺以宽大的木板，如此一来可以使得小船在江面之上越发平稳，更是可以抵挡宋军战船之上抛出的铁钩，让那种铁钩无处着力。

二是让人连续数日砍伐树木，临时赶制出了一批长船桨，分列在战船两侧，随时备用。

三是调整金兵的整备训练甚至是出战的规律，江面上有大风，甚至是微风的时候都不要出去，唯有等到江面彻底无风的时候，才可以操纵小船出航查探情报。

四是连续打造可以用来施放火箭的箭矢，随时准备在江面进行火攻对战。

这四条策略一说出来，完颜宗弼立刻就应允了下来，不但马上安排人照做，甚至还给这个家伙赏赐了大笔银钱。

金军之中的随军铁匠立刻就忙碌了起来，临时的金兵水寨之中除了叮叮当当的打铁声之外，竟然是一派安静的景象。

这种场景，让闻风而来的韩世忠所部，再次陷入了疑虑之中。

韩世忠眼见着完颜宗弼逃走，心里颇不是滋味，原本按照他的计划在黄天荡之中就可以将金兵完全围死。

谁能想得到完颜宗弼这家伙居然会想到开挖河道这一奇招，竟然硬生生地将败局扭转，也让韩世忠本来已经唾手可得的惊天之功悄悄溜走。

此时此刻在江面上又看见了金军的水寨，韩世忠立刻就下定了决心，无论如何也要将金军的船队全都消灭，接连十几天的时间里，他不断地安排宋军战船前往金兵水寨之外挑衅。

只要能够将这些不善水战的北地士卒吸引出来，在江面上决战，他就有无数种办法利用江面将整个金兵船队来个一锅烩。

然而让他万万没有想到的是，此时完颜宗弼在金兵水寨之中也在不断研究他！

陆路之上有岳飞那支精锐的岳家军，虽然人数算不上多，却让他们吃足了苦头儿，竟然被对方追杀了十五里地，这种事情放在任何地方说起来都会惹得其他人哄堂大笑。

自然而然也就被列入了完颜宗弼心中最大的耻辱行列。

接连几天挑衅无果之后，韩世忠无奈之下也只好暂时放弃了与完颜宗弼正面作战的念头。

二十五日，不知道是天遂了金人的愿，还是韩世忠注定命中有此劫难，一向都是萦绕着各式江风的江面上，原本被吹皱的水面波澜竟然消失不见。

一整天的时间上，宋军的大船都没有等到可借用的微风，只能全都停在宋军的水寨之中。

与此同时，完颜宗弼所做的好几手准备，此时却发挥了极大的作用。

在江面没有风的情况之下，小船的行动能力就体现了出来，随着船上金军士卒不断摇橹划桨，那些小船左右冲突，齐刷刷地朝着宋军水寨冲杀而来。

与此同时，之前与完颜宗弼已经暗中联系上的另一支由移剌古统率的金兵，在听到了响箭号令后，也从另一处水面杀出。

虽然他们所预备的船只数量和质量都远远不及交战双方，但是胜在奇兵之计，形成了极好的两面夹击效果，打了宋军水寨一个措手不及。

几艘在江面之上来回巡视的艨艟快船根本来不及反应，就被围攻至自沉江面，而两方的小船立刻就冲到了水寨之中。

宋军的大船在没有办法落下风帆的情况之下，几乎就成了活靶子，再加上此时江面平阔，大船之间又没有办法完全相连，所以每艘大船的周围都有六七艘金军的小船。

一时间无数火箭朝着宋军大船的船帆和船身之上疯狂射来，船身之上的那些火箭宋军士卒还有机会一一扑灭，但是那些射到船帆之上的火箭却是立刻就轰的爆燃起来。

火光四起，烟尘阵阵，上百艘战船全都被淹没在火光之中，宋军士卒之中不乏善水的，此时纷纷从大船之上跳到江中，想要故技重施以凿子、锤子破开一些金人的小船船底，打开一条通道。

毕竟宋军之中也有部分小船可以通过人力驱动，就算不能第一时间就将金军击溃，到底也能够起到一定的缓解战局的作用。

然而这一次金军做了万全的准备，无数强弓硬弩早就在船上等着，那些金军士卒站在铺了泥土和木板的甲板上如履平地，此时瞄准了落水的宋军士卒接连攒射，一时之间宋军士卒死伤无数。

韩世忠站在楼船之上看着水寨之中的场景，不由得有些慌神。

纵然他之前有些骄纵自满的想法，但是平日也并没有减少对手下士卒的监管和督促，所以此时万万没有想到，竟然会被金兵如此轻而易举地攻破本阵。

梁红玉换上了一身轻甲，从后面绕了过来护在他的身前："官人，水寨已破，现在留在这里也没有什么意义，不如早早撤退，收拢残兵以待后效！"

她这两句话如同当头棒喝一样，瞬间就让韩世忠从之前的懵懂状态之中清醒过来："夫人所言极是！"

有些不甘心地朝着后面看了一眼之后，他立刻就招呼着自己的亲兵，赶紧换乘了一艘可以摇橹的艨艟快船，朝着西侧江面撤离。

与此同时在宋军水寨之中做出同样举动的人，并非他一个，几乎所有人都已经意识到此时败事已定，他们没必要在此继续坚守，而为今之计最好的选择便是有生力量赶紧撤出这里的必死之地，以图后效。

不少将领第一时间就做出了反应，相互招呼着且战且退，不到半个时辰的时间，前面的拼杀还没有完全结束，后面就已经撤出了十几艘艨艟战船。

然而还没有等到他们重新集结战阵，后面熊熊燃烧的那些大船就被直接冲垮，随后金军的那些小船便朝着这边围拢过来。

失去了大船的优势之后，此时此刻宋军无论在人数之上还是在船只的优势之上都已经不占上风,面对着蜂拥而来的金兵小船,这些艨艟战船最终还是失去了拼死一战的勇气,迅速向西撤离。

金兵在后面步步紧追,根本没有放过他们的意思,虽说是逆流而上,但此时江面平阔,双方又都是人力的快船,这一追一逃之下竟然迅速冲出七十余里。

眼看着前面跑的宋军船只就要被后面的金军给团团围住,跑在最前面的韩世忠不由得面生惨然。

他推开了身后护着自己的几个亲兵,朝着后面越追越近的金兵小船看了过去:"难道说我韩世忠就要死在这大江之上了吗?"他的眼底闪过一抹决然,随后从自己身边的亲兵手上抢过一把神臂弩,搭上弩矢瞄准了后面的金兵小船。

艨艟虽然也是快船,但是在体量上比起金军的小船来说要大得多,这时候跑起来速度要略慢一些。

要不是金军的船上垫了太多的黄土,恐怕早就已经将他们给团团围住,但双方之间的距离已经越来越近。

恐怕用不了两刻钟的时间,就能将他们拦在大江之上。到时候便是个鱼死网破的局面。

韩世忠并不打算束手就缚,到了这种时候,就算是死他也要慷慨赴死,而不是被人抓住凌辱。

站在他身后的梁红玉似乎猜到了他的想法,迅速抽出了佩刀,向着后面一指,就要发号施令,让所有的艨艟转向,跟金军小船对撞拼杀。

周围那些宋军士卒看见这一幕之后,心中都生出了一股悲壮之情。就连他们的主将都已经选择决然一死,他们这些做下属的自然也不可能苟且偷生。

所有人都做好了决死一战的准备。

就在这个时候，大江南岸的滩涂之上忽然传来了一阵阵叫嚷声。韩世忠下意识地朝着叫嚷声的方向看了过去，心头顿时微微一动。

不知道什么时候在那边的滩涂之上，竟然已经站满了人，看他们的打扮，显然是大宋百姓。领头的一群人身上都穿着僧袍，手里拎着戒刀禅杖，看上去应该是某个寺院的僧众。

粗略看过去，滩涂之上站着的人起码有千余之众！这些人在那边大嚷大叫的，很显然是想要让韩世忠他们靠岸。目的自然也是不言而喻。

虽然刚才已经做好了拼死一战的准备，但此时见到了生的希望，不光是手下那些士卒，就连韩世忠本人也立刻就改变了想法，他扭头看了一眼一脸决然的梁红玉，一咬牙大手一挥："靠岸！"

艨艟上的舵手得令，连忙将船舵一摆，两侧摇橹划桨的士卒愤然发力，这艘艨艟开始朝着岸边缓缓靠拢而去。

周围那些船上的宋军将领和士卒发现了这边的情况，立刻毫不犹豫地朝着这边靠了过来。

十几艘艨艟只过了不到两刻钟的时间，就接连靠岸，后面那些金军的小船还想靠岸追击，但是立刻就被岸上那些民众手中的粗制弓箭配合艨艟之上的箭雨击退，一时间根本无法靠近。

与此同时，这些义勇和乡民竟然还拉出了十几艘轻巧的船只，由本地的渔民操纵，在水面之上往来翕忽，以挠钩和粗制弓箭不断袭扰那些金军快舟，一时间居然造成了不少杀伤。

那些小船之上的金兵眼看着占不到便宜，无奈之下，立刻就掉转船头朝着宋军水寨的方向回返，打算一路之上再截杀一些宋军逃走的士卒和船只。

"韩将军，贫僧是长卢崇福禅院的僧人普伦，听闻韩将军为金贼迫害，乱了水寨，特地前来支援，幸亏来得及时，否则我大宋真是要折损一员大将了！"

领头的僧人迎头赶上，朝着韩世忠施了一礼之后，不无感慨地说道，周围那些百姓和义勇都连连点头，显然对这个僧人的说法极为赞同。韩世忠站在滩涂之上，朝着周围环视了一周，眼睛之中的情绪极为复杂。

他完全没有想到，自己已经战败，在这些民众之中居然还能有如此高的呼声。

激动之余他的心中更是升起了无限的自责与愧疚，猛然转过头去，朝着跟在身后的那些将领和士卒看了两眼，韩世忠的心里越发焦灼。

乱战之中，诸多将领各自为战，统制官们性命难保……孙世勋、严永吉等人尽皆战死落水，士卒们折损严重。如今还跟在他身边的宋军士卒加在一起竟然只剩下了三百余人。

就算事后能够再次收拢残兵，恐怕能够生还的士卒也不会超过一千之数，八千精锐尽数折损在了江面之上。此一战他终究是败了，而且败得很彻底！

思虑至深，韩世忠只觉得心口一痛，随后忍不住一口鲜血喷出，朝着一侧栽倒，好在梁红玉一直都时刻观察自家官人的情况，连忙上前抱住了韩世忠，随后叫来几名亲兵将韩世忠抬起。

普伦和尚看到这一幕，双手合十诵了两句佛号，随后看向梁红玉："为今之计，怕是要安国夫人主持大计。"

"此地不宜久留，若是金军大队冲杀上来，恐怕我们便是死无葬身之地……"

梁红玉看了一眼普伦和尚，知道这和尚说得很有道理，略作沉默之后，扭头朝着镇江的方向看了过去："派人出去沿途收拢残兵，回屯镇江！"

……

王诚站在距离黄天荡不足五里的一处山坡之上，看着远处的滚滚浓烟，心中生出了一抹焦虑。

方才接到了梁红玉的书信，他便匆匆赶了过来，结果还是晚了一步，竟然目睹了宋军水寨被破的惨状！

此行随同王诚的还有岳飞帐下的大将王贵、张保二人，此时这两人与王诚一起站在山坡上，看着江面之上的情况，都忍不住蹙起了眉头："水寨一破，金军北上再无阻碍，恐怕我们再难对他们形成有效的威胁。"

"倘若这次将他们放还北上，日后再想对他们动刀子，就没有那么简单了。"

两人同时看向了王诚，想要征询王诚的意见，王诚背着手在原地踱了几步之后，猛地一砸拳头："未必！"

"金人虽然获得了水上大战的胜利，但此时仍然缺舟少船，再有不少义军于南岸伺机，尤其是岳家军尚在建康周围，他完颜宗弼是疯了，也未必会贸然过河。"

"等到江面大战结束，他们必然要乘着胜利的气势再回建康，伺机征集舟船迅速过江北归，我就不信那厮会舍得从江南抢夺到的那些银钱宝贝！"

王诚的话，立刻就获得了王贵和张保的认同，三人一拍即合，并未再去在意江面之上的战斗，此前他们派出去的探马已经查探到韩世忠顺流西进，有可能已经逃脱了追袭，所以他们并不打算在这上面耽搁时间，而是马不停蹄地回到了建康，找到了重又屯扎在牛头山上的岳家军。

岳飞听到韩世忠战败的消息，不由得扼腕叹息，不过随后他就对三人得出来的结论给予了肯定，立刻开始排兵布阵，并将近日征调的附近义勇列入了协从的阵列。

此时虽然岳家军的数量已经减到不足四千人，但他手下可以指挥的兵马数量，却已经达到了足足一万五千余人。

完颜宗弼果然如同王诚、岳飞等人所料的一样，黄天荡大胜之后扬眉吐气，一改两个月来的颓丧之情，气势汹汹地直奔建康而来。

然而大军逶迤而下，还没等到建康城，便遭受了几次重击，岳飞于牛头山之上运筹帷幄，各路义军和岳家军在相互配合之下，再次重创完颜宗弼所部。

完颜宗弼仓皇率军撤离的同时，将岳飞岳鹏举这五个字牢牢地刻在了脑子里。

将完颜宗弼所部逼得不得不在宣化渡江，并且截杀了数千没来得及渡江的金兵之后，岳飞策马站在南岸，扬鞭北指，看着江对岸远处逶迤而去的金兵大队，满脸的愤恨。

"只可惜我手中兵马不足，否则何须接连袭扰金人大队，只需要挥军掩杀，便能将完颜宗弼给淹死在这滔滔江水之中！"他一甩手将手中长鞭扔到了江水之中，心中感慨万千。

王诚纵马跟上，落后了岳飞半个马身，听到他的话之后，也是不由得心生感慨："此间战事已了，陛下得知金人数路都已经北归，估计不会再在海上奔波，我这个皇城使也要回去拱卫皇室了。"

听到王诚的话，岳飞微微一怔，随后扭头看向了王诚："明阳身为皇城使，职责所在便是拱卫皇室，既然此间事了，也当回返。"

"不过，若是日后皇城司再有战况传信，却是不要忘了岳某处。"岳飞朝着王诚微微一笑，拱手道。

相处数月的时间，岳飞对王诚这个同为武官，看似是皇帝近臣却不得宠的皇城使颇有好感，虽然没有引为知己，但也将对方当成了好友。

所以此时明知道已经是惜别之时，岳飞却并未感慨叹息，而是忍不住叮嘱了王诚几句。

王诚哈哈大笑，再次拱了拱手："岳大哥放心，皇城司的情报若是有关联金人的，或者是关联岳大哥的，我定然会让人誊抄一份出来给你！"

应下了此事之后，王诚恍然想到了什么，微微皱眉极为认真地对岳飞说道："岳大哥用兵如神，但于官场之上的种种手段似乎并不擅长，若是一直都在各处领兵倒也罢了，日后如果有机会登堂拜相，怕是要吃大亏。"

"诚这里有一句话，便算作临别赠言，还望对岳大哥有用。"

"宁得罪君子，不招惹小人！"

甩下了这句话之后，王诚调转马头便走，只留下岳飞纵马站在河边看着缓缓东去的江面，略略出神。

王诚辞行之后，并未径直南下寻找皇帝行在，反而依照此前的计划，开始于各处联络原本已经乱了套的皇城司外放各部，重新构架起了皇城司原本十分完备，但近年来却越发捉襟见肘的情报系统。

反倒是岳飞在彻底收复了建康后，总算进入了赵构的眼中，五月下旬岳飞被诏令南下越州，顺路押送此前俘虏的数百名金人将官。

对于此行岳飞极为重视，才到临时充作行在的越州，便急不可耐地请见赵构，同时上了劄子大谈建康防务。

劄子中言之凿凿，态度鲜明，方向犀利："建康为要害之地，宜选兵固守。臣以为贼若渡江，必先二浙，江东、西地僻，亦恐重兵断其归路，非所向也。臣乞益兵守淮，拱护腹心。"

赵构此番将岳飞召回，本来就是对这个年轻的将领极有兴趣，等到看了岳飞的奏章之后，更是不疑有他，深以为是，随后直接下令让时任御前右军都统制、浙西江东制置使的张俊，改变之前的布防策略，将岳飞调任宜兴附近，拱卫建康防务。

随后更是亲手赐予岳飞金带、马鞍以作表彰。

这次跟赵构见面，虽然没有达到秉烛夜谈，夜半虚前席的程度，却让岳飞看到了大宋中兴的希望，深以为赵构对主战派足够看重，一个月后成功回返宜兴的时候兴致盎然。

正巧宜兴本地的一个员外郎张大年以犒军为由，宴请岳飞等一众岳家军将领，岳飞乘兴而去，在酒意正浓时，忍不住挥毫在张大年家中屏风上，留下了一首《五岳祠盟记》。

近中原板荡，金贼长驱，如入无人之境；将帅无能，不及长城之壮。余发愤河朔，起自相台，总发从军，小大历二百馀战。虽未及远涉夷荒，讨荡巢穴，亦且快国雠之万一。今又提一垒孤军，振起宜兴，建康之城，一举而复，贼拥入江，仓皇宵遁，所恨不能匹马不回耳！

今且休兵养卒，蓄锐待敌。如或朝廷见念，赐予器甲，使之完备，颁降功赏，使人蒙恩；即当深入虏庭，缚贼主蹀血马前，尽屠夷种，迎二圣复还京师，取故地再上版籍。他时过此，勒功金石，岂不快哉！此心一发，天地知之，知我者知。建炎四年六月望日，河朔岳飞书。

此词一抒岳飞胸中块垒，但其中内容却看得人胆战心惊，当即被张大年命人以绢布遮挡不敢示人，直到后来有人无心将此词誊抄下来，方才流传于世。

六月，岳飞整军完备，岳家军的人数再次由三千余人增加到了六千余人，朝廷便有命令传下，让岳飞配合张俊大军征讨宣州一带的叛将戚方，岳家军从命出战，短短数日的时间便将戚方弹压，戚方转而投降了此次讨逆之战的主帅张俊。

经此一役，岳家军的名声再次拔升，岳飞本人的名声威望也是越发高涨，七月朝廷论功行赏，岳飞等待数年终于得授武功大夫，任泰州知州兼泰州镇抚使。

九月，岳家军开赴承州，与金军接连三战，每战皆胜利，阵斩金军大将高太宝等人，还俘虏了将领首领七十多人，只不过此番战斗虽然有所建树，但岳家军孤立无援，此行要救援的目标楚州最终陷落敌手。

岳家军连战连胜，盛名开始在各处流传。

而此时的王诚，方才从涟水军处收拢好原皇城司残部，重新设立好一处情报点，准备回返此时被赵构临时升格为绍兴府的越州。

但这一次他的队伍之中不只是王诚与皇城司的十几个察子，还多出了一家数口人。

之所以带上这一家人，是因为这一家的主人家身份极为特殊，原是大宋御史中丞，后随同二帝北狩，不知为何转而在金国宗室完颜昌帐下任参谋军事的秦桧。

之前王诚在东京城任职察子的时候曾经见到过此人，按照昔日他师父陈越的评价，此人忠奸难辨，或于君有忠，但终究于国无利，更因为能力不俗很可能会对国家造成极大的损失！

不过彼时靖康年间，二帝尚未北狩，朝中曾有声音要割地赔款以求全，朝中百官有三十六人不同意皇帝的想法，其中便是以秦桧为首，光是这一点，就让陈越将对此人的评价再次抬高了一层。

他于暗中曾经交代过王诚，倘若日后见到此人察觉到此人有离经叛道之举或者有意图谋反之嫌，便将此人就地格杀永绝后患。

这也是为什么一见到了这家人，他就二话不说把对方拉到了自己的队伍之中。

按照秦桧自己的说法，他们一直为金人囚困，之所以他能逃出来，是因为完颜昌命他随军同行，他暗中勒死了监视他的金军士卒，随后携带家眷从水路驾船方才逃回。

之前王诚从金人队伍之中逃出，可谓经历千难万险，途中有几次都是险死还生，逃出来的一共是三个人，到最后只剩下了他一个人还活着，就算是这样，要不是有他师父在后面兜着底恐怕他现在也已经死无葬身之地。

而秦桧这厮不但在金人那边享受了高官厚禄，一路南下甚至还带上了自己的妻儿老小。

这一大家子别说是躲避金人的追杀了，倘若没有皇城司的人从旁协从，就算是想要平平安安的回到大宋掌管区域，恐怕都需要花费大量的银钱。

说是杀了金人才逃出来的？除非这家伙能以一当百，杀了数百号金人之后还能将那些追上来的百人金兵队伍一一斩杀。

便是当年楚汉相争时的万人敌霸王项羽再世，也做不到这一点，何况是眼前这身材瘦削的文人秦桧？

这个说法可以说是漏洞百出，但这厮咬紧了牙根就是不说真正的原因，也正是因为这个原因，王诚对他十分谨慎小心，表面上看起来是在一路护送这家伙回宋廷，实际上一路之上都在盯着此人，以防万一。

不过这一路上双方相处倒也平和，直到回到宋廷行在绍兴府，秦桧都并未展露出哪怕半点锋芒，反倒让那些察子们越发觉得此人行事谦和，是个难得的君子。此人越是如此，越让王诚觉得紧张。

真小人并不可怕，可怕的是伪君子，何况是秦桧这种胸有城府能力不俗的伪君子，倘若有朝一日让此人掌权，怕是要在天下搅起难以估量的动乱。

入城之前，王诚甚至对此人起了一丝杀心！

这个机会稍纵即逝，听闻秦桧归来的消息，宋廷之中不少人立刻安排人出城迎接，所有人都知道秦桧是与二帝一同北狩之人，都想要通过他这里打探一些与二帝相关的消息。

一来二去，却把秦桧这一家人连拖带拽地拉到了城里，王诚这个品级不高的皇城使反倒被冷落到了角落之中，再没有了出手的机会。

"王皇城，方才您该不会是想要将秦中丞杀了吧？"跟在王诚身后的皇城司察子看出了一些端倪，有些不可思议地朝着他问道。

王诚放下了按在腰间刀柄上的手，眼神越发冷峻："此人自金地归来之事疑点太多，很有可能早就成了金人的奸细。"

"今日不杀他，日后恐怕是要贻害大宋……"

"传我的命令，从今日起，皇城司要密切关注秦桧以及秦桧家人的任何举动。"

下意识朝身后众人瞄了一眼，王诚的声音逐渐低沉："此事无需经过另外两个皇城使的审核，更不可惊动陛下！"

"倘若有朝一日发现秦桧有外通敌国的嫌疑，凡我皇城司之人皆有先斩后奏的权力！一切罪责由我来承担！"

此时的王诚还不知道，数年后他的话竟然一语成谶！

第二章

中兴之将屡战屡胜　绍兴和议委曲求全

　　绍兴四年（1134），将提议与金人议和，且"南人归南，北人归北"的秦桧罢相近两年后，又见宋军几次大败金军与伪齐军队，失地接连光复，早已经习惯偏安一隅的大宋皇帝赵构总算再次燃起了光复疆土的希望和胆气。

　　岳飞此时虽是驻防在鄂州，距离临安千里之遥，但一直都在密切关注朝中动向，加上有皇城司暗中透露消息，很快就意识到此时君心可用，当即上了两道札子请求率军北伐。

　　札子的内容十分简单，直接点明他的目标就在襄阳！

　　襄阳地处要冲，向来属于兵家必争之地，尤其是对于此前一直都处于劣势的大宋来说，拿下襄阳等于拿到了恢复中原的基础。

　　最近数年间，川陕各处与金军抗争连连，吴玠、吴麟兄弟二人坐镇川陕，经历富平、和尚原、饶凤关、仙人关几次大战，狠狠地挫败了金人的几次进攻意图，相比较之下，宋军另外几处的战斗虽然屡屡受挫，但于整体战局来说并不重要。

倘若可以趁着这个机会北伐，克复中原各地，大宋中兴便在眼前。

收到了岳飞的劄子之后，赵构第一时间就召集了朝中大臣廷议此事，虽说他此时心中燃起了些许野心，但是因为此前大宋军备一直处于劣势，便是"中兴四将"之中，除了岳飞胜多败少之外，其他三人也是败多胜少，所以此时赵构心中信心并不充足，极度需要有人来帮他树立信心。

胸中有所思量，赵构在上朝的时候就将自己的想法给点了出来："若此事可行，就委任岳飞为帅北伐，众卿以为如何？"

这种问题听起来是在跟下面众多臣子商议，实际上已经等于就地通知，下面的那些臣子近几年来听秦桧为首的议和投降派论调早就听得耳朵里长满了茧子，陡然听到皇帝说要北伐，都有些意想不到。

一时间竟然没有人敢主动接茬，生怕一个不小心触怒了赵构给自己惹来一身麻烦。

此时任枢密使的朱胜非看穿了赵构的心思，眼看着场面有些冷落，立刻就出了班列，随后说道："襄阳之地，与吴、蜀等地相连，关系密切，此时又并未被列入金国境内，而是落在伪齐的手中，想要收回可以说极有希望。"

"如果我们能将襄阳收回，日后进可以北伐杀贼，退可以作为北部屏障，可以说是为我大宋中兴开了一个好头。"

"眼下朝中将领大臣们听多了投降议和之论，难得有人有如此雄心壮志，又对陛下赤胆忠心，陛下当然要批准此人的上疏！"

时任参知政事的赵鼎朝着上首瞄了一眼，顿时看穿了赵构的想法，立刻也站了出来："岳飞此人对于襄阳附近的情况极为了解，此前也曾多次上疏想要北伐，若是将此重任放在他的肩上，最为恰当不过，还望陛下首肯！"

两大宰相都选择了支持北伐之议，剩下的那些大臣此时也纷纷站出，尤其是平时的主战派们，立刻就开始了各种鼓噪，算是将这件事彻底盖棺论定。

作为对此番上疏的回应，三月中，一道任命诏书被送到了越州，岳飞出任荆南、岳、鄂州制置使，开始全面准备收服襄阳各地。

时入五月，赵构感觉岳飞已经做好了准备，再次颁布命令，任命岳飞为镇南军承宣使、江南西路舒蕲州（今湖北省蕲春县）制置使兼黄复州汉阳军德安府制置使，同时为了确保他手中的兵马足够支配，又将湖北帅司两军及荆南镇抚使司兵马全部拨至他的帐下听令。

作为本次北伐的重中之重，岳飞在鄂州接到命令后，唏嘘不已，当即立誓"飞此番北上，若不能擒贼，收复中原，迎回二圣，誓不生还。"

岳家军此时已经发展到了两万余人，军纪严明，军备整齐，自从数年前岳飞前往大宋行在绍兴数次后，岳家军也彻底归入大宋正规军的行列之中。

一系列的军备武装，包括全套的步人甲、床子弩、神臂弩一类的武器甲胄纷纷列装，虽说数量上仍有欠缺，但极大地弥补了此前岳家军武备之上的不足。

再加上各路受命被他节制的兵马，此时岳飞可以随时调配的兵马数量，已经达到了空前的五六万人。

大军临行前，岳飞再次收到了两封来自临安的信。

第一封来自此番荐举他作为主帅北伐的朱胜非，信中对北伐之举百般赞许，叮嘱岳飞不可贪功冒进，但绝不可轻言放弃，一定要成功克复襄汉各地，为大宋朝堂一雪前耻，并且允诺如果岳飞成功拿下襄阳，便保举他跟韩世忠等人一样，坐上节度使的位子。

对于朱胜非的这封信，岳飞先是为朱胜非的慷慨激昂所动，紧接着却有些啼笑皆非，随后挥毫回信："岳某虽领军在外，行止都在营中，但并非粗鄙武夫，可以以忠义之名来谴责我，但不能用利益来驱策我。"

"攻克襄阳一战，是为陛下打的，也是为天下人打的，并不是为了我岳飞一个人的利益，难道说陛下不授予我节度使的职务，我就不拼命杀敌了？因为攻城略地而加官晋爵，这是对待一般人的办法，放在我岳飞身上就不适合了！"

这封回信并不慷慨激昂，却掷地有声，朱胜非看过之后，心中对于岳飞的评价不由再上了一层楼，但同样也是产生了些许隐忧。

岳飞此人行事虽然并不鲁莽，但心思太过刚直，时刻都想着要将二圣迎回，一雪前耻，按照此时他的军功能力还为朝廷所看重倒也无妨，一旦朝廷再次被那些主和派投降派掌控……此人怕是要危险了！

思来想去后，朱胜非到底没有给岳飞回信，有关迎回二圣的事情不只是牵涉到岳飞本人，甚至连影响到朝堂局势都不算关键，真正的重点还是在皇帝身上！

他朱胜非看似登堂拜相权力已然滔天，但朝堂之上的权力都是来自皇帝本人，倘若他有意无意地支持岳飞迎回二圣之意，当朝皇帝日后要如何自处？

朱胜非在书房之中苦熬半夜，最终只是给同为宰相的赵鼎写了一封密信，商议日后若是碰到意外的情况，须力保岳飞此将。

岳飞所接第二封书信来自赵构。

这封书信的内容，让岳飞着实有些意想不到。

此前在几道诏命之中慷慨激昂，似有恢复之志的赵构，竟然在信笺之上百般强调，岳飞此行北伐只可收服襄阳六郡，至于其他地方切不可贸然进犯，更是绝不可冒犯金人所驻守区域，否则就算建立了功勋，也要因此而责罚岳飞。

岳飞几次通读过赵构的信笺之后，心思复杂至极，端坐在大帐之中沉吟许久。

这信笺看似与之前的道道诏令前后矛盾，畏首畏尾，但其实也是在给岳飞释放信号或者说交代赵构目前心中的底线。

可北伐，但北伐主旨在于讨逆，消灭伪齐叛逆，而非与金人对阵。

平叛伪齐是大宋内政，对阵金人却是两国争端，赵构分明是不打算将北伐一事的影响扩大，但又舍不得这建功的机会，所以才会显得畏首畏尾。

虽说对于这封信里透露的种种束手束脚之意有些不满，但岳飞并未因此气恼，此番北伐一反常态地得到朝廷支持，已经算得上难能可贵，收复襄阳六郡只是个开始！

接到了朱胜非的密信后赵鼎极为重视，择机与朱胜非私下商议数日，随后便给赵构递了一道札子：

窃惟陛下，渡江以来，每遣兵将，止是讨荡盗贼，未尝与敌国交锋，飞之此举，利害甚重，或少有蹉跌，则死伪境，益有轻慢朝廷之意。臣愿陛下，曲留圣意，凡有可以牵制应援，助其声势，及馈饷钱粮等事，督责有司，速为应副，以亲笔敦奖激励，且使诸路帅臣协力共济，庶使万全。一乞遣中使，齐亲笔赐刘光世，遣发王德郦瑶，共以万人。屯舒蕲间，各将带一两月钱粮，或岳飞关报会合，即令兼程前去，并力攻讨，仍行下岳飞照会。

一乞以亲笔赐岳鄂刘洪道，江西胡世，将荆南解潜等，各务尽忠，体国应岳飞报到遣发援兵，资助粮食，及应干军须等事，一一应办，不得辄分彼此，致失机会。

……

朱胜非与赵鼎商议之后，捉到了赵构心中的痛点，有意避开了金宋交战的字眼，只以平逆讨贼作为重点，只求赵构下令各部兵马策应岳飞北伐之举，到底让赵构加深了对北伐的重视。

正巧川陕地区吴玠仙人关大捷的消息接连传来，给赵构带来了极大的鼓舞，他当即参照赵鼎的札子，下达了几道诏令，命淮东宣抚使韩世忠整军屯驻在泗上作为疑兵，吸引金人注意，又令刘光世遴选兵马前往陈、蔡等地，故作疑阵，声援本次北伐的主力军岳飞所部。

岳飞在接到朝廷的通知，以及周围各部的消息时，大军已经从鄂州开拔，正在江南西路临江郡的萧寺附近，听闻朝廷给出了如此力度的支持后，心中豪气顿生，当即便命人取来笔墨，在萧寺写下了一首《题青泥市萧寺壁》。

雄气堂堂贯斗牛，誓将直节报君仇。
斩除顽恶还车驾，不问登坛万户侯。

短短数日的时间后，岳家军便兵临郢州城下，此地位于襄阳之南，正在汉水河谷之间，地处襄阳与荆州之间，是必经要塞南北屏障。

对于伪齐政权来说，此地可以说是防护襄阳重镇的极重要一环，只要此地不失，无论是岳飞还是任何一个其他的大宋将领都无法率军逼近襄阳，所以伪齐刘豫对此极为重视，安排了手下心腹大将荆超镇守此地。

荆超此人在伪齐政权的武将之列也算得上个中翘楚，素有"万人敌"的称号，武功了得，但在行军布阵之上却并不见长，所以在渡江之时，岳飞便将郢州城视作了囊中之物。

五月初五，岳飞所部最后一营兵马渡江成功，远远看着郢州城，岳飞扬鞭直指城头："岳某必擒荆超此贼，以祭军旗，收服旧境就在此时，若是此功不成，日后再不渡江！"

此言一出，全军上下无不欢欣鼓舞，士气大振！

岳飞见士气可用，连就地整军的过程都直接免去，竖起了此前赵构亲赐的"精忠岳飞"旗号，率军直逼郢州城。

城中的伪齐军队人心惶惶，见到岳飞旗号之后更是心惊胆战，但奈何主将荆超仗着一腔血勇坚持抵抗，无奈之下也只能提枪上阵。

此一战也是岳家军规制整齐，人数破两万之后的第一次攻城大战，在军心整齐士气可用的情况下，战力更是极为惊人。

才短短半日的时间，岳家军在伤亡不到千余人的代价之下，便拿下了郢州城，荆超兵败后不甘被俘愤而自杀，知府刘楫束手就缚，主动送上了官印。

是役，岳家军杀伪齐士卒七千余人，一战而名声大振！

岳飞一战而功成，当即安排人将此战胜利的消息火速传往临安，与此同时他并未有丝毫怠慢，只是原地休息了不到一天的时间，便命令手下的大将张宪、徐庆二人领了本部兵马向东直取随州，而他自己则带着主力进逼襄阳。

他之所以敢这么直接地攻向襄阳，除了此时军心可用之外，更重要的一个原因是现在镇守襄阳的人是伪齐政权的大将李成。

此人是岳飞的老对手或者说是老手下败将了，建炎三年（1129）的时候，岳飞在洪州楼子庄跟此人遭遇过一次，以区区万人兵马就将这厮的十数万兵马打得丢盔弃甲，将此人克得死死的。

面对着这样一个曾经的手下败将，岳飞有着充足的信心可以再次将他击败。

虽说如此，但岳飞只不过是想乘势一战，却并没有轻敌的意思。

李成能够成为伪齐政权的大将，并非徒有其表浪得虚名，此人从一介布衣出身入军伍成为弓手，一身勇武不俗，可开三百斤的强弓，以此能力素来桀骜，后来趁着金人占据河北，聚众起事，几次被大宋朝廷征召但贼性不改，最终投靠了伪齐受到重用，经历不可谓不丰富。

除了在面对岳飞的时候力有不逮，他在伪齐政权势力范围内弹压各路反金反齐的义军时，倒是异常凶猛，因此一路官职飙升，更是接连接受重任！

此前一战为岳飞所败，此人并未气馁，近年来一直厉兵秣马严阵以待，几次叫嚣要与岳飞再战一场，加上此次他有襄阳城据守，兵力上又占据优势，所以双方此时胜败还未可知。

但是这家伙显然没有意识到岳飞此番来势汹汹，岳家军的战力也远非当年可比。

岳飞竟然用了不到一日的时间就将郢州城攻克，消息还没有传到李成耳中，岳家军就已经来到了襄阳城附近。

此时李成的主力压根儿就没到襄阳城据守，而是正驻扎在襄江边上，对岳家军的到来毫无防备。直到得到寨前观察哨的警报，李成登上寨前敌楼远眺，这才察觉到发生了什么事情。

而此时他驻守在十里外的一支兵马，方才被岳飞属下的兵马击溃，让岳家军的士气再涨一层。情急之下李成也来不及做出太多的部署，将手下的十万兵马尽数调动起来，打算趁着岳家军阵脚未稳占据先机。

有金人在背后支持，李成麾下的骑兵数量远超岳家军，若是在平地作战，骑兵有着绝对的优势，只需要往返冲突几次，就能将岳家军阵脚打乱，到时候再将步兵压上去，未必不能竟全功于一役！

李成能在岳家军的威势之下迅速做出应对之策，调整军伍预备，相比较之前的落败经历，已经算得上进步极大。

但是在岳飞面前，这种进步显然还不够。

远眺襄江附近的伪齐军阵，岳飞连连摇头大笑不止，把他手下的这些将领都看得有些心头发毛，连忙上前问询详情，岳飞用马鞭指着江边的军阵布置道："这个李成显然是慌了神。"

"此人勇武有余，计谋不足，对于排兵布阵更是有些糊涂，平日里欺负欺负那些义勇也就算了，只要碰到行伍出身的将领，就会立刻露怯。"

"兵法有云，骑兵利旷野，步兵利险阻，说的是在排兵布阵的时候，应该将骑兵布置在比较宽敞开阔的地方，如此一来才方便骑兵的机动驰骋，李成这家伙仗着自己骑兵多，竟然将数千骑兵分别列阵在了江边，这不是找死吗？"

"只可惜我军骑兵数量不够多，不能毕其功于一役，否则只需要以三千到五千骑兵整队沿着河道冲击施压，就能将他们那些骑兵全都压到河里去！"

岳飞说到此处，不由得握拳慨叹，自从儿皇帝石敬瑭丢掉燕云十六州之后，中原政权便一直处于缺马的状态，饶是岳家军此时算得上兵强马壮，但他手下的骑兵比例也不过占了总数的十分之一。

两千骑兵之中，又有半数需要用作军令传递和斥候探马之用，所以可以用来军阵冲锋的不过一千之数！

若非如此，他的岳家军又何苦屡次只能击溃敌军却又无法全歼对手？那些金贼仗着马快，每次卷土而逃都极为迅速……

岳飞脸色转冷，朝着身后大手一挥："王贵，你率长枪步卒从右翼弹压他们的骑兵，务必要将他们压死在河边，不可使其脱困跑动起来。"

"牛皋，你率骑兵从左侧冲散他们的步卒边阵，乱其阵脚，再以步兵补进，无需理会散兵溃军，务必一冲到底！"

这种安排可以说毫无机巧可言，典型的针对性鲁莽打法，跟平日里岳飞珍惜士卒谨慎用兵的套路截然相反。但王贵与牛皋两将却毫不犹豫，立刻领命而去。

在岳家军之中，岳飞的命令拥有绝对的权威，饶是王贵、牛皋等人所属兵马都以本部主将为尊，但也从来都是唯岳飞的军令马首是瞻，岳飞随时都可以越级指挥！

哪怕是此时岳飞给他们下达必死的命令，他们也会欣然前往，军纪军威如此，何愁不胜？李成在占据了人数的绝对优势之下，本以为此番战斗可以轻而易举战胜岳飞，可谓胸有成竹。

但他万万没有想到，面对着岳家军的悍然冲杀，他手下这一支费尽了力气才整编出来的队伍，竟然如此不堪一击。

短短两刻钟的时间，最前面顶着的部队便直接溃散，随后剩下的兵马被岳家军一冲到底！

本来已经冲出去的骑兵在岳家军的长枪阵之下根本就发挥不出威力来，反倒在结束了最开始的冲刺之后，被逼得连连撤退，最后直接退到了江水之中。

步兵阵列的情况更是没好到哪里去，先是被岳家军的骑兵袭扰拉扯失去了原本的阵列，在还没有反应过来及时调整的情况之下，再次被岳家军的步兵冲入阵中。成百上千的士卒被砍翻在地，伪齐士卒鬼哭狼嚎，彻底变成了一盘散沙。

各营武官将领最开始还四处吆喝着妄图用自己的亲兵将这些溃兵堵在前面，争取稳住阵型。但是随着溃兵越来越多，他们之中反倒有些人被自己人砍杀。

兵败如山倒，仗打成了这种德行已经完全没有坚持下去的必要了。

李成虽说怀着一腔血勇，但脑子里并没有被血充满，好歹也算得上个聪明人，此时见势不妙立刻就带着自己的亲兵队从乱军之中冲杀了出去，一路之上砍死了不知道多少自己的袍泽兄弟。终究抢在整个部队全都崩解之前，成功逃离战场。

岳飞将李成所率十万伪齐军冲散之后，并没有再贪军功，而是转头就将剑锋指向了襄阳城。

没有李成的十万大军拱卫，襄阳城中的守军很清楚负隅顽抗毫无意义，不等岳飞叫门，便主动打开了襄阳城的城门直接投诚。

与此同时，岳飞还得到了另外一个消息，原本被他派往随州作战的张宪和徐庆，竟然还未将随州拿下。

随州守将王嵩奸诈至极，眼看着岳家军中两位宿将率领数千人马杀至，直接选择闭门不出，这让军中没有准备重型攻城器械的张、徐二人有些措手不及，无奈之下只好向岳飞处求援。

岳飞心知随州城如果不能攻下，其他几城短时间之内必然也无法拿下，到时候必然要形成僵局。

岳家军虽说已经印证了自己的实力，但人数毕竟不多，若是打起拖延战，于己方不利，所以立刻暂停了攻势，命牛皋带着时年十五岁的长子岳云及本部兵马三千余人，星夜前往驰援随州战场。

牛皋此行气势如虹，更是带着极强的自信，所以全军上下竟然只带了三天的干粮。

事实上随州之战也就只持续了三天的时间，牛皋到场之后，只用攻城云梯作为攻城器械，率军连攻两日，岳云拎着双锤率先冲上了城墙，将城墙之上的伪齐军击杀十数人，清出了一大片落脚的地方，后续岳家军蜂拥而上，直接将城墙拿下。

第三日晚，王嵩的人头被挂在了城门上，以儆效尤。

随州城光复！

不到两个月的时间，襄阳六郡尽数归入岳飞手中，捷报频频传回临安，一直力挺岳飞北伐的朱胜非与赵鼎都松了口气，赵构更是欣喜若狂，除再次下令让岳飞收敛声势不许贪功冒进外，直接加封岳飞为清源军节度使。

此时的岳飞才刚过而立之年，便直接开府建节，这让他成为赵构登基以来第五个建节的大将，同样成为大宋军中真正的中流砥柱。

同年末，岳飞仍然回鄂州驻守，登临黄鹤楼时，仍然在为彼时攻势凶猛，本可一举再复千里旧土却被阻止一事心生愤慨，一腔的怒意无处发泄，拔剑四顾，没有敌人可供砍杀，旋即找从人拿了笔墨，挥毫写下了一首《满江红·登黄鹤楼有感》。

遥望中原，荒烟外，许多城郭。

想当年、花遮柳护，凤楼龙阁。

万岁山前珠翠绕，蓬壶殿里笙歌作。

到而今、铁骑满郊畿，风尘恶。

兵安在？膏锋锷。

民安在？填沟壑。

叹江山如故，千村寥落。

何日请缨提锐旅，一鞭直渡清河洛。

却归来、再续汉阳游，骑黄鹤。

绍兴五年（1135）末，赵构心血来潮，将大宋所有兵马改成行营护军，以韩世忠所部神武左军为行营前护军，以岳飞所部神武后军为行营后护军，以张俊所部神武右军为行营中护军，以刘光世所部名为行营左护军，以吴玠所部名为行营右护军。另以王彦八字军改编为行营前护副军，各自设立都督府。

此举表面上看起来是在整备军制，似乎有励精图治再次兴北伐义师的意思，但在此举之后随之而来的便是各路兵马迎来了缩编和撤编，一时间各路兵马的战斗力都受到了影响。

不过此时金人仍然对大宋朝堂和疆土虎视眈眈，时时与伪齐联军南下袭扰，赵构虽然逐渐对北伐失去了兴趣，却不敢太过削弱各军力量，依旧时刻提防伪齐与金人的动向。

直到同年末，金太宗去世，完颜昌开始主政金国，金宋两国开始再开议和局面，之前因为言行孟浪为赵构所不喜的秦桧复官资政殿学士，自此仕途一路通畅。

三四年间岳飞屡次试图北伐，虽然屡战屡胜，接连收复了一些零散失地，又从伪齐手中掠回兵马钱粮无数，但因为没有朝廷的策应独木难支，都没有取得太大的成功。

绍兴六年（1136），伪齐皇帝刘豫再次大举进攻大宋，刘光世怯战退缩，几乎将淮右地区尽数断送敌手，自己更是差点被伪齐军活捉，回返朝堂之上后自惭形秽，自请解除兵权，被赵构批准。

而此时的岳飞，方才收复数地，并且在陈、蔡两地大获全胜，得授太尉官阶，赵构甚至还打算将刘光世所节制各部兵马一起交给岳飞指挥。

此时岳飞手中的岳家军已经扩充到了七八万人，若是加上各处受他节制的兵马义勇，已经可以指挥十几万人，倘若再加上刘光世所部兵马义勇，等同于将大宋大部分的军队全都交给了岳飞。

这一决定，赵构本也是经过了深思熟虑，毕竟伪齐久不能灭，金国又始终虎视眈眈，纵然有议和的迹象却迟迟不能定下，大宋朝堂之上确实需要一个中流砥柱来支撑，岳飞显然足以担此重任。

岳飞得知此事后喜不自胜，激动之余给赵构上了一道《乞出师札子》，洋洋洒洒千余字，可谓是慷慨激昂。

臣自国家变故以来，起于白屋，从陛下于戎伍，实怀捐躯报国、雪复仇耻之心。幸凭社稷威灵，前后粗立薄效。陛下录臣微劳，擢自布衣，曾未十年，官至太尉，品秩比三公，恩数视二府。又增重使名，宣抚诸路。臣一介贱微，宠荣起踬，有逾涯分。今者又蒙益臣兵马，使济恢图。臣实何能？误辱神圣之知如此，敢不昼度夜思，以图报称！

臣窃揣敌情，所以立刘豫于河南而付之齐、秦之地，盖欲荼毒中原生灵，以中国而攻中国。粘罕因得休兵养马，观衅乘隙，包藏不浅。臣谓不以此时禀陛下睿算妙略，以伐其谋，使刘豫父子隔绝，五路叛将还归，两河故地渐复，则金贼之诡计日生，浸益难图。

……

臣闻兴师十万，日费千金，邦内骚动七十万家，此岂细事？然古者命将出师，民不再役，粮不再籍，盖虑周而用足也。今臣部曲远在上流……

异时迎还太上皇帝、宁德皇后梓宫，奉邀天眷以归故国，使宗庙再安，万姓同欢，陛下高枕无北顾之忧，臣之志愿毕矣。然后乞身还田里，此臣夙昔所自许者。

伏惟陛下恕臣狂易，臣无任战汗。取进止。

这道札子递到赵构面前，让赵构欣然动容，亲笔批示："有臣如此，顾复何忧？"

此时的赵构，尚且还有残存的些许热血，在岳飞、韩世忠等将领的支撑之下，仍然偶有想要中兴大宋的念头。

但身为皇帝，赵构非常懂得平衡之道，在提拔岳飞的同时，开始思考如何在朝堂之中培植力量制衡岳飞，毕竟此时岳飞手握重兵，且岳家军的名号响彻天下，隐隐有功高震主的迹象，倘若不加制衡，赵构多少有些担忧自己的皇位。

至绍兴七年（1137）正月，赵构决意再与金人议和，原本在金国颇受重用的秦桧再次映入他的眼帘，此人虽然是个典型的求和投降派，但精明能干又愿意听他指挥，可堪一用，旋即提拔秦桧为枢密使。

原宰相朱胜非已经被排挤免职，赵鼎虽然晋为尚书右仆射、同中书门下平章事兼知枢密院事，但此时手中权力已经被赵构和复官的秦桧架空大半。

正好此时刘光世被罢黜，让富平之战后逐渐掌权，且跻身中枢的张浚隐隐产生了忧虑，原本一直是主战派的他忽然调转了枪口，不再与岳飞同仇敌忾。

这一点正中秦桧下怀，对其进行了多次煽动，两人若即若离前后多次劝说赵构，不可让武将掌握天下兵马权柄，以防止功高震主拥兵自立，此一说正中赵构下怀，便将此事直接搁浅，岳飞打算调动全国兵马再次北伐的想法彻底落空。

与此同时，刘光世被罢官后淮西军无人节制，以至于产生军变，郦琼等人发动叛乱裹挟四万余人投奔伪齐，此事直接引起了大宋举国震荡。

秦桧以此事为引疯狂抨击张浚，将此前罪责全都推到了张浚头上，迫使张浚在九月引咎辞职，大宋朝堂之上的权力中心开始偏移，除却赵鼎尚且占据相位以外，秦桧已经实质性地掌握了朝中大权。

与此同时，眼见着收复中原无望，淮西各部群龙无首之下又起祸端，岳飞在鄂州接连几次催促赵构将刘光世所部兵马并入本部，又以伪齐刘豫被金国废掉为机，再次请求增兵于己，准备再次北伐收复中原。

然而他接连几封札子递上去，却都是泥牛入海没有换来任何结果。

本来满心欢喜的岳飞心中顿时激愤无比，几乎与赵构当面产生矛盾，还闹了一次辞职归乡。

虽说这一次的事情最终在赵构低头，安排鄂州军营将领陪同李若虚代君劝解六日之后算是暂时告一段落，但从这个时候开始，赵构与岳飞这对君臣之间的关系，便开始出现了些许的裂隙。

此事对于秉性耿直的岳飞来说，不过是一次意气用事罢了，只是对作为皇帝的赵构言而无信行为的抗议，所以并未放在心上。

随着张浚被夺职，临时行在建康附近兵马群龙无首，岳飞旋即上疏赵构，打算以本部入京兵马驻扎城外拱卫行在。

这一请示毕恭毕敬，可以见得岳飞心系赵构安危，让赵构心中稍有安慰，虽然没有答应岳飞的请求，但还是指派岳飞所部驻扎在了江州附近。

原本此事暂时揭过，再等上一两年的时间又逢战事，赵构出于倚重心态，就会将此事彻底忘却。但在同年八月，岳飞再次做了一件过于耿直的事情。

此时皇城司除却王诚这一支外，另外两支都已经为秦桧掌控，甚至隐隐压住了王诚这一支，数年间他无奈之下只能采取保守策略，将原有的势力让出大半。

但纵然处于蛰伏状态下，皇城司的情报网依旧起着极为重要的作用，王诚八月初得到了一道从金国传回的消息，金国要放钦宗皇帝的太子赵谌归国。

此事事关国本，王诚不敢怠慢，立刻入宫请见赵构，然而却被皇城司与殿前司给拦了下来，执意不给王诚这个面圣的机会。

皇宫内外的皇城司人手早已经被逐一替换，王诚就算是想要将消息以密信的方式递交进去也已经不可能，无奈之下只能候在皇宫外，伺机而动。

随后他就碰到了受召入宫面圣的岳飞。

两人最近年许的时间都在行在建康附近，但公务繁忙，只是偶有机会才能见面，此时一见都是有些意外。

王诚心知国本一事事关重大，不想再拖延，干脆将此事一五一十地交代给了岳飞，让他代为面圣。

岳飞听王诚说过此事之后，顿时意识到了问题的严重性，倘若赵谌真的归来，赵构这一支赵氏皇族又该如何自处？与王诚商议数句之后，他立刻就决定劝谏赵构早立皇储。奈何这两个人近来都是极为不顺。虽然对此事达成了一致，但谁都没有想到这仓促之间的决定会造成多大的后果。

随行的内侍听到了两人之间的谈话之后，直接被吓了个半死："王皇城、岳太尉，且慎言！"

"此事事关国本，若是在朝堂之上商议倒也无妨，在这种地方切不敢胡言乱语……"内侍原本就十分苍白的脸变得越发失了血色，下意识朝着周围指了指，眼底满是紧张之色。

当街议论国本废立之事，无论在哪朝哪代都是重罪，更何况如今临朝的皇帝赵构早年间被惊吓得失了生育能力，此事早已经成了赵构的逆鳞。

哪怕提及此事的人乃是皇城使，日后被问责起来说不定也要牵连到周遭之人，岳飞身居太尉之职不会受到影响，但他这个小小内侍乃至于周围那些宫人，岂不是必死无疑？

王诚对这些宫人心中的想法心知肚明，所以并未再次提起此事，只是朝着岳飞深深看了一眼："既然事关重大，鹏举兄万万不可忘记……便是与陛下提及，也不可失了分寸！"

岳飞大手一挥："明阳不必多虑，此事我此前便胸有思虑，面圣之后自有定论！"

眼看着岳飞随内侍进了皇宫之后，王诚的心中莫名升起一股忐忑，在原地转了几圈之后越发焦躁不安，干脆在东华门外临街找了个小茶摊坐下，等待岳飞从大内出来。

岳飞自觉行得正坐得端，所以并没有将王诚的提醒当回事。

此番赵构召见岳飞，不过是因为秦桧等人构陷，说是在岳家军之中听到了一些风言风语，意指岳飞有谋反的嫌疑，对于这种捕风捉影的话，赵构自然并不相信。

但依照赵氏皇族的惯例，防范武将胜过防范外敌，所以这一次也是专门把岳飞找来，先是进行了惯例性的问询，关怀了一下岳飞最近的情况，之后便把话题扯到了军中的风言风语之上。

岳飞是个直爽的性子，对于这种无来由的污蔑自然是毫不客气，当即痛斥那些污蔑之人。

这一副义正词严的姿态，顿时让赵构放下心来："朕自然是知道此事是有心人在暗中污蔑岳爱卿，爱卿无需记挂在心中。"

"朕此番召你前来，除了此事之外，另有其他的事情商议。"

沉吟了片刻之后，赵构便直接说道："今日听闻钦宗之子即将在金人的安排之下回返我大宋，对于此事不知道岳爱卿有何想法？"

岳飞听到这个问题后，不由得微微一怔，方才在外面的时候，他已经听王诚说过此事，但按照王诚的说法，这件事儿目前皇帝应该并不知晓才对，所以才会急匆匆地想要让岳飞面圣述说此事。但眼下……恐怕是皇城司之中出了很大的问题！

至于说皇帝为何突然提及此事，岳飞只是稍加思量就明白过来，恐怕这是一次明显的试探！

眼下朝中，手下领兵的大臣将帅里，唯独岳飞势力最大，手中掌握兵马最多，同时又不是皇帝的嫡系出身，尤其是岳飞此前还曾经说过要迎回二圣的话！

倘若钦宗之子的确回返大宋，岳飞愿意拥立此人，振臂一呼之下大宋半数兵马全都站在他的那一边……赵构这个皇位能不能保得住，是个很大的问题。

岳飞站起身来，朝着赵构微微躬身："陛下，此事臣已经知晓，且已有定论，正要与陛下分说此事！"

"钦宗之子虽然为正统，却未曾有储君之实，纵然归国也只可以亲王礼待之！"

"金人此举，无非是想要效仿扶伪楚伪齐事，想要污蔑陛下皇位得之不正，意图动摇陛下根基，此等阴谋需以阳谋抗衡之。"

他缓缓挺直了腰杆，正气凛然道："臣建议陛下早立建国公为太子，确立国本，以求正本溯源，稳定朝局！"

这个建议从他的嘴里说出来，无论放在任何时候，都足以让赵构欣喜。

岳飞此时也算胸有成竹，毕竟这个建议等同于为身为皇帝的赵构确立正统地位，怎么看他都应该觉得岳飞是忠臣良将，十分感动。然而就在他说完这句话之后，却突然间感觉大殿之内的气氛变得有些古怪。

随后一道凉风不知道从何处吹来，竟然将赵构面前案几上的札子吹得散落一地。

周围那些内侍慌了神，纷纷扑到地面上，开始捡起东西，这个举动打破了大殿之中的古怪气氛，赵构不知道为何已经变得黑漆漆一片的脸色稍微缓解，随后眼神冰冷地看着岳飞："爱卿的建议，朕已经知晓了。"

"不过这种事儿不是你这个领兵驻外的大将应该管的，朕自有思量，若是接下来没有其他事情的话，你可以退下了！"

这句话说得实在是太过冰冷，以至于一身正气的岳飞，此时也听出了不太对，他下意识地抬起头，还想再朝着赵构看上两眼。

然而此时的赵构已经拂袖离去，大殿之上只剩下了几个手忙脚乱还在捡东西的内侍，刚才那股不知道从什么地方吹来的冷风再次席卷而来，让岳飞的心一下子沉到了谷底。

此前几次无论他跟赵构如何争辩，哪怕是上一次，他已经打算辞官不做，君臣二人之间的谈话最终也是以和缓收场，还从来没有达到过这种程度。

眼看着以赵构离场的方式收场，恐怕这君臣之间的关系再也无法挽回。然而岳飞此时依旧有些想不通其中的关节！

直到他从大内出来，再次碰到了外面等候许久的王诚，两人将方才所发生的事情一一分析之后，这才看出了一些眉目。

不比岳飞常年在军伍之中所以性子越发直爽刚正，王诚对于揣度君心这种事情更有眉目，所以仅仅是通过两个人的沟通，便明白了其中的问题所在。

"岳帅此举，恐怕会为有心人利用，成为攻讦岳帅的利器！"

"方才岳帅几次与陛下对话都有错漏之处，但都无伤大碍，唯独最后建言立储一事，万万不该直接提起建国公来！"

王诚此时颇为头痛，此事之中除却岳飞性子太过刚直外，主责还在他的身上，倘若他对皇城司的掌控一如既往，也就无需岳飞面圣谈及此事，更不会出现这么大的问题。

皇帝此前受了惊吓，已经无法生育子嗣的事情，尽人皆知，皇帝自己经过这些年的心理建设也已经适应了此事。

但他这个皇位还要传承下去，所以专门收养了两个养子，全都是太祖皇帝那一支的后代，原本也是要在这两个人之中选择一个作为皇储，于情于理，在这个时候任何一个大臣上来建言献策让他早立国本，都不足为奇。

甚至可以说因为此事还会获得嘉奖，毕竟这种建言献策是在维护皇帝的皇位正统。

但这种话从岳飞的嘴里说出来就是另一个效果了，岳飞手中掌握重兵不说，前段时间还刚跟皇帝发生了矛盾！

如果他只是建议立储不再多说，倒也无妨，但他偏巧提到了建国公！

一个领兵大将建言立储，还指名道姓地提到了立储人选，这很难不让人怀疑岳飞跟建国公之间的关系。

原本此事还是皇室内的矛盾，是皇帝的家务事，放在朝堂之上后，这事儿注定就要变味，毕竟又牵涉到了朝堂集团的变动和权力斗争。

而作为领兵之人，对待这种事儿的时候本就该谨而慎之。

偏巧岳飞专门提到了建国公，以赵构生性多疑的性子，绝对会在这件事情上联想到更多，譬如岳飞与建国公结党营私、早已经商量好逼赵构退位……

王诚将自己的推断一一说出，惹得岳飞眉头紧皱："陛下虽然近年来对我确有不满之意，但想来不会仅仅是因为这几句话就怀疑我。"

"这件事情，怕还是贤弟你多虑了！"

"不过此事倒是为我们提了个醒，自从秦桧拜相后，贤弟对于皇城司的掌控越发薄弱，今日竟然出现了如此大的纰漏，日后恐怕会为此人所乘，可要千万小心！"

自从秦桧拜相之后，对于以岳飞为首的主战派一直都十分不满，时不时就会在朝堂之上使绊子，克扣军费、截钱断粮、妨碍军备，可以说无所不用其极。

偏巧此人善于钻营取巧，在一些朝政的事情上更有见地，可以帮赵构省下不少的事情，以至于再次登堂拜相后，几乎成为赵构的心腹大臣，甚至将皇城司另外两个皇城使都换成了他的人！

双方之间的关系已经从最开始的政见不合变成了针锋相对，再加上今天这个事情的影响，恐怕再也没有办法继续和平相处了。

对于朝堂争端，岳飞十分不喜，所以只是叮嘱了王诚几句之后便没有再把这个事儿放在心上。

军中尚有不少事情处理，岳飞匆匆而来匆匆而去，并未能与王诚坐饮太久，而王诚看着岳飞远去的身影，心中的不安再次加剧，转而跑到了大内皇宫外，再次请求面圣。

然而这一次的请求，再次被殿前司的人直接拒绝。

他并不知道的是，此时在皇宫之中，赵构才方赶走岳飞，就已经跟另外的数人开始了一场廷议。

除却秦桧、赵鼎这两位宰相之外，在场数人之中多数都是主和派之人，还有此时正在岳飞军中任参谋官的薛弼！

薛弼此人与秦桧有些旧交情，虽然并非莫逆，但此时能被列在廷议众臣之中，显然也是从秦桧的手中拿到了一些好处。

"众卿家方才可听到了岳飞那寥寥数言？"赵构微微闭眼，食指轻轻敲打着椅子扶手，朝着众人低声问道。

下面这些人有一半儿刚才都在殿前的屏风之后，早就将赵构跟岳飞之间的对话听得一清二楚，此时纷纷朝着赵构说道："陛下，岳飞此人竟然妄议立储一事，显然是已经忘了为人臣子的本分！恐怕有功高震主想要以此为据掌政夺权的嫌疑！"

"此人对于我们与金人议和之事向来不满，恐怕是从什么地方听到了一些风声，所以故意提出此意，打算威胁陛下，其心可诛！"

众人眼看着皇帝似乎对岳飞不满，立刻跳了出来，开始给岳飞扣帽子。

这一顶顶大帽子扣下来换作其他人的话，恐怕立刻就要被冠以大逆之罪，直接拖出去，满门抄斩，抄家灭族。

赵鼎默然看着眼前一幕，并未作声，这两年他的宰相当得十分憋屈，只不过是留着一个空头宰相的名声，这个时候就算站出来为岳飞说几句话，也肯定是无人响应。

再加上秦桧此时在朝中的影响早已经远远超过了他，他说再多也是无用，多一事不如少一事，此时他闭上嘴巴观察情况，日后将这里发生的事儿再告诉给岳飞，反倒作用更大一些。

秦桧端坐一旁，对于自己这一派的官员们所说的话十分满意，自从回返大宋之后，他屡次受到重用，又屡屡因为主战派的建言献策而不得不暂时退居二线，心中对岳飞的不满早已积累到了一定程度。

但他很清楚，此时赵构的心思还没有完全放在主和派这边，之所以让他们说这句话，无非是发发牢骚，并没有真的要整治岳飞的意思，所以此时他非但不能站出来落井下石，还要表现出一定的宽容忍让甚至大度。

所以眼看着众人说的话越来越过分，赵构的表情也逐渐从最开始的满意逐渐转化到了有些不太耐烦，他立刻就站了出来："此言差矣！"

"岳宣抚一心为了大宋朝廷，可谓忠心耿耿，之前哪怕是遭受了那么多的非议，也想要将二圣迎回，此等心意天地可鉴！"

"为国分忧，为民请命，这种人怎么可能为了一己私利而做下不忠之事，恐怕此事还是有人从中挑唆，以至于岳宣抚听信了谗言，才会做出这种不理智的举动！"

秦桧这几句话下来，看似是在帮着岳飞说话，实际上却直接把岳飞推到了皇帝的对立面上。

爱国爱民，却不爱君，忠于朝廷，却不忠于帝王，对于其他人来说或者岳飞是个完人，但对于皇帝来说……很危险！

赵构临危受命当上了这个皇帝，本来就得位不正，最初或许还有惶恐情绪，但随着在皇位之上坐的时间长了，早就已经习惯了坐在这个位子上高高在上的感觉，怎么可能还会舍得交出皇位。

这也是为什么岳飞等人时时喊着要迎回二圣，却屡次被赵构忽视甚至呵斥的原因所在。

眼下徽宗已经驾崩，留下钦宗独自在五国城受苦，赵构的担忧本来已经降下一半，结果此时忽然有人说钦宗之子要回来，他心中难免又有焦虑之意。

秦桧等人正是抓住了这个机会，得以把自己在赵构心中的地位节节拔升。赵构之所以如此信任秦桧，无非是因为秦桧在他眼中算得上是个忠臣，只忠于他的臣子！

朝野上下，只有这些唯独忠于他的人才能成为他心中最后的倚仗。

"秦卿，你可知道你所说的话，是在指责我大宋中兴之将治军不严？"赵构斜瞥了秦桧一眼，语气威严地说道。

在场众人可不只是全都站在他们一边的主和派投降派，尚且有主战派的赵鼎等人，饶是主战派在当下式微，但当下大宋兵马半数掌握在主战派的韩世忠与岳飞手中，倘若赵鼎将此间谈话泄露出去，恐怕会引起不必要的麻烦。

仅凭自己一张嘴，自然无法说动在场众人，除了落下一个无端指责岳飞的名声之外，秦桧不会再有所得。

但秦桧显然不是抱着这个目的，而是早有准备，听到赵构的话之后，立刻朝着坐在下首位置上的薛弼看了一眼。

虽然双方之间没有从属关系,但是薛弼与秦桧两人早已经是老相识,两人昔年的交情颇深,只需要一个眼神,对方就明白了他的意思。

薛弼二话不说直接走了出来,扑通一声直接跪下,朝着皇帝连连磕头:"陛下,臣等虽然追随岳帅多年,但并非岳家私兵,更不会挑唆岳帅做这等孟浪之事。"

"臣入京之前,还曾千叮咛万嘱咐过岳帅,绝不可对皇家之事过多置喙,谁知道岳帅竟然……"

这家伙揣摩着秦桧的想法,揣度着赵构的喜好,试探性地说了这么几句,随后就把嘴巴闭得死死的,不再多说哪怕半句话。

但他说到一半的话,比起前面说的几句话效果都更加有用,岳飞接下来做了什么,没有谁比赵构更清楚。

薛弼这么几句话,再次将岳飞推到了风口浪尖,同时也是在秦桧的羽翼之下,朝着赵构点明了一个极为重要的问题。

那就是薛弼可以代表岳家军中的一部分人,而这部分人旗帜鲜明地站在皇帝这边!虽然为岳家军用命,但他们脑袋上顶着的旗帜还是姓赵,不是姓岳!

岳飞之所以做出那么冲动的事儿,跟他们这些人没有关系,他们一没有煽动岳飞,二没有谋反之心,而是忠心耿耿地跟皇帝站在同一个阵线的。

甚至于如果有需要,他们愿意在皇帝的授意之下,跟秦相站在同一个阵线上,这个态度实在是太鲜明了,也起到了很关键的作用。

这在成功地表达了忠心的同时,也是让赵构稍稍松了口气。

赵构之所以担心岳飞,担心的是什么?担心的就是岳飞身后站着的岳家军！

如果此时连岳家军内部的人都表示不支持岳飞刚才的说法，那这就说明刚才岳飞说的那些话只是他的个人意见，并不代表岳家军全体官军。

这一点对于赵构来说十分重要，十来年前他可是经历过一次苗刘兵变的。

所以对于这种事儿他十分敏感，也十分担心，毕竟如果岳飞真的打算拥兵自重，逼迫他退位，眼下仅凭城中的这些兵马，他甚至都做不出比起当年面对苗刘兵变时更有效的防护。

赵鼎在一旁听着这几个人一唱一和的对话，心里面冰凉一片。

之前他早早地就被皇帝招呼到了宫中，随后跟着这几个人一起在屏风后面听到了岳飞跟皇帝之间的所有对话。

所以他很清楚这个廷议与其说是在讨论岳飞方才所说内容的偏颇程度，倒不如说是在给岳飞开审判会。

不管这个审判会的结果如何，最终又会决定如何对待岳飞，这个结果到底会在几年之后实行，到最后岳飞也是逃不过责难了。

虽说赵鼎平日里跟这些带兵的将领之间很少有私人往来，为的就是在某种程度之上避嫌，但同样作为主战派，赵鼎心中对于韩世忠和岳飞这两位大帅才还是十分欣赏的。

眼下看着岳飞就要蒙受不白之冤，他终于坐不住了，立刻就站了起来："陛下，方才的事情确实是岳飞此人过于孟浪，但是此人毕竟也是忠臣良将，对他不方便施加太过严重的责罚。"

"身为宰相，又同为主战之人，岳飞做事儿这么鲁莽，不自重，也有我的一份罪责！"

"还望陛下将这个问责他的任务交给我，也好让我为陛下尽心尽力！"

赵鼎的这个请求立刻就得到了赵构的同意，随后赵鼎朝着周围这帮人看了一眼之后，毫不犹豫地就离开了大殿。

这时候他再留在这里也没有什么意义，倒不如尽快找到岳飞，将这里的事情交代清楚，否则日后再出了什么乱子，主战派岂不是要被连根拔起？

等到赵鼎走后，秦桧却朝着旁边一摆手，薛弼立刻从地上站了起来，坐回到了自己的座位之上。

而秦桧则上前躬身："陛下，臣已托皇城司的秘密渠道沟通到了金人处，挞懒眼下在金廷之中手握大权，对于和议一事有极大的把握……"

"但此时朝中众多大臣反对和议，恐怕要耽搁我们的议和进程，臣已经列了一份名单，还望陛下三思而后行！"

赵构接过了秦桧手中的札子后立刻打开，里面的名单赫然映入眼帘：吕本中、张九成、冯时行、胡铨……尽皆都是朝中可用之才，但确实也都是主战派，极力反对和议之人。

沉默良久之后，赵构并没有立刻答应秦桧的试探，而是将札子重新合上，低声说道："此事由我再思量一二，如今优势在我，金人已经屡次败回，若是再打上几次或许对我和议大计更有益处……"

秦桧看出赵构此时正处于犹豫之间，而且其实主战派的思想还是占据了他脑中极大的分量，所以并没有逼着皇帝立刻就下决定，而是躬身而退。

实际上，此时挞懒也就是完颜昌所秘密安排来的金人使者已经到了临安城中，暂时被秦桧安排在了驿馆之中，随时都可以秘密面圣。

一旦双方和议达成，秦桧的位子就算坐稳了，甚至可以在某种程度上操控整个大宋的朝堂。

但他也十分清楚，这种事儿绝对不能急于一时，尤其是此时主战派势力仍然强大，所以他必须想办法削弱主战派的势力。

韩世忠此时仍然驻扎在外地，而且有安国夫人梁红玉这样一个女中豪杰智囊在身边跟随，秦桧想要捉住他的把柄并不容易，反倒是岳飞主动撞在了他的刀口之上。

想办法搞垮甚至除掉岳飞，成了他心中的首要大事。

半个月后，岳飞所部被勒令离开江州，仍回鄂州驻防，岳飞归途之上心烦意乱，挥毫写下了一首《小重山·昨夜寒蛩不住鸣》。

昨夜寒蛩不住鸣。
惊回千里梦，已三更。
起来独自绕阶行。
人悄悄，帘外月胧明。
白首为功名。
旧山松竹老，阻归程。
欲将心事付瑶琴。
知音少，弦断有谁听？

岳飞再次远离朝堂，远离了大宋的权力中心，无形中给了秦桧等人极大的便利。

随后秦桧便撕下了之前的伪装，径直将金人使者给摆了出来，自己从中斡旋拉扯，最终把和议的事情给定了下来。

此事并非金廷力主，而是以完颜昌为首的金国势力集团力主，所以赵构思量再三，考虑到自己皇帝的位置和身份，并没有太过主动，而是把和议的事情全权交给了身为宰相的秦桧和赵鼎，另外又加上了一个时任枢密副使的王庶。

这三个人领命后看似是一条心，实际上心里面各有算计，在金人面前始终无法达成一致，足足谈了两个来月这才算是敲定了初步的和议条件。

与此同时，因为这个事情耽搁得太久，导致外面的那些大臣也都听到了风言风语。

尤其是岳飞、韩世忠与张俊这三个在外领兵的大将，听到了这个消息之后更是气愤不已，三人此时都是在与金人交界的地方驻防，随时随地都在准备跟金人继续作战。

结果他们这边厉兵秣马，时刻准备着要打仗，后方却是先被人点了一把火。韩世忠与张俊两人递回来的札子还算客气，但岳飞的札子却依旧贯彻了毫不客气的风骨。

其他人的上疏札子全都被秦桧这个宰相命令手下的人拦在了半路上，连看都懒得看。

但这三个领兵在外的大将却不同，三人的身上都挂着宣抚使的名头，又有节度使的实权，尤其是手中还都掌握着数万兵马，所以他们的上疏按理说都可以直达天听，也就是直接摆在赵构的面前。

不过赵构自从信任秦桧以来，自己就极少审视朝政，札子也懒得看，全都扔给了秦桧处理，所以秦桧几乎是第一时间就看到了岳飞摆在最上面的札子。

虽然明知道岳飞在这札子里肯定不会写什么好话，但是他还是下意识地翻开了札子。似乎是早就料到看札子的人正是他秦桧，岳飞在札子里就写了一句话。

"金人不可信，和好不可恃，相臣谋国不臧，恐贻后世讥。"

这意思简单明了，金人根本不足为信，所以这个谈和的事情也不可信，这两句话还算是客气，但紧接着后面的两句话却是直接指着秦桧的鼻子在骂了。

作为宰相，不为国为民谋利益，反而总想着跟贼人做生意，想方设法地卖国谈和，这放在以后肯定要留骂名，甚至很有可能会遗臭万年。

合上札子，秦桧的眼睛里几乎都要冒出火来，除了之前在金国的时候跟金人当孙子，他还从来没有受过这种委屈。

这个岳飞实在是太过分了点，若是不将此人铲除，他这个宰相便是白当了！至于剩下那两封札子，他更是看都没看。

以他对于那两个领兵大将的了解，估计这两人就算是没有像岳飞一样指着鼻子骂人，这札子里面的内容也不会有多么好看。随后他就把这三道札子直接压了下来，压根儿就没给赵构看！

如果他真的愿意把这种东西给赵构看，之前也不会想尽办法把岳飞给赶走了。

而后的数个月里，岳飞、韩世忠和张俊这三处的札子可谓是雪花一样繁多，时不时就会冒出来，却都被秦桧一一扣下。

而与金人谈和一事，进行得也算是如火如荼，最终双方谈下来的条件，也让赵构跟秦桧十分满意。

一、南宋对金称臣。

二、南宋每年向金贡银二十五万两，绢二十五万匹。

金将河南、陕西之地以及徽宗、韦太后的棺木归还南宋。

在赵构看来，这个和议的内容跟此前的澶渊之盟相差不多，同样也是花钱买平安，而且还能拿回河南和陕西被攻陷的地方，顺带着还能把徽宗棺椁迎回。

于情于理，于内于外都算是他这个皇帝有了个交代。

接下来的事，几乎又是赵氏皇族极为老生常谈的套路，无非是在一些细枝末节的问题上反复找面子，不愿北面跪拜，不愿意在金使面前称臣……

直到再次拉扯了月余的时间，这次被金人称为"天眷和议"的议和才算顺利结束，随着金人使者回返金国，完颜昌拿到了一部分岁贡和礼物，又拿到了赵构亲笔写下来的和议书信，顿时大喜过望。

连年征战损耗的可不只是大宋的国力，尤其是金人今年来屡次南侵都是以失败告终，接连碰到岳飞、韩世忠和川陕吴家这几路猛人，打得金人十分头痛。

就连张俊的兵马，时不时也能打出几场大捷来，所以此时完颜昌想得很简单，通过岁贡的方式暂时恢复金国国力，同时削弱大宋国力，此消彼长之下用不了几年他们就可以再次大举南侵，到时候的战果绝对要比现在大得多。

但此事毕竟没有经过其他金国重臣的手，所以反倒招致了金国朝野上下的不满。

完颜昌对于那些同僚的不满置之不理，强行推行和议进程，更是自作主张将河南各地的金军率先撤出，并将这个消息通知了宋廷。

对于完颜昌这个"守约"的行为，赵构十分高兴，随后便安排了好几路使臣前往收复失地。

与此同时，更是颁布了几道诏命送到了几个领兵大将的手中，让这几位大将择日前往河南与陕西各地接收金人归还的城池。

河南和陕西两地同属于金宋交界之地，之前众多领兵大将接连征战都没有打回来，此时却被他用和议的手段拿了回来，这在赵构的心里已经算得上一件值得传颂千秋的大功劳，难免在诏命之中有些王婆卖瓜自卖自夸的嫌疑。

赵构这种"兵不血刃"而收复失地的办法，大家都是心知肚明，很清楚朝廷一定是花费了极大的代价，用了大笔的银钱才获得这样一个结果。

这两处地界久经战乱，城池破败不堪百姓流离失所，可以说十室九空，就算是能拿回来，也不过是战略意义上的成功，相比花费出去的大量钱财来说，明显是有些亏损，甚至于对军心都是一种极大的打击。

韩世忠与张俊、吴玠等人这一次并没有人上疏迎合赵构，罕见的全都保持了沉默，而岳飞则毫不客气地上表对赵构表示了"感谢"。

今月十二日准进奏院递到敕书一道。臣已即躬率统制领将佐官属等望阙宣读讫，观时制变，仰圣哲之宏规善胜不争，实帝王之妙算，念此艰难之久，姑从和好之宜，睿泽诞敷，舆情胥悦。臣飞诚欢诚忭，顿首顿首。窃以娄钦献言于汉帝，魏绛发策于晋公，皆盟墨未乾，顾口血犹在，俄驱南牧之马，旋兴北伐之师。盖佳兵不情，要契无信。莫守金石之约，难充溪壑之求。图暂安而解倒垂，犹之可也。顾长虑而尊中国，岂其然乎？恭惟皇帝陛下，大德有容，神武不杀，体乾之健行，巽之权务，和众以安民，乃讲信而修睦已渐，还于境土想喜见于威仪臣，幸遇明时，获观盛事，身居将闾，功无补于涓埃，口诵诏书面有惭于军旅。尚作聪明而过虑，徒怀犹豫而致疑，谓无事而请和者，谋，恐卑辞而益币者，进。臣愿定谋于全胜期，收地于两河，唾手燕云，终欲复雠而报国，誓心天地，当令稽颡，以称藩。

这份上表虽然并非岳飞亲自书写，而是他交由手下幕僚张节夫所起草，但其中所蕴含的思想却尽数属于岳飞，字里行间对于赵构收回了西京府表达了充分的认可，但同样也是明摆着告诉了赵构，这点功绩你不用沾沾自喜，因为我们还不满足，甚至因为你的绥靖政策，还觉得有些耻辱。

眼下金国占据我们的土地实在是太多，可不只是有河南、陕西这几个地方，我还得把两河流域周围的地界全都拿回来，黄河以北我们的地盘要打回来，燕云十六州我要拿回来，甚至我还要打得金国哭爹喊娘，向我大宋磕头称臣，让他们给我们交岁贡，这才行！

不得不说，岳飞的上表可谓慷慨激昂，文采飞扬，以至于赵构拿到了这个上表之后直接就急了。

当日在大内正殿之中，怒骂声与摔打声接连不断，几个平日里跟在赵构身边的小内侍都被吓得浑身打颤，趴在地上动也不敢动。

直到秦桧再次入宫，与赵构秘密商谈了半个时辰，赵构的怒气才算平息了下来。

秦桧早就猜到了岳飞会是这个反应，也猜到了赵构会暴跳如雷，所以入宫之后第一时间就给出了自己满怀恶意的猜测，直言此事必定是影响到了主战派的利益，毕竟无仗可打后他们便会失去晋升的途径。

这番理论完全是以小人之心度君子之腹，仔细分辨下来毫无道理，却正好戳中了赵构的心窝子。

赵构思量再三，顿时觉得秦桧所说十分靠谱，君臣两人商议之后，当即再次颁布敕令，先是大赦天下普天同庆，随后对尚处于宋金对峙前线的几大将领进行大肆封赏。

其中以岳飞尤为最巨,直接加封为正一品的开府仪同三司。

这次封赏是极大的手笔,开府仪同三司的官衔虽然是虚职,但在文官序列之中已经是一等一的水准。

岳飞远在鄂州,与临安书信不便,此时皇城司的渠道也已经被秦桧所把控,除了正常上疏外几乎没有办法与皇帝通信,在接到了任命之时已经是月余之后。

这个消息迅速传遍了整个鄂州,岳家军之中的将士与鄂州百姓不明就里,还以为这是赵构对于岳帅功绩的认可,顿时开始举州欢庆,唯独岳飞自己攥着诏命再次登临黄鹤楼,看着滔滔江水一时无语凝噎。

谁也未曾料到,就在赵构与秦桧这对君臣暗中操纵,几乎将大宋称臣纳贡,委曲求全于金国的事情做定的时候,此事却再次峰回路转。

绍兴十年(1140),一力推动金宋和议,力主归还河南、陕西等地的完颜昌因为极力推崇和议一事,彻底激起了金国主战派的众多臣子不满,完颜昌接连被贬,最后一路南逃无果,死在了路上。

金国朝堂之上风起云涌,主战派完颜宗弼把控住了朝中大权,直接撕毁了金宋和议的约定,再次举兵南下攻打大宋。

与此同时,时年五十八岁,原来朝堂之上最为强硬的主战派李纲,也在福州任上病逝,临死前李纲修书数封,直入岳飞与韩世忠帐下,最后给赵构递交了一道札子,再次请求赵构勉励抗金,不可再有退缩推诿。

赵构感慨之余,追赠李纲少师身份,下令厚葬之。

狼烟再起,硝烟遍地,这一次赵构难得生出了抵抗的勇气。

第三章

顺昌城刘锜战兀术　岳家军剑指黄龙府

天眷议和的事情最终失败，其中有金廷自身的原因，但也少不了大宋戍边将领们的辛苦努力和贡献。

在接到了赵构前往接收城池的命令之后，这帮将领二话不说扭头就冲到了河南、陕西各地，除了率军接管城池之外，还直接搞起了工事修筑，又挖壕沟又修碉楼。

金使一路北上，看着这个阵仗顿时就急了，回到金廷之后立刻就将沿途所见所闻禀告给了金廷，这件事情立刻在金廷掀起了轩然大波，本来就不同意议和的完颜宗弼抓住这个问题不放，直说宋人图谋不轨，不知感恩。

同时更是痛斥完颜昌议和之举是置金国利益于不顾，屡次试探金人底线去为宋人争取利益，堪称金奸！

此事一发酵起来，饶是赵构迅速勒令各处军马撤回，甚至连已经修建好的一些城寨都重新拆除，但仍然没有起到缓解局势的作用。

与此同时，完颜昌与秦桧之间的一些私下交易被牵涉出来，金国皇帝完颜亶大怒，断定完颜昌是受到宋人贿赂所以才会提起和议一事，之前所行种种都是在出卖金国利益，当即解除完颜昌兵权，并且诛杀了完颜昌派系的宗磐、宗隽等人，金宋和议再次陷入僵局。

次年完颜宗弼加封太保，兼领燕京行台尚书省，宗弼上位之后做的第一件事情便是诛杀完颜昌以绝金宋和议后患，随后上请完颜亶，再次发动南侵！

虽然经历了两年的时间，对于这个事情早已经有了心理准备。但是赵构面对着金国再次进行南侵还是有些手足无措。

朝中原本已经逐渐平息的战和两派再次跳了出来相互指责攻伐，除了北边戍边的各路军马已经有所动向，开始准备御敌之外，朝堂之上乱成了一锅粥。

无奈之下赵构再次拉着秦桧开始密谈，而秦桧经历了一段时间的转圜之后，将原本覆盖在完颜昌周围的关系网，笼络到了完颜宗弼的身边，再次入宫商谈的同时，带来了金人最新的和谈要求。

完颜宗弼对于金宋两国和谈其实根本就没有诚意，所以这一次给出来的条件十分苛刻。

在原本的和谈条件之下，还要另外再增加三条内容。

其一，奉金国为正统，取消大宋原本的绍兴年号，改用金国的天眷年号，这等于是大宋将自己彻底变成金国的一部分，同时放弃了对于江南之地的绝对统治权。

其二，每年向金国多进贡三千两黄金，这对于本来就已经捉襟见肘，近年来一直都没有完全恢复的大宋财政更是雪上加霜，无论是中原地区还是江南地区，素来缺乏黄金矿产，所以只能以铜铁铸钱，如果硬要挤出这三千两黄金，要消耗的人力物力财力恐怕要翻上几倍。

其三，完颜宗弼要求大宋将北地流亡的人口尽数归还，户籍数起码百万以上，这个要求简直就是狮子大开口，倘若说之前两个要求，不过是让大宋有些难堪，最后这个要求就等于是釜底抽薪，要彻底断了大宋的命脉。

这一次无论秦桧如何向着金人说话，如何想要劝慰赵构，也是劝慰不动了。赵构之所以能够对金人一忍再忍，一退再退，就是因为金国并没有威胁到他的皇位正统，纵然他最后只能偏安一隅当皇帝，但好歹也是个正统皇帝。

称臣纳贡，那都是表面功夫，大宋朝廷和百姓向来有钱，花钱能买到平安他赵构也愿意效仿先人。但这一次完颜宗弼的要求，实在是触碰到了赵构的底线。

再加上因为和谈被赵构派到金国的使者王伦被扣押，完全无视赵构的"皇命"，金国直斥赵构不过是个趁机占了皇位的贼子，正统皇帝还在他们金国人的五国城当奴隶。

所以赵构极难得的恼了。

正巧此时有兖州人张汇跨江南下跑到了杭州，以民间身份上疏指摘金国撕毁契约一事，对金宋两国之间的斗争做了一番分析。

此时的赵构几次被领兵大将嫌弃，求和又屡次遭受失败，隐隐觉得朝堂之上的人都不可信，颇有一种求贤若渴的心思，所以对民间的声音显得极为关注，亲自批阅了此人的奏疏。

敌主懦将骄，兵寡而怯，又且离心，民怨而困，咸有异意。邻国延颈以窥隙，臣下侧目以观变。寇盗外起，亲戚内乱。加以昔之名王良将，加尼玛哈、达兰之徒，非被诛则病死，……今金人内有羽毛零落之忧，外失刘豫藩篱之援。譬之有人自截其手足而复剖其腹心，欲求生也，不亦难乎！此乃皇天悔祸，眷我圣宋，复假贼手以自相诛戮，特以良时付之陛下，周宣、汉光（武）中兴之业也……又况当前河北人心未安，河南废齐之后，人心亦且动摇。王师先渡河，则弊归河北而不在中原；设若兀术先犯河南，则弊归中原而不在河北。但得先渡河者，则得天下之势，诚今日胜负之机，在于渡河之先后尔。而兀术已有南犯之意，臣恐朝廷或失此时，后被敌乘而先之。

张汇的奏疏之中言辞平淡，并未指责此前议和之事，但又鞭辟入里，字字珠玑，让赵构颇为欣慰，更是将此文递到了秦桧手中，试图引起共鸣，君臣二人大为感慨之下，受到了一定程度的激励，从之前的惶恐不安之中走了出来。

赵构痛定思痛，一咬牙接连颁布了两道圣旨，其一为声讨金国行止逾矩不负责任：

昨者金国许归河南诸路，及还梓宫、母、兄。朕念为人子弟，当申孝悌之义，为民父母，当兴振救之思，是以不惮屈己，连遣信使，奉表称臣，礼意备厚。虽未尽复故疆，已许每岁输银绢至五十万。所遣信使，有被拘留，有遭拒却，皆忍耻不问，相继再遣。不谓设为诡计，方接使人，便复兴兵。今河南百姓休息未久，又遭侵扰，朕恻然痛伤，何以为怀。仰各路大帅各竭忠力，以图国家大计。

其二更是将自己摆在了正义制高点上,严词痛斥完颜宗弼杀叔一事:

两国罢兵,南北生灵方得休息,兀术不道,戕杀其叔,举兵无名,首为乱阶。将帅军民有能擒杀兀术者,现任节度使以上,授以枢柄;未至节度使者,除节度使;官高者除使相;现统兵者仍除宣抚使;余人仍赐银绢五万匹两,田一千顷,第宅一区。

看似两道圣旨是在鼓舞朝廷内外的士气,打算与金人放手一搏,实际上赵构还是藏了点小心思在里面,前者斥责金国时处处言辞温和并无针锋相对之意,但后者面对完颜宗弼的时候却是极为犀利。

这是在做戏给完颜亶看!意图告诉完颜亶,我大宋朝堂针对的只有完颜宗弼,而不是针对整个金国。

但这些小心机并没有起到多大的作用,完颜亶将金国兵马指挥权全权交给了完颜宗弼后,除了一些军事上的调动偶有要求之外,对大宋的所有动向都置若罔闻。

而之前才刚刚重新交付给大宋的陕西、河南各地,因为赵构遵从金人要求,并未驻扎军队,所以一路上金人势如破竹,只用了不到一个月的工夫便尽数收回,随后剑锋隔着淮河,已然直指临安。

此时的完颜宗弼可以说春风得意,兴致高昂,只要能将临安打下来,不管能不能抓住赵构,对金国来说都是一次极大的胜利。

接连碾灭大宋国都,这对于大宋来说显然是极大的打击,起码也能够给赵构一次终生难忘的教训。

纵然完颜宗弼很清楚用这种办法并不能将大宋彻底铲除，但并不妨碍他们可以用这种办法将大宋朝堂的士气彻底瓦解，到时候再提议和一事，必然是金人提什么他们就答应什么！

这一路上攻城略地，打得实在是太舒服太顺畅了，以至于完颜宗弼完全忘记了此前黄天荡以及建康各地的几次大败。

加上岳家军、韩家军乃至张俊的张家军，此时都在各自驻防地，完全来不及救援，完颜宗弼顿时觉得有些飘飘然。

所以他完全没有料想到，在顺昌还有一场堪称劫难的大战在等着他。

面对着汹汹而来的金军大部队，赵构再次被吓了个六神无主，仓皇之间差点再一次率众南逃出海，好在这个时候，一道札子从顺昌处送到了临安，让赵构心中稍稍安定了下来。

递交札子的人叫刘锜，时任东京副留守。

这个任命，是此前金人归还东京城时赵构所下的任命，刘锜此时手下节制着八字军所部三万七千人，益殿司三千人，加上一些辅兵林林总总得有五万人之多，算得上是除了各个宣抚使之外最大的一支宋军兵马。

此前听闻金军南下的消息之后，赵构六神无主，极度紧张之余才想起了刘锜此人，当年太行山的八字军余部无人节制，就全都划归到了刘锜的麾下供其驱策，本意是要到东京镇守作为北面的一道近京屏障。

但八字军数万人拖家带口行动迟缓，数月时间下来才到顺昌附近，此时金兵已经南下月余时间，早已经将东京占领，赵构一直都没有刘锜的消息，还以为此人率军在途中已经被金人灭杀。

突然接到了刘锜的札子，赵构欣喜若狂，原本直接提到了嗓子眼儿的心算是放了下来，此时刘锜正在距离顺昌不到百里的位置，随时都可以入驻顺昌拦截完颜宗弼大军，这让赵构心中对刘锜更加寄予厚望，一咬牙硬是从殿前司大营之中抽调出了三千余人赶往顺昌交付刘锜指挥。

原本殿前司军马都在靖康之难时折损在东京城下，此时可用的殿前司军马几乎都是后来赵构从各军之中抽调而来的精锐，虽说数年并未经历战阵，但是战力着实不弱，甚至比起刘锜现下手中的八字军都要强上几分。

随这支殿前司军马一起行动的，还有皇城司上百察子。

这上百察子大多隶属于秦桧此时所辖制的那两支皇城使下属，虽然并非皇城司之中的绝对精锐人手，但比起军前的探马谍子也要厉害许多。

此时的赵构，除了御驾亲征尚且不敢之外，已经是做出了最大的努力。得此一支生力军加入，刘锜心中的底气又加了几分。但紧接着他就从随军而来的皇城司口里听到了一个让他有些震惊的消息。

金国人听说大宋已经做出了反应，立刻就改变了原本的南侵计划，完颜宗弼率数万人已经抄了近路直奔临安。

甚至沿途的一些小城都被他直接放弃。

绕城而走可是兵法之中的大忌，按照正常的攻占思路来说，如果碰到敌方的城池不进行攻占，而是甩在身后的话，很有可能会导致自己的后勤路线被敌方切断。

而接连舍弃十几座城池，这种行为也会导致自己一方的后路不安稳，倘若敌方城中首将有胆识的话，很有可能会联系起来，到时候纠结一支大军从后方威胁己方安全。

一旦被敌方前后形成夹击之势，就算是再精锐的部队也会面临兵败的威胁。

完颜宗弼既然能选择这么铤而走险的做法，很显然是对这一次南侵抱了必胜之决心。

当然，最为重要的一点便是，完颜宗弼这一次可不是孤身南下，在他身后仍然有十数万大军虎视眈眈。

就算是不能一举南下，想要护住他身后的后路和粮道，也是没有多大问题。

而此时此刻在完颜宗弼与临安城之间就只剩下了唯一一座可以据守阻击的城池，顺昌城！

这一次被安排他军中的皇城司之人，由王诚亲自率领，所以在打探军情情报这一项之上，比起军中探马和另外的皇城司察子更有优势。

除了金人的动向之外，他另外还带来了两封书信，分别来自于韩世忠与岳飞。

两封书信发出来的时间不同，在路上耽搁的时间也不相同，甚至其中的主题也是各有说法，但在一个问题之上却是表现得出奇一致。

那就是建议刘锜立刻抛下手下率领的大部队，抽调出一支绝对精锐的兵马，迅速前往顺昌城据守。

就算是把军中不多的马匹全都累死，也一定要抢在金人前面赶到顺昌城，以此为凭与之抗争。

韩世忠下辖各处地处要冲，此时也已经被金人的几路兵马袭扰，短时间内未必能够抽调出兵马来驰援，但岳飞所部的情况却不同，在信中岳飞明确地表达了自己的意思。

只要刘锜能够将金人兵马拖在顺昌城超过十日，岳家军驻守在附近的一支由少将军岳云所率的骑兵就可以挥兵驰援。

此前剿灭伪齐之时,岳家军收缴了上万战马,经过了一段时间的作训之后,此时此刻岳家军之中早已经练出了一支强有力的骑兵部队,也是当下大宋唯一一支可以跟金人骑兵正面抗衡的骑兵。

倘若他们真的能够及时赶到的话,漫说是完颜宗弼这厮,就算是他身后另外正在迤逦南下的那十数万兵马,照样也没有办法对临安城造成威胁!

刘锜将这两位大帅的书信反复看了几遍之后,猛然转头看向了王诚:"两位大帅字字珠玑,岳帅更是为我将前面的路分析得极为明晰,若是我刘某人真个贻误了战机,将金贼放过去,怕是就算自刎而死,也难以下去见列祖列宗。"

"事态紧急,已来不及修书作答,还请王皇城代我给两位大帅做出回复,刘某人必将誓死守卫顺昌城!"

"只要我刘某人不死,金国人就永远别想踏过我城头半步,就算是我刘某人死在城头之上,八字军的兄弟们也会将他们死死拖住,拼死也要在他们身上咬下一块肉来!"

刘锜这些话可以说是掷地有声,听得王诚心头微微一震,连忙朝着刘锜抱拳一礼:"刘将军放心,王诚必将这些话带到!"

正说话间,等他再次抬头,刚才还在大帐之中侃侃而谈的刘锜已经离开了此处。

原本在这里守候的那些亲兵随从也是跟他一起出了门。

事态紧急之下,刘锜根本没有把自己的决定跟那些部将全都说清,而是立刻在负责运送辎重老小,也是距离自己最近的选锋和游奕两军之中选拔了三千精锐士卒,就地征集了百余艘小船,顺颍河直下。

没有了大部队的拖累之后，这三千人的速度极快，只用了不到一日的时间就已经抵达顺昌城下。

为确保军心稳定，刘锜下船之后向顺昌城守军印证了身份，并且成功接过了城防重任之后，立刻就效仿当年的西楚霸王，当众将河道之内的所有船只全都凿沉。

这个举动让他手下的将士兵马全都吃了一惊。

单独率领着三千精锐脱离大部队行动，这已经是行险棋的行为，突然间选择自断后路更是让所有人都有些吃不住。

军中立刻就有人提出了质疑："将军此举莫不是要让我们死守顺昌城？如今金人势大，是数万大军挥兵南下势不可挡，虽然说顺昌城可以起到阻碍的作用，但仅凭我们这数千人马，就算是加上城中本来的守军也是螳臂当车。"

"既然皇帝的命令是让我们驻守东京而非顺昌城，我想我们就没有必要挡在这里送死了！"

"将军受任东京留守，而今东京已经被金人占领，意味着皇命已经不可完成，我们何不将大军撤走，埋伏在金军南下路径周围以待后效，倘若是能趁机立不世之功，对将军来说也是大喜事，总比平白无故死在这小城当中要强得多。"

跟随他前来的这些精锐当中不乏他的心腹，这些心腹对他忠心耿耿，头脑更是十分灵活，虽然对于金国兵马并没有畏之如虎，却在第一时间就想到了听起来更加靠谱的行动规划。

刘锜下属兵马，原本都是太行山下来的八字军，此前多年与金人战斗，可以说战功赫赫，对于金人也是极为了解，此时他们提出来的建议并不是完全没有道理。

宋金之间的战争并非一朝一夕就能结束，按照此前的经验来看，跟金人正面对抗并不是最好的选择，如果能够暂时避开其锋芒，转而将力量作用到金人后续的部队当中，说不定反而能出奇效。

换作平时，刘锜若是听了这些建议，说不定还会考虑一下，但此时情况确实大不相同。

眼下他们已经成了临安城的最后一道防线，倘若他们现在真的撤了，金人必然要再次兵临临安城下，说不定又要将皇帝逼得出逃。

这对于他们这些臣子来说那就是天大的耻辱。

甚至如果当今皇帝也被金人给捉走的话，到时候金人就是抓过三个大宋的皇帝，他们这些人就算是自己抹十次脖子，也对不起身上的官衣。

方才说话的几人似乎隐约也想明白了什么，都没有再继续劝慰刘锜。

这些八字军的将士，昔日里一直都奋战在跟金人战斗的第一线，每人身上都留着跟金人对战的伤疤，有胆有识，更是有着对金人抹不平的仇恨。

所以不管他们的主将刘锜做出什么样的选择，他们都会听从，并且与金人死战到底！

刘锜默然朝着周围看了两眼，正要说话的工夫，他部下的将领许清立刻就站了出来，朝着方才开口的同袍大声呵斥起来："诸君昔日与金人连战十数场，阵斩数十人，亲眼看着自己的兄弟同胞被他们砍杀在自己面前，身上背着十几道伤口，都未曾退却一步。"

"难道说只是因为今天看见金兵的数量太多，就被吓得只敢后退，不敢向前吗？"

许清在八字军之中颇有威望，此时忽然站出来开口顿时让周围人全都哑口无言。

眼看着下面的袍泽兄弟们全都闭上了嘴巴，许清朝着刘锜微微躬身，随后再次侃侃而谈，顺势还掀开了自己垂在脸侧的头发，露出了刺在脸颊之上的"赤心报国，誓杀金贼"八个字。

这八个字，正是八字军的立军之本！

"众位兄弟，如果不经一战，咱们就只想着撤退，怎么对得起我们脸上这八个字？就算我们能够成功避开金人主力，这顺昌城的数万百姓怎么办？"

"我们后面大部队之中裹挟的老弱妇孺更是繁多，倘若真是被金人顺藤摸瓜找到，难道你们还指望着自己的女人和父母孩童替你们上阵杀敌不成？"

"为今之计只有听咱们大将军的话，用我们手中这些兵马死守顺昌城，先将金兵的主力牵制在这里，随后再把这里的情况传达到我们的大部队之中，相互协从而战，不但可以将金兵的主力拖在这里，说不定还能形成有利的态势，到时候诸位兄弟能建奇功于此，也未可知！"

这几句话帮着刘锜把众人心中的那些不解全都打消，一众人顿时义愤填膺地站了起来，纷纷表示要听从大将军的安排。

他们这些人身上草莽气息偏多，可以说他们没有多少灵活的脑子，也没有读过多少书，其中大部分是草莽英雄，就连几个大字都不识得。

但在他们身上唯独不缺一样东西，那就是血性！

刘锜看着义愤填膺的众多将领，心中顿时安稳了下来，领兵打仗最害怕的就是军心动摇，他倒是没有想到这破釜沉舟之举差点儿起了反作用。

好在此时大家都已经点燃了劲头，加上城中的守军，他手下现在可以指挥的兵马有足足五千之数，哪怕顺昌城周围并没有天险，更没有坚固到夸张的城墙，但是他相信以自己的实力想要将金兵拖在这里十几日，不成问题。

甚至正如刚才许清所说，假如能够及时与大部队取得联系，让大部队将拖累行动的辎重老小暂时搁置一旁，说不定还可以打金兵一个措手不及，建立奇功！

他大手一挥，抽剑出鞘："许清的话甚合我意，我意已决，坚守顺昌城！"

"圣旨之上曾有暗示，倘若来不及于东京驻守防护金人，便可就地寻城驻扎，等待援军，眼前情况便是如此，金人已经略过十几座城池意图让后面大军逐步蚕食，若是我们将顺昌城也让出去的话，临安北面将再无屏障，皇帝危矣！"

"刘锜不才，承蒙皇恩浩荡才能坐上如今的位置，食君之禄忠君之事，今日我刘锜誓要与金贼在此决一死战，城亡人亡，城在人在，倘若军中上下再有妄论逃走者，定斩不饶！"

眼看着自家主将都已经做出了决定，周围的那些将士们相互看了两眼，心中都是闪过一抹坚决。

八字军从太行山上下来，一路与金人厮杀战斗已经有些年头，虽然中间也不乏战败撤退的事迹，但跟金军上下大小数百次的战斗，从来都没有产生过畏惧。

如今到了决死一战的时候大家心中反而越发舒泰，军心越发振奋！

一时间，顺昌城中军民和刘锜此时部下的三千人，甚至于还在五十里外的八字军大部，都开始有条不紊地运转了起来。

此时刘锜以及部下数位将领的家眷，已经在后面一些立功心切的将领护送之下来到了顺昌城内，这个情况顿时让大家产生了一些不满的言论。

顺昌城虽然说已经成为金人首当其冲的目标，但是毕竟还有高耸城墙保护，比起八字军大部队当中要安全得多。

这些将领们的家眷都已经被带到此处，而手下普通士兵以及下层武官的家眷却都还在八字军的大营之中等着，如此对比下来，顿时让一众人都觉得有些不安。

刘锜听闻军中的传言之后，二话不说直接让人将自己和手下心腹将领的家小全都集中了起来，安置在城门附近的寺庙之中，同时更是让人准备了数百捆的柴草，全都堆在了寺庙内外，浇上了十几桶火油，并且派兵看管。

按照他的要求，这些卫兵一旦发现城池失守，第一时间就要将这些柴草直接点燃，将整个寺庙连同其中的将领家眷全都付之一炬，而且一定要从自家老小的所在院落开始烧起。

表面上看他这是想要让自己以及手下将领的家眷慨然赴死，以免落入金贼手中受辱，但实际上却是以此向自己手下士卒们表示捍卫城池的决心。

果不其然下面的士卒们听到了这个消息之后大受鼓舞，甚至就连城中的平民百姓们也都受到了激励，一时间城中的数万人都开始行动起来，凡是十三岁以上六十岁以下的男子，纷纷自发为城中守军做起了后勤民夫，而一些胆大的妇人，竟然也走上街头熬药煮粥，或者帮着磨砺刀剑！

八字军中争相上城临敌，平日里因为八字军的出身低微，在军伍系统之中颇受争议，十分不受待见，此时却可以为拱卫临安而奋力一搏，大家心中更是感慨万千，誓要杀贼立功。

刘锜眼见军心民心皆可用，干脆将城外的数千户百姓尽数迁入城中，随后烧光了城门之外的那些民宅，来了个坚壁清野，同时也是为两军对阵，准备好了一大片的开阔战场，只等着金兵兵临城下。

出人意料的是，他们在这里准备了足足六天的时间，这才看到金兵的先头部队从颍河周围出现。

这些金兵一路之上，根本没有遇到任何有效的抵抗，所以此时全军上下可以说是无比骄纵，恨不得将一路之上碰见的大宋兵马全都当成草芥。

刘锜连日以来一直都在城头之上，观察外面的动向，更是把王诚交给他的上百名皇城司察子连同自己部下的上百名探马全都放了出去。

虽然是这个时候才看见金兵的先头部队出现在河边，但实际上早就已经将金兵的详细动态给摸了个清楚，此时金兵的先头部队是一支以北地汉人为主组建的兵马，为首的万夫长叫韩常。

此人虽然是本地汉人，而不是女真族人，但也算完颜宗弼的亲信，此前在富平之战时甚至还曾经救过完颜宗弼的性命。

以此等心腹作为前军，可以见得完颜宗弼其实对此番南侵极为慎重，奈何金人本来就骄横无比，眼看着这一路之上的城池完全不敢抵抗，越发嚣张。

所以此时前军的万余人马零零散散，根本不成建制，看起来反倒像是一伙流寇。

刘锜在探查到金人的大部队距离此地还有五六十里后，顿时就意识到这是一个难得的战机，当晚便让许清率领千名八字军秘密出城，直奔

227

金兵屯扎的白沙涡。

是夜，白沙涡附近杀声震天，火光四起，八字军将金营冲散之后大肆砍杀，阵斩金兵上千人。

待到晨光破晓，刘锜大开城门将许清迎回，城中百姓立刻欢欣鼓舞，为此胜大肆庆贺。唯独刘锜本人，站在城头之上表情凝重。

入夜时分许清带出去的八字军足有一千二百余人，但此时历经一夜鏖战所带回来的兵马却只有带出去的一半，而且还是个个身上带伤。按照许清给出来的回复，这双方之间的伤亡甚至接近一比一！

或许对于冲击金兵士气来说，这一战有极大的作用，但是对于八字军来说，这只能算得上是惨胜！

金人前军不过是北地汉人，其中多数都是伪齐兵马收编过去，战力其实并不高，尤其是比起善战的女真人来说更是远远逊色。

在以奇兵突袭的情况下，被对方拉入鏖战的状态，以至于折损了六百多的人手，这种情况打了刘锜一个措手不及，随后更是隐隐担忧起接下来的守城战来。

不过紧接着去查看消息的王诚回来之后却给他带来一个好消息。

经过了前一夜的战斗之后，金兵已经意识到了宋军在此地已经做好了战斗准备，所以开始临时调动兵马，改变原定路线奔着顺昌城而来，誓要拿下顺昌城的同时，也降低了行军速度。

趁着这个机会，八字军的大部兵马已经顺利从城西进入顺昌城之中。

此时此刻，顺昌城之中的守军已经从之前的五千增长到了将近四万人。

再加上城外协同的各地兵马，还有城中同心共意的百姓，此时他手中所掌握的军事力量，就算是面对着十万大军，也未必没有一战之力。

尤其是经过府衙统计，此时城中的存粮尚有数万斛，足够大军在这里驻守半年之久。

这无异于又给他的心中加了一剂稳心丸，接下来安排起各种军事行动的时候，心中有所倚仗的情况之下，更加得心应手。

数日之后，金国葛王完颜雍率三万多军马扑到了顺昌城下。

身后有着完颜宗弼的十万大军做依靠，完颜雍此时极为嚣张，在自己的兵力处于劣势的情况之下，竟然敢包围顺昌城，似乎已经将顺昌城视为碗中的肉块。

随后更是当众在城门之下叫嚷着要让刘锜投降，此时的刘锜正在城头之上，看着下面这一幕，顿时毫不犹豫地抬手拈弓，一箭直奔完颜雍的面门，只可惜刘锜不善射术，这一箭在距离完颜雍数步远的地方落下，只是惊了完颜雍座下的马儿，却并没有伤到完颜雍。

完颜雍被刘锜这一箭吓了一跳，破口大骂之后便直接指挥着军队开始攻城！

金人向来善射，纵然是攻城之时以低射高完全处于劣势，但仍然可以形成密集箭雨，足以将城头之上的弓箭手压得无法抬头。

在攻城器械始终无法占优的情况下，这种箭雨掩护的方式，向来都是金人攻城的利器。

换作一般的守将定然是无力招架，但刘锜在面对着这种攻击的时候却驾轻就熟，早已经命人在城外烧毁的那些民宅后构筑了不少的羊马垣，以此作为暗处的防线，只要是看到金兵之中的弓箭手射箭，就立刻从羊马垣之中探出头来，以神臂弩狙杀那些前排的弓箭手。

而城墙之上，也是布置好了不少的大块木板、门板，悬在墙垛旁随时等待，金兵射箭的时候，便一声鼓响，士兵们纷纷将这些木板门板探出城墙，将本来威胁到城墙之上的那些箭雨悉数拦下。

等到这些门板木板之上插满了羽箭，就会有专人过来用新的木板门板将这些给换下去，上面的那些箭镞如果还能使用就会被立刻回收。

这种以逸待劳的手段，让金人着实有些措手不及，金兵虽然善射，但行军战斗之时也有规矩，上阵之时每人身上最多带两组箭矢，多则五六十支，少则二三十支，速射的情况之下只需要一盏茶的工夫就会消耗殆尽。

完颜雍被刘锜激怒之后，完全没有考虑到这件事情，原以为一鼓作气就可以将城头拿下，所以根本就没有限制手下士兵们射箭的频率。

结果在城上城下，宋军士卒的配合之下，愣是把他们攻城的进度给拖到了个把时辰外，这就导致了后面金军士卒手中已经无箭可用！

眼下金兵的辎重队伍尚且没有跟上先头部队，全军上下愣是凑不出这用来遮掩攻城兵马的箭矢雨幕。

城头之上的大宋士兵也立刻发现了这一点，二话不说把那些木板门板给撤了下来，随后就地从那些箭镞之中抽出两根朝着城墙下开始漫射。

一时之间，城头之上箭如雨下，将前面的金兵士卒全都射翻在地，短短盏茶的时间就给金兵带来了上千的伤亡。

这种程度的伤亡让完颜雍有些承受不住，立刻下令鸣金收兵，随后率军屯扎在了距离顺昌城二十里的东村。

前后总共两三千人的伤亡，让完颜雍陡然间意识到他所面对的这个宋军将领并非寻常之辈，当即决定先在东村临时驻扎几日，等想到了更好的破敌之策，再前来顺昌城围剿。

然而他千算万算，着实没有想到刘锜竟然如此胆大，眼看着金兵已经撤退到城外二十里的东村，虽然折损了不少人，却并没有伤筋动骨，甚至还扬言要在数日之内就踏灭顺昌城，刘锜当即就决定要给这帮家伙一个好看。

当天夜里他就安排了自己部下的骁将阎充在军中选拔了五百名精锐士卒组成了一支敢死队，趁着夜色和雨幕悄悄地出了城，一路之上隐藏身形，直到东村周围才展露身形。

这支敢死队的任务很简单，那就是趁夜劫营，拼死斩杀金人，将金人的胆气杀破！

是夜，天空之中电闪雷鸣，雷声阵阵，大部分金兵躲在自己的营帐之中避雨，那些巡逻队和哨兵则有些狼狈地龟缩在一处，偶尔才会探出头来，朝着周围观察情况。

倾盆大雨之下，军营之中的火盆和火把都没有办法点亮，整个军营黑漆漆的一片，除了一些营帐之中有烛火闪耀之外，所有人都是睁眼瞎。

在这种情况之下，饶是完颜雍颇为懂得如何用兵，也是料想不到竟然会有人前来劫营，仓促之下，根本来不及做任何准备。

而宋军是有备而来，自然早就做好了劫营的相应计划。

数百人趁着夜色和雨幕冲入金兵大营之中后，只要是见到头发上扎着辫子的女真人就立刻挥刀，毫不留情。

每次雷电闪烁的间隙，便是那些仓皇金兵殒命的时刻！

一时之间金兵根本就猜想不到周围到底来了多少敌人，伴随着阵阵雷声他们只听到整个大营之中四处都是喊杀声，就是铁打的汉子，也被这种情况给吓破了胆。

完颜雍在数百名亲卫的簇拥之下仓促撤退，随后在二里外吹响了号角，金兵被迫放弃了才搭建好的大营，甚至就连兵器盔甲都扔在了营地之中，纷纷朝着号角响起的方向奔逃集结。

不得不说，金兵的训练有素确实足以让人叹为观止，不过是短短半个时辰的时间，三万多人的大营就彻底清空，只剩下了早已经杀红眼的宋军敢死队。

这些人意识到了金兵已经全然撤退之后，并未随之杀出。

外面可跟这营地之中截然不同，营地之中各处营帐错综复杂，他们总是能趁着打雷打闪的间隙，找到隐藏身形的地方。

但如果茫然追出去的话，面对着百倍于己的敌人，他们根本没有地方躲藏，甚至都不需要对方手中有兵刃，只需要蜂拥而上就能将他们给干掉。

他们的确是临时拼凑起来的敢死队，却并不是送死队，眼见着事有不逮，自然不可能主动上去送死。

数百人立刻重新聚集在了阎充身边，此时阎充手刃了十数名金兵之后，左臂之上也受了一处刀伤，眼看着周围的这些士兵全都看向自己，他的眉头紧蹙，沉吟了片刻之后，只能立刻下令让大家撤退。

"只可惜这场大雨不但是成全了我们，也帮了他们。不然的话，在这大营之中点上几把火，烧了他们的粮草，到时候金贼损失的可就不只是这么点人了！"

阎充愤愤不平地清点过人数，发现自家士卒不过损伤百余人，又斩杀了三四百金兵之后，心头这才稍稍安稳了些。

虽然这次劫营没有给金兵造成致命的损伤，但是让他们一夜都休息不好，就意味着第二天金兵没有办法继续攻城，也算得上大功一件。

临走前阎充忍不住朝着中军大帐狠狠地啐了两口唾沫，顺手将营帐外的那杆先锋大将旗子砍下，带了回去。

就在他们顺着原路返回城下的时候，却看到城门大开，一支军械整齐，战马却显得有些参差的骑兵队伍，在刘锜亲自率领之下迅速出城，直奔完颜雍此时集结大军的方向而去。

虽说这支骑兵队伍凑在一起也不过六七百人，但他们所能起到的作用，却远超过这个数字。

此时此刻金兵大军还没有完成彻底集结，大部分队伍还在不断地纠集，在雷雨天气之中，想要形成有效的战斗力本来就不容易，更何况在被劫营之后他们之中的多半人丢盔卸甲，连一套完整的军械都凑不出来。

数百骑兵的马蹄声全然被雷声遮掩，在黑夜之中如同鬼魅一样冲杀到金军周围，带来的震慑效果极大。

因为骑兵数量太少，所以他们也不敢直接透阵冲杀，所以只是在边缘处不断袭扰，或者是放箭射杀或者是截流冲杀，短短盏茶的工夫就让金兵再次大乱。

完颜雍不得已，只能拉着自己部下兵马再次撤退，这次一撤便直接撤退出了三十里，屯扎在了距离顺昌城足有五十里外的老婆湾处。

五十里的距离，对于万人规模以上的军马来说，已经不是可以一蹴而就的距离，这就等于说金兵的威胁对于顺昌城来说已经暂时消失。

一夜之间两次大胜，对于城中士气的鼓舞显而易见，无论是城中的守军还是百姓，都对这支八字军以及统帅刘锜敬若神明。

经此一战，顺昌城人人传颂的抗金战神在原本的岳飞、韩世忠两位基础上又增加了一个刘锜。

作为此战主帅，不同于下面对于战况的乐观态度，刘锜本人此时站在城墙之上一脸凝重。

他的确采用了出其不意的手段接连袭扰，再配合上天气成功地将完颜雍给击退，但实际上斩杀的数千人多半是北地汉人，并非完颜雍手下的精锐，这种战斗结果根本谈不上对其伤筋动骨。

而且完颜雍此人也并不是他所担心的主要目标，此番金兵南下一路可以说畅通无阻，偏偏是在他这里吃了一回瘪，想来完颜宗弼那个家伙不会任由这种事情发生。

眼下他的确是打退了完颜雍，但是马上随之而来的恐怕就是完颜宗弼所率领的十万大军。以区区顺昌城，很难抵挡住完颜宗弼手下的那些金人主力。

就在城中人还处于大获全胜的喜悦气氛时，刘锜却立刻就将王诚找了过来："王皇城，此时战况紧急，皇城司的兄弟们在接下来的守城战之中未必能起到多大的作用，若是强行辅助守城，恐怕会徒增伤亡。"

"刘某有一计，或可由皇城司帮助实行……"他压低了嗓音，开始在王诚耳边娓娓道来，片刻之后王诚眼前一亮，立刻就答应了刘锜的要求。

鸡鸣时分，数骑突出顺昌城，分别奔韩世忠与岳飞所在两处而去，而王诚则带着四五个得力人手装扮成樵夫钻到了附近的山林之中，居高临下一边躲避金兵的探马和巡逻队伍，一边不时打探金军境况。

事实正如刘锜所揣度的一样，不过数日之后，完颜宗弼便听闻金军在顺昌城外受挫的消息，立刻挥军十万前往支援。

一路之上，除却完颜雍本部做出的汇报之外，完颜宗弼沿途接连搜捕大宋百姓，打探有关刘锜此人的消息。

之前完颜宗弼几次南下攻打大宋，要么就是跟韩世忠对战，要么就是跟岳飞相互攻伐，从来都没有听说过刘锜此人，一时间还以为是碰到了什么不世出的名将。

等到他们从沿途抓捕的大宋百姓嘴里得知此人名不见经传，不过是一个普普通通的率军将领之后，完颜宗弼的警惕心理顿时放松了不少。

紧接着在距离城外不过五十里的地方，金兵便碰到了一支宋军的游哨。

这支宋军游哨远远地看到金兵前军之后，顿时便被吓得手足无措，甚至有数人直接跌落马背，被金人生擒。

几个人立刻就被捆到了完颜宗弼面前，几人表现得越发怯懦，惹得完颜宗弼顿时心生轻慢之意，但还是朝着他们问起了刘锜的消息。

让完颜宗弼完全想不到的是，此时被捆起来的数人之中，为首的两个人正是刘锜的部将曹成与张峰，这二人是刘锜的心腹，颇为胆大明理，之所以故意被金人捉住，为的就是面见完颜宗弼。

听到完颜宗弼的问题之后，两人对视了一眼，心中恍然，果然不出将军所料，这金贼大帅果然有此习惯，交战之前要搞清楚对方的根底，只可惜自家主将可并非那种名震四方的一时名将，许多事情不为世人所详知。

这就给了他们这几个故意被捉的"舌头"可乘之机。

"大帅所问，莫不是刘锜将军？"

"刘锜将军治军倒是温和亲善，只可惜他自己是个太平子弟，作为将门之后，平日里却喜欢与歌姬嬉闹，填词作赋，行事浪荡不堪！"

"朝廷之所以安排他来接手东京城任留守，并非想要对抗金国，其实仍然是寄望于金宋和谈，奈何大帅已经挥师南下……"

两人的评价听起来极为中肯，褒贬各有其一，似乎是发自内心。

完颜宗弼听过之后，顿时嗤笑不已，心中的警惕再次放下大半，对于这种小人物的言语，他向来并不设防，毕竟这些人贪生怕死，看到自己的时候便已经被吓得两股战战，怎么可能说得出谎话？

当然，最重要的一点还是，这一路上他所抓到的宋人不少，细细盘问之下无一不是在佐证这两人的言语。

"宋人果然受韩岳二人在北方庇佑良久，已经忘记了危险，竟然安排这么一个废物来。"让完颜宗弼万万没想到的是，就是这么一个小小的误判，差点把他的大军全都折进去。

被捉的数个宋军士卒，很快被押送到了后方队伍之中，这些贪生怕死的宋军，全都被充作随军的奴隶，帮着后军搬运粮草辎重。

入了奴隶营之中，就等于是一条死路，虽说这些奴隶身上并未戴着枷锁镣铐，但是却一路上都被人看管辖制，几乎没有逃走的可能。

曹成与张峰在假意被抓之前，就已经料到了这个下场，所以此时倒是毫无怨言，只是时不时地在行进过程之中瞄上两眼周围的那些家伙，随时做好了出逃的准备。

以他们二人的身手，只要并非被看守在大营之中，随时都有机会抢夺几匹战马逃脱。

但等到逃出金兵队伍之后能否顺利回到顺昌城，就说不好了。

"你们两个最好不要冲动，金人的行伍内松外紧，想要在这个时候从金兵队伍之中逃出去，可不是什么容易事儿，稍有不慎还可能连累其他袍泽兄弟。"

王诚的声音，在他们身后响了起来，带着一点儿命令的意思。

这两人虽然只是军中低级武官，但是在品级之上跟王诚也相差不多，双方之间没有从属关系，这一次出来行动更是没有接到要听从王诚的命令。

跟上面那些武将武官不一样，这些低级的武官对于朝廷之中的一些事儿并不了解，根本就不知道这个皇城使的身份到底意味着什么。

所以此时王诚说话，顿时让这两个家伙露出了不满之色。

"王皇城，此前你说要与我们一起行动，杀了完颜宗弼那个金贼，我们可是冒了天大的风险，才带着你一起过来，怎么方才在金军大帐之中，没见你动手？"

"方才王皇城好像是忘记了与我们之间的约定，怕不是被完颜宗弼那厮给吓到了？"

两人朝着王诚嘟哝了几句，将心中的不满发泄了出来。早在出来之前，他们就已经商量好了几条计策，假意献计于完颜宗弼，让对方放松警惕，这不过是下策中的下策。

按照他们的计划，最为打动人心也是能起到震慑金兵效果的，其实便是让王诚以雷霆手段将完颜宗弼击杀。

毕竟王诚是皇城司之人，精通暗杀之术，就算是手中兵器全都被收缴了上去，想来也仍然有办法可以对付完颜宗弼。

只需一击就能将完颜宗弼就地斩杀，到时候金军群龙无首，必然要陷入大乱。

然而让他们万万没有想到的是，被押送到了大帐之中后，王诚竟然一直都保持着沉默，丝毫没有发暗号的意思，甚至从头到尾连头都没有抬过。

这让他们两个只能按照最初的下下策来行动，本以为这王诚是被金兵给吓破了胆，却没想到这个时候他却忽然说了话。

这让两个人立刻就将心中的不满给发泄了出来。

王诚瞥了这两人一眼，脸上满是漠然："方才在大帐之中，周围起码埋伏了百名刀斧手和弓手。"

"倘若我们想要动手的话，肯定才刚刚起身，就已经被乱刀砍死，或者是被数十支羽箭一起射中。"

"死并不可怕,好男儿自然应当马革裹尸,血洒疆场,但倘若是因为这种无谓的举动而赴死,那便死得太不值当了。"

他的声音之中裹挟着一股寒意,立刻就让这两个家伙冷静了下来,正如王诚所说的一样两人并不怕死,但是也确实担心死得毫无价值。

在暗杀完颜宗弼之前被人杀死,或者是死在逃跑的路上,这都是无谓的牺牲。

稍作沉吟之后,两个人立刻同时看向了王诚,之前的那种不满顿时不翼而飞,取而代之的则是一脸的恭谨:"那依照王皇城的意思,我们应当怎么办?若是一直被裹挟在金兵当中,倘若金兵一路都能战胜也就罢了,若是一旦落了几次败仗的话,恐怕我们这些人都要被杀了祭旗!"

后面的话虽然没有说出来,但是王诚也是立刻就明白了他们的意思,被当作牲畜一样宰杀祭旗,倒不如此时拼死一搏还能死个痛快。

他轻轻摇了摇头,低声说道:"等!"

简单的一个字,封住了两人后面的话之后,王诚便是扭头再次加入周围奴隶搬运粮草的行列之中。

这两人再次相互看了一眼,眼底都闪过一抹幽怨,这个皇城使在他们面前总是保持着神神秘秘的姿态,让两个习惯了直来直去的莽汉子都十分不痛快。

但是两个人也都清楚,这时候只能听王诚的话,无奈之下两个人又注意到了周围那些看管的金兵正虎视眈眈地看着自己,只能是悻悻地加入了搬运东西的队伍之中。

王诚所谓的等,并不是要让他们等着顺昌城之中的刘锜前来营救,而是要让他们等待自救的机会。

刘锜手中兵马的数量并不足以与完颜宗弼正面抗衡,所以面对着这么多金兵，他只能选择以守为攻，最多也不过是进行几次袭扰作战，根本没有办法当面锣对面鼓地进行正面交锋。

所以在完颜宗弼的军营之中不可能出现半夜被劫营的事儿，也就意味着他们几个人没有办法趁着劫营的乱子出逃。

凭借他们几个人想要深夜之中偷偷离开军营，也不是什么容易的事儿。所以王诚所说的等其实是让他们等待着另外一支队伍到来。

之前刘锜主动向外求援，发出去的两封信笺，其中一封是发给没有办法派兵援助的韩世忠，另外一封则是发给了在周围有驻军的岳飞处。

韩世忠处无法派兵前往，可以说是鞭长莫及，最多也就是上疏几封，帮着刘锜找张俊或者直达天听去求援。

但等到他那边的书信再递交到赵构或者张俊手中，恐怕是还要十数日的时间，等到上面的消息传下来，恐怕刘锜的尸骨都已经凉了。

所以他们现在要等的，就是岳飞在附近的那一支驻军。

此前完颜宗弼与岳飞交手数次，虽说各有胜负，但是他手下的军马早已经被岳家军给杀破了胆。

一旦岳家军的旗号真的亮在战场上，纵然只有三五千骑兵，恐怕也能打出数万人的气势来。

到时候与守军里应外合，必然能够将完颜宗弼的大军杀个措手不及。

在双方实力极度悬殊的情况之下，未必能够将完颜宗弼的大军尽数击溃，却能给他们这些人出逃创造绝佳的机会。

事实也正如王诚所料的一样，金军迤逦而下，在顺昌城外不到十里的地方驻扎了下来，营地接连十五里，看起来极为壮观，也极为散漫。

连片扎营，这是兵法之中的大忌，然而完颜宗弼自恃手中兵马数量众多，可以力压顺昌城之中的宋军，此时完全没有避讳，甚至还堂而皇之地时不时安排人手到城下叫阵。

这番做派，让城中将领纷纷义愤填膺，恨不得立刻就率军出城与完颜宗弼一战！

然而此时的刘锜，却早已经得到了王诚给出来的消息，知道岳飞所部在附近的一支骑兵正在赶往顺昌城附近，立刻就决定按兵不动，但同时也嘱咐手下开始厉兵秣马，随时准备与金兵交战。

金军大部在颍河边驻扎了数日之后，开始在城外的巨大空场之上时时排演军马，将金军威慑力最大的重装骑兵"铁浮屠"与拐子马接连亮出，一是为熟悉此处地形战场，二是为了震慑人心。

城墙之上的宋军远远看来，心中都是生出一丝紧张之意，唯独刘锜本人，站在敌楼之上远远看来，心中越发惊喜。

驻扎在顺昌城之后，刘锜和王诚与岳飞的书信往来频繁，早已经知道岳家军对抗金人无往不利的秘诀，此时眼见着金人亮出了这两大重磅手段，顿时感慨连连。

从始至终，完颜宗弼的种种举动全都被他们提前预料到，所以此时面对着金人的耀武扬威，他只觉得心情澎湃。

此时在城中的各个铁匠铺之中，正在按照岳家军传来的图样打制钩镰枪与长柄斧。

这两样武器在之前岳家军与金人之间的对战之中可以说是无往不利，此时算是正中刘锜的下怀。

完颜宗弼大军陈于顺昌城下数日，却围而不攻，同样也没有收到来自守军的哪怕一支箭矢，双方陷入了某种莫名的平衡之中，这让一直都自信满满的完颜宗弼心中隐隐生出了一些焦躁。

他们在顺昌城之下耽搁的时间越长，宋人做准备的时间也就越多，这对于他们此番南下的计划极为不利。

所以完颜宗弼随后便做好了倾巢而动，将顺昌城一举拿下的准备。

然而就在他开始安排各部兵马准备出击的时候，金军营中却出了问题。

不知道从什么时候开始，营中的士卒纷纷病倒，甚至更有甚者直接丧命，这种疑似瘟疫的情况顿时让整个金军大营全都陷入了恐慌之中。

紧接着随军的大夫却从那些死者的身上判断出这并非瘟疫，而是有人在他们所饮用的水源之中投了毒。

所以在短短数日之间就有将近三分之一的金兵中毒，虽然因为颍河的水并非死水，冲淡了大半毒素效果，并没有让所有喝下河水的士卒全都暴毙，但也让他们短时间之内都失去了战斗力。

几乎与此同时，探马更是飞速来报，说是在东村方向发现了岳家军的旗号。

而顺昌城之中的刘锜，也趁机率军杀出，主动挑衅完颜宗弼。

几件事情叠加起来，顿时让完颜宗弼火冒三丈，立刻纠集起大军，打算给刘锜一个好看。

眼看着刘锜竟然敢率军杀出城池，在开阔地上与金人对战，完颜宗弼毫不客气地将自己的杀手锏拐子马、铁浮屠尽数抛出，打算将宋军一举歼灭。

但此时的完颜宗弼却不知道，刘锜等着的，便是他的拐子马和铁浮屠！

所谓铁浮屠，乃是金国重甲骑兵的笼统称呼，人马俱披挂重甲，可谓武装到了牙齿，远远地看上去宛如一尊铁塔一样，而铁塔在女真语之中，便叫作铁浮屠。

说起来金兵的铁浮屠还是以宋军步人甲作为基础改装而成，由于叠加了马匹的冲击力，战力更是成倍增加。

尤其是金人铁浮屠的战法更是异常夸张，以皮索连接三匹重甲战马作为一个单位，三骑三人共进退，一旦冲起来宛如小山一般，威力十足。

拐子马则是因骑兵战术而得名，每每金兵两翼骑兵都会对敌军做迂回侧击，状若拐子，虽然是轻骑冲锋，但胜在数量众多，战力同样不容小觑，换作寻常宋军队伍碰到这二者的配合，除非投降否则必死无疑！

此前金宋交战之时，宋人屡屡败战，跟此有很大的关系。自从失去燕云十六州后，大宋向来缺少马匹，纵然之前几次变法都牵涉到了养马一事，却仍然没有改变大宋在马政之上的颓势，自然也就没办法让大宋拥有足以与金兵抗衡的骑兵。

若非岳飞此前将伪齐歼灭之时，俘获了万匹战马，借此组建出了一支强大的骑兵部队与完颜宗弼抗衡，岳家军也肯定打不出之前那么耀眼的成绩。

只可惜那些战马大部分已经无法繁衍生息，再过上几年，大部分战马都已经超过最佳的服役期限，战马再次无以为继，恐怕大宋将会再次陷入无力反抗的境地之中。

不过借着这两年的机会，岳家军倒是琢磨出了对付金国骑兵的一些办法，这钩镰枪和长柄斧，便是其中最为成功的典范。

眼看着金国的铁浮屠轰然朝着自己一方冲来，双方之间的地面都在微微颤抖，宋军士卒们哪怕是早就做好了心理建设，此时看到这骇人的一幕，仍然是被吓得浑身发抖。

三尊铁浮屠加在一起，怕是要有数千斤的冲击力，如果被他们正面撞上一下，顷刻间就要被撞成一摊肉泥，待到大批战马冲过，连个全乎点的尸体都留不下,这种骇人听闻的战力,并不是一般人敢于直面的。

也幸好此时刘锜派出来跟金军铁浮屠正面硬碰硬的队伍,都是八字军之中难得的精锐老兵,所以哪怕心中再怕,但依旧可以顽强地站在最前列。

等到铁浮屠冲到身前的时候,这帮家伙立刻抄起之前已经准备好的长柄斧,直接朝着铁浮屠的马蹄抢了过去。

而那些力气较小的士卒,则立刻就抄起了钩镰枪,纷纷将目标对准了铁浮屠骑兵的马蹄。

那些战马在数千斤的惯性之下一旦冲起来压根儿就来不及停止,纷纷被砍中了正在奔跑之中的马蹄。

马失前蹄对于一般的骑兵来说都是极为危险的情况,更何况此时铁浮屠骑兵的身上,还穿着重达将近百斤的盔甲。

伴随着一阵金铁交击的声音,冲在最前面的铁浮屠顿时纷纷被掀翻在了地上。上百斤的盔甲加上数千斤的马甲和战马重量,直接就把这些骑兵压得没了声息。

作为金军之中最为精锐的骑兵,这帮家伙掉下马之后甚至就连挣扎的能力都没有。就算是没有被自己的马砸死,还有一息尚存的士卒,也纷纷被后续围上来的宋军士卒乱刀砍死。

铁浮屠的防护能力的确很强,却没有办法把周身上下所有的地方全都防护住。那些宋军士卒手中的刀剑纷纷朝着盔甲的薄弱处下手。

再加上前排的宋军士卒身上也都穿着成套的步人甲,双方之间的防护差距其实已经被拉近了不少。

才短短盏茶的工夫而已,失去初始冲击力,被宋军士卒团团围住的铁浮屠士卒们,纷纷失去了性命。

才一转眼的工夫就有三四百名精锐的铁浮屠骑兵被砍翻在地，这让后面观战的完颜宗弼大为痛惜，随后立刻指挥着两翼的拐子马出阵，同时不顾阵型，将中军的步卒压了上去，意图一鼓作气将宋军直接击溃。

然而让完颜宗弼意想不到的事情发生了，在宋军见识过自己一方这长柄斧与钩镰枪的威力之后，突然间就意识到原本被他们视为洪水猛兽的铁浮屠似乎也并非无敌的存在，顿时士气大振。

钩镰枪、长枪与弓箭神臂弩接连配合之下，双翼的拐子马竟然被直接防住。

失去了先机的金军再想将先机扯回已经不再可能，双方顿时陷入了僵持的状态之中。

意外接连发生，完颜宗弼万万想不到的事情再次袭来，那一支打着岳家军旗号的骑兵部队在发现了他们此时正陷入鏖战之中后，竟然立刻就加快了速度，无视沿途的金军小支部队阻拦，直奔完颜宗弼的中军而来。

虽说这支骑兵的数量不多，但行事作风极为彪悍，一路斩杀无算不说，冲到金军主力近前之后，竟然打算直接冲杀完颜宗弼的中军。

以绝对的劣势还敢悍不畏死地发起冲锋，这倒是极为符合岳家军的做派，岳家军的旗号随风展开，让完颜宗弼本来已经有些动摇的军心，顿时更加不稳。

金军大败，在遭受到两面夹击的情况之下，败退十余里，这才重新成功整军。

此一役宋军双方全都打出了怒火，刘锜麾下兵马拼死一战，借岳家军的经验，愣是将金军主力牢牢拖住，甚至造成了数百铁浮屠的伤亡，这份战绩可谓居功至伟。而岳家军的到来起到了至关重要的作用。

是役，双方共斩杀金军三万余人，可谓金宋交战以来的最大胜利！

眼看着金军大部已经开始逃窜撤退，刘锜并未率军追杀，岳家军的那一支骑兵也不过是佯作追杀的模样追出了数里，便堪堪回师。

乱军之中，王诚与曹成两人也是成功脱逃，顺着颖河一路避开金兵回到了顺昌城下，眼看着远处岳家军旗号飘扬而来，王诚的心头顿时一松。

南宋

倔强的抵抗

SOUTHERN SONG DYNASTY
Stubborn Resistance

长篇历史小说系列

王祥立 著

下

辽宁人民出版社

第四章

杨再兴身殒小商桥　北伐大计再次夭折

　　岳家军领军之人，正是一身白袍银甲的小将岳云，跟在他身边的则是岳飞帐下大将杨再兴。

　　这两人与王诚都是旧相识，此时看到王诚一身狼狈的模样都有些意外，但旋即便将注意力放在了刘锜的身上。

　　岳云翻身下马，朝着刘锜抱拳一礼："末将岳云，见过刘指挥使！"

　　与其父岳飞行事大开大合不同，岳云虽然身上同样有着承袭自岳飞的豪气，但更增加了几分严谨，身为大丈夫仍拘小节，却也不显得小气，这一点颇让岳飞军中的将领称赞。

　　此时刘锜虽然已经出任东京副留守，但还未及时上任东京就已经被金人占领，所以岳云的称呼仍然是沿用了刘锜原本的龙、神卫四厢都指挥使身份。

看到岳云，刘锜的眼前顿时一亮："原来是岳少帅，果然少年英雄，行止之间气势非凡！"此时的刘锜丝毫不吝啬自己的赞美之词，倒不是因为岳云刚才帮他击败了完颜宗弼，而是实打实地对这个小将十分欣赏。

当然，这里面自然也少不了一种爱屋及乌的想法，岳飞如今已经成为大宋朝堂之中主战派的灵魂人物，更已经成为支撑大宋朝堂当之无愧的栋梁，凡是行伍之人无一不对岳飞极为爱戴，刘锜自然也在其中，而岳云作为岳飞的儿子，自身又累有赫赫战功，自然会被军中之人追捧。

岳云虽然行事谨慎，为人谦和，但长年累月经受这种追捧已经习惯，只是再次朝着刘锜拱了拱手，并没有过分谦虚："金兀术已然败退，却并未走远，看样子是打算另寻地方驻扎下来，伺机而动，不知指挥使对此有何想法，是主动出击？还是继续固守？"

这个问题一问出来，顿时让周围众人一惊，纷纷不可思议地看向了岳云："少帅的意思，难道是打算主动出击，再战兀术？"

这个想法在大家看来无异于天马行空，有些痴心妄想了，要知道此时虽然完颜宗弼刚刚经过一场大败，但他手中十数万大军，仍然拥有绝对的优势，而此时宋军人马加在一起也不过是五万之数，就算他们现在已经有了岳家军的这数千骑兵，想要去攻击金兀术还是有些太过危险。

然而岳云一旁的杨再兴却笑了起来："少帅的意思，并非要与完颜宗弼那厮再行决战，只是觉得他们此时距离顺昌城还是太近了，若是不进行驱逐的话，恐怕还会威胁到顺昌城。"

话毕，杨再兴朝着岳云一抱拳："少帅，既如此就让我去会会完颜宗弼那厮吧，此前几次对战，我都想将这厮给生擒活捉了，奈何一直都未能成行，今日借了刘指挥使的机会，倒是可以一试。"

眼看着杨再兴转身纵马开始吆喝着岳家军的骑兵开始整队，那令行禁止的模样顿时让顺昌城诸位将领忍不住咋舌。

纵然只是试图驱赶金兵溃部，以数千人追赶数万人这种事儿也着实耸人听闻，刘锜目送杨再兴远去，想要劝阻的话却噎在了嗓子眼里，并没能说得出来。

"这位将军着实悍勇……难道他便是岳帅麾下那位猛将，杨将军？"

杨再兴与张宪等人不同，并非一直追随岳飞的心腹将领，而是后来中途为岳飞收服才入了岳家军，因为是纯粹的野路子出身，所以这行事风格跟岳家军之中众人截然不同。

"便是他了！"岳云看着杨再兴离去的背影，毫不担心，而是笑呵呵地说道："刘指挥使倒是不必担心，杨将军向来都是这个脾性，漫说手中尚且有三四千的骑兵，便是只有三四百人的队伍，他也敢去金兵营中闯上一闯！"

"而且他也绝对能够带着手下的兄弟们平安归来。"

眼看着就连岳云都对这位杨再兴将军如此信任，刘锜也不好再说什么，只能是默默认可了这个做法。

当然其中也有很大一部分原因是因为他在看向王诚的时候，发现王诚此时脸上只是挂着一抹笑意，同样也没有担心杨再兴的安危，既然就连王诚都在默许此事，那他也没有什么好担忧的了。

片刻之后，王诚更是飞身上马从后面带着几个皇城司的察子，跟上了岳家军骑兵大部队。

对于他突然间跟上来的举动，杨再兴并未感到惊讶，反而是让出了半个马身，让王诚跟在了自己身旁。

"阴谋算计，暗中拼杀，这些事情杨某远不如王皇城，但是这战阵拼杀，大开大合，王皇城却要小心了，稍后一定要跟紧杨某，万万不可掉以轻心。"杨再兴深知王诚与岳飞之间的关系，同时对这个皇城使也很尊重，所以低声提醒了两句。

杨再兴率军而来，数千骑兵虽然不似铁浮屠一般被保护到了牙齿，但依旧全身披挂，而王诚的身上却只穿了半身甲，连头盔都没有配备，若是冲入乱军之中怕是要吃亏。

王诚哈哈大笑："前些日子在顺昌城之中被兀术那老小子困得憋闷，就算出城打了两场也是束手束脚，还是与岳家军的兄弟们冲阵来得爽利。"

杨再兴的话他并未放在心上，此人冲阵之时勇猛无双，但是在处理一些细节琐事的时候，却经常冒冒失失，完全不拘小节，跟岳云截然相反。

王诚这身穿着打扮自然不适合冲阵作战，但若是王诚真的想要保命，就算是冒失跟着骑兵冲锋，也该藏身在行伍之中，而不是跟着他一起冲在最前面，杨再兴作战向来以勇猛著称，每次冲锋的时候必然身先士卒，几乎是哪里危险就冲向哪里。

倘若王诚真的要跟在他身后的话，怕是要成为众矢之的。

好在接下来的战局跟他们所料想的相差无几，金兵虽然在完颜宗弼的掌控之下，很快就重新集结了起来，但一时之间还没有从之前的那种慌乱之中走出，再次被岳家军冲上一阵，顿时就乱了阵脚，完颜宗弼无奈之下只能号令大军继续北撤，竟然一路撤出去几十里。

接连几番战斗下来让完颜宗弼手下的精锐折损将近半数，虽然整体数量上只不过少了七八千人，但全军的战力明显下降了一大截。

随后几天时间之内，整个金军大营都是在惶恐之中度过，生怕再被宋军趁机劫营，毕竟无论是岳家军还是刘锜都已经换上了一种亡命的打法，接连几次都是拼死劫营，这种行为直接打掉了金兵的士气。

恰逢天降大雨，接连好几天都是昼夜不停，颖河的水位越发向上，隐隐有威胁到金军北归路线的危险，无奈之下完颜宗弼只能悻悻地下令大军北撤。

顺昌一战，虽说并没有给金军带来过多的伤亡，却有效地挫败了完颜宗弼想要再次南侵的想法，稳定了宋金之间的平衡局面。

此番大捷的消息立刻就传到了临安城中，原本昼夜不能安心入眠的赵构得到了这个消息之后，顿时长长地松了口气，将原本准备再次放弃临安南逃的想法抛掉，转而下诏大为赞赏刘锜此战功绩。

平日里这种与金兵对战之后能取得大胜的消息，要么是从韩世忠那边儿传来，要么就是岳家军的消息，就连川陕吴玠、吴璘那边近年来也少有捷报，突然间又冒出来一个可用将才，顿时让赵构觉得自己的天下又能安稳坐上几天，心中满是舒泰。

这个消息虽然鼓舞了皇帝的情绪，但同样也给朝廷之中那些主和派带来了一些负面影响，尤其是秦桧，在得知了这个消息之后于府中打翻了脸盆，几乎当众破口大骂。

此前他百般努力，几乎已经让皇帝认可了金国的和谈条件，无论前线是打平还是打败，都会对和谈有极大的帮助，偏巧是打胜了反而会阻碍和谈的进程，这让他顿时对刘锜此人产生了极度不满。

在听闻赵构打算封赏刘锜之后，秦桧更是冒雨进宫打算劝谏，但在见识到了皇帝欣喜若狂的表现之后，却立刻就转变了话锋，将之前准备好的长篇话术全都摒弃，取而代之的则是对赵构的奉承认可。

"如此说来，秦卿也觉得此人当赏？"赵构对于秦桧忽然之间的觐见有些意外，尤其是听说秦桧竟然建议封赏刘锜后，更是大为意外。

大殿之中的气氛顿时变得有些古怪，周围那些内侍和宫女全都退到了隐蔽的角落里，连大气都不敢出。

细密的雨滴敲击在瓦片上的声音，连同大殿外潺潺的水声，盖住了大殿之中那些细碎的声音，反倒显得这大殿之中有些过分安静。

秦桧微微躬身，十分恭敬地道："陛下，刘锜此人虽然此前并无太多丰功伟绩，但毕竟久经战阵，此前数次大战都有涉猎，就算没有功劳也有苦劳，更何况这一次顺昌大捷，更是捍卫了临安城的安危，为我大宋打出了一次漂亮的胜仗。"

"以此大捷作为凭依，想来接下来我们与金国人的谈判也会变得更有底气，无论怎么说起来，此人也算是大功臣，自然是要封赏，而且还要大赏特赏！"

赵构一拍面前的案几，发出了阵阵感慨："如今看起来还是秦卿最为忠心不二，那刘锜毕竟是主战派的将领，与秦卿算得上政见不合，但秦卿面对这种大是大非的事情，依旧可以压下自己心中的私怨，向朕推举此人……这种胸怀，是一般人都无法拥有的！"

此时的赵构，丝毫没有注意到秦桧眼底闪过的一抹寒意，完全沉浸在自己为自己编织的幻想之中。

在他这个皇帝的统治之下，就连主战派和主和派这针锋相对的两个派系都能和睦相处，甚至秦桧这种当朝为相的主和派都可以包容在外为将的主战派，朝堂之上已然一派将相和睦的场景，若日后都是如此，大宋中兴岂不是就在眼下？

一道圣旨经由秦桧之手拟定，赵构亲笔手书，敕封刘锜为武泰军节度使、侍卫亲军马军都虞候、顺昌知府、沿淮制置使。

以一战之功就可以直接建节，这种事儿纵观大宋历史也属罕见，这让刘锜顿时诚惶诚恐，尤其是在听说秦桧竟然在此事之中用了不小的力气之后，心中更是越发惴惴不安。

但这件事情并未影响他太久，同年七月，刘锜便转任淮北宣抚判官，此时各路抗金大军纷纷有所建树，韩世忠所部王胜成功收复海州，张俊率军拿下了宿州和亳州，岳家军更是接连攻克蔡州、陈州等地，大宋对于原本中原各失地的掌控已经逐渐回归正轨。

尤其是近年来岳飞在北方各地实行的"连接河朔"策略日益见效，太行山和河北河东各路义军在宋军北伐的过程之中不断配合，将金人袭扰得连现疲态，首尾不能相顾。

一时间黄河南北竟然有数十万人参加义军，几乎将金国在此处的统治权彻底粉碎，金国政令再也无法辖制各地宋人。

抗金形势，可谓一片大好。这让朝中本来已经打算韬光养晦静观其变的主和派彻底急了。

倘若主战派连战连胜，径直北上打到黄龙府，那到时候必然要在朝中独掌大权，主和派失势便成定局，到时候他们又该何去何从？难不成要留在朝堂之中等着仰人鼻息？

以秦桧为首的主和派和投降派，开始在私底下频频集会，虽然在朝堂之上暂时没有掀起什么风波，但是明眼人一看便知道，此时在朝堂那一摊死水之下，正在酝酿着可怕的风暴。

远在北方的各部将领并不知道朝中此时正在酝酿什么疾风骤雨，尤其是岳飞所部岳家军，更是如此。

与金军连战十数年，岳家军成长至今已经成为大宋朝堂的最大军力支柱，此时更是最有希望北上将失地尽数收回的一支军马。

在朝中主和派的暗中影响之下，各路抗金大军此时看似风光无二，实际上各有各的难处。

韩世忠、吴麟等部一直与金军对峙纠缠，短时间内肯定是没有办法支持岳飞的北伐，张俊此前与秦桧秘密商谈过数次之后，此时虽然还站在主战派这一方，但是对于岳飞北伐的事情，态度极为暧昧。

在收复了宿州和亳州之后，张俊就开始按兵不动，甚至隐隐有班师回朝的意思。

至于顺昌大捷之中出了大风头的刘锜，在断然拒绝了朝廷要求他南撤的命令之后，一时间不敢再做出过多的举动，除了暗中资助岳家军一些粮草兵器之外，只能暂时屯驻顺昌以待时机。

在某种意义上来说，此时的岳家军已经是在孤军奋战，若是一味地贪功冒进，很有可能会被四面八方的金军围拢进而歼之。

尤其是此时，岳家军所收复的城池越来越多，岳家军不得不放出一部分精锐屯驻在各处城池之中，这在无形之中便削弱了岳家军的整体战力。

岳飞经过了这么多年与完颜宗弼之间的对抗，历经战阵，何止几十场，早已经成为兵法大家，此时自然知道他的北伐之举的危险性。

所以在一路高歌猛进之后，他并未贪功，而是暂时将兵力收拢在了郾城附近。

经过了数年的征战，年龄上的增长，已经逐渐让岳飞原本的暴躁脾气被消磨干净，再也不是之前那个在朝廷之上与皇帝据理力争，甚至暴怒后便会辞官的直性子莽将军。

此时他很清楚，对他最重要的已经并非自己手下的岳家军，而是来自皇帝的赵构的支持。

倘若那个端坐在龙椅之上的男人对他的北伐持反对态度，那他就算是攻下再多的城池，杀了再多的金兵，最终也都是做了无用功。

所以在郾城周围沉思良久之后，岳飞毅然决然地开始给赵构写起了札子。

乞乘机进兵札

金贼近累败衄，其虏酋四太子等令老小渡河。惟是贼众尚徘徊于京城南壁一带，近却发八千人过河北。此正是陛下中兴之机，乃金贼必亡之日，若不乘机殄灭，恐贻后患。伏望速降指挥，令诸路之兵火急并进，庶几早见成功。

……

接连几道请求赵构颁布命令挥军支援的札子，或者是被秦桧等人拦下，或者是被赵构搁置案头，竟然全都石沉大海。

此时岳飞驻守郾城的兵马不过万余人，别说是继续北伐，便是再遭金军大部队围攻都有危险，再加上他屡屡上疏催促援军的札子，顿时让秦桧看到了可乘之机。

数道信笺从秦桧府上流出，随后秘密发往北方，原本已经被岳飞打到接连北退，一时间不敢再与岳飞正面抗衡的完颜宗弼在收到了消息之后，顿时大喜过望，立刻就将自己麾下的骑兵分出了近两万人马，直奔郾城而来。

从宋廷传来的消息可谓精准之极，准确地将岳家军此时分布在各处的兵力全都透露给了完颜宗弼，所以完颜宗弼在舆图之上略作分析就立刻做出了决断。

之所以只带着这将近两万人的骑兵出击，为的就是快速运动，并且毕其功于一役，趁着岳家军来不及反应的时候，将岳家军的指挥中枢或者说岳飞本人消灭在郾城。

这两万人马不只是速度快，更算得上是完颜宗弼手中仅剩的嫡系，人人都愿为完颜宗弼慷慨赴死。

也就是说完颜宗弼这一次率军再南下，已抱着必死之决心，势必要将岳飞这个心腹大患给铲除，哪怕是将自己手下的精锐心腹全都损失殆尽也在所不惜。

与此同时，金国龙虎大王完颜突合速、盖天大王完颜赛里等各路军马也收到了几乎相同的消息，纷纷朝着郾城这边靠拢过来。

一时间在小小的郾城周围，竟然聚拢了加在一起足有六七万的金宋精锐，双方之间的战斗根本无需多言，只是对峙了不到两天的时间之后，便是开始短兵相接。

完颜宗弼这一次可谓手段尽出，铁浮屠与拐子马这些已经玩烂了的手段接连砸向宋军，随后更是用上了冲车、楼车这些重型攻城器械。

然而令他没有想到的是，此时在郾城之中的宋军的确数量不多，不过是万余名岳家军而已。但这万余名岳家军，都是岳家军精锐之中最顶尖的一批存在。

其中三千背嵬军与五千游奕军，几乎尽数着全身甲，又都是骑兵，此时面对着金军骑兵哪怕是正面对战都不落下风。

这八千余人被岳飞尽数调拨到了岳云麾下，与金兵铁浮屠与拐子马正面对抗，随后又命杨再兴率八百敢死营时时冲突金军中军，无论何时何地，只要瞄准了完颜宗弼的帅旗，就发起猛攻。

前后配合之下，硬生生在正面战斗之中将金国的精锐骑兵尽数击退。

更有甚者，杨再兴率领八百敢死营冲杀金军本阵的时候，甚至一时兴起，竟然单枪匹马地杀入了金军本阵之中，左右冲突之下阵斩数十人，竟然一度冲到了中军附近，明显是想要阵斩完颜宗弼。

虽然此举最终没有成功，杨再兴的身上也是被伤数十处，浑身浴血，他的悍然壮举震惊了所有金人。

饶是完颜宗弼历经大小战阵数百场，也从来没经历过这种距离死亡只有一线的情况，远远地看着杨再兴几次冲突后最终被挡在外面的场景，不由得大惊失色，为岳飞麾下竟然有这种猛将感慨万千。

在正面战斗之中再一次败于岳飞之手，完颜宗弼对于这个结果极为不满，溃败之后再次调集大军南下，屯扎在临颖县附近，十二万大军虎视眈眈，随时伺机再次进攻。

依旧坐镇郾城，丝毫没有退意的岳飞，此时却接到了一个让他万万想不到的消息。

在他的百般催促之下，赵构终于做出了决定，却并没有如同岳飞所想的一样安排援兵前来，而是下令将各路抵抗金兵的兵马尽数收拢，开始逐渐转攻为守。

这个命令一下，意味着岳家军立刻就陷入了孤军奋战之中，前者郾城一战，岳家军虽然以少胜多，打了个罕见的大胜仗，但是自身的消耗也非常大，背嵬军与游奕军两营都折损了将近三分之一的人马，余者也是尽数带伤。

虽说在顽强的意志力之下，他们仍然可以上阵杀敌，但所能发挥出来的战力已经远不如此前。

若是此时再次与金人正面对上的话，恐怕未必能取得之前的那种战果。

岳飞百般思量之后并没有萌生退意，此番北伐是他几次北伐之中成绩最为斐然的一次，不但接连阵斩金国大将，更接连收复失地，将金国的朝堂影响力一推再推，彻底推出了中原地区。

眼看着如果他能再进一步，就可以将失地尽数收回，这种几十年都未曾有过的机遇摆在眼前，饶是岳飞此时早已经告别了年少时的冲动鲁莽，此时也是无法拒绝这丰功伟绩的诱惑。

他当即下令原郾城的万余岳家军就地休整，尽快调息，而后放出去数十个带着他亲笔书信的游哨，朝着分散在各个城池之中的岳家军将领，还有屯扎在各处的各营兵马而去。

此时此刻，岳飞忽然在心中产生了一丝明悟。

恐怕这一次将会是他这一生之中最后一次阵斩完颜宗弼的机会，所以容不得他有半点马虎，容不得他有半点迟疑。

王贵、张宪等人此时都在岳飞的安排之下领兵在外，得到了岳飞的命令之后，立刻就集结起自己手下的人马，朝着郾城的方向汇拢而来。

与此同时完颜宗弼派出去的各路探马也纷纷回报消息，让他第一时间就知道了岳飞此时的虚实。

几次被岳飞挫败了计划之后，完颜宗弼现在非常清楚他在战阵征伐之上的能力远不及岳飞，如果这一次真的给了岳飞集结大军的机会，恐怕日后再想找机会将岳飞歼灭，更是难上加难。

所以他稍作迟疑之后，便安排了手下将领李朵孛堇率领千余骑兵绕路郾城北发动突袭，试图以此举动再探岳飞虚实，一旦发现岳家军正在虚弱期，他就会立刻亮出獠牙，率领大军直扑郾城！

然而在发现了这支金军骑兵的瞬间，岳飞立刻就猜到了完颜宗弼的想法，当即亲率百余名背嵬军出城与这千余名金人骑兵对冲。

背嵬军本就是他刻意训练出来的精锐，正面战场之上说是能以一当十并不夸张，再加上金军那些家伙本就心怀鬼胎，面对着异常勇猛的大宋士卒立刻就显出了颓势，一触即溃。

率领这千余名金兵前来探阵的金军将领李朵孛堇也是被岳飞手下部将阵斩马下。

失去了主将之后，这千余名金国骑兵更是慌乱，竟然直接溃败撤退，被岳飞带着这百余背嵬军追杀了足足十几里，一路上丢盔弃甲好不狼狈！也正是这一战，让完颜宗弼一下子就糊涂了起来。

倘若这城中的宋军真的已经疲惫不堪，为何岳飞还敢亲自上阵，为何城头之上旌旗飘扬气势正盛？完颜宗弼一时间有些投鼠忌器，竟然接连几日都不敢率军出战，而这个小小的疏漏，却给了宋军喘息的机会。

趁着几日间完颜宗弼的迟疑，张宪与王贵所部几支兵马完成了汇合，原本捉襟见肘的万余兵马立刻就变成了七万多人。

虽说相比较起金人的十余万人来说，在总人数之上仍然是处于劣势，但岳飞却信心正满。

岳家军一向打的都是以少胜多的战斗，大部分的时候还都能取得不错的战绩，此时金兵的数量不过是他们的两倍而已，比起岳家军之前最为艰难的时候，条件要好得多。

哪怕对方的数量是己方的两倍之多，岳家军中将士仍然是有信心在正面战场之上将对方击溃，乃至于全歼！

七月十三日，大雨滂沱如瀑，天空之上，惊雷滚滚，原本正在按照既定路线急行军的岳家军暂时停止了前进，就地寻找了几处山坡上大树下临时避雨。

为防万一，岳飞将杨再兴招呼到了身边，下达了让杨再兴率一支军马作为前哨前往颍县附近探察敌情的命令。

杨再兴此时身上的伤势尚未痊愈，但行动并无阻碍，此时仍然带伤上阵，看着不过是脸色略显苍白而已。

慨然领命而去之后，杨再兴将本部三百骑兵并部将高林、罗彦等人带下山去，直奔颍县的方向而来。

按照原本的计划来看，金国大军就算是做好了战斗准备，也绝对不可能将军营屯扎在距离大路那么近的位置，除非是完颜宗弼已经蠢到家了。

所以杨再兴并没有将这一次的侦察任务太过放在心上，不过是率领这三百骑兵从大路十分自然地赶了过去，随后打算伺机在周围搜查金军动向。

然而让他万万没有想到的是就在他这支兵马前行到颍县境内的小商桥附近时，最前面的探马立刻回报，前面竟然碰见了完颜宗弼的金军主力。

此时在完颜宗弼的手中一共掌控着十二万大军，完颜宗弼意图全军出击，便将十二万人分为前后五阵，依次而行。

双方的速度都不是很慢，所以等到探马回报之后，他们已经可以看到彼此。

隔着朦胧的雨雾，杨再兴看见了黑压压一片的金国大军，跟在他周围的诸多部将和士兵们同时都紧张了起来。

眼下他们只有三百人马，跟对方之间的差距何止百倍，而在他们身后，岳家军的主力还有十余里，这跟往日里冲阵杀敌截然不同。

双方之间的距离实在是太近，此时无论他们向前冲锋还是立刻撤退，必然都会跟金军战在一起，如果运气好的话，或许还会有少数人逃脱，如果运气不好的话，便是全军覆没。

金军也没有想到会碰到这样一支岳家军的小部队，第一时间也没有来得及做出反应。

隔着朦胧的烟雨，双方在这一刻都罕见地陷入了僵持当中。

跟在杨再兴后面的那些岳家军士兵齐刷刷地看向了自家将军，等待杨再兴的命令。

杨再兴提着铁枪，原本抿着的嘴唇微微翘起："烟雨朦胧，我的视线也受到了影响，竟然看不清远处的景象。"

"谁能告诉我，那金军本阵之中，隐隐露出一角的可是完颜宗弼的帅旗？"

跟在他身后的宋军士卒此时都精神一振："正是完颜宗弼的帅旗！"

杨再兴哈哈大笑："之前在郾城时，我几次冲突金军本阵正是想要将完颜宗弼斩于马下，或者生擒活捉，却没想到贼人势大，竟然都未成行。"

"今日贼人竟然敢主动送上门来，若是不将此贼毙命当场，倒是寒了此贼一片赤诚之心了。"

听到了杨再兴的话众人顿时明白过来，就在刚才这一瞬间杨再兴已经做出了决断，那就是死战不退。

双方之间的人数差距实在是悬殊，任凭杨再兴再勇猛，手下士卒再强横，也根本不可能击溃对方，而如果此时选择逃跑的话必定会被金兵轻易追上，甚至三百人马大部分都会因为背后中箭而死。

在这种骑兵追逐战之中，善于骑射的金军骑兵可是一把好手。

纵然最后身为主将的杨再兴很有可能会在亲兵的保护下逃出生天，但他手下的这些士卒必然会折损殆尽，而且全都是屈辱地死在逃跑的路上。

杨再兴勇悍一生，纵然是面对着千军万马，也敢单骑冲杀，自然无法接受这样的结局。

除此之外还有极重要的一点，那就是金军的动向已经超过了他们的预期，此时借着烟雨的笼罩竟然已经将大军开到近前，距岳家军的主力只剩下了不到十里。

双方之间的整体兵力差距毕竟还有半数，受到这天气的影响，前路探马无法及时做出反馈，眼下正前方的游哨就只有他们这一支。

倘若他们不能将消息及时传回去的话，岳家军很有可能会吃上一记暗亏，但如果能将这里的情况及时回报给大帅的话，大帅按照这边的情况做出及时部署，肯定还能再次击败完颜宗弼！

就在此时，杨再兴分明已经看到金军的队伍之中已经分出了两支骑兵，打算左右包抄，正是金人屡试不爽的拐子马战术。

如果这个时候不迅速做出决断，必然就要贻误战机，所以杨再兴不再犹豫，立刻安排两名小校返程，快马加鞭回返宋军本阵，找岳飞回禀此事。

而他则将手中长枪一挥："兄弟们，随我杀，杀穿金贼，活捉金兀术！"

"杀金贼，捉兀术！"

阵阵的喊杀声穿透了雨幕，伴随着逐渐密集的马蹄声，三百背嵬军整齐划一，朝着金军本阵轰然杀来。

似乎是为了应和他们的壮举，激励他们的士气，天空之中的惊雷开始如同紧锣密鼓般接连炸响，威势无与伦比。

不过三百余人的冲锋，竟然被他们冲出了千军万马的气势。

金人原本以为碰到的小股宋军不过是一般的游哨探马，只打算以两支千余人的拐子马将他们包抄截杀，但金兵万万没有想到这些宋军竟然如此勇猛。

一时不察之间，就已经被他们冲入了本阵之中，将最前排的金兵杀了个人仰马翻。跟着杨再兴冲锋开始，这些岳家军的士卒就已经明白自己这一去必定是十死无生。

所以此时早就将自己的生死置之度外，三百人拧成了一股绳，奋勇拼杀，所向披靡，但凡是挡在他们面前的金兵，都被他们勇往直前的锋锐直接碾碎。

此时此刻，在杨再兴的眼里，已经没有了身前那些阻拦的金兵士卒，而是只剩下了不远处的那金军帅旗！

短短半个时辰内，三百岳家军已经前后冲突金军本阵四五次，每一次向前都会付出十余袍泽兄弟的性命，但同样也会换来百余名金军士卒的性命。

而每一次冲锋向前，也都会距离金军帅旗更进一步！远处帅旗下的完颜宗弼，早已经将本阵前的景象尽收眼底。

在见识到杨再兴的勇猛之后，他第一时间升起了爱才之心，几乎就要下令让军中不可暗箭伤人，只许将此人生擒活捉。

然而随着杨再兴率领手下士卒左冲右突，杀了他手下将近千余金兵之后，完颜宗弼立刻就意识到此人怕是不可收服，就算是能够收服，也未必能让手下人信服。

最为关键的是此人随着冲杀，距离他的中军越来越近，似有拼死也要刺杀他的意图，这让完颜宗弼顿时不寒而栗，立刻下令不惜代价也要将此人斩杀于阵中。

此令一下，军中士卒立刻就放下了之前的谨慎，不惜误伤同袍也要抢射杨再兴，一时间杨再兴与手下仅剩下的百余人马立刻就迎来了铺天盖地的箭雨。

杨再兴等人虽然浑身着甲，但只能扛住部分流矢，大部分的箭矢依旧是透过了甲叶间的缝隙，乃至于直接射穿甲叶，深深刺入了他们的身体之中。

几十名岳家军士卒纷纷跌落马下，仅剩下杨再兴与身后的数人还能拼死抵抗，但这几个人也是摇摇欲坠。

杨再兴抬头朝着远处金军中军看了一眼，心中升起一股恨意。

双方之间的距离已经剩下不过百余米，他甚至都已经能够看得到完颜宗弼的盔缨，甚至头盔之下被遮掩住的阴鸷双眸。

听着追随自己多年的袍泽兄弟在自己身后接连倒下的声音，杨再兴咬紧了牙关，甚至就连头都没有回，而是猛然抬手，将自己身上的箭镞纷纷折断，随后再次拍马向前！

"杀金贼，捉兀术！"

杨再兴大喝一声，继续冲阵。

纵使他的眼前已经一片血红，早被鲜血蒙蔽，杨再兴依旧死死盯着百米外的完颜宗弼，再次挑死十几个敢于冲上前来的金兵。

片刻后，他的身前出现了一片空地，竟然再没有一个人敢冲上来挑战他的枪尖。

金军士卒们看到此时的杨再兴已经到了强弩之末，他们甚至不需要动手，只需要等待杨再兴身上的鲜血流干。

杨再兴座下战马同样身上处处伤口，箭镞已然成林，难以继续坚持下去。

意识到了这一点之后，杨再兴叹了口气，随后猛然反手，在马身之上站直了身体，手臂向后一展，将自己的身体当成了一张弓，猝然发力，把那把伴随他征战了十数年的长枪当作标枪抛投了出去。

目标正是百米开外的完颜宗弼。

嗖的一声，一道寒芒掠过金人头顶，直奔完颜宗弼而去，而杨再兴此时彻底力竭，再没有机会看到那铁枪所落之处，而是缓缓闭上了双眼，从马背之上跌落。

长枪飞出数十米，终究半途落下，斜斜地插在了地上。

完颜宗弼看着距离自己尚有三四十步的铁枪，脸色苍白，久久不能回过神来。

岳家军的士卒如果个个都如此勇猛，将领又如此敢于用命，他此生还有南下擒捉赵构，剿灭大宋的希望吗？

杨再兴以三百人拼死冲阵，阻碍了金军进击的步伐，同时也成功将金军的踪迹暴露给了岳家军，金军再想大军突袭已成泡影，完颜宗弼深思良久，只能是挥军转道，从临颍县离开直奔颍昌。

此时驻守在颍昌的，正是岳飞麾下大将王贵，王贵将援军交付到岳飞手中之后，便率五千人马转守颍昌，与岳飞本部形成了掎角之势。

得知金军忽然转向杀到了本处后，王贵顿时吃了一惊，连忙将此事快马报告了岳飞，而此时的岳飞才率岳家军主力杀到临颍。

双方之间的时间差不过是两个时辰而已，此时此刻在临颍县之中固守的金军，就已经只剩下了不到三千人。

在看到岳飞率领的数万大军逶迤而来时，这三千金兵毫不犹豫地弃城而逃，只用了不到盏茶的时间，就给他们留下了一座空城。

此时岳飞已经知道杨再兴与所部力战而亡的消息，将临颍收复之后，立刻派人前往小商河附近的战场搜寻杨再兴尸骨。

金军撤走的时候颇为匆忙，为了抢占先机，竟然连战场都没有打扫，在看到小商河战场的情况后，在场宋军无不为之震撼垂泪。

三百背嵬军士卒的身侧，横七竖八躺着的足有两千余金兵的尸身。

双方之间的战损比达到了惊人的一比七，每个背嵬军战士的身上，最少都有四五处刀伤，三四支箭镞。

所有人都是死在冲锋的路上。

杨再兴的尸身被带回营中，岳飞亲手为其点燃了火化柴堆，大火烧了一个多时辰，待到大火熄灭之后，负责捡拾骨殖的士卒，竟然是在灰烬之中捡拾出了上百支箭头，放在一起足有两升之多！

岳飞看着呈递到自己面前的那些箭头，再次动容，眼眶泛红："再兴之勇，无人可挡！可惜今日殉国，再不能亲见王师踏破金境之日。"

随后更是挥毫写就下一篇祭文《祭杨再兴英灵》。

昔有张翼德，

今有杨再兴。

神勇丈八矛，

千古传英名。

兵灾负孺子，

烽火护娘亲。

尔曾结我仇，

尔曾施我恩。

十年为犬马，

昼夜冒风尘。

此生无所愧，

愧对少将军！

　　寥寥六十字，并未有慨然文采，更没有华丽辞藻，全都是岳飞胸中真情实感与遗憾之意，杨再兴一死，于大宋朝堂来说不过是失去了一员虎将，而对岳飞来说，却等于失去了一条臂膀，其中痛楚不足为外人道也。

　　才将杨再兴骨殖收殓，岳飞就收到了王贵传信，方才知道完颜宗弼这厮看似是在避战，实则是在指东打西暗度陈仓，竟然已经兵临颍昌城下。

　　此时岳家军才刚刚在临颍县完成整备，仓促之间调度起来并没有那么方便，岳飞只能先行安排岳云带着八百背嵬军精锐先行支援颍昌，自己则是居中调度随后跟上。

　　之所以在仓促之间做下了这个决定，是因为岳飞十分清楚，这一次如果能抓得住完颜宗弼的脚跟，就意味着他们双方之间的一场大决战即将开始。

　　这样牵涉到了双方二十几万人的大规模决战，由不得他有半点马虎，更何况此时宋军虽然士气高涨，军心大振，但在绝对人数之上依旧处于劣势。

　　倘若稍有不慎，跟金兵硬碰硬的时候，出现了些许谬误，岳家军之前所积累下的威严怕是要一朝折损殆尽，到时候溃败的可不只是他岳家军这一支单独的军马，而是整个大宋朝廷的颜面和大宋所有兵马的士气和军心。

　　此时在金军大营之中的完颜宗弼跟岳飞产生了几乎相同的想法，这些年来他跟岳飞交手无数次，每次几乎都是以惨败告终，可以说是亲眼

267

见证了岳家军从一支不入流的兵马逐渐成长到了现在的地步。

他很清楚岳家军的战力有多么恐怖，军心有多么齐整，也很清楚，如果这一战他要是再失败的话，之前做的多年准备就会功亏一篑。起码十余年间都未必再能有余力南侵大宋。

所以这一次完颜宗弼整备出来的军马也是十分精锐强悍，三万精骑抽调了眼下金国南疆所有的精锐，十万步兵也全都是个顶个的好手，甚至其中女真族士兵的比例罕见的达到了四分之三的程度。

在某种意义上来说，在这次大决战面前，完颜宗弼已经掏空了金国最后的精锐和本钱。双方都已经抱着必胜之决心，如此一来，原本比较清晰的战场局面顿时变得处处危机。

岳云率领的八百背嵬军精锐一人两骑，轮换下来只用了不到半天的时间就赶到了颍昌城，在金军还没有彻底完成合围之前冲入了城中。

虽然他只带来了不到千余人的兵马，却给城中守军注入了极强的信心。

哪怕是大将王贵在见到了岳云的一刹那也不由得松了口气，之前十几万金国大军带来的压力瞬间排空。

作为岳飞长子，岳云在军中的威望也是极高，自从十二岁起岳云就投身到岳家军的行伍之中，从一个无名小卒做起，一路之上完全是凭借着自己的战功和军功成长到了眼前的地步。

每次遭逢战事，他素来都是一马当先勇冠三军，胆气可谓远超常人，而且心思缜密，在战略战术之上的造诣也不低。

从军十余年来，他经历过的大小战斗起码有数百次，虽然其中险象环生，但这数百场战斗竟然无一败绩，军中将士除了对他尊称为少帅之外，更是给他起了一个响亮的外号"赢官人"。

这也是守军将士看到他亲自前来之后便是军心大振，也是岳飞指派他前来此地的原因。

进入城中之后岳云一路之上不卸甲胄，查看过城中兵马的武备状态之后，立刻就找到了王贵。

王贵看到岳云的样子，心头顿时一震，立刻就猜到了岳云的想法："少帅难道打算率军主动出击？"

"金贼势大，人数众多，若是贸然出击的话，我们手中可用兵马实在不够，不如等待大帅亲领主力军前来，到时候我们从中来个内外夹击，可获大胜！"

岳家军之中从来没有孬种，王贵身为领兵大将更是如此，此时所说的也都是事实，倘若按照他的建议稳扎稳打，绝对是最稳妥的办法，而且必然可行。

但此时岳云的想法明显没有这么简单，岳云朝着王贵深深地看了一眼，低声道："小商桥下，杨将军身中百箭，慷慨赴死。"

"纵然是受到了如此伤势，他依旧在试图朝着金军主帅完颜宗弼所在的中军方向冲锋！"

"此举并非慷慨而已，必然可以对金军造成极大的心理震慑，倘若这个时候我们没有办法抓住这绝妙良机，与金人再大战一场，等到父帅挥军归来，我们要面对的便又是一支整备精良的金军兵马！"

"战与不战，王将军难道还需要有所犹豫吗？"岳云的话振聋发聩，瞬间就激起了王贵心头的那股子热血。

"少帅所言颇有道理，既然如此那便战上一场！"王贵猛地一砸拳头，狠声说道。

身为多年的袍泽兄弟，王贵对于杨再兴的壮烈牺牲极为愤懑。所以此时在岳云的劝说之下，他立刻就动了给杨再兴报仇雪恨的念头。

不光是他们这两个主将此时心中如此作想，下面的那些士卒也都产生了同样的念头，在听说了即将出城攻击金兵之后，下面的士卒们立刻就慨然应下，纷纷忙碌了起来。

为确保城中留有足够的应急兵马，王贵和岳云并没有将所有的兵马全都带出城去，而是命令王贵麾下的统制董先与胡清率部分踏白军与选锋军暂守城墙，他们二人则率领其余军马并驾出城。

八百背嵬军为锋，三千游奕军和选锋军组成的中军为刃，直奔金军大营杀来。

王贵手中的兵马，也都尽数配备了马匹，此时四千余骑兵冲刺起来，大地都在为之震荡。

对于岳家军的勇悍程度，金兵早就做好了心理准备，所以这时候虽然没有想到城中的宋军竟然敢出城作战，但依旧立刻就摆好了阵势，并没有再次被打个措手不及。

此时金军最为精锐的骑兵铁浮屠已经折损了大半，但仍然还有数万精锐骑兵，此时在稍有准备的情况之下，立刻就展开了反击。

双方数万人马立刻就厮杀成了一团，一时之间在颍昌城外烟尘四起，杀声震天。

岳云所率这八百背嵬军，是专门从岳家军之中选出来的精锐，随便拉出来一个都是能以一当十的好手，十几骑便可冲垮上百敌军，此时所展现出来的战力更是非同一般。

八百人组成的刀尖，为后面的友军提供了极大的助力，将近四千人的骑兵在跟金军数万骑兵的对冲之中竟然丝毫不落下风，反而往来自如，勇不可当。

几轮冲杀下来，宋军士卒无论是人身上还是马身上，全都染满了鲜血，无论原本身上的甲胄是什么颜色，此时全都变成了黑红色。

四千余人阵斩金军三千，就连完颜宗弼的女婿夏金吾也被斩杀于当场，可谓杀了个痛快。

虽说岳家军的战斗力已经被激发到了顶点，但人力毕竟有极限，随着几番冲杀之后，他们的颓势逐渐展现了出来，伤亡也越来越多，而金兵数量上的绝对优势也立刻显现。

王贵一刀砍死一个敢于上前的金兵，随后立刻跃马冲到了岳云的身旁："少帅，金贼势大，我们若是再战下去怕是要出问题，不如先回城中再做打算！"

岳云浑身浴血，身上的甲胄已经被斩碎大半，他一把扯下了身上残余的部分，扭头看向王贵："如今各路军马都已退缩回原本防守城池，我岳家军已经成了孤军，每逢战斗绝不能有丝毫败退迹象。"

"士气如虹，则岳家军便可以保持常胜不败，一旦稍有方寸退避之举，极有可能会对士气造成难以估量的打击。"

"这等罪责是你担得还是我担得？"

随着他的这两句喝问，王贵如同醍醐灌顶，立刻就明白了过来，当下不再犹豫，转身大手一挥，后面立刻就有亲随朝着天空之中放出了响箭。

响箭为号，便是招呼城中的兵马即刻出战，而且还是全军出击！

城中等候在城墙之上的董先与胡清一直都在紧张地看着城外的战局，就是在等待着这一声号令。

听到了响箭的声音之后，二人毫不犹豫地率领自己的部下大开城门，直接杀出！

原本金兵的士气才刚刚被扭转过来，还没有形成完全压倒性的优势，这时候被宋兵前后夹击，顿时之间就陷入了溃败的边缘。

完颜宗弼眼看着本部军马陷入混乱之中，顿时勃然大怒，但是他此时也已经明白过来，颍昌城初战他败局已定，此时大势已去，不能再稍作停留，否则一旦岳飞从什么地方杀出来乘势进攻的话，他必然会再次惨败于岳飞之手。

无奈之下，完颜宗弼只能立刻下令鸣金收兵。

是役，岳家军击杀金兵五千，俘虏金兵两千余，收拢战场的时候还收缴了战马三千余匹，阵斩完颜宗弼的女婿夏金吾，将金军副统军重创，斩杀千夫长五人，还活捉了数个北地汉人千夫长，共计斩杀擒捉敌军将领百余人。

其余战利品缴获无算。

此一战，不但再次证明了岳家军的战力无双，更是证明了岳云的指挥能力和悍勇程度不输于其父岳飞。

完颜宗弼撤军之后，于高处远远观望颍昌城外的战场，看着重新整队后仍然威风凛凛的剩余岳家军，不由得仰天感慨："岳飞数次以少击众尽皆胜利，如今其子也能承袭其能力手段，撼山易，撼岳家军难！"

颍昌一战，虽然岳飞的主力被耽搁没能参与上，但仍然在岳云和王贵的努力之下，打出了岳家军的威风，军威大振！

此番宋金大战的结果迅速被中原各地的百姓知悉，原本就心系大宋的各处义军纷纷起事，百姓之中不乏踊跃参军之人。

与此同时，此前无比拥戴金国的大部分北地汉人，在各处都有子侄战死沙场的情况下纷纷转变了思想，以至于金国朝廷再次到民间征召兵丁的时候，竟然再无一呼百应的情况。

岳飞在颍昌大捷之后，重新整备了岳家军各部，在众将士面前表彰了岳云与王贵在此战之中的功绩，随后原地休整了三日，立刻再次准备向北进发。

这一次的目标便正是原大宋京都——东京汴梁！

就在岳家军于颍昌城临时休整之时，岳飞暗中接到了一道密信，这密信来自于金将韩常，韩常在信中隐隐提到有归降之意，甚至意图为岳飞作为内应，夹击金军。

虽然对此信此人仍然持怀疑态度，但在启程之时，岳飞心中已然高兴到了极点。

纵马北上，岳飞与麾下众将并肩而行，对此番北伐的前景极为乐观，甚至忍不住朝着众人慷慨道："今次杀金人，直捣黄龙府，当与诸君痛饮！"

与此同时，岳飞交付王诚返京亲手呈交皇帝赵构的札子，也已经摆在了赵构的案几之上。

整张札子洋洋洒洒上千字，除了将此前战绩一一说明之外，最重要的内容不过几十个字。

请陛下派兵支援，命刘锜、韩世忠、张俊各部同时北伐，趁金军怠惰疲惫之际，克复故土在此一举。

赵构得知岳飞又是数次大捷后，同样是欣喜过望，觉得大宋中兴似乎就在此时，一时间真有立刻下旨命令诸军支援岳飞的冲动。

王诚躬身站在大殿之中，心中颇有些忐忑，自从秦桧为相之后，他能够面见赵构的机会越来越少，此时也难以确定赵构心中的真实想法。

但参照眼下赵构的心情来看，似乎派兵支援岳飞颇有希望。

然而就在王诚准备开口劝说赵构下诏指派各路兵马出兵的时候，内侍却忽然来报，秦桧连夜入宫请见。

看着秦桧面若寒霜地大步跨入垂拱殿之中，王诚的心顿时沉入了谷底，此番求兵之事，怕是又要无果了！

第五章

慷慨返京视死如归　奸佞当道错铸奇冤

　　垂拱殿之中的气氛极为古怪，周围的烛光伴随夜风轻轻飘闪，与飘动的帷幔一起拉出了道道晦暗的影子，让人见了不由得心中升起丝丝缕缕的寒意。

　　王诚退到了大殿边缘后，微微垂着头，将脸上表情隐藏在烛火照耀下的暗影之中，左手垂在银鱼袋旁，右手则是下意识地按着腰带边缘。

　　平日里那个位置之上，都会配备一把短刀，而今日因为是要面圣，所以王诚在进入内之前就已经卸下了身上所有的武器装备。纵然他现在心中有百般念想想要将秦桧就地格杀，也无法做到。

　　方才秦桧进宫之后与皇帝之间的对话实在是让人难以接受，饶是王诚身为皇城使早已经见多了百官之中的龌龊，更是习惯了朝堂之上的黑暗之处，但在听到了这君臣二人的对话之后仍然是有些按捺不住心中的杀意。

秦桧负手而立，自从进门之后就一直板着一张脸看起来极为严肃认真，而赵构对于秦桧此前所说的那些话虽然产生了些许的芥蒂，却并没有太过放在心上，仍然在夸赞岳飞的功绩。

"不管怎么说，岳帅的确是接连击败了金兵，几封捷报传来实在是鼓舞人心。"

"那完颜宗弼平素里嚣张至极，如今却是被岳飞追着打，实在是为朕出了一口恶气！"赵构挥舞着手中岳飞的捷报劄子兴致勃勃地朝着秦桧说道，后面的那些话虽然没有说出来，但只要不是傻子都能猜到这位皇帝的意思。

当初赵构被完颜宗弼给追得狼狈逃窜，可以说是上天无路入地无门，甚至硬生生地从陆地之上给撵到了海上。

这种事情比起被俘虏来说也没有强到哪里去，而如今岳飞却是狠狠地帮他报了这个仇，不但教训了完颜宗弼这个家伙，还顺带着帮他出了一口恶气，倘若能够将燕云十六州收回来的话，就等于是完成了太祖、太宗的遗愿。

这可是历经了十几位皇帝都没有做成的事情，如果能够在他这个皇帝的手中完成的话，那就意味着他已经成为了当之无愧的大宋中兴之主，日后名留史册的时候还会被多添上几笔丰功伟绩。

世人的讨论、对手的辱骂对于他来说都算不得什么，唯独是这青史留名的机会让他实在是有些难以拒绝，所以哪怕明知道眼前的秦桧是主和派，定然要对他的想法做出反驳，他依旧是没有办法遮掩住自己的想法。

秦桧在皇帝面前十分懂得分寸，更懂得倾听，这也是为何他能在诸多大臣之中脱颖而出成为赵构身边宠臣。一直到赵构说得口干舌燥之前秦桧都没有插嘴，更没有半点质疑。

一直等到赵构的兴致稍稍减退，总算朝一旁的内侍招手，内侍连忙小步跑到了角落里，让早就候在那里的宫女点火煎上了一碗浓茶为赵构奉上。

整个过程消耗了足足半炷香的时间，赵构因为口干舌燥亢奋消减并未开口说话，而秦桧则是肃手躬身，同样一句话没说，只是静悄悄地在等待着什么。

王诚站在边缘攥紧了拳头，脸色有些难看，方才秦桧不冷不热地回过赵构几句话，句句都是对岳家军夹枪带棒让人难免心生怨怼，看这厮的样子虽然此时并未开口，但心中显然是在酝酿着什么阴谋。

果不其然，等到赵构一盏茶喝下，秦桧立刻抬起头来朝着赵构低声问道："臣斗胆一问，陛下是否真的觉得岳家军可以如此大量消灭金军不成？"

"昔日金军的战力，你我君臣二人都曾经亲眼见证过，绝不是伪齐那些军兵所能比拟，岳家军就算是战力彪炳，想要如此轻易地接连战胜金军，并且取得如此大的战果，恐怕也并非易事。"

"如今捷报频传，其中是否有需要深思的地方呢？"

秦桧在下面站了半天，此时说出来的话明显也是经过了反复斟酌，可以说一句话就戳中了赵构心中的痛点。

赵构将手中茶碗放下，立刻就陷入了沉思之中，秦桧这厮的确是会抓重点，仅仅是三两句话就把赵构的激情浇灭，随后思绪飘回到了曾经的经历之上。

虽然这十几年间赵构被金人追得四处乱跑，已经许久都没有见过金兵，但是当年他可是曾经亲自进过金军大营，甚至还在金军大营之中生活过一段时间，所以对于那些金兵所展现出来的精锐战力记忆犹新，相对比起来大宋兵马的表现就实在是太过不堪，很难给他这个大宋的皇帝带来自信心。

上一次他亲眼见证到岳家军的军容时，岳家军还没有完成最后的整备，就连全套的步人甲还没有凑齐多少，虽然军纪军风都是极好，但似乎也不具备跟金人精锐相对比的水准。

就连此前大宋军中两大支柱之一的韩世忠，虽然在黄天荡围困了金军四十多天，但最后不也是付出了惨痛的代价？

除此之外剩下的几路兵马也是接连吃败仗，这也是为什么他一直都站在主和派一边的原因。

正面硬刚打不过就是打不过，没有太多的借口，否则大宋早就挥师北上把什么契丹和女真全都灭了！如此说来，这奏报之中是不是有可能也有些水分在？

秦桧在给赵构做出了相应的引导之后便一言不发，只是继续恭敬地站在下面，等待赵构自己继续发散思维。

二次起复之后，秦桧在朝堂之上的表现早就不再激进，甚至大部分时候都不会主动表达自己的想法，而是用循循诱导的方式，让赵构朝着自己指定的方向去多想。

这种手段不可谓不高明，如此一来，绝大多数的政令虽然是出自秦桧这些主和派的想法，但最终全都是经由赵构这个皇帝之手之口颁布出去，谁也挑不出毛病来！

"岳家军近年来在对金国的战争之中向来都是以少胜多，足以证明他们的战斗力并非寻常兵马可以比拟，但如此多的以少胜多战例是不是太多了一些?"

"如今两国边境之中频繁有战斗发生,以至于民不聊生,不少的村子之中总是有大量的平民百姓无故失踪……"

秦桧意有所指地又说了两句不清不楚含含糊糊的内容,随后话音再次戛然而止,进一步引起了赵构的深思。

两军交战时不时都会有屠戮对方村镇的事情发生,纵然是治军极严格的那些将领,偶尔也会无法管束部下,所以这种事情只要牵涉不是太大,几乎都会被统治者们忽视,赵构此前曾经听说岳家军与民秋毫无犯,虽说心中有些赞叹,但并没有把这种说法太放在心上。

而今在秦桧的引导之下,顿时思绪飘得更远,之所以岳家军秋毫无犯于百姓,有没有可能是因为百姓不敢向上奏报,岳家军的战功之中又有多少是虚假的,甚至有没有可能出现过杀良冒功的事情?

如果这些普遍存在的现象在岳家军之中也曾经出现过的话,那么他手里的这封奏报又有几分可信?赵构心里面这么想着,脸上的神情变得越发阴沉,缓缓将手中的札子合上,看向了秦桧。

秦桧表情之中的阴鸷消散了几分,脸上露出了一抹极其隐晦的笑容,眼看着皇帝明显有越想越多的趋势,他立刻就明白自己的小伎俩又奏效了。

"诚然,岳家军威名远播,就算是在金军那边我们也能听到诸如'撼山易,撼岳家军难'之类的说法,所以岳飞元帅未必会做出这种龌龊的事情。"

"但他手下的那些将领未必可信!"秦桧在引导着赵构对岳飞产生了怀疑之后,立刻就抛出了另外的引子,看似是在为岳飞开脱,却在无形之中将赵构的怀疑对象从岳飞一个人的身上转移到了岳家军全体将领。

"难道说，陛下忘记了当年的苗刘二人，忘记了当初的杜充，忘记了当初的淮西兵变吗？"

秦桧这两句反问，在赵构还没有反应过来之前，又一次戳中了他的心窝子，赵构猛然想起了当年的场景，心头一阵紧缩，忍不住一拳砸在了案几之上。

淮西兵变，数万大宋精锐成为伪齐的兵马，此消彼长之下给当初的朝廷带来了极大的困扰。

苗刘兵变，那两个混蛋差点将赵构逼退位，彻底失去天下权柄，至于杜充，当初已然位极人臣之顶，身为东京留守和宰相，却背叛了大宋背叛了自己，投靠了金人……

每一次打击，都来自武将集团，这些舞刀弄棒的家伙都不可信！纵然岳飞并非纯粹的武人，但他毕竟是行伍出身，此时更成为武将主战派的最重要代表，俨然成为赵构心中的武将集团首领。

那种莫名的不信任感，也是立刻就延伸到了岳飞的身上。当年淮西军变，投靠伪齐的兵马也不过是四五万人，虽然当时已经占据了大宋兵马的五分之一，但终究没有达到伤筋动骨的地步。

但现在岳飞的岳家军，已经拥有十数万人，几乎等同于其他各路军马的总和！一个武将手中掌握了这么多的军马……赵构在开始怀疑起岳飞之后，后背顿时开始发凉。

就在这个时候，秦桧说出了最为致命的一句话，他朝前走了两步，站在赵构身前不到五步的地方，轻飘飘地说道："当年太祖皇帝龙兴之前，也曾在后周朝廷之内做过忠臣吧？"

如果说之前的几句话，不过是埋下几颗让赵构怀疑岳飞的种子，那最后这句话就是将前面几句话的铺垫做了一个总结，并且晴天里打起了一道惊雷，振聋发聩。

赵构猛然抬头，眼里闪过了一抹惊恐。秦桧最后这句话可以说是恰到好处，直接怼在了赵构或者说赵氏皇族的软肋之上。

当时大宋开国皇帝赵匡胤，不就是在后周之中手握天下兵马大权，同时更是周世宗柴荣眼中的大忠臣？然而这位忠臣却是在陈桥发动兵变黄袍加身，夺得了皇位，虽说得位不正，但也将这天下坐了百多年的时间。

这么多年来，大宋一直都是重文轻武，其中有很大的原因便来自这位太祖皇帝的经历。而眼下的岳飞……赵构立刻就想起了之前岳飞几次顶撞他，甚至以辞官作为威胁逼迫他就范，此时拥兵自重，甚至就连他的诏命都敢忽视的事情。

赵构警惕起来，将手中的札子拿起又放下，最后直接撕碎。看到这一幕秦桧心头一定，知道自己这一招君臣离间之计已然奏效，立刻就跪俯了下去口称圣明。

而站在角落里的王诚将这一幕尽收眼底，也是明白过来刚才到底发生了什么，脸色顿时就是一变，随后快步走上前来。

"陛下，秦相所言恐有偏颇，岳帅对朝廷的忠心天地日月可鉴，绝无拥兵自重的可能！"

面对着秦桧环环相扣的劝谏，王诚一时之间根本找不到应对的说法进行细细剖析针对，只能是直接跪在了赵构的面前大声说道。

虽说他对于朝中的各种钩心斗角向来并不关心，但既在关键位置，也难免经常会被卷入其中，所以很清楚秦桧的险恶用心，就算自己没法彻底扭转赵构的想法，依旧义无反顾地站了出来。

赵构此时并非召集廷议，这本身就带了极大的偏向性，如果这个时候再没有一个人站出来替岳飞说话的话，恐怕赵构心中的那个天平就会偏向到不可想象的方向去。

王诚绝不能眼睁睁地看着这种事情发生，所以在跪下之后，他立刻接着说道："臣愿意以项上人头担保岳帅之忠心！"

既然无力对抗秦桧处心积虑的套路，王诚干脆拿出了最大的杀手锏。大宋朝堂之上素来不惩戒敢谏之臣，哪怕王诚并非台谏官，因为越权跪谏会受到惩罚，总好过默许接下来的事情要好得多。

然而随后赵构的话却彻底寒了王诚的心。王诚突如其来的跪谏，只是让赵构稍稍愣了愣，随后便是皱起了眉头："明阳竟然还未离开内廷？"

"皇城司之人不可妄议朝政，这个规矩难道明阳也忘了不成？"

此时的赵构虽然是以表字称呼王诚听起来极为亲切，但说出来的话却如同冬日的寒风一样，将王诚心中的些许热气彻底吹凉。王诚缓缓抬头看向了赵构，又看了一眼秦桧，默然站起身来。

赵构的性子他很清楚，纵然他血溅五步死谏于此，恐怕也不会再改变赵构的想法，与其在此浪费时间，不如先行告退想一想其他的补救办法。

至于秦桧，王诚扭头看了一眼这个自己从金国一路带回来，曾经被师父接连诟病的家伙，心中怒火熊熊燃烧，若非顾忌到殿前失仪，王诚此时怕是已经上前几步将秦桧直接打死，以绝后患。

秦桧负手而立，面对着王诚的冷眼瞪视毫不在意，当初就算没有王诚的帮助他同样可以回到大宋，金人自是不会伤到他这个有力盟友，所以他也从未将当初王诚救护之恩放在心上。

王诚向后退了几步转身向着垂拱殿外走去，在离开垂拱殿之前他再次隐隐听到了身后传来秦桧的声音。

"如今武将可疑，与金国之间的战斗也占了上风，眼下正是见好就收的最佳时期，趁着我们大宋占据上风之时，刚好可以与金人再启谈和事宜。"

"陛下如今尚且年岁不高，却已经早生华发，正是为了宋金之间的种种操劳过甚，若是能够成功谈和，也能算得上是中兴我大宋之丰功伟绩，最起码能够保得边境平民安危，不至于终日处于战乱之中！"

秦桧的每句话之中，都带着一股子让人难以反驳的意味，虽然都是歪理邪说，却每每都深入赵构的心扉。

赵构表情越发凝重，最后长出了一口气，一敲身前案儿："秦卿之言，深得我心。"

"立刻起草退兵诏令，八百里加急送出，让岳飞班师回朝，绝不可再妄增战端！"

……

大内之中的密谈，直接影响到了大宋后百年的格局，更是影响到了岳飞的命运，然而此时的岳飞并不知道远在千里之外的临安所发生的事情。

一路追着连连撤退的完颜宗弼向北，岳家军已经来到了东京城附近，七月十八日的时候，张宪所部在临颖县附近再次击溃了一支五千余人的金军部队，而王贵所部也从颖昌北上。

岳飞率主力五万余人徐徐渐进直逼东京城，此时完颜宗弼一路北逃，临时驻扎在了距离东京城不到五十里的朱仙镇上，而岳家军则是驻扎在了临近的尉氏县与之对峙。

完颜宗弼的手下仍有十万余人，看上去尚且有百战之力，然而作为主师的完颜宗弼此时却心生忐忑。接连几日在军中巡查的时候，他都感受到了军中将士们心中的恐慌。

十几年来金兵屡次南侵，连战连胜，此前更是曾经几次攻克大宋的京都，将大宋皇帝都逼得跑到了海上避难，一直都是春风得意。

然而这几年来在面对着岳家军的时候却是屡屡战败，将军中士气给打压到了极点，尤其是此番南侵先是被一个名不见经传的宋将刘锜给拦在了顺昌城外，紧接着又屡次被岳家军击溃。

可以说此时此刻金军的士气已经达到了全军崩溃的冰点，这种全军都笼罩在绝望之中的情况，让一向信心满满的完颜宗弼都感觉到有些气馁。

数日后，岳家军的前哨五百背嵬军出现在了朱仙镇附近，正好与一支金军游哨碰面，双方才刚一交手，金兵便直接溃败。

随后支援而来的三千金军也全无战意，几乎被这五百背嵬军追着打，且战且退直到退回到大营之后，这才惊魂未定地松了口气。

而五百背嵬军在金军大营外转了一圈，将金军大营视若无物，随后才转身离开。

这一幕，彻底颠覆了宋金交战之中时双方的实力和地位对比，完颜宗弼在中军目睹了这一切之后，心中一片凄凉，陡然之间已经失去了跟岳家军继续作战的勇气。

取而代之的只剩下了一个念头，那就是放弃东京城直接渡河向北逃，一路逃回金国老家去！

就在完颜宗弼几乎打定了主意，要逃回金国的时候，一封从南边而来的秘密书信被送到了他的大帐之中。

送信的人作商人打扮，却遮掩不住身上的那股子书生气，此人正是秦桧府上的幕僚，如今大宋的太学生，秘密隶属于皇城司另一皇城使下属的押司刘琛。

此人入太学后经常出入秦桧府上,被人视为秦桧门下弟子,后干脆坦然承认已成为秦桧门下幕僚,为太学生们唾弃鄙夷。然而这层身份,却将他暗中皇城司押司的身份给挡了下来。

这个双重身份,更方便他暗中帮助秦桧做事,正如现在出现在完颜宗弼的中军大帐之中,在大宋朝堂上下乃至于整个临安府内,都没有人知道明面上告病在家的太学生刘琛,竟然可以在三日内经由皇城司的渠道出现在此处。

看过密信之后,完颜宗弼满脸震惊之色:"这信中……秦桧所言可否属实?"

完颜宗弼紧盯着对面的刘琛,完全没有意识到他已将手中的信笺给揉成了一团。

刘琛端坐在下方,身体微微前倾:"秦相所言,句句属实!"

"某前来此处亲送此信,便是全然代表了秦相之意,难道大元帅还感觉不到这其中的分量?"

在此之前,秦桧曾经亲自带着刘琛一起与完颜宗弼见过一面,所以两人此次再见面,倒是并不陌生,而完颜宗弼也清楚此人在秦桧心中府中的地位,心头顿时一震。

"入营之时,某已经看出了些许端倪,近来金军与岳家军连战连败,大元帅似乎有退却之意?"

刘琛意味深长地朝着完颜宗弼看了一眼,低声说道:"东京城还是有望守得住的,大元帅何必急于此一时?不如留下来暂待后效!"

"用不了多久,岳元帅就会挥兵撤退,到时候不只是东京城可以守住,就连之前金军所失去的那些城池也可以尽数收回。"

此话一出,完颜宗弼霍然起身,神情变得异常激动:"刘先生此话可有凭依?"

虽然下意识的不敢相信刘琛所说的话,但是完颜宗弼还是能够感觉得到刘琛说这话的时候并没有半点迟疑,显然是早就已经确定了结果。这让完颜宗弼已经如同死灰一般的心顿时再次复燃了起来。

经过了连年大战,金国的兵马战斗力其实也是在日渐衰退,但因为连年战争影响,眼下大宋的国力和军力也是在同步衰败,所以整体之上,其实金国仍然是占据优势。

可以说异军突起的岳家军算得上金国再次南侵的唯一阻碍,如果岳家军真的离开此处,就意味着这一道屏障将会消失不见,金军只需要再收复几座城池,跟那些已经颓败到了一定程度的宋军再次打上几场,立刻就能将士气拉回来。

完颜宗弼站起来之后,在原地走了好几步,突然意识到自己的举动有些失态,连忙收束了脸上激动的笑容,扭头看向刘琛:"先生所言,显然是有所凭依,但此时岳飞接连几场大战皆胜,士气军心都在巅峰,甚至都敢以五百骑兵在大营周围破我数千精锐,东京城中百姓更是日夜期盼岳家军到来,对于岳家军来说军心民心齐备,正是收复东京城的最好时机!"

"如此天时地利人和皆在岳家军一方,先生怎么会觉得我在此处依旧可以固守?"

面对着完颜宗弼这直击灵魂的发问,刘琛并不慌张,只是微微一笑:"大元帅领兵太久了,难道忘记了朝堂之上各种纷争的凶险了吗?"

"自古以来,汉人的政权之中,向来都没有出现过朝堂之上重臣掌权,同时还能容忍与自己阵线不和的大将能够在外立功的情况。"

"如今秦相掌政良久，更是早已经将皇帝变成了我主和一派的坚定支持者，他岳家军再厉害，岳元帅再强大，也不过是我大宋朝堂之上的臣子罢了，难道还能违拗皇帝的意思？在我看来眼下岳元帅早已经大祸临头而不自知，怎么可能还有机会继续北上？"

这些话说得已经十分简单明了，几乎是将大宋朝内里的龌龊全都剖析到了完颜宗弼的面前。

正如同刘琛之前所说的一样，完颜宗弼长时间在军营之中，对于朝堂之上的那些钩心斗角，其实早已模糊，金国的国情更是与大宋并不相同，从来都没有武将受文臣制约的情况，完颜宗弼作为兵马大元帅更是皇室宗亲，所以无法对岳飞的遭遇感同身受。

但也正是在刘琛的提醒之下，完颜宗弼瞬间醒悟过来，敌人的敌人就是我方的朋友，既然大宋皇帝如此忌惮岳飞，那在此时他跟大宋皇帝反倒是可以站在同一阵线上了。

"既然如此，我大金军马无需北撤，只需在东京城固守便可……"

完颜宗弼旋即做出了论断，朝着刘琛摆了摆手："兀术此前为岳家军军威所胁，没想到竟然乱了方寸，如今得先生良言瞬间开悟。"

"秦相既然力主议和一事，待到事后我们倒是可以再做商榷，至于说此番对于先生与秦相好意的谢礼……"完颜宗弼眼神一闪，看向了一旁的侍卫："去准备黄金十万两，白银五十万两，分作两份，随先生一同南归！"

跟这些家伙打了太久的交道，他很清楚对于这些大宋朝堂之上吃里爬外的家伙来说，没有什么感谢能够比真金白银更加让他们满足。

果不其然，随着他说出了这份简单又直白的谢礼内容后，刘琛脸上顿时露出了笑容，尤其是听到了分作两份这个字眼后，眼底更是闪过了一道精芒，起身朝着完颜宗弼深深一礼，随后转身离开了大帐。

完颜宗弼看着这位太学生离开的背影，脸上的神情从此前略显虚伪的温和笑容转为满脸鄙夷。

知己知彼，方能百战不殆，完颜宗弼深谙此道理，所以近些年来除了琢磨岳家军的战术之外，更是对大宋朝堂一些历史进行过详细的钻研。

在靖康年间的时候，抗金名相李纲为奸臣所害被贬，彼时那些太学生尚且能不畏生死仗义执言，甚至敢起草血书直谏皇帝，此等血性让人难免心怀敬仰。

奈何赵构这厮竟然做下了大宋立国百年从未有过的错事儿，将那两位太学生斩杀示众，宛若打断了朝中仗义执言者的脊梁，以至于太学生之中竟然出现了刘琛这种与秦桧沆瀣一气者⋯⋯

帝王如此，朝堂如此，任凭岳飞这类人如何执意抗金又有何用？灭宋大计虽路远且阻，但只要抓住秦桧这根线，怕是已然不远了！

至于说送给秦桧等人的些许银钱，漫说远比不上"和谈"后宋廷即将送上的岁币丰厚，便是比起他近些年来在中原劫掠到的财帛宝贝也不足百一！

与此同时，在岳家军的中军大帐之中，已经开始筹划起如何将东京收复的大计，岳飞的眼光很长远也很老辣，第一时间就判断出此时的金军已经不具备再次南侵的能力，甚至很可能在面对着岳家军的时候都失去了抵抗的能力。

所以他立刻就做出决断，就算是没有其他兵马支持，也要一鼓作气，将金军的主力消灭在朱仙镇。

哪怕不能将完颜宗弼击杀或者生擒，也要让这家伙彻底长记性，不敢再驱兵南下，如此一来，将会给大宋朝廷带来足够长的一段休养生息的时间。

无论是积极整军、扩军，还是联合中原地区的抗金义军，整合抗金武装力量北伐，显然都有可能取得震古烁今的成绩。

岳家军中的诸多将领跟岳飞的想法完全吻合，所以这场会议并没有持续太长的时间，大家就是制订好了下一步的作战计划。

岳飞时而亲率游哨于大营周围游弋巡查，心中对于接下来的战事越发信心满满，于中军大帐之中慨然写出了一篇流传千古的《满江红·写怀》。

怒发冲冠，凭栏处、潇潇雨歇。抬望眼、仰天长啸，壮怀激烈。三十功名尘与土，八千里路云和月。莫等闲、白了少年头，空悲切。

靖康耻，犹未雪。臣子恨，何时灭。驾长车，踏破贺兰山缺。壮志饥餐胡虏肉，笑谈渴饮匈奴血。待从头、收拾旧山河，朝天阙。

此词一出，全军上下无不为岳飞所表现出来的壮怀动容，军中经久传诵，人人都以为距离预想之中的金宋决战已然不远，而且岳家军必然要取得最终的胜利。

然而就在按照岳飞的要求，张宪回到本营之中整备军马，准备连夜拔寨而起，直奔东京城的时候，一道诏命却被递进了岳飞的大帐之中。

送来这个消息的人，正是岳飞此前的幕僚，如今任司农少卿的李若虚。

将赵构亲手书写的诏命信笺看完之后，岳飞大为震惊，忍不住拍了一下桌子："什么叫兵不可轻动，宜且班师？"

"如今我大宋兵马接连战胜金人，正是士气高涨，军心可用之际，中原各地乃至于北地的汉民，无不翘首以盼我大宋兵马王师北上，正可谓是大展宏图中兴大宋的大好良机，怎么可以在这个时候妄言放弃？"

岳飞对于皇帝的这个想法实在是捉摸不透，看着下面的李若虚更是满脸质疑："尔等在朝中与陛下相伴，难道就没有意识到前线的战况有利，正是需要朝廷之上大力支持的时候吗？"

"你们不在朝堂之上劝谏陛下为我们这些在前线厮杀的人多多准备后勤粮草，准备指派援兵，反而要求他勒令我班师回朝？简直荒谬至极！"

岳飞着实想象不到为什么会出现这种情况？一时之间情绪有些失控。

李若虚作为之前岳飞的下属，他自然了解岳飞的情绪，也知道岳飞的思维方式和性格特点，所以他很清楚此时岳飞对于此事的愤怒程度，不由得苦笑连连。

"岳帅所言极是，倘若是正常的朝堂环境之下，恐怕早就有人站出来反对此言，但是眼下朝堂之上秦相独掌大权，甚至能够影响到陛下的想法，我们这些人就算是全都联合起来，也没办法跟秦相抗衡……"

他的话说得有些气馁，但是可以说是字字珠玑，直接把朝廷之上的窘境给完全说了出来，在岳飞的面前并没有半点儿遮掩的意思。

被他这么一提醒，岳飞顿时心中恍然大悟，原来真正的问题并不是出在皇帝的身上，而是出自于那个已经在朝廷之中为相的秦桧。

若是不能将来自此人的压力抗下，日后北伐大计必将连连受挫，说不得十余年的努力就要功亏一篑。思来想去之后，岳飞立刻决定忽略皇帝的诏命，继续进攻东京城！

"将在外君命有所不受，如今战场之上的情况瞬息万变，与前几个月大不相同，若是能够乘胜进军的话，我们很有可能会毕其功于一役，倘若现在就撤军。那之前十余年的努力都会化作泡影。"

"与其坐以待毙，倒不如先做一次先斩后奏之事，等到我们在朱仙镇将完颜宗弼那厮斩于马下，将人头传回临安城，陛下必然能够理解我的良苦用心！"岳飞目光炯炯地看着眼前的李若虚，朗声说道。

李若虚之前供职在岳飞手下，对于整个金宋战场之上的战局极为了解，虽然现在已经回返朝堂做事，但实际上骨子里还是个实打实的主战派，一颗心更是一直系在岳家军的军营之中。

眼看着岳飞已经打定了主意，李若虚一咬牙一跺脚："元帅言之有理，若是此时退兵无异于给了金人喘息之机！"

"既然如此，不若一鼓作气，将金人彻底击垮，成不世之功。"

"元帅依照原本计划继续北伐大计便是，若虚自有办法抗下这矫诏的罪责！"

抗旨不遵这种事情放在在外领兵的大将身上算不上什么太大的事儿，毕竟战场之上瞬息万变，还是要以战场之上的具体情况来做定夺。

但是眼下岳家军势力实在是太大，岳飞早已经隐隐有拥兵自重的嫌疑，这时候突然间来个抗旨不遵，那很有可能会造成难以想象的后果。

所以纵然这个决定是岳飞下的，李若虚依旧是打算将此事揽在自己身上，以保全北伐大计。

岳飞第一时间就明白了李若虚的意思，稍作沉吟之后，默许了李若虚的安排，随后手书一封让李若虚带回。

一封《乞止班师诏奏略》虽说并不慷慨激昂，却将前线战事尽数阐明，力求赵构能够想明白其中的利弊。

契勘金虏重兵尽聚东京，屡经败衄，锐气沮丧，内外震骇。闻之谍者，虏欲弃其辎重，疾走渡河。况今豪杰向风，士卒用命，天时人事，强弱已见，功及垂成，时不再来，机难轻失。臣日夜料之熟矣，惟陛下图之。

字里行间所表述出来的，是当下一片大好的局势，如今岳家军已经达成了近十年来面对金国人最为有利的局面。

两河内外的义军豪杰全都开始信服宋军威严，纷纷投军报效，眼下正是收复故土的最佳时机，这种机会绝对不能错过！

李若虚拿到了这封奏报之后，立刻星夜回奔想要在第一时间就让赵构看到这封札子。

然而让他们万万没有想到的是，在李若虚回到临安之前，一连十二道金牌，已从临安八百里加急送到了岳家军阵前。

十二张用朱漆涂抹，金笔勾勒的令牌在不到两个时辰的时间之内接连送到。

十二道金牌的背面书写着"御前文字，不得入铺"，意指金牌需八百里加急星夜送到，甚至就连驿站内都不可停留，必须要以最快的速度，换马不换人送到。

而在木牌正面，则是写着完全相同的内容。

岳飞孤军深入，不可久留，速撤军，返京述职。

不过寥寥十七个字而已，却让人心寒无比，整个中军大帐之中被一股难以形容的压抑情绪所笼罩，岳家军的十几个高级将领坐在一处沉默不语。

李若虚拼死矫诏尚且可以作为缓兵之计，但这十二道金牌却截然不同了。

按照常理来说，确实是将在外君命有所不受，但这种情况并不包括连接十二道最高级别的金牌。

赵构召回岳飞的心意已决，连诏令金牌都已经用出来了，如果岳飞这时候再选择抗旨不遵的话那就是大逆不道之举，无论是在朝堂内外都可以视为举兵谋反。

看着桌子上的十二道金牌，岳飞的脸色阴沉无比，一时之间竟然也想不到任何对策。

与此同时，下面立刻有士兵来报："大帅，皇城使王诚正在帐外，想要请见！"

听到王诚竟然出现在中军大帐外，岳飞顿时喜上眉梢，立刻安排人将王诚给请了进来。

虽然王诚的身份十分尴尬，在这种事情之上并不能起到多大的作用，但是他在朝中供职多年，对于相关的事情肯定也有自己的理解，比起他们这些常年在外领兵的武将来说，说不定还会有另外的想法。

哪怕这种想法未必能够实现，岳飞也不愿意放弃哪怕一丝一毫渺茫的希望。

毕竟这一撤退，就等于将之前十多年的努力全都付诸东流，岳家军上下十来万人的信念都会受到冲击。

王诚进了大帐之后，只是朝着周围那些将领的脸上稍稍看了两眼，便明白了现在的局面，尤其是看到了桌子上面摆着的那十二道金牌，顿时忍不住倒抽了一口冷气。

此番他从临安城出来，用的是皇城司的秘密渠道，在速度上虽然比不上八百里加急但也不差多少。

然而让他万万没想到的是，赵构竟然会接连派出十二个信使，明显是打定了主意要逼迫岳飞回京。

这让他原本想要与岳飞述说的那些话，全都卡在了嗓子眼里，一时间竟再也说不出来。

眼下岳家军的将领们都义愤填膺，十二道金牌之急，让他们根本没有机会做出多余的反应。

原本大家听到了王诚竟然来此还以为他能有什么高见，眼下看着王诚无语凝噎的样子，大家顿时大失所望。

"王皇城，难不成你也是来劝我们大帅班师回朝的吗？"

"皇帝误信谗言，竟然在这种关键时刻让大帅回京，简直就是逼我们放弃这十几年的努力！"

"倘若早知今日，又何必拼死与金人作战，干脆如同另外几路军马一样，死守城池便是了，还能少死一些兄弟！"

这些将领全都是岳飞一手带出来的，对于岳飞忠君爱国的想法都极为清楚，所以这时候虽然发起了牢骚，但谁也没敢说得太过分。

"明阳，你才回返京城不久，忽然再次来我军中，又作此姿态，显然是有什么事情要与我述说？"岳飞微微皱眉，抬手止住了手下众将的话茬，随后直视王诚，低声问道。

王诚盯着案几之上的金牌，脑海之中立刻就回想起了垂拱殿之上秦桧与赵构之间密谈的情况。

沉默了片刻之后，王诚深吸了一口气，朝着岳飞拱手为礼："岳帅，此番陛下的诏令……这临安城，你不能回！"

此话一出，大帐之中的人顿时全都愣住了，就连之前一直表现得极为淡定的岳飞，此时也是有些意外。

他微微皱眉看着王诚："明阳何出此言，难不成是这些日子在朝堂之上听到了什么风言风语不成？"

王诚并没有第一时间做出回答，而是扭头朝着大帐周围看了看，在周围那些将领的脸上逐一扫过。

之前王诚曾经在岳家军之中待过一段时间，更是以亲随的身份一直跟在岳飞身边，所以与现场的这些将领可以说都是十分熟悉。

甚至于每一个将领的脾性都被他摸得清清楚楚，所以此时此刻这些人竟然都能克制住自己的情绪，并没有直接爆发，这让王诚多少感觉到有些意外，同时也是对岳飞的治军之严颇为赞叹。

但是他接下来要说的这些话，恐怕会在这些暴脾气的家伙之中产生难以言喻的影响，所以这个时候他心中顿时产生了一丝犹豫，有些迟疑是否可以在大庭广众之下将想要说的话给说出来。

岳飞在上面看得分明，一下子就理解了王诚心中的犹豫，立刻沉声说道："明阳无需多虑，在我岳家军之中，没有那些蝇营狗苟的事情，所有的事情都可以开诚布公地拿出来说，更何况你接下来要说的事情恐怕会影响到我整个岳家军的未来。"

与此同时，周围那些将领也明白了王诚的意思，纷纷投来了期盼和犹疑的目光。

王诚深吸了一口气，不再犹豫的同时朝着岳飞一抱拳："岳帅，虽然陛下接连十二道金牌发出，要求你回京述职，但以明阳之见……岳帅万万不可回京！"

"就算是带着岳家军在这里临时驻守，又或者是继续北伐都可，唯一不能做的就是班师回朝！"

此话一出可谓掷地有声，不光是岳飞被他的话震惊到了，就连周围的那些家伙也全都瞪大了眼睛。

大家的出身各不相同，对于朝堂之上的那些争斗和规矩了解程度也不尽相同，但是追随岳飞这么久的时间之后，大家对于一些摆在明面上的法度，都已经十分清楚。

王诚这话听起来轻飘飘的没有什么分量，但是落在他们的耳朵里无异于是在劝岳飞造反！

抗令不遵，私自征战！

这两条罪名同时压下来就算是以岳飞的功绩，也是无力承担。

每朝每代之中，但凡是手中掌握兵权的将领，最为皇室忌惮的便是这两点，而王诚的一句话直接包含了这两样，简直就是在将岳家军整个都推向深渊。

饶是大家对于王诚都是十分熟悉，而且之前关系更是不错，此时也全都露出了震惊乃至于愤怒的表情："王皇城，亏得你深得大家信任，难道这是要陷我们大帅于不忠不义之中吗？"

王诚拱手为礼，身体依旧是微微前躬，对于周围那些将军们的叱问充耳不闻，只是紧盯着岳飞。

"岳帅，近年来朝中主战派的人日渐稀薄，各处军马调动经常为朝中主和派掣肘，这些事情想来你已然通晓。"

"而这一次若是岳帅真的班师回朝，等待着岳帅的，恐怕将不再是处处掣肘那么简单了，很有可能岳帅手中兵权将会被夺，岳家军前面这个'岳'字，也要被摘走了。"

他一边说着一边站直了身体，目光炯炯地看着岳飞声音越发清朗："明升暗降或者削职夺权，这不过是最好的结果，倘若事有不逮的话，恐怕岳帅是要性命不保！"

既然已经将自己心中的猜测说到了这种地步，王诚也就没有再遮掩的必要了，干脆把最好和最坏的结果全都抖了出来。

与此同时，还不等周围人连同岳飞做出回应，他更是将自己得到的最新消息也说给了岳飞："此次受诏班师回朝的，并非只有岳帅一人，就连韩世忠、刘锜、张俊等各位将帅，全都得到了诏命。"

"秦桧那厮已经将陛下的心思全然转到了与金人谈和的路子上，主战派此番式微，恐怕再难有重振的机会！"

"为今之计，岳家军的前途、我大宋抗金志士的未来皆系于岳帅之手，无论岳帅最后做出什么样的决定，还望三思而行！"

王诚站在大帐之中侃侃而谈，说出来的话越发让人心惊，可谓振聋发聩，待到他的话音落下，周围的那些人全都闭上了嘴巴相顾无言。

便是大帐之中的火烛，此时也是不再跳动，仿佛感受到了大帐之中众人身上所散发出来的肃杀之气。

岳飞端坐在主位之上，表情依旧十分淡定，似乎早已经将这些情况熟谙于心，但是他捏起来的拳头却出卖了他的内心。

虽然他之前也曾经考虑过会发生类似的事情，但这种事情真的发生的那一刻，确实是有些让他难以接受。

王诚的为人，岳飞极为清楚，所以对他有着充分的信任，仅凭他所说的话，完全无需佐证，就足以让岳飞相信这些正是朝堂之中发生的变数和未来可能出现的变故。

难道说，岳家军与诸多抗金义士这十余年之间的拼搏努力，真的要功亏一篑不成？他岳家军以忠义悍勇立军，难道今日真的要被逼到对抗朝廷的地步？

十几万人的性命安危皆系于一人之手，岳飞便是再心强如铁，此时也忍不住颤抖起来。

岳飞并未表态，大帐之中的诸多将领却纷纷对望起来，眼神都有些闪烁，虽然都未明言，但是眼底闪过的寒意和狠意，却是十分明晰。

如果这朝廷真的要置岳帅于死地，那他们还忠于个屁的朝廷！

一时之间在这大帐之中开始出现了道道肃杀之气，不少将领更是下意识地将自己的手按在了刀鞘之上。

倘若此时坐在主位之上的不是岳飞，而是任何另外一员大将，恐怕都没有办法压下众人心中的怒气，更是完全没有办法掌握住当前的局势。王诚紧盯着岳飞，心中也是生出了些许忐忑之意。

师承陈越一脉，注定他这个皇城使不可能愚忠于不靠谱的皇帝，所以此时他也在等，等着岳飞最后的决定。

赵氏皇族血脉不可断绝，所以他并不会做出诸如给岳飞黄袍加身之类的荒谬举动。

但拥戴岳飞掌握天下兵马大权，北伐金人再聚拢中原各地义军，以万钧之势南归，诛杀秦桧等奸佞臣子，"清君侧"，乃至于复制一次苗刘兵变，拥戴下一个皇帝上位。

皆无不可。

不光是王诚此时产生了这种念头，周围那些岳家军的高级将领们，脑海之中也是闪过了相同或者类似的想法。

然而以岳飞在军中的威望，却让他们没有一个人敢贸然站出来提出这些想法。

所有人都在等待岳飞的回应。

岳飞沉默良久，最终还是将紧握的拳头松开，转头朝着临安的方向缓缓跪下，跪拜一礼，再抬起头来的时候，已经是泪流满面。

"臣与诸公十年之力，今日毁于一旦！并非臣不效死努力，实在是权臣误国也！"

听到岳飞这痛心疾首的"总结"，大帐之中原本寒意四起的气氛逐渐恢复了正常。

虽然所有人都对于岳飞的这个决定十分不解，但眼看着岳飞已经做出了决定，他们便再没有一个人提出异议。

全军整备、准备班师回朝的消息很快就传遍了岳家军上上下下，这个消息无异于在满腔热血的岳家军士卒心口浇上了一盆冷水。

但岳家军之中军令如山，下属将官士卒对于上面的命令，绝对不可以提出质疑，所以哪怕心中满是不满和迟疑，岳家军还是在不到一天的时间之内就完成了整备，拔营南撤。

等到第二天凌晨的时候，金军的探马便发现了这个情况，立刻就将这个消息上报给了完颜宗弼。

完颜宗弼听闻这个消息之后，立刻就带人跑到了岳家军原本所驻扎的大寨处，眼看着被收拾得整齐无比，仿佛从未有军队驻扎痕迹的岳家军军寨遗址，完颜宗弼难掩心中的激动，忍不住抬头仰天长啸，欢欣鼓舞。

随后的几天时间里，他不停地安排探马向南追踪宋军踪迹，直到岳家军已经撤出去五十里之后，他才朝着军中下令，全军开拔南下，跟宋军保持五十里的距离，缓缓推进。

有刘琮所带来的秦桧书信，再加上岳飞忽然班师回朝的举动，让完颜宗弼彻底相信了秦桧的说法。

所以此时他带着军队南下的目的十分明确，那就是趁着岳家军一路南撤，逐步蚕食岳家军之前收复的城池。

在没有岳家军抵挡在前的情况下，那些城池之中的守军几乎不堪一击，重新收复攻克那些城池对他来说简直轻而易举。

岳家军一路逶迤南下的事情，很快就惊动了沿途各城各地的百姓。成千上万的百姓蜂拥而至，拦在岳家军南撤的道路之前，乡绅族老，德高望重之人纷纷请见岳飞，跪地叩首。

"岳帅一路连战连胜，眼看着就要收复东京城，让我大宋重归荣光，为何今日却是要班师回朝？"

"大军一走，金人必将复归，我们这些大宋臣民又该何去何从？"

"岳家军来时，我们箪食壶浆欢迎王师，此事已经尽人皆知，如今岳家军若是撤离，金人再度南下，怕是要报复我们这些人！"

"我们沦陷于金人手中已经有十二年了，几乎日日夜夜都在期盼着将军的队伍，如今岳帅终于击败金人，眼看着就要彻底恢复故土，为何又要功败垂成？"

这些百姓们的苦楚，岳飞一一听闻，忍不住与百姓共同垂泪，随后不得已之下只能拿出了皇帝给他发出来的十二道金牌，展示给周遭百姓。

"班师回朝并非岳飞所愿，奈何皇命难违，岳家军不可不撤，也只能忍痛诀别。"

岳飞一边安抚着百姓们的情绪，一边心中生出了些许烦闷之气，眼看着故土再次沦陷，百姓再次蒙难，这种事情他实在是难以做出来，于是便做出了个大胆的决定。

虽然班师回朝已经无法避免，但回返的路程却有转圜的余地。

岳飞当即下令，大军徐徐而退，在沿途城池周围都多停留一两日，只要有愿意随同岳家军一同南下的，就携家带口，准备好各种东西，一起南下迁移至襄汉各地。

虽说并未彻底远离战争，却可以不再继续苟活于敌占区。

一时间各城池之中随军南下之人数不胜数。

大军沿途足足花费了数月时间，这才班师归于鄂州，而岳飞则与军中数位高级将领和数十亲卫奔赴临安述职。

正因为有了工诚的提前告知，所以岳飞回返临安城的时候，心里早已经有了准备，在见到皇帝的同时便立刻请求辞官归隐。

这个举动让赵构多少有些措手不及，此时岳家军虽然并未达成直捣黄龙府的目标，但接连几战都是大胜的战绩已经威震天下，作为主帅的岳飞更是让所有人都敬仰无比。

在这种情况之下，赵构这个当皇帝的也没办法将岳飞直接夺职，只能出言安抚岳飞，暂时将此事搁置。

次年正月，已经看出了大宋朝廷色厉内荏实情的完颜宗弼，在确定岳家军已经被无形软禁在鄂州，岳飞也是不再被大宋皇帝信任之后，再次率军南下，这一次他的目标放在了淮西。

岳飞临危受命，回返鄂州后率一部岳家军驰援淮西，再次击退完颜宗弼。

这一次的胜利虽然没有之前的那么轻松自如，但依旧鼓舞了岳家军的士气。谁都没有想到这已经是岳飞此生最后一次参与与金国人的战斗。

完颜宗弼再次北归之后，彻底看清楚了态势，自知若是不除掉岳飞，自己永无再次南下之日，于是开始暗中与秦桧通起了书信。

明面上是因为无力攻灭大宋，开始寻求和解，实际上却是暗通曲款，私相授受，更是在一些私人的信件当中说明，如果秦桧想要求和，必须要想方设法除掉岳飞，倘若在除掉岳飞的同时，还能将韩世忠这个同样主张抗金的将领一起弄死，便是再好不过。

得知了这个要求之后,秦桧立刻就开始紧锣密鼓地筹备起了相关事宜,联合此时已经彻底倒向主和派的皇帝赵构一起打压主战派的将领和臣子。

同年四月,张俊、韩世忠、岳飞这三大抗金主力大将尽数被调离军队,表面上是供职枢密院,都成为朝廷中枢的成员,距离拜相不过一步之遥,但实际上却是被剥夺了军职,手中权力被直接架空。

直至此时,岳飞与韩世忠都没有意识到此时同样被剥夺了军权的张俊,其实早已经暗中与秦桧走到了一起。

剥夺了三人的军权之后,秦桧和赵构仍然担心这些被人冠以某家军的兵马不服从朝廷调令,会在一定的情况下闹事,于是开始着手整编各部兵马。

第一个被整编的是此时驻扎楚州的原韩家军,韩家军的规模虽然远不如岳家军之大,但同样对韩世忠忠心耿耿,哪怕前来视察军伍的人是同为大将的张俊与岳飞,韩家军仍然有些抗拒此举。

张俊暗中受到秦桧指使,在视察韩家军的过程之中屡次找到岳飞,打算两人分化韩家军,并且各自收为己用,这个建议直接被岳飞严词拒绝,秦桧原本是打算借着这个机会抓住一些岳飞打算拥兵自重的把柄,然而却大失所望。

眼看着没办法先把岳飞推入火坑,秦桧便把主意打在了韩世忠的身上。

楚州军中有一个军吏,叫作耿著,此人对韩世忠忠心耿耿,对韩家军更是念念不忘,眼看着韩家军即将成为历史,心中愤懑不已,一日在与同僚的酒局之上,下意识地聊起了张俊与岳飞下来视察之事,牢骚这二人怕是要将韩家军彻底分解。

这种牢骚在军中极为常见，本来无可厚非。

但这个时候张俊与秦桧本来就在暗中罗织罪名，想要对付韩世忠，这个小小的把柄立刻就被两个人抓住，把一个小小的牢骚给扣上了"蛊惑视听，意在生事"的大帽子，呈交到了皇帝面前。

与此同时，为了坐实这件事，秦桧授意手下的那些主和派党羽纷纷上疏指摘此事，顿时把这个事儿闹得沸沸扬扬。

按照秦桧跟张俊的意思，此事分明要以除掉韩世忠为最终结局。

然而让他们意想不到的是，岳飞经由王诚的皇城司渠道先一步知晓了他们的计划，立刻就写信告诉给了此时正在外的韩世忠。

韩世忠虽然政治敏感程度并不高，但还是立刻就意识到了这事情的影响恐怕很大，在与夫人梁红玉商量之后立刻返京，直接跑到赵构的面前，开始自辩。

原本韩世忠的韩家军就远远没有达到功高盖主的地步，韩世忠也从来没有在皇帝面前使过性子，所以皇帝本身对于韩世忠其实并没有多大的恶感，在见到了韩世忠痛哭流涕的自辩之后，立刻就觉得此事可大可小，完全没有必要小题大做。

于是找来了秦桧，斥责了几句，便是把这事儿高高抬起，轻轻落下。

眼看着对付韩世忠无望，张俊和秦桧立刻就将矛头转向了岳飞，这一次他们下手要狠辣得多。

先是秦桧阵营之中的监察御史万俟卨给皇帝递了一道札子，弹劾岳飞骄傲自满，行为不端，更是捏造了此前岳飞驰援淮西之时故意迟滞救援的罪过。

这些所谓的罪名听起来并不怎么靠谱，却如同一石激起千层浪，打响了秦桧在朝堂之上陷害岳飞的第一枪。

对于这种根本摆不上台面的手段，岳飞完全没有放在心上，但碍于心中的愤懑，立刻上疏请辞枢密副使的虚职，这个举动让赵构有些不满，但还是立刻就答应了他的要求。

此时的岳飞深感无官一身轻的好处，任凭朝廷之中风浪如何之大，也丝毫没有顾忌，而是打算前往庐州隐居，甚至都开始让家里人准备好了行李。

然而不过短短数日之后，一道晴天霹雳便砸了下来。张俊与秦桧两人不知道是动用了什么样的手段，竟然诱使岳家军大将王贵、王俊二人背叛了岳飞。

这二人在秦桧的唆使下，跑到了赵构面前诬告大将张宪意图拥兵谋反，这么大的一顶罪名帽子扣下来，任凭张宪之前做过多大的贡献，这时候都变成了无用功，转头他就被人抓了起来，随后在大理寺牢狱之中受到了严刑拷打。

那些秦桧一派的狱卒们想要的很简单，并非要折磨张宪，而是一直都在循循诱导，想要让张宪被屈打成招的同时，还将谋反的帽子扣在岳飞的头上！

然而任凭他们怎么下手，张宪咬紧了牙关如何也不愿意把谋反这个罪名安排在自家敬仰的大帅身上。

无奈之下，秦桧也只能退而求其次，想要让张宪将军中其他将领攀扯出来，然而这一次他依旧是失望连连。别说是招供，就算是一个多余的字张宪都没有说出来。

意识到了在此人身上找不到突破口之后，秦桧唯恐夜长梦多，干脆立刻就派人将岳飞和岳云父子二人抓到了大理寺。

父子二人问心无愧，行事坦坦荡荡，根本没有半点惧怕，哪怕是被抓到了大理寺这种阴暗的地方依旧言笑自若。

唯独在看到已经被打得遍体鳞伤的张宪时，父子二人勃然大怒，痛骂大理寺之人陷害忠良，不当人子。

然而他们两个的斥责并没有掀起任何波澜，这让两人瞬间就明白了过来，此时的大理寺之中恐怕上上下下全都是秦桧的人，他们这等于虎落平阳，恐怕就算想要申冤都没办法申诉了。

随后两个月的时间之内，岳飞与岳云这父子二人被收押在大理寺之中，一点消息都未曾向外透露，更是宁死也不自诬。

与此同时秦桧就算是想尽了办法，也只能在岳家军之中收买那么寥寥几人，而且这些家伙无论怎么罗织罪名想要诬告岳飞，最终也没能列出几条来，收效甚微。

但岳飞被收押入狱的消息迅速传播开来，朝廷之中，现在绝大部分都已经是秦桧的党羽，就算是有一些大臣想要上疏为岳飞辩解申冤，也起不到任何作用。

此时韩世忠因为之前为秦桧构陷一事，已经开始明哲保身，朝中大小事务，只要是事不关己，便会高高挂起，但眼见着岳飞无故蒙冤，依旧是忍不住前去，找到了主持此事的秦桧，当面向秦桧质问为何收押岳飞，岳飞何罪之有？

面对着韩世忠的质疑，秦桧轻描淡写地给出了三个字作为回答："莫须有。"

韩世忠被这句话刺激得气愤无比，明知道跟这个家伙已经没有道理可讲，干脆直接跑到了皇宫之中找皇帝理论。

眼下朝廷之中已经是秦桧一家独大的局面，想要在朝廷之中扳倒此人已经不再可能，所以韩世忠将最后的希望寄托在了皇帝的身上。

然而让他无比失望的是，赵构接连几次都是闭门不见，摆明了不想插手此事！

这种态度让韩世忠感觉到了心寒，眼看着自己没有办法解救岳飞，只能恨恨地上了札子，自辞所有官职，回到府上自此闭门谢客，颐养天年。

而此时的王诚经过了多番努力游说之后，总算是获得了一次进入大理寺探望岳家父子的机会。

在看到了岳家父子和张宪之后，王诚的心头一沉热泪盈眶。这三人久经战阵，素来都是硬朗的汉子，然而在这暗无天日的大理寺牢狱之中待了两个月之后，竟然全都脱了相。

三人身上伤痕累累，可以见得之前在这牢狱之中受到了怎样的折磨。

张宪因为入狱更早，受到的折磨也更多一些，以至于此时已经意识模糊，完全没有意识到王诚前来探望。

而岳飞父子二人的状态则是要略好一些，在王诚见到他们的时候，父子二人还盘腿坐在一堆杂草之中，正在低声交谈什么。

等到王诚靠近的时候，这才听清楚，父子二人竟然是在复盘之前的几次北伐大战。

看到王诚竟然能拎着食盒来探望自己，父子二人都有些吃惊。

他们倒是真的没有想到，入狱两个多月的时间，岳家军的人想尽了办法要进来探望他们父子二人都是不得其门而入，反倒是王诚这个并非岳家军的人，第一个来到了此处。

不过思来想去，王诚既然是皇城司的人，想来跟大理寺之间也有一些关系，能够进来并非不可能，唯独令人好奇的是王诚与秦桧同样是相互敌对的关系，秦桧怎么可能会放他进来？

王诚看出了岳家父子二人眼神之中的异样，不由得苦笑连连："这两个月以来，朝堂之上可谓乌烟瘴气，连带着下面的人也是乱七八糟，大理寺这种向来不通人情的地方，竟然也能用银钱讲上些许情面了。"

"为了进来这一次，我上下打点花了差不多三千两银子，这已经是我毕生的积蓄，恐怕下一次是没有这个机会进来了。"

说完这句话之后，王诚忍不住沉默了一下，神情有些黯然，不只是他没有下一次机会了，恐怕岳家父子也没有下一次看见其他人的可能了。

根据他在外面得到的消息来看，秦桧那厮已经忍不住要下手了。岳家父子很快就看出了他的神态变化，在接过了他手中的食盒之后，忍不住放声笑了起来："明阳勿忧，生死有命。"

"既然必有一死，在临死之前能好好地吃上这一顿，倒也算得上无憾了！"

王诚看着至今仍然能洒然面对生死的岳家父子，心中一片凄凉，一时之间凝噎无语，忍不住抬起手中酒杯频频相敬，却又一口酒也喝不下去。

大理寺防守森严，随时都有五百余名精锐禁军驻扎，王诚曾经前后打探过，就算是他把皇城司他这一支的底子拼光，也不可能劫狱成功，无奈之下便也只能作罢。

待到狱卒前来催促王诚离开，岳家父子二人已经将食盒之中的酒菜吃光，又单独为张宪留下了一小部分，待到张宪清醒过来吃喝。

王诚一步三回头地离开了大理寺，站在衙门外的时候，已经是一脸的寒意，再看向大内的方向，彻底失去了原本蕴藏在眼底的那股意气。

随后数日内，朝中大臣都是看出了一些端倪，接连上疏为岳飞求情，大理寺丞李若朴、何彦猷上疏为岳飞辩解，当庭与万俟卨争辩，随后被罢官。

宗正卿赵立之为担保岳飞无罪，以自家上下百余口性命为抵，据理力争，同样被万俟卨革职驱逐。

布衣刘允生、范澄，文士智浃等人联名上疏申冤求情，但无一幸免，尽数被万俟卨株连。

朝廷之中的反对之声就此被消磨殆尽，至于朝野上下的反对之声，则被秦桧与赵构直接忽视。

十二月二十九日，万俟卨上疏奏报处死岳飞三人，赵构批复允准，岳飞在供状之上留下了"天日昭昭、天日昭昭"八个大字，随后饮鸩酒慨然赴死，岳云与张宪被处斩刑。

这个消息一出，大宋朝野上下但凡有良知的百姓无不为之动容，痛哭流涕，而金国举国上下则是欢腾一片！

完颜宗弼在听说了他这个昔日劲敌果然横死狱中，非但没有兴奋异常通宵达旦地欢饮，反倒是有些莫名哀恸，如此忠臣良帅竟然落得如此下场，实在是可笑至极！

随着岳飞之死，金宋和议之间再无阻碍，很快再一次的和谈被提上了日程。

此时的赵构已经彻底为与金国苟和一事迷乱了双眼，对于金国借由秦桧之口提出来的要求毫不犹豫，一一答应。

为了自己能够苟且偷安，赵构完全忘记了维护朝廷的脸面，也忘记了昔年自己的雄心壮志，以至于以卑微到极点的姿态，与金国签订了《绍兴和议》。

宋向金称臣，金册封宋赵构为皇帝。每逢金主生日及元旦，宋均须遣使称贺。

划定疆界，东以淮河中流为界，西以大散关（今陕西省宝鸡市西南）为界，以南属宋，以北属金。宋割唐（今河南省唐河县）、邓（今河南省邓州市）二州及商（今陕西省商县）、秦（今甘肃省天水市）二州之大半予金。

宋每年向金纳贡银、绢各25万两、匹，自绍兴十二年（1142）开始，每年春季搬送至泗州交纳。

这些条件，已经能用丧权辱国来形容，可以说是彻底丢掉了国格和人格！

但同样的，完颜宗弼在岳家军的身上见识到了宋人强悍的一面，深知一时间无法完全消灭大宋，所以借由绍兴和议的条件一边休养生息，一边则是开始秘密筹划起了长期对付大宋，以待有朝一日可以将大宋彻底灭掉。

如此一来，大宋借着这个机会，迎来了一段恢复和发展的时间。

绍兴十一年（1141）到二十年（1150）间，秦桧在朝中的权势越发稳固，权倾朝野，更是趁机将秦氏族人纷纷提拔到了朝中各个位置之上，俨然成为赵氏之外的第二皇族。

秦桧本人在面对赵构之时尚且还有克制恭谨的姿态，但秦氏一族众人可谓一人得道鸡犬升天，纷纷得据高位，随后行事作风越发嚣张孟浪。

乃至于秦桧的孙女崇国夫人丢失了一只猫，便要惊动临安府衙构画影图全城大索，甚至一时之间还出动了殿前司的兵马四处搜捕，将全城的狮子猫捉了一个遍，滋扰百姓不说，最后还逼得临安府衙的主事官跪地认错，才算将此事揭过。

诸如此类的事情实在是数不胜数，这就导致百姓对秦家人的恨意日渐加深。

在无端诛杀了岳飞之后，皇帝赵构似乎良心一直都不安宁，除了绍兴合议成功之后欢庆了数月，多年来竟然再没出过大内宫禁，甚至就连朝堂之上的事情也全权托付给了秦桧。

除了偶尔站出来敲打敲打秦桧，让他不要太过得意忘形之外，赵构已然将自己当成了大宋的纯粹精神领袖，这种过度的放权行为，让秦家的势力日益膨胀，哪怕是作为京城的临安城之中，也是再没有了太平日子，日渐乌烟瘴气。

绍兴二十年（1150）正月，临安城望仙桥东南侧的孙家酒楼上，尚未到知天命之年就已经两鬓飞霜的王诚端坐在一处桌前，时而筛上一碗酒，小酌两口，时而扭头看向外面的街面，神情莫名有些焦躁。

岳飞死后王诚便自请离京，率皇城司其中一支离开了临安城，随后扎根到了已然成为金国领地的原东京城，如今金国的汴梁城中。

在秦桧的长期侵蚀之下，原本的皇城司架构早已经腐朽不堪，如今皇城司上下数千人，尚且能够起到监察百官、打探情报、职司暗杀这些作用的皇城司中人，只剩下了王诚带回来的这一批。

至于秦桧所豢养的那两支皇城司嫡系，此时早已沦为乌烟瘴气的废物衙门，影响力甚至都跨不出临安城！

换作以往，皇城司对于京城之中来往的客商，甚至是一些贩夫走卒都会有详细的记录和审查，在很大程度之上能够防止一些别有用心的人混进京城。

这种手段无论是之前在东京还是在临安城都起到过极大的作用，甚至曾经在人群之中揪出过不少金国的探子。

然而此时此刻他们却是连王诚已经回到临安的事情都未曾发现，以至于王诚此前准备的数种应对手段全都没用上。

王诚突然之间回到临安城，并不是为了皇城司的事务，而是为了一件比较隐秘的私事，所以他并没有动用自己手下皇城司的大部人马，只是带了几个心腹回来。

　　此时他的那几个心腹手下混在人群之中，就在这孙家酒楼周围潜伏着，一旦发现情况有不对劲的地方，这几个家伙会立刻就地制造混乱，给王诚提供可以逃遁的机会。

　　王诚在这个位置上坐了足足两个时辰的时间，这才看到一个都头打扮的中年男子踏上了酒楼二层，朝着周围稍作打量之后便走了过来。

　　很显然，此人已经认出了王诚。

　　看到此人的那一瞬间，王诚的目光迅速在他的身上来回扫了几眼，发现此人身上并没有携带任何武器之后，瞳孔微微一缩，随后露出了赞许的目光。

　　"施将军果然胆气过人，在不知道对方真正身份的情况之下，竟然也敢孤身赴宴，而且身上竟然没有携带任何武器，光是这份儿胆魄就不是一般人所能比拟的。"面对着此人，王诚并没有吝啬自己的赞美之词。

　　对方脸色有些阴沉，听到了王诚的赞美之后也不过是轻轻点了点头，随后便是毫不客气地坐在了王诚的对面。

　　"王皇城秘密回到临安城中，想来不是因为公干，又如此秘密地用特殊渠道找上施某，却是不知道所为何事？"

　　此时同王诚面见之人名叫施全，十几年前曾经在岳家军之中供职，后来在岳飞被害，岳家军被皇帝与秦桧拆散之前，就已经从岳家军离开，到了临安城殿前司任职。

　　虽然十几年来他在殿前司所任职务不过是区区小校，但比起岳家军之中受到各种不公平待遇的那些袍泽兄弟，过得已经算是比较好了。

之所以找上此人，是王诚经过仔细对比和揣摩之后最终做出的决定。

"施将军思维一贯敏锐，这个时候恐怕已经猜到了我找施将军的目的，所以有些话无需明言……"王诚深深地朝着施全看了一眼，有意无意地卖了个关子，随后这才说道："不知道将军意下如何？"

施全默默地朝着王诚看了几眼，脸上原本一直阴沉的表情忽然发生了变化，露出了一抹讥讽的笑容来："王皇城这么多年来一直不在临安城之中，怎么却也学得跟临安城这泥潭之中的人一样，说起话来支支吾吾的？"

"难不成，王皇城面对着昔日的袍泽兄弟，就连真话也不敢说上两句？"他一边毫不客气地嘲讽了王诚两句，一边朝着周围看了两眼，此时在他们这个酒座旁，仍然有一圈儿空位用来隔离远处的其他食客。

虽然谨慎安全，却显得十分突兀显眼，这种手段，与皇城司大隐隐于市的规矩显然格格不入。

"防秦桧贼子的鹰爪如避蛇蝎，王皇城此番回来，难道是为了给岳帅复仇的？"

施全将周围看了一圈儿之后，缓缓再看向王诚，原本冰冷讥讽的语调之中，隐隐多出了一抹期盼。

王诚深深地朝着施全看了一眼，听到了对方的试探之后，再没有半点遮掩，而是直接笑了起来："看来是将军对于我找到你的原因很有信心。"

"不错，我这次回来就是为了找秦桧那个奸贼麻烦的！"

"当初岳元帅惨案之中，这秦桧狗贼其罪第一，如今他官运亨通，已经在宰相之位上坐了十余年时间，在我大宋朝堂之上可以说只手遮天，而岳元帅尸骨尚且还未得以厚葬，难道施将军不觉得这种情况实在是太不公平了吗？"

眼看着施全已经大致猜到了自己的想法，王诚再没有半句废话，干脆来了个开门见山，把自己心中的愤懑全都给说了出来。

这十余年的时间，他不但是在东京城内苦心经营自己下属的皇城司分支，更是一直都在等待时机，并且在临安城之中暗中进行遴选甄别。

前者是为了在秦桧的重压之下给皇城司保留最后一支精锐，为日后有可能继续反攻金国做准备，否则以现在临安城之中皇城司的现状来看，那些烂泥在日后反攻金国的时候，恐怕是一点儿作用都起不到。

而遴选甄别……所甄别的正是岳家军旧部，也是其中最为忠诚于岳飞，最有可能为岳飞报仇的那些士卒将领。

王诚苦心经营十余年，目标极为精确，那就是要挑选一个时机，来为岳飞报仇！

然而秦桧的爪牙实在太多，几乎遍布整个临安城，随着时间的推移，更是将整个临安城全都牢牢地掌握在了自己的手中。

十余年间秦桧几乎没有离开过临安城半步，想来也是害怕自己会被人报复，所以才会想方设法将临安城给武装成一个固若金汤的铁桶。

眼下皇城司分支的势力已经没有办法渗透到临安城之中，毕竟跟临安城之中的皇城司同属一脉，稍有动向就会被对方发现。

所以王诚必须要找到一个完全跟皇城司没有关系的人来协从此事，提前脱离岳家军，又供职于殿前司，扎根了十余年时间的施全，成为最佳也是近乎唯一的选项。

在施全自己完全不知道的情况之下，其实已经经过了王诚多轮的筛查和考核，这也是为什么王诚在确定了对方的心意之后，竟然敢在大庭广众之下将自己的想法说出来。

施全听到了这些话之后大受震动:"王皇城在此件事情之上谋划了十年之久,如今突然返回临安城,难道是已经胸有成竹?"

提出这个问题的时候,施全明显是有些激动。

作为岳家军曾经的一员,对于岳飞之死他的心中也是早已充满了怨恨,若非之前岳飞给他们灌注的忠义信念一直都在他的心中萦绕不散,恐怕他早就已经辞官不做。

甚至很有可能会闯到宫中杀了那个狗皇帝,将人头带到金国去,享受荣华富贵。这等是非不明的朝廷,这等昏庸无道的皇帝,还忠他作甚?

王诚之所以突然将自己心中的想法全都给说出来,固然是在宣泄自己的情感,其实也是在对施全做最后的试探。

眼看着这时候的施全也已经吐露心声,王诚稍稍松了口气,目光在旁边轻轻一扫,本来已经将手放在了腰刀之上,伪装成了周围客商的几个皇城司察子,同时松开了手。

而施全也发现了周围的异样,他深深地看了一眼王诚,并未多说什么,只是沉默了片刻,便朝着王诚说道:"既然是要为岳帅报仇,王皇城显然是已经做好了万全的准备。"

"不知道这一次王皇城所带回来的皇城司兄弟有多少,我们又该如何刺杀秦桧那狗贼?"

这件事情梗在施全心头多年,如今终于有了爆发的契机,他自然是不愿再做丝毫等待,直接朝着王诚问了出来。

然而让他万万没有想到的是,对面的王诚苦笑一声之后摇了摇头:"东京城如今已经彻底姓了完颜,想要在东京城之中重新拉起一支独属于皇城司的队伍并不容易。"

"如今皇城司在东京城乃至于整个金国之中的可用人手不过千余人，所以我这一次带回来的人手，不过十二人。"

王诚的目光，在酒楼内外扫了一圈，随后重点在那几个桌子旁看了两眼，十分诚恳地说道。

这十二个人，都是经过他千挑万选之后的个中好手。

虽然在人数上可能是少了些，但无论是在战斗力还是其他能力都是远超寻常军卒，每一个都可以一当十。

施全瞪大了眼睛，看着王诚的目光之中闪过了一抹不可思议。

"十二人？王皇城莫不是在拿我施全这颗脑袋要笑？"他心头刚刚燃起的那抹激情，瞬间又被这一盆冷水浇灭。王诚淡然地看了施全两眼："不错，就是只有十二人。"

"我皇城司虽然现在已经无力掌控临安城之中的局面，但是对于一些消息还是比较灵通的。"

"秦桧贼子近年来虽然官运亨通只手遮天，但是显然也因为自己的种种恶行而遭了一些报应，如今身体日渐衰弱，恐怕已经没有多少时间可活了。"

"施将军，若是我们现在不动手的话，难不成还要看着此人安然地病死在自家卧榻之上？"王诚的这几句话，振聋发聩。

施全能被选中，就是因为他的心中一直都藏着对秦桧的仇恨，绝对是坚实的复仇派，所以此时根本不用王诚说太多的话，就直接戳中了施全心中的柔软处。

施全将面前酒碗端起，一饮而尽，随后猛然摔碎了酒碗："王皇城但有所命，施全莫敢不从！"

"若是能杀了秦桧这狗贼，为岳元帅一雪仇恨，便是要了我施全项上这颗人头也无妨,自从离开岳家军之后,这十几年来施全一直都在苟活求存,早已经如同行尸走肉。"

"而今竟然尚有抛头颅洒热血为岳元帅而死的机会,施某敢不效死?"

得到了施全肯定的答复之后,王诚顿时松了口气,随后便开始与施全商议起诛杀秦桧此獠的计划细节来。

这件事情谋划得看似突兀,实则已经记挂在众人心中足足九年,大家都很清楚这种事情只有一次机会,倘若不能做到一击必杀,接下来就会招致无穷尽的追杀,就算他们能够成功逃脱秦桧卫士的追杀,日后再想诛杀秦桧几乎再没有可能了。

为确保这件事儿做到绝对机密,从此时起皇城司连同王诚在内的十三人加上施全与其纠集起来的殿前司四人同吃同睡,接连三天的时间内都寸步不离,经过百般商议之后,确定了最终的刺杀地点就在距离大内宫禁不远的望仙桥下。

从秦桧入朝掌政开始,但逢上朝时每日清晨都会乘坐小轿从望仙桥下经过,傍晚时分又会从望仙桥下回返秦府,已经成了规律。

正因如此,每次秦桧从此处经过的时候,周围都会有不少殿前司与临安府衙的兵马从旁护卫,依照常理来说,此时正是他防卫最为森严的时候,绝不可能有人敢在这个时候行刺杀之事。

而王诚等人之所以看中了这个地方,也正是因为这"灯下黑"的道理。

正月十七日傍晚,秦桧依照惯例处理完政事退出大内宫禁,乘坐小轿经过望仙桥,一路之上都有人将行人清退,远近各处也都有人看护,百步之内就算是有藏在暗处的弩手也没有办法做到在瞄准秦桧的轿子前不被发现。

但不管是殿前司的士卒还是府衙的衙役，似乎有意无意地全都忽略了桥下岸边停靠着的几艘乌篷船。

那些小船已经在这岸边停靠了有十余日的时间，前几天也经过了数次搜查，里面并没有什么特别的地方，自然而然也就不再成为他们警戒的对象。

此时王诚与另外十二名皇城司察子，早已经将自己身上一切可以证明身份的物品全都销毁，尽数穿上了黑色戎衣，以黑布覆面，抱着非制式的朴刀，静静等候在小船之中。

而施全与另外三名殿前司的士卒今日正好当值望仙桥，此时分列在桥头两侧，手握刀柄蓄势待发。

伴随着吱呀吱呀的官轿响声经过头顶，皇城司的察子们，纷纷攥紧了手中的朴刀刀柄，就连呼吸声也是忍不住加重了几分。

秦桧闭眼靠在官轿之中，原本已经有些昏昏欲睡，但是在经过桥上的时候，不知为何心中忽然升起了一丝警兆，下意识挑起轿帘朝外面看了过去。

只这一眼，他就看到了站在桥头的施全，两人四目相对，秦桧顿时从这个小校的眼底读出了一抹杀意，而且秦桧马上敏锐地发现此时施全的身边，正靠着一把狭长的斩马刀。

依照惯例，殿前司的士卒在执行任务之时并不会装配那些充当仪仗礼器的偃月刀、画戟，而是会换装成大宋军中制式的腰刀或者是手刀，搭配长枪和弓弩。

之前秦桧与这些殿前司士卒打过无数次的照面，各种各样的制式武器全都见到过，唯独没有见到过这样的斩马刀。

饶是秦桧书生出身从来都不喜欢舞枪弄棒，但也很清楚这种承袭自唐制的兵器就算是在战场之上也极少出现，除非是有特殊用处，如以步对骑或者是力战破甲，又或者是用来对付一些马车官轿之类有着防护能力的交通工具……

事出反常必有妖，秦桧的脑海之中瞬间闪过了无数种可能，短短几息的时间就变得极为警觉，随后立刻招呼起了身旁的家中护卫，一方面想要让对方去问清情况，二也是想要让他们加强护卫。

就在同时，施全意识到秦桧已经看出了端倪，虽然还没有到达最佳的伏击地点，但是此时已经拖不得了，他当机立断暴喝了一声之后将斩马刀抽出刀鞘，径直朝着秦桧的官轿扑了过去。

那一声暴喝便是进攻的信号，在听到了这一声之后，殿前司的队列之中，另外三人也立刻冲出，直奔秦桧的官轿，而埋伏在桥下乌篷船内的皇城司众人，也是立刻就冲了出来翻身攀附在桥身上，几下便是爬到桥面，随后挥舞着手中的朴刀加入战团。

望仙桥之上顿时乱成了一团，施全手中的斩马刀势大力沉，一刀下来竟是将拦在他身前的侍卫直接砍成了两段，随后刀势不减随着施全前冲直奔秦桧而去。

秦桧坐在官轿之中，本已经掀开了轿帘查看外面的情况，眼睁睁看着那把长刀朝自己刺来后，顿时大惊失色连忙避让。

与此同时王诚等人也已经杀上了桥面，此时周围殿前司的那些士卒连同秦桧所带的卫士这才反应过来发生了什么，纷纷朝着这边扑来，想要将刺杀者斩于当场。

然而随着皇城司那些精锐加入，立时便将这些家伙拦在了外围，寸步不得近前，仅凭十三人加上桥身作为凭依，愣是将数百士卒与衙役生生拦住。

不过双方之间人数差距毕竟太大，加上察子们身上并未披甲，立刻就有人受了伤，力压众人的情况不过持续了短短几十息的工夫，眼看就要被逆转。

施全虽然此时精神已经高度集中，并没有朝着周围观察情况，但依旧从喊杀声之中判断出自己的同伴正在一个接一个地倒下，心中怒火越发腾升。

一刀下去，在秦桧拼死挣扎下，竟然只是捅穿了这厮身侧的衣襟，将他钉在了后面的轿厢之上，却并未伤及性命！

秦桧惊喜之余连连大喊救命，同时用手猛拽衣袍，想要挣脱开来，但他身上穿着的官袍十分结实，就是平时用力拉扯也不可能损毁，更何况此时他已经被惊得手软脚软。

眼看着秦桧无处可逃，施全冷笑一声，将刀身拧转，朝着右侧狠狠一拉，竟是想要以斩马刀狭长刀身化作铡刀，硬生生把秦桧腰斩于桥上！

然而就在他即将竟全功之时，旁边却忽然传来了一声脆响，接着才斩破了官轿右前方轿柱的斩马刀受阻，竟然是再没有办法斩下！

施全骤然一惊，猛然扭头朝着旁边声音传来的方向看了过去，随后瞳孔猛缩："田辰，你？"

此时站在他身旁，以腰刀死死抵住他手中斩马刀的人，正是被他带着加入了刺杀义举之中的殿前司士卒田辰！

"施大哥，秦相杀不得，你我兄弟在军中苦熬多年，受岳家军的影响一直都未能得到升迁机会，若是今日你我兄弟二人可以救下秦相，必然可以受到秦相重用，日后飞黄腾达，富贵满堂岂不美哉？"

施全听着田辰所说的话，心中顿时凉到了底，能将此人带到今日刺杀义举之中，正是因为他们此前都是岳家军中人，更是亲如手足。

他万万没想到，眼看着就要大功告成之际，竟然是这个自己视为手足兄弟之人站出来拦下了他。

眼看着施全依旧没有放手的意思，田辰脸色一冷，改双手持刀为单手持刀继续抵着施全手中斩马刀，另一只手则是从腰间抽出一把短刀，径直刺向施全腰间！

随着扑哧一声刀尖入腹，施全只觉得通体冰冷，手中再也无力抓住那把狭长的斩马刀，身子一软委顿在地。

倒在地上的同时，他恍惚间看到被他拉入计划之中的另外两名殿前司士卒，原岳家军的袍泽兄弟，早已经被秦桧的卫士乱刀砍死，而十二名皇城司察子此时也已经折损大半，只剩下了寥寥数人还在坚持厮杀。

在看到了施全倒地，而秦桧竟然安然无恙之后，这些察子忍不住发出了阵阵咆哮声，随后拼死朝着这边冲来，任凭一路上的刀剑砍在自己身上也在所不惜，只为朝着秦桧递出一刀……

眼看着刺杀之人尽数被砍翻在地，方才救护有功的田辰也跪在了一旁，秦桧恢复了冷静，并未理会一脸热忱明显是在邀功的田辰，而是缓缓走向了已经陷入弥留之际的施全。

"你是何人，为何行刺于我，是谁唆使的？倘若你从实招来，本相或可留你一条性命。"

"不过是腰腹间中了一刀罢了，本相府中神医能力卓然，比你这伤势更重之人都曾救活过，你这种伤势更是不在话下！"

秦桧的声音在施全的耳朵里时近时远，带着一股别样的蛊惑意味，换作一般人在濒死前的求生欲望下，恐怕很容易屈服，下意识说出一些秦桧想要听到的内容。

但此时的施全,却只是冷笑了两声:"奸贼秦桧,欺君误国!"

"我恨不能生啖你肉,活剥你皮,又何须他人指使,今日无法将你斩杀当场,为天下除了你这奸贼,待我死后也要化成阴差厉鬼索你奸魂!"

怒骂了两句之后,施全还想挣扎起身再朝秦桧动手,但此时他失血太多,已经再没了爬起来的力气,只能是猛地抓住了腰间插着的短刀猛然用力一拧!

转瞬间,施全本就已经逐渐暗淡的眼睛失去了最后的生气,竟是在秦桧面前直接自戕,宁可慨然赴死,也绝不在秦桧脚下苟活!

秦桧看出了施全的意思,心中顿时升出了强烈的恨意,随后让人将那些刺杀者的尸身一一拖到近处,将他们蒙面的黑布全都扯下。

接下来的一幕让秦桧更是暴跳如雷,除却殿前司的几人之外所有黑衣人的脸竟然全都用石灰水浸泡过,完全看不出原本的样貌。

没有任何证明身份的物品,用的都是民间的朴刀,就连唯一能够证明身份的面庞也是尽数毁损……就算他能追查到对方的来历,也是没有任何证据可以指证!

秦桧在桥头之上呆立许久,这才将心中的愤恨压了下去,随后下令将其余尸身尽数秘密处理掉,唯独留下施全的尸身,次日当众枭首以儆效尤。

孙家酒楼三楼,一个瘦削的身影负手站在凛凛的夜风之中,看着远处望仙桥上的一幕幕,身体开始微微颤抖起来。

直到最后确定此番刺杀义举已经失败,他方才深吸了一口气,缓缓后退了两步,跪伏于地朝着望仙桥的方向重重地磕了三个响头。

一旁暗处站着的皇城司察子走了出来,将这瘦削身影搀扶起来:"王皇城为岳帅蒙冤之事纠结十余年，而今刺杀秦桧未果，也是慷慨赴死，终究是不负当年与岳帅的情谊，衙内应该为了王皇城而感到高兴才是。"

瘦削身影正是王诚之子王平，被王诚在汴梁城中秘密训练了十余年后，如今承袭了皇城司这一支脉皇城使之位。

子承父业这种事情，在皇城司之中早已经被禁绝，但他们这一支已经处于半脱离朝廷和皇室的状态，十余年间已经不再将拱卫皇室作为首要任务，身为皇城使的王诚更是为了刺杀秦桧不惜毁面潜回，这意味着他们日后不会再将此前的种种束缚当作金科玉律。

"今日结果，早已经在王皇城的预料之中，想来王皇城勒令衙内于此处观战，就是要让衙内牢记今日，牢记王皇城与众人慷慨赴死的景象。"

"金人休养生息十余年，已经又有蠢蠢欲动之嫌，大宋朝堂之上人丁凋敝，恐难再有岳帅、韩帅之流，倘若金军再次大举南下，我们这一支皇城司近年来积极联系各地义军的努力，便将成为大宋的第一道防线……岳帅的遗志，还需有人承袭下去！"

站在阴影处之人眼看着王平紧攥拳头朝望仙桥的方向怒目而视，立刻滔滔不绝地说道，这些话如同潺潺溪流一样，虽然并不激烈却以清凉温和的姿态，将王平心中的怒意逐渐平息了下来。

王平缓缓闭上了眼睛，将紧紧握着的双手舒展开来，又再次握紧……接连重复了几次之后，这才长长地出了一口气。

两年前力主两国和议各自休养生息的金兀术死去，海陵王完颜亮出任金国右相掌权，随后更是于次年发动政变，杀死了金熙宗完颜亶，自立为帝。

此人生性好大喜功，对战争更是热爱，在成为皇帝之前便多次说过此生最大的梦想便是一举灭宋，统一南北尽享江南盛世，而经过了十余年的休养生息后，此时金国上下已经恢复了南侵的实力，而大宋朝堂在经过了这十余年的和平时期后依旧虚弱颓废……

岳帅倾其一生都在为北伐复疆而努力，作为他遗志的承袭者就算不能开疆复土，总也要护住大宋这江南富饶地！

沉吟良久后，王平缓缓转过头来看向了站在身后的皇城司众人，眼神一凛："准备出城，回返东京！"

第三卷

八百里分麾下炙　五十弦翻塞外声

第一章

金国南侵义军四起　采石大捷振奋民心

大宋绍兴十八年（1148）到二十八年（1158）这十年间，宋金两国发生了不少大事，也死了不少人。

绍兴十八年，金国独掌军政大权的太傅完颜宗弼病亡，海陵王完颜亮当上了右丞相，随后在次年发动了政变将皇帝完颜亶杀死，自立为帝。

海陵王完颜亮自觉得位不正，从即位起便是对大宋虎视眈眈，意图以灭亡宋国作为奠定皇位基础的帝王伟业，加之绍兴和议后金宋两国都已经休养生息十数年，国力恢复状况都是不错，随时都能够准备下一次大战，更是让完颜亮越发蠢蠢欲动。

绍兴二十二年（1152），完颜亮迁都燕京大兴府，同时开始重新建设经营起汴京城，似有继续南迁之意。

绍兴二十五年（1155），大宋奸相秦桧病逝，时年六十六岁，追赠申王，谥忠献。

秦桧一死，十余年来秦桧掌政不公以至于屡屡招致赵构不满的后遗症陡然爆发出来，秦桧、其子秦熺、其孙秦埙和秦堪被同时免官。

原本权势滔天的秦家骤然失去了最大的靠山，在皇帝与其他朝臣的打压之下开始有意无意淡化自己的存在感，生怕一个不小心招惹了喜怒无常的老皇帝赵构，让对方突然扣上个足以抄家灭族的帽子，秦家必然毁于一旦。

没有了秦桧这个最大投降主和派的压制，虽然此时左右宰相沈该与汤思退二人仍然是坚决贯彻执行秦桧路线的主和派，但随着金人再次燃起意图南侵的火苗，大宋朝堂之上的主战派开始重新活跃起来。

而对于朝堂之上重新形成的微妙平衡，赵构再次表现出了足够的宽容，默许了朝堂之上的种种争斗。几年下来朝堂上的大臣们比较起前些年秦家一家独大的局面，已经进行过几次大换血。

眼下虽然没有出现经天纬地之才，但隐隐也已经重新焕发了生机，与赵构这个垂垂老矣明显有腐朽衰败之意的皇帝形成了鲜明的对比。

绍兴二十五年（1155）十二月，此前因为一力主战而被秦桧一派忌惮不喜的张浚被重新起用，暂时恢复了观文殿大学士职衔，重获国公爵位，不过并没有在朝中留任静候拜相，而是被外派到了洪州去做知州。

张浚被重新起用后还以为主战派再次迎来了春天，结果没等位置坐稳，就接连给赵构上疏请求备战抗金，这个举动立刻就引起了万俟卨、汤思退这些主和派的不满，旋即被以"今复论兵，极为生事"的理由再次免职，迫使张浚退避隐居到了永州。

两年后，大宋派往金国的正旦使孙道夫归国，述职之时提起金国有再度南侵的意向，此时金国正在大肆招募兵马以作准备，这个消息引起了朝中一片哗然，但赵构仍旧没有放下这十年来虚假和平所带来的怠惰，对于孙道夫的说法不置可否。

汤思退等人趁机站出，驳斥孙道夫意图借口金国有南侵想法，打算劝谏皇帝再次起复主战派的张浚，有破坏金宋和平的嫌疑，直接将孙道夫贬谪到了四川绵州做知州。

在此期间虽然主和派仍然占据着朝廷的主导地位，但依旧阻挡不住朝廷之中那些明眼人的拳拳之心，时任礼部郎官的虞允文在知晓了金国的一些动向之后，立刻便向皇帝上疏："金国国内屡次生变，又大肆召集人马囤积粮草，必然是要背弃盟约南侵大宋，到时候对方的主力兵马必将经过淮西，若是出奇兵很有可能会走海路南下，对于此等情况，陛下千万不能轻慢，还请立刻召集众臣商议应对之策。"

相对比起朝堂之中主战派和主和派的正面战斗，他的这个上疏建议显得有些无足轻重，以至于怠政许久的赵构只是随便看了两眼，便将这被他看作老生常谈的札子扔到了一边。

除虞允文外，朝中屡屡有上疏讨论金宋即将面临再次大战之事，都被主和派众人弹压下，赵构也不愿相信金国会背盟，对于朝堂之上的事情多半都是睁一只眼闭一只眼。

虽然赵构对于此类事情怠政严重，但也阻挡不了朝廷之中主战派愈演愈烈的崛起趋势，同年十月虞允文就出任了工部尚书，并且以此任出使金国。

这一次金国之旅让虞允文亲眼见识到了金国正在大肆转运、囤积粮草和制造各种船只的举动，虽然一路之上金国陪同之人都是在想各种借口逃避回答此事，但虞允文还是很快就明白过来，恐怕他之前所听到的风言风语都是真的，如今金国人已经做好了再度南侵大宋的准备。

百闻不如一见，在亲眼见证了那些传言之后，虞允文由之前的中立派转为坚定不移的主战派，回到大宋之后便开始极力推崇加强两淮军备，为此不惜接连上疏触赵构的霉头。

对于他的那些上疏谏言，赵构的态度依旧是一概不理，但为了象征性地表彰他忠君爱国之心，同年不久后便安排虞允文做了中书舍人。

这个官职在隋唐乃至大宋初期的时候倒是极为重要的官职，掌管起草诏令的要职，但此时在宋廷之中另外设有知制诰和直舍人院主管起草诏令，中书舍人只是个用来保官待命的虚职。

赵构之所以这么安排意图十分明显，虞允文虽然十分有才有能力，但是你不能屡次触犯我作为皇帝的威严和情绪，否则我干脆就给你来个明升暗降，想要做实事不太可能，老老实实地在旁边儿待着便是，等到什么时候想明白了应该跟我站在同一条阵线上，我再重用你。

如此作为还是建立在虞允文素有才名能力的基础之上，换作其他人此时早已经遭受贬谪甚至惹上了牢狱之灾，短短数年的时间之内，金国人尚且还未南侵，大宋朝堂之上反倒乱成了一锅粥，无数人因为再议刀兵而获罪。

这些掩耳盗铃的举动虽然起到了一时间的作用，让主和派与赵构继续在和平的假象之中又度过了两年怠惰时光，但纸里终究是包不住火，次年的入秋时节几条消息传到了大宋朝廷之上，传到了赵构的耳朵里。

金国皇帝完颜亮花费了数年的时间纠集大军，发动国内各族联合兵马二十四万，北地汉人兵马十五万，兵分四路，已经做好了准备，打算分别从海上、宿州亳州、唐州邓州、秦州凤州南下侵宋。

最为令人震惊的是，此番金兵南下之前完颜亮着重强调了军纪问题，勒令金军士卒不可肆意烧杀抢掠，不可焚烧民屋房舍，平日里在金国的时候怎么对待老百姓，这时候他们就得怎么对待沿途的大宋百姓。

理由十分简单，此前金国南下攻打大宋多半为的就是烧杀抢掠，在富庶的大宋国土之上随便抢劫一圈，自然而然就能获得不少金珠宝贝，不但能够填补军费，还能让他们狠狠地赚上一笔。

但这一次他的目标极为明确，那就是将宋国直接剿灭，来一场正本溯源之战，只要他能将大宋王朝给消灭，日后金国便会成为中原文明的主体和正统继承人，他当皇帝这个事儿也会变得名正言顺。

如此一来随着金军南下攻下来的城池，以后便是自家城市，占领的土地以后便是自家的土地，控制统辖之下的百姓也将成为自家的百姓，既然全都是自家的东西，自然就不能像以前那么不爱惜，为此他甚至直接颁布了严厉的军令，绝对要对百姓秋毫无犯，如果有违军令的人必然军法从事。

完颜亮此举假仁假义，但是挂着仁义之师的名头之后金军做事方便了不少，这一路南下的速度都快了许多，甚至在某种程度之上还得到了双方连年交战区那些百姓的拥戴。接连几个渠道的消息汇集在一起，彻底印证了此事，一时间大宋朝堂之上一片哗然。

此前极力驳斥此事的汤思退因此被弹劾罢相，赵构意识到金国竟然真的是要再启南侵后直接就尿了。

如今朝堂之上已经没有可用之将，岳飞被他亲自下令诛杀，张俊赋闲多年连上朝都懒得上，韩世忠更是玩起了居家修行那一套，没有一个人能再作为领军人率领宋军重燃斗志。

纵然赵构已经打定了主意，要进行抗争，但此时的大宋朝堂之上已经无将可用，这顿时就让他的心中出现了一抹颓唐之意。

完颜亮起兵六十万，此等规模的南侵甚至超越了此前十几年间完颜宗弼的任何一次南下，这让赵构的心中立刻就犯起了嘀咕，当年完颜宗弼只是带着几千金国精锐骑兵就能在江淮各地四处横行，除了韩世忠、岳飞等人之外，大宋城池将领皆无可战之力，就连他这个皇帝也被追到了海上躲避。

如今完颜亮所率兵马的数量远超昔年数十倍，朝堂之上更是没有可用之人，也无可战之兵，赵构思来想去之后竟然再次升起了南逃的想法。

好在此时朝堂之中主战派的声音已经越来越多，不少人纷纷站了出来，开始劝谏皇帝不可轻易出逃，至于用来劝他的理由也是十分简单。

昔日金宋两国之间交战双方各有输赢，更是各有理由，而今情况大不相同，两国之间承平已久，这段时间之中大宋一直兢兢业业，从来没有做出过任何逾越之举，所以这一次金国竟然举兵南下便等于背信弃义主动败盟，此举必然会招致天怒人怨，人神共愤。

若是能够以此为据，号召天下万民共同抵抗金军，必然能够达到军民一心、同仇敌忾的效果。

赵构这个时候早就已经没有了主心骨，好不容易听到了这种论调儿，立刻就选择了认同，于是马上下诏全国上下各路兵马府衙开始整饬军备调集兵马，做好与金人战斗的准备。

这个时候其实双方已经等于拉开了阵势，随时都会短兵相接，但是在赵构的心中其实还怀揣着一丝小小的期望，那便是可以效仿当初绍兴和议再次与金人和谈，就算是在原本的和议条款之上累加一些条件也未尝不可。但紧接着完颜亮的一个安排，将赵构心中的期望彻底打破。

绍兴三十一年（1161）正月，完颜亮安排大臣王权、高景山前往临安面见赵构，名义上是要延续绍兴和议的传统继续表达友好，实际上却在面对赵构的时候毫不客气地提出了让大宋朝廷割让淮南地区的要求。

频繁调动兵马征集粮草已经在践踏当初的绍兴和议盟约，倘若他们这次提出来的要求只是增加一些岁贡，恐怕赵构仍然会力主苟合求存，但这再次割地裂土的要求，却是让朝堂之上的大臣们彻底愤怒。

主战派大臣们纷纷站出来表示是可忍孰不可忍，这显然是金国朝廷的又一次试探，倘若大宋朝廷真的答应了这个要求之后，金国后面必定还会提出更加过分的要求。

今日割了淮南地区，明日再割建康襄阳，如果后天他们再要求大宋朝廷将临安拱手相让呢？

连番廷议之后，赵构在众多主战派大臣的鼓舞之下，总算是再次鼓起了一丝勇气，决定拒绝金国人的割地赔款条件，第二次颁布诏令，在全国范围之内调兵遣将以抵抗金国人的入侵。

这一次不只是面对全国的动员令，更是直接颁布了任命，为确保可以在北部全面防御金国人的进攻，分别任命吴璘为四川宣抚使主持川陕地区防务，成闵出任京湖制置使，在长江中游地区进行防护，刘锜出任淮南、江南、浙西制置使，全面主持江淮战局。

此时的刘锜已经过了耳顺之年，更是抱病在身，之所以担此重任纯属朝廷之中无将可用的无奈之举。

为确保军令畅通，刘锜将江淮地区的总指挥部随着金军动向接连迁移，先是设立在清河口，随后屡次挪转到扬州、淮阴各地。

作为昔年几乎与岳飞、韩世忠齐名的抗金名将，刘锜的威名就算是在金国人耳中也未曾衰落，哪怕明知道此时的刘锜已经是个六十多岁的抱病老人，金军在面对着江淮各路的时候仍然不敢掉以轻心。

完颜亮在分派各路兵马任务之时屡次试探委派兵将攻打江淮各地，场下将领竟然无人敢应，完颜亮气恼之下当即决定亲率大军南下江淮与刘锜决战。

十月初，金国几路大军纷纷进入两国交界的缓冲地区，开始进行了试探性的进攻，完颜亮所部兵马数量最多威势最强，悍然屯兵在江北，屡屡以奇兵突袭宋军运粮队，搅扰得宋军苦不堪言。

刘锜看穿了完颜亮鼓舞军心士气的小伎俩，干脆有样学样安排军中水战好手连番入水，接连凿沉金军运粮船只十余艘，让金人防不胜防，双方之间的试探各有斩获，谁也没有占了多大的便宜，阵前开始转为对峙局面。

完颜亮经过几次试探之后发现刘锜虽然年事已高，但是排兵布阵的能力依旧不输当年，这让他立刻就增加了警惕性，不敢再小觑刘锜，从正面对抗的思路转移到了其他的进击方法之上。

江淮地区虽然尽数都在刘锜的掌握之下，但因为刘锜也是临时到任，所以对于麾下的各处将领、守军也不是完全了解，无法达到如臂使指的标准，换句话说就是此时的江淮各地并非铁板一块。

淮西地区的主将王权，因为消极畏战，早在双方之间的战争开始爆发的时候就从建康出逃，直接来了个生不见人死不见尸。

朝廷之上的几次诏令传到建康追问，偌大的建康城之中，竟然没有一个人知道他们的主将王权到底去了什么地方。

主将临阵脱逃，如同人间蒸发了一样消失得无影无踪，这种事情甚是罕见，淮西各地军民一时间也无从应对，直接乱成了一锅粥。

而完颜亮则立刻就抓住了这个机会，将手下大部分兵马转移到了淮西处，有意重点突击这个江淮防线的薄弱区域，这个情况直接打乱了刘锜的整体防御部署，无奈之下他只能调兵遣将，打算亲自前往淮西坐镇。

但赵构这个时候却再次出了昏招，听到完颜亮已经大军临江，而且淮西守将居然望风而逃之后，心中顿时忐忑无比，生怕刘锜的兵马频繁调动会出现防守缺漏，以至于完颜亮渡江进逼，直接从临安发了一道金牌到前线指挥刘锜退兵拱卫江防。

在见识过当初岳帅的结局后，刘锜非常清楚，所谓将在外君命有所不受这个道理在赵构的身上绝对不能进行实践，否则只会引祸上身，但这个时候如果真的从江北退到江南，就等于将过江的主动权交给了完颜亮。

所以刘锜选取了一个折中的办法，他二话不说回复了一道札子说明自己愿意听从调命，不日就将从江北撤回到江南固守江防，但这个事情不可以操之过急，否则很容易被完颜亮抓住机会趁机偷袭，到时候完颜亮很有可能会将宋军击溃，进而趁机渡江。

如此一来临安城又将面临危机存亡，所以他打算先从淮阴退守到扬州，而后再观后效。这个说法正好戳中了赵构的软肋，所以他直接就同意了刘锜的请求。

与此同时，秦桧当初在朝廷之中留下来的小手段开始陆续重新被启用，完颜亮借着这些小手段竟然提前知道了刘锜要退守扬州的事情。

出于出奇兵方可制胜的想法，完颜亮并没有直接大军压境，而是选择安排自己的心腹爱将万户高景山率本部两万余人去进攻扬州。

而刘锜在率军退守扬州的过程之中，将本部兵马分作三路，从三个方向退避到扬州，本来就有在各处防止金军趁机偷袭的意思，刚好也是让左军统领员琦得到了这个机会，竟然在皂角林附近跟高景山撞上，双方在之前都没有做好准备，这时候忽然碰在一起都有些仓促，但是这并没有影响到双方的发挥。

员琦所部都是刘锜所带出来的八字军精锐，虽说已过去了十多年的时间，原本的老兵早已经换成了新人，但是在战斗力上依旧不减当年，此时左路军虽然只有万余人马，比起金军的两万多数量来说略显劣势，但是激战之下竟然丝毫不落下风。

不过双方之间的人数差距毕竟不小，激战正酣的时候金军另有一部匆匆赶来加入了战斗，顿时就将原本不相上下的战局变成了一边倒，宋军顷刻间陷入了危机之中。

八字军毕竟是大宋兵马之中仅存的一支精锐，员琦更是并非鲁莽之辈，早在双方交战初始就已经做好了后手准备，在战斗的时候，员琦一马当先拼死力战，将金军的目光全都集中在了自己的身上。

加之此时双方正处于河岸之侧，地势狭窄不方便马战，所以他干脆就放弃了座下战马开始随军步战，这顿时让金军以为他已经陷入了绝境之中，不由得放松了警惕，丝毫没有意识到他们正在对方的引导之下缓缓朝着一处山坳之中而去。

待到将金军半数兵马引到了山坳之中后，员琦立刻率众就地解散，纷纷撤退，与此同时，随着一声梆子响，在两侧的山头之上立刻出现了大批的大宋伏兵。

一时间强弓劲弩齐齐攒射，箭如雨下，来不及躲避的金国士卒纷纷被射成了刺猬，正好此地正处于山坳之中，金国人引以为豪的骑兵部队无法展开，只能眼睁睁地被动挨打。

金军统领万夫长高景山此前眼看着就要建功，仓促之下冲得太贸然也太靠前了一些，此时完全来不及回返逃跑，竟然最先一批被射死。

皂角林之战大宋大获全胜，射死射伤金军三千余人，俘虏金军七百余人，射杀金军万夫长高景山，射死千夫长、百夫长十余人。

听到匆匆跑回去的溃兵说起此事之后，完颜亮顿时勃然大怒，但随即就意识到这很有可能也是刘锜的计谋。

完颜亮接连被刘锜击败,这时的疑心颇重,总以为刘锜就是想要继续诱他深入,当即就将愤怒给压了下来,随后不再进行截击,而是老老实实地将兵马驻扎在了真州附近,一边伺机攻城屯驻,一边则是不断地安排探马前来打探宋军的情况。

员琦所获战功虽然在刘锜的预料之中,但是突然听到员琦竟然阵斩了一名金军万夫长,刘锜还是十分高兴,立刻派人修书将此事汇报到了朝廷之中,并且将此事引申为吉兆。

双方大军初次交锋,便将对方的万夫长射杀于马下,而且还是在我方占据绝对劣势之时,这份战功这种战绩已经隐隐有直追当年岳家军的意思。

在临安城整天提心吊胆的赵构顿时喜出望外,二话不说,直接赏赐了金子五百两,银子七万两用以犒赏八字军。

这一次的胜利在某种意义上严厉打击了朝廷之中主和派的气焰,给主战派带来了不少的信心。

但紧接着从扬州便再次传来了一个消息,着实让朝堂之中所有人的心全都一紧。

刚刚获得了一场大胜的刘锜突染重病,此时竟然连正常行动都有些困难,已经无力在第一线指挥兵马调动,无奈之下只能让自己的部将李横率领八千兵马留守扬州城,自己则奔赴镇江寻医养病。

途中为了确保江淮战役的整体走向被己方掌握,刘锜将护送自己的三千人马分出了一半,交由自家侄儿刘汜指挥,屯驻在瓜洲渡口随时防备金军强行渡江。

原本按照刘锜的安排,虽然是在重病的状态之下,却依旧能够在定程度上将整体战局掌握在手中,未必能够再次取得大胜,但足以完成抵挡金军南下的任务。

但是他重病的消息传回到朝堂之上后,朝野上下无不为之担忧,这其中自然包括才刚刚喘口气的皇帝赵构。

眼下淮西主将王权早已经逃走,刘锜又身染重病,似乎江淮各地的指挥已经陷入僵局之中,怎么看起来都需要另外安排一个人前去统领全局,赵构担心金军会趁机南下,心中惴惴不安,在这个时候再次做出了一个十分糊涂的安排。

他突发奇想安排了枢密使叶义问前往镇江督战,本以为此人位高权重,前往前线可以达到如朕亲临的效果,结果这个家伙空坐枢密院职务,对军事之上的事情一窍不通。

抵达镇江之后,他便立刻前去探望了身染重病的刘锜,眼看着此时的刘锜已经重病瘫倒在床上连起身都需要搀扶,完全不顾刘锜的反对,当即执行了他这个"钦差"的职责,乱点鸳鸯谱!

先是临时任命了此时正在遵守刘锜命令固守扬州城的李横接管刘锜的指挥权,接着又亲身前往江边"督促军务"。

也不知道此人是不是此前受过皇帝的什么刺激,脑子里到底是搭错了哪根筋,在江边巡查了几圈儿之后突发奇想,当即把本地的老百姓全都征调到一起,开始沿着河岸的沙地挖壕沟,随后命人打制了大量的鹿角拒马放在这些壕沟之中,以为这样便可以充作人工礁石,虽然无法杀伤金兵,却可以阻挠金兵的船只靠岸。

然而这个想法实在是有些天马行空,毫无意义,更是因为临时赶工,那些用来打制鹿角拒马的木料全都是一些糟烂朽木和柳枝木条,当天晚上被水一冲就全都顺流而下进了江中,前一天挖好的那些壕沟也消失不见。

如此劳民伤财却又毫无意义的荒唐事儿，他在短短一个月的时间之内竟然是做了好几起，一时间招惹得镇江百姓纷纷叫苦不迭，暗地也开始咒骂起这位钦差。

不过这家伙的操作也没能持续多久，一个月之后完颜亮已经将真州周围彻底占据，以此为凭依将兵马推到了镇江和瓜洲附近。

镇守在瓜洲渡口的刘汜虽然拼命抵抗，但是因为手下兵马实在太少，就算是想要固守待援也做不到，最终无奈败退。

而被叶义问临时赶鸭子上架成为总指挥的李横更是难以做到面面俱到，率军支援瓜洲之时被金军伏击大败，一战之下左军统制魏友和后军统制王方尽皆战死，八千八字军力战之后被击溃，李横与刘汜在少数亲兵的护卫之下侥幸得脱，但是人人带伤。

两人在亲兵的护送之下逃到了镇江，将之前所发生的事情尽数告诉了刘锜，在听说了自己苦心经营好不容易训练出来的万余精锐竟然在扬州城折损了大半，最后被收回来的残兵竟然只有三千余人，本来就已经在重病之中的刘锜心思越发焦虑，雪上加霜之下连连吐出了数口鲜血。

此情此景把现场的众人全都吓得不轻，刘汜与李横两人更是连忙跪在了地上，不断磕头告罪。

此时瓜洲渡口已经在金人的掌控之中，只要对方筹措到足够的船只，想要渡江南下已经指日可待。

作为江淮各部兵马督军的叶义问，这个时候早就将脑子里那些天马行空的想法全都抛在了九霄云外，整个人都陷入了恐慌之中，完全不知道该怎么是好了。

眼看着刘锜已经陷入了昏迷之中，一时间也没有办法回答他的问题，叶义问甚至升起了想要逃走的念头。

收拢溃兵同时不断打探瓜洲渡口情况的这几日，对于镇江城中的众人可以说极为难熬，用度日如年来形容也不足为过。这个消息再次被传到了临安城之中，本来就心中忐忑的赵构这时候再次被吓了一大跳。

淮西主将王权因临阵逃脱获罪，被赵构羞恼地扔到了大牢之中，但此时刘锜已经病重，江淮各地军务急需能人管束，所以他立刻就指派了大将李显忠前往接替淮西主将的位置，协从刘锜管理江淮各处军务。

与此同时，他还派出了虞允文作为督视江淮兵马府参谋军事，前往镇江协助叶义问一同督军督战。这个临时性的决定可以说影响到了整个宋金战争的进程。

虞允文抵达镇江之后，跟叶义问一样第一时间就去拜访了刘锜。

虽然两人在年龄上相差极大，刘锜近年来在朝堂之上也少有露脸的时候，但两人此前也曾经有过几次交集。

不同于之前叶义问那个空有其表的家伙跑过来时的冷漠态度，刘锜在听说了虞允文从临安城赶来之后，强撑着身体让人将自己从病榻之上移到了会客房中与虞允文见面。

眼看着这位当年几乎与岳帅比肩的老将如今这副老态、身有抱恙的模样，虞允文不由得感慨连连，关怀过老将军的身体情况之后，立刻就询问起了当前战况。

亲身经历过朝堂之中的那些明争暗斗之后，虞允文很清楚在朝堂之中根本就听不到真正的战况军情，想要得知前线最真切的情况只能从刘锜这位老将身上入手。

刘锜听到了虞允文的问题之后，眼神一凛忍不住抬手抓住了虞允文的手："老夫卧病月余，无论是朝堂之上派来的人还是军中来的人，尽皆虚情假意，只知道问我病情，却对前线的情况毫不理会。"

"如今前线宋军阵仗萎靡，面对着来势汹汹的金人，恐怕已是危在旦夕之势，若是你有意前往督军，切记鼓舞士气为先，求战为后，千万不可贪功冒进！"

"昔日我曾与诸路兵马有约在先，若是遭逢小战，便以黄白旗帜为号，敌军出现便举白旗，双方交战中便举起双旗，逢战而胜便举起黄旗，时至今日黄旗已经有许久都没有被举起过，恐怕我军已经陷入了难以估量的危险之中。"

如同精神焕发一样，将自己对于眼前战局的了解一一说给了虞允文之后，刘锜再也撑不住自己疲劳的身体重重地摔了回去。

虞允文连忙伸手扶住了老将军的身体，感激而拜，随后百般叮嘱老将军一定要注意身体，转身便直接朝着此时宋金两军对峙的采石而去。

看着他离去的背影，刘锜一双昏花的老眼之中难得闪烁起了阵阵精芒："没有想到朝廷养兵三十余年，我们这些穿盔甲的家伙一事无成，到最后如此大功，将会由一位儒生来建立，真是让我们这些舞刀弄枪的羞愧！"

言语间，刘锜忽然想起了当年提枪可冲阵，提笔可题诗，可谓文武双全的岳帅，一时间忍不住无语凝噎。

倘若当年岳帅没有含冤而死的话，如今他们是不是早已经直捣黄龙府，马踏贺兰山，功成名就退隐归家颐养天年了？

虞允文并没有意识到自己的到来给刘锜这位老将军带来了多大的触动，了解到前线的真实情况之后，他是一丝一毫都不敢耽搁，将自己随行的车队之中那些沉重物件全都丢弃，轻车上阵。

此时此刻在车上剩下的，就只有朝廷安排下来的犒军礼物。

原本虞允文还以为只要将这些犒赏军士的礼物发下去，就能在一定程度之上提起士气，然而等他亲自到了采石矶军营之后，却发现自己的想法有些过于天真。

此时在采石这一处的各路兵马都是临时拼凑而来，加在一起不过是一万八千余人的军伍，竟然分出了三个大营，彼此之间还互有摩擦矛盾，士气低迷到了夸张的地步。

虞允文犒军的车队都已经快进入大营之中了，都没有人发现他们。

直到这个时候虞允文才明白过来为什么刘锜会那么紧张，军心涣散如此，若是为金人所乘，这一万八千的宋军只需要三千精锐金军居高临下的一冲，恐怕会被立刻打得屁滚尿流。

此时金人的船只也已经安排妥当，隔着水面就可以看见金人的水寨，可以说金国人随时随地都可以向南岸发动进攻。

此战若是败绩，金国人一路南下，将会不再有阻碍。

情急之下，虞允文二话不说就担起了重责，将带来的礼物犒军之后，他也是看出了这些大宋士兵们为何如此萎靡不振。

任何一支军队都有自己的军魂。而这种军魂多数的时候都取决于这支军队的军事主导者，也就是主将。

岳家军、八字军、韩家军这种军队之所以能够在某种程度上抗衡金兵，甚至是超过对方，就是因为他们的军事主帅足够强大。

而一般的宋军部队虽然兵无常将，但在作战的时候，总是有人作为主导，眼下这帮家伙却是因为王权那厮的逃走而陷入迷茫，眼下心中根本就没有主心骨。

尤其是此时接任王权的李显忠还没有抵达此处，更是让所有的宋军士卒心中都惴惴不安，无法进入备战状态之中。

眼看着金军随时都有可能渡江攻击，虞允文当机立断，既然这帮家伙眼下没有主心骨，那这个主心骨就由他来担当。

他二话不说找到了那些中低级的武官，亮明自己的督军身份悍然接过军队的管理权和指挥权，随后将全军士卒聚集了起来。

站在高台之上，虞允文看着下面人气汹汹却都是满眼迷惘的宋军士卒，心中顿时生出了一丝豪迈之感。

他振臂一呼，大声朝着众人说道："如今金兵随时都有可能渡江，眼下整个江南都危在旦夕，这个时候竟然还有人想要逃跑。事到如今你们还能逃到什么地方去？"

"倘若我们没有办法守住这里，金人成功渡江后向南冲杀，恐怕一路上都要势如破竹，到时候无论你们逃到什么地方都会被金人捉住，你们的妻子儿女也会被金人抢占欺辱，所以我们眼看着只是第一道防线，实际上却已经是最后一道防线。"

"如今长江天险仍然在我们手中，虽然我们的人数少于对方，但是凭借着长江天险和水战优势，完全可以做到死里求生，更何况朝廷养兵三十年，便是要用在今朝，诸位身在军营十余年，难道对于这个道理还没有我这一介书生懂得吗？"

这一番演说每一句话都如同刺中了这些宋军士卒的心口，让他们本来已经如同死灰一样的心底希望开始重新燃烧。

"虞督军，我们这些当兵的，这些年早就吃够了金人的苦，每时每刻都想着该如何奋战，报复回去，只不过之前连我们的主将都偷偷逃走了，兄弟们实在是找不到奋战的理由。"

"眼下既然由您来为我们做主，我们都愿意跟从您的领导，誓死保卫大宋，保卫江防！"

早就已经私下跟虞允文达成了协议的武官们，纷纷站了出来，开始响应虞允文的号召，双方里应外合，顿时将原本已经低迷到令人发指的士气给重新拉了起来。

哪怕远达不到精锐之师的标准，但也不至于像之前一样，只是一盘散沙一触即溃。

趁着这个机会，虞允文立刻就将散落在江边的各处散兵游勇一起聚拢了起来，总计一万八千余人整备停当以候金军，直到这个时候江边的防务才总算有了一战之力。

跟随虞允文一起前来犒军的人里不乏畏惧战争的，这时候忍不住暗地里朝着虞允文抱怨道："陛下临时任命您为督军参谋，只是让您前来劳军犒赏，于情于理于公于私您都没有承担这个责任的义务，更何况这时候的主要罪责不在您，而在于那个弃军逃走的主将，您又何苦来受这个罪？"

虞允文听到从人的话之后顿时勃然大怒："国家养兵三十载，养士也要二十年，难道就只是让我们来享福的吗？"

"如今前线危急，国家已经陷入危难之中，这个时候如果我不站出来，还要等到什么时候，倘若这个时候我要是缩在后面不敢向前，怎么能够对得起陛下的信任？"

这一番话直接将从人说得哑口无言，再不敢多说半句话出来。

实际上此时的虞允文虽然义正词严慷慨激昂，自己心里面也没有多大的底气，他毕竟是一介书生，与行伍出身的文将岳帅大不相同，这时候更是临时上阵，准备得实在不够充分。

甚至下面的士卒为他取来了一套将甲时他才发现，这全套的将甲铁胄竟然有五十余斤，穿在身上实在是影响活动，就是走上几步都有些困

343

难。

如果真的要让他穿上这身东西上阵的话，别说是指挥部队作战了，就算让他像个正常人一样行走说话都会极为困难。

但听说他竟然打算不穿盔甲就要随军上阵，下面的那些士卒顿时就不干了，纷纷上前阻挠。

"虞督军，水寨与旗舰上与我们下水作战不同，必然要受到对方重点攻击，就算是冒着落水无法生还的危险也要穿好甲胄，万万不敢轻身上阵！"

"这水战尤以箭战最为猛烈，稍有不慎就有可能被流矢击中，倘若您连盔甲都不穿的话，我们根本没有办法保证您的安全。"

这帮人眼巴巴地看着虞允文，顿时让虞允文恍然大悟。最底层的这些士兵们除了参军吃饭之外，鲜有什么高尚的家国情怀，在他们心中所能想到最重要的不过是主将的安危。

才刚刚找到了他这么一个靠谱的主帅，大家自然不愿意看着他在水战之中受伤甚至殒命。

略作迟疑之后，他也就不再拒绝兵士们的好意，最终从全套的甲胄之中取了胸甲与臂甲作为紧要防护，如此一来也不会限制他的行动能力，也能在一定程度上保护他的安全。

亲眼看着这位临时上阵的将军，竟然真的与自己并肩作战，对下面那些宋军士卒的鼓舞效果极大，一时间军心大振，士气高涨。

趁着这个机会虞允文立刻就将手下的步兵和骑兵沿岸布置好，随时都可伺机而动，又把江面上的宋军战船分成了五个队伍。

其中一队在江中来回奔走，两队停靠在两侧岸边作为策应，而另外的两队则趁着夜色驶入到了支流所在的山后，静待时机。

天遂人愿，就在大宋兵马才刚刚布置停当，完颜亮的金军水军主力便沿着宽阔的江面冲来，上百艘战船将整个江面堵得满满的，看上去便十分骇人。

　　此时金国对战船的使用和水军的操练，明显已经远超当年完颜宗弼的水准，加上这战船之上的水军士卒大部分都换成了北地汉人，所以此时在江面之上的战斗能力比起宋军水师来说，并未逊色太多。

　　在绝对的战船优势和人数优势之下，双方之间的战斗还没有展开，就似乎已经看到了结果。

　　那些刚刚才被提起士气的宋军士卒，此时都有些犯难，纷纷朝着本阵旗舰之上的虞允文看了过来。

　　虞允文知道这个时候绝对不能有丝毫退缩，否则之前的所有努力都将付诸东流，所以立刻就将选拔到他身边作为副将的时俊叫到身边。

　　军中统制时俊，素来以勇武著称，个人战力极强又勇猛异常，这也是虞允文会把他带在身边的原因。

　　"时将军平日里胆略过人，威震八方，这个时候难道不应该一马当先，冲入敌阵之中吗？若是一直都站在阵后，与小女人何异。"

　　时俊听明白了虞允文的意思，二话不说直接跳上了一旁的艨艟战船，随后长刀一挥率领几艘艨艟战船冲出本阵，以决然之势朝着金军战船杀了过去。

　　眼看着时俊挥舞双刀先一步冲上了敌军战船，士卒们的士气立刻就受到了鼓舞，原本留在江面上的几十艘战船争相用命，纷纷朝着金军本阵冲去。

　　眼看着双方之间已经缠斗在一起成焦灼之势，虞允文立刻命令旗手挥舞令旗，原本停靠在左右两侧岸边的宋军战船立刻从两侧加入了战团之中。

虽说金国的战船此时已经非比寻常,但是比起宋军的海鳅战船仍然略差一等,这时候在双方都不要命的对撞之下,立刻就显出了劣势。

宋军士卒趁机立刻就将水战之中的另外一大杀器亮了出来,装着火药、硫黄、石灰的霹雳炮接连炸响,轰得金军士卒惊恐无比,战船接连失去控制。

江面之上的百余艘战船连连沉没,宋军第一阵大获全胜,但是此时金兵的数量远超他们,战船更是只出动了不过三分之一,眼看着在江面之上的战斗落入了下风,完颜亮立刻就让水寨之中的战船再次冲出,再次把刚刚清晰的战团搅乱。

这一次派出来的金军士卒以逸待劳,相比刚刚厮杀了一阵,有些精疲力竭的宋军士兵来说优势满满,一时之间竟然将本来已经处于颓势的战斗拉入消耗战阶段。

虞允文脸色阴沉地看着江面上的战斗,忍不住攥紧了拳头,虽然他之前并没有亲身参加和指挥过战斗,但是对于一些兵法书籍也很了解,所以根本不用别人提醒他也能第一时间就看出眼前情况的危险程度。

如果不能立刻将宋军士卒从纠缠之中解脱开来,哪怕能够持续以一比五的战损来消耗金军,最终吃亏的也会是他们自己。

毕竟金军的总数足足有四十万之多,而他们加上周围收拢来的民兵义勇,一共也才两万来人。此消彼长之下,他们的优势几乎可以忽略不计。

眼看完颜亮已经打定了主意,要用人海战术取得胜利,虞允文一时间陷入了焦虑之中,此时他已经将所有的预备队全都压了上去,就连山后水港之中留着的那两支船队,此时也已经得到了命令准备突出。但对于此时水面之上的战斗来说还远远不够。

就在此时,忽然有士卒来报,说是从光州附近有三百余名宋军路过此处,对方是被金军击溃,但是还没有完全丧失斗志,眼看着此处有战斗,立刻请求主将让他们加入战斗之中。

听到这个消息,虞允文惊喜万分,将军中囤积的一些旌旗战鼓交给这些人,随后命令这些溃兵钻入附近山中,等待号箭响起就从山后转出,不停擂鼓呐喊,同时挥舞手中旌旗。

与此同时,本来藏在山后的两只船队迅速加入战团,大声嚷嚷道:"援军已到,活捉完颜亮!"

几经配合之下,顿时让金军慌了神,金军士卒本来以多打少还无法取胜,就已经陷入了焦灼之中,此时忽然听到敌方的援兵竟然已经赶到,方寸顿乱。

而同样蒙在鼓里,但是士气大振的宋军士卒立刻昂扬起了斗志,开始乘机追杀溃败的金军,一追一逃之下,金军阵型大乱,水军彻底溃败,而虞允文更是没有放过这个机会,立刻命人在后面以强弓劲弩穷追不止,硬生生将残余的金军船只全都逼回了水寨之中,随后在金军水寨外面耀武扬威许久,方才缓缓撤离。

这一战,宋军大获全胜,击杀俘虏金军士卒多达三千余人,如果加上那些被他们逼退到水中失踪,还有重伤逃走的,恐怕要有六七千人。

或许对于金人的整体数量来说,这些损伤算不得什么,但是对于大宋兵马总共不过两万余人的数量来说,这已经算得上是罕见的大胜仗。

鸣金收兵之后,整个大宋军营全都陷入了狂喜之中。虞允文将剩余的犒军物资连同此战缴获尽数分赏了下去,再次提起了全军士气。

虽然人生首战就取得了难以想象的胜利,但是虞允文此时并没有丝毫骄傲之意，反而立刻就意识到金军此战大败恐怕立刻就会想找回脸面，所以第二天必然会卷土重来。

他当即就调拨了部分大船到上游进行布防，随后将杨林口围堵住，严阵以待。

果然不出他所料，在第一天吃了大亏之后，完颜亮并没有吃一堑长一智，反而以为这只不过是宋军碰巧走运，第二天立刻就安排了大军想要再次进攻。

这一次他们的损失更为严重，水寨之中派出的战船大都永远留在了江中，总计三百余艘，更是再次折损了近万人手。

经此一战，金军费尽千辛万苦才备齐的渡江战船被销毁大半，就算是接下来在水面上的战斗能够取得胜利，也已经没有办法再次强渡长江。

完颜亮意识到了这个情况之后，顿时暴跳如雷，当众斩杀了所有的造船工匠，更是将几个之前极力要求渡江作战的将领枭首示众，随后率领大军放弃了采石矶的水寨，回返和州暂时修整，随后唯恐宋军继续追击，急匆匆又跑到了扬州。

这一次跑到扬州，除了躲避后面可能出现的虞允文所率大宋兵马之外，更重要的一点则是在扬州也有可供南渡的渡口。

虽然这里并没有战船可供使用，却可以征集调用到大量的民用船只，用来运兵绰绰有余。

大败之后的完颜亮此时也已经冷静下来，完全没有了之前的嚣张跋扈，反而在冷静思考之后明白过来。

金军所擅长的并不是水战，最近几次战斗己方在占据绝对优势的情况之下接连惨败，这就足以说明问题。

倘若一味在大江之上跟宋军战斗，最终倒霉的只能是他自己，所以倒不如在扬州这个地方想办法将兵马运输到对岸，先把镇江拿下，以镇江为凭依完全可以跟那些宋军打平原战，到时候金军的骑兵优势就可以充分发挥出来。

然而他却是没有想到，他的这个想法也已经被虞允文提前预料到了。

采石矶大战才刚刚结束，奔赴采石矶接任王权的李显忠就赶到了此处，在听说了虞允文这个文弱书生之前的战绩之后，不由得大感震惊，对虞允文赞不绝口。

将自己代入之前的战局之中后，李显忠更是暗自心惊，如果换作他来面对当时的完颜亮，恐怕不但做得没有虞允文这么好，还很有可能会将手中兵马尽数折损进去，乃至一败涂地。

反观虞允文，手中掌握的兵马不过两万余人，竟然拼死了金军两万余人，自己手中所剩兵马尚且还有一万三千余人。

以少胜多，而且打出了这么漂亮的战绩，纵观大宋百年历史，恐怕就只有那位岳元帅才能够与之比拟。

虞允文对李显忠的赞美之词欣然接受，随后根本没有任何迟疑，直接将兵权移交，甚至还将身上的半套盔甲脱了下来。

旋即在李显忠有些惊讶的目光之中，虞允文对他说道："完颜亮率军奔逃的方向似乎是和州扬州方向，恐怕仍然有渡江的想法，若是此时瓜洲渡口的金兵已经备好船只，镇江所在尚且没有精心准备，必然要陷入危险之中。"

"将军受命坐镇淮西，不可轻易率军四处游弋，镇江处须得我前往，将军能否分派给我一支兵马？"

先是交接兵权，之后才有理有据地请兵行动，虞允文可以说把面子

349

给足了李显忠，换作任何一个人，也挑不出他半点毛病。

这让李显忠意外之余，再次忍不住钦佩起虞允文来，旋即二话不说就给他分出了一支足有一万六千余人的兵马交付虞允文，并且还让自己的几位部将随从。

李显忠赴任只不过是率了三万余各地聚齐的兵马，此时竟然直接分给了他一半，这让虞允文有些喜出望外，随后毫不客气地接下了领兵印信，率军直奔镇江。

采石矶大捷的消息很快传回临安城中，再次给赵构吃了一颗定心丸，与此同时李显忠的札子也递交到了他的案几上，赵构立刻就意识到了镇江防守的重要性，除了虞允文所部之外，立刻又调集了成闵、杨存中各部兵马前往驰援。

短短半个月的时间之内，在镇江周围就聚集了将近二十万大宋兵马。

此前镇江与对面的扬州两城都在大宋掌控之中，所以百姓基础明显要高于金人，随着双方都在岸边屯驻了大量兵马，双方都发现此时自己一方极为缺少船只，在想方设法征集船只这一项之上，双方采取了截然不同的手段。

大宋一方是能征则征，不能征则买，假如连买都买不了，就会将其驱赶离开此处，以防止对方被金人利用。

而金人一方明显就没有那么多的顾虑，直接上手就抢，一时间搞得北岸民怨载道，就连军中也出现了很多反对的言论，毕竟在金军之中大部分都是北地汉人，亲眼看着这些百姓受到如此不公平的待遇，他们顿时就联想到了自己的家人。

于是乎双方本来一触即发的大战就被扼杀在了萌芽之中，双方隔江对峙了足足十余日的时间，趁着这段时间虞允文调集征用了大量的船只，甚至还临时改装，打造出了一批车船，由士卒脚踏驾行，在江面之上来往自如，动作如飞。

眼看着宋军的人数越来越多，而且船只的数量也越来越多，金军大营之中立刻就腾升起了阵阵消极的情绪。

就在双方处于僵持之中谁也不敢轻易动手，唯恐牵一发而动全身的时候，一个令所有人都想不到的人深夜入访虞允文的中军大帐，给虞允文带来了一个惊天动地的消息。

在如今已经成为金国领土的汴梁城之中潜藏经营了十几年的时间之后，王平这个继任而来的皇城使越发名不副实，甚至连心中对大宋皇室的那一丝丝归属感，也早就被时间所磨平。

但他毕竟是宋人，骨子里所热爱所忠于的还是大宋，所以在听说了金宋再次发生大战，采石矶更是出现了危急情况的时候，立刻就从汴梁出发，带着一些在金国境内打听到的及时消息直奔采石矶，想要看一看能不能起到什么作用。

那一支光州的溃兵，也是在他的引导下才顺利赶到了采石矶，而彼时的王平还在不停地四处收罗溃兵，想要尽可能为采石矶宋军提供哪怕一点点的帮助。

让他们没想到的是，虞允文的能力竟然如此之强，还未等他找到更多的溃兵，虞允文就已经在江面之上完成了跟金军的大战，甚至悍然取胜。

王平在听完这个消息之后长出了一口气，转而就离开了采石矶，本来打算趁机南下与临安城的几个察子再搭上线，结果却是在途中忽然听到了一个哪怕是在金国也算得上绝顶机密的消息。

这个消息的重要程度足以影响当下金宋两国战争的走向，此前王平无意间断掉了与大宋境内腐朽皇城司派系的联系,所以这个时候没有办法把消息传递回去,转念第一时间便想起了虞允文。

所以他才会趁着半夜时分偷偷跑到军营之中,为的就是将此事告知。

虞允文借由皇城司腰牌、银鱼袋和一些独属于大宋皇城司的信物确定了王平的身份之后,顿时吃了一惊:"你们这一支皇城司的皇城使不是王诚?当初岳帅被害后这一支便离开了临安城,如今……"

"王皇城如今可好?"

虞允文从未见过王诚本人,但是因为一直崇拜岳元帅,所以对于跟岳元帅有关的一些人和事都十分了解,自然也就听说过一些有关皇城司的消息。

王诚虽然官职不高,相比虞允文这样的文官来说更是略显低卑,却丝毫不影响虞允文心中对王诚极为崇敬,或者说是对这一支皇城司的人马传承都极为崇敬。

王平微微一怔,朝着虞允文深深地看了一眼,忍不住苦笑了起来:"家父早已经殉职了,时间已经过去了四五年。"

"没想到,虞相公这样的身份,现在也会记得我们这些卑微的小人物。"

他这话略有自嘲之意,但其实里面所蕴含的真情实感却完全做不来假。

虞允文吃了一惊,虽然从他入仕开始,临安城的皇城司就形同虚设,几乎从来没有在朝堂纷争上起到任何作用,但是作为读书人,他还是很清楚,曾经皇城司之于朝廷是多么夸张的一种存在。

上到皇子下到黎民,皇城司一旦查出对方沾染了什么不该沾染的罪责,都拥有先斩后奏的权力,只不过这种权力至今为止还从来没有见到有人用过。

而今那个率领一支皇城司旧部悍然出走的王诚，竟然就这么悄无声息地死了？

就在虞允文脑海之中还在回想着有关的一些记忆时，忽然看到对面的王平笑了笑："虞相公想来跟家父之间没有太多的交集，就算是仓促之间，想不到有什么过往也是正常的。"

"今日我来此处倒也不是为了讨论昔日家父在皇城司的事情，而是为了另外的一个事。"

王平深深地朝着虞允文看了一眼："这个消息事关重大，或许三五日之后便会从金国之中流传出来，但真正能够让所有人都意识到这消息的影响，恐怕还需要十几日的时间。"

"而我之所以急匆匆地跑过来找到虞相公，为的就是要赶在对方之前，将此事告诉给你，看看这个消息能不能对当下的局面有所帮助？"

虞允文本来对王平的突然到访就感觉到很奇怪，这时候胃口更是彻底被王平给吊了起来，忍不住身体微微前倾，对着王平做出了洗耳恭听的姿势。

王平压低了嗓音："金国皇帝发布了一道诏命，号召全国上下一起讨伐逆贼完颜亮。"

这句话一说出来，虞允文微微一震，陷入了短暂的迷惘之中，金国皇帝下令要讨伐完颜亮？

眼下完颜亮不就是金国的皇帝么，他为什么要突然下一道诏书自己讨伐自己？而且完颜亮此时就在江对岸的金军大营之中，距离他们两人不过是几十里而已，王平就算是得到了与他有关的消息，也不至于如此行色匆匆，风尘仆仆地才赶到自己的大帐之中……

353

眼看着虞允文明显是陷入了迷惘之中，王平哂然一笑，开始解释起自己方才所说的那些话来。

虞允文微微侧耳，将王平说的话一字不落全都听得分明，眼睛之中的光芒越发清亮，尤其是听到了王平对于金宋两军当前局势所给出来的几项建议后，更是忍不住抚掌大笑。

当天晚上，宋军就安排出去了几十个谍子暗中渡江直奔北岸，这些人的身上甚至连武器都没有携带，更是连印证自己身份的东西都没有。

他们暗中前往江北就只有一个目的，那就是散播流言。

这个时候金军本来就已经人心惶惶，对于各种流言蜚语更是十分敏感，所以消息不到半天就已经在金军之中传播得沸沸扬扬。

连完颜亮本人的案头之上，都摆上了相关的札子。

所有的流言蜚语集中指向了两个重点。

一是完颜亮得位不正，自身也并非正统嫡系，行事孟浪荒淫，明显并非良主。

二是完颜雍已经继任皇位大统，不但获得了应有的拥戴，更是实力雄厚，直接将完颜亮罢免为庶人，同时号召金国退兵归家，不再与宋军交战送死。

完颜亮听着手下的汇报，不由得勃然大怒，立刻下令让手下人查清楚谣言的来源，一定要将这流言的传播者就地正法。

表面上看起来这种处理方式正是完颜亮的风格，但下面这些将领却立刻就看出了完颜亮此时行事已有色厉内荏的趋势。

这说明完颜亮本人也承认所谓谣言其实都是实情，而且此时的完颜亮深知军心已经动摇，此时他可以说是进退维谷，骑虎难下。

本以为在源头之上把控住这些谣言，就能暂时缓解一下自己肩上的压力，然而完颜亮却没有想到，这在军中大肆调查的举动，竟然成了压死骆驼的最后一根稻草。

……

在率军南侵之前，完颜亮的确已经篡位成功当上了金国的皇帝，但是他得位不正，在京都之中也没有留下足够多的震慑力量，所以他前脚刚走后脚立刻就有人对他这个皇位的合理性提出了质疑。

紧接着就有人将完颜亮的堂兄弟，同为太宗皇帝孙子的完颜雍推上了皇位，而这道诏书，也正是完颜雍所发。

之所以会发生这样的事情，还是因为完颜亮在当了皇帝的这十余年间所做的事情实在是惹得天怒人怨。

完颜亮此人于朝堂之上倒是有些建树，在位这些年间无视原本的血脉体系，大量启用渤海人和北地汉人，在某种意义上说，将此时金国境内的团结程度拔升到了此前难以企及的地步，更是开登闻检院，确立了一省六部制度，可谓半个明君。

之所以说他是半个明君，是因为他在私德方面实在是有所欠缺，为人处世一方面暂且不论，单是在荒淫好色一方面就远超寻常人。

昔日他曾经与金国心腹大臣高怀贞提到过他的人生三大志向。

一是能够在国家之中独断专行，将所有的国家大事全都掌握在自己手里。

二是能够率领大军进行远征，对于不服从自己的国家可以挥师灭国，将不听话的那些君主全都拉到自己脚下跪伏。

三则是不论亲近疏远，关系如何，一定要将天底下所有的绝色美女纳入后宫。

前面两项在他成为皇帝之后已然逐渐成行，唯独这第三条志向显然是有些难办。

天下绝色女子如星辰繁多，便是他穷尽一生去搜罗也不可能全都纳入自己的后宫当中。

所以这厮便把目光转到了身边人的身上。

金国崇义节度使乌带的妻子花容月貌，早些年间曾经与完颜亮有过私情，完颜亮再次见到她后旧情复燃，杀了乌带又将其妻子定哥纳入后宫封为贵妃。

纳了定哥还不够，完颜亮眼看着定哥的妹妹石哥，也就是秘书监文某的妻子也很美丽，于是逼迫文某将妻子休掉，也纳入了后宫。

这两个都是他对自己属下臣子的劫掠和羞辱，他随后大肆杀戮宗室，顺带着将其中容貌娇美的宗室女子也全都纳入了后宫，甚至不避亲疏，此事已经超出了常人所能接受的范畴。

彼时完颜雍还站在完颜亮的支持者中，更是时不时地就会将自己所囤积的，当初靖康之变时从宋国宫室之中搜刮出来的珍珠宝贝献给完颜亮，这个举动深得完颜亮的心，所以完颜雍并没有因为宗室身份而受到牵连。

但完颜雍的妻子乌林答氏天生貌美，甚至被一些人说成是金国第一美女，这正好就撞在了完颜亮的手里。

完颜亮丝毫不顾及与完颜雍的宗室情谊，也无视双方之间的君臣伦理，竟然硬生生地安排人从完颜雍家中将乌林答氏给抢了出来。

乌林答氏坚贞不屈，虽然被强行掳掠了出来，但对于完颜亮坚决不从，在半路上自缢身亡。

虽说到最后完颜亮也没能得手，但这件事成为他们两人之间一个极大的芥蒂和矛盾。

从那之后完颜亮虽然没有要杀这个堂兄弟的意思，却一直不停地给他发出各种各样的调令，让完颜雍始终都奔波于各地留守位置之间，几乎是片刻不得停歇。

这个举动让完颜雍心中对完颜亮的怨恨与日俱增。

怨恨多了自然就要找到一个突破口爆发出去，否则迟早会将人给憋死，完颜雍一直都无法在一个地方停留太久，所以自然而然也就没有办法进行一些针对完颜亮的密谋。

让他万万没想到的是，最终这个机会竟然是完颜亮亲自送到了他的手上。

此番完颜亮南侵大宋，因为兵源不足，举国强行征兵引得全国上下的人都怨声载道，尤其是东北等地的契丹人与渤海人更是不愿意南下送死，直接聚众起义。

此时的完颜亮还在与大宋军队隔江对峙，原本计划几个月之内就将大宋灭亡的梦想还没有达成，自然不可能回身跑到东北去弹压暴民义军。

但东北毕竟是金国人的后院，跟中原各地纷纷攘攘冒出来的义军不同，绝对不可能太过姑息，否则一旦真的形成了一定规模，那等待着金国的必然是灭亡的局面。

当年辽国就是被金国人抄了后路，才会直接灭亡，所以完颜亮当即就决定要安排个人前去镇压叛乱，但是此时他已经将自己的心腹全都带了出来，一时间在老家根本无人可用，于是他思来想去，就把目光转到了完颜雍的身上。

此人注定跟他不可能是一条心，安排这个家伙去东北平叛，完颜亮颇有一种驱虎吞狼的念头在里面，尤其是完颜雍毕竟是宗室的身份，到时候无论是他能成功平叛，浇灭了后院起的火，还是他一时不察被乱军杀死，满足一下叛军斩杀皇族的欲望，对于完颜亮来说都是好事。

最为过分的便是完颜亮这一纸调令甩过去，甚至连兵马都没有给完颜雍安排，只让他带着自己那一家数百口人乱糟糟地就跑到了金国的东京城辽阳。

在接到调令得知自己要就任东京留守之后，完颜雍立刻就明白了自己那个当皇帝的堂兄弟想要干什么，但此时他手中无兵无将更无权，身边更是被完颜亮安排了两个亲信监督，只能忍气吞声，任人拿捏。

等他到了东京辽阳，立刻就遇到了叛军围城，仓皇之余他带着几百名家丁家眷在辽阳的府库之中翻找了个遍，除了找到了一些旗帜之外，就只找到了一堆破铜烂铁，连完整的盔甲也才只有十几副，还都是锈迹斑斑，穿上去只是看着像样但毫无防护力。

无奈之下，他们就只能把找到的一些旗帜插满了城头，佯装城中有无数兵马，用空城计的方式吓跑了那些叛军。

眼看着那些叛军撤离，死里逃生的完颜雍大口喘着粗气，立刻就意识到自己不能再这么颓废下去了。

此前没有感受过这种死亡的直接威胁，他尚且能够容忍自己被人像条狗一样赶来赶去，但此时亲身经历过一次生死危机之后，完颜雍胸腔之中那一股属于完颜家族的热血顿时就被点燃。

完颜雍在强烈的刺激之下，决定造反，要么被完颜亮杀死，要么就杀了完颜亮。

仿佛是冥冥中上天感受到了他的心意，就在他做出这个决定的同时，本来正守在城墙之上的家丁气喘吁吁地跑过来报信，说城外有一支打着正规旗号的军队来到。

完颜雍的心头顿时一沉，下意识地以为这是完颜亮派来追杀他的人到了，心底升起寒意的同时却没有打算坐以待毙，而是立刻就招呼着家丁家眷把能收集到的铁器全都抄了起来，打算据城而守拼死一搏。

随后完颜雍亲自爬上了城墙向下观望，结果才看了几眼就愣住了，这才发现原来来的人是熟人！

率军进逼城下的金军将领，是军中大将完颜福寿，在完颜福寿身后，更是跟着另外的几个金国军中大将，高忠建、卢万家奴赫然在列。

这几个人的组合加上他们身后看起来少说也要有上万人的队伍，顿时让完颜雍瞳孔一缩，马上就确定了自己的猜想，城下这些人绝对是前来捉拿他的，只不过完颜亮倒也很相信他的能力，故意没有给他安排兵马，明明知道他手中只有四百家丁家眷，竟然还安排了这么多人前来捉拿他！

为防万一，完颜雍并没有立刻下令让家丁家眷放箭攻击外面的军队，而是在墙垛上探出了半个头，朝着下面开始喊话。

说来也巧，这两人就如同心有灵犀一样，一个在城墙之上，一个在城墙之下，几乎是同时喊出了声，喊出来的内容也大致相同，都是在质问对方是不是前来捉自己的。

随着双方的话音同时落下，两个人全都呆住了，接着也都不再遮遮掩掩，同时挺直了身体朝着对方看了过去。

两个人都不是等闲之辈，这心思也都算得上十分缜密，所以根本不需要过多的交流，只是从对方的喊话和眼神之中就已经看出了当前的大体情况。

完颜雍为完颜亮所忌惮，一直都在各地颠沛流离，甚至眼下被送过来送死，而完颜福寿等人则厌恶了完颜亮好大喜功，残暴不仁，并不打算给这位他看不上的皇帝卖命，更不打算平白无故地跑到大宋境内送死。

在某种意义上来说，这两人已经算得上同病相怜，这会儿更是生出了一种惺惺相惜的感觉。

随后完颜雍二话不说，大手一挥就让家丁打开了城门，将完颜福寿等人放了进来。

完颜福寿与完颜雍二人并肩从城门走到了府衙，前后加在一起也不过是用了一炷香的工夫，交谈也不过是只有短短几十句而已，谁也不知道他们两个到底说了什么。

但在府衙门前两个人明显已经达成了某种协议，随后完颜福寿带着身后诸将直接跪地效忠，竟然当众宣布要拥立完颜雍为皇帝。

此时驻守在辽阳城内的东京副留守高存福算得上完颜亮的嫡系心腹，也是本来安排在辽阳城之中用来制约完颜雍的主要手段，此人本来早就安排了守城兵马在周围伺机而动。

之所以没有欢迎完颜雍，反而借机将完颜雍送到城墙之上守城，为的就是要给这个当今皇帝的心腹大患一个下马威。

但他并没有想到，那些极为难缠的叛军竟然被完颜雍十分轻松地吓退，更加没有想到的是完颜雍竟然旋即就找到了一支万余人的兵马支持自己，甚至当即决定了要在辽阳自立为帝。

整个金东京城内，卫宫城和府衙当中原隶属于完颜亮一派系的那些人，全都被完颜雍处死。

而完颜雍旋即就在众将和金东京城内的官民推崇之下登基为帝，改元大定，完颜福寿因为拥立有功，被晋为元帅右监军，受赏银钱御马无算，其余从龙之臣更是皆有封赏。

这个消息一经传播，周围各城池内忠于完颜亮的心腹臣子将领们，诸如白彦敬、纥石烈志宁等人拒绝归顺大定皇帝完颜雍，一边将此事通传军中飞马汇报完颜亮，一边则是开始筹备起讨伐完颜雍的大计。

然而他们才刚开始做准备，完颜福寿、完颜谋衍等投效于完颜雍麾下的大将纷纷挥军兵临城下，迫使二人不得不归顺。

完颜雍坐上帝位之后并没有贪功冒进，在解决了周围完颜亮的心腹包围问题之后，立刻就将目光对准了尚在叛乱状态之中的契丹各部落脑袋上，一边随手一道圣旨颁下宣称完颜亮为伪帝，以正统皇帝的名义将完颜亮贬为庶人，随后则专心整饬起后院儿的契丹人来。

这个手段高明无比，一则显示出了完颜雍对自己的正统皇位自信心十足，绝对不担心完颜亮这个伪帝能够挥师北上来杀他，二则是表明了他现在不想自己人打自己人的决心，而是要一心扑在解决外族叛乱之事。

明明是因为他现在手中兵力不足，就算是想要讨伐完颜亮也做不到，但偏偏就被他演绎成了君心仁德，忧国忧民。

比起完颜亮的凶暴残忍，两个皇帝之间高下立见，只要不是傻子，都知道应该选择拥护谁。

而此时尚且还被南侵一事牵绊在扬州城的完颜亮，知道完颜雍反叛自立之后，顿时暴跳如雷。

这时候的他在他瞧不起的宋军面前接连吃下败仗，又突然之间听到后院儿起火的消息，整个人的精神状态都出现了点儿问题。

不少在军中本来还支持他的将领纷纷请见，建议完颜亮立刻率军北归去跟完颜雍抢夺皇位。

毕竟眼下他所统帅的这几十万大军还未完全土崩瓦解，军心士气尚可一用，然而完颜亮此时已经疯魔，十分作死地下达了一个决定他生死的命令。

全军孤注一掷，必须要在三天之内全部渡江，否则一律处死！

除了偷偷逃亡的那些兵将之外，他手下现在还有将近五十万兵马，就算手下有千艘战船，想要把所有人都安全地运到对岸也需要起码三天的时间，更何况他们现在水寨之中就只有不到百艘的战船和几百艘民用小船。

军中之人无不知道完颜亮用法严苛，下手更是极其狠毒，若是按照他的要求恐怕三日之后他要砍了整个军营之中的半数兵马。

这让他手下的士卒纷纷感觉到了进退两难，就在此时金军大营之中便开始有人将完颜雍自立为帝，且将完颜亮贬成庶人的消息在军中传开，这在无形之中进一步动摇了金军的根基。

而原本拥立完颜亮为帝的那些军中将领，此时也纷纷产生了动摇，如果任由这个皇帝胡闹下去的话，金国的未来将何去何从？

完颜亮在屡次打击之下已经失去了最后的理智，眼看着自己手下的诸多将领，竟然隐隐都有叛逃之意，他非但没有在第一时间对这些将领进行适当的安抚，反而再次下达了几个让人感觉不可思议的命令，接连催促手下的将领率军朝着宋军大营进行冲击。而此时他们手中的船只甚至都不足以让其中哪怕任何一支部队成功渡江。

在这种近乎疯狂的压制之下，将领们终于忍受不住，开始在暗中密谋将完颜亮生擒活捉，然后送到东北交给完颜雍。

完颜亮在知道了完颜雍的计划之后，早就已经如同惊弓之鸟，自然对于手下将领之间的谈话十分关注。所以在第一时间就发现了这些将领想要反叛的苗头。

为了确保自己不被手下的这些将领捉住，同时尽可能维护自己在军中的地位，完颜亮痛定思痛下定了决心，想出了一条歹毒的计策。那就是将所有的将领召集在一起，然后以毒酒全部鸩杀。

这个计划他只交代给了身边的几个随从和亲信，像这种仓促之下由上位者对下位者进行的突然袭击，一般来说不会出现任何偏差，毕竟身为下位者的众多将领们不可能随时怀疑头顶之上地位崇高的皇帝。

所以完颜亮的计划可以说万无一失，万事俱备，只欠东风。

当天晚上他便是早早地让人准备好了毒酒，然后将自己手下的将领全都叫到中军大帐之中，一改常态地告诉众多将领自己准备撤兵北归。

换作平时的话，这个消息一旦被他说出来，下面的众多将领必然要欢呼雀跃，然而此时此刻，那些将领们手里端着属于自己的毒酒，脸上的表情都是极为怪异。

早在来到这里之前，他们就已经进行过两次秘密的商谈，彻底定下了要如何对付完颜亮，却没有想到就在这个时候，完颜亮竟然会率先一步对他们出手。

眼看着自己的袍泽兄弟们一个不落全都收到了毒酒，这些将领们心中最后残存的一丝愧疚全都烟消云散，取而代之的则是一腔决绝。

完颜亮亲赐毒酒，证明他已经不再将众人当成自己的亲随从属，而是把他们当成乱臣贼子，妄图杀之后快。

双方之间已经没有之前的君臣情谊，剩下的就只能是刀兵相见！

完颜亮坐在上首的位置上侃侃而谈，口若悬河，眼看着下面的众多大臣和将领，就要将自己手中的毒酒一饮而尽，心中不由得暗自窃喜。

只要能将在场这些家伙全都弄死，这数十万大军就会重新回归到他的掌控之中，到时候不管是继续南下攻打大宋，还是北上去杀了完颜雍，都在他一念之间。

情绪激动之下，他根本就没有发现下面这些人看他的眼神已经逐渐转为阴冷。

"陛下，臣今日身体不适，恐怕没有办法将手中的酒喝下去了，倒不如陛下帮我把这杯酒给喝了，如何？"

"老臣平日里就不善饮酒，今日更是不想破例，这杯中酒，倒不如让陛下为老臣代劳！"

……

还不等完颜亮反应过来，下面的臣子和将领们纷纷站了起来，将自己手中的酒杯纷纷递到了他的面前。

完颜亮脸色一沉，猛地将自己手中的酒杯摔在了地上："你们这帮乱臣贼子，竟然敢用这种手段逼迫朕就范，难道就不怕自己被记入史册之中，遗臭万年？"

"朕本来并不想与诸位撕破脸皮，所以才使用了毒酒这个温和的方式与众卿告别，但既然大家都不想喝酒，就不要怪朕了！"

摔下酒杯，是为信号。

按照他之前的计划，只要酒杯落地周围立刻就会冲出早就埋伏好的五百刀斧手，将大帐之中除了他之外的人全都砍翻在地。

然而随着他这几句警告说完之后，大帐周围却什么事情都没有发生。

完颜亮心头一紧，立刻就明白过来自己的手段已经被这些乱臣贼子给识破，所以同样也做好了提前准备，甚至比自己还高了一层。

片刻后，在完颜亮无比震惊的目光之中，他的贴身近卫首领带着两颗人头从外面缓缓走了进来："陛下，两位副将不愿投降，已经被我斩杀！"

"剩下的刀斧手也已经被制服，如今陛下已经连最后的希望也没有了，何不就此降了？"

这近卫首领从小就跟完颜亮一起长大，双方之间的关系说是君臣，实际上却比亲兄弟还要更亲上几分，可以说对方是这个世界上最信任的人。

如今却连近卫首领也不再支持他，完颜亮惨笑了两声，将自己身后的长刀抽出："乱臣贼子，全都是乱臣贼子，而今只有站着死的帝王，没有跪着生的完颜亮！"

到了这个时候，他依旧不愿意认输，哪怕是明知必死，也挥舞着手中的长刀，朝着最近的一个大臣砍了过去。

事已至此，双方之间进行再多的纠缠也没有任何意义，几员将领相互看了一眼，同时抽出了自己的佩刀。

与此同时，从外面也冲进来一些早就埋伏好的士卒，几十号人一拥而上，直接将完颜亮乱刀砍死。

此番金国南侵的罪魁祸首已死，金国大军自然就没有理由再留下来，当天晚上便直接开拔，夜间火光耀耀，惊得对岸的宋军严阵以待。

等到第二天早上的时候，大宋一方才恍然发现，江对岸的金军竟然一夜之间全都撤走了。

与此同时，虞允文和王平一起撒出去的那些谍子也纷纷归营，将完颜亮已死的消息汇报给了他们。

再三确定了这个消息属实之后，整个大宋军营都陷入一片欢腾之中，而虞允文的奏报，也迅速传到了临安城中。

赵构看着札子上面那几个大字"金人内乱，完颜亮被刺，敌军尽退。"一时间思绪翻涌复杂，张了张嘴却哑然无声。

想当初金国人再次南下的时候，赵构甚至都已经做好了逃出临安城的准备，同时为了在最关键的时刻可以转移骂名，他连太子都已经立好，只待金兵南下成功就要仿效徽宗直接禅让大位。

只不过跟他那个不太聪明的老爹不一样，赵构并没有打算就地坐以待毙，而是早早就准备好了出逃的方案，一旦真的禅让了皇位，他转身就会按照最佳的逃亡路线跑出临安城，到海上去避难，绝对不可能让自己或者是继任的皇帝被金人捉住。

毕竟这两件事情他都很有经验。

相对比起这两件有经验的事情来说，包括虞允文打的这场漂亮仗在内，这一次两国之间的几场战斗下来，结果对于赵构来说全都算意外之喜。

但他没有想到，最终这一次两国之间的大战竟然会以这种荒唐的方式结束。

战争结束的方式确实是荒唐了一些，但这并不妨碍大宋朝堂上下开始了大肆欢庆。

跟大宋朝堂之上那些家伙们的兴奋不同，各路阻拦金军南下的大宋守将边军们，此时仍然枕戈待旦，不敢有丝毫的松懈。

金国此番南侵可不只是一路作祟。

好在除了完颜亮这一路人马齐全实力强悍之外，其他的几路金兵实力并没有那么强悍。

原本打算着沿海路攻击大宋东南沿海的金国水军，在海上遇到了大宋水军将领李宝，这个李宝之前是岳家军中的统领，作战十分勇猛，头脑灵活，并非莽夫。

在岳飞死后，大多数岳家军成员被分散到了各地发展，其中很大一部分因为原本岳家军的身份，处处受到排挤，很难真正出人头地。

而李宝离开岳家军之后，非但没有仕途受阻，反而凭借自己屡立战功，一步步向上做到了浙西路马步军副总管。

此番出战，李宝听说距离自己最近的一支金军在海上，当即便要求自己加入水师，与金军在海上打一场。

这个请求得到了朝廷的认可，所以李宝摇身一变成为水军将领、沿海制置使，麾下带着一百二十艘海战船，弓弩手水军加在一起也有六七千人之多。

他们这一路的目标比起陆路要明确得多，那就是一路北上主动寻找金国水军，并且进行阻击。

比起金兵来说，宋军的优势一直都在水战之上，所以他这一支兵马虽然人数不多，更没有被朝廷放在心上，却在军中被寄予厚望。

而李宝也通过自己的成绩向所有人证明了他不负众望。带领水师北上到达海州之后，他第一次出手就将被金军围困的抗金义军魏胜的部队救了下来，也借这个机会跟山东的各路抗金义军建立起了联系。

本地的抗金义军毕竟对当地的各种情况都极为了解，在进行一些针对性的军事行动时往往都是事半功倍。

很快李宝就在这些抗金义军的协助之下，潜入了密州胶西县的陈家岛周围，这里距离金军水军驻扎所在地很近，用来打伏击战再好不过。

一路之上，他们抓住了不少金军水师之中的北地汉人逃兵，几经审讯之下他立刻就发现了一个让他大喜过望的情报。

因为这一次完颜亮征召大军的时候侧重于陆路之上的兵马，所以如今的金军水师看似威武雄壮，实际上仍然是烂泥一片。

甚至于半数才刚刚被征召入伍的水兵，在颠簸的海面上都无法正常休息，时不时还会吐得浑身无力。

得到了这个消息之后，李宝立刻就不再犹豫，直接率军主动出击，趁着金军水师完全没有防备，几十艘海船突入了金军本阵，在人数处于绝对劣势的情况之下，竟然硬生生将金军水师打得落花流水。

一时间金国水军之中火光冲天，喊杀声四起，大部分水军士卒在清醒过来之后都陷入了恐慌之中，甚至都不知道来犯者何人。

其中绝大部分的北地汉人都是被强行征召而来，一路上水土不服早就受够了折磨，心中更是不想与宋军对战，在认清楚了宋军的旗号之后，二话不说纷纷扔下了手中的武器直接跪地投降。

甚至有些北地汉人竟然临阵倒戈，开始帮着宋军抓起身边的金军女真族士兵，整个军港之中顿时乱成了一锅粥。

如此一来，双方之间的局势变成了一边倒，大战持续了不过半天的时间，金国水师便宣告彻底覆灭，唯一可惜的是水师统帅和大部分高级将领这时候压根儿就不在军港之中，而是在岸边的城镇之中享乐，听到了军港被毁的消息之后立刻逃走，以至于李宝完全没有来得及抓住他们，只能扼腕叹息。

除了采石矶与水师两处大获全胜之外，金国由河南攻打湖广的部队，在西北攻击大宋川陕各地的部队也都被接连挫败，虽然并没有造成过多的伤亡，但是依旧打击了他们南侵的计划。

随着各路金军纷纷北撤，宋金两国之间的这场大战也进入了尾声，金国内乱势颓，大宋边将们也都没闲着，干脆趁机向北收复了几座城池，虽然其中绝大多数都是不怎么起眼的小城池，但是这也意味着绍兴和议所带来二十余年承平的两国友好期彻底消失。

只不过这一次跟之前不同，只要是明眼人都能看得出来，现在宋金两国之间的实力对比已经远不是以前的情况，金国人的能力已经远远不如当初那般可以全面碾压大宋。

双方之间的国力对比也已经逐渐平稳，金国人就算依旧占据上风，但是想要如同以前那样经常发动大规模的战争恐怕是再也不可能了。

随着天气逐渐转冷，金国内乱一时之间又没有办法完全平复，短时间之内肯定不会再次进行大规模的南侵，各路大宋兵马纷纷班师回朝。

虞允文因功受赏离开了镇江回返临安，与他同行的还有受诏回朝的刘锜，此时的刘锜病症越发严重，入冬时节躺在马车之上，点了四五个暖炉仍然不济事，好在随虞允文到采石犒军的人之中有几个随军的郎中颇有手段，专门给刘锜配了一剂草药，在暖炉之中点燃之后，那阵阵香烟倒很快就让刘锜安下神来。

王平之前跑到镇江军营之中后一直就没有离开，直到这个时候，虞允文和刘锜都离开了此处，他这才跟这两人同时出了镇江城。

只不过跟这两人不同的是，王平并没有跟着他们两个一起南下返回临安，而是带着一队人马北上进了山东地界，除了他来这里的时候所带着的十几个皇城司察子之外，剩下的百余人都是原采石矶大战之中筛选出来的精锐。

这些人都是虞允文送给他的礼物，也是他这一次专门找上虞允文的重要原因之一。

将近十年来王平在汴梁城之中苦心经营，虽然在某种意义上已经完成了扎根，更为大宋皇城司留下了真正的传承火苗，但是那毕竟是在敌后进行运作，所以一直以来都没有办法将规模扩大。

这一次因为完颜雍称帝的消息，他手中的人手更是折损了不少，临时从各地分支征调补充完全来不及，所以无奈之下他也只能出此下策，让虞允文从军中遴选出了一批精锐士卒。

这些士卒虽然不像皇城司的察子们一样经过长时间的专门训练，但是作为经历过大战的精锐，从各方面来说都能让王平满意。

在特殊训练之前用来当作察子刺探情报或者是搞暗杀不太可能，但是用来跟着他进行下一步的行动却足够了。

这一次王平的目标，正是活跃在山东各地的那些民间抗金义军。

原本他南下找到虞允文的时候，这个想法只不过是心中的一个火苗，但是经过了跟虞允文这段时间的磋商和沟通之后，他直接获得了虞允文的全面支持和赞扬。

采石矶一战，不但打出了宋军的威风，更让虞允文这个亲身经历者和指挥者看到了一丝丝北伐复兴的希望，所以听说王平竟然打算跑到山东各地去联系那些义军，或者是引他们南归或者是让他们干脆就地招安，进而进一步对金国的统治进行瓦解。

虞允文几乎当即就拍了板子，就算是日后拼尽身家性命也要将王平的这个想法支持到底。

只不过此时王平这一支皇城司已经隐隐脱离了原本的身份，更是不再受到皇帝直接节制，与其说还是朝廷的力量，倒不如说已经成为民间抗金组织。

所以虞允文很清楚这件事也只能是他与王平两个人知晓，绝对不可能拿出来在朝堂之中大肆宣扬，更是绝不可能把这件事儿告诉那位皇帝，否则他们两个所商量的大计很有可能功亏一篑。

无奈之下，虞允文也只能是用尽了自己所能，趁着还没有收到调命离开镇江之前，在自己所节制的军队之中选出了这么一批精锐，并且亲自将详细的情况解释给了这帮军中精锐。

出乎他与王平的预料，像这种注定半辈子隐姓埋名无法得到任何明面上好处的职责，按理说分明应该是让人避之唯恐不及才对。

然而被他们选出来的这百余名精锐，竟然没有一个人站出来反对，反而都对接下来将要执行的任务跃跃欲试。这让王平本来忐忑的心情瞬间为之一变，大受鼓舞！

与虞允文告别之后，王平率领这支队伍很快离开了镇江附近，随后分成了十几支小队伍，化整为零地朝着几个目标地点潜入。

如果是换作以前的话，这么多人同时出现在自己掌控范围之内，金国的皇城司必然会做出一些反应，说不定很可能会直接抓到其中一批人。

但眼下金国内乱尚且没有彻底平息，就连皇城司这种机构也陷入了沉默之中，再加上山东原本就并非金国固有地盘，心系大宋之人远远多过金人，无形之中给了王平他们很大的可乘之机。

在金宋两国大部分人都不知道的情况下，一些小火苗迅速被抛洒到了山东各处城池甚至乡野之间，这些火苗将会怎么样呢？

第二章

偏安一隅壮志难酬　文韬武略报国无门

就在金人再起刀兵，大宋朝堂之上一片愁云惨雾的时候，中原地区各地那些抗金义军却再次在各地燃起了抗金的熊熊烈火。

这些义军在金军后方不断袭扰金军的补给线路，劫掠粮草辎重，在某种程度上为宋军抵抗金兵南下的战斗提供了不小的帮助。

随着采石矶与海上两场大战宋军大大挫败了金国的士气，依靠篡权夺得皇位的金国皇帝完颜亮死于麾下将领之手，金国南侵计划再次失败。

金国大军北归前往平息东北契丹人发动的叛乱，无形中将全国的重心向着北面偏移，给义军提供了更多的喘息发展机会。

山东各地冒出来的抗金武装之中，人数最多、声势最为浩大、影响力最深远的兵马，便是活跃于东山区域的一支号称天平军的义军，从建立之初到发展强盛不过两三年的时间，竟然就已经将势力扩张到了山东河北两路。

天平军的首领耿京是个地地道道的农民，原本老老实实地躬耕于田亩之中，根本就没有想过要造反。但奈何完颜亮意图南侵大宋，不但四处强征年轻人入伍，还屡次增加税赋，这让百姓苦不堪言。

眼看着中原各地义军四起，耿京集结了几位兄弟在东山招募人手开始武装抗金，因为他最开始汇集的几个人在附近都小有名气。所以这一支队伍扩张极其快速。短短一个多月的时间，就从最开始的几个人变成了数百人。

趁着金国人将大部分注意力集中在攻打大宋的事情上，他们迅速转战各地，接连攻克了莱芜、泰安数座城池，一时间风光无两，更是极大地扩张了影响力。

这就导致了周围的那些起义军纷纷以他们为尊，更是有好几支队伍诸如蔡州贾瑞、大名府王友直纷纷向他递出了投名状，半年之后，天平军的势力迅速壮大，人数最多的时候甚至达到了二十余万。

除了他们之外，还有不少小规模的起义军在各地纷纷响应。一时间让金国朝堂苦不堪言。各地方更是焦头烂额。

王平揣着他与虞允文秘密商议后所敲定的计划进入了山东之后，亲眼见识了此时山东各地的情况，这才发现他跟虞允文两个人把事情想得太简单了。

虽说山东各地起义军接连出现甚至其中还有类似天平军这样的强人武装力量。但是他们之中相互的关联其实没有那么紧密，几乎都是在各自为战。

趁着眼下金国人的主要注意力还集中在东北地区，他们或许还能再活跃一段时间，但是等到金国人将契丹人的叛变处理干净之后，只要安排几支万人规模的部队向山东出手，很有可能在极短的时间之内就能把这些起义军全都镇压下去。

所以王平在经过接连几次考察之后痛定思痛，将自己最初的想法摒弃，转而开始把主要的任务方向转为招安义军上。

凭借着这些起义军自己的力量，根本没有办法形成行之有效的战斗力。哪怕是集结起了百万部队，在面对着精锐的金国部队时也会不堪一击。

所以最正确的方向便是将他们转化为大宋的正规军，最好是以节度使的身份跻身于朝堂之上，到时候他再找虞允文商讨，让虞允文想办法。从大宋朝堂之中搞出一些支援手段来。

无论是兵马、武器，甚至是一些中低级的武官教头，最不济也要搞到一些银钱军饷，在某种意义上让他们产生归属感。

如此一来，才能够在他们受到金国人冲击的时候想到要南下归附大宋朝廷，到时候大宋朝廷可以对他们进行进一步的整编。

哪怕是没有办法形成大宋官军一样的战斗力，也足以让他们跟金国的地方军队正面对抗，为大宋恢复生息准备再次北伐提供真正意义上的帮助。

王平在山东境内待了不过一个月的时间，就已经给虞允文写了十几封信，双方时刻都在紧盯着山东各处，所以虞允文对于王平的这些建议也都十分赞同，更是专门在双方来往的书信之中给王平补上了一些足以证明他朝廷身份的印信和物什。

绍兴三十二年（1162）正月初，耿京率领义军收复东平城，并且将东平城设立为天平军的正式根据地，此时的王平正在东平城中，立刻就开始试着与义军之中的高层进行沟通接触，但是在耿京的军中大部分士兵是农民出身，对于朝堂之上的那些事情一概不知，所以任凭王平百般沟通，也没有办法跟他们达成有效的沟通状态。

就在王平无奈之际，准备以特殊办法直接跟耿京见面的时候，他碰到了一个人，此时正任耿京天平军掌书记的辛弃疾。

两个人的年龄相差不大，在很多事情上的理念也十分相近，加上胸中都燃烧着为国为民的烈火，可以说一拍即合相见恨晚，短短相交数日后，便成为好友。

辛弃疾少年成名，能力卓绝，更是才学武艺样样精通，也正是因为学识渊博，胸中自有阡陌，所以哪怕是出身在金国官绅家庭，却仍然对大宋有着一颗拳拳之心。

半年前他听说天平军日渐势大，隐隐有成事的机会，便在家乡鼓动本族之人与周围乡众农民起义，短短数日的时间就聚集起了两千余人，更是与当地府衙打了一场，大获全胜。

待到他率众投了天平军，被耿京相中了才学能力，留在了自己身边任掌书记。

这个所谓的掌书记官职，看上去只是一个简单的机要秘书，只负责掌管部队之中的文书，实际上却是经常要跟着耿京一起四处行动，这就让他在短短月余时间之内就将整个义军之中的情况给摸了个透透彻彻。

辛弃疾不但深明大义，更是立刻就明白了耿京的意思。这分明是看他有些才学，所以打算重点培养他。

身处这个位置上，辛弃疾倒是可以极快地将整个起义军之中的大部分情况全都收归眼底，加上他的统筹和计算能力极强，很快就发现了起义军之中存在的很多问题。

那就是起义军之中无论是普通的士兵还是一些中高级的将领，大部分都出自农民阶层，虽然在短时间之内方便他们跟下层的士兵拉拢关系，团结一心，但是如果放眼于长期来看的话，这将成为阻碍其军发展壮大的极大弊病。

尤其是在日后跟金军有可能发生的战斗之中，多半会出现因为其军队高层的谋略策略能力不足而导致战斗失败，甚至折损人手的情况。

所以辛弃疾十分热衷于给起义军收罗人才，将自己之前年少的时候，游历山川所碰到的一些好友全都拉到了起义军之中。

在听说了当年的一位老朋友义端和尚也在济南聚众起事反抗金国之后，辛弃疾立刻就向耿京推荐起了这个人才。

耿京听说此人通晓各种兵法阵法，对于军事谋略更是有极其独到的见解。立刻就对此人燃起了极大的兴趣。要求辛弃疾迅速将此人收归麾下。

辛弃疾得到了耿京的命令，立刻就带着几个亲随直奔济南，找到了这个故交老友。辛弃疾本身也是个比较直爽的性子，见到了这位故交老友之后，来了个开门见山。表明了自己的来意之后，就让对方选择是否要跟自己一起去投靠天平军。

义端和尚对自己这个朋友前来非常高兴，让人准备了丰富的宴席招待辛弃疾，但是听到辛弃疾的要求之后，却是立刻就否决了他的建议。

原因十分简单，义端和尚觉得耿京是一个粗人，恐怕就连斗大的字都不识得一箩筐，根本算不上什么人才。

面对义端和尚的拒绝，辛弃疾二话不说就朝着对方问道："如今金国的内乱已经逐渐平息。用不了多久，肯定会开始着手消灭各处的起义军。你的手中现在不过是有不到两千的人马，就算每个人都能以一当十，以后再面对金国的讨伐时又该怎么抵抗？"

这个问题可以说一针见血，而且说服力极强。所以义端和尚这一次只是稍作犹豫，便答应了他的要求。

类似的事情在短短数个月的时间之内发生过不少次，辛弃疾为了吸引各种有文化有谋略的人加入天平军，可谓用尽了自己毕生所学，以三寸不烂之舌让天平军如虎添翼。

也正是在这几个月的时间之内，天平军日益壮大，势力范围扩张得越来越大，隐隐有控制整个山东半壁江山的架势。

然而随着起义军的规模不断变大，加入进来的那些人也开始变得鱼龙混杂。各个小股部队之间的一些矛盾也开始日渐显露。

原本在金国人重压之下还能拧成一股绳的起义军，因为各种各样的原因，有不少人离开。

甚至就连辛弃疾用尽心思招揽来的那些人才也纷纷离开。面对这种情况，辛弃疾也有些束手无策，直到他之前费了极大心思招募而来的义端和尚突然失踪。

此人毕竟是辛弃疾的故交好友，他的忽然离开立刻就让辛弃疾心中生出了一些惋惜，然而紧接着这种惋惜就变成了质疑和愤怒。

因为就在义端和尚消失的同时，原本由辛弃疾掌管的起义军大印也同时消失不见。这两件事情放在一起让辛弃疾瞬间明白过来，被他掌控的起义军大印被义端和尚偷走了。

这件事情立刻在高层之中闹得沸沸扬扬，就连身为起义军大帅的耿京也在众人的撺掇之下开始怀疑辛弃疾是不是跟义端和尚之间有什么暗中阴谋，所以才会合谋盗走了义军的大印。

虽说这种东西丢失之后可以再去刻印一方。但如果有心人拿着它去伪造一些文书或者起义军各处的调令，很有可能会造成不可估量的损失。

面对大家的质疑，辛弃疾二话不说当下就立下了军令状，表示三天之内一定会将起义军的大印追回。原本按照军中的规矩，像这种丢掉重要印信的行为，所要受到的惩罚并不只是军棍鞭笞那么简单，严重起来甚至可以直接要了他的命。

但是耿京本来就十分爱才，再加上周围那些将领纷纷站出来为辛弃疾求情，耿京也就顺势答应了让辛弃疾出去寻找叛逃的义端和尚的请求。

按照辛弃疾对义端和尚的了解，出了起义军大营之后根本就没有浪费时间，顺着大路找了不到一个时辰的时间，便赶上了义端和尚。

正如同他所料的一样，义端和尚此时正在匆匆赶往金人所占据的地盘。虽然心里面已经早就有了准备，但是找到义端和尚的时候，辛弃疾还是义正词严地朝着他问道："如果觉得义军之中没有你想要的前途你大可以直接离开，为什么要盗取起义军的大印？"

义端和尚见辛弃疾竟然追了上来反倒是没有半点慌张，而是似乎早有所料，朝着辛弃疾看了一眼之后立刻说道："天平军那些人不过是一群乌合之众罢了。就算能够逞一时之勇，也难以做大事。跟着他们有什么前途可言？"

"以你我之才华，为什么非要在这种地方等死？反正你现在也已经追出来了，倒不如跟我一起投靠朝廷，共谋荣华富贵。"

在听说义端和尚的这些言辞之后，辛弃疾意识到这个故交好友已经决定一条道走到黑了，当即也不再继续劝说。

像这种有认贼作父想法的人，压根不配再成为他的朋友，所以他当机立断做出了决定，那就是将此人直接斩杀，绝对不能让这样一个胸有才学，却背信弃义的小人成为金国人的臂助和走狗！

义端和尚很清楚，眼前的辛弃疾不但身负才学，而且武艺高强，自己根本就不是对方的对手。所以眼看着劝说不动，他掉转马头狂奔逃亡。

辛弃疾在后面纵马直追，很快就赶到了他的身后。随后抬起手一剑刺出，随着一道锋利寒芒闪过直接捅穿了此人的后心。

辛弃疾将手中长剑拔出，再次横斩一记，将此人的头颅砍下，连同起义军的印信一起抓在手中，甚至连马都没有下，便转身回到起义军复命！

经过了这件事情之后，辛弃疾在起义军中可谓名声大噪，更是让耿京对他刮目相看，一时之间风头无两。

也正是在这个时候，辛弃疾碰到了怀揣着同样想法来到起义军中的王平。

两人一见如故，同时又全都是忧国忧民的性格，相互之间聊天的内容也很快就从最开始的海阔天空讨论到了有关起义军未来的前途上。

辛弃疾拉着王平跑到了中军大帐之中，直接面见耿京！

耿京对辛弃疾引荐的人向来都十分崇信，立刻将王平引为上宾。

辛弃疾光明磊落，对于他跟王平之间的谈话没有一丝一毫的遮掩，而是直接朝着耿京说道："现在我们的起义军虽然已经聚集了二十多万人，更是想方设法地从各个地方招揽了一大批人才，但是真正的战斗经验还很少，完全没有形成有效的战斗力。"

"想必大将军你也考虑过这个问题，一旦金国朝廷抽出时间来对我们进行大规模的'围剿'，我们很有可能陷入危机之中，所以眼下我们应该想办法从长计议。"

这段时间随着起义军的不断发展，耿京的心中一直都藏着同样的疑虑。突然间听辛弃疾说起此事，他立刻就燃起了好奇心："掌书记为什么会突然间提起这个事情，难道是已经胸有成竹？"

两个人认识的时间已经不短，对于这个年轻气盛，而且极有才华的下属耿京还是比较了解的，如果不是心里面已经有了一定的想法，辛弃疾不可能自己提起这个话。

眼看着耿京依旧一脸虚心求教的模样，辛弃疾立刻就转头看向了身后的王平："大将军刚才不是好奇我这位朋友是什么身份吗？"

"此人正是大宋皇城司的皇城使王平，也是大宋朝廷安排出来的特使，专门为招安一事而来！"

听到"招安"两字，耿京的心头一震，立刻扭头看向了一脸淡然的王平，心里面升起了一丝憧憬和希冀。

王平朝着耿京拱了拱手之后，立刻说道："大将军不忍看到百姓涂炭，聚众反抗金国暴政，乃是大义之举，但眼下此义举恐怕难以为继，必须要为义军想一条出路才行。"

"如今大宋朝廷虽然退居江南，但是早已经开始厉兵秣马，准备收复中原，想来大将军已经听说了采石矶与海上的大战，而今我大宋实力强盛，官军战力提升，距离北上收复中原已经近在咫尺。"

"这个时候只有投靠大宋朝廷，接受大宋朝廷的统一调配，以图日后恢复中原之大计，才是最佳的选择。"

关于起义军前景堪忧的事情，辛弃疾早已跟耿京说明。所以这个时候王平所说的全都是慷慨激昂之词，哪怕对面的耿京是个斗大的字不识得一箩筐的粗人，这时候也被他说得热血沸腾。

压根儿就不用去召集高级将领商量此事，耿京当即决议向南归附，接受大宋朝廷的招安。

既然是招安，除了王平这个假的朝廷特使前来，自然也需要有人前往朝廷接受诏命。

耿京虽然不是官身出身，更没有多少文韬武略，但是在为人臣子和做人这些事上却很聪明。

眼下起义军之中杂事繁多，他这个大将军无法离开，没办法亲自前往临安接受招安，所以他便找来了起义军的二把手贾瑞，让他与辛弃疾一同南下面圣。

贾瑞同样也是个粗人，但是一颗拳拳爱国之心却跟耿京、辛弃疾完全一致，听到这个主意之后立刻拍手称赞。

起义军的一、二把交椅全都认同了这个决策，派贾瑞与辛弃疾二人带着十几名随从离开了东山，南下大宋。

而在完成了此项任务之后，王平自然不可能跟着他们一起回返临安，所以在他们离开了起义军之后，王平也离开了此处。名义上是去继续招安其他起义军，实际上却秘密回到了汴梁城，一边继续与虞允文书信沟通，一边则开始紧锣密鼓地筹划起让自己这一支皇城司重新归宋的事情来。

之所以忽然产生了这个念头，是因为虞允文在给他的信里不经意间提到的一句话。

如今的大宋皇帝赵构似乎在那张椅子上坐得太久了，所以打算禅位，自己要隐居在深宫之中。

这个消息让王平大喜过望，他之所以不愿意带着皇城司南归，最大的原因就是对在位数十年之久，已经毫无斗志的皇帝赵构心有不满。

也有很大的一部分原因，是因为在赵构的默许之下，当初的秦桧以及秦家人对皇城司机构几次换血，导致皇城司如今名存实亡，王平生怕自己若是将皇城司带回大宋，将会导致这硕果仅存的一支也要被消磨殆尽。

但倘若赵构真的退位，换上一个足够励精图治，甚至哪怕只是能力平庸的普通皇帝，对于皇城司来说都是好事。

王平沉吟良久之后决定，暂时先在汴梁城之中细心经营，而后再静观其变，等待赵构退位的那一刻。

……

此时的赵构的确是产生了退位的念头，之前的采石矶大战的确让他见到了恢复国土的希望，更是让他隐隐感觉到了宋金国力的变化，但也同样消耗掉了他最后的一点精力。

眼下的赵构只觉得自己经受不起哪怕半点的刺激，但方才经历过采石矶大战，让他隐约觉得此前的皇帝生涯还算不上美满，所以准备在退位之前再做一两件大事。

但赵构纵然心怀奢望，却也不敢主动挑衅金国，国内政事之上更是少有大展宏图的机会，这让他颇有些苦恼。

直到回朝受到封赏之后尚居于闲职的虞允文忽然上疏，说山东东山处有抗金义军意图南下归附，请求陛下准备招安事宜。

听到此事之后，赵构龙颜大悦，立刻决定提前结束上元节假期，冒着严寒前往此时大宋最北边的大城市建康府等候会见辛弃疾与贾瑞。

二十五万大军归附朝廷，这种事情无论放在什么时候都是个大事儿。也正是赵构心心念念所期盼着的"宏图伟业"。

哪怕这么多人没有办法即刻之间就回到大宋统治的地区，却能够在金国占领的区域起到极大的牵制作用。

更何况眼下金宋两国已经再次交恶，大宋在上一场战争之中将金国人击败了一次，不代表金国人接下来不会再次攻击大宋，正相反，因为这一次耻辱很有可能让金国人无法接受，所以很有可能在金国人处理完内乱之后，会再次朝大宋挥起手中的屠刀。

如果真的发生这种事情的话，天平军这二十多万人很有可能会起到举足轻重的作用。

再加上赵构此时本来就希望在自己退位之前能做一件大事，所以对于准备接受朝廷招安的天平军十分欣赏，在封赏天平军将领的时候，丝毫没有吝啬。

但是在实际的封赏之上，他其实还是玩儿了点儿花样儿。

耿京被封为天平军节度使，知东平府，兼节制京东路、河北路忠义兵马，这个官职跟寻常的封赏并不一样，除了专门提到"忠义兵马"这个别称之外，更是给画出来好几张大饼。

所谓天平军节度使，所节制的不过是自称天平军的起义军，在名头之上，比较符合他们自己给自己起的称呼，而所谓的京东路和河北路，其中包括了燕京以南，黄河以北，太行山以西的广大地区。

说是这些地区所有的起义军全都归耿京节制管辖，但实际上这几片区域眼下压根儿就不在大宋的管辖控制之中，对于这几片地界上面的起义军也没有实质性的指挥能力，名义上是威风凛凛，实际上不过是画大饼。

当然这其中也有很大一部分原因是他希望耿京这帮起义军，可以在一定程度上给予金国人有效的打击，如果耿京他们真的可以将京东路、河北路这些地方的金军给驱赶走的话，那他这个头衔儿也就等于是名副其实了，所以若是深入解读一下，这个封赏之中未尝没有带着对于他们这一支起义军的期盼。

几项名头上的封赏之中，唯独只有一个知东平府比较有用，这是正式任命他为东平府的知府，作为战时知府，除了拥有正规的身份之外，更是拥有管辖一切的权力。

等于是拿了大宋皇帝保障的一个土皇帝。

除了耿京的这些封赏之外，其他那些人得到的赏赐也比较可观。

天平军的二把手贾瑞被授予补敦武郎、合门祇侯，这个敦武郎在五十三阶的武职之中处于第四十三等，虽然算不上多高的等级，比起耿京的赏赐明显是差了点，但是其余赏赐确实一样儿不少，对于贾瑞这种粗莽的武夫来说也已经足够。

至于辛弃疾，则是被授补右承务郎，在职能和地位上更是只有区区的八品小官。

除此之外，皇帝赵构更加夸张地将贾瑞所带来的名册进行了逐一封赏，起义军的官员名册一个不落，全都得到了一个足以在短时间之内被铭记在心的官衔。

这个看似有些荒谬不羁的举动，其实也正中了天平军的下怀。

天平军之中的这些将领支持耿京的想法，向朝廷投诚接受招安的同时，压根儿就不在意有没有真的得到封赏，也没怎么在意这些官职所能带来的好处，他们真正在意的是这些职务所带来的号召力和影响力。

毕竟这些官职不管大小，都是大宋朝廷钦封的，是正儿八经有编制的官职，一旦他们能够获得大宋的接应，将自己下属的兵马带回大宋朝廷所管辖的区域，到那个时候他们也能立刻就在大宋的军队中获得相应的待遇。

有无军籍典册，有无真实身份，这才是他们最为关注的东西。

得到了这样的封赏之后，天平军委派出来的这个小小使团的成员都极为兴奋，尤其是作为此行倡导者的辛弃疾，更是在与贾瑞商议之后，申请立刻赶回去将此事报告给天平军节度使耿京，同时也将这个好消息告诉给整个天平军的二十几万义军兄弟。

这个请求立刻就得到了应允，只不过在他们回返的途中此时又发生了一些变故，以至于来时的道路受到了金国兵马的封堵，他们想要按照原路返回，恐怕是不再可能，所以只能在大宋朝廷的安排之下转由淮海东路向山东绕行。

这个路径虽然有些绕路，但是地势平坦，速度反而会更快一些。

一众人情绪激动，满心欢喜，一路上也顾不得爱惜马力，不停地挥舞着手中的马鞭驱赶座下马儿加快速度，以至于跑起来的速度比来时要快了不少。

很快他们赶到了大宋当前时控区域当中最为靠近山东各处的海州城，本意是想要在这里略作休整之后便一鼓作气穿越山东的敌占区直奔东平。

然而就在抵达海州的时候，却再次见到了王平所安排的皇城司人手，同时也从这些人的嘴里得到了一个让他们难以相信的消息。

就在他们离开东平南下受诏的短短一个多月时间里，天平军之中发生了翻天覆地的变化，原本人数众多，掌控了数座城池的天平军，此时竟然已经不复存在。

完颜雍在继承了皇位之后，果然十分迅速地将契丹人的叛变给压了下来，随后立刻就将手中的矛头对准了山东、河南各处的起义军，然而让所有人都意想不到的是，此人并没有采取雷霆手段对各处的起义军进行疯狂镇压，而是一改之前完颜亮所展现出来的严苛暴政手段，采取了怀柔政策。

接连十几道政令颁布了下来，每一道政令全都是针对起义军的士兵，但是每一道政令中所蕴含的内容也都跟此前的威胁打压不同，看上去都极为诱人。

完颜雍直接大赦天下，哪怕是起义军这种"叛乱"之人，只要愿意回归乡里，重新拿起锄头当农民，之前所犯的罪责都可以既往不咎。

而若是起义军当中的将领愿意归降金国朝廷，以北地汉人身份加入金国军队之中，可以获得大笔的赏赐，其中有能力、有学识之人还会拿到一笔针对性的恩赐，高官厚禄，唾手可得。

这些政策的效果远比之前的打压胁迫好得多，在各地的起义军之中，那些意志不坚定的薄弱分子接连被攻克，纷纷投降金国朝廷。

天平军这种规模庞大却又没有真正官身的队伍凝聚力本来就没有那么强，更何况其中有不少人目的本来就没有那么纯，一部分人是为了抗金而加入天平军，一部分人是政治投机，另一部分人则只为了讨口饭吃，这些人在一起所形成的联盟很松散。

在金国朝廷和地方政令的诱惑下，起义军之中出现了大量的动摇分子，散伙的散伙，跑路的跑路，投降的投降，哪怕以耿京的号召力竟然都没有办法继续凝聚军心人心。

彼时的耿京只顾着尽可能保留天平军的编制与人员，完全没有意识到自己早已经陷入了危机之中。

以张安国为首的一些投降派将领，在意识到没有办法劝降耿京以成编制的队伍投降，进而获得更大利益之后，他们二话不说就合谋一起杀害了这位令人敬重的起义军首领，借此投靠金国朝廷。

这些消息犹如晴天霹雳一样，重重地砸在了辛弃疾和贾瑞等人的心头，众人义愤填膺，他们才刚刚代表天平军从大宋朝廷这里获得赏赐和恩典，结果还没等回去跟大家分享这个好消息，天平军竟然就被那些贼子给毁了？

他们该如何给大宋朝廷一个交代？又该如何向九泉之下的耿京等人

交代？

海州守将十分同情他们的遭遇，将他们暂时留在了海州，热情款待，一边劝他们宽慰心情，一边同样担忧起了如今山东各地的局势。

这支小队伍在海州停留了足足十余日的时间，一时之间竟然有些茫然，不知道该何去何从，而辛弃疾在得知王平此时虽然在汴梁城，但皇城司已经将山东各处的情况全都查探清楚后，立刻就给王平修书一封，用皇城司特有的渠道传递过去。

数日之后，他就拿到了回信，也在信中得到了他想要知道的结果。

杀害了耿京，卖友求荣的那个原义军将领张安国，已经被金国朝廷任命为济州知府，此时正在济州候任。

这个消息让辛弃疾惊喜无比，贾瑞等人在看到信笺内容之后，却皱起了眉头。

互为袍泽兄弟，这么久的时间，他们自然十分了解辛弃疾的为人，所以在看到辛弃疾拿到了张安国所在位置之后的一系列表现，大家都很清楚，辛弃疾这是已经做好了前往追杀张安国的准备。

但是眼下从他们海州赶到济州，两地之间还有六七百里的距离，如果换作以往，这段距离只需要走走停停，进行几次躲藏就可以避开金兵的关注。

但是经过了这一个月的调整之后，金国对于山东各处的掌控显然已经远远超过了之前的水准，想要在神不知鬼不觉的情况之下，带人赶往济州，简直是不可能做到的事情。

何况从消息上看，此时的济州附近已经屯扎了大量的金兵，就算他们能够顺利而又迅速地赶到济州，如何在万军之中找到张安国，又如何将张安国击杀，这都成了难题中的难题。

但辛弃疾此时心意已决，完全不需要其他人的首肯应允，只是与海州的守将商议了数次之后，便与王世隆一起选拔了五十名精悍士卒，并一百匹战马，一人两骑星夜赶往济州城。

为了跑出最快的速度来，他们这一路之上换马不换人，碰到金国有可能关注的地区便小心翼翼地绕路，经过那些没人看管的地方，便加快速度，长途奔袭六百里竟然一路都没有碰到金人拦截。

才到第二天晌午，这一小队人马就已经顺利抵达济州城，更是远远地看到此时济州城外密密麻麻接连成片的金军军营！

王平给出来的情报精准无比，此时济州城外果然屯扎着五万兵马。

面对着对方足有五万之多的人马，别说是闯进去把那个张安国给抓出来了，就算是正面儿碰上一支敌人的巡逻队恐怕都要折在这里。

一时之间他们站在远处，不知道该如何是好，原本还信心满满的那些家伙，竟然生出了退却之意，作为领头人之一的王世隆，此时皱着眉头并没有说话，虽然并没有表达出想要撤离此地的意思，但是很显然对眼前这个情况也不怎么看好。

众人之中唯独辛弃疾依旧在仔细观察远处那金军大营，不愿意放弃，此前在王平的信笺之中十分细致地描写了张安国正在济州，更是专门提了一句此地有数万大军驻扎，却没有说明竟然有五万之数，而且就算提到了有数万驻军，在那信里面也是轻描淡写，仿佛在王平的眼里，这数万人马不过是数万草芥，根本不值得与辛弃疾一提。

两人虽然不过相识月余的时间，却十分投缘，几乎要焚香结拜，辛弃疾对王平的脾性也了解了个清清楚楚，知道如果此番行动真的是十死无生的话，王平在信中绝对会直言说明，而不是表现得如此轻描淡写。

但是一时之间他还没有想明白这其中的问题所在……直到片刻之后，

辛弃疾忽然发现，远处的一支巡逻队之中竟然出现了数个熟悉的面孔。

惊讶之余，辛弃疾顿时心头一动，立刻就醒悟了过来。

此时济州城外虽然驻扎着金军大营，而且其中驻守了足足五万人马，但是在这五万人之中，分明有一多半全都是此前的天平军！

随着他发现了这个情况，立刻就让手下的这些士卒一起观察起了远处的那些巡逻队和大营之中的兵马旗号，果不其然，随着他们的观察，发现的问题越来越多，最后彻底坐实了方才辛弃疾的猜测。

五万金军里，最起码有三到四万人都是此前天平军的士卒。

这些混迹在最底层的普通士兵跟上面的高层可不一样，他们之中绝大部分的人压根儿就没有什么家国理念，大部分人纯粹就只是为了混。所以这个时候选择跟从高层投靠金人，反倒怪罪不到他们的头上。

但这个发现，则让辛弃疾发现了百般不可能之中的那一丝可乘之机，也明白了为何在王平眼中会觉得这五万人对他来说空若无物。

他直接带着人就朝金军大营而去。一路上甚至都不再遮遮掩掩，这么大大咧咧地直闯金军大营，立刻就让那些金兵发现了他们，几支巡逻队迅速合拢将他们团团围住。

面对着这么多人的围追堵截，辛弃疾并没有感觉到丝毫的恐惧。不慌不忙地让手下人停下脚步，紧接着就直接跟对面的金军士兵做起了沟通，让他们找到张安国，汇报自己前来的消息。

旋即便有人认出了这位天平军的掌书记，但没有第一时间就下杀手，而是马上就跑到了大营之中汇报情况。

此时这些天平军早已经被金军收编，所以大营之中手握兵权的自然也是金将，不过身为济州知府的张安国此时也在大帐之中，正在设宴请客，与金军的那些将领共饮庆功酒，为自己的加官晋爵欢庆连连。

389

这种投机行为可是提着脑袋去做的，若是换作一般人，还真没有他的这个胆气，那些金军将领虽然也有些瞧不起这种背信弃义之徒，但并不妨碍与他一同饮酒作乐。

听闻辛弃疾竟然前来找他，张安国的酒意立刻就醒了一大半。

他跟辛弃疾可是老相识了，他很清楚，辛弃疾伙同贾瑞前往大宋朝廷，就是去面见大宋皇帝。如今突然归来，很显然已经知道了起义军所发生的事情，也已经知道了他背叛起义军的始末。

但是在这种情况之下，辛弃疾竟然还能淡定自若地要求士兵前来找自己汇报情况，似乎有些一反常态。

但旋即张安国便是自以为猜中了辛弃疾的想法，如今起义军已经崩解，他们去见了大宋皇帝，事情就算已经成功，也没有脸面追要剩下的封赏，甚至很有可能会被大宋朝廷认定为欺君之罪。

与其回到宋廷等死，倒不如加入自己这一方！

思来想去，他就只想到了这一种可能，所以立刻认定辛弃疾这一次肯定是走投无路，所以来投奔自己的。

想着可以在辛弃疾面前耀武扬威，甚至将对方变成自己的跟班儿亲随，张安国立刻大手一挥，让人将辛弃疾带到大营之中，顺便还问了一嘴对方带了多少人马过来。

在听到辛弃疾竟然只带了五十人之后，张安国心中最后的那点儿忌惮消失不见，毕竟他完全无法想象若是辛弃疾真要是为了报仇而来，怎么会敢只带五十人就进这数万人马的金营？

虽然心里面这么想，但是本着安全第一的原则，张安国在面见辛弃疾的时候还是带了不少侍卫，同时亲自出了大帐，站在外面迎接辛弃疾所部，以示对辛弃疾的尊重和欢迎。

辛弃疾等人也确实给他面子，听说已经被允许进入大营之中后，二话不说直接翻身上马，随后策马扬鞭直接冲到了大营之中，直奔张安国而来。

等到张安国看清楚大门处疾驰而来的几十骑时，辛弃疾已经一马当先冲到了近前，接着完全不等张安国做出反应就已经抽剑出鞘，直接把剑刃架在了张安国的脖子上。

眼看着自己的脖子旁边多出了一道明晃晃的宝剑，张安国最后的那点儿酒劲儿也彻底消失，看着一脸冰冷的辛弃疾，一时间张口结舌，竟然连半句话都说不出来了。

而辛弃疾也没跟他客气，根本就没有给他说话或者是做反应的机会。抬手一捞就把他从地上抄起来扔到了自己的马背上。

后面的从人立刻一拥而上，直接把张安国给捆了个严严实实。

旁边的那些金军将领和士卒大都正在醉酒状态之中，迷迷糊糊的，自己人打架摔跤的也并不罕见，眼下还没来得及反应。

门口的几个侍卫意识到不太对，纷纷亮出了手中的刀剑，想要阻拦辛弃疾等人，但凭借他们的能力想要拦住辛弃疾简直比登天还难。

辛弃疾按剑当先，手中寒芒一闪收剑入鞘，那些拦路之人便纷纷捂住自己的喉咙倒了下去。

直到他们冲了出去之后，那几个持刀的侍卫才委顿倒地，大片殷红开始蔓延。

辛弃疾的动作实在太过迅速，加上身后众人配合默契，以至于凑到中军大帐周围的那些士兵还没有搞清楚到底发生了什么事情，便眼睁睁地看着他们捆着张安国朝大营外冲了出去。

此时众人所在的位置是中军大帐附近，距离大营营门尚且有一段距离，如此贸然向外冲，必然无法成功逃脱。

果不其然，随着他们一步一步向外冲，周围发现情况不对劲的金军士兵也越来越多，眼看着就要将他们离开的路堵住，辛弃疾立刻朝着周围大声喊了起来："你们之中绝大部分人都是被迫为金人卖命的，并无叛逆之心，如今你们的主帅已死，大宋朝廷的兵马也是片刻就到，万万不可继续执迷不悟，赶紧放下武器逃命去吧！"

说话间辛弃疾便将张安国直接提了起来，在众人面前接连展示，张安国此时手脚被缚嘴也被堵上，整个人都处于惊慌之中，被辛弃疾提起来之后更是奋力挣扎，看起来极为狼狈。

眼看着这叛徒竟然被生擒活捉，众人顿时陷入惊慌之中，觉得辛弃疾所言恐怕属实，大宋兵马很可能转瞬即到！

恐慌的情绪在人群之中迅速蔓延，金兵之中那些原本隶属于天平军的士卒还有被强行征召来的士卒们顿时乱成了一团，隐隐出现了哗变的迹象。

而那些真正的金兵精锐，虽然很快就反应过来大营之中到底出了什么问题，但是在匆匆赶到之后却与那些处在哗变边缘的士卒们拥挤在一起，完全无法分清彼此。

辛弃疾和王世隆等人就趁着这个机会，沿着他们还没有来得及堵塞的大路，迅速冲出了金军大营。

直到他们成功冲破营门的阻拦，甚至击杀了上百个沿路阻拦的金兵之后，原本正与张安国欢饮的那些金国将领这才醉醺醺地冲出中军大帐，看着大营之中的场景放声怒骂。

一切都发生得太过突然，他们压根儿就想象不到，竟然有人胆敢闯入金军大营之中，当着他们的面将人抢走！

大营之中的纷乱，很快就让那些金国将领从醉酒的状态之中清醒了过来，其中大部分直接奔赴自己所部的营地，开始收拢兵马解决大营之中的乱子。

而其中为首的一员将领徒单思碌，则阴沉着脸迅速调集了一支两百余人的精骑冲出了大营，沿着此前辛弃疾等人留下来的痕迹追击而去。

此时辛弃疾的人已经成功来到了原本商量好的集合点，除了他们带进大营之中的十余人之外，此地还有三十余骑静静等待，眼看着他们竟然成功地从金军大营之中将张安国给捉了出来，顿时激动不已。

以区区十几骑就敢闯入数万敌军大营，还将敌军重要将领生擒活捉，又平平安安地带了回来，此等英雄举动正可谓"万军之中取上将首级如同探囊取物"，日后怕是要被说书人广泛传颂，列为传奇。

将张安国打晕之后换在了另外一匹空闲的马背之上，辛弃疾与王世隆略作商议便决定迅速撤离，但紧接着他们便发现此时在大路之上竟然出现了大量的散兵游勇，其中绝大部分都是从金军大营之中逃脱出来的原天平军义军。

这些义军士兵眼见辛弃疾与王世隆将叛徒捉拿，都备受鼓舞，此时终于鼓足了勇气从金军大营之中逃出，再见辛弃疾更是激动万分。

不少人立刻围拢到近前，对辛弃疾说："掌书记，张安国贼子勾连金人害了大帅，我们压根儿就不知道发生了什么事情，跟从贼人，不过是一时无奈之举，绝对没有背叛朝廷的意思。"

"如今既然掌书记成功捉拿了这个贼人，不如就让我们与掌书记一同南下效忠朝廷！"

这些义军底层士卒之中虽然绝大部分人压根儿就没有忠君爱国之类的思想，但对于辛弃疾和耿京却十分信服，眼下立刻就想到要追随辛弃疾。

辛弃疾心头微微一动，看着在自己身边越聚越多的士卒，沉吟片刻，随后摇了摇头："诸位为国效命之心，某已知晓，但眼下情况紧急不可稍作耽搁，大家还是尽快解散，切莫再被金人抓了壮丁！"

"日后若是有所机缘，弃疾愿意与诸位再次并肩同袍，斩杀贼寇！"

他的这几句话可以说情真意切，蕴含了对义军将士的情感，让周围那些士卒无不为之动容。

而那些义军士卒之中也不乏机灵者，很快就明白了其中的关键，方才辛弃疾所说大宋兵马即将到来显然是疑兵之计。

眼下他们需要的是迅速离开，否则很有可能会被金人追上，到时候这个锄奸行动怕是要功亏一篑，而义军士卒们绝大多数都是步军，如果跟他们一起行动的话，很显然会拖慢速度。

这些人明白过来之后，毫不犹豫地就放弃了继续纠缠辛弃疾，转而把目标对准了来时的大路："掌书记且速速退走，后面的追兵交给我们便是！"

义军之中有人开口，便有不少人搭上话茬纷纷响应："掌书记且速速退走，我等拦住追兵！"

辛弃疾看着这些义军士卒，不由得热泪盈眶，随后百般叮嘱他们不可盲目厮杀，要尽可能保全性命留待后用，这才率众离开。

与此同时，徒单思碌已经率领那一支轻骑冲出乱军，离开了金军大营沿大路追击而来，然而这一路之上，他不停地被那些散兵游勇搅扰，愣是无法提起速度。

一路上或者溃散或者返回的散兵游勇们牢牢记住了辛弃疾的叮嘱，并没有盲目地跟后面的追兵进行战斗，只是以各种理由进行阻拦搪塞甚至胡乱指路，稍作拖延就会闪身躲开，或许一队人起到的影响不大，但累计起来竟然也给徒单思碌带来了不小的麻烦，愣是又花费了足足半个时辰，这才沿着大路重新找到了辛弃疾等人的蛛丝马迹。

而此时辛弃疾等人早已经离开了大路，消失得无影无踪。徒单思碌气急败坏，忍不住破口大骂，将手中双锤重重地扔到了地上。

虽然一时间失去了辛弃疾的踪迹，但徒单思碌隐隐猜到对方既然是自海州而来，很有可能还会想办法回返海州，所以干脆就带人沿着大路直奔海州，打算在前面拦截。

而此时的辛弃疾则带着那五十余骑一路之上转走小路驿道，看似多走了不少的路途，但是无形之中已经将追兵给甩在了身后。

等到在山中找到了一处比较安全的地方，临时修整的时候，辛弃疾与王世隆甚至还能抽出空闲时间登高远望，也是正好趁着这个机会发现了徒单思碌的追兵正在沿着大路向东猛追。

看着对方的架势，倘若按照原本的计划，一路向东返回海州，恐怕这路上将会凶险万般。

辛弃疾稍作沉吟，便与王世隆商议改路单州、亳州，转入如今在大宋辖制下的寿春府，再到临安。

虽说这条陆路的路线比起海路来说要多了四五百里的路程，怕是要在路上多耽搁两天，但其间山路盘桓曲折，正好可以借机绕路迷惑追兵。

为防万一，两人将手下的五十余骑分为两队，各自率领一队撤离，相互之间距离不过几十里，时而安排探马互通有无，而张安国则一直都在两队之间被来回交接。

如此一来，可以不暴露目标，便于隐蔽，同时又可以互为掎角之势，如果其中一队碰到了危险，另外一队可以及时进行救援，牵制敌方。

更重要的是这样也能增加他们将张安国这个叛徒带回大宋的机会。

原本按照王世隆的想法，现在将此人就地枭首只带着他的脑袋回到大宋，总好过拖着这么个不配合的废物要好得多。

但这个建议却立刻就被辛弃疾拒绝，原因也十分简单，辛弃疾认为既然耿京大帅已经收到了大宋朝廷的任命，那么他们捉拿张安国这个凶手的事情就已经不再是复仇那么简单，而是需要将这个谋害朝廷命官的凶手带回到大宋，按律惩处以正典型！

这个说法可以说光明磊落，意义非凡，所以王世隆虽然对此仍有些许异议，但依旧选择了支持辛弃疾的决定。

两队人马互为表里，虽然一直都在绕路甩脱追兵躲避金军，但是速度也不慢，很快就跑过了数百里的路，在一处山中稍作休整的时候便发现，此时距离最近的宿州已经只剩下半日路程了。

一旦到了宿州，便回到了宋境之中，那时候无论金兵在后面有多少人在追击，都将没有办法奈何他们。

包括辛弃疾在内，所有人全都稍稍松了口气，一连数日近乎不休不眠的转移，对于他们对于马匹来说都是极大的挑战，此时大家的状态都近乎强弩之末。

然而就在他们开始埋锅造饭，以为回到了大宋边境附近后再无后顾之忧时，山腰的林子里忽然冲出来一彪人马，当先一人正是之前在济州城向着反方向奔袭他们的那个徒单思碌！

此时的徒单思碌满目赤红眼圈深陷，很显然这一路上也吃了不少苦头，彼时他才刚刚向东追出不到百里，就感觉到情况有些不对，纵然辛弃疾等人不敢走大路，这一路东逃如何也要留下一些蛛丝马迹才对。

但他一路追踪跑出去了上百里，竟然没发现丝毫痕迹，立刻就明白过来，自己这是被骗了。

所以徒单思硌立刻转身奔赴最近的府衙，连续放出十几批驿卒，将追击辛弃疾的消息通传单州、徐州等地，请求本地府衙协助截击。

只不过他们朝着相反的方向跑了百里距离，同时辛弃疾也已经跑出了百余里，此消彼长之下双方之间的距离拉得太远，即便是驿卒的速度再快，加上那些府衙的反应速度也根本来不及放出人手，所以在安排了此事之后，徒单思硌转而在附近城池临时征调了数百匹战马，一人三骑星夜追击，人不下马，马不卸鞍，这才赶在辛弃疾等人进入宋境之前追上了他们。

饶是他们经历了接连几天的奔波，此时已经疲惫不堪，但是身上那股子锐气依旧丝毫不减，甚至对辛弃疾的怨恨有增无减，此时看起来他们倒真是想将辛弃疾直接生吞活剥。

此时追兵总数尚有一百七八十人，虽然这一路之上因为连续奔波，已经让他们之中有不少人落了队，但是在总人数之上依旧是辛弃疾手下的六七倍，若是此时双方真的杀到一起，辛弃疾这二十余人必然要落得个惨淡收场。

若是换作平时，就算面对上千人，辛弃疾依然有勇气带着手下这些人直接朝对方冲锋，在他的心中向来都是将几十年前浑身锐意的那位岳帅当作崇拜的偶像，而岳帅最擅长的便是以少胜多，以几百骑兵便敢冲击对方上万兵马的事情没少做，若是真有这种机会，辛弃疾不介意效仿一二。

但是眼下张安国正在他们这一队人马之中，为了将这个家伙活着带回到大宋境内，众人一路之上奔波劳累已经十分辛苦，倘若在乱军之中，此人被对方杀死，那他们之前辛苦的这数日便白费了力气。

更重要的是一旦张安国死在乱军之中，天平军所发生的事情便等于死无对证，辛弃疾活捉这厮要献给大宋皇帝的想法就要落空。

所以此时辛弃疾不得不压下提剑将徒单思碌直接斩于马下的想法，反手取下马鞍上的弓箭，拈弓搭箭朝着空中连射三箭！

三道尖利的啸叫声划破天空，连续三箭都是鸣镝！

辛弃疾连射三箭后，再次拈弓搭箭，这一次箭尖却直指徒单思碌，一路之上张安国接连数次求饶想要让辛弃疾放过他，几乎将自己知道有关济州大营的所有事情全都说给了辛弃疾，这其中自然也包括跟他一起喝酒的那几个金军将领的信息。

而眼前这个徒单思碌，是那几个金军将领之中比较有能力的一个，更是以心思缜密做事执着而著称。

这也是为什么辛弃疾在见到追兵竟然是此人的时候，立刻选择了鸣镝示警以做威慑，如果他不这么故布疑云的话，恐怕这厮会立刻率领人马冲上来与他决一死战。到时候他未必能护得住张安国。

"徒单将军，方才你也听到了我放出去的鸣镝，只消盏茶的工夫我大宋援军便会赶到，到时候你这些人手就算是想要逃走也来不及了……眼下如果你能够识时务的话，或许还有逃跑的机会！"

辛弃疾箭尖和视线不断在徒单思碌的身上来回晃悠，语气轻松无比，仿佛早已经胜券在握。

果然不出他所料，他说出这句话之后，对面的徒单思碌眯起了眼睛，并未直接下令冲锋，而是朝着辛弃疾看了一眼："逆贼，你这种疑兵之计对于其他人来说或许还有些作用，但是在我面前你就没有必要如此施为了，你们这一路上根本就没有机会跟大宋官方进行联系，就算是原本的人马也在不断削减，何来援军？"

辛弃疾等的就是他发出质疑！以此人的脾性来看没有绝对把握的事情，他几乎不会去做，眼下如果他没有办法证明辛弃疾真的没有援军，就绝对不会贸然进攻。

毕竟辛弃疾的勇武他也亲眼见证过，倘若双方在此地交战，一旦他和他手下的人被纠缠住，到时候大宋兵马从周围包抄而来，等待着他们的便是全军覆没的结局。

而远处遥遥与此处呼应的王世隆等人，在听到接连三声的鸣镝之后，顿时意识到这边发生了大问题，立刻就按照约定策马向辛弃疾这一支人马所在的方向疾奔而来。

等到近处之后，他们立刻就发现辛弃疾处的意外情况，也看出了此时那些金兵看似在与辛弃疾等人对峙，实际上正打算用自身的人数优势对辛弃疾等人包抄合围！

王世隆命人在周围进行过简单侦察，确定这一支金兵身后几里之内都没有第二支金兵，是一支孤军之后，立刻就忽略了对方远超于己的人数，简单调整之后大手一挥便带着众人直接杀出！

此时正是傍晚时分，周围的天光已经逐渐暗沉了下来，加上双方此时都没有准备火把，所以金军根本就没有察觉到身后竟然杀来了一支骑兵，再加上王世隆这些人气势汹汹手段狠辣，杀起金兵来如同砍瓜切菜一般得心应手，竟然被王世隆一伙人震住，其中不少人甚至忘记了要反抗这些黑暗之中杀出来的敌人！

转眼的工夫双方便杀作一团，根本看不出彼此也分不清人数，竟然是让金兵以为他们就是大宋官军，是听到了鸣镝之后前来支援的宋军部队。

与此同时，王世隆留在后方稀疏林间的那些下属立刻就开始摇晃起周围的树木，同时大声嚷嚷着、四处策马奔驰搅动尘烟，不过十几人而已，却搞出了几百人的声势，再加上王世隆等人决绝的战意，更是让金兵心中开始惶惶起来。

辛弃疾借由稀薄的月光认出了来者正是王世隆他们这一支兵马，立刻招呼着四五个骑兵将张安国撤入路边的林子里，自己则率二十来骑一起冲入金军之中，配合着王世隆等人一通乱杀，两相夹击之下将金兵的士气彻底压到了崩溃的边缘。

不知不觉中混战的双方竟然挪移到了一处深沟旁，那些金兵在惊慌失措之余，硬是被人数远少于自己一方的辛弃疾等人迫得连连败退，甚至无法操纵座下战马，连身后便是万丈深渊也没有发现。

徒单思碌此时被裹挟在下属之中，骤然听到了身后有人惊呼跌落的声音，顿时眦眦欲裂，为了确保尽快恢复自己属下这些家伙的秩序，一咬牙砍翻了好几个身边的心腹清理出了大片的空地，随后跃马高呼，迅速稳住了军心。

身后便是万丈深渊，后退就会万劫不复，身前的敌人虽然凶猛，但只要奋力拼杀总能有一线生机，理清思路之后的金兵们迅速整备，随后朝着辛弃疾等人来了一次冲锋。

与此同时辛弃疾与王世隆已经汇合，两人率领的下属各有损伤，此时加在一起只剩下了三十余人，面对着依旧有上百人的金兵冲锋根本抵挡不住，所以他们只一个眼神交互就将队伍直接散开，任凭金兵从队伍之中俯冲而下，随后立刻重新整队，向着一侧的山林冲了过去。

短短不到一盏茶的时间徒单思碌就折损了将近一半的人手，又被逼得如此狼狈，顿时恼羞成怒，好不容易带着手下士卒冲出辛弃疾等人的压制，一时间有些收束不住，竟然冲出去了百余步才堪堪停下。

等到这厮总算将队伍重新拉起准备返身再战的时候，却忽然发现辛弃疾和王世隆带着麾下的那些士卒刚刚又重新钻入了林子里面，不见了踪影。

徒单思碌顿时暴跳如雷，一边大骂着辛弃疾无耻，一边拍马打算继续追赶。

这时候他已经发现自己上当受骗的事实，心中自然难以接受自己带着远超于对方数量的人手，竟然被对方打得落花流水，就想继续追击辛弃疾报仇。

但随着他纵马上前，嗖的一声，一道寒芒从他的脸上掠过，带起了一道鲜血之后，径直钉在了他身后的那棵大树之上！

一人环抱的大树竟然被直接射穿，依旧露在外面的箭羽轻轻晃动了两下，宛若在嘲笑徒单思碌一般。

徒单思碌下意识地抬起手在自己的脸颊之上轻轻碰了碰，脸色顿时大变！

方才这一箭显然是辛弃疾手下留情，故意没有瞄准他的脑袋，否则现在他必然已经横尸当场！

这是辛弃疾对自身箭术的自信，更是对他的警告，如果再敢追下去那下一箭射中的就是他的脑袋！

徒单思碌在原地僵立了片刻，再缓过神来的时候林子之中密集的马蹄声已经逐渐远去，他很清楚辛弃疾已经借着这个机会跑远，就算他们再追下去也不会有结果，除非他真的能做到以手下这百余骑就敢突入宋境追杀辛弃疾，而且还能速战速决！

昔日的梁王完颜宗弼复活恐怕都做不到这一点，更何况是他？

略作沉吟之后，徒单思碌很清楚随着他的迟疑已经错失战机，无奈之下只能长叹一声，恨恨地收兵离去。

总算甩脱了这要命的追兵，辛弃疾和王世隆并没有完全放松警惕，在接下来的路程之中依旧时刻保持着高度的精神紧绷，直到踏入大宋所管辖的区域之后，才把提在嗓子眼儿的心放了下去。

紧接着他们便是收获了这一次南归路途之中最大的惊喜。

接连有好几支原本隶属于天平军，后来被金军整编却又不愿意归附金人成为金兵的兵马竟然遥遥地跟上了他们，随后在宿州附近亮明了身份，表示愿意追随辛弃疾一起归宋。

几支兵马加在一起的人数竟然足有上万人之多！

这些人的出现，让辛弃疾本来还有些忐忑的心情彻底放松，随后再没有丝毫犹豫，立刻就带着这支队伍押解着张安国马不停蹄地抵达了临安。

在听说了天平军的遭遇，又听说了辛弃疾等人这一路上的经历之后，赵构不由得扼腕叹息，接着下令将叛徒张安国当众枭首，随后将尸身与头颅分别悬挂在城墙两侧，暴尸三日以儆效尤。

以区区五十人就敢闯入五万敌军大营，生擒敌军大将之后全身而退，接连转战数百里，成功击杀数倍于己的精锐追兵，最终还聚拢了上万义军归宋，这一段传奇经历一时之间在大宋朝野上下被传为奇谈。

同朝的大学问家、《容斋随笔》的作者洪迈在听说并且印证过辛弃疾的传奇经历之后，挥毫为辛弃疾写了一篇《稼轩记》专门记录此事。

齐虏巧负国，赤手领五十骑缚取于五万众中，如挟毚兔，束马衔枚，间关西奏淮，至通昼夜不粒食：壮声英概，懦士为之兴起！圣天子一见三叹息，用是简深知，入登九卿，出节使二道，四立连率幕府……

由此，辛弃疾的这段经历越发传奇，为世人所流传称颂，辛弃疾此时不过才二十三岁，虽然早些年间经历颇丰以至于早已经不再年少轻狂，但对于此事依旧十分自豪。

甚至在接下来的几十年人生当中，他也从没有忘记过当初那壮怀激昂，热血沸腾，纵然是在山林之间与金兵周旋多日后已经疲惫不堪，却依旧能够率领数十人击败数倍于己之敌的自己。

而此时的辛弃疾，在年仅二十三岁的时候就已经取得了很多人这一生都未必能够取得的成绩，更是拿到了名垂青史殿堂的入场券。

原本所有人，包括他自己都以为接下来等待他的必然是高官厚爵，宏图大展，然而在他南归之后不久，金宋两国再次开启了和谈事宜，已经有些年高力疲的赵构百般思量之下，选择了抓住这一次和谈的机会为自己当皇帝的经历画上一个看似圆满的句号。

所以朝堂之上才刚刚看到重新崛起希望的主战派们再次被雪藏，辛弃疾作为主战派之中新崛起的冉冉新星，又是从北方投奔过来的"归正人"，成为了首当其冲的一批人。

所以哪怕他做出了如此鼓舞人心的事迹，却依旧没有得到应有的重用，反而只被封为一个小小的江阴军签判。

至于他与王世隆沿路收拢并且带着南归的那万余天平军残部，更是被就地解散，从此天平军这个称谓彻底消失在了历史的长河之中。

在听到朝廷的这个安排之后，辛弃疾第一时间还以为自己听错了宣诏人的话，但随即确定了这正是皇帝钦赐的恩赏之后，辛弃疾将此举归结为自己年岁尚轻，很有可能是朝廷重臣商议之后，觉得自己需要从基层做起，多多历练。

所以他十分坦然甚至有些欣然地接受了这个任命，赶赴江阴军任职。

他万万没想到在他手提着叛徒张安国杀出金军大营的那一刻，不但是他当前的最高光时刻，也成了他这一生当中最华彩的一幕。

从他接受朝廷的任命赶赴江阴军开始，接下来的岁月里，他的雄心壮志，他心中所寄予厚望的雄图伟业，全都被蒙上了一层厚重的阴霾，任凭他如何努力，几乎每一次抓住了那渺茫的希望，试图将自己胸中的点墨绘画成一片绚丽多彩的江山美景时，都会再次被绝望笼罩，生生灭灭，灭灭生生，反复无常。

被"发配"到了江阴这个看似战略位置极其重要的地方后，辛弃疾心中的热情很快就被浇灭，思维敏锐的他很快就发现这个地方跟他所想的并不一样，在没有战争发生时，这个小地方生活寡淡乏味，以至于让这里的所有人都提不起一丝一毫的生气，除了偶尔能够出现的歌舞升平，安然享乐，剩下的日子都是千篇一律的寡淡无趣。

辛弃疾渴望上阵杀敌的那一腔热血，在这种地方根本掀不起丝毫风浪，短短不过一年的时间，这种枯燥乏味的生活就让他产生了厌倦，一度以为自己将要腐朽在这个地方。

直到第二年，时年五十六岁，在位做了三十六年皇帝，被金宋反复难定的局势折磨得焦头烂额身心俱疲的皇帝赵构，彻底对手中的权力失去了兴趣和热爱。

他当即下诏辞去皇帝职位，传位给了自己的养子赵昚，赵昚继承皇位改元隆兴，而赵构自己则缩到幕后当起了逍遥自在的太上皇。

赵昚并非赵构的亲生儿子，对于赵昚来说这是不幸的，正是因为他并非赵构的亲生儿子，所以导致赵构一直都没有办法拿定主意，将皇位传给他，直到此时赵构自己在皇位坐腻了，这才选择了主动放权。

但相反的，对于朝堂对于大宋来说，这却是幸运的，因为赵昚并非赵构的亲生儿子，所以赵昚并没有继承赵构那外表坚强内心软弱，看似与人亲近随和实际上却刚愎自用的性格。

对比起他那个不靠谱的养父来说，赵昚是个有野心有能力又有信心的好皇帝，三十六岁才继承皇位，或许对他个人来说有点晚了，但对于大宋朝堂来说却是刚刚好。

此时的赵昚已经过了而立之年，心有城府，手握皇权，正当年富力强之时。

他出生的时候正是大宋靖康之难时期，童年的经历，大宋皇室的耻辱给他带来了极大的影响，以至于赵昚心中早早埋下了一颗种子，对于大宋此时只能苟且偷安，屈居一隅的现状十分不满。

所以在他成为皇帝之后，立刻就做了两件大事。

第一件大事，排斥现在在朝廷之中掌握了主动权的主和派，开始起用主战派，作为眼下主战派的代表，老臣张浚立刻就被再次启用。

张浚是徽宗朝的进士，出身高入朝早，历经四朝已然成为朝堂之上难得的元老重臣。

昔年他重用岳飞、韩世忠等主战派的重臣，一时间风光无两，直到秦桧掌权后才被排挤出大宋朝堂的权力中心，甚至被高宗贬谪到了永州长居长达四年。

直到绍兴三十一年（1161）的时候，金宋两国再度交战，赵构不得已方才重新启用张浚，但还未来得及将张浚重新列入拜相名单，金帝完颜亮就被部下刺杀，金宋重归于好，所以张浚直到赵构退位前，才终于重新拿到军权，掌控江淮各地防务。

这一年，张浚已经六十五岁了。

人到七十古来稀，六十五岁也已经垂垂老矣，再次被拜相任枢密使的消息传来，张浚大喜过望的同时，心中也有些茫然。

几十年来目睹了四朝更迭，朝堂之上的风云变化，让这位老臣已经没有了之前的一身激昂。

实际上在高宗朝初期，张浚掌政许久，作为主战派代表也曾经打过很多经典战役，但是终究是胜少败多，所以才会逐渐被后来者居上，隐隐退居二线乃至连遭贬黜。

但是在经过了多年的伪和平时期之后，现在大宋朝廷之上可用的主战派实在是少之又少，昔年的主战将领日益凋零，代表人物更是接连陨落，眼下还能活着站在朝堂之上的主战派，唯独只剩下一个张浚威望最高，也最为值得倚重。

听闻张浚再次被启用的消息之后，已经决定在太上皇位置上颐养天年的赵构顿感意外，深思熟虑之后还是找上了赵昚，告诫他可以支持主战派，可以北伐，但决计不可片面信任张浚此人。

当初的富平一战，赵构曾经倚重张浚此人掌控大局，结果正是因为他的刚愎自用导致了富平大败，几乎扭转当时大宋接连对金胜利的全面战局，更是打掉了赵构这个皇帝的不少自信心。

他很担心，赵昚如果重用张浚很有可能会重蹈富平之战的覆辙，将如今的金宋和平大好局势破坏掉，让大宋再次陷入危险之中。

大宋战争胜利与否，对于赵构来说其实并不重要，他真正看重的是大战的结果带来的影响。

对他来说真正重要的，是大宋不能再接连受挫大败，以至于政权失稳，否则到时候他这个太上皇还怎么继续享受生活？

退位之后的赵构，头脑明显比之前要清晰得多，几乎一语中的。

但此时的赵昚，已经陷入了想要以北伐胜利证明自己能力，宣扬国威的误区之中。

几番召对过后，赵昚重新点燃了张浚主政主战的激情，让张浚隐隐产生了一种感觉，仿佛此时又回到了当初那挥洒血汗为国征战的年轻力壮时期。

而赵昚不但开始盲目地信任张浚，亲自誊抄了《圣主得贤臣颂》一文赐给张浚，甚至还将一块刻有张浚名字和生辰八字的牌位供奉到了皇宫内祠之中。

这个举动，惊掉了朝野上下所有人的下巴。

毕竟像是类似的事情，别说是大宋了，就算放在历史上都十分罕见，毕竟两个人君臣有别，像这种需要违背为帝王者王道准绳去做的事情，在众多臣子的眼里，看起来实在是太荒谬了！

但对于朝中臣子们的纷纷指责，赵昚压根儿都不当回事儿，反而破例加封张浚为魏国公，在朝堂上下都对其越发尊崇。

眼看着朝中大臣对自己的行为都十分不理解，赵昚为表明自己支持主战派，支持北伐收复故土的决心，又做了第二件大事，也可以说是他成为皇帝之后在朝堂之中烧起的第二把火——为岳飞平反。

在获得了张浚的支持后，赵昚在早朝之上宣布彻查当年的主战派岳飞在风波亭惨死一案。

这个要求一说出来，立刻就在朝野上下引起了轩然大波，眼下站在朝堂之上的文臣武将当中，有很大一部分都曾经目睹甚至亲身参与过当初的那件大冤案。

倘若皇帝真的想要将这件事情给追查到底的话，他们之中绝大部分人都会被牵扯进去，一时之间人心惶惶。

当初站在主和派一方的众多大臣都觉得地位不保，生怕皇帝会因为这件事对朝堂进行一次大清洗，思来想去之后，立刻就找到了他们能找到的最大靠山，也就是此时已经退居到深宫大院儿之中，安然做起了太上皇的赵构。

毕竟当年岳飞的冤假错案是赵构一手支持的，如果这件事真的要被追查到底的话，最终的源头还是会查到赵构的头上。

大臣们相信赵旮有这个魄力清洗朝堂，但也清楚赵旮近些年来对赵构这个养父所表现出来的恭敬孝顺并不是虚情假意，倘若太上皇能够发话的话，必然可以将皇帝这个有些不切实际的想法给压下去。

赵构在得知此事之后也是分外吃惊，在众多大臣接连奏请之下又进了一次垂拱殿，谁也不知道这对父子二人在垂拱殿之中究竟谈了些什么，又是怎么谈的。

赵构在两个时辰后离开了垂拱殿，赵旮对于追查岳飞一案的要求放低了不少，并且明里暗里在朝堂之上对众多大臣进行了暗示。

虽然他有想法要为岳飞当初的案子平反，但并不会因为这件事情而牵连到当下朝堂之上的官员。

也就是说只是平反，不是重审。

这是来自皇帝的退让，也是朝中大臣联合太上皇的一次胜利，最终的结果也是让朝堂上下的人都十分满意。

岳飞被追复原官职，朝廷寻访其后代加以录用，随后更是专门发布文告，宣布将岳飞"少保、武胜定国军节度使、武昌郡开国公"的身份接连追复，这在一定意义上恢复了岳家的荣光，也算是对当初的那件冤假错案做了一次弥补。

但也正因为他对太上皇赵构的绥靖，所以这一次平反并不够彻底，在朝廷的文告之中，不过是宣告了恢复岳飞的名誉，却并没有提起冤假错案的详细情况，当初岳飞冤狱的制造者们，包括秦桧、张俊、万俟卨等人全都没有被追责。

纵然这个结果算不上完美，但还是让赵昚在朝野内外的主战派心中点起了一盏火炬，也让他们意识到了赵昚这一次绝非只是说着玩儿，而是真的打算要支持主战派重新开启北伐的进程，收复故土重振大宋。

一时之间主战派纷纷站了出来，开始支持赵昚的一系列举动。

这其中自然包括胸怀大志而无处着力的辛弃疾，听闻朝廷之上竟然有想法要进行北伐，辛弃疾立刻就准备了好几道札子，将自己的一系列战略构想都绘制成地图，并且加以描述，接连交了上去。

当然，因为在赵构那里吃过了亏，所以这一次辛弃疾并没有直接将目光放在皇帝的身上，而是把这些建言献策全都送到了如今主战派的代表人物，也是最受皇帝器重的大臣张浚的案几前。

在他的构想之中，这位德高望重的老臣一旦通读过他给出来的策略，必然会大受震撼，然后召他入京与皇帝奏对进而获得一定的兵权，参与到北伐盛事之中。

然而现实却浇了他一盆冷水，他辛辛苦苦做出来的战略设想和建言献策札子虽然交到了张浚的案几之上，但张浚却并未回应他，甚至完全没有理会这个小小江阴军低级将领的札子。

递交了这些札子之后，辛弃疾在任上盼了一天又一天，然而他的札子却如同泥牛入海一样，再没有了回音。

他一直等到在张浚的主持之下开始隆兴北伐，这才意识到自己是因为人微言轻，所以被人忽视了。

情绪复杂之下，辛弃疾只能将自己的注意力转移到其他的事情之上，在心中默默为此番北伐祈愿的时候，辛弃疾作了一首《汉宫春·立春日》。

春已归来，看美人头上，袅袅春幡。无端风雨，未肯收尽余寒。年时燕子，料今宵、梦到西园。浑未办、黄柑荐酒，更传青韭堆盘。

却笑东风从此，便薰梅染柳，更没些闲。闲时又来镜里，转变朱颜。清愁不断，问何人、会解连环。生怕见、花开花落，朝来塞雁先还。

春天已到，春光尚未到达却凭空来了许多风雨，春初的那些雨寒也不肯散去，也正如大宋现在的情况一样，让辛弃疾感觉到有些孤独寒冷。

虽然他并没有受到重视，但是此时王师北上重启了北伐盛事，这让辛弃疾略有些寒冷的心头燃烧起了一束火焰。

哪怕是对于这一次准备得极为不充分的北伐并不看好，但是出自对家国的热爱，辛弃疾在心中仍然由衷地希望北伐成功。

与辛弃疾一样心存恢复之志的人不在少数，但大多数都跟辛弃疾一样，纵然志存高远，但很少能有机会一抒胸臆，上疏直言，其中更有甚者就是上疏连连也得不到回应。

但这些人之中到底也是有一些例外的存在，几乎与辛弃疾几道札子同时摆在张浚案头的，还有一封信。

那是来自镇江府通判陆游的一封恭贺信：

……耕田凿井，举皆涵养之余，寸地尺天，莫匪照临之旧。岂无必取之长算，要在熟讲而缓行。顾非明公，谁任斯事。不惟众人引颈以归责，固亦当宁虚心而仰成。某获预执鞭，欣闻出纼，斗以南仁杰而已，知德望之素尊，陕以东周公主之。宜勋名之益大。虽不敢纪殊尤于竹帛，尚或能被一二于弦歌……

通篇恭贺信之中，赞美之词溢于言表，却蕴含了极多的深意，便是督促张浚为北伐制定一些比较长远的策略，而不要轻易出兵北伐。

这种劝谏类的信件，如果换作其他人送来张浚怕是看都不会看一眼，但此封信对面站着的是陆游，昔年张浚在南征时与陆游的父亲陆宰相交甚厚，自然对这个故交之子会高看一眼。

正巧陆游信中的内容也很合他胃口，所以张浚倒也愿意接受这种谏言。只不过他接受这种建议是一回事，按不按照这种建议去做又是另一回事。

纵然下面那些主战派的将领和大臣有不少人都提出了跟陆游一样的想法，打算暂时让皇帝跟张浚冷静下来，为北伐事业再好好筹划两年时间，等到万无一失了再动身也不迟。

甚至就连此时的左右丞相陈康博、史浩都两人也都对这件事情极力反对。

然而在张浚的极力坚持之下，赵昚还是决定直接发兵北上攻打金国，而且还是先发制人。

当年四月，由张浚全权指挥，大宋调集兵马六万余人，号称二十万大军，分别由李显忠与邵宏渊两人指挥，一路走濠州攻打灵璧，另一路从泗州出攻虹县。

这两个人的军事才能其实并不怎么强，之所以现在担此重任，不过是因为此时大宋朝廷之中根本没有可用之将，所以只能临时赶鸭子上架将这两个还有些实战经验的将军安排出来。

战争初期金国人怎么也没想到，大宋朝廷居然还敢主动发动进攻，所以一时不察被宋兵给打了个措手不及。

李显忠于五月初四成功强渡淮河，大败金将萧琦，旋即更是乘胜追击直接克复灵璧，取得了隆兴北伐战争之中第一场胜利。

而另一支队伍的邵宏渊在虹县之下却吃了个瘪，以数万人的兵马强攻一座小城竟然接连失利，最终还是在李显忠安排灵璧降卒诱降之后，才将虹县拿下。

邵宏渊眼见自己的功劳被抢夺，又无力在李显忠面前争夺，一时间嫉妒连连，竟然不愿再与李显忠进行配合，李显忠无奈之下只能独自奋战，强行北上攻打宿州。

这一次他的才能被彻底激发了出来，只花费了不到三日的时间就攻下了宿州，获得了此番战争之中第二场胜利。

赵昚听闻前线捷报连传顿时大喜过望，当即就将李显忠升为淮南、京东、河北三路招讨使，邵宏渊为招讨副使，做出了这个封赏之后，他甚至开始计划起要御驾亲征。

然而金军在经历过最初的几场落败之后，很快就意识到了问题所在，逐渐站稳脚跟后立刻大举反扑。而与此同时，宋军的内部却出现了不小的问题。

大军正副两个将领已经从最开始的面和心不和闹到了相互忌惮的地步，导致随后军无统帅，各自为战，一时之间，原本一边倒的战斗变成了金宋双方之间的僵持战。

就在这危急关头，李显忠再次做了一个让他后悔终身的决定。

在收复宿州城的时候，李显忠打开府衙仓库大门，从里面搜查出了大量黄金白银，各式各样的物资也是多不胜数。

按照惯例，一旦攻克城池，只要没有下达专门的命令，攻城后所掠夺的东西都需要进行统一调配，而针对士兵们的赏赐也都来自于此。

然而李显忠这个家伙在攻克宿州城之后，却下令将府衙仓库暂时封存，紧接着就让自己的亲信部属将仓库之中的东西肆意搬取。

让他没想到的是，短短一天的时间之内，仓库之中的东西就被搬走了大半。以至于他随后想要给下面的普通士兵封赏的时候，竟发现物资所剩无多，无奈之下只能给那些普通士兵每人分发下去了三百铜钱。

如此算下来，三个士兵手中的钱凑到一起都凑不够一贯。

这种穷酸到了极点的封赏，还不如不赏，以至于那些拿到赏钱之后的士卒纷纷开始抗议。

从这个时候开始，李显忠麾下的军营之中出现了难以抑制的不满情绪，士气锐减。

与此同时，因为受封正副招讨使，邵宏渊在名义上要受到李显忠节制，李显忠更是借此由头经常对邵宏渊暗中下绊子，招致邵宏渊越发不满，干脆一纸上疏送到了临安，要求对当下的任命做出更改，朝廷之上对此事极为重视，认为如果两个招讨使不合会对大军产生难以估量的影响，所以改命邵宏渊与李显忠分统两军。

就此大宋北伐兵马彻底分化为两派，而李显忠显然是被眼前的节节胜利冲昏了头脑，没有意识到危险即将来临，在邵宏渊这个碍眼的家伙主动离开主军后，于宿州城之中大摆宴席，欢饮达旦彻夜不休。

边境告急，金国人旋即就做出了反应，金国朝廷安排金国天下兵马左副元帅纥石烈志宁带领万名精兵自睢阳日夜赶来宿州驰援，这个副元帅曾经是完颜宗弼最为器重的爱将，所率兵马的战力还有他的谋略能力都不容小觑。

昔日赵昚继位后决议北伐时，汴梁城中的皇城司就已经南归临安并且取得了赵眘的信任，将临安城之中早已腐朽不堪的皇城司本部清扫一空，随后正式南归拿回了皇城司的正统地位。

这一次北伐，皇城司多年来在金国经营出来的情报力量起到了极大的作用，包括金国左副元帅率军而来的消息，也是经由皇城司的渠道而来。

然而李显忠对此却毫不在意，大言不惭兵来将挡水来土掩，大宋官军此时战意正浓，可以轻松将对方生擒活捉，其言行举止放浪，哪里还能看得出他此时出任的是大宋北伐大军的主将！

他的表现让手下人心怀不满，更让负责军中情报接洽工作的皇城司押司李茂忧心忡忡，立刻就将最近李显忠的表现汇集成文册递交到了临安城中。

王平拿到了情报文册之后，立刻就意识到情况不对，军中已经出现了这种情况，在枢密院的奏报之中竟然只字未提，反而大肆宣扬前线一切大好，这岂非自取灭亡之道？

紧接着他就听说近两日张浚接连向皇帝奏报，盛夏之时兵马疲乏不可连月征战，乞下诏命李显忠等人班师回朝。

很显然，作为此次北伐主使者的张浚也已经知道了前线的情况正在逐渐失控，却在故意隐瞒重点问题，混淆视听，想要通过这种避重就轻的办法把问题压下来。

王平当即便带着皇城司的情报文册入宫面圣，将自己的担忧直接告诉了赵眘。

赵眘对于强势回归临安入主皇城司的王平十分器重，打算效仿仁宗朝重用皇城司，内以平衡百官朝堂，外以谍报祸乱敌国，所以对王平这个皇城使极为器重。

在知晓了前线的具体情况之后，赵昚当即下令命张浚传旨大军准备班师回朝。然而仅仅是几日的时间，眼下就是命令传到宿州城，也已经来不及了。

宿州城外李显忠已经与纥石烈志宁所部遭遇，并且展开了接连数次激战，此时金军的整体战斗力已经远不如兀术在时那般强横，纵然人数上仍然是占据了优势，但是在面对大宋兵马的时候，却只能堪堪战个平手，似乎总是后继无力。

但此时的金军突然之间展现出了强烈的韧性，虽然连战连败，在李显忠的手中折损了上万人手，却一直没有溃败逃命的迹象，反而越战越勇。

接连十几日的激战，让李显忠隐隐意识到了此番金国人来势汹汹恐怕难以僵持，立刻派人秘密联系了此时正分营于五十里外扎寨的邵宏渊，打算与邵宏渊联合出手对付金人，来一次内外夹击，在宿州城外一举击溃金军主力。

然而邵宏渊对于李显忠的要求视而不见，摆出了一副坐山观虎斗的姿态。

这个消息传回了宿州城李显忠军中，立刻就引起了众多大宋士兵的不安，接连十几日的交战，早已经将他们骨子里的那点锐气消磨殆尽，再加上这个近乎令人绝望的消息传来，一时之间北伐大军本来就已经不稳的军心开始逐渐崩解。

李显忠视察城中布防后，当众斩杀了十几个动摇军心的士卒，但此时已经无力回天，除了进一步导致士气的低迷崩解外，起不到任何作用。

而城外金军的数量越来越多，一时间竟然屯兵二十余万，就是强攻宿州城也未尝不可，意识到大势已去的李显忠立刻下令宿州城中大军连夜开门撤离。

然而这个消息不胫而走，提前为金军所知晓，当夜宋军才刚刚撤出宿州城，金军便衔尾而来大肆冲杀。

在平原之上，金军的数量优势立刻彰显无遗，顷刻间就将宋军打散，李显忠率领残部夺路而走向南逃亡，而邵宏渊所部随后同样遭受到了金军冲击，这一支宋军营寨虽然据山而建，但毕竟没有宿州城的高墙防护，同样也被击溃。

两支宋军整合在一起一直逃到了符离附近，两人眼看着遁逃无望，与其继续被追杀蚕食，倒不如奋力一搏，立刻开始就地整军打算强行反击。

然而他们旋即发现，自己对军队的掌控已经消失，再也无法维持宋军整体编制，数万人被追杀一路后士气军心已经降到冰点以下，此时彻底变成了一盘散沙，就连最基本的整军列队都无法完成。

是役，宋军大败溃散，残部数万人直接被冲散。

后人有记其时宋军惨状：

器甲资粮，委弃殆尽。士卒皆奋空拳，掉臂南奔，踩践饥困而死者，不可胜计。

金人接连阵斩宋军首级共计两万余，缴获甲胄六七万副，大宋自绍兴和议后的第一次主动战略性进攻彻底宣告失败。

消息传回大宋朝廷之上，一时间举朝震惊无言。

隆兴北伐前后持续了不到三个月的时间便折戟沉沙，这对于大宋朝廷来说是个沉重的打击，对于那些主战派是前所未有的挫败，对于赵昚来说更是难以接受的摧残。

不过此时的赵昚展现出了令人惊讶的韧性，并没有被直接击垮在龙椅之上，而是一边安抚起引罪辞相的张浚，命其想方设法将这一次北伐失败的影响降到最低，尽力稳住大宋边军士气，防止金军乘胜追击，再次朝大宋施压，一边重新启用了主和派大臣，当初秦桧的左膀右臂汤思退。

这一次大溃败对于大宋的军事整备算得上是一次沉重的打击，经此一役大宋兵马折损惨重，恐怕短时间之内再也没有办法重启北伐，唯今之计他们只剩下了两个选择。

一是扛住金国人随之而来的报复，或者继续连绵十余年甚至数十年的边境战争，甚至干脆再次被金国人南下入侵，以牺牲边境城池的代价消弭金国人的锐气再行反击。

二便是在金国人发疯之前主动求和，力求将双方的损失都降低到最低。

原本赵昚对于如何做选还有些犹豫，但听闻兵败的消息之后，赵构再次出面干涉起此事，要求赵昚尽快重提和议，赵昚痛定思痛，果断选择了后者，不但直接启用汤思退为右相兼枢密使，更是主动与金国接触，商谈和议，但实际上此时赵昚对于和谈的态度还是有些模糊，虚虚实实难以彻底定夺。

汤思退得到了赵构的支持之后，于朝堂之上肆意妄为，竟然暗中联络金国，要求金国继续出兵逼迫大宋皇室议和。

金国此时国力已不如前，但乘着符离大胜，立刻就派遣大军继续南下扩大战果，重新逼近了长江防线。

这种悍然南下，隐隐又有大举南侵攻宋意图的举动，将大宋朝堂之上所有人的心弦全都绷紧，赵眘听到了一些风言风语之后，立刻责令皇城司彻查此事。

不过月余时间，汤思退里通外敌的事情就被彻底坐实，赵眘对此极为愤怒，当即将复任不久的汤思退剥夺了所有官职，就连公爵身份也直接剥夺，随后押送到了永州软禁候命。

汤思退在途中听到有人议论他最终的结局，皇帝对于他卖主求荣里通外贼的行为十分不满，似乎有将他斩首示众的想法，而太上皇赵构此时也意识到自己的养子似乎有失去理智的趋势，在这件事情上并没有过多插手，甚至在一段时间之内减少了对于赵眘议和一事的问询。

汤思退想尽办法朝太上皇递交了几份秘密札子，但都石沉大海，立刻就意识到自己已经无力回天。

这个一生都在追随秦桧步伐，致力于敦促大宋皇室委曲求全、偏安一隅，在江南之地抱残守缺安于享乐的家伙，彻底陷入了绝望之中。

就在他即将被押送到永州的时候，一日夜里听到周围有锁链和刀剑的碰撞声，竟然以为是皇帝派来砍自己脑袋的人到了，惊慌之余大喊了数声，随后被活活吓死。

将汤思退送到永州的同时，赵眘再次迎来了一件对他影响极大的事情。

被他无比倚重，几乎成为朝廷柱石的张浚在主和派逐渐重新占据了朝廷上风后，觉得抗金已经成了一纸空谈，恐怕此生再没有希望看见第二次北伐，所以干脆请求致仕归隐，几番请辞后赵眘无奈答应，授其少师、保信军节度使，处判福州，但同时则以张浚年岁太高，不宜轻易奔波为理由，要求张浚暂居临安城待命。

与此同时，为了弥补主战派此时在朝廷之中的不足，赵眘立刻就想起了之前在采石矶一战中大放异彩的虞允文,当即从平江府召虞允文回临安,宣布任命他为端明殿学士、同签书枢密院事、参知政事兼同知枢密院事,这等于将抗金重任从张浚的肩膀之上挪开,随后压在了他的肩上。

寄望于虞允文,更是主战派在朝堂之上的传承。

这个安排获得了张浚的赞许,对于虞允文这位优秀的后生他本来就十分欣赏,如今看到抗金大业后继有人,顿时欣慰无比。

但也正是因此,他再次拒绝了赵昚日后起复有望的暗示,决意再次请辞归老田园。

本来赵昚也是想着还可以再次重用这位老臣,然而同年八月,张浚身体每况愈下,最终病逝。

听完这个消息之后,赵昚沉默良久,最终只能扼腕叹息,最后在张浚的门人陈俊卿请求之下,加赠张浚为太师,赐谥号"忠献"。

张浚之死彻底成为压垮赵昚心中那一抹坚持的最后一根稻草,赵昚从这一刻开始就不再坚持继续北伐。

虞允文才刚刚入朝成为主战派的主心骨,面对着杂乱无章的朝政一时间无从着手,再加上金人兵临边境,接连攻破数座城池,压力越来越大,就连他一时间也无法力挽狂澜,只能主动找到赵昚请求赵昚暂时加紧议和步伐。

原本大宋朝堂虚虚实实的议和姿态彻底转虚为实,随后在经过一年左右的争论之后,双方签订了新的和议盟约。

南宋对金不再称臣,改称叔侄关系;

维持绍兴和议规定的疆界;

宋每年给金的"岁贡"改称"岁币",岁币为每年银绢各二十万两匹，比绍兴和议时每年少五万两匹。

宋割商州（今陕西省商县）、秦州（今甘肃省天水市）等地予金；

金不再追回由金逃入宋的人员。

虽然与当年的绍兴和议一样，这份新的盟约同样也是屈辱的不平等条约，但是相比较起绍兴和议来说，大宋在和议之中的地位有明显的改善，岁币数量有所减少，但领土之上做了不小的让步。

同时金国内部正处于不稳定的状态之中，看似虎视眈眈，实际上却极度渴望迅速解决眼前的问题，所以并未再过度紧逼，双方总算是达成了和解。

从这份和议签订之后，直到后来韩侂胄发动开禧北伐，这其中整整四十年的时间之内，宋金两国都没有再开启大规模的战事。

金宋两国同时在位的皇帝，在这段时间之内也都展现出了不错的能力。

大宋在赵昚治理之下，日益太平安乐，一改之前赵构在位时朝堂贪污腐败的局面，史称"乾淳之治"。

金国也在完颜雍用人唯贤、与民休息的政策之下逐渐达到盛世，作为难得喜爱和平的金国皇帝，完颜雍因此被后人称为"小尧舜"。

这些都是后来才发生的事情，而彼时正处于隆兴和议刚刚结束时期的大宋朝野上下并没有人预料到会有难得的和平盛世出现。

辛弃疾目睹了隆兴北伐的失利之后，可谓痛心疾首，随后潜心钻研时事国情，接连上疏献策，想要为大宋复兴再出一份力。

次年，赵昚改年号为乾道，意图励精图治，隐隐有效仿仁宗朝励精图治强国强民，再图北伐的意思。

这让辛弃疾再次看到了希望，将自己数年来审慎思考和整理后所作的万言平戎之策《美芹十论》奉上。

这里的芹所指的便是芹菜，因为《诗经》之中常有歌咏，所以取臣子进言献策之"芹意"，意图以奇妙言论来博取赵昚的兴趣。

其间洋洋洒洒万余字，几乎涵盖了事关北伐的方方面面。

其文中之言态度端正，言辞犀利，句句切中要害：

恭惟皇帝陛下，聪明神武，灼见事几，虽光武明谟，宪宗果断，所难比拟。一介丑虏尚劳宵旰，此正天下之士献谋效命之秋。臣虽至愚至陋，何能有知，徒以忠愤所激，不能自已，以为今日虏人实有弊之可乘，而朝廷上策惟预备乃为无患。故罄竭精恳，不自忖量，撰成御戎十论，名曰美芹：其三言虏人之弊，其七言朝廷之所当行。先审其势，次察其情，复观其衅，则敌人之虚实吾既详之矣；然后以其七说次第而用之，虏故在吾目中。惟陛下留乙夜之神，沈先物之机，志在必行，无惑群议，庶乎"雪耻酬百王，除凶报千古"之烈无逊于唐太宗。典冠举衣以复韩侯，虽越职之罪难逃；野人美芹而献于君，亦爱主之诚可取。惟陛下赦其狂僭而怜其愚忠，斧锁余生，实不胜万幸万幸之至。

引言之后，便是十项重大讨论要点：

审势第一

察情第二

观衅第三

自治第四

守淮第五

屯田第六

致勇第七

防微第八

久任第九

详战第十

整篇奏疏一共万余字，可谓字字珠玑，从建炎南渡赵构重新立国开始，虽然几十年间诞生了不少如同韩世忠和岳飞这样的优秀将帅，但是专门针对金国的系统性军事理论著作并不是很多。

辛弃疾在文中所提到的这十个观点，包含了攻守之策、强军之策，也有富国强军的基础工程建设理念，其中绝大多数理论皆有历史承袭，讲究的是用尽各种办法屈人之兵，而不是具体性的战术战略应用。

当然最重要的是，《美芹十论》之中所蕴含的种种道理，并不是单纯又空洞的军事规律总结，而是专门针对眼下宋金两国之间局势而做出来的针对性奏疏，算得上一剂济世良方。

除此之外，辛弃疾接着又写下了《美芹十论》的姊妹篇《九议》，献给了此时已经拜相主政的虞允文。

当初辛弃疾能够南归，虞允文于其中有不小的帮助，两人又都是主战派，按照辛弃疾的想法这奏疏必然会引起重视。

但辛弃疾万万没有料到，此时的赵昚接连经受赵构的打压、隆兴北伐的失败、倚重重臣的去世，陷入了迷茫期和低谷期。

而此时宋金两国"隆兴和议"才刚刚签署完，他这两道奏疏虽然高谈阔论思想卓绝，却并不合时宜，所以最终只是被束之高阁。

不过赵昚对于这《美芹十论》的作者依旧产生了一些好奇，回想起当初辛弃疾的传奇故事后，彻底记住了辛弃疾这个"归正人"。

这样一个人才，自然不应该被一直埋没和闲置，所以赵昚将他从广德军通判升迁为建康府通判。

虽然在官职之上看起来这不过是平级调动，但对于辛弃疾来说，这两个通判的意义却并不相同。

建康是六朝古都，更是兵家必争之地，此时作为宋金两国边境的重点城池，对于任何一个主战派的将领都有着不同寻常的意义。

从李纲开始，韩世忠、岳飞等诸多主战派都曾经建议过让皇帝将大宋都城从临安迁到建康，但赵构害怕此地距离金宋交界太近，容易沦为战场，一直都不敢采纳，最终也只是定为陪都。

而辛弃疾在"归正"时，第一个到达的大宋重要城池也是建康。

经过了几年在大宋官场的沉沦，辛弃疾已经不再是那个初出茅庐、文武双全却十分莽撞的年轻人。

所以在建康府任职的时候，辛弃疾并没有一直醉心于整理谋划北上作战的种种，而是开始不断跟大宋朝堂之上的这些官员接触交往，关系越发密切，竟然也能逐渐在自己身边编织出一张小型的关系网。

而他也确实在这里碰见了他在大宋朝堂之上第一个真正无条件欣赏他，而且也成为至交的人，那就是时任建康留守、知建康府兼沿江水军制置使的史致道。

此人在建康集军政大权于一身，任期内接连建造战船，加固城墙，沿岸构筑堡垒，积极巩固长江防线，可以说为大宋水军的建设做出了杰出贡献。

而且他的战略思维跟辛弃疾十分契合，两人明面上是上下级关系，实际上经过短时间的相处之后，私底下已经成为要好无比的朋友，经常聚在一起讨论恢复大计。

辛弃疾对于自己这位上司兼好友十分敬重，甚至专门为这位好友写过两首词。

第一次是在史致道的家宴之上，辛弃疾乘着酒意，作了一首《满江红·建康史帅致道席上赋》。

鹏翼垂空，笑人世，苍然无物。又还向、九重深处，玉阶山立。袖里珍奇光五色，他年要补天西北。且归来，谈笑护长江，波澄碧。

佳丽地，文章伯。《金缕》唱，红牙拍。看尊前飞下，日边消息。料想宝香黄阁梦，依然画舫青溪笛。待如今、端的约钟山，长相识。

其中将他这位朋友比作大鹏鸟，直接赞扬对方志向远大，才能出众，而且近年来在长江沿岸的政绩十分卓著，当得上他的赞赏。

后面更是预祝他这位朋友能够建功立业，在朝堂之上有大展宏图的机会。

这既是对朋友的赞扬和祝愿，其中也蕴含了对自己的一些期盼。

毕竟他接连多次上疏都没有得到过重视，这一次虽然来到了建康任职，但也不过是同级别的调动，恐怕短时间也不会有升迁或者是得到重用的希望。

或者是辛弃疾对自己这位朋友有极其深远的先见之明，又或者是他的祝福被上天看中实现。

没过多长时间，老史就被一纸调命调入朝中任职户部侍郎，虽然并不是直接封侯拜相，但也拥有了更大的施展抱负的舞台。

对于自己这位老领导、老朋友，辛弃疾在祝福之余仍然是觉得有些依依不舍。所以在城外赏心亭道别之时，又为这位老朋友作了第二首词《念奴娇·登建康赏心亭，呈史留守致道》以抒胸臆。

我来吊古，上危楼、赢得闲愁千斛。虎踞龙蟠何处是，只有兴亡满目。柳外斜阳，水边归鸟，陇上吹乔木。片帆西去，一声谁喷霜竹。

却忆安石风流，东山岁晚，泪落哀筝曲。儿辈功名都付与，长日惟消棋局。宝镜难寻，碧云将暮，谁劝杯中绿。江头风怒，朝来波浪翻屋。

这首词与其说是在为朋友壮行，倒不如说是在抒发他心中块垒，这正是要与老朋友分别之前的一吐为快。

随着老朋友离开建康城，辛弃疾即将再次陷入之前的那种孤寂之中，恐怕短时间之内再也找不到第二个这般理解自己的朋友了。

而眼下时局凶险，金国人虽然看起来也正在准备迎接接下来的和平时期，但实际上随时都有可能侵犯挑衅大宋，朝廷上下应该未雨绸缪，重用一些诸如自己一样的主战派人才才对。

但是他在这建康城中，却不知道又要待多久了。

史致道很清楚自己这位朋友的心情，当下连连夸赞辛弃疾的辞赋能力不输于昔年大文豪东坡先生，言笑晏晏，实际上却将辛弃疾怀才不遇、渴望报国的想法给牢牢记在了心里。

所以他回到朝中之后没有多久，就不避嫌地直接向赵昚举荐了辛弃疾。

此时《美芹十论》那洋洋洒洒数万言的内容还被赵昚记在心里，所以他立刻就想起了这位军事人才。

乾道六年（1170），赵昚在临安城皇宫内召见了辛弃疾，虽然算不上正式的召对，但也足以说明史致道的推荐和辛弃疾此前的多番上疏终于起到了一定的作用。

召对过程之中，辛弃疾将自己心中块垒尽数抒出，口若悬河，酣畅淋漓。

赵眘虽然不是一个能力卓绝的皇帝，但是绝非昏庸无能。所以他很清楚辛弃疾是一个相当难得的人才，只可惜他的才能多数都集中在军事之上，对于安邦定国之法，胸有成竹，但在和平时期，却算不上一个常理意义上的经世致用之才。

这让赵眘十分头疼，经过了几年时间的和平时期之后，现在赵眘心中的北伐想法已经逐渐减弱，比起最开始想要成为一个收复失地甚至开疆扩土的伟大帝王来说，现在他更想成为一个可以让国中百姓安居乐业，可以让大宋国富民强的圣明君主。

在稍作犹豫之后赵眘将辛弃疾调入临安，出任司农寺主簿。

这个职务相对于之前的平级调命来说改变不大，仍然属于低品级的调任，但与之前不同的是，这一次他可以回到皇帝身边做事，而且接触的还是他之前并不太感兴趣的内政方向。

这意味着皇帝有意图重点培养他，他也可以得到更多在皇帝面前露面的机会。

辛弃疾十分珍惜在这里的机会，与此同时也开始在临安城的灯红酒绿之中，逐渐融入大宋的真正官场。

临安城毕竟是天子脚下，随便打一杆子都能拉出来几个跟当朝权贵有关系的人，而大宋朝堂之上的黑暗之处，辛弃疾也已经胸有了然。

为了不被那些乱七八糟的事情影响到自己未来的大计，辛弃疾在这段时间里表现得十分低调，不光是平时的行为举止，甚至就连写出来的词赋都少了愤慨和愤懑，更多的是委婉屈曲。

元宵节时，辛弃疾将史致道和王平约出饮酒，彻夜闲谈。

从小到大，辛弃疾大部分的时间都是在兵荒马乱之中度过，对于这种富贵迷人眼的繁华盛景难免心生唏嘘。

与三两友人站在临街的酒楼之上，辛弃疾饮酒观灯，心中难得生出了些许柔软之意，一时间心有所感，挥毫撰词：

东风夜放花千树。更吹落、星如雨。宝马雕车香满路。凤箫声动，玉壶光转，一夜鱼龙舞。蛾儿雪柳黄金缕。笑语盈盈暗香去。众里寻他千百度。蓦然回首，那人却在，灯火阑珊处。

在临安城待了这么久之后，辛弃疾已经彻底摸清楚了朝堂上下那些大臣们的心境，知道如果接下来他们即将迎来的是另一个版本的绍兴和议后的和平时期，那么他们北上收复中原的希望将会越来越小。

也正是在这个时候，辛弃疾在临安城碰到了另外一个心怀愤懑愁绪，与他的遭遇十分相似的人。

此人便是刚刚得到调令，即将赴任成都任安抚司参议官的陆游。

乾道元年（1165），陆游因为被人诬告"结交谏官、鼓唱是非，力主张浚拥兵"而被罢免官职，赋闲多年。

直到乾道五年（1169），陆游才被朝廷征召，任夔州通判，在任之时作《平戎策》，提出"收复中原必须先取长安，取长安必须先取陇右；积蓄粮食、训练士兵，有力量就进攻，没力量就固守"的言论。

十月，《平戎策》为朝廷否决，陆游也被召回临安城等待安排，随后在闲职之上待了三年的时间，直到乾道八年（1172），才被扔到了成都去当这个参议官。

这实际上也是个闲职，没有太多的职责要求，这个官职大部分时间都是用来养一些闲人，换作此前的话，说不定陆游会选择请辞。

但此时他在朝堂之中待的时间实在是太久了，面对朝堂上下那些乱七八糟的景象，实在是心烦意乱，所以二话不说便领命谢恩。

这一次趁着元宵节的机会上街游逛，倒不是为了好玩儿，而是想要趁着这个机会散散心，排解自己胸中的愤懑之情。

经由王平和史致道介绍之后，陆游与辛弃疾两人一见如故，一起喝了五六壶酒，两个人都是有一种相见恨晚的感觉。

这一年，两个主战派的书生都得到了同一个人的照顾，终于看见了晋升的希望。

虞允文在坐稳了朝堂之后，开始有意提拔贤良之士，辛弃疾在出任了司农寺主簿一年多之后，被虞允文外派到滁州做知府。

而在四川憋屈了半年多的时间之后，陆游也经由虞允文举荐，改调嘉州通判。

原本两人都觉得，在虞允文的提拔之下，两人终究能够施展胸中所学，再度兴兵北伐，恢复旧土。

但在两年后的淳熙元年（1174），对两人有知遇之恩的虞允文病重去世，时年六十五岁。

作为主战派在朝中最后一位位高权重的主事人，虞允文一死，主战派逐渐失去了在朝中的主导地位，再加上赵昚对收复失地的想法越发淡漠，也就意味着主战派失去了兴兵北伐的先决条件。

大宋表面上在赵昚的统治之下日渐繁华，逐渐恢复了繁荣的盛况，但无论是辛弃疾还是陆游都清楚，内部没有强大的军事力量作为支持，外部又有金国这样的强大敌人虎视眈眈，这种情况之下，再繁华的盛景也不过是虚假的烟云罢了。

淳熙十四年（1187），寿命几乎贯穿了半个南宋史的赵构，终于迎来了生命的终点。

这个一生经历颇丰，时而有恢复之志，时而又懦弱昏庸的皇帝，因为给了大宋王朝二次生命，死后被冠以尊崇的高宗庙号。随着赵构人生帷幕的落下，也结束了他对大宋朝堂的影响。

赵昚在位二十五年，一直都被他这个养父压着，此时忽然失去了脑袋上的这座大山，深感松了一口气之后，竟生出了要退位让贤的想法。

比起他那个在皇位之上犹犹豫豫多年的养父来说，赵昚显得十分随性洒脱。

在赵构驾崩两年后，淳熙十六年（1189）正月末，赵昚改德寿宫为重华宫，作为自己退位后的居所。二月二日，在紫宸殿举行了内禅仪式，赵昚成为太上皇，被尊为"至尊寿皇圣帝"。

继位成为皇帝的太子赵惇身体极差，登临帝位之后病情时好时坏，再加上皇后李氏蛮横独断，赵惇又惧内，长期积累下来，把赵惇的性格逼得极为偏激。

随着他病情的不断恶化，朝堂之上本来已经形成的和平安定景象开始变得有些动荡不安。

绍熙五年（1194），被赵惇幽禁隔绝在宫中五年之久的赵昚，最终郁郁成疾，驾崩在皇宫之中。

比起他那个不靠谱的养父来说，赵昚算得上建炎南渡之后大宋最有作为，最贤明的一个皇帝，对于他这种遭遇，无论是朝野上下还是天下的百姓，都难以接受。

这件事情如同一个导火索，朝中群臣再也没有办法容忍赵惇这个疯子一样的皇帝，在身为宗室的右相赵汝愚带领下，到太皇太后吴氏的宫中请愿，随后拥立了嘉王赵扩登基。

赵惇被迫禅位，成为太上皇，此事史称"绍熙内禅"，而从这一刻开始，赵惇就被软禁在了宫中，一直没有露过面。

直到七年后的庆元六年八月，赵惇终于扛不住生理心理上的双重折磨，驾崩于寿康宫中，庙号光宗。

而继任皇位的赵扩，在赵汝愚与韩侂胄这两位重臣的辅佐之下，罕见的再次兴起了想要北伐金国，意图恢复故土的想法。

此时朝中昔年的主战派早已经尽数凋零，作为其中代表的辛弃疾与陆游，此时都已经是六七十岁的老人。

但在听说朝堂之上竟然仍有北上光复故土的想法之后，两人都激动无比，接连上疏请求参与北伐。

两人多年的夙愿，似乎终于有了实现的机会。

第三章

开禧北伐再度失利　迁都汴梁金国衰败

虽然在金国的统治之下中原地区已经和平了很多年，但是本地汉人同女真族还有契丹族各个族裔之间的矛盾其实从来都没有真正的缓和过。

金国毕竟是以游牧民族起家，对于河流水道缺乏管理经验。加上之前金世宗所带来的和平盛世红利逐渐消失，金国开始天灾人祸不断。黄河三次决口，最后更是夺淮入海，以至于整个金国国民生计雪上加霜。

各地本来已经安静了数十年的贫苦百姓再次因为吃不上饭揭竿而起，开展起了轰轰烈烈反对金国统治的暴动和起义。

此时的金国在长时间的和平期之后，军事力量出现了十分严重的衰败，各路兵马前后奔波忙碌，一时之间竟然手足无措。

趁着金国朝廷此时全部的精力都拿来镇压农民起义，原本臣服于金国的蒙古各个部落开始悄悄崛起，草原之上的争霸风云日渐汹涌。最开始的时候只不过是这些蒙古贵族之间的相互攻打和融合，并没有太引起金国统治者的注意。

但随着蒙古各族相互之间的融合越来越多，蒙古的势力也从最开始的一盘散沙逐渐凝聚在了一起。很快就出现了时不时可以凝聚数万大军的情况，这让金国统治者意识到了问题的严重性，开始用分化离间的方式让这些部落相互之间残杀消耗。

用好处引诱，用金钱收买，甚至不惜送去美女牛羊。这些手段在最开始的时候起到了一些作用，但随后一个叫铁木真的人彻底打破了金国的计划。

铁木真只用了十几年的时间就将整个蒙古草原全都统一，无数部落臣服在了他的脚下。

此时的铁木真被各个部落尊称为成吉思汗，手中可以动用的军事力量渐超过十万之数。

金国自己就是从草原之上崛起的游牧民族势力，自然知道这么多兵马在草原上意味着什么。立刻就将成吉思汗列为自己的生死大敌，多次派出大军，想要将其围剿。

然而这个时候亡羊补牢也已经晚了，蒙古草原之上的军事力量已经无法通过简单的战争消灭。金国内部已经一片混乱，想要再抽出大批军力对付北边的蒙古草原根本不可能。只能眼睁睁地看着蒙古草原上成吉思汗的势力越做越大。

而看着此时的金国人腹背受敌，本来就从来没有彻底放弃过收复中原努力的大宋朝廷开始蠢蠢欲动。

此时已经成为宰相的韩侂胄刚刚在朝廷上将赵汝愚击败，风光一时无两，正需要进行一场对外战争来证明自己的能力，进而巩固他在朝野内外的影响。于是趁着这个机会决定进行北伐。

在这一次北伐之前，韩侂胄怂恿皇帝赵扩做了一件事——再次为岳飞平反。只不过这一次比起之前要彻底得多，不但彻查了当年的案件，确定了几个主要罪人的罪责，还追封岳飞为鄂王，两年后削去秦桧封爵。

这对于投降派和主和派是个不小的打击，同样也在某种意义上证明了他们这一次北伐的真正决心。

想要北伐必然要将全国上下那些曾经的主战派骨干成员召集起来，此时早已经六七十岁，垂垂老矣的辛弃疾和陆游二人都在此次受邀之列。

但是此时的陆游已经七十余岁，实在太过年迈。别说是亲临战场指挥杀敌，就算是赶往临安的长时间奔波恐怕都未必受得了。所以无奈之下只能依依送别辛弃疾，并且为他送上祝福。

对于自己这位知交好友能够再次上阵杀敌，参与到这一次的北伐盛事之中，陆游十分高兴，当即挥笔写下了一首长诗相赠。

送辛幼安殿撰造朝

稼轩落笔凌鲍谢，退避声名称学稼。十年高卧不出门，参透南宗牧牛话。
功名固是券内事，且葺园庐了婚嫁。千篇昌谷诗满囊，万卷邺侯书插架。
忽然起冠东诸侯，黄旗皂纛从天下。圣朝仄席意未快，尺一东来烦促驾。
大材小用古所叹，管仲萧何实流亚。天山挂旆或少须，先挽银河洗嵩华。
中原麟凤争自奋，残虏犬羊何足吓。但令小试出绪余，青史英豪可雄跨。
古来立事戒轻发，往往谗夫出乘罅。深仇积愤在逆胡，不用追思灞亭夜。

这是一个已经接近八十岁的老人对自己知交好友的赞赏。更是对接下来北伐之事的期待。

辛弃疾对陆游心中的想法感同身受,所以在临走之前,他紧紧握着陆游的双手,向陆游一再保证自己绝对会鞠躬尽瘁,死而后已。

此番出行,他所带着的并不只是自己多年以来的愿景,还有陆游这位知交好友的期许。

在奔赴临安就任的途中,辛弃疾收到了一封信,这封信来自朱熹的高徒、女婿,跟辛弃疾同属于主战派阵营的黄榦。

信中的内容不多,甚至可以说十分简短。

今之所以用明公,与其所以为明公用者,亦尝深思之乎?古之立大功于外者,内不可以无所主,非张仲则吉甫不能成其功、非魏相则充国无以行其计。今之所以主明公者,何如哉?黑白杂糅、贤不肖混殽、佞谀满前、横恩四出。国且自伐,何以伐人?此仆所以深虑。夫用明公者,尤不可以不审。夫自治之策也,国家以仁厚操驯天下士大夫之气,士大夫之论素以宽大长者为风俗。江左人物素号怯懦,秦氏和议又从而销靡之,士大夫至是奄奄然不复有生气矣。语文章者多虚浮,谈道德者多拘滞。求一人焉,足以持一道之印,寄百里之命,已不复可得,况敢望其相与冒霜露、犯锋镝,以立不世之大功乎?此仆所以又虑,夫为明公用者,无其人也。内之所以用我,与外之所以为我用者,皆有未满吾意者焉。

不过短短数百字而已,却是将黄榦的想法说得十分透彻。

如今大宋朝堂之上看似平静祥和,但实际上经历了好几次皇帝变更之后,朝政早已经乱成了一锅粥,眼下朝廷之中这些人看似志存恢复,其实心里面想的还都是自己的那点儿利益。

跟这些人一起做事无异于与虎谋皮，根本不足为信。如果真的盲目地将希望寄托在这些人的身上，很有可能会适得其反。

眼下的大宋朝廷已经骄奢淫逸惯了，大部分人缺少进取之心，眼下他们根本就不具备北伐的条件。

此时金国的确是内忧外患，看上去不堪一击，但是大宋朝廷其实也没好到什么地方去。

放下这封信之后，辛弃疾久久不能释怀。其实他的心里十分清楚，黄榦的说法十分精准。但如果按照黄榦的提议，恐怕二三十年之内，在大宋完成休养生息之前，他们根本就没有办法进行再次北伐。

或许大宋朝廷能够等得起，也或许大宋的百姓等得起。

但是他辛弃疾已经等不起了，陆游也等不起了，他们这些志存恢复、几十年来都在想着北伐收复故土的老臣们，等不起了。

眼下他们的年纪都已经六七十岁，如果再等上三十年的话……

辛弃疾沉默许久之后，将黄榦的信仔细折好，随后夹在了书箱的最底层。

都已经到了这个年龄了，既然眼下大宋的问题只是出在朝堂之上，无论他们做什么决定，也不至于在第一时间内就影响到百姓的安危，那就让他这个上了岁数的老臣，也任性一把吧！

辛弃疾多年来虽然一直都没有得到真正的重用，但是在朝野上下乃至民间所积累的名望极高。

所以韩侂胄十分看重他的态度，朝廷上下，甚至皇帝也十分看重他的态度。而他坚定不移地选择了支持这一次北伐。这无形之中鼓舞和帮助了韩侂胄，更加坚定了皇帝下定北伐的决心。

在朝中准备休养了数个月的时间之后，辛弃疾被任命为镇江知府。

镇江府京口城，是辛弃疾的故地，虽然他之前从来没有在这里当过官儿，但是在他回归大宋怀抱之后，曾经长期在这里定居，并且在这里娶了续弦妻子范氏。

这里地处建康下游，位于长江津口，北边则是扬州城。一直以来都是大宋的军事要冲地点。无论什么时候都属于兵家必争之地。在江南沿江各个城市当中，战略意义仅次于大宋的陪都建康。

被安排在这个位置上，辛弃疾的心中百感交集。从明面上看，这似乎是韩侂胄对他的信任和依仗。

但这并不是辛弃疾此时此刻最想要得到的结果。他现在年事已高，就算是上战场，想要的也不再是提三尺剑在阵前杀敌无算。

对他来说更想要的是在朝中做主战官员，统筹整个北伐大事。况且这一次北伐的战场恐怕并不在镇江。如果他真的在这里一直待着，很有可能会错过整场北伐盛事，这对于他来说将会是追悔一生的遗憾。

但是辛弃疾也十分清楚，如果他不能镇守镇江的话，恐怕韩侂胄根本不会再给他另外参与北伐的机会。所以他终究还是选择上任。

北固亭中，辛弃疾看着滚滚大江，心中生出了无限的感慨。

人生蹉跎数十年的时间，而今他已经到了花甲高龄，竟然等来了机会一展野望，真叫人难以相信，更是唏嘘不已。

他唤来从人，在这里题下了一首后来广为人所传颂的词赋《永遇乐·京口北固亭怀古》。

千古江山，英雄无觅孙仲谋处。舞榭歌台，风流总被雨打风吹去。斜阳草树，寻常巷陌，人道寄奴曾住。想当年，金戈铁马，气吞万里如虎。

元嘉草草，封狼居胥，赢得仓皇北顾。四十三年，望中犹记，烽火扬州路。可堪回首，佛狸祠下，一片神鸦社鼓。凭谁问：廉颇老矣，尚能饭否？

烈士暮年，壮心不已。

此时的辛弃疾已经是满头白发，跟当年居住在这里那个风华正茂，雄姿英发的年轻人几乎判若两人。

曾经的理想破灭，曾经的辛苦奔波，曾经的怀才不遇，此时都被奔腾的滚滚江水冲散。

他抬起头，朝着北方眺望过去，眼神之中充满了犀利与锋芒，几十年的时间过去了，他一直都没能再回去的北方，他一直寄予了厚望的北伐事业，现如今真的有机会开始了吗？

没有那么多的壮怀激烈，也没有那么多的怀古伤今，在这里待了不到半天的时间，他便带着身后的从人策马直奔镇江。

在这里他碰到了同样也已经垂垂老矣的王平，这个时候的王平早已经从皇城司使的位置上退了下来，现在正在镇江做一个老老实实的富家翁。

多年以后，再次看见老友，两个人都十分高兴。

之前那些年经过几次皇帝变更之后，本来被王平重新经营起来的皇城司已经形同虚设，无论是对内还是对外，都已经没有办法形成之前那种行之有效的威慑，更难以执行之前那么复杂的任务。

所以王平选择了急流勇退，在他还能走得动，还能趁着机会游山玩水的时候，将自己的位置交给了近年来带出来的徒弟，自己则当了一个普普通通的富家翁，在各地游历了两三年之后，这才回到镇江定居。

说起来他这几年的生活倒是十分丰富多彩。

在得知辛弃疾竟然是为了北伐一事而前往镇江任职之后，王平吃惊之余，立刻决定在这个时候出手帮助自己这位老友一把。

虽然已经厌倦了朝堂之上的纷争，最终甚至放弃了自己为之奋斗一生的事业，变成了一个普普通通的白衣富翁。但是王平依旧没有忘记自己的父亲当年究竟是为何而死，同样也没有忘记当初自己父亲最为崇敬的那位岳元帅临死也没有忘记的志向。

恢复中原，收复故土。

也正巧这个时候身为他故交老友的辛弃疾到镇江就任，刚好给他提供了这个展示自己手段的机会。

虽然现在他已经没有办法指挥皇城司，但是依旧提供了大笔金钱和渠道，帮助辛弃疾组建了一个由间谍和察子组成的情报机构，不断向金国进行渗透，为接下来的北伐做准备。

时间来到了开禧二年（1206），已经宛如风中残烛的辛弃疾站在江边看着远处的北方缓缓抽出了长剑。

纵然是风中残烛，他也要为北伐大计，为了大宋朝堂燃烧最后一次，蜡炬成灰泪始干！他只有等到真的死去的那一天，才会放下心中的北伐执念！

开禧北伐，终于开始了。

这一次的北伐因为大宋是突然袭击，所以取得了出其不意的效果，最开始接连攻下了数座城池，那些长时间都在金人军队之中的汉人军官，有不少人都趁着这次机会纷纷逃离，投奔大宋军队。

而且这一次大宋所攻击的战线拉得十分狭长，几乎遍及整个江淮地区，东面延伸到淮南东西路，西面则直接到了襄阳唐州各地，看上去气势汹汹，似乎已经做好了一举歼灭金国的准备。

但是作为这一次北伐的主导者，韩侂胄虽然心强气盛志存恢复，但是军事能力却有些不足。

在他的安排之下，出任各路兵马主将的人也都不怎么靠谱，在东中西三路战场之上，大宋的兵马接连失败，而且几乎都是一败涂地，以至于西路军事重镇和尚原和蜀川门户大散关也被金军攻占。

原本韩侂胄的手中还掌握着最后一只底牌，那就是身在四川的陕西河东招讨使吴曦，此时吴曦的手中尚有一支兵马，可以逆风作战，若是能够将他们投入接下来的战场之上，说不定还能力挽狂澜。

但让韩侂胄意外的是，这个吴曦竟然是早就已经暗中投靠了金人，打算借用金人的力量叛变成为蜀王。

这一下大宋朝廷失败得极为彻底，既丢了面子，也丢了里子。

原本轰轰烈烈筹划了经年之久的开禧北伐，在不到一个月的时间内就宣告失败。

面对北伐失败的消息，韩侂胄此时心中思绪万千，满是悔恨。为了这次北伐，他甚至将自己的家产尽数充公，补助了二十万的军费，结果被他寄予厚望的北伐之战竟然如此轻而易举就失败了。这让他直接元气大伤，一时之间在朝廷之上，也没有了说话的底气。

其实在这一次战争之中，元气大伤的不只是他一个人。这个时候的金国也已经在战争中元气大伤，毕竟此时金国可以说是四面受敌。府库之中早就十分空虚，为了应付大宋这一次北伐，他们几乎掏空了国库里的最后家底。

如果大宋有能力继续再坚持几个月的时间，必然会取得这场战争的最终胜利。但是这个时候双方都已经是强弩之末。这时候看的就是谁更有耐心，谁更能沉得住气，谁能够到最后才把自己的底牌给亮出来。

很显然，大宋先坐不住了。

多年以来的经验告诉他们，只要这个时候能够提出让对方感兴趣的条件，对方必然会按照他们的意愿停止反攻，而大宋也能在一定的时间内保持绝对的安全。

紧接着金国送来的一封信也让他们认定了这个可能。

金国人送的信，内容十分简单，那就是如果大宋愿意朝金国称臣，以后从江淮之间划定两国之间的分界线，而如果大宋愿意称子，那就可以以长江为界限，但必须将韩侂胄杀了，然后将人头送到金国去示众。

毕竟这一次北伐，韩侂胄几乎是一力主持，而且也是最初的发起者，这种"罪魁祸首"，他们必须要弄死。

对于大宋朝廷来说，这封信的内容无异于嘲讽和威胁。

朝中大臣谁也不敢多说什么，韩侂胄看见了这封信之后，立刻勃然大怒，毕竟这封信里面的内容是在要他的命，所以他当即决定想要再次与金国人大战一场。

只不过这一次他也清楚，自己所信任的那些将领根本没有一个靠得住，想要真的去跟金国大战一场，就只能找到那些可用的老臣。

他想到了辛弃疾。

韩侂胄跟皇帝商议任命辛弃疾为龙图阁待制，紧急下诏让他前往临安，接着又加封他为兵部侍郎。

看起来这时辛弃疾终于受到了真正的重用，虽然大宋朝廷的兵部手中没有什么实权，但是毕竟距离在朝中正式掌握兵权只隔着一个枢密院了。

如果换作两年前的话，辛弃疾一定会欣然接受这个任命，并且前往赴任。

但是现在的辛弃疾已经没有办法前往赴任了。

在听到开禧北伐失败的消息之后，辛弃疾此前就已经犹如风中残烛的身体，终于到了蜡炬成灰的一刻。

此时的辛弃疾已经卧病在床，哪怕是想要起身迎接皇帝使者都有些困难。

所以面对这一道任命他也只能苦笑着拒绝，随后写出了一首《瑞鹧鸪》以表明心意。

瑞鹧鸪·期思溪上日千回

期思溪上日千回，樟木桥边酒数杯。人影不随流水去，醉颜重带少年来。疏蝉响涩林逾静，冷蝶飞轻菊半开。不是长卿终慢世，只缘多病又非才。

看似全词上下通篇都在描写景色，实际上重点终究只是最后那一句。

辛弃疾垂垂老矣，眼下已经不再是怀才不遇报国无门，而是想要为国家鞠躬尽瘁，也已经做不到了。

韩侂胄之所以会忽然再次想起辛弃疾，其实更主要的原因并不是想要让辛弃疾出来主持大局，而是想要找一个人帮他承担此时朝野内外的不满情绪，借以破解眼前的僵局。

辛弃疾作为名声在外的老牌主战派，显然是最佳的选择，如果不是因为陆游此时距离太远，而且已经没有办法来到临安，恐怕他连陆游也要一起拉来。

但他并没有意识到，眼下朝野上下对他的不满早就已经演变成要绝杀他的格局，别说辛弃疾此时卧病在床无法前来，就算是真的跑过来救场，也根本无济于事了。

开禧三年（1207）九月初十，辛弃疾在铅山瓢泉新居病逝，时年六十八岁。

临死前，辛弃疾怒目圆睁宛若回到了当年的抗金战场之上，大声连喊了数声"杀贼"，这才闭眼。

在辛弃疾身故之后，众人收拾他所遗留的物品，发现辛弃疾竟然并无余财，能找到的遗物只有生平所收集和自己所写的诗词、奏议和书集，还有两把曾经追随他阵前杀敌的宝剑。

朝廷知道了这个消息之后，赐对衣、金带，视其以守龙图阁待制之职致仕，特赠四官。绍定六年（1233）追赠光禄大夫，德祐元年（1275）经谢枋得申请，宋恭帝追赠辛弃疾为少师，谥号"忠敏"。

开禧三年（1207）十一月三日，皇后杨氏跟史弥远父子相互勾结，将韩侂胄秘密杀害在玉津园，随后被现场枭首，一颗大好头颅被装在了木匣之中送到金国，满足了金国人惩戒"元凶"的要求。

赵扩虽然并没有亲自下令处理此事，但是对于整件事情早就知晓并且保持了放任的态度，随后甚至还在韩侂胄死后，于朝堂之上向群臣说道："恢复故土实为美事，但韩侂胄实在是有些不自量力了！"

史弥远亲自主持了与金人的议和，双方订立了"嘉定和议"。

按照其内容，大宋在面对金国的时候地位再次降格。

其一，依靖康故事，世为伯（金）侄（宋）之国；

其二，增岁币为银三十万两，绢三十万匹；

其三，疆界与绍兴时相同（金放弃新占领的大散关、濠州等地）。

除了此三项外，南宋另给金军犒军银（赔款）三百万两。

在签订这个和议条款的时候，无论是态度高高在上的金国人，还是此时已经颜面尽失的宋人，都没有意识到此时两国的实力都已经开始步入衰败的深渊。

得知辛弃疾病故、韩侂胄被杀而成"函首之耻"，还有嘉定和议的条款之后，陆游悲痛万分，忧愤成疾。

嘉定二年（1209）秋，陆游病重卧床，随后在十二月二十九日与世长辞，时年八十五岁。

在临终前，陆游以一首《示儿》传世作为遗嘱：

死去元知万事空，但悲不见九州同。

王师北定中原日，家祭无忘告乃翁。

纵然身到九泉之下，陆游依旧心系大宋，想要知道何时才能见到王师北定中原那一幕，只可惜此时的陆游并不知道，王师北定中原这个愿望随着金宋两国的衰败，已经彻底成为奢望。

韩侂胄之死，不但成全了宋金两国之间的和议，也成全了史弥远这个堪比秦桧的大奸臣。

因为彼时杀害韩侂胄是秘密进行，所以史弥远并未将此事公开，只是以和谈为功劳先升吏部尚书，但这个时候的他手中已经掌握了一定的实权。

嘉定元年（1208）正月，史弥远累进知枢密院事，同年六月兼任参知政事，十月便成为大宋右丞相，手握重权，开始了他随后时间长达26年的黑暗专权。

史弥远官为累进到大宋右丞相，此时已经算得上是一人之下万人之上，但是他对眼前这个位置还是不太满意。

暗中杀了韩侂胄之后，史弥远的野心越发膨胀，开始鼓动皇帝赵扩迷恋上道教修炼术，时常进贡金丹药丸。

嘉定十七年（1224），史弥远最后进献了一批金丹之后，赵扩短时间内出现了身体不适的情况，紧接着卧病在床口不能言，史弥远趁机发动了宫廷政变，将赵扩的诏旨篡改，立贵诚为皇子，赐名赵昀，授封武泰军节度使，封成国公。

不到一个月的时间之后，赵扩在临安皇宫内的福宁殿驾崩，时年五十七岁。

史弥远联合杨皇后拥立赵昀继位为帝。

史弥远擅权二十六年之久，可谓独揽朝纲大权在握，在此期间，他对金国一贯采取屈服妥协的策略，而在面对大宋百姓的时候，则面露狰狞，疯狂掠夺。

在他专权的二十六年时间里，史弥远大量印刷新会子，逼迫百姓以旧换新，并且强行折价，使得物价飞涨，会子价值暴跌，大宋民不聊生。

在绍定五年（1232）的时候，会子在大宋全国的流通量竟然达到了夸张的两亿多贯，一向以富庶著称的大宋朝廷，财政情况已经进入风雨飘摇的状态之中。

皇帝赵昀对于朝中内外交困的情况十分心急，但是在他与朝堂之中还隔着一个史弥远，任凭他想尽办法，也无力做出改变。

直到绍定六年（1233）十月，史弥远病重，在将党羽郑清之升为右丞相后，自己病危致仕，随后在病榻之上缠绵数日，安然离世，被追封卫王，谥号"忠献"。

史弥远一死，赵昀才得到了机会真正亲政。

在他亲政之后立刻就开始下手整顿朝政，想要迅速消除史弥远留下来的各种影响，更是趁着史弥远留下来的那些同伙爪牙还没有做出及时反应，立刻大兴罢黜，将空出来的那些位置换上了经过他遴选的贤能。

作为一个帝王，他的努力卓有成效，而且一系列诸如革除弊政、整顿吏治、恢复经济、推崇理学的改革措施，都取得了不错的效果。

但眼下的大宋已经病入膏肓，根本不是这些简单的改革就可以逆转衰亡的趋势。

就在金国和宋国逐渐衰落的同时，漠北草原上的蒙古已经彻底崛起，宋、金、西夏长期三国鼎立的局面彻底被打破。

蒙古先是灭掉了一直都在西边苟延残喘的西夏，紧接着便是开始急速扩张，入侵金国。

而此时的金国已经失去了之前的大规模用兵能力，更是在蒙古骑兵面前表现得不堪一击。

在如此强大的蒙古军队的铁蹄之下，宋国和金国就算是联手一起抗击蒙古，恐怕也难以自保。就在此时，赵昀确实忘记了，当初大宋联合金国诛灭辽国的教训，竟然主动找到了蒙古联手，打算趁着蒙古消灭金国的机会，将原本被金国侵占的土地全都拿回来。

赵昀的这个想法出发点是好的，甚至还为此做了十分充足的准备，但是他并没有想到如今的金宋两国已经是唇亡齿寒的关系。

他联合蒙古一起对付金国的举动，如同一个将自己所有的筹码全都扔上了赌桌的赌徒，注定要满盘皆输！

端平元年（1234）正月初十，大宋跟蒙古的联军攻破了蔡州，将金国最后一个皇帝金哀宗逼得自杀殉国，时至此时金国彻底灭亡，这个压在大宋朝廷和百姓头顶百余年的大山彻底崩塌。

按照大宋跟蒙古之间商量好的约定，双方在灭掉金国之后便各自撤兵归国。

负责联合蒙古一起灭掉金国的大宋大将孟珙将金哀宗的尸体运回临安城，送到了太庙之中告慰先人。

举国上下一片欢腾，无不为之欢欣鼓舞。

而联合蒙古成功灭金的壮举和结果在某种程度之上让赵昀失去了对自己能力的认知。

此前大宋和蒙古之间对河南地区的归属并没有做出商定，赵昀理所当然地认为河南各地本来就是大宋领土，所以认为自己一方应该派兵占领。

而蒙古大汗窝阔台则是出于对粮草和天气的双重考虑，并没有安排兵马进驻河南大部分城池，而是将自己手中的大军向北一路撤到了黄河北岸。

如此一来，双方之间就出现了大片无人占领的区域，这样被胜利冲昏了头脑的赵昀开始跃跃欲试。

不过他虽然冲动，却并没有直接发疯到一意孤行的地步，而是在早朝的时候将自己的想法说给了当朝的大臣，并且征询意见。

出乎他的意料，除了极少数的大臣二话不说立刻附和他的想法之外，剩下的绝大多数人都持相反态度。

但不管这些朝臣怎么劝阻，依旧没能拗得过赵昀这个皇帝的血气方刚。

被史弥远压了二十六年之后，赵昀对创立丰功伟绩有着一种近乎偏执的渴望，随后的四年时间里，他不断派遣使者在河南等地进行侦查探访，随后在端平元年（1234），分别安排了数路人马或者北上收复城池，或者屯扎边境伺机与蒙古作战。

而早在宋军即将整备北进之前，蒙古人就已经知道了他们的意图，原本驻扎在河南的蒙古将领塔察儿主动率领自己所部的蒙古兵北撤，退到了黄河以北。

这个举动看似在向宋军示弱，实际上却是在诱敌深入，早在他们撤退之前塔察儿就已经安排了一支部队埋伏在黄河南岸的几个河堤处伺机等待，确定了宋军确实出兵北上之后立刻就掘开了这些河堤，在两淮区域搞出了一场洪水，形成了大片的黄泛区。

如此一来，宋军的行进路线和后勤补给线路都受到了破坏，根本无法迅速行军，几百里的直线路程竟然硬生生地走了月余时间。

七月初二，北上的先遣军全子才所部抵达汴京，此时为蒙古防守汴京的金国降将李伯渊将主帅崔立杀死，向全子才献城投降。

此时的汴京城之中早已经是一片断壁残垣，百万人口死的死逃的逃，偌大的城市之中竟然只剩下千余户人口，就连守军也才六百余人。

断壁残垣之间尸骨累累，时而还会有野狗从中盘桓……乌鸦漫天，全子才不忍在城中驻留太久，率军撤出汴京城，屯扎在城外十余里的地方。

七月二十日，赵葵所率领的五万宋军主力在汴京城外与全子才会合，随后分兵各处，开始将汴京城周围各城池纳入攻取范围，其中绝大多数城池之中驻军数量极少，金国降将也都不愿意为蒙古人卖命，见到大宋兵马来攻便望风而降。

为了尽快将河南各地全都重新收回，赵昀不断催促前沿兵马收复各处城池，迫使赵葵不断分兵，而此时河南各地城池都早已经残破不堪，原本的农田尽皆荒芜，宋兵想要获得最简单的食物补给都极为困难，无奈之下只能削减前往各个城池的兵马数量，以减轻辎重负担。

而这却是正好中了蒙古人的下怀。

蒙古人之所以掘开黄河河堤造成大规模的黄泛区，为的就是阻挠宋军的成建制运动，分化宋军的大规模兵马，转而寻求各个击破的机会。

七月二十九日，宋将杨义带着一万余兵马靠近洛阳城，在龙门镇附近进行了短暂的休憩，却没有想到就在官军纷纷就地休息准备埋锅造饭的时候，蒙古骑兵忽然从附近的埋伏点杀出，其速度之快根本就没有给宋军反应的机会。

仓皇之余宋军甚至都来不及列阵迎击，大部分人被直接顶到了洛河之中溺死，剩余残兵四散奔逃后，被蒙古骑兵接连清剿，只有主将杨义在亲兵拼死护卫之下，侥幸冲入了洛阳城之中。

蒙古为了起到奇兵的作用，在附近只埋伏了骑兵，并没有大型的攻城器械，洛阳城此时虽然破败，但是城墙完好城门齐备，反倒给杨义等人提供了暂时的栖身之所。

千余残兵在杨义的带领下准备死守洛阳城以待援兵，但是杨义很快就发现这个想法并不可行，洛阳城面积太大，城门众多，他们这千余人根本无法做到有效防御，尤其是此时城中无粮可吃，城中居民也不过只剩下了千余户，若是据城死守，用不了多久他们就会横死在城中，完全不需要蒙古人强行攻城！

就在杨义等人深感绝望的时候，前军监军徐敏子率所部一万余人由另一侧城外大营进入城中，原来徐敏子所部先行抵达洛阳之后，发现城中破败，除了仅有的千余户百姓集中地外，其余地点都无法屯驻，所以干脆将大军驻扎在了城外。

此前杨义所部被蒙古人追袭的时候，他们已经通过城头上的斥候发现了这边的情况，但是因为徐敏子所部都是步兵，无法及时支援，只能等待杨义等人入城。

在与杨义略作商量之后，徐敏子当即决定率军出城作战，以防止被蒙古军断粮太久无法自救，同时也可伺机向南运动，摆脱蒙古军追击。

一万余宋军出城之后背水列阵，依托有利地形开始与蒙古军打起了缠战。

虽然这个时候宋军之中大部分都是步兵，双方正面冲击之下并不占据优势，但是这一支兵马已经算得上是宋军之中少有的精锐，在列开阵势的情况之下，即便是面对蒙古铁骑的冲击也是毫不畏惧。

依托着步兵大阵，宋军所发挥出来的战力远远超过了蒙古军队的想象，任凭蒙古军发起数次攻击，接连冲击宋军阵营，给宋军造成了极大的伤亡，但是依旧没能破开宋军所形成的阵线。

在宋军堪称顽强的抵抗之下，多次击退蒙古军队的攻击，双方接连战斗两日，胜负竟然持平，这让蒙古军队感觉到万分诧异。

此前蒙古军队与宋国军队作战的时候，几乎是势如破竹，根本没有遭受过像样的抵抗，所以在他们的心目中，连金国军队都打不过的宋国军队，显然不可能是自己的对手。

然而眼前的场景，却让他们忍不住重新评估起宋军的战斗力来。

不过宋军的这种完全抵抗并没有起到多大的作用，接连四日的缠战之后，宋军原本十分坚固的阵线开始出现松动。

早在他们出城之前就已经断了粮，再加上外面高强度的连续作战，宋军这时候大部分都已经处于强弩之末，面对着兵强马壮人多粮足的蒙古骑兵终于出现了颓势。

徐敏子意识到就算大宋朝廷能够派出人马前来援助，等到援军抵达的时候，他们之中恐怕再也不会有一个活人，其中绝大部分人甚至会在被蒙古军队杀死之前，自己先饿死在阵地之中。

为了能够为这一支军队保有一部分的生存概率，徐敏子咬着牙做出了决断，立刻下令全军分成十几支小股部队，朝着四面八方突围。

此时军中的战马早已经全都被宰杀充作军粮，就连他座下的战马也不例外，所以在逃亡的时候，徐敏子只能跟着其他的士兵一起用两条腿奔逃。

之所以将所有的兵马分成了十几支小股部队，是因为徐敏子已经看出了双方之间的战局走向，大宋军必败无疑，就算是能够成建制的突围也毫无意义，只要蒙古军队在后面死死地咬住他们不放松，他们根本来不及寻找补给或者再次列阵应敌，只能眼睁睁地看着同袍被杀死在身边。

而一旦分兵逃走，蒙古人未必能够分出那么多的骑兵队伍去逐一追赶，或许就能突围出一支两支的小股部队……

然而接下来的战斗远远超过了徐敏子的判断，大宋官军的队伍在前面逃走，蒙古人并没有抽调大股部队进行追击，而是分出了几支骑兵队伍开始逐一追击那些逃走的宋军。

这些被分出去的骑兵队伍清一色的都是骑射手！在空旷的平原之上，那些逃走的宋军根本找不到躲藏的地方，几乎成为蒙古骑射手眼中的活靶子。

看着远处自己麾下的那些士卒纷纷被射死，徐敏子眦眦欲裂。

洛阳城外十余里此时都已经化作一片荒芜，入目之处根本看不见任何阻拦，在这种情况之下，还不等宋军士卒逃出这片荒芜的区域，就肯定已经被尽数射杀！

蒙古人几乎是全民皆兵，从小到大生长在马背之上，对于骑射更是轻车熟路。

再加上骑兵的速度原本就比人的两条腿跑得快，这几支骑兵的人数加起来也有两千余人，只需要给他们足够多的时间，他们就可以将这万余名宋军士卒一一射死。

徐敏子眼睁睁地看着其中一支宋军队伍被两支百余人的骑兵队追上，几个往返之后便只剩下了一地尸体，而那两支蒙古人的骑兵队伍却立刻就朝着另外一支宋军士卒冲了过去！

按照这个效率来看，他们甚至都不需要再增加骑射骑兵的人手，只需要个把时辰就能把这些人全都杀死。

徐敏子心中懊悔不已，如果他早知道是这样的话，根本就不会要求宋军士卒突围，而是会带着他们进行最后一次冲锋，就算是死也要死在冲锋的路上！

眼看着一支骑兵队伍已经完成了对另外宋军小队的射杀，正在朝着他们这一支队伍冲过来，徐敏子咬紧了牙关，将自己的佩刀抽出，打算下令让自己身边的这些宋军士卒就地整队做殊死一搏。

然而下一刻他身边的两个亲卫相互看了一眼，同时出手在徐敏子的后脖颈上狠狠地砍了一掌，徐敏子应声倒地，随后被其中一人背到了身上，接着在十几个人的簇拥之下，直接跳入了洛水之中……

是役，龙门之战与洛东之战两场战斗加在一起，宋军共计折损精锐两万六千余人，而与他们对阵的蒙古军队死伤不过千人之数。

双方的战损比例如此夸张，竟然达到了令人难以想象的二十比一，就算是之前宋军在面对最为精锐的金军时，也从来没有打出过这种比例的战损。

更多的时候其实双方还是打得有来有回，更何况当初还有韩世忠以及岳飞这种时不时就可以创造出以少胜多奇迹的优秀将领。

然而这一次所出动的宋军已经是大宋军方所能拿出来的最精锐的一批士卒，结果在蒙古人的面前竟然如此不堪一击！

这个消息迅速被宋军的各路军马知晓，一时之间人心惶惶，各路军马的士气全都受到了极大的打击。

此时赵葵、全子才等人还在汴京城附近，在得知这个消息之后，立刻决定明哲保身。

两个人手中的部队加在一起足有十万之多，但这个时候依旧迅速选择了撤离汴京，而非前往洛阳救援。

其他各路军马借口不一，但最终的结果却十分相似。

几乎所有北上收复旧土城池的部队，在听到了洛阳大战的结果之后，都是毅然决然地选择了撤回大宋。

而此时的赵昀还不知道在前线发生了什么事情，仍然沉浸在自己指挥大军收复了三京的喜悦之中。

直到徐敏子只带了三百多的残余士卒逃到了光州，将自己的遭遇写成札子呈递上来，赵昀这才知道自己建立丰功伟业的梦想已经破碎了。

而且还破碎得十分彻底！

九月，待到各路出战将领纷纷回返之后，赵昀当众宣布对这些昔日力主出战的臣子进行惩罚，其中赵葵与全子才两人官阶降下一阶，徐敏子官削三级直接外放，杨义等人更是直接罢黜。

为平息朝中议论与民间传言，赵昀随后直接下了罪己诏，痛斥自己德行寡淡，仅为一己之私欲就葬送了数万大宋精锐，不配当这个皇帝，没有脸去听那些孤儿寡母哭泣的声音。

虽说这些话多半都是皇帝们的老生常谈，只不过是要走一个形式用来安抚民心，但赵昀在下罪己诏的同时，心中的确生出了一些忐忑之感，似乎一闭眼就能看见那数万人马的英魂。

端平入洛失败带来的不只是对赵昀心理上的折磨，数万精锐死亡的同时，大量的兵甲、舟车、粮草辎重被丢在了河南各地，这种行为无异于资敌。

各路兵马，虽然受到的影响并不相同，其中绝大部分的士气受到了冲击，江淮各处更是受到了黄河决口的影响，百姓流离失所，各处城防无人御守。

朝廷之中对于北上收复失地一事本来态度就不一致，此时眼见受了损失，朝廷之上的官员们未总结经验教训，也没有趁着这个机会精诚团结，反而开始相互攻讦，都是一副唯恐天下不乱的模样。

最为重要的是，此番宋军北上之举在某种意义上已经违背了大宋跟蒙古之间的约定，属于先行背弃盟约，更何况双方此时已经发生过战斗，倘若蒙古要是抓着这个痛点不放的话，必然会招致两国之间的下一场战争。

按照这一次双方开战之后的人员伤损比例来看，局面显然对大宋大大不利。

事实也正是如此，同年年底蒙古便派遣了使者前来临安问罪，不但直接找到了赵昀斥责大宋朝廷，分明在蒙古灭金的战争之中拿到了那么多的便宜，结果到最后居然还想着要抢占盟友的土地，这种行为实在是无耻，蒙古耻于与这种国家为伍，所以这一次派遣使臣来就是要跟大宋划清界限。

蒙古使者不过数人而已，在大殿上愣是趾高气扬地将一众大宋朝臣骂得抬不起头来，就连那些平日里在朝堂之上气势汹汹的主战派，此时竟然也说不出话来。

直到蒙古使者王檝陡然提起要以武力来解决这一次宋廷败盟的事情，眼看着这个使者态度傲慢，说出来的话并不像是在故意诈唬众人，朝堂之上的众人后背上都是冒出了一层冷汗。

其中有几个武将更是下意识地握紧了手中的笏板，几乎就要当众冲出来将这几个态度嚣张、丝毫没有将大宋朝廷放在眼里的蒙古使者当场格毙！

好在此时坐在龙椅之上的赵昀意识十分清醒，十分亲和地朝着这几个蒙古使者表达了歉意，并且让他们代表自己回去跟蒙古大汗致歉。

接二连三地申明歉意后，赵昀当众宣布要给蒙古使者一些赏赐，却被蒙古使者直接拒绝，随后扬长而去，分明是将朝堂之上的众人连同皇帝在内，全都当成了虫豸草芥！

这种做派顿时让大宋朝堂之上的众多臣子全都义愤填膺，方才还没有任何表示的大臣们纷纷上前请示皇帝，意图从后追上去，将这几个蒙古使者给抓起来好好地教训一番。

对于这帮家伙的请求，赵昀并没有答应，眼下大宋与蒙古之间的矛盾其实已经达到不可调和的程度，就算没有他委派兵马北上的事情发生，双方之间肯定也迟早会有一战。

但这场战斗是由谁挑起的又由谁主导的，所产生的意义和效果都会截然不同。赵昀可以允许对方以自己背弃盟约的说法而出兵讨伐自己，毕竟他背弃盟约，也是为了收复祖宗的故土，但作为一个皇帝，他万万不能忍受到时候蒙古讨伐他的罪名里还要加上一条殴打使臣。

端平入洛的失败已经给他带来了极大的精神打击，以前在心中所积聚起来的那种热情早已消失不见，取而代之的则是满腔的消极，就算这个时候明知道大宋即将被蒙古攻打，他竟然都没有了奋起反抗的念头，只求朝臣们不要再过多招惹那个蒙古国的使臣，以防止对方恼羞成怒当场发疯。

倘若在朝廷上没有办法控制住双方的情绪，让这帮家伙大打出手，到时候便等于给对方增加了一条动手的理由，说不定还会把攻打大宋的时间提前。

眼下赵昀所能想到的便是能拖一时是一时。

哪怕只能拖一天，就可以将大宋被蒙古灭掉的时间拖上一天，如此一来他就可以多出一天来尽情享乐。

待到蒙古使者回归蒙古之后，立刻就将大宋朝堂不稳，群臣之间竟然还有裂隙的事情告诉了窝阔台。

听闻此言之后，窝阔台大喜过望，知道此时若是趁机攻打大宋，很有可能会毕其功于一役，第二年初立刻下令让皇子阔端和曲出兵分两路进攻四川和襄汉。

大宋将领曹友闻在大安军阳平关首先接触到了蒙古军队，并且成功将对方击退，虽然是借了城墙的功劳，有些走取巧路线，但毕竟是正面面对，打退了蒙古军，一时之间，这个战斗胜利的消息传到了朝廷之中，让所有人都松了口气。

与此同时，曲出的部队攻破了枣阳军和郢州，但是军队在襄阳府前停住了脚步，双方打的也算是有来有往。

第二年，蒙古军队再次攻击四川，曹友闻在阳平关力战而死，本部全军覆没，蒙古军趁机长驱直入四川，沿途攻陷了大部分的州县，四处烧杀抢掠，无恶不作。

但阔端自己也十分清楚，他这是孤军深入，长时间在四川盘桓的话，肯定会被围追堵截，以至于难以脱逃，所以在四川境内烧杀抢掠一番之后便立刻撤军，只不过在撤离四川的时候，又在川北的蜀道天险处留下了一支奇兵固守天险，愣是将重掌四川打算出川北构筑防御的宋军给堵在了四川无法突出。

如此一来，四川川北地区便处于无险可守的状态，等于将自家的门户朝着敌人四敞大开，随时欢迎敌方到自己家中搜刮一番。

与此同时，襄阳府的大宋守军之中南北宋军之间因为一些无足轻重的问题出现了矛盾，领兵之人并未对此多加关注，以至于这些小矛盾愈演愈烈，最终南北两派在襄阳城中发生了冲突。

北军在府库里面放了一把火，随后直接投向了蒙古人，而南军眼见事有不逮干脆同样在城中抢掠了一番，随后退出襄阳城，将襄阳城拱手让给了蒙古军。

随后的数年时间之中，蒙古军与大宋军之间接连爆发了好几场规模不大的战斗，其中绝大多数是蒙古南下入侵大宋，而此时大宋军马在守城战之上的优势和才能在这个时候展现得淋漓尽致，虽然有不少边境城池几经易手，但最后都是回到了大宋的掌控之中。

城池攻防战里又以大宋守城战胜多负少，一时间倒也打出了大宋的士气，将蒙古人原本对于宋人的歧视与鄙夷打散，让蒙古人开始不得不逐渐重视起这偏安一隅却又能顽强存活数百年的大宋政权。

眼见短时间之内在大宋这边吃不到太多的好处和彩头，除了在成都平原偶尔进行一些烧杀抢掠之外，蒙古军一时间不再进行南侵，转而把主要的目标放在了西征上，蒙宋之间的战局开始逐渐稳定，双方进入了一小段相对比较和平的时期。

直到宝祐六年（1258），蒙古蒙哥汗继承汗位之后开始全力攻打大宋，自己亲自率领主力由川北地区进入四川成都平原，同时命令忽必烈率军由鄂州开始向南进攻，兀良合台绕路云南入交趾地区，一路北上去攻打潭州。

三路大军从不同的方向齐头并进，一时间给大宋朝堂带来了不小的压力。

蒙哥在四川的战果不错，一路上节节推进，收益颇丰，直到一路打到了合州钓鱼城下，钓鱼城守将王坚率领城中全体居民死守城池，面对着数十倍于己的蒙古军毫不畏惧，拼死战斗，重创了蒙古军队的同时，将蒙哥重伤，旋即蒙哥在军中不治而亡，此一路蒙古大军无奈之下只能仓皇北撤。

另外两路兵马战斗并不顺利，鄂州与潭州都是久攻不下，兀良合台先是整军北上，不再攻打潭州，而忽必烈则是打定了主意要久困鄂州城。

之所以忽必烈会对鄂州城如此执着，并不是因为忽必烈太过死心眼，而是因为此时在鄂州城之中，有一个对于大宋朝廷来说很是关键的人物正在督战。

鄂州城被围之前，大宋朝廷就已经得到蒙古军分三路进犯大宋的消息，此时大宋朝堂之中可用之人实在不多，一些有实战经验的武将又都是之前北上的时候在蒙古军面前惨遭败绩的众人，赵昀完全不敢相信这些人，随后一咬牙干脆任命自己的妻弟贾似道为右丞相，率军驰援鄂州城。

贾似道此人因为姐姐贾氏成为赵昀的贵妃，所以从一个获得门荫才能入仕，担任嘉兴司仓和籍田令的小官儿备受关注。

紧接着更是因为跟皇帝赵昀能玩到一起去，被赵昀引为知己，为将这个小舅子培养成人才，开始接连委派贾似道去就任一些重要的职务，用来历练。

前后不过十余年的时间，贾似道便坐到了丞相之位上，这样的升迁速度任何人都比不上！

此时的贾似道才刚刚成为右丞相，正有新官上任三把火的势头，率军赶到鄂州城之后，极大地鼓舞了鄂州城中的士气。

虽说正面大规模战斗贾似道根本是一窍不通，也不敢指挥大军正面作战，但是按部就班的守城战他倒是并不畏惧，甚至还能时不时地仗着自己的小聪明想出一些小花招，时而在守城战之中灵光一闪，将城外大军压城的忽必烈气得暴跳如雷，恨不得生撕了贾似道这厮。

一个在大宋朝堂上下，乃至于民间百姓口中流传名声实在是不怎么样的"蟋蟀"宰相，竟然能够将鄂州城守得固若金汤，让忽必烈在城池之下，气得连跳脚，这种事情纵观大宋上下数百年的时间，也算得上是奇闻。

紧接着贾似道甚至还能率军从四面楚歌的鄂州转移到黄州，为两淮和江西各处的大宋军马鼓舞士气，一时间大宋境内原本被蒙古人压得喘不过来气的军心士气都开始逐渐转好。

与此同时，本来进入大宋境内之后势如破竹，唯独在鄂州城外被贾似道给拦下的忽必烈，在经历了一年多的蹉跎之后，忽然听到了哥哥蒙哥在钓鱼城下战死的消息。

比他先知道这个消息的除了另外几个率领兵马入侵大宋的将领之外，还有他弟弟阿里不哥！

此时的阿里不哥正在蒙古本国，一是正在蒙古的权力中心，方便拉拢人心，二是近水楼台先得月，很有可能会想办法夺取蒙古大汗之位。

忽必烈顿时感觉到自己的后院儿有些不稳，稍作迟疑之后，立刻就决定统兵北归，回到蒙古去抢夺蒙古大汗之位。

在通过探查知道了忽必烈想要北归的决定之后，贾似道立刻率军北上"乘胜追击"，趁着蒙古军队归心似箭的时候，打了几场小仗，每次都取得了胜利。

虽然没有能够伤及蒙古军队的根本，但是他的这些战斗依旧是给蒙古军带来了不小的伤亡，双方的战损比更是十分漂亮，在不明就里的普通人眼里看过去，那忽必烈正是被贾似道打败，并且驱赶出了大宋境内。

此一战很快就被人传得玄之又玄，被称为"鄂州大捷"。

贾似道回到临安城后，临安城之中立刻锣鼓喧天，鞭炮齐鸣，无数百姓纷纷聚集在大路两侧，或者手捧鲜花或者于路边焚香，直接将这位原本名声不太好的宰相当成了国之柱石。

不光是百姓们此时将他当成了大宋朝廷的救星，就连皇帝赵昀这时候也有些琢磨不透自己这个小舅子了。

但是既然是自家人，那必然要本着肥水不流外人田的原则。

随后贾似道入朝，在众多臣子的钦羡目光之中，被赵昀当众封赏，进封少师、卫国公，官拜右丞相。

最为夸张也是最让人无法理解的是，赵昀这个时候似乎真的被贾似道身上的光环给模糊了眼睛，又或者是因为他身上的病情越发严重，甚至到了已经把脑子烧坏的地步。竟然将自己的儿子，当朝太子赵禥塞到了贾似道门下拜师。

如此一来，贾似道不但当上了宰相，成为了国之救星，甚至还当上了太傅，成为了未来皇帝的老师。

此时此刻成为贾似道人生最为高光的时刻，而这却不是他站在真正权力中心，手握权力，号令天下的最强时刻。

真正让贾似道站在大宋的权力制高点上，也成就了他这一生之中巅峰时刻的时候,是在几年后的景定五年(1264)。

景定五年,在皇位之上坐了四十一年时间的赵昀去世,时年六十岁,庙号理宗,被葬于永穆陵中。

而随着他的去世,太子赵禥登临皇位,作为帝师的贾似道彻底站在了大宋朝堂的权力巅峰之上。

赵禥并非赵昀亲子,而是他弟弟与府中一个小妾生下来的庶出子,当时这小妾因为出身低卑,不被允许生孩子,曾经屡次被逼着喝下打胎药,结果药是喝了,但肚子里的胎儿却依旧生了下来。

只不过这胎儿生下来之后便是先天不足,天生体质孱弱,手足疲软,智力水平远远低于正常的孩童,但因为他是当朝皇帝唯一的近亲男孩血脉,所以纵然他天生智力低下,依旧被带入了皇宫之中以未来皇帝的身份将养。

这个先天智力不足的皇帝即位之后只做了两件事情,第一件事就是继续承袭了上一任皇帝对贾似道的宠信,甚至因为自己是贾似道的学生,所以对其信任程度远超赵昀,将自己手中所有权柄全都移交给了贾似道。

此时此刻的贾似道已然成为无冕之王。

至于这位皇帝做的第二件事,则是荒淫纵欲,从即位之初就一直沉湎于酒色。

这种荒淫无度的行为,自然招来了群臣的反对,但皇帝对此置之不理,而已经成为大宋朝堂真正权力中心的贾似道,更是对于这种情况熟视无睹。

长期被皇帝信任,以至于以臣子的身份凌驾于皇帝之上,这种境遇让贾似道一度沉迷,甚至在朝堂之中不允许任何人质疑或者是触犯他的权威。

咸淳二年（1266）时，贾似道谎称自己患病，想要请辞，被皇帝挽留，此举惹得时任军器监兼权直学士院的文天祥颇为反感，后来起草制诰时，文辞中用了不少讥讽的词汇，这让贾似道极为不满，暗中指使台谏官弹劾文天祥，致使文天祥愤而辞职。

这一年的文天祥三十七岁，被赵昀钦点为状元之后在官场之中已经摸爬滚打过一段时间，但是对于朝堂之中那些不合理的东西，依旧非常反感。

尤其是对手中掌握大权的这个荒唐宰相贾似道更是极为鄙夷。

这是两个人在朝堂之上的第一次交锋，也是最后一次交锋。

就在大宋王朝不断地腐朽衰败的时候，忽必烈已经成功夺得汗位，并且将蒙古统治得越发稳定强盛。

眼看着蒙古国内越发稳定强大。忽必烈意图再次扩张领土，立刻就把注意力转移到了南面的宋朝身上。

此时的忽必烈手下已经培养了一大批汉人军官和大臣。所以在面对大宋的时候已经不再是之前那样需要处处尝试。

咸淳四年（1268），忽必烈命令手下大将阿术率军南下进攻大宋，为了这一天，蒙古已经做了一年多的准备，不但建造了足足五千艘战船，更是选拔训练了足足七万水军，建立了十分强大的蒙古水师。

面对着准备无比充分，甚至武装到了牙齿的蒙古大军，宋军唯一的水战优势消失不见，此时在面对着蒙古大军的时候就只能选择正面交战。

阿术带着副将刘整南下之后直接包围了襄阳和樊城，并没有急着进行攻击作战，他们很清楚襄阳城之中兵精粮足，一时间根本没有办法打下来，所以干脆做好了长时间围困襄樊二地的准备。

一边在襄樊二城周围缓慢地构筑城堡壁垒，一边则是时不时地痛击前往襄樊二城救援的宋军。

襄樊二城被包围之后，此时已经身为大宋朝廷实质上最高掌权者的贾似道并没有闲着，几次安排人手前去解围，但是每一次都被蒙古军队硬生生地打回，就连襄樊二城的城墙都没能摸到。

百般尝试无果之后，贾似道便开启了装傻装聋的模式，对于襄樊二城被包围的事情直接扔在了脑后，随后更是控制了朝廷内外的消息渠道，最起码在皇帝面前不允许任何人提起襄樊被围的事情。

所以几年间在皇帝赵禥的眼里一直都是天下太平，自然而然就可以继续他的荒淫行径。

与此同时，忽必烈将国号改为"大元"，成功将蒙古的统治从原本的游牧民族方式转向封建王朝。

同时更是加速了对大宋的战争进程，一时之间，两国边境之上的战场竟多达十余处，大宋的守将们依旧保持着优秀的守城胜利战胜比，但他们毕竟是守城的一方。

城下负责进攻的元军可以进行无数次尝试，也可以失败无数次，但只要有一次是胜利的，那他们就可以将城池攻下。

而城中负责守城的，却没有试错机会。

他们可以接受无数次的首场胜利。却没有接受守城失败的机会，只要失败一次，那就是永久性的失败，甚至还会将命搭进去。

此消彼长之下，大宋的疆土开始被逐步蚕食，随着一个又一个边境城池的陷落，大宋的实际统治区域越发缩减。

襄樊二城被围困了足足五年的时间，直到咸淳八年（1272），城里的物资终于开始短缺，不得不想办法招募敢死队，想要出城寻找物资。

城外的蒙古军一直都在等待着这个机会，等待着他们主动放出空门的机会。

咸淳九年（1273），元军终于是按压不住多年以来积压的情绪，分兵五路开始向着樊城发动了最后的总攻，陆路之上用巨型投石机狂轰城墙，配合江面水军的进攻，摆出了近乎孤注一掷的气势，接连强攻十余日，终于将樊城攻破。

城中守将范天顺和牛富拒不投降，力战之后，唯恐自己被活捉羞辱，当即自刎殉城。

没有了樊城以掎角之势相互支撑，此时的襄阳城就成了一座孤城。

随着元军接连几次在城下劝降，襄阳城的守将吕文焕认为自己已经鞠躬尽瘁，大宋朝廷也终究不会再来援助他们了，最终献城投降。

襄阳、樊城两地被元军攻破之后，大宋的长江门户彻底在元军面前敞开，长江之于大宋的天险意义已经消失不见。

大宋无险可守就意味着此时的元军可以毫无阻拦地长驱直入。

咸淳十年（1274）六月，元军做好了筹划，已经准备好毕其功于一役，兵分两路径直朝着大宋发起了总进攻。

其中一路统帅为博罗欢，依旧从湖北枣阳攻两淮地区；另外一路的统帅则是伯颜，伯颜所率领的是元军三十万主力，这支元军自襄樊登船，沿着汉水顺流而下，准备沿途冲击宋军的长江防线。

与此同时，因为一直纵情声色，导致身体羸弱的赵禥病逝，时年三十五岁，庙号度宗。

这位不怎么靠谱的皇帝在死后给大宋留下了三个幼子，按照嫡长子继承皇位的制度，才三岁的赵㬎被推上了皇位。

主少臣疑，君幼民疑。

这时候的大宋朝堂几乎没有了翻盘的机会，虽然大家都知道自己是病急乱投医，但还是把所有的目光全都集中在了贾似道的身上。

这位当初在鄂州之战中曾经将忽必烈"击退"的悍勇宰相，突然之间成为所有人心中最后的希望。

这一次贾似道所面对的可并非是忽必烈本人，而是忽必烈手下的将领阿术。

为了确保这一次战斗能够取得最大的战果，贾似道出手就将此时大宋朝堂所剩下的最后精锐全都拉出。

十五万宋军水军在贾似道的带领下沿着长江逆流而上，而阿术带着十三万元军水军则是顺流而下，双方在安徽芜湖的丁家洲江面之上不期而遇。

这是大宋水师与大元水师之间的正式较量，也是最后一次较量。

在双方兵力几乎对等，而且战船的标准也几乎相同的情况之下，任何阴谋诡计都显得有些多余。

双方的水师选择了最为简单最为明快的战斗方式。

数百艘战船迅速朝着对方冲了过去，随后直接开始了极其惨烈的正面交锋。

虽然有着近乎夸张的自信心，还有着成熟老练的宋军水师，更带着以帝师身份率军亲征的士气鼓舞效果，但贾似道所带领的十五万宋军水师依旧打败了。

仅一天的时间，十五万水师就折损了一大半，紧接着剩下的那些再也扛不住压力，纷纷调转船头，向着四面逃散。

这一次的贾似道再没有了十五年前的好运，随着大军溃败，之前辛辛苦苦建立起来的强大宰相形象彻底崩塌。

他很清楚，崩盘的可不只是他的宰相形象，也包括他这么多年来一直辛辛苦苦维系下来的保命威严。

如果这个时候他依旧能够带着成编制的部队下来，哪怕只有十几艘船只，回到临安城的时候都能依旧享受到之前的特殊待遇，但现在他逃出来的时候只有孤身一人。

所以他压根儿就没敢回临安，而是躲到了扬州，躲到了扬州守将王庭芝的身边请求庇佑。

好事不出门，坏事传千里。

他打了败仗的消息，很快就被朝廷之中的大臣们知悉。

最开始大家还以为他是以身殉国，好歹死得其所，谁也没想到这家伙不但逃跑了，甚至还敢觍着脸来给太后以及小皇帝上札子，竟然打算让太后和小皇帝赶紧逃跑，还说只有这样才能保全住大宋的皇室血脉。

这个建议让那些大臣们觉得十分不理解，纷纷将贾似道当成了懦夫，根本就没有给他解释的机会和时间。

对于他的这份上疏，朝中群臣骂声一片。饶是太后也有些扛不住群臣的攻讦，但又没打算直接要了他的命。

无奈之下只能以命令的口吻下诏，让贾似道从李庭芝附近离开，回到老家绍兴去给母亲守丧，而且还专门提出一定会保护他的人身安全。

贾似道之所以躲了起来，是因为有了这些经历之后，他知道害怕了。

此时此刻又得到了皇太后的恩典，贾似道心中的担忧和害怕已经减少了一大半，他就地启程，直接奔着绍兴而来。

然而他万万没有想到，此时所有还在大宋掌控之内的城池全都已经知道了他断送大宋水师的事情，更加知道了他之前的一切行径。

所以此时的贾似道，再没有之前的荣宠待遇。取而代之的则是无尽的抗拒和鄙夷，所有人都恨不得绕着他走。

贾似道接连去了好几个城池，都没有找到能接纳他的地方，无奈之下只能再次寻求朝廷的帮助。

既然他想好好地找个地方养老，不会有人接受他，那他接受贬谪，去一个比较苦寒的地方挨饿受冻甚至是充军，总不会有人再拒绝了吧？

毕竟这种办法可不是让他去享福的，而是去受罪的。

而此时的贾似道已经来不及再去想他是否能够吃得了这种苦楚，他现在的目标就只有一个，那就是可以继续苟延残喘地活下去。

朝廷之上因为他的安置问题吵得不可开交，最后给出来的结论便是将他贬为高州团练使，安置于循州，原本他家中的资财还有所有田产房舍全都被收走。

风光了一辈子的贾似道终于变成了一个穷光蛋，但是他并没有气馁，而是感觉到无比高兴。

按照他最开始的设想，既然没有地方想要，他又必须接受贬谪的话，很有可能真的会被发配充军，到时候等待着他的必然是无穷无尽的折磨。

而被贬为高州团练使，虽然到地方之后也会被软禁，但好歹依旧是个官。

这对于他来说已经算是一个非常好的结局，甚至以后还有机会翻身也未可知。毕竟除了玩蟋蟀之外，他还有一些难以言明的小聪明，所以他一直都坚信千金散尽还复来，天生我才必有用。

然而就在他被人押送一路彻底离开了曾经他所掌握的权力中心后，他却忽然发现情况有些不太对。

押送他的几个人竟然全都是陌生的面孔，这跟他打点之后的情况完全不一样。惊醒之余，他立刻就攥紧了藏在衣袖里的匕首，做好了为保护自己生命做最后一搏的准备。

在这些押送他的人当中，有一个叫郑虎臣的县尉是专门自请押送贾似道的，这一路上此人都沉默寡言，就连话也没有多说过几句。

正是此人让贾似道感觉到了惊讶和危险的存在。

郑虎臣直接亮明了自己的身份，一是受了朝廷的委派，二是他自己与贾似道之间有血海深仇。

所以他来这里，就是为了送贾似道上路！

贾似道对于这次的被贬之旅，想到了开头却没有想到结局。

就在他想方设法打算阻拦对方，并且劝说对方的时候，郑虎臣干脆利落地直接下手，拉着贾似道就跑到了路边的密林之中。

"我为天下人杀贾似道，更为我自己杀贾似道，人生无憾了！"

紧接着一刀劈下。贾似道人头落地，走到了生命的尽头。

误国误民误军的大罪人已经死了，杀了他的人却没有办法通过这个方式对已经濒临灭亡的大宋朝廷力挽狂澜。

随着长江天险被元军征服，这时候的大宋军队已经再没有了可以跟元军抗衡的能力和希望。

所有人都已经看出来，大宋气数已尽，无论是在内在外的大臣纷纷开始给自己找寻起了后路，想方设法地逃离眼前这个旋涡。

到了这个时候，谢太后和宰相陈宜中仍然还在幻想可以跟元军求和，眼看着敌军已经兵临城下，派遣宗正少卿陆秀夫前往元军大营，准备开启和谈。

他们也知道自己手中现在没有什么可用的筹码，所以将这次和谈的条件降到极低。

纳岁币的金额可以让元军随便开，皇帝称侄若是不够，甚至还可以称侄孙。

在他们想来这已经足以让元军接受，并且放过他们这孤儿寡母。

但此时他们却完全没有意识到，大宋倾颓在即，就算将他们全都杀了，对于接下来横扫大宋，将整个大宋全都征服也不会产生什么太大的影响，所以元军统帅伯颜一口回绝了这个请求，随后更是要求他们直接开城投降。

在谢太后不应的情况下，伯颜率军将临安城团团围住，却围而不攻，静待大宋皇帝主动出降。

德祐二年（1276）正月，嘉兴守将刘汉杰扛不住压力，选择了献城投降，伯颜大军旋即进驻临安城北门。

此时此刻，临安城的防御对他们来说已经形同虚设。

文天祥时任临安知府，在这种大厦将倾的时刻，展现出了与常人不同的冷静和决绝，他当即建议谢太后封赵昰为益王，封赵昺为广王，同时分别安排陆秀夫等，将他们护送出临安一路南逃。

如此一来，就算临安城彻底被破，伯颜决意屠戮赵氏皇族，也能为赵氏皇族保留最后一线血脉。

与此同时，文天祥向张世杰提出建议，可以让张世杰率军一起带着谢太后与皇帝入海，而他自己则留在城中与伯颜大军斡旋。

宰相陈宜中听到了文天祥的建议之后，吓得面如土色，生怕因此而触怒伯颜，连声反对，并且要求谢太后赶紧委派人手前往伯颜军中递上降表。

然而当伯颜提出要求大宋宰相出城商议投降细节的时候，众人却发现陈宜中不知道什么时候已经逃走了。

张世杰破口大骂此人无耻，随后对谢太后决意投降的举动十分不满，认为就算战至最后一兵一卒，也不应该轻易言说投降。

所以干脆领兵离开临安，出走庆元府。

接连受到打击之后，临安府之中的大宋朝堂已经彻底没有了反抗能力，谢太后精疲力尽之下再不敢有半点奢望，任吴坚为左丞相，文天祥为右丞相，一起赶赴元军大营找伯颜商议投降一事。

然而等到这两人赶到元军大营之后，文天祥却出人意料的，并没有递交降表，而是慷慨陈词要求伯颜退兵五十里，然后双方再行和谈事宜，制定岁币赔款的具体细节。

纵然是示弱服软，文天祥却依旧高昂着头，丝毫没有卑躬屈膝的意思。

伯颜大为惊异，但是并没有同意文天祥的说法，而是将文天祥扣押在自己的大营之中，随后把吴坚放了回去，同时再次提出要求，让谢太后写下手谕传给大宋境内的所有城池，让那些守将弃城投降。

文天祥被扣押之后，临安城之中的小朝廷，彻底失去了主心骨。

二月五日，宋帝赵㬎出城投降。

三月，伯颜大军正式进入临安城之中，将宋帝赵㬎、皇室宗亲、大臣、太学生等数千人连同临安皇宫之中的古董和珍奇宝贝全都席卷，一路北上押送到元大都。

唯独只有谢太后因为身体有恙，暂时得以幸免，但不久后因为身体好转，也被胁迫北上。

这一切早在靖康二年的时候就已经发生过一次，如今再次发生，就仿佛是历史在重演。

大宋王朝的正统政权至此宣告灭亡。

但陆秀夫护送之下的益王赵昰和广王赵昺，此时还保留着大宋皇室的最后一丝血脉和希望。

临安陷落了，大宋却没有被彻底击败。

抵抗，仍在继续。

第四卷

人生自古谁无死　留取丹心照汗青

第一章

志专恢复拼死抵抗　战败被俘宁折不屈

临安陷落了,皇帝投降了,靖康之耻重演了。

但大宋并没有亡。

陆秀夫护送着两位先帝血脉一路南逃到了温州,一路之上不断招揽仍然忠于大宋的仁人志士。

与此同时,在临安城之中心生畏惧而私自出逃的陈宜中找上了陆秀夫,率军离开临安后转屯定海的张世杰,也在第一时间赶来会合。

三人志存恢复,效仿当年靖康耻时康王掌政事宜,拥立益王为天下兵马大元帅,广王为副元帅,临时成立"元帅府"暂时接替小朝廷行使执掌天下权柄的权力。

为了避开不断南下攻伐,逐渐逼近温州的元军,他们将元帅府直接迁到了福州,并且备好了数十艘海船,在船中储备了相当数量的物资,随时做好带着两位元帅奔赴海上开始流亡的准备。

只要这两位先帝的血脉不断绝，他们就有理由一直抵抗下去。

皇帝可以投降，甚至可以被俘虏，被杀死。但只要赵氏皇族还有一丝一毫的血脉存在，大宋的命脉就可以用另一种方式延续下去。

纵然到最后他们只剩下一条船，一个人，漂泊在海上，永远不能踏足陆地，只要他们不选择主动放弃，那么大宋就永远也不会亡！

此时虽然元军已经将临安攻克，但是元军的铁蹄还没有席卷到大宋疆域的每一个角落。大部分偏南方的城池还都愿意接受大宋血脉的节制，更有无数有志之士，有学识，有见地的人源源不断地赶往此处投靠大宋大帅府这个流亡政权。

这个消息很快就传到了北方。

听说当时临安城竟然还有两个漏网之鱼，以至于跑到了南方组建起了一个流亡政权，伯颜气恼不已，但一时之间也是无可奈何。

而被一路押解的文天祥在得知了这个消息之后欣喜不已，为自己当初做出来的正确决定而感到骄傲。

倘若当时他没有让陆秀夫把这两位皇子带出去的话，恐怕他们再怎么志存恢复也只能变成一纸空谈。

既然已经知道现在大宋流亡政权建立成功，而且还在南方逐渐形成了一定的影响力，文天祥的心思立刻就活泛了起来。

他是绝对不甘心就这么被人押送着，一路被拉进大元的大都去的，性格如他，或可接受站着慨然赴死，却绝对不能接受沦为阶下囚，更是绝对不能忍受如当年靖康之变之后那些被掳走之人的待遇。

伯颜对于这个处于绝对劣势情况之下依旧能够保有骨气的大宋宰相极为看重，一路之上给他的待遇都是最好的，除了安排两个侍卫一路上

473

盯着他防止他逃跑之外，甚至就连绳索或者是镣铐都没有给他安排。

此时北归大军已经行至镇江，伯颜将大军驻扎在城外，自己则带着一众随从和将领住进了镇江城内。

被掳的那些人在元军大营之中另起一帐，看管得要严格不少。

文天祥则是跟随伯颜一起被拉到了城中，在一家酒楼暂且歇下，此时看守他的人从之前的两个变成了四个，而且随身都带着上了弓弦的神臂弩，随时随地都有可能击发。

这既是向文天祥示威，也是在向文天祥宣告，切不可轻举妄动。

以伯颜的性子既然想要通过这种手段来感化他，必然不可能让人用弩箭直接把他射死。

所以一旦文天祥真的要表现出想逃跑的迹象，恐怕下一瞬就会被这些弩箭射穿腿脚，虽然不致命，但后半辈子恐怕就要变成跛子了。

文天祥对伯颜的想法心知肚明，虽然有些愤懑不满，但一时间也找不到脱身之策，只能捏着鼻子将周围这几个人给忍下。

直到两日后，文天祥在出手关窗的时候，忽然注意到在街对面的茶肆里多出来几个看上去有些可疑的身影。

之所以说对方身影可疑，倒不是因为对方的伪装做得太差，而是因为文天祥对于这些人一举一动之中的仪态十分熟悉。

凡饮水前必以小指轻触杯沿，试探水温的同时以指缝间的银片试毒，抬手的时候刻意压低手肘，防止上臂的暗器被人发现。

……那是皇城司察子们的习惯使然。

文天祥所以对他们之如此熟悉，是因为之前打过几次交道，虽然瓜葛并不深，但因为这些人行为举止与常人之间的细微差别引起过文天祥的注意，所以他才会一瞬间就能辨认出这些家伙来。

大部分时候，这帮平日里依靠着各种情报活着的家伙伪装之术都是极强，换作一般人根本看不出来他们身上有什么问题。

贾似道独掌大权以前，大宋皇城司屡次遭受几场变故，在与金国皇城司斗了一场之后，以半数精锐尽灭为代价，端了金国的皇城司。

而剩下的那半数皇城司，其中的精锐人手早就被清洗过好几次，随后的皇城司名存实亡，衙门内只剩下了一群乌合之众，如今更是随同皇帝一起被扣押在了元军大营之中。

那几十号废材跟真正精锐之间的区别，文天祥还是能看得出来的。

如今这些察子出现在他附近的街头巷尾，显然这周围是有事情要发生！

难不成，他们是打算营救皇帝，顺便连同伯颜也给杀了？

方才惊鸿一瞥之下，他发现了足足七八个皇城司的察子隐藏在街面之上，这还只是他肉眼可见发现的人数。

如果细细追查下去的话，恐怕此时这街头巷尾已经藏了三五十号皇城司之人，而如果他们个个都是方才的那种精锐的话，想要完成这个任务并非难事！

想到此种可能之后，文天祥忍不住心潮澎湃起来。

然而随后事态的发展却有些超出他的预期，当天夜里护卫或者说看守着他的那四个元军侍卫连同暗中盯着他的六个暗哨，在不到十息的时间里尽数被杀。

略显刺鼻的血腥味在文天祥的房间内弥漫开来，紧接着一个身穿黑衣的人影翻身而入，对方显然早就侦查好了文天祥这个屋子里面的情况，进来之后直接翻身，便是拜倒在文天祥身前："大宋皇城司冰井务察子寅柒，见过文相！"

寅柒只是一个身份代号，显然并不是此人的真实姓名，而"冰井务"三个字，则是让文天祥微微一怔，随后心头恍然明白过来。

皇城司职责范畴之内，除了监察百官与刺探情报、拱卫皇宫外，还有一个比较特殊的部门，冰井务。

这个部门正如名字听起来的一样，就是专门负责皇城内外冰块囤积与分发管理的。

虽然也有借着这个做生意的机会进行情报刺探的情况发生，但是比起其他的职能部门来说，冰井务这些人实在是让人难以联想到皇城司这三个字。

而且他们平时做事办公的地点与皇城司大部截然不同，之前的几场变动完全没有影响到他们，所以眼下他们还能凑齐几十号人出来办事……

文天祥连忙伸出手将对方扶了起来，心中唏嘘不已，然而就当他将对方才刚刚扶起想要说两句话的时候，却忽然感觉到自己的手心中一片温热湿腻，紧接着一股刺鼻的血腥味儿扑面而来。

他吃了一惊，抬手借着旁边的烛光看了一眼，心头顿时一沉，在他的手上沾满了鲜血，显然并不是来自于敌人，而是来自于他身前这个皇城司的察子！

"你竟然受了伤？快点包扎一下！"文天祥下意识地掀起了自己的衣襟就要扯下一块为对方包扎伤口。

但他的这个动作立刻就被对方制止住，对方朝着他看了一眼，脸上挂起了一抹苍白的笑容："周围的人已经被清理干净，但现在这里还不安全，文相若是要走就要抓紧了。"

"至于我，方才已经被伤及肺腑，就算是包扎下来也活不了了，皇城司之人不畏生死。"

"文相能力卓绝，是国家栋梁之材，若是一力匡扶皇室，大宋必然还有希望！"

说到这里，寅柒的声音顿了顿，稍稍一咳嗽，竟然从嘴角冒出来一股血沫。

注意到自己的状态变化之后，寅柒立刻加快了语速："如今大宋朝堂已经在温州附近重新组建起来，正是最需要文相这样的人才尽力匡扶，文相切记不能忘了……"

随着他说的话越多，声音就越来越低，直到最后他的脸色变成了彻底的惨白色，一双眼睛也变得暗淡无光，最后说出来的话，几乎变成了喃喃自语。

眼看着文天祥似乎还要扯掉衣襟要为他包扎，寅柒苦笑了一声，想要抬起手晃一晃，却惊讶地发现自己现在连手都抬不起来了。

"身为皇城司察子，眼睁睁看着皇帝被人掳走却又无能为力，纵然我们只是冰井务的废材，也早就该死了，只不过现在死，比我之前想的要晚了一些。"

"这种营救要是真的两个人……"寅柒的声音越发低沉，随后缓缓低下头，没了动静。

文天祥下意识地抬起手，在对方的鼻子下面探了探，发现对方果然已经气绝身亡后，这才忍不住思绪复杂地叹了口气。

对方虽然没有多说什么，但刚才那几句殷切的叮嘱却将他们出现在这里的原因说得一清二楚。

皇城司的察子们的确战力非凡，能在伯颜十万大军军营旁悍然下手，还能救下他……这种事情恐怕也只有当年以五十骑就敢闯入数万大军军营之中抓捕叛徒的辛老相公才敢做！

只可惜当初的辛老相公最终可以全身而退毫发无损，而这些皇城司的察子们却只能慷慨赴死！

冰井务的察子在皇城司各个机构之中最少，战力也是最差的一批，所以想要去冲营救下皇帝并不可能，此时在温州的尚且还有两位皇室血脉宗亲可以扶持，相比较之下只有救下他这个志存恢复的大宋宰相才是最划算！

至于说救下来文天祥之后能否成功匡扶皇室，能否力挽狂澜，这一切都只是未知数，仅凭这些未知数便慨然赴死……

文天祥牢牢记住了这个为了营救他而死的皇城司察子的名字，紧接着十分认真地帮对方整理了一下衣物。

却不承想随着他轻轻拂动对方身上的衣裳时，一个用油纸精心包裹的小册子掉到了地上。

虽然情况紧急，但是文天祥依旧将小册子拿了起来，借着旁边的油灯简单翻看了两眼，顿时心头升起了一抹震惊，紧接着这种震惊便化作了无尽的钦佩和悲凉。

在那个小册子上写着诸多皇城司察子的姓名与所对应的身份代号，想来应该是皇城司用来记录同僚的花名册子。

但此时写着众多名字的册子上，却是触目惊心的被大团的红色朱砂勾勒，每一个阵亡的察子在死后都会被朱砂墨在名字下轻轻地挑上一道作为标记……而眼下的册子上，黑色的墨迹与鲜红色的朱砂痕迹竟然相互重叠覆盖，竟然将空白处全都填满。

几十页上千个人名，除了零星的几个之外，剩下的全都被挑上了红色痕迹。

这意味着上面的人名所代表的一条条鲜活生命全都已经消散在了这天地之间，为大宋尽了忠。

文天祥沉默了片刻，在对应的位置上找到了寅柒的名字，将寅柒沾满了鲜血的手轻轻盖了上去，挑出了最后一道红痕。

从花名册上来看，寅柒并不是他们这一支继任的皇城使，也不是皇城司的官员。

甚至就连一个小小的伍长都不是，只是最为普通的一个察子，仅此而已。

能在此时把这么重要的东西随身携带，说明他们已经是最后的察子，而寅柒这个年轻的察子也已经是他们之中的最后一个人……

文天祥将花名册揣到了怀中，随后站起身来将身上的浮尘全都拍散，肃容朝着寅柒的尸身施了一礼。

这一礼不但是施给寅柒，更是施给他背后的皇城司同僚，也是施给千千万万为大宋鞠躬尽瘁之人。

只要尚有一人心系大宋，只要此人一息尚存，那大宋就不算灭亡，抗争也永远都不会断绝！

文天祥抬起手为对方合上了眼皮，随后迅速来到了窗前，径直翻身跳了出去，虽说文天祥是文官进士出身，但是君子六艺样样精通，身手更是不错，也曾多次上阵杀敌。

从这区区的竹楼之上跳下去毫发不伤，对他来说也不过是轻而易举就能做到的事。

此时的街面之上静悄悄的，一个人影也没有，之前被派过来监视他的那些人，无论明里暗里现在都已经被杀死，除了文天祥和不远处的一个瘦削身影外，就再没有第三个人影。

站在远处的瘦削身影身上穿着与寅柒几近相同的装扮，此时身形有些佝偻，看上去方才也受了伤。很显然在那花名册最后一页仅剩的四五个并未被红痕勾勒的名字里，有此人的一方位置。

对方注意到文天祥是自己翻身下来，又等待了片刻再没有看到第三人之后，不由得身形一抖，随后朝着文天祥拱了拱手，立刻转身开始引路。

两人之间没有任何交谈，一前一后走在小路上显得十分自然，直到他们七拐八拐地走出了镇江城，文天祥这才发现他们刚才不知道从何处竟然在没有经过几道城门的情况之下就穿过了城墙，这让他顿时感觉叹为观止。

"文相，我就送到这里了，我们早就给您备好了马，马背上的皮囊里还有清水与干粮，记住日出藏身，日落而走，只需要一路向南走出去五天的路程，就能暂时避开元军的搜寻范围！"

说完这两句话之后，对方再次朝着文天祥躬身，接着转身就走，整个动作没有丝毫拖泥带水，文天祥看着对方缓缓走向元军大营的背影，心头微微一沉，但是并没有冲上前去拦住对方。

原本正打算伸手掏出那皇城司花名册的手，也停在了半空中，最后缓缓放下。

时事至此，那花名册也已经没有了多大的用处，更是无法再传承下去。

刚才他在下面看见的那十几号皇城司冰井务的察子们，一共就只看见了两个，这很有可能意味着剩下的那些人都已经以身殉职。

虽然方才他在花名册上看到了零星数个并未被勾下的名字，但那也很可能是因为寅柒并没有来得及勾销同僚的名字，而方才这个年轻人，恐怕是那些皇城司冰井务察子们之中所剩下的最后一个。

明知必死，也要飞蛾扑火，这等精神不正如现在的自己？只可惜他要做的是恢复大宋，而对方却只是为了要救下他这个宰相！

哪怕知道就算是救下文天祥也只能为恢复大宋的事业增添哪怕一丝一毫的机会，他们也是义无反顾地去做了，虽九死而无悔。

文天祥长出了一口气，神情复杂地朝着对方决然而孤独的背影看了一眼，随后翻身上马松开缰绳直奔南方。

这些察子的死让文天祥的心中产生了极大触动，倘若他要是不能趁着这个机会迅速找到流亡朝廷，并且迅速带着小朝廷站稳的话，那便是对这些察子们大大的辜负！

被伯颜扣押下来的这十几日时间内，文天祥并没有遭受到虐待，相反对方一直都是好吃好喝地伺候着，文天祥可谓来者不拒，如此一来，反倒是将身体将养得极好，这一路上走走停停，按照皇城司之人的说法倒还真是没有被元军搜查到。

半个月后，文天祥总算赶到福州，当即就被任命为枢密使，同都督诸路军马，升为右丞相。

短短十余日的时间而已，这个流亡小朝廷就已经汇集到了诸多爱国义士和有才能之人，再加上张世杰陆续汇集到的兵马，俨然已经初具规模。

按照文天祥的设想，如今的逃亡小朝廷既然已经有了这样的规模，就不需要再四处躲躲藏藏，而是应该立刻就将旗号亮出来，正面与元军对抗，只有这样才能吸引过来更多的抗元志士。

所以在廷议的时候，他坚决主张流亡小朝廷该北上到永嘉去开府，而陈宜中和张世杰两人却与他意见相左，认为应该到广州开府。

双方的开府位置一个在南一个在北，一个直面元军锋锐，一个濒临海边适合逃跑，这其中蕴含的意思就算不多说，双方也都明白，因为在这个问题上，双方各执己见谁也不愿意退缩，所以接连数日都没有最终确定下开府的地点。

直到十几日之后，广州降元，在听到这个消息之后，张世杰和陈宜中两人这才向文天祥妥协，最终答应让文天祥在剑州开府，但流亡小朝廷的具体位置仍然不定，随时都可以伺机而动。

文天祥虽然对这种明里暗里的排挤十分不满，但是为了确保流亡小朝廷最起码在明面上的团结，仍然是将心中的不满压了下来。

但他一味的忍让并没有换来真心，此时文天祥在民间和各路义军之中的影响太大，可以说是一呼百应，许多前来投奔流亡小朝廷的人，更是指名道姓地要归附于文天祥的麾下。

张世杰的心中顿时生出了嫉妒之意，十分担心文天祥在朝中的地位超过自己太多，干脆要求文天祥将他的督府搬迁到汀州，更是想尽了办法阻挠他，不让他参与小朝廷的廷议。

这种说起来有些卑劣低级的排挤手段，让文天祥实在是烦不胜烦，干脆主动退出了小朝廷的廷议团体，转而以同都督职出掌江西南路，开始以汀州作为根据地不断招募各地义军和原本的大宋各地驻军，短短月余的时间，就聚集了四万余人，其中竟然有半数都是之前各地的宋军精锐。

手中稍有兵马，文天祥立刻就起了复土之志，在十月份的时候分兵给自己手下的参谋赵时赏、咨议孟溁率领一支兵马攻取宁都，另外又安排参赞吴浚攻取雩都。

元军虽然屡次南下，攻克城池良多，但是因为并不习惯南方的气候，所以没有安排太多的人马在这里驻守，其中绝大多数在本地屯住的兵马还都是原本大宋的降兵，双方之间都知根知底，步兵对步兵更是没有那么多的麻烦事，文天祥接连几次大获胜利，将汀州的名声彻底打响。

木秀于林，风必摧之，文天祥这边的名气才刚刚打响，就立刻引来了元军的注意。

景炎二年（1277）正月，元军以三万余众攻入汀州，势不可挡，此时文天祥手中虽然也同样有将近三万兵马，但是元军的三万人兵甲优良，更有半数都是骑兵，相比较之下，文天祥手中这三万人马只有半数人得以披甲，骑兵更是只有可怜的数百骑，若是死守汀州的话或许有可能以守城战取胜，但汀州周围少有宋军和义军，纵然能够凑出来一两万之数，在面对着元军如此强大的实力时，根本起不到救援解围的作用，反倒是很有可能会让元军生起围城打援的想法，到时候他手中这些人马恐怕要尽数折损。

所以文天祥当机立断，上疏请求入卫朝廷，随后的几个月时间里在各个义军根据地之间来回穿插，顺手解决了几个叛徒，这一支人马的声势便越发浩大，也引来了元军更多的关注。

同年七月，元军江南西路宣慰使李恒提前猜到了文天祥将要集中兵力收复赣州，于是派遣数千士兵打着自己的旗号跑到赣州去支援。而他自己则绕到了兴国附近突然袭击文天祥的据点，这一手把文天祥给打了个措手不及，仓促之间根本没有办法应战，只能且战且退。

双方激战共计十余日，兴国附近的义军和宋军纷纷前来支援，奈何李恒所部战力不俗，更是屡有元军来援，此消彼长之下将义军压得接连溃败。

文天祥所部被各处义军所累，最终无法再次转战，在方石岭处一同溃散，文天祥侥幸得以脱身，随后一路奔赴循州，沿路之上不断召集残兵溃部，意图重新聚起兵马，虽然略有成效，但此时元军南下频率逐渐增高，各路义军和宋军接连溃败，再想聚集数万之众已然难上加难。

景炎三年（1278）年末，文天祥率军在潮阳附近屯扎，巡视五坡岭时察觉被人跟踪，立刻想要撤离，但此时为时已晚，元军大将张弘范的部队合围而来，文天祥阵斩数人后力竭，掉入陷阱后被元军的千户王惟义抓住。

为防止被生擒活捉，文天祥早已经自己随身备好龙脑，直接吞服，但却侥幸没有直接死去。

文天祥想要殉国却并没有死成，而那些元兵在发现自己抓到了这么大一个官之后更是大喜过望，直接将他送到了此地金军将领张弘正的营中。

才刚刚跟对方见面，文天祥便破口大骂，意图十分明显，但求速死而已。

然而对于文天祥的赤胆忠心，张弘正也有些敬佩，面对他的破口大骂，并不以为然，只是让人将他暂时拘禁在了一旁的营帐之中等候发落，随后在十二月底的时候将文天祥送到了张弘范的大营之中。

元兵强迫他向大将军张弘范跪拜，但文天祥坚决不跪，并且悍然朝着这帮家伙说道："不过一死而已，何须多言！"

张弘范听到他的话不由得哈哈大笑，也没有把这个事情当回事，而是毫不吝啬地称赞他为忠义之人，随后命人将他松绑，并且以待客之礼对待他，完全没有将他当成阶下囚。

随后更是将文天祥带到了崖山附近，命人将他看守在了战船之上，让他目睹了随后发生的崖山海战。

张弘范此举，无非是想要让文天祥看清楚大势所趋，进一步瓦解文天祥心中的抗争之意，只要他能够将文天祥劝降，宋军士气必然受到影响，崖山一战必将兵不血刃。

文天祥深知张弘范之意，但并没有退缩，而是毅然选择了跟张弘范一起站在了高处，居高临下审视起了崖山战场。

而随着他观察崖山战场的时间越久，一颗不愿放弃抗争的心也就沉得越快……

第二章

以身殉国南宋灭亡　崖山暮色浩气长存

直到被张弘范带到高处观察整个崖山战场，文天祥才知道因为张世杰的错误决断，眼下流亡小朝廷以及张世杰所部百艘海船上千艘小船，全都被围堵在了崖山附近的水域之中，已经试过数次都无法挣脱。

原本文天祥率军从陆路而来，就是担心流亡小朝廷的安危，却没有想到，不但是晚了一步，自己还被擒捉，在元军大营之中远眺宋军水寨后，文天祥不由得扼腕叹息。

在崖山海战之前，宋元两军之间的兵力对比几乎已经完全成型。

宋军的官兵和民兵数量加在一起大概有六七万人，但是其中真正擅长水战的官军数量应该不到一半，不过他们所拥有的船只有将近上千艘，其中大多数全都是可以用来海战的大船。

而元军虽然经过稠密的准备，但水陆两方兵马加在一起也不过是三万余人，所拥有的战船也只有五百余艘。相比较起一直都不擅长水战的元军来说，宋军显然更加熟悉海洋和海战，明显是在这一次的海战之中抢占了先机。

但那些兵马数量战船大小不过是在纸面之上的冰冷文字罢了，眼下宋军已经处于危急存亡的要紧关头，更是裹挟了十数万愿意追随大宋朝廷的流民百姓，看似已有决死一战的勇气，实际上却是士气低迷，恐怕已经难有回天之力。

尤其是在远远看过两方军马的排兵布阵之后，文天祥更是情绪压抑，思绪庞杂。

虽然他并不精通海战，但以眼前之境况，宋军恐怕已经没有了挣脱的机会。

眼看着文天祥眼神之中露出了戚戚之色，张弘范立刻趁机劝说他，要让他写信招降张世杰。

文天祥当即就拒绝了张弘范的要求，并且十分直白地说道："生为人子，我没能保护好我的父母，如今难道还要让别人去背叛自己的父母吗？"

张弘范对于文天祥的说法不置可否，随后多次继续提出要求，文天祥干脆用张弘范拿给自己的纸笔写了一首诗回赠。

过零丁洋

辛苦遭逢起一经，干戈寥落四周星。

山河破碎风飘絮，身世浮沉雨打萍。

惶恐滩头说惶恐，零丁洋里叹零丁。

人生自古谁无死？留取丹心照汗青。

张弘范看到这首诗之后抚掌大笑，连连夸赞此诗精妙，随后竟然真的不再逼迫文天祥劝降张世杰。

与此同时，崖山之内的宋军接连几次突围，拼死挣扎之下，竟然隐隐有成功的趋势，这让周围围堵宋军的元兵立刻就警惕起来，开始屡屡发起强攻。

接连十几日的战斗之后，双方船只之上所囤积的弓箭、炮石、火炮都已经消耗得差不多，宋军此时正被包围自然没有办法进行二次补给，而元军却是接连拿到补给，一时间开始了频频胜利。

宋军被抢夺的战船数量越来越多，海面之上可以立足的地点越发缩小，伤亡人数也迅速飙升。

宋军主将张世杰立刻就意识到，战事已经逐渐进入尾声，自己这一方怕是败局已定，但仍然心有不甘，立刻抽掉精锐护卫皇帝所在旗舰。

时至此时，就算他们所有的船只都被抢夺成功，仍然还有最后的一丝希望。

海船旗舰的坚固程度并不是一般船只所能比，就算是被火炮接连轰了好几轮，依旧是没有什么破损，哪怕是大量的火箭射中依旧可以避免发生火情。

倘若稍后双方陷入近身缠斗，若是能将一侧的战船清开一条道路，到时候以人力驾驭旗舰向外冲突，就算不能顺势将其他剩余的船只带出去，起码也能保全皇帝血脉。

但随后混战之中，张世杰与张达、苏景瞻等人所在的十几艘战船被斩断了绳索。此时海面之上，浓雾滚滚，加上周围战船燃烧起来的烟尘，能见度变得极低。

随着一阵阵的海风刮起，大雨倾盆而下，一时间众多战船竟然不能首尾相顾。眼看着旗舰在船队中间失去控制，无人能按照计划驾驭船只，张世杰顿时心急如焚，从自己的战船之上安排下一条小船前去迎接皇帝。

但此时陪在皇帝身边的陆秀夫有些担心，如果皇帝跟着张世杰，会导致张世杰被列为重点目标，依旧会被元军抓住，所以拒绝皇帝登上小船。

眼看着大势已去。陆秀夫为防止妻子被元军俘虏遭受玷污，先要将妻子沉入海中，陆夫人死死拉住船尾不愿意跳下水，陆秀夫脸沉如水安慰妻子道："你先去，我稍后就来找你。"随后顺势将妻子推到了波涛汹涌的海中。

紧接着陆秀夫跑到了旗舰之上，对着才不过八岁的小皇帝拜了又拜："陛下，国事已至此时，再也难以回旋，臣愿意与陛下一起殉国而死，我大宋皇族绝不可再次遭受靖康之辱。"

小皇帝虽然只有八岁，但近几年与众多臣子一起经历过种种坎坷，心智早已超过同龄孩童太多，听到了陆秀夫的话之后并没有感觉到害怕，而是脸色坚毅地说道："朕为宋帝，事有不逮便应当殉国而死，绝不甘愿为奴！"

听到小皇帝的回答陆秀夫坦然而笑，将玉玺挂在了小皇帝的腰间，随后自己则是整理好官服，背起了小皇帝一起跳入海中。

崖山附近追随大宋皇帝的大宋百姓聚集在一起将有十万余，此时看到大宋皇帝殉国而死，顿时全都悲哭不止，随后纷纷追随皇帝跳入海中自沉。

远远地看到了这一幕之后张世杰等人眦眦欲裂，但眼见着再也无法救援，无奈之下也只能驾驶船只纷纷逃离此处。

李恒和张弘范所部兵马追到山口，却因为天色太晚，风雨交加，大雾弥漫，唯恐继续追击下去会造成不必要的折损，便只安排了半数人马前去追击，剩下的人手则撤回到崖山战场。

数日之后，张弘范在崖山之上刻石立碑，上书数个大字：镇国大将军张弘范灭宋于此。

张世杰从崖山成功脱逃之后，开始在广东沿海收拢打散的残兵旧部，并且开始继续寻找赵氏皇族成员，打算再立皇帝与元军抗争到底。

但是天不遂人愿，随后张世杰带领部队在恩州海陵港遭遇到了台风，同时岸边还有元军开始追击他们所在的船只，张世杰唯恐上岸之后被叛徒出卖，于是留在了船头之上。最终海风猛烈，将船体打翻，一众人全都跌入海中溺亡。

随着张世杰这一支残军彻底覆灭，源自于大宋朝廷的军事抵抗彻底消失殆尽，大宋朝廷宣告彻底灭亡。

但是来自于大宋的抵抗并没有彻底结束。

文天祥被俘虏之后一直都被张弘范带在身边。张弘范一边派人严加看守文天祥，防止文天祥再次自杀，一边则是想方设法给予文天祥十分优厚的待遇，想要将他劝降。

三月份的时候，张弘范带着文天祥来到广州大摆庆功宴，并且邀请文天祥出席。

在席面间他对文天祥诚恳地说道："眼下大宋已经灭亡，你为宋国尽忠尽孝的义务已经圆满完成，到了这个时候，文丞相为何不主动转变心意？"

"用对待大宋的心来对待大元，到时候文丞相必然能成为我大元的贤良丞相，到时候估计直追汉之萧何，可比管仲、乐毅，必然能在青史之上留名。"

文天祥眼眶湿润，声音悲凉："眼看着自己的国家灭亡，却没有办法拯救，身为人臣的都死有余辜，还怎么能贪生怕死，苟且偷生，甚至改变自己最初的心意呢？"

张弘范对于他说的话不置可否，而是转而说道："既然宋国都已经亡了，就算你现在为了宋国而死，还会有谁能记载你的事迹呢？"

文天祥的态度依旧十分认真："商朝灭亡，伯夷叔齐不食周粟，从来没有在乎过是否留名青史。"

这种说法将张弘范给说得哑口无言，眼看着自己拿文天祥没有办法。他只能是将这件事跟忽必烈汇报，等待后续处理要求。

听到了文天祥的所作所为之后，忽必烈不由得感叹道："宋国能有这样的忠臣，是宋国的福分。"

随后下达了一道旨意，要求张弘范一路护送文天祥到大都。

这一路北上，文天祥在敌人的队伍之中再一次游览了故国故土的风景，心中感情自然是无比复杂。

在途经家乡的时候文天祥甚至想到了绝食，效仿伯夷叔齐不食周粟将自己活活饿死。但直到他八天之后从家乡离开依旧没有死成，所以文天祥也就放下了将自己饿死在家乡的想法。

这一路辗转竟然走了足足半年的时间，纵贯南北，前后转了有六七千里的距离。

到了大都之后元军开始用极其高的规格对待文天祥，随后更是用尽了各种方法想要劝降他，甚至于直接搬出了瀛国公，也正是被元军所俘虏的赵㬎。

然而看到了这位旧主之后，文天祥只是恭敬地在地上拜了拜，随后便请瀛国公速速归去。

这一段时间里元人可以说是想尽了各种各样的办法，但是无论是从精神还是从身体上都没有办法击垮文天祥。

张弘范在回来的路上于广东染上了瘴毒，回到大都后便开始疾病缠身，第二年正月便离开了人世。

在他临死前曾经给朝廷提出建议，一定要释放文天祥，绝对不能杀害此人。

忽必烈觉得这个说法十分妥帖，但一时间又不想将此人放还，所以文天祥以一个相对自由的囚犯身份在大都一直待到了几年后，大都发生了一件大事。

元朝大臣阿合马因为善于理财，所以深得忽必烈的信任，但是他私底下为人刻薄、贪婪、蛮横，做事不计后果，臭名远扬，所以遭到了人记恨。

三月的时候，忽必烈从大都离开到上都开平去避暑，将阿合马留在了大都。

趁着这个机会，益都人王著和高和尚等人秘密起兵，私底下聚集了将近万余人朝着居庸关的方向进发，企图将居庸关拿下。

同时更有上千人控制了太子真金的仪仗，宣称要让太子回到京都做佛事，并且借着这个名义偷偷潜入了大都之中。

三月七日的深夜，这些人跑到了东宫南门让太子要求阿合马出城迎接，阿合马虽然不明就里，但不敢违背这个命令，连忙出城迎接，结果却被王著直接乱刀砍死。

这个举动让乱军暴露了自己的真实意图，大都里面的禁卫军听到消息之后立刻出动，迅速将这两个作乱的人给抓了起来。

听到大都之中竟然发生了这种变故，忽必烈连忙安排自己的亲信大臣回到大都了解情况。

经过缜密调查之后，忽必烈断定是朝廷内部汉人官僚跟那些色目人的权贵发生了内部争端。

为了将这种争端压下去，忽必烈当即斩杀了受到此事牵连的枢密副使张易，同时命人将阿合马的坟墓掘开鞭尸。

这个事情带来的影响，加剧了忽必烈心中对于汉人的疑虑，于是干脆下令将宋帝等人迁到上都居住，而且最终决定杀掉文天祥。

这个消息传到了文天祥的耳朵里，并没有引起任何波澜，文天祥只是稍稍整理了一下自己身上的衣服，便欣然接受了这个结果。

处决文天祥之前，忽必烈再次召见了他，面对着忽必烈，文天祥只是作了个长揖作为礼节，并没有下跪，宫廷卫士见状立刻上前想要强迫他跪下，然而文天祥不为所动，任凭他们怎么努力，也没有办法按下他的腰杆。

忽必烈抬手让手下的那些人退去，随后问文天祥在临死前有没有什么想说的。文天祥回答道："我大宋朝廷没有昏庸无道的君主，没有为祸不端的百姓，唯一不幸的是权臣误国，用人不当。"

"元人是用我们大宋的叛臣叛将才打入我们大宋的国度，灭了我们的国家。我在如此危难的关头成为大宋的丞相，却没能随着大宋一起灭亡，已经算得上是苟活了，如今既然有机会可以求死，我愿意赴死。"

文天祥说的这些话看似是在求死，实际上却是再次阐述他心中的理念，更是当着忽必烈的面说明元人灭亡大宋其实是缺乏正义性的，没有道理的。

忽必烈对于他的说法依旧不置可否，但对于文天祥仍有爱才之意，最终还是做出了劝降的尝试。

他朝着文天祥做出了最后的通牒："你在大都生活已经有一段时间了，应该能看得到我大都百姓的生活跟你们大宋时期相差不多，如果你能改变你的心意像忠于宋朝一样忠于我，我会直接让你继续做丞相，不过做的是我大元的丞相。"

"如果你依旧不想投降，我也可以选择成全你的忠义。"

文天祥毫不犹豫地选择了拜辞，再没有多余的话，只有最后无愧于心的一句："愿赐一死，足矣。"

忽必烈眼见着没有办法劝服文天祥，最终也只能从了他的心愿。

至元十九年（1282）十二月初九，经历了三年多的被囚生涯后，文天祥在柴市慷慨就义。

长江南北之民，听闻这个消息之后无不为之动容，夜夜为之焚香祭拜。

虽然文天祥志存恢复扶持大宋的理想最终失败了，但他的一身正气与傲骨，矢志不渝、忠义不屈的精神，却给后人带来了长远的影响。

在他生命的最后时间里，留下的不只是他的精神和气节，还有许多经典的诗词，其中一篇《正气歌》更是成为千古绝唱。

余囚北庭，坐一土室。室广八尺，深可四寻。单扉低小，白间短窄，污下而幽暗。当此夏日，诸气萃然：雨潦四集，浮动床几，时则为水气；涂泥半朝，蒸沤历澜，时则为土气；乍晴暴热，风道四塞，时则为日气；檐阴薪爨，助长炎虐，时则为火气；仓腐寄顿，陈陈逼人，时则为米气；骈肩杂遝，腥臊汗垢，时则为人气；或圊溷、或毁尸、或腐鼠，恶气杂出，时则为秽气。叠是数气，当之者鲜不为厉。而予以孱弱，俯仰其间，於兹二年矣，幸而无恙，是殆有养致然尔。然亦安知所养何哉？孟子曰：

"吾善养吾浩然之气。"彼气有七，吾气有一，以一敌七，吾何患焉！况浩然者，乃天地之正气也，作正气歌一首。

　　天地有正气，杂然赋流形。下则为河岳，上则为日星。於人曰浩然，沛乎塞苍冥。

　　皇路当清夷，含和吐明庭。时穷节乃见，一一垂丹青。在齐太史简，在晋董狐笔。

　　在秦张良椎，在汉苏武节。为严将军头，为嵇侍中血。为张睢阳齿，为颜常山舌。

　　或为辽东帽，清操厉冰雪。或为出师表，鬼神泣壮烈。或为渡江楫，慷慨吞胡羯。

　　或为击贼笏，逆竖头破裂。是气所磅礴，凛烈万古存。当其贯日月，生死安足论。

　　地维赖以立，天柱赖以尊。三纲实系命，道义为之根。嗟予遘阳九，隶也实不力。

　　楚囚缨其冠，传车送穷北。鼎镬甘如饴，求之不可得。阴房阗鬼火，春院闭天黑。

　　牛骥同一皂，鸡栖凤凰食。一朝蒙雾露，分作沟中瘠。如此再寒暑，百疠自辟易。

　　哀哉沮洳场，为我安乐国。岂有他缪巧，阴阳不能贼。顾此耿耿存，仰视浮云白。

　　悠悠我心悲，苍天曷有极。哲人日已远，典刑在夙昔。风檐展书读，古道照颜色。

赵宋最后的血脉成为了元人的臣子，志专恢复的文天祥英勇就义，大宋似乎也应该消失在历史的洪流之中，但受到了文天祥等人的影响，民间对元人统治的抗争，却从未曾结束过。

至元二十年（1283），广东新会县人林桂芳聚众起义，建罗平国，年号延康。

至元二十年，广东清远人欧南喜起义，有众号称数十万，称王建号，聚众十余万，断发文身，号称"头陀军"，用南宋末帝赵昺的年号"祥兴"纪年。

至元二十四年（1287），福建汀州钟明亮聚众起义，义军很快发展到十万人，活跃于福建、江西、广东三省交界区。

至元二十六年（1289），浙江台州宁海人杨镇龙聚众起义，称大兴国皇帝，年号"安定"。

元贞三年（1297），江西赣州兴国人刘六十聚众起义，建号称王，声震远近。

……

元立国百年，民间的抗争从未停止，百年以后，元朝统治最终走向衰落，民间义军四起，烽烟滚滚……

元至正二十八年（1368），随着元顺帝被赶出大都，元朝对中原的统治宣告结束……